Vom gleichen Autor erschienen
außerdem als Heyne-Taschenbücher

Prince of the City · Band 01/6436
Im Jahr des Drachen · Band 01/6483

ROBERT DALEY

DER GEHETZTE BULLE

Roman

Deutsche Erstveröffentlichung

WILHELM HEYNE VERLAG
MÜNCHEN

HEYNE ALLGEMEINE REIHE
Nr. 01/6556

Titel der amerikanischen Originalausgabe
TO KILL A COP
Deutsche Übersetzung von Helmut Gerstberger

Printed in Germany 1986
Umschlagfoto: Phtodesign Mall, Stuttgart
Umschlaggestaltung: Atelier Ingrid Schütz, München
Satz: werksatz gmbh, Freising-Wolfersdorf
Druck und Bindung: Elsnerdruck, Berlin

ISBN 3-453-02137-1

1

Am selben Abend, an dem die Morde geschahen, standen zwei Männer vor einer Wohnungstür in einer Mietskaserne in der Bronx. Der jüngere der beiden war etwa fünfundzwanzig. Der ältere – er hieß James Roberts – klingelte an der Tür.

»Die Klingel funktioniert nicht, James.«

»Ich heiße Charles.«

»Du nennst mich auch nicht Mark D.«

»Nenn' mich Charles, dann nenn' ich dich Mark D. Und jetzt geh' mal beiseite.«

Die Tür war schon einmal aufgebrochen worden, und es war ganz bestimmt kein Fachmann gewesen, der sie wieder repariert hatte. Charles hob den Türgriff an und rammte mit der Schulter die Tür nach innen.

Ursprünglich war das Zimmer einmal das Wohnzimmer der kleinen Wohnung gewesen, doch nun standen Betten in allen vier Ecken des Raumes. Mit Hilfe von Drähten hatte man Vorhänge um die Betten gespannt und den Raum in kleine Schlafnischen unterteilt. In einem der Fenster befand sich eine antiquierte Klimaanlage, die jedoch nicht funktionierte, und ein scharfer Geruch von Schweiß und menschlichen Körpern erfüllte den Raum.

Ein Mädchen lag vollständig bekleidet auf einem der Betten. Sie starrte in den flimmernden Fernseher, der auf dem Boden stand.

»Warum müßt ihr immer die Tür aufbrechen!« murrte sie. »Ich werd euch 'nen Schlüssel geben.«

»Halt bloß den Rand, Paula!«

»Ihr fliegt hier bald hochkantig raus, habt ihr verstanden! Ich ruf die Polizei und laß euch an die frische Luft setzen!«

Doch Paula ließ sich wieder zurücksinken und starrte angestrengt auf die Mattscheibe.

»Mach den Kasten aus!«

»Jetzt kommen die Sechs-Uhr-Nachrichten mit Jim Jensen. Ich schau mir jeden Tag die Sechs-Uhr-Nachrichten mit Jim Jensen an.«

Der Mann, der sich Charles nannte, beugte sich nieder und schaltete den Fernseher aus. »Wo ist Butch?«

»Er ist mit Ida im hinteren Schlafzimmer«, sagte Paula, ohne den Blick vom leeren Bildschirm zu nehmen. »Ich hab' vorhin die Matrazen quietschen hören. Sie sind inzwischen wahrscheinlich fertig.«

»Hol ihn her!« sagte Charles zu Mark D.

Mark D. verschwand im engen Korridor der Wohnung. Sie hörten, wie er das Schlafzimmer aufriß. »Was treibt ihr hier? Macht bloß nichts, was ich nicht auch tun würde!«

Ein Mädchen stieß einen unterdrückten Fluch aus, und Mark D. sagte zu jemandem: »Charles will dich sehen.«

»Welcher Charles?« antwortete eine Männerstimme.

»Du weißt schon – Charles.«

»Ach, *der* Charles.«

Mark D. kam wieder in das große Zimmer zurück. Er lehnte sich gegen die Türfüllung und beobachtete Charles.

Charles hatte seine Tasche auf eines der Betten gestellt. Er öffnete den Reißverschluß und zog eine Maschinenpistole hervor. Einen Augenblick lang hielt er die Waffe in der Hand, dann legte er sie neben sich auf das Bett.

Paulas Blick huschte von Charles zu Mark D. und dann wieder zurück zu Charles. Er kramte in der Tasche herum und brachte vier Ladestreifen und einige Schachteln zum Vorschein, die er neben die MP legte. Dann griff er wieder nach der Kugelspitze, warf das Schloß zurück und peilte durch das Visier.

»Was hast du vor mit diesem Ding?« fragte Paula.

»Du fragst zuviel.«

»Ich wette, auf Vögel schießt du damit ganz sicher nicht«, kicherte Paula.

Mark D., der noch immer am Türpfosten lehnte, grinste: »Wir gehen damit auf Bullenjagd.«

»Und du redest zu viel, verdammt noch mal!« schnappte Charles. »Die ganze verdammte Zeit hast du die Klappe offen.«

Butch, der dritte Mann, schlurfte durch den Korridor und trat ins Zimmer. Er knöpfte seinen Hosenlatz zu. Er war barfuß und bis auf die Jeans nackt. Sein Gesicht verzog sich zu einem Grinsen als er fragte: »Es ist also soweit? Die Sache steigt?«

»Wir sind eben zurückgekommen«, erwiderte Charles. »Sie sind immer noch dort. Sitzen rum und warten auf uns. Nur haben sie keine Ahnung, daß sie auf uns warten.«

»Heute abend knipsen wir zwei Bullen aus«, erklärte Butch zu Paula gewandt.

»Du knipst überhaupt niemanden aus«, stellte Charles klar. »Du bist im zweiten Wagen.«

»Das ist ungerecht, James! Ich gehöre in den ersten Wagen!«

»Du kannst dir ja nicht mal meinen Namen merken.«

»Charles, meine ich natürlich«, sagte Butch.

»Wir haben uns entschieden«, sagte Charles. Er hatte eine geöffnete Schachtel mit Munition in der Hand. Ohne den Blick von den Projektilen zu nehmen, sagte er: »Du bist im zweiten Wagen.«

»Und wieso war ich nicht dabei, als darüber entschieden wurde?«

»Weil du mit dieser Tussi im Bett warst. Du bist kein Revolutionär. Du bist nur 'n scharfer Hengst, der nichts im Kopf hat außer dem feuchten Höschen seiner Tussi.«

»Wenn wir 'n paar Bullen kaltmachen, will ich dabei sein.«

»Du bist ja dabei – nur nicht im ersten Wagen.«

»Was habt ihr vor, ihr Idioten?« fragte Paula, die noch immer auf dem Bett lag. Ein verschlafen dreinblickendes Mädchen, in Jeans und Bluse, kam aus dem hinteren Schlafzimmer. Sie hieß Ida und war Butchs festes Verhältnis. Sie blieb in der Tür neben Mark D. stehen. Mark D. legte seinen Arm um sie, doch sie schob seine Hand von ihrer Hüfte.

Paula und Charles starrten einander an. Dann warf Charles eine Schachtel mit Munition und einen der Ladestreifen neben Paula auf das Bett. Die Munitionsschachtel landete schwer. Der Ladestreifen klirrte leise gegen die Schachtel.

»Lade das Magazin«, befahl Charles.

»Was habt ihr vor, ihr verdammten Idioten?«

»Verdammt noch mal! Wir schicken sie über den Jordan, Schwester!«

Paula begann schließlich, die Munition in den Ladestreifen zu schieben. Auf dem gegenüber liegenden Bett war Charles mit zwei weiteren Ladestreifen, die er zusammengeklebt hatte, beschäftigt. Er hatte eine zweite Schachtel mit Munition neben sich stehen und schob die Kugel, eine nach der anderen, in den Ladestreifen.

Mark D. verschwand im Korridor. Die Tür zur Toilette wurde geöffnet und wieder ins Schloß geworfen. Als Mark D. zurückkam, trug er unter dem einen Arm zwei Gewehre, und mit dem anderen hielt er drei Pistolen gegen die Brust geklemmt.

»Bist du jetzt total übergeschnappt?« fuhr Charles auf. »Bring bloß die langen Dinger wieder zurück.«

»Okay, okay. Reg' dich nicht auf, Mann.«

Charles fummelte Munition in den dritten Ladestreifen. Er hörte die Gewehrkolben auf den Boden der Toilette scheppern, und die Klotür fiel wieder ins Schloß. Als Mark D. erneut ins Zimmer trat, hatte er lediglich eine Automatik in der Hosentasche stecken, deren Umrisse sich klar durch den Stoff abzeichneten.

Ida, die noch immer in der Tür stand, kicherte: »Das Ding sieht aus wie 'n Ständer.«

Mark D. grinste geschmeichelt. »Brauchst wohl einen? Damit kann ich dienen. Ich verleg' dir 'n Rohr, das dir deine Mandeln kitzelt...«

Das Mädchen bedachte ihn mit einem unterkühlten Blick.

»Steck' die Kanone hinter deinen Gürtel und zieh' das Hemd drüber«, sagte Charles und versuchte die letzte Patrone in das Magazin zu schieben. Sie entglitt seinen Fingern, fiel zu Boden und rollte quer durch das Zimmer. Ida hob sie auf und biß vorsichtig auf den Stahlmantel. Dabei zeigte sie Charles eine volle Breitseite ihres schönsten Lächelns.

Charles stand auf und ging ins Badezimmer. Er kam mit einem Wäschesack in der Hand zurück und begann, schmutzige Wäsche auf den Boden zu werfen.

»Was machst 'n du da, Charles?« beklagte sich Paula von ihrem Bett aus. »Warum mußt du immer so 'nen Saustall hier machen?«

Charles ließ die Maschinenpistole in den Wäschesack gleiten und warf die vier Ladestreifen hinterher. Dann stopfte er schmutzige Wäsche nach.

Auf dem Boden blieben einige schmutzige Stücke zurück. Paula kam aus dem Bett hoch, sammelte die Wäsche auf und brachte sie ins Bad.

»In welchem Wagen bist du, Charles?« fragte Butch mürrisch.

»Die MP ist im ersten Wagen«, erwiderte Charles.

»Ich bin genau so lange dabei wie du. Ich hab' auch meine Rechte!«

»'n Dreck hast du!«

Die beiden fixierten einander; Charles Gesichtsausdruck war hart und bestimmt, Butchs hingegen lediglich mißmutig.

»Unser zweiter Wagen ist der Riviera«, sagte Charles. »Das ist der Wagen, in dem du fährst. Okay, Mann, du bist schon 'n harter Brocken, aber du hast einfach keine Ideologie.«

Paulas Blick huschte zwischen den beiden hin und her.

Charles hängte sich den Wäschebeutel über die Schulter.

»Krieg ich nachher meinen Wäschebeutel wieder?« fragte Paula.

»Vielleicht«, brummte Charles. »Vielleicht.«

Er ging zur Wohnungstür, und Butch und Mark D. folgten ihm. Beide hatten sich einen Revolver hinter den Hosenbund gesteckt und trugen leichte Sommerhemden, die über den Gürtel hingen.

»Wir sind so gegen neun oder zehn Uhr zurück«, sagte Charles zu Paula gewandt. »Hau uns 'n paar Koteletts in die Pfanne. Wir werden bestimmt hungrig sein. Und vergiß den Apfelwein nicht.«

»Ich hab kein Geld.«

Charles fischte einen Zehndollarschein aus der Tasche. Als Paula keine Anstalten machte, das Geld bei ihm zu holen, ließ er den Schein zu Boden flattern.

»Und mach hier in der Zwischenzeit mal 'n Fenster auf«, sagte Charles unter der Tür. »Hier stinkt's wie im Puff.«

Die Tür fiel ins Schloß.

Paula hob den Zehner auf. Sie reichte ihn Ida.

»Geh' und hole 'n Dutzend Schweinekoteletts. Und 'n paar Liter Boone's Apfelwein. Darauf stehen die.«

Ida verließ die Wohnung.

Zwischen zwei der Betten stand ein Telefonapparat auf dem Boden. Paula starrte den Apparat an. Sie spielte mit dem Gedanken, das Polizeirevier anzurufen. Sie wollte diese Typen wieder aus ihrer Wohnung haben. Vor allem diesen Charles! Sie könnte der Polizei sagen, daß Charles mit einer Maschinenpistole im Wäschesack unterwegs war. Und die Bullen könnten dann hier warten, bis die drei Männer wieder zurückkamen.

Aber Charles konnte ihnen ebenso gut durch die Lappen gehen. Sie wußte, sie waren wegen eines anderen Verbrechens seit Monaten hinter Charles her – allerdings fahndeten sie unter einem anderen Namen nach ihm. Bisher hatten sie ihn nicht erwischt. Charles war zu gerissen. Er würde ihnen wieder ein Schnippchen schlagen, und dann wäre sie ihres Lebens nicht mehr sicher.

Charles und Butch und Ida waren bei ihr eingezogen – mit ihren Kanonen. Und von da an wurden es Woche für Woche mehr. Inzwischen wohnten abwechselnd an die fünfzehn Leute bei ihr.

Sie kam zu dem Schluß, daß ihre Angst vor Charles zu groß war, um irgend jemanden anzurufen. Sie setzte sich wieder auf das Bett. Sie hatte den Fernseher wieder angeschaltet. Die Abendnachrichten mit Walter Cronkite flimmerten über die Mattscheibe, und Paula vergaß ihre Probleme.

Der erste der beiden Wagen rollte den Riverside Drive hinab. Auf dem Rücksitz saß ein Mann namens Frank. Auf seinem Schoß lag eine 38er Spezial. Er hatte den Revolver entladen und war damit beschäftigt, die Kugel wieder in die Trommel zurückzuschieben. Auf dem Boden, neben seinem linken Schuh, lag eine bereits geladene 9 mm Browning. Vor dem Beifahrersitz, zwischen Charles' Beinen, befand sich der Wäschebeutel mit der Maschinenpistole. Mark D. saß am Steuer.

»Dort ist er«, sagte Charles.

Der Streifenwagen parkte auf dem Grasstreifen zwischen der nördlichen Spur und der parallel verlaufenden Zubringerstraße. Er stand mit dem Kühler in Richtung der Häuserreihen, die sich entlang der Zubringerstraße erstreckten. Es waren etwa hundert Meter bis zu dem Streifenwagen.

Der Wagen mit den drei Männern rollte inmitten des nicht sehr dichten Verkehrs weiter nach Süden.

Auf Höhe der 110. Straße wendete Mark D. den Wagen um 180 Grad und fuhr auf der Zubringerstraße des Riverside Drives wieder in Richtung Uptown. Diesesmal fuhren sie direkt an den Häusern und dem Streifenwagen vorbei.

Es war gegen neun Uhr. Über der schwarzen Silhouette der Stadt leuchtete der Himmel jenseits des Flusses noch in einem blassen Grau. Der Streifenwagen schien sich in die dunklen Schatten unter den Bäumen zu ducken. Keiner der drei Männer, die in ihrem Wagen langsam an dem Polizeiwagen vorbeirollten, sagte ein Wort. Einer der beiden Polizisten hatte seine Mütze über die Augen geschoben und döste. Das Deckenlicht brannte, und der andere schien etwas in den Notizblock zu schreiben, der auf seinen Knien lag. Keiner der beiden sah auf.

»Ich möchte bloß wissen, weshalb diese Arschficker den ganzen Tag hier rumsitzen«, überlegte Mark D. laut.

»Sie bewachen das Haus des Oberbullen.«

»Welcher Oberbulle?«

»Der Oberstaatsanwalt«, brummte Charles.

Sie fuhren weiter nach Norden und bogen dann in die 116. Straße ein. Mark D. hielt am Bordstein. Charles zündete sich eine Zigarette an und starrte aus dem Fenster. Der Zylinder von Franks Revolver klickte – einmal, zweimal.

»Nimm dieses Scheißding vom Fenster weg!« bellte Charles.

Auf dem Gehweg drängten sich die Menschen.

»Willst du noch 'ne Runde fahren?« brummte Mark D.

»Jetzt sind wir schon fünfmal an diesen Ärschen vorbeigefahren«, sagte Frank.

»Wo steckt bloß der zweite Wagen?« wunderte sich Mark D. Er reckte den Hals und spähte durch das Rückfenster. »Ich hab ihn nicht mehr gesehen, seit wir das erste Mal an den Bullen vorbeigefahren sind. Das war vor mindestens einer Stunde.«

»Hab ich dir nicht gesagt, daß diese Typen keine Ideologie haben«, knurrte Charles. »Für 'nen Überfall sind sie ganz gut zu gebrauchen, aber wenn es um Wichtigeres geht, sind sie nicht bei der Sache. 'nen Bullen auf Eis zu legen, interessiert sie weniger.«

Er fischte in dem Wäschesack zwischen seinen Beinen herum, und griff die Maschinenpistole. »Fahr bis zur 113. Straße runter und dann wieder an ihnen vorbei – ganz langsam diesmal«, befahl er.

»Wär's nicht besser, auf den zweiten Wagen zu warten?« sagte Frank.

»Wir brauchen die nicht«, entschied Charles.

Sie rollten ohne Eile nach Süden. Die Ampel für Linksabbieger auf der Höhe der 113. Straße blinkte, und Mark D. mußte warten, ehe er eine Lücke im Gegenverkehr entdeckte. Sie konnten den Streifenwagen unter den Bäumen, etwa hundert Meter schräg hinter ihnen, erkennen. Die Deckenbeleuchtung brannte noch immer.

Charles zog die MP aus dem Wäschesack und hielt sie mit der Mündung nach unten zwischen den Beinen.

Mark D. lenkte den Wagen auf die äußerste rechte Spur der nördlichen Fahrbahn und näherte sich dem Streifenwagen von hinten. Der rechte Vorderreifen fuhr über die Bordsteinkante; auch der rechte Hinterreifen rollte inzwischen auf der Grasnarbe. Es waren nur mehr drei Meter bis zu dem Polizeiauto.

Charles jagten Erinnerungen an den Knast durch den Kopf. Er war ein politischer Gefangener gewesen – seiner Meinung nach. Zuerst wegen eines Raubüberfalls und dann, weil er diese drei Typen umgelegt hatte. Angestrengt konzentrierte er sich auf seinen Haß gegen diesen faschistoiden Polizeistaat und versuchte so, eine entschlossene und eiskalte Ruhe zu gewinnen. In etwa zwei Sekunden würde er zumindest einen Teil der noch offenstehenden, persönlichen Rechnung begleichen, doch es würde auch ein Aufbegehren im Namen seiner unterdrückten Brüder und Schwestern sein.

Im Fond des Wagens flüsterte Frank heiser: »Diese Arschficker werden nicht mal wissen, was sie getroffen hat.«

Charles' Nerven waren derart angespannt, daß er Angst hatte, die MP könnte losrattern, ehe er sie in Anschlag gebracht hatte.

»Fahr weiter! Fahr dran vorbei!« zischte er plötzlich.

Ein zweiter Streifenwagen kam aus der 113. Straße und bog in ihre Richtung ab.

Mark D. hatte ihn inzwischen ebenfalls gesehen. Er trat das Gaspedal durch. Einer der Reifen riß die Grasnarbe auf und quietschte, als der Wagen auf die Fahrbahn zurücksprang. Mark D. riß das Steuer nach links, und sie jagten auf dem Riverside Drive nach Norden bis zur 116. Straße. Dort wendeten sie und rasten auf der Gegenfahrbahn nach Süden.

Sie alle hatten das erschreckte Gesicht des Polizisten gesehen, der hinter dem Steuer des Streifenwagens aus dem Schlaf hochgefahren war. Der Schock war ihm in die Glieder gefahren, als er plötzlich einen zweiten Wagen keine zwei Meter neben sich, auf dem Grünstreifen erblickt hatte.

Die Tachometernadel zeigte auf achtzig. Schneller konnte Mark D. nicht fahren, denn der Verkehr war inzwischen dichter geworden. Irgendwo hinter ihnen hörten sie eine Polizeisirene näher kommen.

Frank ließ hektisch die Revolver unter dem Rücksitz verschwinden.

»Gib mir deine Kanone, Mark D.!« krächzte er heiser.

Mark D. reichte sie ihm über die Schulter, und Frank schob sie ebenfalls unter den Sitz.

»Was is' mit der MP?« fragte Frank.

»Die is' im Wäschesack«, brummte Charles.

Der Streifenwagen kam näher.

Jetzt fuhr er direkt neben ihnen. Der Polizist auf dem Beifahrersitz hielt den Arm aus dem Fenster. Er winkte sie an den Fahrbahnrand.

Mark D. warf Charles einen kurzen Blick zu.

»Tu was er sagt.«

Mark D. steuerte den Wagen auf eine Bushaltestelle und ließ ihn langsam ausrollen. Der Steifenwagen fuhr nun mit der gleichen Geschwindigkeit direkt neben ihnen.

Charles zog die Maschinenpistole aus dem Wäschesack und schob sie hinter Mark D.'s Kopf über die Rückenlehne. Mark D. zuckte zusammen und beugte sich nach vorne über das Steuer. Die Maschinenpistole ratterte los. Der Lärm war ohrenbetäubend. Glassplitter und Staub wirbelten durch die Luft. Eine leere Patronenhülse traf Mark D. am Hinterkopf; andere prallten klirrend gegen die Windschutzscheibe.

Die Körper der beiden Polizisten bäumten sich zuckend in ihren Sitzen auf und kippten zur Seite. Rauch hüllte sie ein. Als er sich wieder verzogen hatte, war von den beiden Cops nichts mehr zu sehen. Der Streifenwagen schien leer.

»Drück drauf, Mann!« schrie Charles. »Mach schon! Voll Stoff!«

Der Streifenwagen rollte noch immer. Langsam rollte er gegen einen geparkten Lieferwagen und kam zum Stehen. Nichts regte sich in dem Wagen.

Das Fahrzeug der Attentäter jagte den Riverside Drive hinab.

»Mein Gott!« krächzte Frank kichernd. Immer wieder schlug er Charles auf die Schulter. »Das ist die Sprache, die diese Arschficker verstehen. Diesmal hab'n sie's begriffen!«

»Ich kann nichts mehr hören!« schrie Mark D. »Warum hast du das nicht vorher gesagt? Oh Gott, meine Ohren! Diese verdammten Ohren bringen mich um!«

»Es war laut«, sagte Frank. »Sogar verdammt laut.«

Charles hatte die Maschinenpistole wieder in den Wäschesack zurückgleiten lassen.

»Fahr zum Broadway rüber«, sagte Charles. Er spähte durch das Rückfenster. Niemand verfolgte sie. »Und fahr ganz normal.«

Mark D. bog ab. Mit dem kleinen Finger bohrte er vorsichtig in seinen Ohren – zunächst im einen, dann im anderen. »Diese verdammten Ohren!« brummte er und schüttelte heftig den Kopf.

Ein brenzlicher Geruch breitete sich im Wagen aus. Charles griff in den Wäschesack und zog ein Paar Nylonhöschen hervor. Sie waren total versengt.

»Ach!« machte Frank und kicherte. »Ganz schön heiß in dem Wäschesack. Der heißeste Sack weit und breit, Mann.«

Charles warf die angekohlten Höschen aus dem Fenster.

»Die heißesten Höschen, die ich je gesehen habe«, griente Frank.

Charles schwieg.

Sie erreichten den Broadway, und Mark D. reihte sich in den dichten Verkehr ein, der nach Norden floß. Die Straßenbeleuchtung brannte bereits. Sie hatten alle vier Fenster nach unten gekurbelt. In der Ferne hörten sie die Sirenen.

Mark D. stoppte den Wagen am Bordstein. Auf einer Verkehrsinsel inmitten des Broadways stand ein Kiosk. Es war ein Eingang zur U-Bahn. Mark D. vermied es, Charles anzusehen.

»Ich geh alleine weiter«, murmelte er. »Höchste Zeit, daß

wir uns trennen, Mann. In einer Stunde ist hier die Hölle los!«

»Zu heiß für dich, was?« grinste Charles. Er musterte Mark D. mit einem verächtlichen Blick.

»Gib mir meine Kanone«, sagte Mark D. über die Schulter.

Frank reichte sie ihm nach vorne, und Mark D. schob sie in seinen Gürtel unter das Hemd. Er stieg aus.

Charles rutschte auf den Fahrersitz. Mit quietschenden Reifen schoß der Wagen in Richtung Uptown davon. Mark D. starrte hinter den Rücklichtern her und verschwand dann im U-Bahnschacht.

Als Charles und Frank die Wohnung betraten, empfing sie der Duft von gebratenen Koteletts. Charles ging zum Fernseher und schaltete ihn ein.

»Essen ist gleich fertig«, sagte Ida.

Charles ignorierte sie. Stumm saß er da und starrte in die Mattscheibe. Irgendwelche Werbespots flimmerten über den Bildschirm. Er wartete auf die Nachrichten.

Die Wohnungstür sprang auf. Es waren Butch und noch zwei andere Männer.

Butch steuerte auf Charles zu und begrüßte ihn mit lässigem Handschlag. »Gratuliere, Mann! Im Radio ist bereits der Teufel los. Überall ist der Teufel los!« Er grinste breit.

»'nen phantastischen zweiten Wagen hatten wir!« knurrte Charles böse.

»Wir waren da, Mann – die ganze Zeit! Wir waren dicht hinter euch, Mann!«

Charles zog die Maschinenpistole aus dem Wäschesack und hängte sie an einen Nagel, der aus dem Rahmen der Badezimmertür ragte.

Butch befingerte die MP und zuckte erschreckt mit der Hand zurück. Er tat, als hätte er sich verbrannt.

»Eine heiße Kanone, Mann«, strahlte er.

Frank grinste: »Die hat geraucht, so heiß war sie!«

Charles hatte den Inhalt des Wäschesacks auf den Boden

geschüttelt und suchte zwischen der schmutzigen Wäsche nach seinen Ladestreifen.

Paula war aus der Küche gekommen, stopfte die Wäsche in den Sack zurück, und brachte ihn ins Bad.

Charles starrte wieder auf die Mattscheibe. Die vier Ladestreifen lagen fein säuberlich ausgerichtet neben ihm.

Die Nachrichten kamen. Der Polizeipräsident wurde interviewt. Er war den Tränen nahe. Dann gab der Bürgermeister ein Interview. Auch er ließ die Flügel ziemlich hängen. Dann wurden Bilder von dem durchsiebten Streifenwagen gezeigt und von den Opfern, die auf Tragbahren lagen, und von weinenden Polizisten in irgendeinem Revier.

Die Männer drängten sich lachend um Charles und gaben ihm alle mit der flachen Hand einen kurzen, lässigen Handschlag. Charles' Gesicht blieb ausdruckslos. Er ließ den Bildschirm nicht aus den Augen.

Paula schlenderte dazu und betrachtete die Ladestreifen auf der Bettdecke. Sie fuhr mit der Hand über sie, bis sie den leeren Streifen gefunden hatte.

Dann ließ sie ihn wieder auf das Bett zurückfallen. »Du hast es tatsächlich getan!« sagte sie.

»Halt's Maul, Schwester!« knurrte Charles zurück.

»Es gibt zweiunddreißigtausend Polizisten in New York«, sagte Paula. »Hast du vor, sie alle umzubringen?«

Charles schwieg.

»Willst du sie alle umbringen, habe ich gefragt!«

Charles starrte immer noch in den Fernseher.

Das Mädchen drehte sich um und ging in die Küche zurück. Sie legte frische Koteletts in die Pfanne.

Die Nachrichten waren zu anderen Themen übergegangen. Charles stand auf und knipste den TV aus. Dann nahm er seine Maschinenpistole vom Nagel. Sein Gesicht blieb starr und ausdruckslos.

»Schweinekoteletts!« rief Paula und kam mit einem Teller voller knuspriger Koteletts aus der Küche. Sie stellte den

Teller auf den Tisch in der Mitte des Zimmers. Alle setzten sich, um zu essen – alle, außer Charles.

Charles ließ sich wieder auf das Bett fallen und begann, seine Maschinenpistole zu reinigen.

2

Der Chief of Detectives, der auf den seltenen Namen Earl Eischied hörte, lag auf der Ledercouch seines Büros im Polizeipräsidium und schlief. Ein behutsames Klopfen an der Tür war zu hören.

Eischied fuhr auf, und einen Augenblick lang wußte er nicht, wo er sich befand.

Es klopfte erneut, und Eischied knurrte: »Was is' denn?!«

Der Kopf eines Detectives erschien in der Tür. »Da ist ein gewisser Mr. Klopfman am Telefon, Chief. Er sagt, sie kennen ihn. Er sagt, es sei persönlich und dringend.«

Chief Eischied rieb sich die Augen und brummte: »Lassen Sie sich seine Nummer geben.«

»Okay, Chief.«

»Nein, Augenblick! Stellen Sie ihn durch.«

Eischied erinnerte sich nur mehr undeutlich an Klopfman, den er vor einigen Monaten auf einer Dinner-Party kennengelernt hatte. Ein fetter Kerl. Kahl. Klopfman war Vorsitzender eines wichtigen Finanzausschußes und Besitzer eines der größten Kaufhäuser der Stadt. Das bedeutete, er war reich. Reiche Bekannte konnten nützlich sein. Aus diesem Grund war Eischied bereit, mit ihm zu sprechen.

Auf seinem Schreibtisch standen drei Telefonapparate. Einer verband ihn direkt mit dem Polizeipräsidenten. Einer war Eischieds Privatanschluß. Und der dritte, der mit der Telefonzentrale des Präsidiums verbunden war, war mit mehreren Knöpfen ausgestattet – einer dieser Knöpfe leuchtete auf. Neben diesem Apparat lag Eischieds Dienstpistole in ihrem Halfter. Er schob die Pistole hinter seinen

Gürtel, dann griff er nach dem Hörer und schnarrte: »Chief Eischied.«

Die Worte klangen wie ein Vorwurf – und sollten es auch. Es war leichter mit einem Mann zurechtzukommen, der sich in der Defensive befand, als mit einem, der sich unschuldig wähnte. Eischied war lange genug Polizist, um dies zu wissen.

»Oh, hallo Chief! Hier spricht Myron Klopfman, und ich...«

Eischied, der sich rühmte, nie den Namen eines bedeutenden Gangsters, oder eines bedeutenden Politikers zu vergessen, unterbrach ihn rüde: »Kenne ich Sie?«

Während Klopfman – vielleicht eine Spur zu eifrig – erklärte, wann und wo sie sich kennengelernt hatten, wühlte Eischied in seiner Schublade nach einer Zigarre. Als die Zigarre richtig brannte, unterbrach er Klopfman erneut: »Also..., was kann ich für Sie tun?«

»Nun ja, eh... Es geht um meinen Sohn, müssen Sie wissen... Ich habe mich wirklich redlich bemüht, ihm eine gute Erziehung zu geben, doch so ganz erfolgreich war ich damit offenbar nicht – verstehen Sie?«

»Er ist verhaftet worden.«

»Sie wissen davon?« fragte der bekümmerte Vater erstaunt.

»Ich dachte es mir.«

»Sie dachten es sich?«

»Was glauben Sie, wieviele solcher Anrufe ich bekomme?«

Mit belegter Stimme setzte ihm Klopfman umständlich auseinander, daß sein Sohn wegen Ladendiebstahls verhaftet worden war.

»In Ihrem Kaufhaus?« fragte Eischied dazwischen.

»Nein, in irgendeinem Laden.«

Beinahe hätte Eischied losgelacht. Als er noch jünger war, und ein idealistischer, kleiner Detective, hatten ihn die Verwirrungen seiner Mitmenschen oft erstaunt, manchmal geschockt oder sogar gequält. Doch das war lange her.

»Sie haben mich aus einem tiefen Schlaf gerissen«, knurrte er ungerührt.

»Aber es ist doch schon fast Mittag.«

»Ich war die halbe Nacht auf den Beinen. Gestern abend sind zwei Polizeibeamte ermordet worden. Die Schlagzeilen von heute morgen. Ich weiß nicht, ob Sie davon etwas mitbekommen haben.«

»Ja, natürlich. Furchtbare Geschichte. Was können Sie für meinen Jungen tun?«

Eischied hatte seine Füße auf den Schreibtisch gelegt. Er blies Rauchringe an die Decke. »Ist Ihr Sohn vorbestraft?« Das war in der Regel die erste Frage, die gestellt werden mußte, und oft war die Antwort eine Lüge.

»Nein. Das schwöre ich Ihnen.«

Eischieds Pistole bohrte sich ihm unangenehm in den Magen. Er zog sie aus dem Gürtel und legte sie auf den Schreibtisch. »Erzählen Sie mir Genaueres.«

Während Klopfman berichtete, notierte sich Eischied die Einzelheiten: Zeit, Ort, den Namen des Jungen und den Namen des Beamten, der ihn verhaftet hatte. Klopfmans Tonfall entfernte sich immer mehr von dem Flehen des besorgten Vaters und nahm allmählich den fordernden Ton des abgebrühten Geschäftsmannes an. Es klang beinahe, als lese er Summen einer Warenrechnung vor.

»Haben Sie die Dienstnummer des Beamten?«

Klopfman hatte sie nicht. Eischied sagte: »Na schön, ich seh mir den Fall mal an.«

»Wenn Sie diese Sache erledigen könnten, wäre mir das jede Summe wert«, sagte Klopfman vorsichtig.

Ein lastendes Schweigen hing in der Leitung.

»Wir haben in dieser Woche ein sehr großes Angebot an Anzügen«, sagte Klopfman. »Wenn Sie einen neuen Anzug gebrauchen können, kommen Sie doch einfach vorbei und sehen Sie sich mal um.«

Eischied schwieg und dachte nach. Schließlich knurrte er in den Hörer: »Haben Sie schon mal gehört, daß es ein Gesetz gegen Bestechung gibt?«

Klopfman sagte nichts. Das Schweigen dehnte sich aus, und der clevere Geschäftsmann erkannte sofort den für ihn daraus resultierenden Vorteil: er nahm weder sein Angebot zurück, noch entschuldigte er sich – er ließ es einfach in der Luft hängen. Schließlich sagte er: »Geben Sie mir doch Ihre Privatnummer. Ich rufe Sie dann später am Abend nochmal an.«

»Ich rufe Sie an«, erwiderte Eischied und legte auf.

Umgehend klingelte er nach seinem Sekretär. Der Detective, der in das Büro trat, trug ein rotes Hemd, karierte Hosen und einen Revolver an der Hüfte. Er war ein Captain und hieß Finnerty. Er war der Vorgesetzte der zwanzig Männer, die zu Chief Eischieds persönlichem Stab gehörten. Eischied riß das oberste Blatt seines Notizblocks ab und reichte es Finnerty. »Treiben Sie Detective Smallwood auf. Ich will ihn sprechen. Und bringen Sie ihn mir her«, befahl er.

Captain Finnerty starrte auf den Namen. »Ist das alles, was Sie über ihn wissen, Chief? In welchem Revier ist er denn?«

Eischied, der zwischen seinem Drehstuhl und dem Schreibtisch stand, rammte die Pistole mitsamt dem Halfter wieder hinter seinen Gürtel. Dann musterte er Finnerty mit unheilschwangerem Blick. »Ich dachte, Sie seien Detective der New Yorker Polizei?«

»Richtig, Chief.«

»Und was tun Detectives? Sie finden Leute, die gesucht werden.«

»Ja, Chief.«

»Es sollte Ihnen also keine Schwierigkeiten bereiten, diesen Smallwood aufzutreiben, oder?«

»Nein, Chief.«

Chief Eischied hätte Finnerty den Tip geben können, im Gericht mit seiner Suche zu beginnen, wo Detective Smallwood sicherlich noch immer mit seinem Gefangenen, mit Klopfmans Sohn, darauf wartete, an die Reihe zu kommen. Doch Eischied zog es vor, nichts zu sagen. Je weniger seine Leute über seine persönlichen Angelegenheiten wußten, desto besser.

Als Finnerty die Tür hinter sich geschlossen hatte, wählte Eischied auf seinem Privatapparat die Nummer des Vorstrafenarchivs. »Sehen Sie nach, ob Sie etwas unter folgendem Namen haben: Kenneth Klopfman. Ich will wissen, ob er vorbestraft ist – und wenn, schicken Sie mir seine Akte rüber. Schicken Sie mir die Unterlagen so schnell Sie können! Lassen Sie sie mir von einem Ihrer Leute bringen – in einem verschlossenem Umschlag und mit dem Vermerk ‚persönlich und vertraulich'. Ist das klar?«

Er wollte vermeiden, daß sein Stab die Klopfman-Akte in die Hände bekam, und womöglich einen Zusammenhang zwischen Detective Smallwood und Klopfmans Anruf vermutete.

Eischied legte auf und angelte nach dem anderen Apparat. »Finnerty«, knurrte er in die Muschel, »verbinden Sie mich mit meinem Sohn.«

Seine Zigarre war ausgegangen. Er rollte sie von einem Mundwinkel in den anderen. Endlich meldete sich sein Vorzimmer. Diesmal war ein anderer seiner Sekretäre dran: »Ihr Sohn, Chief.«

»Ritchie, hör mal! Was hältst du davon, wenn ich dir 'n Geburtstagsgeschenk kaufe? Ich schicke meinen Wagen 'rüber und lasse dich abholen. So gegen vier Uhr.«

Doch sein Junge, der in zwei Tagen sechzehn wurde, fing an zu jammern, er wolle um vier mit Freunden Softball spielen.

Verärgert stellte Eischied klar: »Du sagst ihnen, du mußt dich mit deinem Vater treffen! Wie geht's deiner Mutter? Ist alles in Ordnung mit ihr? Grüß' sie von mir!« Und ohne eine Antwort abzuwarten, fügte Eischied hinzu: »Also, um vier Uhr!« Dann legte er auf.

Einen Augenblick lang blieb Eischied über den Schreibtisch gebeugt stehen. ›Undankbarer Lausebengel!‹ dachte er. ›Wenigstens ist er nie wegen Ladendiebstahls verhaftet worden.‹

Der Chief of Detectives rief erneut Captain Finnerty an. »Lassen Sie meinen Wagen vorfahren«, befahl er.

In dem flachen Korb auf seinem Schreibtisch türmten sich die zu unterschreibenden Dokumente und Papiere. Eischied waren dreitausend Zivilbeamte unmittelbar unterstellt. Er hatte den Rang eines Drei-Sterne-Polizeioffiziers inne; einen von vier im ganzen Präsidium. Er war lediglich dem Chiefinspector mit seinen vier Sternen unterstellt, dem höchsten Polizeibeamten der Stadt in Uniform. Ranghöher als der Chiefinspector waren nur mehr die sieben Deputy Commissioners und der Commissioner selbst natürlich – samt und sonders politische Amtsträger.

Eischied begann damit, die Papiere zu unterzeichnen. Meist Routinekram. Er verschwendete kaum einen Blick darauf. Versetzungsgesuche einiger Detectives in andere Reviere oder zu anderen Dezernaten, Beförderungsvorschläge der Dienststellenleiter. Der Leiter der Polizeiakademie forderte für die Vorlesungen des nächsten Semesters zwei Detectives an; einen Spezialisten vom Einbruchsdezernat und einen von der Mordkommission. »Zwei gute Männer für ihn abkommandieren«, kritzelte Eischied quer über das Schreiben.

Dann kam der Stoß »besondere Vorkommnisse« – kurz zusammengefaßte Berichte der schwereren Straftaten des gestrigen Tages; von den jeweiligen Detectives verfaßt, die die Fälle bearbeiteten. Eischied hatte nicht die Zeit, sie sofort zu lesen. Er legte sie in seinen Aktenkoffer – zu den Utensilien seines Berufs; sein lederbezogener Gummiknüppel, eine Schachtel mit Patronen für seine 38er, ein Paar Handschellen, seine Reservepistole. Ihr Anblick erinnerte ihn stets aufs Neue daran, daß Gewalttätigkeit ein wesentlicher Aspekt des Metiers war, in welchem er seine Brötchen verdiente. Er war eher ein Schreibtischmensch – einer, der die Dinge organisierte. Der Streifendienst in den Straßen war ihm unbekannt. In den mehr als zwanzig Jahren, die er nun bei der Polizei war, war er noch nie direkt in irgendwelche Gewalttätigkeiten verwickelt gewesen. Doch dies konnte sich jederzeit ändern – dessen war er sich völlig bewußt.

In seinem Aktenkoffer lag auch ein dickes Dossier über

terroristische Vereinigungen, das er von der politischen Abteilung angefordert hatte. Er hatte noch nicht die Zeit gefunden, einen Blick hineinzuwerfen.

Eischied hatte angeordnet, daß die Ermittlungen im Fall der beiden ermordeten Polizisten vom 24. Revier aus, in der 100. Straße West, durchgeführt wurden. Das 24. Revier lag in einem Neubau und besaß eine moderne Nachrichtenzentrale; ein Vorteil, den die meisten der Polizeireviere von New York nicht zu bieten hatten, die in der Regel in irgendwelchen alten Bruchbuden untergebracht waren.

Eischied ließ sich in seinem schwarzen Plymouth Fury zum 24. Revier fahren. Es war zwar ein Zivilwagen, aber jeder Polizist und jeder Ganove der Stadt erkannte, zu Eischieds Verdruß, in ihm auf den ersten Blick den Polizeiwagen: er hatte einfach zu wenig Chrom-Schnickschnack, keine Zierleisten, war stets auf Hochglanz poliert, und vor allem strotzte der Wagen geradezu vor Funkantennen. Aus drei der vier Kotflügel ragten zwar kurze, doch äußerst empfindliche Antennen, und vom Armaturenbrett baumelten drei Mikrofone – eines für die Frequenz der Zivilfahndung der Kriminalpolizei, eines für die Notruffrequenz, die jeder Einsatzwagen der Polizei empfangen konnte, und eines, das ausschließlich der Kommunikation zwischen dem Police Commissioner, dem Chief Inspector, einer Handvoll anderer hoher Polizeioffiziere und Eischied, dem Chief of Detectives, vorbehalten war. Eischied hatte den Wagen, sowie die beiden Beamten, die sich als Chauffeure ablösten, rund um die Uhr zu seiner alleinigen Verfügung.

Auf der Straße vor dem 24. Revier drängten sich Neugierige und – wie Eischied auf den ersten Blick feststellte – jede Menge Reporter, sowie einige Fernsehteams. Es gab kein Durchkommen für Detective Lonie Malfitano, der ihn heute chauffierte.

»Machen Sie die Sirene an, Louie«, befahl Eischied. Mit heulenden Sirenen schob sich der Wagen langsam durch die Menge, bis die Vorderräder die Gehsteigkante berührten.

Kaum war Eischied aus dem Wagen gestiegen, stürzten

sich die Presse- und Fernsehreporter auf ihn und drängten ihn gegen den Wagen. Louie bahnte ihm einen Weg durch die Menge; ohne nach links oder rechts zu blicken, stapfte Eischied unbeirrt die Stufen zum Eingang des 24. Reviers empor. Lediglich die Zigarre, die er zwischen die Zähne geklemmt hatte, wanderte in den anderen Mundwinkel, als er die Tür hinter sich zuwarf.

»Wir wollen eine Stellungnahme, Chief!« riefen die Reporter.

»Kommen Sie, Chief! Nur ein paar Worte!«

Eischied eilte unverzüglich in den zweiten Stock. Von dem geräumigen Bereitschaftsraum hatte man einige seperate Büros abgetrennt. Vor einer dieser Türen wartete Maloney, der Zwei-Sterne-Chief aller Detectives von Manhattan-Nord, in Begleitung einiger anderer Polizeioffiziere.

Der Bereitschaftsraum selbst war überfüllt mit Streifenbeamten und zivilen Detectives. Einige davon waren direkt mit der Aufklärung des Attentats betraut, doch die meisten waren gar nicht im Dienst, und lediglich der Schock des gewaltsamen Todes ihrer Kollegen hatte sie hierher getrieben. Nun warteten sie, ob sie eventuell gebraucht wurden. So war es immer, wenn ein Polizist ermordet wurde, und niemand brachte es fertig, die Kollegen nach Hause zu schikken – auch wenn sie nur untätig herumstanden.

Eischied trat in das Büro und zog die Tür hinter sich ins Schloß.

»Was haben wir an konkreten Spuren in der Hand?« fragte er.

»Nicht viel, Chief«, antwortete Inspector Gleason düster.

Eischied warf einen Blick auf den Notizblock des Beamten, der mit Kopfhörern vor einem Tonband in der Ecke des Büros saß. Über sämtliche Rundfunkstationen und in den Zeitungen war eine Sondertelefonnummer bekannt gegeben worden. Den ganzen Morgen waren Hinweise aus der Bevölkerung eingetroffen, und auf Band aufgezeichnet wurden. Jeder einzelne dieser Anrufe wurde nach einem bestimmten Schlüssel in dem dicken Notizblock aufgelistet. Eischied blätterte die letzten Seiten zurück. Die Hinweise waren nichtssagend und vage – wie stets, wenn die Polizei auf Mithilfe aus der Bevölkerung angewiesen war.

Der und der besitzt eine Waffe. Der und der handelt mit Drogen. Nichts, das zu Hoffnungen Anlaß gegeben hätte.

Ganze Scharen von Zivilbeamten waren ausgeschwärmt, um die Hinweise zu überprüfen. Möglicherweise war ein Anruf dabei, der sich als eine heiße Spur zu dem Mann mit der Maschinenpistole erweisen würde. Doch Eischied glaubte nicht daran. Er schob dem Detective den Notizblock wieder hin.

Warum nur war er diesesmal so pessimistisch? – fragte er sich.

Die einzige Erklärung, die ihm in den Sinn kam, war alles andere als eine Erklärung: Irgendwas war anders als sonst.

Chief Maloney von Manhattan-Nord räusperte sich: »Wir haben die Aussagen von den drei sogenannten Zeugen hier. Sie haben unterschrieben, und wir haben sie nach Hause geschickt.«

»Zeigen Sie mal.«

Inspector Gleason schob Eischied die Aussagen über den Schreibtisch. Eischied kannte die Aussagen, denn er hatte die Zeugen am Morgen selbst vernommen, ehe er sich kurz aufs Ohr gelegt hatte. Alle drei Zeugen behaupteten, genau gesehen zu haben, wie der Fluchtwagen auf dem Riverside Drive in Richtung Süden davongerast war. Doch jeder hatte einen anderen Wagentyp und ein anderes Modell angegeben. Zwei der Zeugen sagten, der Wagen sei grün gewesen, und es bestand somit durchaus die Möglichkeit, daß der Wagen tatsächlich grün war. Der dritte Zeuge, ein älterer Witwer, der seinen Hund spazieren geführt hatte, hatte allerdings felsenfest behauptet, der Wagen sei rot gewesen.

»Das Schlimmste dabei ist«, knurrte Eischied und gab Gleason die Aussageprotokolle zurück, »daß wir mit solchen Beschreibungen vor Gericht auf die Schnauze fallen. Sollten wir diesen Schweinehund mit seiner MP tatsächlich zu fassen kriegen, wird ihn sein Rechtsanwalt mit der Begründung herausboxen, daß sich sämtliche Zeugen widersprechen.«

Chief Maloney reichte ihm den Bericht des Polizeiarztes, mitsamt den scheußlichen Fotos vom Tatort und einigen Aufnahmen der beiden im Leichenhaus aufgebahrten, nackten Toten. Einer der beiden, ein 22jähriger Junge, war erst um 4 Uhr morgens gestorben; das hieß, er war sieben Stunden auf dem Operationstisch gelegen. Als er dann doch starb, hatte man das Blut abgewaschen und sämtliche Operationsschnitte vernäht. Die größte Naht war fast einen Meter lang und war nur provisorisch verschlossen – mit einem einzigen Faden, der Eischied an eine Angelschnur erinnerte. Es sah aus, als hätte jemand einen Reißverschluß in den Körper des Jungen genäht. Der Reißverschluß fing zwischen den Beinen an und verlief bis zum Hals.

Der zweite Streifenpolizist war etwas älter gewesen. Er lag mit geschlossenen Augen auf der Bahre, die Arme entlang seines Körpers ausgestreckt. Hätte seine Haut nicht diesen unnatürlichen, wächsernen Schimmer gehabt, hätte man glauben können, er schliefe. Eine der Kugeln hatte seinen Penis abgerissen. Die anderen Geschosse hatten ihn unter der Achsel getroffen und waren auf der anderen Seite wieder ausgetreten, sodaß man die tödlichen Einschüsse nicht sah.

Tränen stiegen in Eischieds Augen. Es waren keineswegs die ersten solcher Aufnahmen, die er während seiner Dienstzeit zu sehen bekommen hatte, doch jedesmal gingen sie ihm gleichermaßen an die Nieren. »Wir kriegen diese Schweinehunde!« knurrte er heiser. Dieses Versprechen war an die Fotos gerichtet.

Betreten wandten die Anwesenden ihre Blicke ab, und Eischied versuchte, seine Fassung wieder zu erlangen. »Was sagen die Ballistiker?« fragte er nach einer Weile.

Man reichte ihm den Bericht der Ballistiker, und er las ihn flüchtig durch. Siebzehn Kugeln waren sichergestellt worden – einige aus den Bäumen auf der anderen Straßenseite, einige aus den Leichen der beiden Opfer. Die meisten der sichergestellten Geschosse waren so stark deformiert, daß sie für eine ballistische Identifikation wertlos waren; doch drei davon wiesen eindeutige und spezifische Merkmale auf, sodaß sie jederzeit identifiziert werden konnten – vorausgesetzt, andere Geschosse mit der gleichen Markierung und die dazu gehörende Maschinenpistole tauchten irgendwann einmal auf.

»Wieso sind nur so wenige der Kugeln verwendbar?« wollte Eischied wissen.

Chief Maloney von Manhattan-Nord antwortete ihm: »Weil die meisten durch die Wagentür gingen, ehe sie die beiden trafen.«

Das Telefon klingelte. Der Detective mit den Kopfhörern drückte einen Knopf, und die Polizeioffiziere unterbrachen ihr Gespräch. Das Tonbandgerät hatte sich automatisch in Gang gesetzt; der Detective trug den Anruf in seinen Notizblock ein, während er dem Anrufer einige gezielte Fragen stellte. Die Polizeioffiziere, die die Stimme am anderen Ende der Leitung nicht hören konnten, starrten auf die rotierende Spule des Tapes, als wollten sie sie beschwören, endlich den ersehnten konkreten Hinweis auf die Täter aufzuzeichnen.

Nachdem der Detective das Gespräch beendet hatte, hingen die Blicke der Männer erwartungsvoll an seinen Lippen, doch offenbar hatte er nichts Wichtiges mitzuteilen, denn er hob nicht einmal den Blick, als er seine Eintragung vervollständigte.

»Die Ballistiker haben gute Arbeit geleistet«, sagte Inspector Gleason schließlich. »Die ganze Nacht über haben sie in den Bäumen nach Geschossen gesucht. Sie haben einige Kugeln gefunden, die zuerst die Wagentür und dann die Kollegen durchbohrten, ehe sie in den Baumstämmen stekken blieben.«

»Wir können von Glück reden, daß es außer den beiden Polizisten nicht noch mehr Opfer gegeben hat«, sagte Eischied.

Er griff erneut nach dem Bericht der Ballistiker. »Wissen die, um welche Waffe es sich handelt?«

»Sie nehmen an, daß es eine MP aus der US-Armee war«, erwiderte Inspector Gleason.

Eischied nickte. »Okay, worauf warten wir also? Fangen wir mit der Waffe an. Ist Lieutenant McDonagh hier?«

Lieutenant McDonagh wurde aus dem Bereitschaftsraum gerufen. »Also Mac«, sagte Eischied. »Die MP ist Ihr Job. Sie setzen sich mit der Bundespolizei in Verbindung. Besondere Schwerpunkte: Alkohol, Drogen und Waffen. Checken Sie die FBI-Kartei durch – und unsere eigene natürlich auch...« Eischied entwarf seine Strategie, während er sprach. »Wieviele Männer brauchen Sie, um die Waffe zu finden? Genügen acht Mann? Überprüfen Sie die einzelnen Staaten. Vielleicht gibt es Staaten, in denen man legal Maschinenpistolen kaufen kann. Weiß jemand, ob in letzter Zeit ein Waffenlager der Armee überfallen worden ist?« Er warf einen fragenden Blick in die Runde, doch keiner der Anwesenden reagierte auf seine Frage. »Reichen Ihnen acht Mann? Fangen Sie mal mit acht an.« Eischied glaubte selbst nicht, daß McDonagh die Waffe finden würde – nicht mit acht Mann und auch nicht mit fünfzig – aber das würde er niemals offen zugeben, denn damit würde er McDonagh und seinen Männern die Motivation nehmen. Daß er ihm acht Mann zuteilte, konnte McDonaghs Optimismus nur steigern. Außerdem war es von großer Bedeutung, daß McDonagh ein Lieutenant war, denn dieser Umstand garantierte ihm Kooperation und freundliches Entgegenkommen von seiten der Bundes- und Staatsbehörden.

Als McDonagh gegangen war, brummte Eischied: »Wahrscheinlich stammt die Waffe aus Vietnam. In der Stadt und im ganzen Land wimmelt es nur so von Maschinenpistolen, Handgranaten und Schlimmerem, die aus Vietnam eingeschmuggelt wurden. Dieser Krieg hat uns damals schon um ein Haar ruiniert, und er macht uns noch immer zu schaffen.«

Er verteilte die übrigen Aufgaben. Zu zweit wurden Beamte losgeschickt, um sämtliche Personen zu überprüfen, die während des letzten halben Jahres von den beiden Streifenbeamten verhaftet worden waren. Möglicherweise waren die beiden erschossen worden, weil jemand eine persönliche Rechnung mit ihnen zu begleichen hatte – doch Eischied glaubte nicht so recht daran. Er schickte zwei Beamte ins Büro des Staatsanwalts, um die Mitschnitte anzufordern, die von abgehörten Telefonanschlüssen bekannter Extremisten gemacht wurden. Eischied war sich darüber im klaren, daß er die meisten dieser Tapes aus rechtlichen und verwaltungstechnischen Gründen nie in die Hände bekommen würde, und daß er einen Großteil des morgigen Tages vergeblich mit dem Staatsanwalt um ihre Freigabe feilschen würde.

Hin und wieder klingelte das Telefon, das Tonbandgerät schaltete sich selbständig ein und wieder aus, und der Detective mit den Kopfhörern machte seine Eintragungen. Der Reihe nach ließ Eischied immer zwei der Zivilbeamten aus dem Bereitschaftsraum in das Büro rufen, instruierte sie kurz und schickte sie los, die Hinweise aus der Bevölkerung im einzelnen unter die Lupe zu nehmen. Die Mehrzahl der Anrufe nannten Adressen in den Ghettos der Schwarzen, und nachdem Eischied wieder einmal zwei seiner Detectives nach Harlem geschickt hatte, brummte er: »Die Nerven unserer Männer sind zum Zerreißen gespannt. Wir können froh sein, wenn wir uns am Ende dieser Woche nicht damit herumschlagen müssen, daß sie vorschnell einige unserer schwarzen Mitbürger über den Jordan schickten.«

Seit Mitternacht war man damit beschäftigt, Anwohner und Passanten in der Nähe des Tatorts zu befragen. Man hatte drei Stunden zu spät damit begonnen, und Eischied gab den Befehl, dasselbe um neun Uhr – also 24 Stunden nach der Tatzeit – noch einmal zu wiederholen. Vielleicht war einem Passanten, der gerade von der Arbeit nach Hause gekommen war, etwas aufgefallen. Es war zumindest denkbar, daß einer der Beamten diesen eventuellen Zeugen auf dem Nachhauseweg von der Arbeit aufspürte, und einen wertvollen Hinweis erhielt. Oder, gesetzt den Fall, jemand kam aus irgendwelchen Gründen nur einmal in der Woche an dem Tatort vorbei? Dies bedeutete, daß in der nächsten Woche die Befragung wiederholt werden mußte.

»Wenn irgend 'ne revolutionäre Gruppe dahintersteckt, müßten wir eine Nachricht erhalten, in der sie sich zu dem Attentat bekennt«, überlegte Eischied. »Solche Typen können es nicht lassen, sich mit ihrer Tat zu brüsten.«

Diesesmal allerdings sollte es kein Bekenntnis zur Tat geben, doch das konnte Eischied natürlich nicht ahnen.

»Vielleicht war es auch ein Racheakt?« murmelte Eischied. »Oder nur ein Verrückter? Bekommen wir – oder die Presse – allerdings eine Nachricht von Ihnen, wissen wir genauer, wo wir zu suchen haben.«

Doch er konnte sich des beharrlichen Gefühls, daß alles hoffnungslos sei, nicht erwehren. Natürlich wußte er, daß sich dieses Gefühl fast immer einstellte, wenn die Ermittlungen gerade erst anliefen. Der Täter konnte überall und nirgends sein, und die Polizei tappte im Dunkeln. In der Regel jedoch verschwand dieses Gefühl der Hoffnungslosigkeit, sobald die ersten konkreten Hinweise auftauchten; doch diesesmal war alles ganz anders – das fühlte er.

Eischied öffnete die Tür und rief nach Louie, seinem Chauffeur, und als dieser nicht sogleich auftauchte, brüllte er los: »Wo steckt Detective Malfitano?«

Drei der Detectives stürzten davon, um den Fahrer des Chiefs zu suchen.

»Sie haben nach mir gerufen?« fragte Louie, als er schließlich in das kleine Büro trat.

Eischied bestellte ein Sandwich und Kaffee. Die anderen Polizeioffiziere ebenfalls. Geld flatterte auf den Schreibtisch. Louie schob es zusammen und ging.

Während sie aßen, las ihnen Eischied das Dossier der politischen Abteilung vor. Als jedoch die Namen, Daten und Akronyme ehemaliger revolutionärer Gruppen zu einem unübersichtlichen und unentwirrbaren Durcheinander anzuwachsen drohten, schickte Eischied einen der Detectives los, eine Tafel zu besorgen. Nachdem man eine große Standtafel in das enge Büro geschoben hatte, faßte Eischied seine Informationen in einigen Spalten zusammen: der ›SDS‹, die ›Weathermen‹, die ›Panther‹. Die Ermordung von Polizisten war nichts Neues. Die ›Weathermen‹ waren vorwiegend Weiße, die ›Panther‹ Schwarze. Die ›Bewaffnete Revolutionäre Unabhängigkeitsbewegung‹ rekrutierte sich hauptsächlich aus Puerto-Ricanern. »Gott sei Dank haben wir es hier nicht auch noch mit Chicanos, Indianern oder Mexikanern zu tun«, seufzte Eischied. Er schlürfte an seinem Kaffee. Die ›Schwarze Befreiungsarmee‹ war zerschlagen worden; ihre Führer waren entweder tot oder im Gefängnis. Eischied machte Spalten für die ›FALN‹, die ›FURIA‹ und die ›CAL‹. In den Fällen, in denen es bekannt war, schrieb er den Zeitpunkt der Entstehung und den Zeitpunkt der Zerschlagung dieser extremistischen Organisationen dazu.

»Jede dieser Vereinigungen kann dahinter stecken«, erklärte er. »Oder keine davon. Es könnte aber genausogut eine ganz neue Gruppe sein. Oder irgendein verrückter Einzelgänger – doch das glaube ich eigentlich nicht. Wahrscheinlich ist es eine neue Bewegung, die aus einer bereits etablierten hervorgegangen ist. Das ist der normale Verlauf der Dinge. Je länger so eine Organisation existiert, desto unüberschaubarer und diffuser wird ihre Struktur; ihre politischen und philosophischen Ambitionen werden für manche Anhänger unverständlich. Gewalt aber ist leicht zu verstehen. Die ungeduldigen, oft gewalttätigen Wirrköpfe spalten sich ab und beginnen damit, Polizisten umzubringen.«

Eischied wischte sich den Kreidestaub von den Händen. Die fünf Offiziere studierten schweigend die Tafel. Chief Maloney nahm einen kräftigen Biß von seinem Sandwich. Inspektor Gleason warf seinen leeren Kaffeebecher in den Abfallkorb.

»Das ist alles reine Theorie, oder etwa nicht, Chief?« sagte Gleason.

Was sollte Eischied darauf sagen?

Gleason war alles andere als ein Theoretiker – und ganz bestimmt kein Philosoph. Für ihn war es ein klarer Fall von Polizistenmord. Das Geschreibsel an der Tafel war kein Ersatz für eine Adresse, und die Adresse des Mörders war alles, was Gleason interessierte – die Ideologie des Mörders war ihm egal.

Gleason betrachtete eingehend seine Fingernägel. Er war in Eischieds Alter, hatte aber bereits schlohweißes Haar und eine auffallend große, fleischige, rote Nase. Gleason hatte sich vom Streifenbeamten durch die Polizeihierarchie nach oben geschuftet, und wahrscheinlich war von ihm zu viel verlangt, Verständnis für die Hintergründe eines solchen Falls zu erwarten. Hierin unterschied er sich nicht viel von den übrigen Polizeioffizieren. Außerdem waren es seine Männer gewesen, die man abgeknallt hatte.

»Wieviel schwarze Zivilbeamte warten noch draußen im Bereitschaftsraum?" fragte Eischied.

»Etwa fünfzehn, Chief.«

»Wir verteilen sie über die schwarzen Wohnbezirke«, befahl Eischied. »Sie sollen sich unauffällig umhören und die Augen offenhalten.« Doch was waren schon fünfzehn Mann im Dschungel der New Yorker Ghettos?

Es klopfte, und ein Captain in Uniform steckte seinen Kopf durch die Tür. »Die Typen von der Presse rauben uns noch den letzten Nerv, Chief. Sie wollen wissen, ob Sie eine Erklärung abgeben werden.«

Eischied folgte dem Captain nach unten. Als sie durch die Tür auf die Straße traten, stürzte sich eine ganze Meute von Reportern auf Eischied. Kameras begannen zu surren, und von allen Seiten stürmten Fragen auf ihn ein.

»Die Ermittlungen gehen voran«, begann Eischied.

»Haben Sie bereits konkrete Spuren, Chief?«

Es gab keine Spuren. Und hätte es welche gegeben, wäre es nicht an der Zeit gewesen, dies öffentlich bekanntzugeben – noch nicht. Die Täter waren möglicherweise noch in der Stadt; doch ebensogut konnten sie bereits in Ohio oder in Kalifornien sein. Ein guter Kriminalbemater legt seine Karten nicht gleich offen auf den Tisch, denn dadurch provozierte er unter Umständen die Flucht der Täter. Doch die Öffentlichkeit und mehr als dreißigtausend beunruhigte Polizeibeamte mußten beschwichtigt werden.

Eischied legte seine Stirn in Falten und hob die Stimme: »Wir verfolgen zur Zeit etliche vielversprechende Hinweise. Mehr kann ich dazu im Augenblick nicht sagen. Ich sollte vielleicht an dieser Stelle noch einmal unsere Sondertelefonnummer wiederholen. Wir sind rund um die Uhr bereit, Hinweise aus der Bevölkerung entgegenzunehmen. Jeder Anruf wird von uns ernst genommen und im übrigen natürlich strikt vertraulich behandelt. Keiner braucht seinen Namen anzugeben.«

»Wieviele Beamte arbeiten an dem Fall, Chief?«

»Viele«, knurrte Eischied, und die Linien in seinem Gesicht wurden hart. Rücksichtslos bahnte er sich einen Weg durch die Menge. Die Kameras blieben auf ihn gerichtet, bis er seinen Wagen erreicht hatte.

Detective Malfitano sah ihn kommen und startete den Motor. »Nichts wie weg hier, Louie«, zischte Eischied.

»Und wohin jetzt, Chief?«

Eine halbe Stunde später stand Eischied, in Begleitung seines Sohnes, in der Abteilung für Herrenbekleidung des Klopfmanschen Kaufhauses. Er beugte sich zu dem Verkäufer hinab, der hinter dem Kassenschalter saß und sagte: »Würden Sie bitte Mr. Klopfmann Bescheid sagen, daß Mr. Eischied hier ist.«

Er wartete, während der Verkäufer mit dem Telefon beschäftigt war.

»Mr. Klopfman möchte mit Ihnen sprechen, Sir.«

Klopfmans Stimme klang aufgeregt. »Haben Sie Neuigkeiten für mich, Chief?«

»Nichts Neues – was Sie angeht«, brummte Eischied grob in den Hörer. »Ich war den ganzen Tag wegen des Attentats auf die beiden Polizisten auf Achse. Wenn sich was tut, sage ich Ihnen Bescheid. Ich bin nur gekommen, weil ich meinem Sohn einen neuen Anzug kaufen möchte.«

»Ich bitte Sie, Chief. Bedienen Sie sich. Und geben Sie mir den Verkäufer nochmal. Ich werde ihm das erklären. Warum suchen Sie sich nicht auch gleich einen aus, wenn Sie schon mal hier sind?«

Eischied schwieg und verdaute erst mal diese Neuigkeit. Offensichtlich ging man davon aus, daß ein Anruf beim Chief of Detectives keine billige Angelegenheit war.

»Sie brauchen nur die Quittung zu unterschreiben, Chief. Und bitte geben Sie mir nochmal den Verkäufer.«

»Ich werde gar nichts unterschreiben.«

Plötzlich klang Klopfman gleich weniger großspurig: »Entschuldigen Sie, Chief. Ich wollte damit nicht...«

Eischied hielt dem Verkäufer den Hörer unter die Nase. »Der Boß will mit Ihnen reden.«

Draußen auf dem Bürgersteig vor Klopfmans Kaufhaus schüttelte Eischied seinem Sohn zum Abschied die Hand. »Bestell deiner Mutter Grüße von mir. Ich kann wahrscheinlich nicht zu deinem Geburtstag kommen, aber du weißt doch, ich denk an dich.«

Während der Dienstwagen des Chief of Detectives den East River Side nach Süden, in Richtung des Präsidiums, rollte, hatte Eischied seinen Diplomatenkoffer geöffnet und blätterte in der Akte über revolutionäre Organisationen. Einige der Dossiers waren älter als fünf Jahre. ›Und ich dachte, wir hätten ihnen das Wasser abgegraben‹, überlegte er düster. Fing das alles wieder von vorne an?«

Als Eischied in sein Büro trat, empfing ihn Captain Finnerty mit Neuigkeiten: »Detective Smallwood wartet schon den ganzen Tag auf Sie, Sir.« Außerdem gab ihm Finnerty einen versiegelten Umschlag.

Im ersten Augenblick konnte sich Eischied nicht erinnern, wer Smallwood war, doch als er den Umschlag aufgerissen hatte und den Inhalt sah, fiel es ihm wieder ein. In dem Umschlag steckte ein gelbes Blatt Papier – Kenneth Klopfmans Vorstrafenregister. Der Junge war bereits zweimal wegen Ladendiebstahls festgenommen worden. Ort und Zeit der Festnahme, und die Namen der Beamten waren angegeben.

Das nächstemal, wenn sich jemand die Akte des Jungen ansieht, sind drei Festnahmen drauf, und Detective Smallwoods Name ebenfalls, dachte Eischied.

Er überlegte, wen der Vater des Jungen wohl die letzten

beiden Male bestochen hatte – und warum der Junge nicht im Kaufhaus seines Alten klaute. Das würde es für alle Beteiligten wesentlich einfacher machen.

»Und Sie sollen zum Commissioner kommen, sobald Sie zurück sind«, fügte Captain Finnerty hinzu.

Neben Finnertys Schreibtisch war Smallwood von seinem Stuhl aufgesprungen. Ein harter Bursche, stellte Eischied mit einem kurzen Blick fest. Unrasiert. Trug ein offenes Hemd, einen ausgewaschenen Pullover. In Harlem würden sie ihn sofort als Zivilbullen erkennen. Für andere Leute mochte er aussehen wie ein heruntergekommener Exboxer. Aufgrund eines mysteriösen Befehls direkt aus dem Büro des Chief of Detectives wartete er nun bereits seit fünf Stunden. Für einen Detective war das nichts Neues. Sie wurden dafür bezahlt, zu warten.

»Kommen Sie mit rein, Smallwood«, knurrte Eischied.

Detective Smallwood folgte Eischied in dessen Büro.

»Setzen Sie sich, Smallwood.«

Smallwood, der sich wahrscheinlich ohne mit der Wimper zu zucken einer Schießerei stellen würde, sah mit einemmal gar nicht mehr wie ein harter Bursche aus. Er war plötzlich verdammt nervös. Was hatte er verbrochen, daß er hierher bestellt wurde?

»Wo hat Sie mein Mann denn aufgetrieben?« erkundigte sich Eischied freundlich, und überging die Nervosität Smallwoods.

»Ich war mit einem Häftling bei Gericht.«

»Eine größere Sache?«

Hinter der Fassade eines zwanglosen Gesprächs holte Eischied Smallwood aus. Smallwood war in einem Kaufhaus gewesen, um nach einem Geburtstagsgeschenk für seine Frau zu suchen. Er wollte seinen Augen nicht trauen, als er zufällig diesen jungen Burschen – Kenneth Klopfman – beobachtete, wie er wahllos allen möglichen Krimskrams in seine Taschen stopfte. So war es zu der Verhaftung gekommen – obwohl Smallwood gar nicht im Dienst gewesen war.

»Der Junge ist ein Kleptomane, Chief.«

Eischied nickte. »Gute Arbeit. Ich bin zufrieden mit Ihnen, Smallwood. Was wissen Sie über Terroristen?«

»Schwarze, Chief?«

»Schwarze oder Weiße?«

»Ich war bisher nur im Einbruchsdezernat, Chief.«

Man konnte davon ausgehen, daß Klopfman seinem Sohn einen cleveren und hochdotierten Anwalt besorgen würde, und es waren eine ganze Reihe von Anhörungen und Gegenüberstellungen zu erwarten. Würde der Beamte, der die Verhaftung vorgenommen hatte, zu einer dieser Anhörungen nicht erscheinen – zum Beispiel, weil ihn der Chief of Detectives in einem anderen Fall auf Trab hielt – war es sehr wahrscheinlich, daß der Richter das Verfahren einstellte. Kein Mensch würde auf die Idee kommen, daß der Chief of Detectives seine Hand im Spiel hatte.

»Ich möchte, daß Sie bei der Aufklärung der gestrigen Polizistenmorde mitarbeiten. Ich werde Sie Inspector Gleason zuteilen.«

Eischied begleitete Smallwood zur Tür. »Es tut mir leid, daß Sie so lange warten mußten«, sagte er jovial zum Abschied und klopfte dem verdutzten Detective auf die Schulter. Zu Captain Finnerty gewandt, sagte er: »Fragen Sie, ob der Commissioner jetzt Zeit für mich hat.«

Der Commissioner erhob sich hinter seinem mächtigen Schreibtisch. Sein Jackett hing über der Stuhllehne. Eischied überreichte ihm die Unterlagen, die für die Ehrenbestattung der beiden erschossenen Polizisten genehmigt werden mußten.

»Sie haben das hier wahrscheinlich noch nicht zu Gesicht bekommen, Commissioner.«

Der Commissioner blätterte die Papiere flüchtig durch und sagte: »Das werden sicher recht große Beerdigungen, Earl?«

»Ja. Die erste ist morgen und die zweite übermorgen.«

Während dieser zwei Tage würde die Arbeit der Polizei nur im beschränkten Maße vonstatten gehen, denn für jede der Ehrenbestattungen waren fünftausend New Yorker Polizisten abkommandiert. Zu beiden Seiten der Kirchen würden Tausende von Polizisten in Uniform die Straßen füllen. Und natürlich würden auch die Spitzen der gesamten Polizeihierarchie den Toten die letzte Ehre geben – und der Bürgermeister, sowie Scharen von kommunalen und nationalen Politikern, Abordnungen der Polizei aus etwa zwanzig anderen Städten würden – sogar aus Pennsylvania und Washington D.C. – anreisen.

Eischied versuchte sich die letzte Szene vorzustellen: fünftausend weiße Handschuhe, die sich zum letzten Gruß an die Mützen hoben, während der Sarg beim Klang der Fanfaren in die Kirche getragen wurde.

Eischied sah vor dem Portal der Kirche die ranghöchsten Offiziere der New Yorker Polizei Seite an Seite zum Ehrenspalier angetreten, und ein Gedanke zuckte durch sein Gehirn: wenn hinter dem Anschlag Terroristen steckten, dann wäre das eine ideale Situation für ein Attentat. Binnen weniger Sekunden könnten sie das gesamte Präsidium ausradieren. Er hörte das Rattern der Maschinenpistolen, und eine erschreckend deutliche Vision des Blutbads trieb ihm den Schweiß auf die Stirn. Wieviele Polizeioffiziere würden unter den Opfern sein? Und keiner würde übrig bleiben, um die Verfolgung der Täter und später die Ermittlungen zu organisieren.

»In einer Stunde bin ich mit dem Bürgermeister verabredet, Earl.«

Und viele der fünftausend Polizisten würden ebenfalls sterben. Natürlich würden die Überlebenden dieses Massakers die Waffen ziehen, und wohl kaum einer der Terroristen hätte eine Chance, zu entkommen. Doch in dem Durcheinander wäre selbst das möglich.

Er wußte natürlich nicht, ob sie es tatsächlich mit politischen Extremisten zu tun hatten, aber er nahm sich vor, auf den umliegenden Dächern Polizisten zu postieren. Und er würde eine Stunde vor den Zeremonien Bombensuchtrupps in die Kirchen schicken.

Eischied war nicht wirklich beunruhigt. Wer hatte schon den Mut, sich im Angesicht von fünftausend bewaffneten Polizisten auf ein solches Himmelfahrtskommando einzulassen? Wohl niemand!

»Was kann ich also dem Bürgermeister berichten?«

›Sagen Sie ihm, wir suchen nach einem Burschen mit einer Maschinenpistole‹, dachte Eischied. ›Aber wir haben keinen blassen Dunst, wo wir suchen sollen und nach wem. Wahrscheinlich hat er die Waffe längst verschwinden lassen und ist bereits über alle Berge...‹

»Wie gehen die Ermittlungen voran?«

»Nicht gut, Commissioner. Nicht gut.«

3

Everett Walker trug, wie er es seit Jahren gewohnt war, einen makellos weißen Kaftan. Sein leuchtend roter Fez war weder vom Schweiß, noch von der Sonne ausgebleicht – und das war in diesem Land etwas Besonderes. Der Regierungsbeamte hinter dem Schreibtisch trug einen schlechtsitzenden und reichlich zerknitterten europäischen Straßenanzug. Die meisten Regierungsbeamten, mit denen Walker hier bisher zu tun gehabt hatte, hatten einen Persianerteppich in ihrem Büro – dieser hatte keinen.

Die Jahre des Exils hatten Walker äußerst sensibel für politische Nuancen gemacht – obwohl in diesem Fall jeder Narr die Nuancen verstehen mußte. Der Araber hinter dem Schreibtisch, der auf den schönen Namen Abbas hörte, sprach nicht einmal Französisch. Er konnte nur arabisch und mußte nach einem Dolmetscher schicken.

Walker hatte etwas Französisch gelernt. »Wie entwickelt sich Ihre Revolution?« erkundigte er sich höflich. Obwohl es ihm schwerfiel, versuchte er seiner Stimme einen freundlichen, unverfänglichen Tonfall zu geben. Ein politisches Gespräch leitete man mit Small-talk ein.

Der Dolmetscher sagte: »Monsieur Abbas weiß, daß Sie als Präsident Ihrer Befreiungsbewegung nicht viel Zeit haben, und er fragt Sie, in welcher Weise er ihnen behilflich sein kann.«

Walker hatte seine eigene Dolmetscherin mitgebracht – eine 22-jährige Holländerin aus Amsterdam. Sie hatte ihn vor einigen Wochen um ein Interview gebeten und behauptete, sie sei Journalistin. Sie hatte allenfalls sein Buch gelesen – aber eine Journalistin war sie ganz bestimmt nicht. In erster Linie war sie eine Frau – mit einem phantastischen Körper, einem hübschen Gesicht, und der festen Absicht, sich keine Erfahrung entgehen zu lassen.

Und sie sprach fließend englisch und französisch.

»Sag ihm, ich gebe heute abend einen Empfang anläßlich der Einweihung meiner neuen Botschaft«, erwiderte Walker. »Sag ihm, daß ich noch keine Antwort von seiten seiner Regierung erhalten habe, und daß ich gekommen bin, um zu erfahren, aus wievielen Personen sich die Delegation seiner Regierung zusammensetzen wird.«

Das war eine ziemlich formelle Rede – und Walker wartete, bis sie die Holländerin in Französisch wiederholt, und der Regierungsdolmetscher sie ins Arabische übersetzt hatte. Dann wartete er, bis die Antwort zurückkam.

Die Holländerin schien verwirrt. »Er sagt, daß es wegen dringlicher Staatsgeschäfte keinem der Minister seiner Regierung möglich sei, deiner großzügigen Einladung Folge zu leisten.«

Offenbar hatte Walker eine Antwort wie diese erwartet, denn sein Gesichtsausdruck blieb unbewegt. Schließlich erlaubte er sich ein breites Lächeln, und einen kurzen Augenblick lang blitzten seine strahlend weißen Zähne gefährlich auf.

Dem Araber hinter dem Schreibtisch schien die Angst in die Knochen zu fahren. Walker entging dies keineswegs, und er nahm es als Beweis, daß zumindest noch ein Rest seiner Ausstrahlung und seines Rufs übrig geblieben war.

Walker besaß eine sanfte und angenehme Stimme. Die beste Wirkung erzielte er, wenn er vor einer größeren Zuhörerschaft sprach – und mit seinen Schriften natürlich. In seiner Stimme war nichts von der Gewalttätigkeit zu erkennen, mit der er sich seinen Ruf verschafft hatte. »Sag ihm, ich erwarte zahlreiche Vertreter der internationalen Presse«, befahl er seiner Dolmetscherin.

Monsieur Abbas stotterte etwas auf arabisch, doch als seine Antwort übersetzt wurde, erwies sie sich als unerbittlich: »Er sagt, seine Regierung bedauere es zutiefst, deiner großzügigen Einladung unter gar keinen Umständen nachkommen zu können.« Die Holländerin war nun gänzlich verwirrt und starrte Walker ungläubig an.

Walker begriff, daß er sie besser nicht mitgebracht hätte. Sie war austauschbar – genau wie ihre Vorgängerinnen. Sie alle waren fasziniert von der schillernden Rolle, in die ihn die Welt gedrängt hatte; sie waren ein Teil des Spiels. Dieser Holländerin hatte er es zu verdanken, daß er in den letzten Wochen nicht verrückt geworden war. Er wollte sie nicht verlieren, denn ohne sie waren seine Tage – wenn nicht sein ganzes Leben – leer. Außer ihr gab es niemanden und nichts mehr.

Und nun erlebte sie ihn als einen Mann, der seine Macht verloren hatte, als einen ganz gewöhnlichen Bittsteller. Sie würde ihn wegen eines Schauspielers oder eines Torreros verlassen.

Walker ließ seine flache Hand krachend auf den Schreibtisch sausen. »Ich will sofort Monsieur Habib sprechen!« Habib war der höchste Regierungsfunktionär, mit dem Walker je zu tun gehabt hatte.

»Er sagt, er bedauere zutiefst, doch Monsieur Habib sei zu einer anderen Dienststelle versetzt worden.«

»Es genügt, wenn ich Muhammad Jamal sprechen kann.«

»Er sagt, er bedauere...«

Mit einem gezwungenen Lächeln kam Abbas um seinen Schreibtisch herum und streckte Walker die Hand entgegen. Seine Hand zitterte.

Walker, der seine Beherrschung wiedererlangt hatte, zog

sich auf einen verbalen Versuch, sein Gesicht zu wahren, zurück: »Sag ihm, daß seine Regierungsgelder nicht ausreichen! Wenn die Regierung keine Erhöhung der Subventionen bewilligt, sehe ich mich möglicherweise gezwungen, seine Regierung vor den Augen der revolutionären Völker der Welt bloßzustellen. Sag ihm, daß ich mich unter Umständen sogar veranlaßt sehen könnte, meinen Regierungssitz in ein anderes, gastfreundlicheres Land zu verlegen.«

Walkers Stimme war sanft geblieben, doch seine schwarzen Augen saugten sich regelrecht am Gesicht des kleinen Arabers fest, dessen Unbehagen sichtlich wuchs. Die Blicke der Holländerin huschten zwischen dem Araber und Walker hin und her. Auf ihrem hübschen Gesicht spiegelte sich abwechselnd Verblüffung und Zweifel. Sie begriff allmählich, was Walker schon längst wußte und vergeblich abzuwenden versucht hatte: die Regierung war seiner überdrüssig. Er war zu einer unerwünschten Figur geworden. Walker sah, wie es hinter ihrer glatten Stirn arbeitete.

Sie übersetzte Abbas Antwort: »Er sagt, es stünde dir natürlich frei, zu gehen. Doch er fürchtet, kein anderes Land wird dich aufnehmen.«

»Sag ihm, ich vergeude meine Zeit nicht mit Dummköpfen.«

Mit großen Schritten verließ Walker das Büro. Er fühlte sich leer und kämpfte gegen ein Gefühl von Übelkeit. Doch er hoffte, sein Abgang entbehrte nicht der Würde. Der kleine Araber hinter ihm verabschiedete ihn mit einer steifen, formellen Verbeugung in Richtung seines wehenden Kaftans.

Walkers ›Botschaftsgebäude‹ war eine Villa in einem dieser schäbigen Vororte der Stadt. Sie lag eingeklemmt inmitten all der anderen Villen, und war wie diese von einer hohen Steinmauer umgeben.

Als Walker damals in Nordafrika angekommen war, hatte man ihm ein halbes Stockwerk im Grand Hotel, mitten im Zentrum, zur Verfügung gestellt. Minister hatten ihm ihre Höflichkeitsbesuche abgestattet. Presseoffiziere der Regierung hatten ausländische Journalisten zu seiner Tür begleitet, und seine Erklärungen hatten die Titelseiten der Weltpresse gefüllt.

Später hatten dann seine Reisen nach Nordkorea, Nordvietnam und Schwarzafrika Schlagzeilen gemacht. Und überall hatte er in seinen Reden dem Kolonialismus und dem Imperialismus die Maske vom Gesicht gerissen.

Doch sein Presseempfang an diesem Nachmittag lockte nur noch dreizehn Gäste an – die Dolmetscher mitgerechnet. Ein riesiger, fetter Bursche von der ›Angolanischen Befreiungsfront‹ war erschienen, und ein baskischer Separatist. Ein Kurde war unter den Anwesenden, sowie ein Vertreter der chinesischen Botschaft, der ein permanentes Lächeln zur Schau trug. Der dreizehnte Gast war ein großgewachsener, etwa 30-jähriger Mann; offensichtlich Amerikaner. Presse oder CIA, vielleicht auch beides. Walker, der darauf wartete, um ein Interview gebeten zu werden, beobachtete ihn verstohlen. Schließlich schickte er das holländische Mädchen zu ihm, um ihm auf den Zahn zu fühlen. Während der nächsten zwanzig Minuten mischte er sich unter seine Gäste, und ohne die beiden aus den Augen zu lassen, schüttelte er Hände und stieß mit Orangensaft und Soft Drinks – man war schließlich in einem arabischen Land – auf die revolutionären Organisationen der Welt an.

Nur selten wurden die Dolmetscher gebraucht.

»Wie entwickelt sich deine Revolution, Bruder?«

»Ausgezeichnet, Bruder. Und deine?«

›Ist das alles, was von meinen Leuten übriggeblieben ist?‹ fragte sich Walker.

Der revolutionäre Kampf einiger dieser Männer hatte noch einen wesentlich weiteren und steinigeren Weg zu überwinden, als der seine, dachte Walker. Einige von ihnen waren schon beträchtlich länger im Exil als er. Aber keiner hatte so viele Jahre wie er im Knast gesessen.

Walker hielt es nicht mehr aus, wie die Katze um den heißen Brei zu schleichen, und schlenderte zu dem holländischen Mädchen und dem Amerikaner hinüber, der sich als Journalist aus Paris vorstellte.

Walker begrüßte ihn mit einer steifen Verbeugung. Die Erfahrung hatte ihn gelehrt, daß dies die beste Art war, mit Jornalisten umzugehen. Wer im politischen Rampenlicht stand, durfte sich keine Vertraulichkeiten mit Schreiberlingen wie diesem erlauben.

Walker wartete darauf, interviewt zu werden.

Der Journalist – falls er überhaupt einer war – unterbrach sein angeregtes Gespräch mit der Holländerin und wandte sich Walker zu: »Ich war wegen einer anderen Story in Nordafrika und hörte von Ihrem Empfang. Ich dachte, vielleicht würden Sie gerne eine Presserklärung abgeben.«

»Wir sprechen uns, wenn die Gäste gegangen sind«, entschied Walker und entfernte sich mit einem freundlichen Kopfnicken.

Sobald der Empfang vorüber war, begannen sie mit dem Interview. Auf zwei unbequemen Stühlen saßen sie sich in dem kleinen Garten der Villa gegenüber, die von der unbarmherzigen Sonne steinhart gebacken war, sodaß nicht einmal mehr Unkraut gedieh. Der Journalist reichte Walker ein paar Zeitungsausschnitte.

»Letzte Woche wurden in New York zwei Polizisten ermordet. Mich würde interessieren, was Sie dazu zu sagen haben.«

Walker faltete die Zeitungsausschnitte auseinander. Er betrachtete die Fotos eingehend: ein durchsiebter Streifenwagen, die gesamte Polizeihierarchie in Reih und Glied vor der Kirche anläßlich der Totenmesse für die beiden Kapitalistenknechte. Er empfand Genugtuung; die Revolution war nicht tot! Doch dann schüttelte er verärgert den Kopf. Man hatte die potentiellen Möglichkeiten dieses revolutionären Akts vergeudet: Laut Zeitungsbericht hatte sich die Widerstandsgruppe nicht einmal zu ihrem Anschlag bekannt. Keine politische Erklärung war der Tat gefolgt.

»Das war seit Jahren der erste Anschlag auf die Polizei«, sagte der Journalist. »Haben wir es hier mit einem Einzelfall zu tun, oder ist das der Auftakt zu neuen Unruhen?«

»Historisch gesehen haben sich alle Revolutionen zunächst gegen die Polizei, als die bewaffneten Handlanger der Unterdrücker, gerichtet«, dozierte Walker mit sanfter Stimme. »Und was die USA – diesen angeblichen Hort der Freiheit – betrifft, ist in der geschichtlichen Entwicklung erneut der Punkt erreicht, an dem Proteste und Demonstrationen keine politische Relevanz mehr haben, an dem nur noch die Eskalation der Gewalt sinnvoll ist.«

»Sie leben nun schon seit etlichen Jahren in Nordafrika«, sagte der Journalist. »Ich hatte eigentlich angenommen, Sie hätten die Gelegenheit genutzt, Ihre Position neu zu überdenken.«

»Da gibt es nichts zu überdenken – höchstens die Wahl der Waffen.«

Walker war mit dem Verlauf des Interviews zufrieden. Der Journalist zeigte Interesse und notierte jedes Wort. Doch Walkers Gedanken kreisten um die Frage, welche Gruppe hinter dem Anschlag steckte. Kannte er die Leute? Aber warum hatte sich niemand zu dem Anschlag bekannt?

Wie ein Künstler sein Modell, faßte der Reporter Walker genau ins Auge. Er entwarf eine schnelle Skizze, die Walkers buschigen, schwarzen Vollbart, seinen goldenen Ohrring, den weiten Kaftan und seine Kampfstiefel betonte.

Er nickte kurz in Richtung der Zeitungsausschnitte in Walkers Hand und fragte: »Heißen Sie so etwas gut?«

Walker fixierte ihn unverwandt. »Sie meinen die Exekution von Bullen?«

»Die Ermordung von Polizisten – ja.«

»Ehe ich darauf antworte«, erwiderte Walker vorsichtig, »lassen Sie mich Ihnen eine Frage stellen.« Er machte eine rhetorische Pause und lehnte sich mit einem überlegenen Lächeln zurück. »Haben Sie sich jemals einen dieser alten Kriegsfilme angesehen?«

»Von welchem Krieg reden Sie?«

»Vom Zweiten Weltkrieg.«

»Sicher. Aber worauf wollen Sie hinaus?«

»Lassen Sie mich Ihnen eine typische Szene aus einem dieser Filme schildern. Ein Gestapomann steht auf Wache.

Es ist stockdunkel, und nur die Abzeichen seiner Uniform und sein Gesicht sind zu erkennen. Er ist ein relativ junger Bursche und träumt offenbar mit offenen Augen – von zu Hause oder von der letzten Nacht mit seiner Geliebten. Völlig unvermittelt taucht ein Widerstandskämpfer hinter ihm auf, wirft ihm eine Drahtschlinge um den Hals und erdrosselt ihn.«

»Kommen Sie zur Sache«, sagte der Journalist ungeduldig, doch sein düsterer Gesichtsausdruck verriet, daß er ganz genau wußte, worauf Walker hinauswollte.

»Heißen Sie so etwas gut?«

»Gestapo? Sicher.«

Walker nickte bedächtig. »Jedesmal, wenn ich mir einen solchen Film angesehen habe, fanden die Leute nichts dabei. Sie applaudierten sogar. Sie brüllten Hurra – verdammt!« Er wedelte mit den Zeitungsausschnitten. »Und jetzt frage ich Sie, worin liegt der Unterschied zwischen einer solchen Szene und dem hier?«

»Ich bitte Sie!« schnaubte der Journalist wütend. »Amerika ist nicht Nazi-Deutschland! Sie können die New Yorker Polizei nicht mit der Gestapo gleichsetzen!«

»Das hängt doch wohl vom Standpunkt des Betrachters ab, oder?« erwiderte Walker gelassen. »Für eine Menge Leute ist das gar nicht so abwegig.«

Der Reporter war wütend. Walker zeigte keinerlei Regung. Sie starrten einander in die Augen.

»Manchmal«, fuhr Walker fort, »hängt der Standpunkt des Betrachters davon ab, welche Hautfarbe er hat. Und wenn sie zufällig mit der falschen Hautfarbe geboren sind, sehen alle Bullen wie die Gestapo aus.«

Der Journalist zwang sich, ruhig zu bleiben. »Der Grund, warum man Gewalttaten gegen die Gestapo gutheißen kann, ist der, daß Gewalt – oder Mord, wenn Sie wollen – die einzige Möglichkeit war, sich gegen einen totalitären Staat zur Wehr zu setzen.«

»Das ist richtig«, stimmte Walker gelassen zu. »Es freut mich, daß Sie das so klar erkennen.«

»Amerika ist kein Polizeistaat!«

»Für manche Leute nicht – nein.«

Sie starrten einander unverwandt in die Augen.

Schließlich sagte der Journalist: »Dieser Kaftan, den Sie tragen, ist eigentlich eher im östlichen Mittelmeerraum üblich. Außerdem sind Sie kein Araber. Warum tragen Sie ihn überhaupt?«

»Meine Kleidung ist unwichtig.«

»Warum tragen Sie dann einen Kaftan?« beharrte der Journalist.

»Die Revolution braucht Solidarität«, erklärte Walker. Er zerknüllte einen Zipfel des Kaftans in seiner Faust. »Dieses Kleidungsstück ist für mich eine Möglichkeit, meine Solidarität mit dem revolutionären Kampf der Völker der Dritten Welt zu demonstrieren.«

Der Journalist schien Walker um jeden Preis reizen zu wollen: »Was immer in Amerika geschehen mag, Sie haben damit nichts mehr zu tun. Sie sitzen hier fest. Sie sind auf der Flucht vor dem Gesetz. Sie können nie mehr zurück.«

Walker fixierte den Journalisten, bis dieser die Augen niederschlug. Dann sagte er: »Mit modernen Kommunikationsmitteln kann ich die Bewegung auch von hier aus lenken.«

Doch es gelang ihm nur unvollkommen, den wehmütigen Unterton aus seiner Stimme zu verbannen, und der Journalist dachte: Früher war dieser Everett Walker der gefährlichste Extremist Amerikas, denn er besaß einen scharfen Verstand und Beredsamkeit dazu, doch heute ist er nur mehr ein Wrack.

»Haben Sie die Morde an den Polizisten von hier aus gelenkt?«

Walker blieb stumm.

Wieder starrten die beiden einander an. Walker warf erneut einen Blick auf die Zeitungsausschnitte, die auf seinen Knien lagen. Nur ein paar Fetzen Papier, doch sie hatten die Kraft, in ihm mein Heimweh zu ungeheurer Intensität zu erwecken, wie er es bisher noch nie erlebt hatte. Er glaubte fast, das intensive, pulsierende Leben in den Straßen von New York zu fühlen. Er erinnerte sich daran, welch großen Anteil er daran gehabt hatte – und welchen Einfluß auf die Menschen! Sein Volk hatte ihn damals gebraucht – und brauchte ihn noch immer. Doch auch er brauchte sie. Denn jeder Mensch brauchte einen anderen Menschen, den er lieben kann. Und er braucht einen Sinn im Leben! Und welchen Sinn hatte sein Leben hier?! Sein Platz war inmitten seines Volkes! Es hatte eine Zeit gegeben, in der sein Land viele revolutionäre Führer – er selbst war einer von ihnen gewesen – besessen hatte, doch die Polizei hatte sie entweder erschossen oder in den Gefängnissen verschwinden lassen, oft mit Begründungen, die an den Haaren herbeigezogen und konstruiert waren. Malcolm und sogar Martin, der eigentlich nur ein netter Oncle Tom gewesen war, hatte man ermordet. Bis schließlich nur mehr er selbst, als einer der letzten revolutionären Führer, übriggeblieben war. Die Knechte der Mächtigen hatten die Schlinge immer enger gezogen. Die Revolution lag inzwischen in Trümmern. Ihm war nichts anderes als die Flucht ins Exil geblieben – wollte er nicht seine Freiheit und wahrscheinlich auch sein Leben verlieren. Er hatte das, was von der Organisation übrig war, den Rowdies und den Killern überlassen müssen, die stets im Kielwasser revolutionärer Bewegungen segeln; die zwar notwendig sind, aber aufgrund ihres unpolitischen Bewußtseins nie aus den Augen gelassen werden dürfen.

Er war am Leben geblieben – zwar viertausend Meilen von New York entfernt – doch bereit, der Revolution zu dienen, wann immer sie ihn brauchte. Hinter Gittern oder auf dem Friedhof wäre er für niemanden von Nutzen gewesen. Er würde warten, bis der richtige Moment für seine Rückkehr kam. Und dieser Tag würde kommen – davon war Everett Walker fest überzeugt. Die Jahre des Wartens waren oft unerträglich gewesen und manchmal hatte er fast schon die Hoffnung aufgegeben. Er wußte, seine einzige Chance bestand darin, sein Gespür für den richtigen Augenblick zu bewahren und dann zu handeln. Vielleicht war dies der Tag, auf den er so lange gewartet hatte?

Er hatte sehr viel gelesen – im Gefängnis, und später dann im Exil: Ho, Mao, Castro, Ben Bella, Bourguiba, und sogar De Gaulle. Sie alle hatten Zeiten der Erniedrigung kennengelernt und waren sogar im Gefängnis gewesen – genau wie er... Doch sie alle konnten sich stets ihrer Anhängerschaft sicher sein, auch in den schwersten Zeiten. In seinem Fall war er sich dessen allerdings nicht mehr so sicher. Der Imperialismus Amerikas war die infamste Spielart des Imperialismus, die die Geschichte je gekannt hatte; denn sie war zutiefst hedonistisch und besaß einen verführerischen, blendenden Glanz. Innerhalb des Islam, selbst im Kommunismus, existierte ein intellektueller Spielraum, doch in den Ghettos der amerikanischen Großstädte waren ein protziger Wagen und das schnelle Geld die einzigen Dinge, die zählten. Walker hegte die Befürchtung, daß die unterdrückten Massen in diesen Ghettos, sein revolutionäres Potential, bereits zu viel von dem bequemen Leben gesehen hatten, und daß sie jedes geistige Interesse verloren. Seine Revolution war eine Revolution ohne die Unterstützung durch die Masse, und er sah keine Möglichkeit, wie er dies ändern konnte. De Gaulle war aus dem Exil zum gesamten französischen Volk zurückgekehrt, doch er würde allenfalls zu einer Handvoll entwurzelter... Sein Gehirn weigerte sich, diesen Gedanken zu Ende zu denken.

Es waren die Kinder, die ihn am meisten brauchten, überlegte er. Ohne ihn – oder jemanden wie ihn – würden sie zu einer Generation von Schwachköpfen heranwachsen, deren Bedürfnisse sich auf Funktionen unterhalb der Gürtellinie beschränken würden.

»Mich würde interessieren, was Sie eigentlich motiviert«, fragte der Journalist.

»Ich habe den Eindruck, das ist ein Thema, das Sie nie verstehen würden«, erwiderte Walker.

»Mein Gott! Kommen Sie mir nicht so!« entgegnete der Reporter ungeduldig und wiederholte seine Frage. »Es gibt Leute«, fügte er hinzu, »die behaupten, Sie seien nichts als ein Exsträfling, der zweimal wegen bewaffneten Raubs im Knast gesessen hat.«

»Das mag früher vielleicht einmal so gewesen sein«, sagte Walker. »Ich überfiel Drugstores und Supermärkte wegen der Kohle und weil es mir Spaß machte. Damals war ich jung und hatte keinerlei politische Motivation.«

»Und dafür saßen Sie im Ganzen neun Jahre ab.«

». . . und benutzte die Gelegenheit, mich weiterzubilden«, ergänzte Walker.

»Also noch einmal: welche Motivation steht hinter Ihrer Karriere?«

»Lassen Sie mich Ihnen zunächst eine Frage stellen. Haben Sie in dem Haus, in dem Sie aufgewachsen sind, jemals Ratten im Treppenhaus um die Abfälle kämpfen sehen? Aus welcher Stadt stammen Sie überhaupt?«

»Aus Greenwich, Connecticut«, antwortete der Journalist.

»In Detroit kamen die Ratten bis in die oberen Stockwerke.«

»Warum haben Sie denn nicht den Kammerjäger gerufen?«

»Das habe ich einmal getan«, sagte Walker. »Das Geld für ihn habe ich mir aus einem Drugstore besorgt. Er hat es eingesteckt, aber die Ratten liefen weiter durchs Haus. Er hat uns schlichtweg beschissen.«

Der Reporter lachte. »Es gibt einfach keine Gerechtigkeit auf der Welt, nicht?«

»Ich rede hier gar nicht von Gerechtigkeit, Mann! Ich rede von der Würde des Menschen«, zischte Walker. »Sind Sie im Winter schon mal in den Keller gegangen, weil Sie's nach drei Tagen vor Kälte in Ihrer Wohnung nicht mehr ausgehalten haben, und der Hausbesitzer nirgends aufzutreiben war? Sind Sie schon mal mit einem Kerzenstummel in den Keller gestolpert, weil es dort unten keinen Strom gab, durch Scharen von knirschenden Küchenschaben und Ratten, um dann festzustellen, daß die ganze Heizung mitsamt den Rohren total zugefroren war?«

»Jetzt übertreiben Sie aber.«

Walker studierte den oberen Rand der Gartenmauer, die

Mauer seines gegenwärtigen Gefängnisses. »Dort wo ich herkomme, sind die Menschen arm. Der Überlebenskampf ist so hart, daß sie nicht bemerken, daß ein Leben ohne Würde nicht lebenswert ist. Wenn man den Menschen ihre Würde nimmt, ist das ein Verbrechen! Oder sind Sie anderer Meinung?«

»Was Sie da über die Küchenschaben und Ratten erzählt haben, ist eine Übertreibung.«

Walker gab sich keinen Illusionen hin: Dieser Journalist würde alles, was er ihm erzählte, ins Lächerliche ziehen – das wurde ihm nun immer deutlicher. Sein Artikel, falls er überhaupt erschien, würde ihn als einen verschrobenen Narren ohne Perspektive und als geborenen Verlierer hinstellen.

Walker stand abrupt auf und beendete das Interview, indem er einfach im Haus verschwand.

Doch der Reporter, der ganz bestimmt kein Neuling war, folgte ihm. Walkers Kampfstiefel hallten durch die Gänge.

»Während des Vietnamkrieges war hier sicher eine Menge los; eine internationale Auffangstation für Deserteure und Kriegsdienstverweigerer – nicht wahr? Sie brachten diese Leute nach Schweden und in andere Länder, in denen sie politisches Asyl bekamen. Doch der Krieg ist seit einigen Jahren vorbei; womit beschäftigen Sie sich jetzt?«

Walker gab ihm keine Antwort. Er lief durch das Haus und sah in leere Zimmer. In zweien der Zimmer registrierte der Journalist je ein Bett, und im ganzen Haus existierten nur drei Tische und ein paar Stühle. Walkers Kopiergerät machte keinen vertrauenerweckenden Eindruck; es sah aus, als wäre auf ihm seit Jahren keine Kopie mehr gemacht worden. In einem der Zimmer standen zwei schäbige Koffer, zwei Kartons mit Büchern und eine Schreibmaschine.

»Die Tantiemen Ihrer Bücher werden von der U.S. Regierung beschlagnahmt, soweit ich orientiert bin. Wovon leben Sie?«

Der Jornalist wartete vergebens auf eine Antwort.

Wie aus heiterem Himmel entlud sich plötzlich Walkers

aufgestaute Wut, und er begann, das Land seines Exils zu beschimpfen und Verwünschungen gegen die Regierung und sämtliche Minister auszustoßen. Obwohl sie früher selbst Revolutionäre gewesen seien, seien sie nun fett und behäbig geworden. Auf Araber könne man sich eben nicht verlassen – das sehe man schon an ihren gelben, biliösen Augen, tobte er. Alles was sie geschaffen hätten, sei eine neue Klasse von Funktionären und eine Bürokratie, die sich in nichts von der Babylons – womit er Amerika meinte – unterscheide.

Als der Reporter gegangen war, eilte Walker mit wehendem Kaftan auf die Straße hinaus. Manche der Passanten grüßten ihn, doch er stürmte an ihnen vorbei, ohne von ihnen Notiz zu nehmen. Erst als er die Kaimauer der Uferpromenade erreicht hatte, blieb er vor einer Steintreppe stehen, die zum Strand hinab führte. Dort stand er lange und starrte auf das Meer hinaus. Sein Leben war genau so leer geworden, wie die See dort draußen, schien es ihm, und eine tiefe, stumme Verzweiflung füllte seine Seele. In ohnmächtigem Zorn trat er mit voller Wucht gegen die niedrige Steinmauer. Sein Kampfstiefel schlug ein Stück Mörtel heraus. Ein Stück weiter entdeckte er eine Bank. Er packte sie, schwang sie über dem Kopf und ließ sie gegen die Steinmauer krachen. Die Bank begann in ihre Bestandteile zu zerfallen, doch Walker hörte nicht auf, sie gegen die Mauer zu donnern, bis er sie völlig zerstört hatte – und einen Teil der Mauer ebenfalls.

Als Walker zu Hause ankam, war die Holländerin verschwunden. Sie hatte einen Zettel auf dem Kopfkissen zurückgelassen, auf dem sie mitteilte, daß sie von Nordafrika die Nase voll habe und es mal in Torremolinos versuchen würde.

Der Reporter saß in seinem Hotelzimmer und tippte. Eigentlich war er wegen der Palästinenser nach Nordafrika gekommen; sie nahmen im Augenblick eine Schlüsselposition unter allen politischen Extremistenorganisationen ein. Das Interview mit Everett Walker war nur so eine Idee gewesen.

Aber der Artikel entwickelte sich nicht schlecht – das sah er bereits. Er hatte sich entschieden, den Artikel etwas zu frisieren, um klarer herauszuarbeiten, wie dieser Hundesohn über die Regierung herzog, die ihn unterstützte. Sie haben diesen Kerl total in der Hand, überlegte der Reporter, als er weitertippte. Er lebt von dem, was sie ihm geben, und er kann keinen Schritt ohne ihre Erlaubnis tun.

Der Journalist gestattete sich ein selbstzufriedenes Grinsen. Wenn die hiesigen Machthaber das hier lesen, geht es Walker an den Kragen, dachte er. Gelbe, biliöse Augen! Das genügt! Das wird ihm seine Unterstützung kosten – vielleicht sogar den Kopf. Dann kann er sehen, wo er bleibt – dieser Hundesohn!

Vor ein paar Jahren noch hatte die gesamte Presse Amerikas diesen Kerl ernstgenommen. Seine eigene Zeitung und ein paar andere hatten Walker zu einem Mythos hochstilisiert. Die Verleger hatten die Direktive ausgegeben: Samthandschuhe! Aber die Zeit der Samthandschuhe war nun vorbei. Jetzt war Walker ein Niemand, und zum Abschuß freigegeben; vergleichbar etwa mit einem Komödianten, über dessen Witze kein Aas mehr lachte, überlegte der Reporter, oder mit einem Sänger, der seine Stimme verloren hat, mit einem Filmstar, deren Titten bis zum Bauch hingen. Mach' ihn fertig!

Der Journalist hielt sich für einen gebildeten und durchaus kompetenten Zeitgenossen, der wußte, wo es langging. Die Araber würden Walker zwar aus dem Land weisen, doch zurück nach Amerika konnten sie ihn nicht schicken. Dort sind sechs Gerichtsverfahren gegen ihn anhängig, und wenn er es je wagen sollte, zurückzukehren, würde man ihn für immer aus dem Verkehr ziehen. Wegen ihm würde man sogar die Todesstrafe wieder einführen.

›Da bin ich mal gespannt, was die Araber mit ihm machen werden, wenn mein Artikel erscheint‹, überlegte der Journalist selbstgefällig.

Nach zwölf Tagen unter strenger Bewachung in einem entlegenen Dorf des Landes, setzte man Walker in eine Maschine der Air Afrique nach Havanna, mit Zwischenlandungen in Casablanca und Caracas. In seiner Begleitung war ein Vietnam-Deserteur namens Ulisses Brown. Der letzte der Männer, die ihn einst umgeben hatten. Die beiden waren die einzigen Passagiere in der ersten Klasse, die von den übrigen Plätzen der Maschine abgetrennt war. »Das erinnert mich an Lenin, der 1917 in einem verschlossenen Eisenbahnwagon durch Deutschland gebracht wurde«, erklärte Walker Brown. Walker fand dies einen treffenden Vergleich.

»Wer is' Lenin?« fragte Brown.

›Wer ist Lenin?!‹ dachte Walker bestürzt. ›Und dieser Brown ist im Augenblick mein einziger Genosse!‹

»Jemand, von dem du dir 'ne Scheibe abschneiden könntest«, erwiderte Walker.

›Browns Bewußtsein ist sowohl Symptom, als auch Ergebnis der Krankheit, die mein Volk heimsucht‹, stellte Walker im Stillen fest. ›Ich liebe ihn, wegen der Ungerechtigkeit die ihm widerfahren ist, und ich hasse ihn, wegen seiner Dummheit; die einzigen politisch relevanten Aktivitäten seines Lebens – und selbst deren ist er sich nicht bewußt.‹

›Ich erwarte einfach zu viel‹, überlegte Walker. ›Armut zerstört den Intellekt, und für die Armen gibt es nicht die Möglichkeit, sich auf der Couch des Psychiaters wieder ins Lot bringen zu lassen. Und das Furchtbarste dabei ist, daß Menschen wie Brown genau zu dem werden, was ihnen immer vorgeworfen wird: sich selbst bestätigende Stereotypen. Doch dafür kann Brown nichts.‹

›Ich liebe ihn‹, dachte Walker. ›Er ist mein Bruder.‹

Obwohl während der beiden Zwischenlandungen Touristen aus- und zustiegen, ließ man Brown und Walker in Ruhe. Brown machte sich einen Spaß daraus, einer der Stewardessen eine Flasche Sekt abzuschwatzen, doch Walker lehnte ab. Es gab für ihn keinen Grund zu feiern – noch keinen. Wer ist Lenin? hatte Brown gefragt. Lenin war auch einer von denen gewesen, die zu einer Anhängerschaft, zu einem revolutionären Potential zurückgekehrt waren.

Der Pullover, den Walker trug, fühlte sich auf der Haut unangenehm an, und dieses Gefühl erinnerte ihn an den fast vergessenen Schnauzbart seines Vaters. Walker zog ein zusammengefaltetes Stück Papier aus seiner Brieftasche. Er begann Worte auf das Papier zu schreiben.

Befreiung

Gewalt

Armee

Waffen

Die Maschine flog nach Havanna, doch dort würde Walker nicht lange bleiben – dessen war er sich sicher. Amerika war durch die Anwendung von Gewalt in die Geschichte eingetreten; seine Wiedergeburt würde ebenfalls Gewaltanwendung erfordern.

Unterdrückung

Sklaverei

»Ein Mann ohne Waffen ist ein Eunuch«, dozierte Walker weiter, »ebenso wie ein Mann ohne Sprache.«

Doch Brown, im Sitzen neben ihm, hatte bereits die Hälfte der Flasche Sekt intus und träumte mit offenen Augen von New York.

Während Walker auf die vier Buchstaben des Akronyms starrte, überlegte er, daß er für den Anfang nur fünf Männer benötigte. Später natürlich mehr; wenn in den anderen Großstädten des Landes Kaderzellen aufgebaut wurden. Brown war ein guter Mann dafür – dessen war er sich sicher. »Fünf Mann genügen für den Anfang, um sie die erste bittere Pille schlucken zu lassen. Fünf Mann sind genug, unserem Patienten das reinigende Brechmittel in den Hals zu stopfen, denn wir werden die Dosis mit der Waffe in der Hand verabreichen. Und der ganze politische Apparat wird an seinem eigenen Blut ersticken.«

Das monotone Vibrieren forderte allmählich auch von Walker seinen Tribut. Er lehnte sich zurück und schloß die Augen; doch sein überreiztes Gehirn wollte nicht zur Ruhe kommen. Es schien, als beschäftige er sich mit dem Entwurf eines Pamphlets oder einer Rede.

Brown hielt sich an die Flasche und gab sich seinen Tagträumen hin. Die Stadtautobusse von New York schwebten wie bunte Schmetterlinge durch seinen Traum, und auf den Gehsteigen flanierten die Mädchen in sommerlichen T-Shirts und ohne BH's – wie in den Illustrierten... Er würde diesen verrückten Vogel neben sich sobald wie möglich abschütteln und dann...

›Die Ungerechtigkeiten und Unterdrückungsmechanismen innerhalb der amerikanischen Gesellschaft waren für jedermann klar erkennbar‹, überlegte Walker. ›Und trotzdem besaß das Gefüge dieser Gesellschaft seine ganz besonderen Eigenarten; deshalb war in Amerika auch eine besondere Art von Revolution notwendig. Amerika war nicht Kuba oder China.‹ Walkers Revolution konnte weder in den unzugänglichen Bergen einer entlegenen Ostprovinz ihren Ursprung nehmen, noch konnte er darauf hoffen, Unterstützung bei einer ausgebeuteten bäuerlichen Unterschicht zu finden. Amerika war eine urbane Gesellschaft, und deshalb war jede Revolution, die nicht die unterdrückten Massen der Städte ansprach, von vorne herein zum Scheitern verurteilt. Zudem litt Amerika an einem Überangebot von Information; der Lärm der Medienhaie war unerträglich. Aus diesem Grund war es die dringlichste und erste Aufgabe eines Revolutionärs, sich in diesem babylonischen Gewirr Gehör zu verschaffen – und Walker mußte dies in den Städten erreichen. In *einer* Stadt. In New York.

Vorsichtig zog Walker die inzwischen zerschlissenen Zeitungsberichte von der Beisetzung der beiden erschossenen Streifencops aus der Brieftasche, und während er die Fotos zum hundertsten Male betrachtete, begann in seinem Gehirn eine Sache Gestalt anzunehmen. Hier standen sie, einer neben dem anderen: die Mächtigen, die das Mordgesindel der Hure Babylon befehligten, und eine ganze Menge längst fälliger Politiker dazu. Kein zu allem entschlossener Kopf einer revolutionären Organisation konnte sich bessere Zielscheiben wünschen! Plötzlich konnte Walker das Rattern der Gewehre hören. Er sah, wie die Chiefs, Commanders und andere hohe Tiere der Polizei zusammensackten.

Als das Zeichen ›FASTEN SEATBELTS‹ aufleuchtete, gurtete sich Walker folgsam an; er konnte auch gehorchen, wenn es sein mußte...

Er faltete die Zeitungsausschnitte wieder zusammen, doch seine Gedanken kreisten weiter um seinen Plan. Er zeichnete sich durch eiskalt kalkulierte Gewalttätigkeit aus, und würde deshalb überall in der Welt großes Aufsehen erregen. So weit er sich entsinnen konnte, hatten weder Lenin, Mao, Fidel, noch irgendein anderer, einen vergleichbar grandiosen Handstreich gegen den Imperialismus geführt. Walkers Attentat würde in zahlreichen Städten des Landes dazu führen, daß sich die unterdrückten Ghettobewohner endlich erhoben – zumindest bestand die Hoffnung. Und dann würde die Revolution in ihre spontane Phase eintreten.

Die Maschine rüttelte stark; sie durchflogen ein Schlechtwettergebiet.

Zunächst mußte ein Revolutionsfonds gegründet werden. Und das Geld dafür würden sie bei Banken requirieren. Die kapitalistische Unterdrückungsmaschinerie muß dort getroffen werden, wo sie am verwundbarsten war: an den Wurzeln des Systems. Jeder revolutionäre Denker der letzten Jahrhunderte hatte das gepredigt. Der erste Schlag mußte die Banken treffen.

Zu Brown gewandt, erklärte Walker: »Noch heute Nacht werden wir die ersten Schritte in eine Neue Welt tun.«

Brown, der dazu übergegangen war, den Sekt direkt aus der Flasche zu trinken, brummte: »Endlich, Mann! Endlich!«

Während des restlichen Flugs starrte Walker durch das dunkle Kabinenfenster. Er würde die Kubaner überreden müssen, ihn nach Florida zu bringen.

Als die Schrift ›NO SMOKING‹ aufleuchtete, drückte er folgsam seine Zigarette aus.

In Havanna glitten die Türen der Maschine mit einem zischenden Seufzen zurück. Die Nacht war warm und feucht.

Walker sog die tropische Luft tief in seine Lungen. »Jenseits des Wassers liegt Florida«, sagte er zu Brown. »Und noch ein Stück weiter – New York.«

»Als erstes werde ich mir 'ne Frau aufreißen«, erklärte Brown.

Walker nahm die letzten Stufen der Gangway und sprang auf das Rollfeld. Die Luft war schwer und süß. Nicht mehr lange, und er war zu Hause.

4

Oft ließ die Zahl der Streifenwagen, die am Tatort eintrafen, Rückschlüsse auf das Ausmaß eines Verbrechens zu. Eischied zählte fünf Wagen, die in zweiter Reihe parkten; plus den Bus der Gerichtsmediziner. Eine größere Sache also. Die Tatsache, daß Eischied persönlich am Tatort auftauchte, machte den Fall natürlich nicht minder bedeutsam.

Es war sieben Uhr am Morgen, und unrasiert wie er war, betrat Eischied das Haus. Ohne den Blick zu heben, eilte er an den gaffenden Nachbarn in ihren Morgenmänteln, und an dem Cop, der sich vor der Wohnungstür aufgebaut hatte, vorbei. Der Tote lag auf dem Rücken in der engen Diele: direkt hinter der Wohnungstür, sodaß die Tür, als sie Eischied hinter sich zuschob, beinahe seine Füße gestreift hätte.

Während des kurzen Augenblicks, als Eischied in die Wohnung geschlüpft war, hatten die Nachbarn die Hälse gereckt, um einen kurzen Blick auf die Leiche zu erhaschen. Eischied hörte, wie ihr Flüstern zu einem erregten Raunen anschwoll, und er drückte die Tür ins Schloß.

Eischied selbst nahm die Situation gelassener – für ihn waren Leichen nichts Besonderes. Er ließ seinen Blick nur kurz über den Toten schweifen, registrierte alles, was für den Augenblick von Belang war, und stieg über ihn hinweg. Sein Gedächtnis hatte sich die wichtigen Einzelheiten in derselben Form eingeprägt, in der sie später im Polizeibericht beschrieben sein würden: bei dem Toten handelte es sich um einen etwa dreißigjährigen Weißen; er trug braune Levi's, Halbschuhe aus Wildleder und ein hellblaues Hemd mit offenem Kragen. Das Hemd war bis zum Gürtel aufgeknöpft, und man sah die Stichwunde in der Solarplexusregion – wahrscheinlich die Todesursache. Sie erinnerte Eischied an die Schnitte, die seine Frau immer in Lammkeulen gemacht hatte, um den Knoblauch hineinzuschieben, doch dieser hier war zweifellos tiefer – bis zur Wirbelsäule, so wie es aussah. Die Wunde hatte etwa die Größe und die Form eines Pflaumenkerns und war bis zum Rand mit Blut gefüllt. Andere Blutspuren konnte Eischied nicht entdekken. Die Hände des Toten waren von einer fast durchsichtigen, wächsernen Blässe. Eischied war von dem Anruf des diensthabenden Sergeants aus dem Schlaf gerissen und kurz informiert worden. Obwohl nur in groben Zügen ins Bild gesetzt, hatte Eischied bereits vor einer Stunde gewußt, daß das Opfer tot war. Im übrigen sprach die Situation in der Wohnung eine beredte Sprache: ganze Schwärme von Streifenpolizisten und Zivilbeamten kommen nie von ungefähr, und die blicklosen Augen des Toten ließen nur einen Schluß zu. Ohne sich dessen bewußt zu werden, waren es die Hände des Toten, die für Eischied jeden Zweifel ausschlossen. Kein Tropfen Blut war mehr in ihnen, und es schien, als sei nur noch Wasser und sonst nichts unter der Haut. So sah er wirklich aus – der Tod. Alles andere war ohne Schwierigkeiten von einem Regisseur und dessen Schminkstab noch zu stellen – nicht aber das Aussehen der Hände eines Toten.

Eischied sah sich kurz in der Wohnung um. Drei Räume gingen von der Diele, in der der Tote lag, ab: Wohnzimmer, Schlafzimmer und Küche. Im Wohnzimmer drängten sich fünfzehn bis zwanzig Cops und Detectives; im Schlafzimmer waren es noch einmal so viel. Die Küche war leer – bis auf Inspector Gleason, der gerade telefonierte.

»Können Sie mal bitte kurz aus dem Weg gehen, Chief?« sagte eine Stimme.

Er warf einen kurzen Blick über die Schulter; der Polizeifotograf suchte einen günstigen Platz, um sein Stativ zu postieren.

Eischied wich in die Küche aus, und im selben Augenblick legte Inspektor Gleason auf.

»Lassen Sie mich Ihnen kurz den Tathergang schildern, Chief«, sagte Gleason. Er hatte seine Marke an das Revers seines Regenmantels geheftet und hielt sein aufgeschlagenes Notizbuch in der Hand. Gleason wohnte hier irgendwo in der Gegend und war sicherlich schon seit einer Stunde hier. »Um Mitternacht hielten sich vier Leute hier in dieser Wohnung auf – allerdings nicht die beiden Opfer. Die Wohnung gehört einer gewissen Joanne Cooper. Vielleicht erinnern Sie sich an den Namen, Chief? Sie war die Freundin von Tommy Zumbo – einem üblen Zeitgenossen. Er wurde vor drei Jahren unten im Foyer dieses Hauses mit einer MP durchsiebt. Vom Täter keine Spur – nur ein paar Kilo Blei in unserem guten Tommy Zumbo... Und diese Joanne Cooper war seine Freundin.«

»Und was hat Tommy Zumbo mit dieser Geschichte zu tun?« wollte Eischied wissen. »Tommy Zumbo ist tot!«

»Ich versuche nur den Tathergang zu verdeutlichen, Chief. Tommy Zumbo schenkte dieser Joanne eine Art von Sprungmesser – so lang wie Ihr Arm und so scharf wie ein Stilett. Anscheinend hat er ihr eine ganze Sammlung von Messerchen geschenkt, und ich rede nicht von Tafelsilber. Das Messer, von dem ich hier spreche, taugt zu nichts – außer es jemandem in den Leib zu jagen. Hier ist es, Chief.«

Das Messer lag auf einem Stück Zeitungspapier auf der Anrichte.

Eischied nickte in Richtung des Toten in der Diele. »Haben Sie ihm das rausgezogen?«

»Nein, Chief. Als die ersten Streifencops hier ankamen, hat es die Cooper, diese Gangsterbraut, oder was auch immer sie ist, aus dem Strumpfband oder aus ihrem Höschen gezogen und es unseren Leuten gegeben.«

Chief Eischied nickte. Soweit also nichts, was ungewöhnlich wäre. »Und wie hieß das zweite Opfer?« fragte er.

»Vinci. Ein berüchtigter Spieler. Ich hab mir sein Vorstrafenregister durchgeben lassen. Zwölfmal vorbestraft: Falschspiel, Versicherungsbetrug – was Sie wollen. Er war ein Freund von Tommy Zumbo. Zumindest kannten sich die beiden: Tommy hat ihn vor Jahren mal übel zurichten lassen.«

»Vergessen Sie doch um Gottes Willen endlich diesen Tommy Zumbo! Der ist seit drei Jahren tot!«

»Okay, Chief. Also, die Braut, diese Joanne Cooper, war die Freundin dieses Spielers. Vinci stand übrigens auch im Verdacht, ein mieser Geldverleiher, ein Wucherer und Erpresser gewesen zu sein.«

Eischied versuchte, sich ein klares Bild aus dem, was Gleason ihm erzählte, zusammenzureimen. Warum brachten es diese Detectives nie fertig, ihm eine klare Geschichte zu erzählen?«

»Also nochmal, Chief. Um Mitternacht halten sich vier Personen in dieser Wohnung auf: diese Joanne Cooper – dreißig, ihre Freundin Donna – ebenfalls dreißig und Stewardess, und zwei Männer. Einer der beiden nennt sich Genovese. Er ist möglicherweise verwandt mit der Mafiosifamilie gleichen Namens. Wir überprüfen das gerade, Chief. Der andere Bursche heißt wahrscheinlich Rodger. Das ist alles, was wir bisher über ihn wissen. Also, es waren zunächst vier Personen in der Wohnung: die beiden Frauen, Genovese und dieser Rodger. So gegen vier oder fünf am Morgen tauchen zwei weitere Männer auf: die beiden Opfer, dieser Vinci – er hat einen Stich in die Lunge abbekommen und wird wohl kaum überleben – und dieser arme Teufel, der dort draußen liegt – Donald Dixon, ein Polizist, der allerdings nicht im Dienst war.«

Das war der eigentliche Grund, aus dem er hierher gekommen war. Mit leiser Stimme sagte Eischied: »Erzählen Sie mir, was Sie über ihn wissen.«

»Er machte die Schicht von vier bis zwölf. Fährt Motorradstreife im 19. Revier. Er wohnt im dritten Stock.« Inspektor Gleason nickte in Richtung der beiden Räume, die an die

Küche angrenzten. »Wir haben die beiden Mädchen getrennt und verhören sie im Augenblick. Soweit wir es uns bis jetzt zusammenreimen können, tauchten so gegen fünf Donald Dixon und Vinci auf. Es kommt zu einer Auseinandersetzung, und die Braut – voll bis obenhin mit Kokain, Gras, Amphetaminen und wer weiß was noch – zieht das Messer, das ihr der von einer Bleivergiftung dahingeraffte Tommy Zumbo weiland verehrt hatte, und steckt es Vinci, ihrem augenblicklichen Lover, zwischen die Rippen. Sie trifft seine Lunge. Als der erste Streifenwagen auftauchte, war er immer noch hier. Die Kollegen erzählten, daß er bereits mindestens 'ne Stunde Blut gespukt haben mußte, und daß er sich weigerte, sich hinzusetzen oder sich verarzten zu lassen. Schließlich schafften sie ihn doch noch in ein Krankenhaus, und dort ringt er nun mit dem Tod. Auf jeden Fall versuchte der Polizist von oben, der Braut das Messer abzunehmen, mit dem sie Vinci niedergestochen hatte – und das war sein Todesurteil. Er hatte das Messer so schnell im Bauch, daß er es wahrscheinlich nicht einmal mitkriegte. Er schrie nur: ›Mich hat's erwischt! Mich hat's schlimm erwischt!‹ Dann fiel er um und war tot.«

Wenigstens war es kein neuerliches Attentat gewesen, denn das hatte Eischied befürchtet, als er erfahren hatte, daß wieder ein Cop getötet worden war. »Glauben Sie, wir können den Fall betrachten, als sei er im Einsatz erstochen worden?«

Gleason, der sich ebenso wie Eischied darüber im klaren war, wie ungünstig die bisher festgestellten Fakten für eine solche Auslegung des Geschehenen waren, schnitt eine Grimasse. »Vielleicht, Chief. Ich weiß es nicht.«

»Vielleicht ist jemand zu ihm raufgerannt, um ihn zu holen. Vielleicht dachte jemand, wenn er den Cop runterholt, kann der den Streit schlichten. Und dabei wurde er dann getötet.«

»So könnte es gewesen sein, Chief«, erwiderte Gleason.

Eischied warf erneut einen Blick auf den Toten in der Diele. Der Polizeifotograf packte soeben seine Sachen zusammen.

»Wo ist seine Dienstpistole?« fragte Eischied.

»Wir haben sie bisher noch nicht gefunden«, antwortete Gleason.

»Dann suchen Sie sie, zum Teufel. Er müßte doch seine Waffe bei sich gehabt haben! Aber vielleicht auch nicht – schließlich war es mitten in der Nacht. Schicken Sie zwei Streifenbeamte in seine Wohnung hoch. Die sollen so lange suchen, bis sie sie haben, Und stellen Sie einen unserer Leute hier in die Küche; wir wollen ja schließlich nicht, daß die Mordwaffe verschwindet.«

Eischied ging in das überfüllte Wohnzimmer; es sah beinahe so aus, als sei dort eine Cocktailparty im Gange. Die Anwesenden standen in kleinen Gruppen zusammen und unterhielten sich angeregt. Auf den niedrigen Tischen standef sogar noch etliche halbleere Gläser herum. Bei genauerem Hinsehen allerdings wurde klar, daß es sich hier um alles andere als um eine zwanglose Cocktailparty handelte.

»Wie sieht es aus?« erkundigte sich Eischied.

Der Spezialist für Fingerabdrücke sah auf: »Jede Menge guter Prints, Chief. Gläser sind einfach.«

Die Detectives mit den Notizbüchern traten etwas zur Seite und überließen Eischied einen Platz neben dem Mädchen. Sie trug ein enges schwarzes Cocktailkleid mit glitzernden Straßverzierungen. Ihre falschen Wimpern waren gut und gerne zwei Zentimeter lang, und ihre Tränen hatten die Schminke verwischt. Schweigend hörte Eischied der Vernehmung zu. Seine Leute machten ihre Sache nicht schlecht. Ihre Fragen waren sachlich und präzise, und sie versuchten der Kleinen klar zu machen, daß sie ihr nur helfen wollten. Was genau war geschehen?

Doch das Mädchen schluchzte nur verzweifelt und hauchte immer wieder, daß sie zwar die ganze Zeit hier auf der Couch gesessen, aber nicht gesehen habe, was geschehen war. Ja, es stimmte, sie und Joanne waren am Abend mit den beiden Männern ausgewesen. Sie nannte die Bars, in welchen sie getrunken hatten, doch die Namen der Männer kannte sie nicht. Die beiden hatten sich aus dem Staub gemacht, nachdem das mit Joanne passiert war.

Eischied wagte einen Schuß ins Blaue: »Sie waren Donald Dixons Freundin, oder?« fragte er ziemlich schroff.

Die falschen Wimpern flatterten gekonnt. »Ja«, hauchte sie.

»Haben Sie zusammen gelebt?«

Das Mädchen schüttelte den Kopf.

Die Detectives überließen Eischied das Feld, der offenbar die Befragung übernehmen wollte.

»Aber Sie hatten ein Verhältnis mit ihm? Antworten Sie!«

»Was soll diese Frage?« wisperte das Mädchen.

Es bereitete eine gewisse Genugtuung, einer Frau eine solche Frage zu stellen. Außerdem war dies eine Möglichkeit, ihren Widerstand gegen das Verhör zu brechen.

»Beantworten Sie meine Frage! Wie oft haben Sie sich von ihm bumsen lassen?«

»Ab und zu«, hauchte das Mädchen schließlich.

Sie hielt den Kopf gesenkt, und wegen ihrer langen Wimpern und ihres Ponys, der ihr in die Stirn fiel, konnte Eischied nicht viel von ihrem Gesicht sehen. Sie war hübsch, adrett gekleidet, und Eischied glaubte sogar einen Ausdruck von Unschuld in ihren Zügen zu erkennen. Offenbar war sie da in etwas hineingeraten, was jenseits ihrer Vorstellungskraft lag: eine Leiche in der Diele, eine total bedröhnte und ausgeflippte Mörderin im Nebenzimmer, und ganze Horden von Männern, die kein Blatt vor den Mund nahmen und ihr intime Fragen stellten. Obwohl diese dreißigjährige Stewardeß höchstwahrscheinlich keine von diesen abgebrühten Nutten war, hielt sich Eischied an die handfesten Tatsachen: sie mußte eine sein, denn sonst würde sie nicht mit solchen Leuten verkehren!

Inspector Gleason tauchte neben Eischied auf und flüsterte ihm ins Ohr: »Wir haben etwas Marihuana im Schlafzimmer gefunden und etwas, das Kokain sein könnte.«

»Okay!« knurrte Eischied grimmig. »Wir haben die Drogen gefunden, Schwester. Wollen Sie uns jetzt erzählen, was hier heute nacht passiert ist, oder müssen wir Sie erst wegen Drogenmißbrauchs einsperren?«

»Ich habe alles gesagt, was ich weiß«, schluchzte das Mädchen.

»Sie wollen uns weismachen, daß Sie vier oder fünf Stunden mit zwei Männern zusammen waren und keine Ahnung haben, wie die beiden heißen oder wo sie wohnen?« schnaubte Eischied aufgebracht. »Ein Polizist ist in der Diele erstochen worden, und Sie erzählen uns hier seelenruhig, Sie hätten keinen blassen Dunst, wie das passiert ist?« Eischied wandte sich an Gleason. »Sperren Sie sie ein. Verstoß gegen das Betäubungsmittelgesetz. Bringt sie ins Revier und buchtet sie ein.«

Er hoffte, sie würde nun reden, doch sie schwieg.

Mit unbewegter Miene sah er zu, wie zwei der Zivilcops die schluchzende Stewardeß von der Couch hochzogen. »Na komm schon, Süße«, sagte einer der beiden. »Du kommst jetzt mit uns.«

Eischied wandte sich ab und ging in das andere Zimmer. Joanne, das zweite Mädchen, saß auf der Bettkante. Links und rechts von ihr saßen zwei Detectives, die sie verhörten. Vor dem Bett hatte sich eine ganze Reihe von Polizisten aufgebaut. Joanne trug ebenso lange Wimpern wie die Stewardeß und extrem hochhackige Schuhe – die Absätze mit Spiegelglas besetzt. Ihr Schlafzimmer erinnerte Eischied an den Salon eines Beerdigungsinstituts: schwarze Bettdecke, schwarze Vorhänge, schwarz gerahmte Bilder an den Wänden, und über dem Bett hingen zwei riesige, goldfarbene Kugellampen.

Einer der beiden Detectives neben ihr sah auf. »Sie gibt zu, ihn getötet zu haben, Chief. Sie gibt auch zu, den anderen, den wir ins Krankenhaus bringen ließen, niedergestochen zu haben.«

Eischied war keineswegs überrascht. In Gedanken hatte er den Fall bereits abgeschlossen. Außer den Einzelheiten war alles geklärt.

»Haben Sie ihr die Miranda-Akte vorgelesen?« erkundigte sich Eischied.

»Ja, Chief.«

»Wer von Ihnen hat sie ihr vorgelesen?« Der Fall lag klar auf der Hand, und Eischied wollte verhindern, daß er vor Gericht wegen eines Verfahrensfehlers verloren wurde.

»Ich war das«, antwortete einer der Beamten.

Eischied betrachtete das Mädchen genauer. Sie schluchzte hemmungslos und hin und wieder brabbelte sie zusammenhangloses Zeug vor sich hin. Ihre Blicke irrten durch den Raum – offenbar ohne ein klares Bild fassen zu können.

»Sie sagt, Vinci habe sie gewürgt«, erklärte einer der Detectives, »und sie habe versucht, ihn mit dem Messer abzuwehren. Dabei hat sie nicht nur Vinci erwischt, sondern Donny Dixon, den Cop von oben.«

»Sie hat zwei Männer erstochen, ohne es überhaupt mitzukriegen«, brummte Eischied. »Sie standen beide im Weg, und es hat sie einfach erwischt. Versuchen Sie das mal jemandem klar zu machen, der von dieser Szene keine Ahnung hat. Er wird Ihnen kein Wort glauben.« Eischied beugte sich zu der hysterischen Frau nieder. »Hatte Donny seine Waffe dabei, als er zu Ihnen runterkam?«

Er mußte die Frage wiederholen und dann angestrengt lauschen, um sich aus ihrem Gestammel eine Antwort zusammenzureimen. Sie wußte nichts von irgendeiner Pistole.

»Seine Dienstpistole ist im Revier, Chief«, rief Gleason aus der Diele.

Eischied ging wieder in die Diele zurück. Der tote Donny lag noch immer dort. Der Polizeiarzt hatte sich inzwischen über ihn gebeugt. Eischied stieg über die Leiche hinweg und schlüpfte in das Treppenhaus hinaus. Etwa zwanzig Leute hatten sich mittlerweile dort versammelt: die Nachbarn standen noch immer sensationslüstern in ihren Morgenmänteln und Pyjamas herum – nur die Reporter trugen normale Straßenkleidung. Sie empfingen Eischied mit ihren üblichen Fragereien, doch er ging zwischen ihnen hindurch, ohne ein Wort zu verlieren. Sie folgten ihm bis zum Treppenabsatz, und zwei sogar in den nächsten Stock, bis auch sie von ihm abließen und sich für die Spannung am Tatort entschieden.

Im dritten Stock hielt ein uniformierter Cop Wache vor der Wohnungstür des Toten. Eischied trat in die Wohnung und schloß die Tür hinter sich.

Die Wohnung war recht geschmackvoll eingerichtet, stellte Eischied fest. Auf den Regalen standen Bücher, und an den Wänden hingen ziemlich gute Reproduktionen von bekannten weiblichen Aktgemälden.

Er stieß auf zwei Streifencops, die gerade das Schlafzimmer durchsuchten.

»Einer unserer Leute hat das Revier angerufen«, sagte Eischied. »Man hat seinen Schrank geöffnet. Seine Dienstpistole ist im Revier. Wir suchen also nicht die Dienstwaffe.«

Da die Schubfächer im Arbeitszimmer Dixons offen standen, begann Eischied die Sachen des Toten zu durchwühlen. Unter einem Stapel Hemden stieß er auf eine handvoll loser Arzneikapseln. Außerdem entdeckte er zwei Apothekerfläschchen mit Tabletten. Allmählich konnte er sich ein Bild von diesem Donald Dixon machen: er war hinter den Frauen her, verkehrte mit schrägen Vögeln und war außerdem ein Speedfreak – Eischied konnte Amphetamine sehr wohl von Hustenbonbons unterscheiden.

Er ließ die Tabletten in seine Tasche gleiten.

»Anscheinend hatte er zu Hause keine Waffe, Chief«, sagte einer der beiden Polizisten durch die Tür des Schlafzimmers.

»Wo bewahren Sie Ihre Waffen auf, wenn Sie zu Hause sind?« fragte Eischied.

»Ich hab 'n abschließbares Fach in meinem Wandschrank«, erwiderte einer der beiden, »aber in dem Schrank hier is' nix.«

»Und ich verstecke sie unter meinen Hemden im obersten Schrankfach, wo sie meine Kinder nicht erreichen können«, sagte der zweite. »Aber dieser Typ hier war nicht verheiratet, und wie gesagt im oberen Schrankfach ist auch nichts.«

»Wo könnte er seinen Revolver sonst noch versteckt haben?« überlegte Eischied. »Kann es sein, daß er ein Geheimfach im Wandschrank hat?«

Er hatte nicht. Doch Eischied fiel auf, daß der Tote mindestens zehn Paar Schuhe im Schrank stehen hatte; unter anderem ein Paar Stiefel, die bis über die Knöchel reichten. Eischied bückte sich, griff nach den Stiefeln und schüttelte sie. Dann langte er in den rechten Stiefel und zog einen kurznasigen 38er Colt hervor. »Ihr seid mir vielleicht zwei Spürnasen!« brummte er verärgert und schob den Colt in seine Tasche. »Sie können jetzt wieder Streife fahren.« Er drängte die beiden aus der Wohnung, schärfte dem Beamten vor der Tür ein, sich nicht von der Stelle zu rühren, bis er abgelöst wurde, und ging wieder nach unten. Die Reporter bestürmten ihn erneut mit Fragen, die er wiederum ignorierte.

Eischied ging direkt ins Schlafzimmer der Tatwohnung. »Bringen Sie sie ins Präsidium und sperren Sie sie ein – wegen Mordes.«

Inspector Gleason kauerte vor einem der Nachtkästchen. Er hatte die Schubladen herausgezogen und neben sich gestellt; sie quollen über vor Fotos, Briefen, Bankauszügen und ähnlichem Kram. Gleason stöhnte gequält, denn dies alles mußte gründlich unter die Lupe genommen werden – so klar der ganze Fall auch liegen mochte.

»Oh Gott! Das dauert 'ne Woche, bis wir da durch sind«, ächzte er.

»Um das hier können Sie sich auch gleich kümmern«, sagte Eischied und reichte ihm den Colt des toten Polizisten.

In der Diele war der Polizeiarzt gerade damit beschäftigt, die Hose des Toten aufzuknöpfen und nach unten zu schieben. Dixons lebloser Penis fiel heraus. Der Quell des Lebens im Tod, überlegte Eischied. Doch er sah ihn sich genau an. Hatte Dixon kurz vor seinem Tod Geschlechtsverkehr gehabt? Und wenn, würde das den Sachverhalt dieses Falles ändern?

Gute Polizeiarbeit durfte keine Frage übersehen – auch wenn sie noch so abgeschmackt schien.

Nein, er hatte nicht. Aber im Schritt der Hose entdeckte Eischied einen auffallend großen Fleck, der entweder davon stammen konnte, daß er mit seinen blutverschmierten Händen dorthin gefaßt hatte, oder daß er, als er starb, das Wasser nicht mehr halten konnte.

Gleasons Männer geleiteten die beiden Mädchen zur Wohnungstür. Mit ihren hochhackigen Schuhen, ihren engen, schwarzen Cocktailkleidern und den langen falschen Wimpern stiegen beide über die Leiche von Donny Dixon hinweg, dessen Hosen bis zu den Oberschenkeln herabgezogen waren. Eischied bemerkte, wie Donna, die Stewardeß, zusammenzuckte, und erschreckt die Luft einsog. Eischied überlegte, was eine Frau in einem solchen Augenblick wohl fühlte.

Ehe sie die Tür öffnen konnten, befahl Eischied: »Deckt ihn zuerst zu!« Die Fotografen draußen würden ihre Kameras durch die Tür halten und Bilder von einem toten Cop schießen, dessen Pimmel aus der Hose hing. Das wollte Eischied vermeiden. Das war das mindeste, was er seinen Leuten schuldig war.

Die Leichenträger waren mit einer Bahre und einem Leichentuch aus gummiertem, starkem Leinen eingetroffen. Eischied ließ alle warten. Die Leiche wurde auf das Tuch, das über die Bahre gelegt war, gehoben. Blut blubberte aus der Wunde in Donnys Bauch. Es war, als würden sie ihm wehtun. Eines der Mädchen schluchzte auf, doch Eischied sah nicht hin, welche der beiden es war. Erst als die vier Ecken des Tuchs über die Leiche gelegt und festgebunden waren, erlaubte Eischied, daß die Wohnungstür geöffnet wurde. Gleasons Männer und die beiden Mädchen mußten wieder über die Bahre steigen, um in das überfüllte Treppenhaus zu gelangen. Dann gingen die beiden Leichenträger mit der Bahre, und schließlich folgte Eischied.

Auf der Eingangstreppe, die zur Straße hinabführte, stellte sich Eischied der Presse. Inspector Gleason stand ihm zur Seite, und Eischied benutzte dessen Notizbuch und las den Reportern die Namen der Tatverdächtigen und der Opfer vor. Die Drogen, die er in der Schublade des toten Polizisten gefunden hatte, erwähnte er mit keinem Wort; ebensowenig den Namen Tommy Zumbos.

»Wird es ein Ehrenbegräbnis geben, Chief?« fragte einer der Reporter.

Ein Ehrenbegräbnis konnte er unter Umständen durchboxen, das wußte Eischied. Er brauchte es nur so darzustellen, daß Donald Dixon – obwohl nicht im Dienst – versucht hatte, eine Messerstecherei zu verhindern, also im Sinne der ältesten Tradition des Polizeidienstes gehandelt hatte. Eischied stellte sich das Ehrenspalier der fünftausend Polizeibeamten vor der Kirche vor, die fünftausend weißen Handschuhe, die sich zum letzten Gruß erhoben.

Eischied traf seine Entscheidung: »Ich denke nicht. Das hier war lediglich eine Auseinandersetzung, bei der es um ein paar Frauen ging, in deren Verlauf der Mann getötet wurde.« Ehrenbegräbnisse waren ungeheuer aufwendig – sowohl finanziell, als auch emotional. Er sah nicht ein, weshalb er wegen eines kleinen Ganoven wie diesem den gesamten Polizeiapparat in eine Orgie der Emotionen stürzen sollte.

Mehr Fragen stürmten auf ihn ein, und Eischied blieb reglos am Fuße der Treppe stehen, als wollte er auf die eine oder andere der Fragen noch eingehen, doch dann besann er sich eines Besseren und strebte mit großen Schritten auf seinen Dienstwagen zu. Er hatte bereits andere Gedanken im Kopf und ignorierte die Reporter, die nicht von ihm abließen. Ihre Fragen hatten nichts mehr mit dem Polizisten zu tun, der einmal auf den Namen Donald Dixon gehört hatte, und den sein Schicksal in der engen Diele einer kleinen New Yorker Wohnung ereilt hatte. Eischied konnte das Bild des Toten nicht aus seinen Gedanken bannen. Während er die Tür seines Wagens aufriß, versuchte er sich einzureden, daß er nicht die Spur von Mitgefühl für Dixon empfand, daß sich auch oben in der Wohnung kein anderes Gefühl in ihm geregt hatte, als bei irgendeinem anderen Mordfall. Wieviele Leichen hatte er bereits so gesehen? Eintausend? Zweitausend? Aber warum hatte er nichts empfunden? Weil Donny keine Uniform getragen hatte? War es die blaue Uniform, weshalb ihn der Tod eines Cops mehr an die Nieren ging, als der eines x-beliebigen Bürgers?

Wie kam er nur auf solche verschrobene Gedanken, fragte sich Eischied kopfschüttelnd.

Die Sonne stand bereits hoch, und der Verkehr wurde zähflüssig. Während Detective Malfitano ihn durch das Straßengewirr der Stadt in Richtung Präsidium chauffierte, brütete Eischied über den Zweck seines Berufs, über den Tod und über den tieferen Sinn von beidem nach; doch die Antworten, die er seit Jahren suchte, wollten sich auch heute nicht finden lassen.

Im Präsidium angekommen, ging er direkt in seine private Toilette und spülte die Tabletten, die er in Dixons Wohnung gefunden hatte, ins Klo. Er fischte die beiden Waschzettel aus den Fläschchen, zerriß sie und spülte sie ebenfalls weg. ›Das ist alles, was ich für dich tun kann, mein Junge‹, dachte er.

Da Eischieds Gedanken immer wieder um den Tod des Kollegen kreisten, zog er aus seinem Schreibtisch das Dossier über das Attentat auf die beiden Streifenbeamten hervor.

Noch immer befaßten sich vierzig Detectives mit dem Fall, wie er sah – obwohl im Augenblick keine heißen Spuren verfolgt wurden, die den Einsatz so vieler Männer gerechtfertigt hätten. Bei einem Banküberfall, einer Vergewaltigung oder bei einem normalen Mordfall wäre die Zahl der mit der Untersuchung beauftragten Beamten mittlerweile auf zwei oder drei zusammengeschmolzen. Aber die Ermordung von zwei Polizisten war kein gewöhnliches Verbrechen. Es war eine barbarische Greueltat, die jeden einzelnen seiner Männer persönlich betraf. Sie konnten und wollten nicht so einfach zur Tagesordnung übergehen. Und Eischied durfte nicht zulassen, daß sie jetzt bereits aufgaben.

Die Moral des gesamten Polizeiapparats hing davon ab.

Der Mord an Donny Dixon war etwas ganz anderes. Dixon war während einer Auseinandersetzung wegen einer Frau getötet worden. Sie selbst hatte die Tat zugegeben. Der Fall war abgeschlossen. Wirklich nichts Besonderes.

Der Mord an Dixon fiel in die Rubrik, in die 65 Prozent aller Morde in dieser Stadt fallen. Das Opfer und der Täter kannten sich. Das sind die Mordfälle, die wir aufklären. Fast immer ist der Täter noch im gleichen Zimmer oder in der gleichen Wohnung, in der die Tat geschah. Die übrigen 35 Prozent sind die Mordfälle, die unsere Aufklärungsrate versauen, dachte Eischied.

Er blätterte in dem Dossier, bis er auf die Fotos der beiden toten Polizisten stieß. Sie lagen nackt auf den Metallbahren des Leichenschauhauses. Eischied konnte den Blick nicht abwenden. Der beinahe friedliche Ausdruck auf ihren Gesichtern war noch immer da. Einer der beiden hatte noch immer die Naht, die vom Bauch bis zum Hals reichte – noch immer sah sie wie ein breiter Reißverschluß aus.

Die Arbeit der Polizei war mühsam und beschwerlich. Sie verlief stets in der gleichen Richtung und mit der gleichen Gesetzmäßigkeit – methodisch und unerbittlich; während der Gejagte in unberechenbaren Sprüngen zu entkommen versuchte, Haken schlug und dabei keiner Gesetzmäßigkeit oder Regel gehorchte. Beide Seiten hatte ihre Methoden. Doch die Methoden griffen nicht ineinander. Es ist ein Wunder, dachte Eischied während er das Dossier wieder zurücklegte, daß wir überhaupt je einen fassen.

5

Everett Walker war bemüht, sich im schützenden Schatten zu halten, den die Nachmittagssonne warf, und nahm sogar die ›Daily News‹ zur Hilfe, um möglichst unauffällig zu bleiben. Er saß auf einer Bank im Needle Park, inmitten des Broadway. Obwohl er ab und zu ein paar Zeilen in der Zeitung las, galt der größte Teil seiner Aufmerksamkeit der chemischen Reinigung auf der gegenüberliegenden Straßenseite. Der Verkehr nach Downtown rollte direkt vor seiner Nase nach Süden, und der Uptownverkehr nach Manhattan Nord brauste so dicht hinter ihm vorbei, daß er den Luftzug der Autos im Nacken fühlte. Der träge Sommernachmittag schleppte sich auf den Abend zu, und Walker beobachtete den Eingang des Ladens, um herauszufinden, ob er observiert wurde. Das war nicht der Fall – und Walker fiel ein Stein vom Herzen. Er spürte die unbändige Kraft, die von all den himmelstürmenden Gebäuden um ihn herum ausging, fühlte das Rumpeln der U-Bahn unter seinen Füßen, und er war glücklich, wieder unter seinen eigenen Leuten, in einer wirklichen Metropole, zu sein. Das Leben erschien ihm von einer beinahe unerträglichen Intensität, und dann schien es wieder auseinanderzufließen und unfaßbar. Er genoß das Wechselbad dieser Gefühle, und er fühlte sich frei, wie an seinem ersten Tag nach dem Knast.

Walker hatte seinen Bart abrasiert und den Ohrring entfernt. Er trug einen kurzgeschorenen, konservativen Haarschnitt, ein offenes, weißes Hemd und unauffällige graue Hosen. Von seinen Kampfstiefeln, die ihn als Helden der Revolution durch große Teile der Dritten Welt getragen haben, hatte er sich allerdings nicht zu trennen vermocht.

Im Laufe des Nachmittags hatte sich ein alter Mann zu ihm auf die Bank gesetzt. Völlig unvermittelt hatte sich der Alte vornüber gebeugt und sich im Sitzen auf den Gehsteig erbrochen. Nachdem er eine Weile versonnen sein Werk betrachtet hatte, war der Alte aufgestanden und gegangen. Walker hatte hastig die Bank gewechselt, da er befürchtete, die häßliche Lache könnte Aufmerksamkeit erregen. Nach etwa einer halben Stunde hatten sich zwei Junkies auf Walkers neuer Bank niedergelassen und waren mit hängenden Köpfen und offenen Mündern in ihr Traumland hinübergedöst. Walker hatte erneut die Bank gewechselt – ohne sich im geringsten angeekelt oder auf den Schlips getreten zu fühlen. Umherstreunende, kranke alte Männer und dösende Junkies waren etwas ganz Normales – ein Beweis, daß er wieder zu Hause war. Sie waren ein Aspekt dessen, was er zu ändern gedachte.

Everett Walker entging kein Polizeiwagen, der an ihm vorbeifuhr. Er konzentrierte seine Aufmerksamkeit darauf, ob die Bullen von ihm Notiz nahmen. Er war bereit, sofort zu verschwinden, falls sich der kleinste Anhaltspunkt dafür ergeben sollte. Doch eigentlich rechnete er nicht damit, daß er erkannt wurde – zumindst nicht aus einem vorbeifahrenden Streifenwagen. Es waren viele Jahre vergangen – seit damals. Er trug eine dunkle Sonnenbrille, und war einer von Millionen. Trotzdem bestand jeden Augenblick die Möglichkeit, daß ihn irgendein Passant erkannte – ein nicht unbedingt unangenehmer Nervenkitzel übrigens... Dieser Nachmittag war erst Punkt eins seines Plans – und alles lief bisher bestens. Der erste Schritt sollte immer ein leichter sein, und das war auch hier der Fall. Alles, was er sich heute zum Ziel gesetzt hatte, war die Überwachung einer chemischen Reinigung, um sich zu vergewissern, ob nicht die sogenannten Hüter der Ordnung dasselbe taten. Sie taten es offensichtlich nicht.

Fünf Minuten vor sechs faltete Everett Walker seine ›Daily News‹ sorgfältig zusammen und legte sie auf die Bank neben sich. Er stand auf, überquerte den Broadway und betrat die chemische Reinigung.

Der Laden war leer. Walker blieb zwischen der Tür und dem Ladentisch stehen. Ein Vorhang hinter der Theke verwehrte den Blick in das Hinterzimmer. Walker hörte das Zischen des Dampfes. Einmal. Zweimal. Dreimal. Dann wurde es still hinter dem Vorhang. Er wurde beiseite geschoben, und der Mann, der offensichtlich die Bügelpresse bedient hatte, trat an den Ladentisch. Er hieß Albert Hoyt – wie Walker wußte – und er sollte noch eine dicke Überraschung erleben. Hoyt wandte sich dem letzten Kunden des Tages zu; dann würde er schließen.

»Ja, bitte?«

Hoyt war ein mächtig gebauter Mann und im selben Alter wie Walker. Er trug ein verschwitztes Unterhemd, das seine prächtigen Muskelpakete nicht verbarg. Um den Hals hatte er ein Tuch geschlungen. Seine Arme und Schultern und sein kahler Schädel glänzten vor Schweiß.

Mit einer theatralischen Bewegung nahm Walker die Sonnenbrille ab.

Dem Besitzer des Ladens verschlug es die Sprache. Das Blut wich ihm aus dem Gesicht.

»Du!?« brachte er schließlich hervor. Dann verzog sich sein Gesicht zu einem breiten Grinsen. »Bist du's wirklich?« Hoyt ergriff Walkers Hand und drückte sie ausgiebig.

»Ich bin Mr. King. Mr. James King!« sagte Walker grinsend. »Solltest du je in die Verlegenheit kommen, mich vorstellen zu müssen, dann bitte mit diesem Namen.«

»Der Big Man!« sagte Hoyt. »Das warst du immer für mich. Der Big Man ist zurückgekommen! Laß mich dich ansehen. Was für eine Wohltat für meine müden Augen!« Er ließ seine mächtige Hand auf Walkers Schulter herabsausen. Er strahlte wie ein Christbaum am Heiligen Abend.

Walker warf einen unruhigen Blick durch das Schaufenster auf die vorbeihastenden Passanten. Niemand schien Notiz von ihnen zu nehmen – doch sicher konnte man sich dessen nie sein.

Hoyt, dem Walkers Nervosität nicht entging, führte ihn in das Hinterzimmer. Dort wartete Walker zwischen Reihen von Kleidungsstücken, die in Plastikhüllen von den Gestellen hingen, bis Hoyt die Ladentür verschlossen und die Rollos herabgelassen hatte.

Dann kam Hoyt zurück ins Hinterzimmer und schüttelte erneut voller Begeisterung und mit einem breiten Grinsen Walkers Hand. ›Er freut sich wirklich, mich zu sehen‹, dachte Walker und war angenehm berührt.

»Wie geht es dir?« fragte Hoyt. »Ich meine es wirklich so: wie geht es dir, Mann?«

Auch Walker freute sich, Hoyt wiederzusehen. »Ich benötige einige Kleinigkeiten. Etwas Unterstützung. Du hast Freunden in der Not immer geholfen – wenn ich mich recht erinnere.«

»Sag was du brauchst, und es gehört dir«, erwiderte Hoyt. Er knipste einen Schalter an, und die Klimaanlage begann zu summen. Dann löste er sein Halstuch und wischte sich mit einem Handtuch die Arme und seinen kahlen Schädel trocken. »Wird gleich angenehm kühl werden«, versprach er. »Womit kann ich dir helfen? Brauchst du 'n paar Klamotten?«

Er betätigte einen zweiten Schalter, und die Gestelle mitsamt den Kleidern begannen sich zu drehen. Hoyt strich die Plastikhüllen gerade, um die Kleidungsstücke besser erkennen zu können. Er nahm einige vom Gestell. In jeder Hand hatte er einen Anzug und hielt ihn mitsamt der Plastikhülle vor Walkers Brust, um die Größe abzuschätzen.

»Probier mal den hier. Von Brook Brothers. Ein Zweihundert-Dollar-Anzug.« Er riß die Plastikhülle weg.

»Was sagen deine Kunden dazu?« brummte Walker, während er in das Jackett schlüpfte. Es paßte ihm gar nicht mal schlecht.

Hoyt warf einen flüchtigen Blick auf den Quittungsabschnitt. »Der hat so viele davon, daß er es erst nach einem Monat bemerkt – wenn überhaupt.« Seine Zähne blitzten. »Die Versicherung wird berappen müssen. Es kommt schon mal vor, daß etwas verloren geht.«

»Wenn man nicht groß auffallen will, ist ein Zweihundert-Dollar-Anzug genau das Richtige«, grinste Walker.

»Ich hab gar nicht mitgekriegt, daß du mit denen 'nen Deal gemacht hast«, sagte Hoyt ernst, »daß du wieder unbehelligt und mit erhabenem Haupt hier auftauchen kannst.«

Walker griff nach Hoyts Arm. »Bald werde ich wieder oben sein! Wir alle, Albert! Und das ewige Versteckspiel hat ein Ende.«

Aber Hoyts Miene blieb skeptisch. »Was ist los, Albert?« fragte Walker.

»Was soll schon los sein? Ich bin mir nur nicht mehr so sicher, ob mir diese Art von Sprache gefällt. Zu vielen von uns hat sie zu viel gekostet. Eine Menge Jahre deines Lebens hat sie dich gekostet – und mich ebenfalls. Und einigen von uns sogar das Leben.«

Walkers Miene blieb ausdruckslos, doch sein Tonfall veränderte sich plötzlich, und er wählte seine Worte mit Bedacht:

»Und dir, Albert? Wie geht es *dir*? Wie springt das Leben mit dir um – in diesen Zeiten?«

Es wurde allmählich kühler in dem Hinterzimmer. Der Schweiß auf Hoyts mächtigen Armen trocknete rasch.

»Ich habe jetzt diesen Laden hier«, sagte Hoyt nach einer Weile. »Ich hab 'ne Frau. Ich hab 'nen Wagen. Ich hab eine Wohnung unterm Dach, oben in der Lenox.« Während er sprach, ließ Hoyt Walkers Gesicht keine Sekunde aus den Augen. »Und ich hab noch'n paar andere Sachen nebenher laufen. Und im Winter fahr ich mit meiner Frau auf eine der Inseln und leb dort wie'n reicher Tourist.«

Schweigen senkte sich über die beiden Männer. Hoyt studierte Walkers Miene; er schien niedergeschlagen.

»Du willst die alten Geschichten wieder aufwärmen«, sagte Hoyt schließlich. »Ich kenn' dich doch, Mann!«

»Du warst mal einer der wichtigsten Männer in der Partei«, sagte Walker. »Du warst der Kopf der New Yorker Sektion.«

»Das ist lange her, Mann«, erwiderte der Ladenbesitzer und nahm kein Auge von Walkers Gesicht. »Die Partei brachte uns nicht viel Gutes, oder? Alle sind sie entweder tot, oder sie sitzen für immer und ewig im Knast. Rap kommt '82 raus, und Richard bleibt für immer drin. Und Herman – kanntest du Herman? Sammy Penegard ebenfalls. Vielleicht bist du ihm begegnet? Naja – auf jeden Fall werden sie ebenfalls nie mehr die Welt ohne Gitter sehen. Alles, was von der Bewegung noch übrig ist, liegt in Trümmern!«

»Du und ich – wir beide...«, begann Walker.

»Ich kann nicht, Mann! Ich habe zu viel zu verlieren. Und ich bin nicht alleine.«

Walker nickte nachdenklich. »So ist es wahrscheinlich überall. Eigentlich habe ich nichts anderes erwartet. Alle haben zuviel zu verlieren – und nichts zu gewinnen. Was is' eigentlich mit Stanley?«

»Stanley? Der ist verheiratet und hat 'nen guten Job. Bei dem ist der Ofen aus. Ich kann ihn auftreiben, wenn du willst, aber ich glaube, ich kenne seine Antwort.«

Walker nickte freudlos.

»Ich bin inzwischen fünfunddreißig, Mann«, sagte Hoyt. »Ich bin nicht blind geworden, was die soziale Ungerechtigkeit betrifft. Ich tu was ich kann.« Und nach kurzem Zögern fügte er hinzu: »Ich beschäftige mich nebenbei recht effektiv mit Hehlerei. Keine Fernseher oder so. Nichts, was die Armen den Armen abjagen. Nur, was den Reichen wehtut: Kunst, Teppiche, Industriegeräte und solches Zeug. Es ist 'n Weg, die Versicherungen auszunehmen – könnte man sagen. Dir ist das wahrscheinlich zu spitzfindig, zu unpolitisch. Es ist eine langwierige Angelegenheit, aber ich betrachte es als ein allmähliches Unterminieren der kapitalistischen Gesellschaft – so etwa, wie einen bewaffneten Bankraub. Vielleicht sogar effektiver. Ich habe die Sache ganz gut in der Hand, und keiner kann mir an den Wagen fahren.«

Walker nickte.

»Wir sind alle inzwischen so um die fünfunddreißig«, sagte der Besitzer der chemischen Reinigung. »Stanley, du, ich. Es gibt nicht mehr viele Brüder aus der alten Zeit, die bedingungslos mit dir gehen würden, wie früher.«

Walker nickte.

»Ich will damit nur sagen: bei der Hehlerei kann dir nicht viel passieren. Natürlich können sie mich schnappen, aber beweisen können sie mir gar nichts. Nichts, woraus sie mir einen Strick drehen könnten. Ich faß das Zeug, das ich verhökere, nicht mal an. Ich bin sowas wie 'n Makler, könnte man sagen. Als ich das letztemal aus dem Verkehr gezogen war, hab ich die Gesetzbücher gründlich studiert.«

Walker nickte.

»Letztes Jahr hab ich Ware für etwa 'ne halbe Million Dollar verhökert. Und der wirkliche Wert liegt etwa fünfmal so hoch. Das ist der Preis, den die Versicherungsgesellschaften zu zahlen haben. Man könnte es passiven Widerstand nennen. Mit Banküberfällen und Sprengstoffanschlägen hab ich nichts mehr am Hut. Ebensowenig mit der Partei; aber ich tu, was ich kann.«

Walker wäre es ein Leichtes gewesen, Hoyt einen politischen Vortrag zu halten: Die Revolution liegt nur deshalb am Boden, weil Männer wie du die Waffe aus der Hand gelegt haben! Und er hätte hinzufügen können: Doch ich bin zurückgekehrt, um die Waffen wieder zu erheben! Oder er hätte persönlich werden können: Ich bin zurückgekommen, um aus dir wieder einen Mann zu machen! Weißt du überhaupt noch, was es heißt, ein Mann zu sein?!...

Es fehlte nicht viel, und er hätte alles herausgeschrien, was er Hoyt zu erwidern hatte; doch er hielt sich zurück. Rhetorik war etwas für die Massen, nicht für Freunde. Er verstand Hoyt nur zu gut – das mußte er zugeben.

Und wenn ich mich in meiner Heimatstadt, unter meinem eigenen Namen, hocherhobenen Hauptes und frei bewegen könnte, wie würde ich mich dann entscheiden? überlegte er. Vielleicht genau so wie Albert? Doch da er diese freie Entscheidung nicht hatte, waren diese Gedanken gegenstandslos.

»Aber alles andere...«, sagte Hoyt. »Du brauchst es nur zu sagen, und es gehört dir.«

Aus seiner Brieftasche zog Walker die Zeitungsausschnitte über das Attentat auf die beiden Polizisten. »Den Freak, der das gemacht hat – kannst du ihn für mich auftreiben?«

Hoyt warf einen Blick auf die Zeitungsausschnitte. »Vielleicht«, sagte er. »Zumindst weiß ich, wo ich damit anfangen werde.«

Beinahe hätte Walker seinen Freund aus alten Zeiten umarmt, doch irgendwie konnte er es nicht. »Danke«, sagte er.

»Was heißt hier Danke? Ich hab doch noch nichts getan. Was kann ich sonst noch für dich tun? Brauchst du Geld? Du wirst hungrig sein, kann ich mir denken. Ich verschwinde kurz und kauf'n paar Kleinigkeiten. Wir werden uns hier ein Festmahl bereiten. Du wartest hier. Nur eine Bitte noch:

sollte sich das Gesetz hierher verirren, solange ich nicht da bin, sag ihnen, daß du hier eingebrochen bist – ja?«

Die beiden Männer grinsten einander an. Dann schlüpfte Hoyt durch eine Hintertür in ein enges, düsteres Gäßchen voller überquellender Mülleimer hinaus. Walker schloß hinter ihm ab.

Mit seinem neuen Zweihundert-Dollar-Anzug über dem Arm erkundete Walker den Laden genauer. Er entdeckte eine Tür, die zu einer Toilette ging, und eine zweite, die in einen kleinen, fensterlosen Raum führte, in dem nur ein Bett und ein kleiner Tisch mit einer Lampe standen. Sah aus wie ein guter Schlupfwinkel – falls er mal einen benötigen würde...

Das Festmahl, das sie auf Alberts Kochplatte bereiteten und aus Papptellern aßen, bestand aus Konservenbohnen und einigen Wiener Würstchen, die sie mit eiskaltem New-Yorker-Bier hinunterspülten; Genüsse, auf die Walker mehr als fünf Jahre verzichten mußte, und nach denen er sich während all der Jahre gesehnt hatte. Für ihn war es tatsächlich ein Festmahl.

»Ich weiß noch ganz genau, wie du das erstemal in New York aufgetaucht bist«, schwelgte Hoyt in alten Erinnerungen, während er Senf auf ein Würstchen strich. »Überall redete man bereits über dich.«

»Man redete über die Partei«, verbesserte Walker. »Ich war damals nur ein Werkzeug der Partei.«

»Du warst zu der Zeit schon der Big Man. Das sah ein Blinder. Damals fing ich an, dich ›Big Man‹ zu nennen. Erinnerst du dich?«

Walker kaute mit vollem Mund und nickte lächelnd.

»Du hast uns geholfen, die New Yorker Sektion aufzubauen, und bist dann wieder nach Detroit zurück. Das nächste, das ich von dir hörte war, daß du für das Bürgermeisteramt von Detroit kandidiert hast. Du hast zwar bereits die Gewalt gepredigt, doch du hast sie noch nicht praktiziert.«

Walker lächelte erneut; es war angenehm, sich den alten Erinnerungen hinzugeben. »Während des Wahlkampfs bin ich in der Öffentlichkeit immer mit zwei Colts aufgetreten, wie 'n Sheriff im Western«, grinste Walker. »Ich bekam vierzigtausend Stimmen damals. Und die anderen machten sich in die Hosen vor Angst.«

»Aber als die Wahlen dann vorbei waren, fing die ganze Scheiße an.«

»Ja. Damals begannen sie mit ihren Repressionen«, stimmte Walker zu. »Ich rede nicht von den kleineren Störmanövern und Belästigungen, mit denen wir so und so konfrontiert waren. Ich meine die knallharten Terroraktionen des Establishments. Es verging kaum ein Tag, an dem nicht einer von uns aufgrund einer fadenscheinigen und eilig zusammengezimmerten Anklage verhaftet wurde – obwohl wir verdammt gute Anwälte hatten.«

Und dann kam der Tag – erinnerte sich Walker –, an dem die gesamte Polizei von Detroit, so hatte es den Anschein, wild um sich ballernd in das Parteibüro eindrang. Er selbst und zwei Polizisten wurden verwundet. Zwei seiner Brüder starben, ohne überhaupt zu begreifen, was los war. Walker wurde mit zwei Oberschenkeldurchschüssen verhaftet und wegen versuchten Polizistenmordes angeklagt. Das waren weniger schöne Erinnerungen. In Detroit stand er deshalb noch immer auf der Fahndungsliste. Und bei schlechtem Wetter spürte er noch heute einen höllischen Schmerz in den Beinen.

»Die Partei war so unverdorben und rein damals«, sagte Walker. »Wir waren alle Idealisten. Es war ein wunderbares Erlebnis, am Morgen aufzuwachen und an die Ideale zu denken, für die wir kämpften. Oft blieb ich einfach noch etwas länger im Bett liegen und dachte darüber nach und ich spürte eine Wärme und Geborgenheit, wie ich sie noch nie erlebt hatte. Und die Bullen hatten das große Muffensausen und zerbrachen sich den Kopf, was wir wohl als nächstes tun würden.«

Seine Zähne zerschnitten die Haut eines Würstchens, und der warme Saft zerfloß in seinem Mund.

»Und in New York planten wir, ein Bullenrevier mitsamt den Bullen in die Luft zu jagen«, erinnerte sich Hoyt.

»Die Partei war schon zu groß damals«, sagte Walker. Die Erinnerung an das geplante Attentat schmerzte noch immer, denn irgendjemand hatte alles an die Polizei verraten, und die Sache mußte abgeblasen werden.

»Manchmal überlege ich, ob wir das wirklich ernst gemeint haben mit diesem Sprengstoffattentat«, sagte Hoyt.

»Aber sicher!«

»Ganz sicher bin ich mir da nicht.«

»Ganz sicher!« brauste Walker auf. »Wir hatten die Waffen. Und wir hatten den Sprengstoff.«

»Naja«, erwiderte der Ladenbesitzer. »Auf jeden Fall wäre es ein köstliches Schauspiel gewesen, all die verdammten blauen Uniformen durch die Luft fliegen zu sehen, mit den Überresten von diesen Arschfickern drin.«

»Kann man wohl sagen, Mann!«

Walker tunkte mit einer Hot-Dog-Semmel die rote Sauce der Bohnen auf.

»Das irre dabei war, daß sie dir die ganze Sache – Planung eines Terroranschlags – anhängen wollten«, sagte Hoyt. »Obwohl noch gar nichts passiert war, und du die meiste Zeit nicht mal in New York warst. Du warst unterwegs und hast in sämtlichen Hochschulen Agitation gemacht. In diesem Frühling warst du die ganz große Nummer an den Unis.«

»Stimmt, Mann«, nickte Walker, und lächelte geschmeichelt, doch als ihm seine augenblickliche Situation wieder bewußt wurde, gefror sein Lächeln. Hoyt war zwar hilfsbereit und herzlich, aber er war nicht mehr sein Bruder. Und Walker mußte diese Tatsache zunächst einmal verdauen.

»Du warst ganz groß bei den Studenten, bei den Liberalen und den Intellektuellen. Je mehr Anklagepunkte die Staatsanwaltschaft gegen dich zusammentrug, desto mehr Spenden kamen rein. Und unsere Anwälte waren gut. Jedesmal wenn sie dich einlochten, holten die dich wieder raus.«

Walker fischte mit seiner Gabel noch ein Würstchen aus dem Topf. Er klemmte es in eine Semmel und kleisterte Senf darüber. In Nordafrika war der Senf so scharf, daß man sich damit den Mund verbrannte. Amerikanischer Senf war dagegen mild, fast ein bißchen sauer, und sein Geschmack erinnerte ihn an seine Kindheit.

Walker versuchte, sich ausschließlich auf das Essen zu konzentrieren.

»Das waren Zeiten«, schnaufte Hoyt mit vollem Mund.

»Ja.«

»Wir haben damals Geschichte gemacht«, sagte Hoyt und beobachtete Walker aufmerksam. »Aber die Zeiten haben sich geändert. Sowas läuft heute nicht mehr.«

Der Zorn, der stets in Walker schwelte, den er jedoch in der Regel fest im Griff hatte, explodierte. Der Tisch, an dem sie saßen, war nicht allzu schwer, und Walker mußte all seine Selbstbeherrschung aufbieten, um Hoyt den Tisch, mitsamt den Töpfen und Tellern nicht ins Gesicht zu werfen. Aber er brauchte Hoyt. Hoyt war seine einzige Kontaktperson. Er tat es nicht.

Statt dessen sprang er auf und brüllte los: »Das ist Bullshit, Mann! Scheiße, Scheiße, Scheiße! Es ist nicht zu spät! Es ist nie zu spät!«

Seine Fäuste ballten sich, und seine Erregung war so groß, daß er am ganzen Körper zu zittern schien. »Den Leuten, die damals auf unserer Seite standen, geht es heute dreckiger denn je. Sie werden uns wieder folgen, und gemeinsam werden wir dieses System in Stücke schlagen!«

Er hielt inne und versuchte, seiner Erregung Herr zu werden.

Hoyt beobachtete ihn schweigend und als er überzeugt war, Walkers Zorn sei verraucht und durch diesen Wutausbruch erschöpft, wagte er schließlich einzuwenden: »Nehmen wir mal an, du könntest es wirklich in Stücke schlagen. Was würde dann aus dir?«

»Ich bin nicht wichtig«, zischte Walker wild. »Mein persönliches Schicksal hat absolut keine Bedeutung.«

»Komm, Mann. Nimm dir noch'n Hot Dog«, sagte Hoyt versöhnlich.

Walker verkniff sich die Antwort. Er atmete schwer.

Hoyt begann, das Geschirr zusammenzuräumen. »Du bist also fest entschlossen, Selbstmord zu begehen?« sagte er schließlich über die Schulter. »Darauf läuft's doch hinaus?«

»Wenn es so kommen muß – ja!« schrie Walker wild.

Hoyt nickte. Er klapperte mit den Töpfen.

Nach einer Weile setzte sich Walker wieder und versuchte, sich eine Zigarette anzuzünden. Seine Hand, die das Streichholz hielt, zitterte jedoch so stark, daß er sie mit der anderen festhalten mußte. Gierig zog er den Rauch in die Lungen und starrte auf seine zitternde Hand. Er fühlte den roten Schleier der Wut hinter seinen Augen. All die Erniedrigungen während dieser Jahre, all die Kränkungen und Beleidigungen, die er in Nordafrika hinnehmen mußte – sie waren noch immer gegenwärtig, sie würgten ihn in der Kehle, sie zerfraßen seine Eingeweide. Der Schmerz, den sie ihm bereiteten, war unerträglich. Er hatte das unwiderstehliche Bedürfnis, zurückzuschlagen, jemanden dafür bezahlen zu lassen, jemanden zu töten. Aber niemand war da, an dem sich sein Haß entladen konnte; niemand außer seinem alten Freund Hoyt, den er brauchte...

Hoyt war mit dem Aufräumen fertig. »Noch'n Bier?« schlug er vor. »Das wird dich beruhigen.«

Walker rührte sich nicht und starrte düster vor sich hin.

»Brauchst du noch was, ehe ich nach Uptown fahre?« fragte Hoyt.

Walker blieb stumm.

»Du solltest heute nacht hier schlafen«, überlegte Hoyt. »Auf keinen Fall solltest du auf die Straße gehen, mit so 'ner Wut im Bauch. Du könntest irgendwas anstellen und den Bullen in die Hände fallen. Ich kenne dich lange genug.«

Walker blieb stumm.

Hoyt öffnete die Tür, die in das enge Gäßchen führte, einen winzigen Spalt. In der Tüte, die er in der Hand hielt, waren die Pappteller, die leeren Bierdosen und die Verpakkung, in der er das Essen gebracht hatte. Vorsichtig spähte er über die Mülltonnen hinweg.

Mit spröder, fast tonloser Stimme sagte Walker: »Finde diesen MP-Freak für mich, Albert.« Und lauter fügte er hinzu: »Sag ihm, James King wird ihm zeigen, wie man einen Schlag gegen die Unterdrücker der Massen führt, der in der Geschichte seinesgleichen sucht!«

»Schön«, sagte Hoyt. »Auf jeden Fall bin ich froh, daß der Big Man wieder zu Hause ist.«

Die Tür fiel hinter ihm ins Schloß.

So kam es, daß Everett Walker seine erste Nacht in New York auf einer schmalen Pritsche im Hinterzimmer einer chemischen Reinigung verbrachte. Der Laden lag etwa fünf Blocks südlich des 20. Reviers und zehn Blocks nördlich des Apartmenthauses, in dem Earl Eischied, Chief of Detectives von New York City, lebte. Eischied schlief ebenfalls. Auf dem Broadway, der Manhattan von Nord nach Süd durchschnitt – direkt vor dem Fenster der chemischen Reinigung – kreuzten während der ganzen Nacht immer wieder Streifenwagen des 20. Reviers, die von ihren Patrouillefahrten aus den entlegenen Bezirken ihres Reviers zurückkehrten, oder dorthin unterwegs waren. Und so mancher der Polizisten träumte mit offenen Augen von den großen Heldentaten, die er eines Tages vollbringen würde, und die ihn mit einem Schlag ins Rampenlicht der Öffentlichkeit befördern würden; doch keiner der vorbeifahrenden Cops ahnte, daß kaum zehn Meter von ihm entfernt einer der meistgesuchten Terroristen der Welt unbewaffnet und schutzlos im tiefen Schlaf lag.

6

Chief of Detectives Eischied erhielt vom Police Commissioner eine Notiz: »Haben Sie auch Captain Cornfield als Leiter des Sonderdezernats in Betracht gezogen?«

Eischied hatte nicht. Er hatte bereits eine ganze Reihe seiner Inspektoren in Betracht gezogen. Aber wenn der PC

Cornfield haben wollte, dann sollte er ihn haben – mit Eischieds Segen. Das war die politisch richtige Entscheidung. Eischied rief Captain Finnerty an und verlangte Cornfields Personalakte.

Die Akte gab wenig Aufschluß, als er sie endlich in den Händen hatte. Sie enthielt Captain Cornfields Geburtsdatum, das Datum seiner Aufnahme in den Polizeidienst, seine Beförderungen, Familienstand, Steuernummer, frühere Berufe und die Adressen, wo Cornfield bisher gewohnt hatte. Eischied fiel auf, daß Cornfield mit neununddreißig sehr jung für einen Captain war, und daß er während der achtzehn Jahre im Polizeidienst sechsmal umgezogen war. Das war allerdings ungewöhnlich, denn in der Regel waren Polizisten keine Nomaden.

Außerdem lagen Abschriften der jährlichen Beurteilungsbögen bei. Sie waren während der Amtszeit des vorletzten Commissioners eingeführt worden. Eischied hielt herzlich wenig davon. Jeder Vorgesetzte war verpflichtet, eine schriftliche Bewertung seiner direkten Untergebenen zu verfassen, die er – unter anderem – auch dem Untergebenen selbst vorzulegen hatte. Wahrscheinlich waren einige Offiziere zunächst bemüht gewesen, ein objektives Urteil über ihre Männer abzugeben; doch sehr bald hatten alle Beteiligten erkannt, daß es in einer politischen Organisation, wie es die Polizeibehörde nun einmal war, keinen Platz für offene Stellungnahmen dieser Art gab. Eine ehrliche Beurteilung konnte unter Umständen bei ungünstig bewerteten Untergebenen Ressentiments und Haß hervorrufen; und es war ja durchaus denkbar, daß der Untergebene eines Tages zum Vorgesetzten wurde...

Eine ehrliche Beurteilung kam also nicht in Frage.

Aus diesen Gründen waren die Beurteilungen nicht das Papier wert, auf dem sie standen; sie enthielten nichts als Lobhudeleien.

Cornfields Personalakte gab keinen Aufschluß über die wesentlichen Fragen, die Eischied bewegten: Woher kannte Cornfield den PC? Und wie gut kannten sich die beiden?

Gegenwärtig war Cornfield der Leiter der Mordkommission im 6. Revier in Harlem.

Chief Eischied rief erneut Captain Finnerty an: »Versuchen Sie, Captain Cornfield zu erreichen; er soll hierherkommen.«

Captain Cornfield kam im Laufe des Nachmittags ins Präsidium, und die beiden Männer begrüßten einander lächelnd über Eischieds breiten Schreibtisch hinweg. Vor zehn Jahren war Cornfield Sergeant im Raubdezernat drüben in Queens gewesen – im selben Revier, in dem Eischied der Chief des Raubdezernats gewesen war. Sie redeten über die alten Zeiten.

»Wie hieß dieser Sergeant mit der langen Nase nochmal?«

»Und dann ging Captain Lipschitz weg, und...«

Obwohl Eischied nicht darüber sprach, waren dies damals seine letzten Jahre im Außendienst gewesen. Er war von Queens direkt ins Präsidium versetzt worden, und die ganzen Jahre als Chief der Zivilstreifen hatte er hinter seinem Schreibtisch im Präsidium verbracht. War man erst einmal ins Präsidium aufgestiegen, versuchte man auch, dort zu bleiben.

»Das waren Zeiten«, sagte Eischied. Eine nichtssagende Bemerkung – doch in Situationen wie dieser durchaus nützlich. Er zündete sich eine Zigarre an. Auch aus einem banelen Gespräch konnte man gewisse Informationen gewinnen.

»Und ein gutes Revier«, sagte Cornfield und stand Eischied im Bezug auf Banalität nichts nach.

»Damals hat noch niemand auf Polizisten geschossen«, fügte Cornfield hinzu.

Sie waren sich wahrscheinlich immer nur im Treppenhaus, im Bereitschaftsraum oder im Waschraum begegnet, überlegte Eischied und zog an seiner Zigarre. Er konnte sich beim besten Willen nicht erinnern, Cornfields Gesicht jemals in diesem Revier gesehen zu haben. Wahrscheinlich erinnerte sich Cornfield ebensowenig an ihn. In letzter Zeit hatte er zwar bei dieser oder jener Ermittlung am Rande mit ihm zu tun gehabt, doch sie hatten nie direkt oder auf derselben Ebene zusammen gearbeitet. Sie kannten einander nicht.

Konkrete Informationen über Kollegen im Polizeidienst waren nicht in Dossiers zu finden, überlegte Eischied. Sie befanden sich in den Köpfen der Mitarbeiter. Wenn man eine Auskunft über einen anderen Polizeibeamten haben wollte, dann ging man zu einem Kollegen, mit dem man früher zusammengearbeitet hatte, und der nun mit dem Betreffenden zu tun hatte. Doch dies war ihm, in Anbetracht der delikaten Angelegenheit mit diesem Cornfield, im Augenblick nicht möglich.

Wenn es um Beförderungen ging, lagen die Dinge ganz ähnlich: wer eine hohe Position bekleidete, protegierte die Kollegen, mit denen er zusammen gearbeitet hatte und die er gut kannte. Außenseiter wurden nicht einmal in Betracht gezogen. Dieses Rabbisystem war beinahe ein ungeschriebenes Gesetz.

»Wie gefällt Ihnen die Arbeit in Harlem oben?« erkundigte sich Eischied und streifte die Asche seiner Zigarre in den Aschenbecher.

»'ne Menge zu tun, Chief.«

Eischied erwiderte nichts und wartete, ob es noch mehr Banalitäten zu erzählen gab. Doch wozu eigentlich? Und wenn, würde ihn das auch nicht weiterbringen.

»Mehr Mord und Totschlag, als irgendwo anders in der Stadt«, sagte Cornfield. »Fast jeden Tag ein Mord.«

Auch das war nichtssagend, denn Eischied wußte über die Statistiken besser Bescheid als Cornfield. Was er nicht wußte, war, woher Cornfield den Commissioner kannte. Und direkt fragen konnte er ihn nicht.

»Kein Wunder«, knurrte Cornfield angeekelt. »Jeder dahergelaufene Nigger schleppt 'ne Kanone mit sich rum.«

Eischied registrierte Cornfields Rassismus. Er war derselben Meinung – schließlich wurden die meisten Gewaltverbrechen von Schwarzen begangen – doch was dieses Thema betraf, hatte er gelernt, seine Zunge im Zaum zu halten.

»Früher war es noch schlimmer«, erwiderte er mit einem sparsamen Lächeln. »Als ich ein junger Cop war, gab es noch nicht so viele Kanonen in Harlem, und die Lieblingswaffe der Schwarzen war das Brotmesser. Ziemlich übel. Überall Blut an den Wänden.«

Die beiden Polizeioffiziere grienten einvernehmlich, doch Eischied unterband diesen Anflug von Vertraulichkeit abrupt. Die Information, die er wollte, war nicht zu bekommen. ›Also‹, dachte er, ›warum bringe ich nicht die ganze Geschichte hinter mich.‹

»Ich habe Sie für einen Spitzenposten in die engere Wahl gezogen, Cornfield«, sagte Eischied. Es fiel ihm schwer, Cornfield die Beförderung auf einem Silbertablett zu präsentieren. Er verstummte und betrachtete eingehend seine Zigarre. Die politischen Umstände erforderten es, daß der Posten nach dem Wunsch des Commissioners besetzt wurde, aber sein Gefühl wehrte sich dagegen. Sein Instinkt riet ihm, den Posten mit einem Mann zu besetzen, auf dessen Loyalität er vertrauen konnte. Einen Mann des Commissioners in seiner unmittelbaren Umgebung konnte er absolut nicht gebrauchen.

Cornfield saß da, geziert wie eine Jungfrau, mit zusammengepreßten Knien, und die Hände artig auf die Knie gelegt.

Eischied zierte sich ebenfalls. Er nahm Cornfields Personalakte zur Hand. »Wie ich sehe, haben Sie ziemlich oft Ihre Wohnung gewechselt. Weshalb?«

Cornfield erklärte ihm, daß er während seiner ersten sieben Dienstjahre als Polizist ein College besucht und dann sein Jurastudium abgeschlossen hatte. Um nicht zu viel Zeit in der U-Bahn vertrödeln zu müssen, war er zunächst in die Bronx, in die Nähe des Fordham College, gezogen, und dann nach Manhattan, um es nicht so weit zur juristischen Fakultät der New York-University zu haben. Später, als er bereits Sergeant war und nach Queens versetzt wurde, hatte er sich dort eine Wohnung gesucht.

Eischied registrierte auch dieses Faktum: Cornfield war

Anwalt. Der Commissioner gab Cops den Vorrang, die Jura studiert hatten – dessen war sich Eischied nun sicher.

»Dadurch habe ich 'ne Menge Zeit gespart«, sagte Cornfield.

»Anscheinend sind Sie ein strebsamer und tüchtiger Mensch«, sagte Eischied und nickte, als habe sich damit sein Eindruck bestätigt. »Deshalb habe ich auch an Sie gedacht, als es darum ging, einen neuen Leiter für das Sonderdezernat zu finden.«

Der junge Captain sah zunächst verblüfft drein, dann strahlte er vor Freude.

»Ich habe deshalb bereits mit dem Commissioner gesprochen«, erklärte Eischied. Er betrachtete interessiert seine Zigarre, denn es fiel ihm schwer, Cornfield in die Augen zu sehen. »Er hat keinerlei Einwände«, fügte Eischied hinzu und beobachtete Cornfield jetzt genau. »Offenbar kennt er Sie von irgendwo her.«

Jetzt hatte er sie angesprochen – die Frage, die ihn gequält hatte.

Alles was Cornfield nun sagen würde, konnte von größter Bedeutung sein. Eischied wartete gespannt.

»Ja, von dieser Mafiageschichte damals, als ich noch Sergeant war«, erwiderte Cornfield selbstgefällig. »Er war der stellvertretende Staatsanwalt, und ich habe ihm den Kronzeugen geliefert. Deshalb konnte er diese beiden Schlüsselfiguren der Mafia überführen, und wie Sie wissen, sind Urteile gegen die Mafia äußerst selten. Er machte damals damit Schlagzeilen. Das Komische dabei ist, daß ich vor kurzem dem Commissioner zufällig wieder auf der Straße begegnet bin – und er erinnerte sich an mich!«

›Natürlich erinnerte er sich an dich, du Schwachkopf!‹ dachte Eischied. ›Von diesem Fall lebte er jahrelang! Wieso, glaubst du, ist er wohl zum Oberstaatsanwalt aufgestiegen? Und warum ist er zum Police Commissioner ernannt worden? Und jetzt bist du ebenfalls soweit und lebst von diesem alten Fall – ob du's weißt oder nicht. Als Leiter des Sonderdezernats bist du innerhalb eines Monats Deputy Inspector, und wenn dieser Commissioner im Sattel bleibt, bist du möglicherweise schon bald der nächste Chief of Detectives.‹

›Das ist die Basis, auf der das System funktioniert‹, sagte sich Eischied. ›Und dagegen kann man nichts machen.‹

»Wären Sie an dem Posten interessiert, wenn man Sie dafür vorschlagen würde?« Eischieds Asche war inzwischen drei Zentimeter lang. Er besah sie sich interessiert. Jeden Augenblick mußte sie durch ihr eigenes Gewicht fallen.

»Selbstverständlich«, grinste der junge Captain.

Im Augenblick schien Cornfield noch keine Ahnung zu haben, wie potent seine Beziehungen waren. ›Und von mir wird er es ganz sicher nicht erfahren‹, überlegte Eischied finster.

Verärgert wegen der Dinge, die er zu tun gezwungen war, entschloß sich Eischied, seine Frustration an Cornfield abzureagieren. Dieser Hundesohn sollte für seine Beförderung bezahlen! Mit unbewegter Miene sagte Eischied: »Ich werde Sie meine Entscheidung rechtzeitig wissen lassen. Das ist alles.«

Am nächsten Tag fand eine Konferenz des Exekutivkomitees statt. Eineinhalb Stunden lang diskutierten der Police Commissioner, seine sieben stellvertretenden Deputy Commissioners, sein Chief Inspector und die vier Drei-Sterne-Chiefs über interne Verwaltungsangelegenheiten und Managementfragen. In letzter Zeit hatte es eine Menge solcher Konferenzen gegeben. Der Commissioner schwor darauf – oder vielmehr sein Erster Stellvertreter O'Connor. Er führte auch das große Wort. Ein paar der anderen mußten sich ebenfalls reden hören. Der PC führte die Diskussion. Eischied kritzelte gedankenabwesend Männchen auf seinen gelben Notizblock, während seine Gedanken ziellos umherschweiften.

Die Konferenz endete, wie alle bisherigen Konferenzen, ohne daß etwas beschlossen worden wäre.

»Schön«, sagte der PC, »wir haben zumindest die Problematik konkretisiert. Ich danke Ihnen, meine Herren.«

Jeder ging seines Wegs; gelbe Notizblöcke und unbenutzte Bleistifte in den Diplomatenköfferchen. Eischied war angewidert. Was für eine Zeitverschwendung!

Im Foyer sprach Eischied den Commissioner an: »Wie Sie vorgeschlagen haben, habe ich mir Captain Cornfields Personalunterlagen angesehen.«

»Er hat mir mal einen verdammt heißen Fall in die Hand gegeben«, sagte der Commissioner und lächelte selbstzufrieden.

›Wenn er es so haben will, dann soll er auch drum bitten‹, dachte Eischied. »Sie wollen also, daß ich ihm den Job gebe?« fragte er.

Doch der Commissioner ging nicht in die Falle. Sein Lächeln verschwand. »Nur wenn er auch sonst dafür geeignet ist.«

Die beiden Männer betrachteten einander kühl. Keiner sagte etwas.

»Im Morddezernat, oben in Harlem, hat er hervorragende Arbeit geleistet«, sagte Eischied schließlich. »Ich hatte ihn bereits im Auge, noch bevor ich Ihre Notiz bekommen habe«, log Eischied. »Bleiben wir also dabei. Soll ich es ihm sagen, oder wollen Sie das übernehmen?«

Doch auch diese Falle umging der Commissioner. »Nein, nein. Er arbeitet für Sie. Sie sollten es ihm sagen. Ich habe mit dem Mann nichts zu tun – und er nicht mit mir. Es war lediglich ein Vorschlag meinerseits.« Der Commissioner nickte kühl und eilte die Treppe hinab. Eischied blickte ihm nach.

Eine Woche später bat Captain Cornfield – als frischgebackener Leiter des Sonderdezernats – um eine Unterredung mit dem Chief of Detectives. Erneut unterhielten Sie sich über Eischieds Schreibtisch hinweg; doch diesmal gab es keinen Smalltalk. Cornfield hatte jede Menge Tabellen und Statistiken mitgebracht. Er breitete graphische Darstellungen auf Eischieds Schreibtisch aus, die mit verschiedenfarbener Tinte gezeichnet waren. ›Der Fleiß dieses Mannes ist unerträglich‹, dachte Eischied angewidert.

»Im Augenblick sind dem Sonderdezernat sechzig Zivilbeamte zugeteilt«, begann Cornfield. Das ging aus der Tabelle hervor. Cornfield deutete mit spitzem Bleistift auf die Eintragung. »Das sind zuviele. Wir haben nicht genügend höhere Offiziersränge, um so viele Detectives zu kontrollieren, und ich schätze, die Hälfte unseres Dezernats ist nicht annähernd so effektiv, wie das der Fall sein sollte. Ich schlage folgendes vor.«

Cornfield kam um den Schreibtisch herum, um seine Diagramme besser ausbreiten zu können. Er beabsichtigte, und demonstrierte dies anhand seiner Tabellen, das Sonderdezernat auf fünf Sergeants und fünfundzwanzig Detectives zu reduzieren, die er selbst befehligen würde. Die übrigen dreißig Detectives sollten zurück zu ihren ursprünglichen Dienststellen versetzt werden. Wenn größere Fälle vorkamen, würde er, Cornfield, mit seinem Dezernat die Voruntersuchungen führen. Wenn erforderlich, konnte man jederzeit zusätzlich Unterstützung von anderen Dezernaten ›ausleihen‹. Er deutete mit seinem Bleistift auf die Dezernate und Reviere, die er meinte.

»Das Ganze kann im Notfall telefonisch geregelt werden«, sagte Cornfield.

»So etwas geht den Dienststellenleitern immer gegen den Strich«, entgegnete Eischied. »Sie wissen dann nie, wo ihre Leute rumfliegen, und wann sie sie zurückbekommen.«

»Nicht unbedingt, Chief.«

Die Idee hatte etwas für sich. Was Eischied allerdings verwirrte, war die Tatsache, daß Cornfield von sich aus anbot, sein eigenes Dezernat um die Hälfte der Männer zu reduzieren. In der Regel forderten die Dienstellenleiter mehr Männer – und nicht weniger. Quantität wurde als gleichbedeutend mit Einfluß und Wichtigkeit betrachtet, und jeder schrie Zeter und Mordio, wenn man ihm Männer wegnahm. Aber dieser Cornfield verhielt sich genau umgekehrt. Warum?

»Ich bin gestern zufällig dem PC begegnet«, sagte Cornfield. »Ich habe ihm meine Gedanken auseinandergesetzt, und er war begeistert. Sie entsprechen seinen Vorstellungen von effektiverer Kontrolle des Einzelnen und erhöhter Schlagkraft der gesamten Polizei.«

›Deshalb also!‹ dachte Eischied.

»Kann ich mit Ihrer Zustimmung rechnen, Chief?«

›Mein Gott!‹ zuckte es Eischied durch den Kopf. ›Jetzt habe ich einen Mann unter meinen Leuten, der einen direkten Draht zum PC hat.‹ Das erklärte auch, warum Cornfields Auftreten inzwischen so selbstsicher, beinahe anmaßend, geworden war. Vor einer Woche noch hatte dieser Captain keine Ahnung gehabt, wie stark seine Position war, und woher diese Stärke kam. Jetzt wußte er es.

»Zum Beispiel haben wir noch immer fast vierzig Mann, die an dem Fall der beiden ermordeten Polizisten arbeiten«, sagte Cornfield. »Aber es existieren einfach nicht genügend Spuren, die diesen Aufwand rechtfertigen würden. Die Jungs drehen sich nur noch im Kreis. Sämtliche Abhörgenehmigungen sind außerdem abgelaufen. Gestern habe ich den Staatsanwalt angerufen, der für die Bearbeitung der abgehörten Telefonanschlüsse zuständig ist, und er meinte, die Bänder enthielten keinerlei brauchbare Anhaltspunkte. Das Attentat liegt bereits so weit zurück, daß an den abgehörten Anschlüssen nicht mal mehr davon geredet wird. Eine Verlängerung der Abhörgenehmigung sei nicht mehr gerechtfertigt, meinte der Staatsanwalt. Und wissen Sie was, Chief? Er hat recht. Ich hab mir die Berichte angesehen und teile seine Meinung. Wir haben mehr als dreißig Beamte mit Ermittlungen beschäftigt, die uns nicht weiterbringen. Und wenn die Opfer nicht Polizisten gewesen wären, liefen die Ermittlungen längst auf Sparflamme. Beim jetzigen Stand der Dinge wären zwei Beamte genauso effektiv wie dreißig.«

Eischied hielt den Blick auf Cornfields Diagramme gesenkt. »Und was ist mit der Moral der Kollegen? Wenn wir die Ermittlungen einstellen, weiß das innerhalb eines Tages jeder Cop in New York. Ein Aufschrei der Entrüstung wird die Folge sein.«

»Sie wissen natürlich, welches Verbrechen bei der Polizei

dieser Stadt schon immer als das verabscheuenswürdigste betrachtet wurde?« schnaube Cornfield.

»Der Mord an einem Polizisten.«

»Richtig, doch offen gesagt, sieht das die öffentliche Meinung etwas weniger parteiisch.«

Eischied fühlte die Wut in seinem Bauch wachsen. Er starrte Cornfield unverwandt in die Augen. »Ich scheiße auf die Öffentliche Meinung!«

»Sicher, ich weiß«, wiegelte Cornfield eilig ab. »Ich bin ja auch Ihrer Meinung. Auch ich bin Polizist. Aber der Druck von Seiten der Öffentlichkeit wird immer stärker. Man sähe es lieber, wir würden uns mehr auf Verbrechen konzentrieren, die die Allgemeinheit betreffen.«

Eischied wußte sehr wohl, daß Cornfield für den Commissioner, den Bürgermeister, die Zeitungen und die liberalen Kreise der Stadt sprach. »Ein Angriff auf einen Polizisten ist ein Angriff auf die öffentliche Ordnung«, knurrte er. »Es ist ein Angriff auf die Staatssicherheit. Es ist ein Verbrechen gegen die gesamte Gesellschaft, ein Versuch, diese Gesellschaft an ihren Wurzeln zu treffen.«

»Ich bin da ganz Ihrer Meinung, doch wie ich schon sagte, gibt es eine Menge Leute in dieser Stadt, die das nicht so sehen. Außerdem sind wir in eine Sackgasse geraten. Unseren V-Leuten und Spitzeln sind keinerlei, auch noch so vage Gerüchte zu Ohren gekommen. Wir haben das Fluchtauto nicht gefunden. Keine neuen Zeugen haben sich gemeldet. Wir wissen auch nicht, ob es ein Einzelgänger, oder zwanzig Attentäter waren. Wir wissen nicht einmal, ob Weiße oder Schwarze oder Grüne dahinterstecken. Allmählich komme auch ich zu der Überzeugung, daß es irgendein geistesgestörter Psychopath war. Und Sie wissen selbst, wie verschwindend klein unsere Chancen sind, diesen Typen zu finden – in einer Stadt wie in New York, in der so viele Irre herumlaufen.

»Okay, okay!« Eischied sah ein, daß er nachgeben mußte. Was sonst hätte er tun können? »Sie haben ja recht«, brummte er widerwillig. Sollte die Strategie der Kriminalpolizei in Zukunft von einem Captain bestimmt werden?! Hinter diesem Captain stand allerdings niemand Geringeres als der Police Commissioner persönlich. ›Mein Gott!‹, dachte der Chief of Detectives, ›Ich muß aufpassen, daß ich nicht den Boden unter den Füßen verliere!‹

»Die Vorteile meines Plans«, dozierte Cornfield weiter, »sind folgende...« Er begann sie aufzuzählen und noch mehr Diagramme auf den Tisch zu legen, doch Eischied hörte ihm nicht mehr zu, sondern nickte nur mechanisch.

Als der junge Captain zu sprechen aufhörte, sagte Eischied: »Klingt gar nicht schlecht.«

»Ich habe also Ihre Unterstützung?«

»Selbstverständlich«, antwortete der Chief of Detectives lächelnd.

Mit demselben Lächeln brachte Eischied Captain Cornfield zur Tür. Er blieb an Captain Finnertys Schreibtisch stehen und folgte dem ehrgeizigen Emporkömmling mit seinen Blicken, bis die Vorzimmertür hinter ihm ins Schloß fiel. »Dieser Bursche wird's noch weit bringen in unserem Präsidium, Finnerty«, murmelte er. »Und wissen Sie auch warum, Finnerty? Weil er ein ganz besonders netter Kerl ist.«

Finnerty, dessen Miene verriet, daß er keine Ahnung hatte, wovon die Rede war, sagte: »Mr. Klopfman ist schon wieder in der Leitung, Chief.«

»Sagen Sie ihm, ich sei in einer Konferenz mit dem Bürgermeister«, knurrte Eischied mißmutig.

»Das ist bestimmt das fünftemal, daß er anruft. Er sagt, es sei sehr dringend.«

Eischied gab keine Antwort.

Nach einer Weile fragte Finnerty: »Soll ich notieren, worum es geht?«

Eischied dachte nach. Finnerty wartete geduldig.

Der Tagesbefehl für morgen würde dreißig frustrierte Detectives zu ihren ursprünglichen Dienststellen zurückbeordern. Und einer dieser dreißig würde zweifellos Smallwood sein, der nach Staten Island, oder sonstwohin zurückkehren würde – zu all seinen unerledigten Fällen. Und einer dieser

Fälle war die Anklage wegen Ladendiebstahls gegen Klopfmans Sohn. Eischied sah keine Möglichkeit, dies zu verhindern; zumindest keine, die gangbar war, ohne Aufsehen zu erregen.

»Dieser verdammte Klopfman«, knurrte Eischied. »Sagen Sie ihm, ich sei den ganzen Tag unterwegs. Und sagen Sie ihm, Sie wüßten nicht, wo Sie mich erreichen könnten.«

»Okay, Chief.«

Eischied stand hinter seinem mächtigen Schreibtisch und kramte mit besorgter Miene – doch möglicherweise war er auch nur wütend – in seiner Schublade nach einer Zigarre. Als die Zigarre endlich richtig zog, ging er ans Fenster und starrte auf den Verkehr hinab. Es regnete. Die Zigarre ging aus, doch er bemerkte es nicht. Unbewegt stand er da und beobachtete den Verkehr in den regennassen Straßen von New York.

7

Mark D. drehte den Türknopf und rammte gleichzeitig die Schulter gegen das Türblatt. Das Zimmer war nur spärlich beleuchtet. Eine Ecke hatte man mit Vorhängen abgetrennt. Everett Walker, der hinter Mark D. in den Raum trat, sah mißtrauisch zu den Vorhängen hinüber. Auf dem Boden des Zimmers flimmerte ein Fernseher. Auf einem der Betten saß der Mann, den Walker treffen wollte. Walkers Blick schweifte wieder durchs Zimmer und blieb an der Maschinenpistole haften, die an einem Nagel in der Türfüllung hing. Sie hing in Reichweite des Mannes auf dem Bett. Seine Miene war ausdruckslos, doch seine Augen ließen Walker keinen Moment lang los. Sie waren pechschwarz und eiskalt, und Walker erschienen sie wie die Höhlen in einem Totenschädel.

»Ist das der Bruder, von dem du mir erzählt hast?« wandte sich Walker an Mark D.

»Ja, das ist er. Er legt Wert darauf, daß man ihn Charles nennt.«

Walker und Charles beäugten einander mißtrauisch. Der Herrscher thronte auf dem Bett und wartete, daß der Bittsteller sein Begehren vorbrachte. Sein Zepter hatte er für den Augenblick an den Nagel gehängt.

Wieder wandte sich Walker an Mark D.: »Ich wäre dir sehr verbunden, wenn du diesen Gentleman und mich für ein kurzes Gespräch alleine lassen würdest.«

Walker wartete, bis Mark D. die Tür hinter sich ins Schloß geknallt hatte, während sein Blick von Charles' ausdruckslosem Gesicht zu den Vorhängen in der Ecke des Raums huschte. Niemand sonst schien in der Wohnung zu sein – doch man konnte nie wissen.

»Wie es scheint, kennst du Bruder Mark schon eine ganze Weile«, begann Walker. ›Sei behutsam jetzt‹, schärfte er sich selbst ein. ›Du brauchst diesen Mann.‹

Charles gab keine Antwort.

»So viel ich weiß, wart ihr zusammen im Knast.«

Die tiefschwarzen Augen musterten Walker unverwandt, doch kein Wort kam über Charles' Lippen.

Für Walker war Charles kein Killer, sondern ein Macher; ein Mann der Tat in dem großen Spiel. Die Welt war voll von Leuten, die nur redeten. Leute, die die Klappe aufrissen, waren nicht schwer zu finden. Aber Charles war eine zweibeinige und sehr gefährliche Waffe. Männer wie er waren stets dünn gesät – nicht nur hier und jetzt, sondern in der gesamten Geschichte der Menschheit.

»Ich sollte dir vielleicht erst mal sagen, wer ich bin«, sagte Walker.

»Ich weiß, wer du bist.«

Walker hatte nicht erwartet, mit offenen Armen aufgenommen zu werden, denn Killer wie Charles brauchten niemanden – außer ihren Opfern natürlich. »Dann weißt du sicher auch, daß ich mich James King nenne«, sagte er vorsichtig. »Solltest du irgendwannmal in die Verlegenheit kommen, von mir zu sprechen, dann unter diesem Namen.«

»Weshalb sollte ich in diese Verlegenheit kommen? Ich wüßte nicht, wieso. Ich seh nicht den geringsten Grund, weshalb ich von dir sprechen sollte.«

›Das wird schwieriger als ich dachte‹, registrierte Walker. Ihm wurde bewußt, wie sehr seine Aufmerksamkeit von dem Vorhang in der Ecke des Zimmers beeinträchtigt wurde. Er machte Walker zusehends nervös. »Schöne Wohnung habt ihr hier«, sagte er. Unauffällig schob er sich in die Nähe des Vorhangs und riß ihn mit einem Ruck beiseite. Er starrte auf ein zerwühltes Bett.

Charles hatte ihn beobachtet und brüllte los vor Lachen. Sein hämisches Lachen war eine Demütigung, und Walker fühlte, wie seine Ohren zu brennen begannen. Doch als er sich wieder umwandte, war sein Gesicht genauso undurchdringlich wie zuvor.

»Wenn du mir was zu sagen hast, dann sag' es!« knurrte Charles. »Ich hab keine Lust, mir wegen dir den ganzen Abend um die Ohren zu schlagen.«

Walker behielt die Nerven. Bedächtig zog er die inzwischen stark zerfledderten Zeitungsausschnitte aus der Tasche. »Ich bin viertausend Meilen gereist, um den Mann zu treffen, der das hier vollbracht hat.«

Er ließ Charles nicht aus den Augen. ›Ich brauche diesen Mann‹, dachte er und versuchte mit eisernem Willen, seine äußere Gelassenheit zu bewahren. Doch sein Herz begann zu rasen, als er sich erneut der demütigenden Situation und seines eigenen, tief empfundenen Impulses, zurückzuschlagen, bewußt wurde.

Die MP an dem Nagel im Türpfosten erschien ihm ein unverfängliches Thema, und Walker schlenderte darauf zu, während er mit Smalltalk seine Nerven zu beruhigen versuchte. »Das also ist das Ding, von dem die Geschichtsbücher berichten werden.«

Charles sprang auf die Füße. »Laß die Finger von meiner Knarre! Sie gehört mir, verdammt!«

In dem knisternden Schweigen, das diesem Ausbruch folgte, umklammerte Charles' Faust den Griff der Waffe. Es schien, als wollte er sie vom Nagel reißen. Doch schließlich ließ er die Hand wieder sinken.

Walker hielt die Zeitungsausschnitte empor. »Der Mann, der das hier getan hat, hat eine Tat von außerordentlicher revolutionärer Brillanz vollbracht.«

Die Worte klangen wie Schüsse in dem lastenden Schweigen. Sie schienen sowohl Walker, als auch Charles zu beruhigen.

»Leider«, fuhr Walker fort, »scheint es sich um eine isolierte Aktion zu handeln, eine Aktion, die deshalb von geringer politischer Signifikanz ist.«

»Von geringer politischer Signifikanz?« Charles ließ ein höhnisches Lachen hören. »Die beiden Bullen sind mausetot, Mann. Das sind zwei weniger. Wenn das keine politische Signifikanz hat, dann weiß ich nicht was sonst.«

»Das beweist nur, daß du nicht viel von Politik verstehst«, erwiderte Walker. »Die beiden Bullenschweine sind längst durch zwei neue Bullenschweine ersetzt worden. Und der Streifenwagen, den du durchsiebt hast, ist inzwischen längst repariert oder ersetzt. Was hast du also im Endeffekt erreicht? Du hast keine Organisation, die hinter dir steht. Es existiert keine Infrastruktur. Es existiert kein Programm.«

Charles' pechschwarze Augen blitzten wütend. »Diese Programmscheiße haut nicht hin, Mann! Jahrelang hatten wir Programme. Und wo sind diese Programme jetzt? Ein Programm war nichts als eine heiße Spur für die Bullen! Und es hat auch nicht lange gedauert, bis sie alle Brüder entweder im Knast, oder auf'm Friedhof hatten. Ich hab kein Interesse an irgendwelchen Programmen. Programme sind ein Relikt aus der Vergangenheit; genau wie du. Du bist schon lange weg vom Fenster, Mann!«

»Nein, Mister!« entgegnete Walker wild. »Du bist hier das Relikt. Du bist aus der Vergangenheit, denn du hast keine Zukunft! Bullen abzuknallen, bringt uns nicht weiter. Wichtig ist, was danach passiert!«

»Mir genügt es, wenn ich etliche Bullenschweine kaltmachen kann. Bullen bluten genau wie jeder andere. Und es ist Balsam für meine Seele, wenn ich sie verrecken sehe!«

»Du glaubst, du bist der einzige, der diese Schweine haßt«, sagte Walker. »Aber du hast auch diese Lektion noch nicht gelernt. Du hast keine Ahnung, was wirklicher Haß ist.«

Nach einer kurzen Pause fügte er hinzu: »Du weißt nicht, wie es ist, von ihnen über den Haufen geknallt zu werden.«

Jetzt sah sich Walker auch noch gezwungen, seine Verwundungen vor diesem Killer zu entblößen; was er als eine weitere Demütigung empfand. Doch für einen jungen Burschen wie Charles war der Name Everett Walker vielleicht nur ein Name und nichts weiter. Walker rollte das linke Hosenbein bis zur Hüfte seines Oberschenkels hoch. »Hier. Ich bin von ihnen zusammengeschossen worden«, sagte er.

Charles beugte sich über die Narben.

»Das andere Bein sieht ähnlich aus. Die Kugeln hagelten nur so durch die Wände und Türen. Sie waren flach wie Dumdum-Geschoße, ehe sie mich und die anderen Brüder trafen.«

Charles nahm den Blick wieder von den Narben.

»Wir hatten vier oder fünf Pistolen, um sie uns vom Leibe zu halten, aber sie waren zehnmal so viele wie wir.« Walker ließ sein Hosenbein wieder zurückfallen. »Du hast keine Ahnung, was Haß ist«, knurrte er.

Einen Augenblick lang glaubte er in Charles kalten Augen so etwas wie Respekt zu erkennen. Dann sagte Charles: »Während du dort drüben wie ein König gelebt hast, Mr. King, habe ich fünf Jahre im Knast abgerissen. Ich habe mit denen noch eine Rechnung zu begleichen und ich kann nicht auf irgendwelche Programme warten.« Doch seine Stimme klang nicht mehr so abweisend.

Walker brauchte fünf Männer, um seinen Plan in die Tat umzusetzen. Und am nötigsten brauchte er diesen Mann hier. Noch immer schien ihm der Plan absolut hieb- und stichfest. Er war grandios, verwegen und doch einfach. Und er würde in einem Massaker gipfeln. Walker fixierte Charles. Fünf Männer würden genügen. Und natürlich brauchte er Waffen. Doch das war keine Schwierigkeit. An fast jeder Straßenecke im Ghetto konnte man eine Kanone kriegen, und die meisten Waffenschieber konnten binnen ein, zwei Tagen auch mit größeren Kalibern dienen. Wie gesagt – das war nicht das Problem. Das Problem waren die Männer. Zwar wimmelte es in den Ghettos von jungen Burschen, die die Gewalt im Munde führten, doch die begnügten sich mit Raubüberfällen auf Tante-Emma-Läden. Walkers Schwierigkeit lag darin, Typen zu finden, die auch dann ihren Mann standen, wenn es hart auf hart ging. Er brauchte Männer, die auch abdrückten, wenn sie offen einem Polizisten gegenüberstanden. Solche Männer gab es nicht viele. Dieser Charles war einer davon. Walker mußte ihn haben. Er starrte in diese unerbittlichen, pechschwarzen Augen.

»Wir brauchen dich nicht«, brummte Charles. Aber er klang schon nicht mehr so selbstsicher. »Wir kommen auch ohne Programme aus.«

Walker stieß mit dem Zeigefinger gegen Charles' Brust. »Warum ist nicht der Versuch gemacht worden, euere Aktion politisch auszubeuten?« fragte er. »Niemand hat sich je dazu bekannt. Die Imperialistenschweine wissen nicht einmal, wer diese Bullen umgelegt hat, und warum sie umgelegt wurden. Und die Bullen haben keine Ahnung, warum und für wen ihre Kollegen ins Gras beißen mußten.«

»Die wissen es ganz genau«, brummte Charles.

»Früher veranstaltete die Partei öffentliche Bazare und Versammlungen, zu denen Redner von überall her eingeladen wurden. Wir hatten sogar einige Zeitungen. Hilfsfonds wurden eingerichtet, um Rechtsanwälte für die Genossen, die in Schwierigkeiten waren, bezahlen zu können. Wir hatten unseren eigenen Kandidaten für die Präsidentschaftswahl.«

»Ihr habt alle Leute schön an einem Ort zusammengebracht, damit die Bullen leichteres Spiel hatten.«

»Die Strategie von damals hat sich als wenig sinnvoll erwiesen«, schränkte Walker hastig ein. »Da stimme ich mit dir voll überein. Es wäre natürlich gefährlich, die alten Fehler zu wiederholen. Was ich im Sinn habe, ist etwas ganz anderes. Ich denke an eine relativ kleine Gruppe: du und ich und ein paar andere für den Anfang.« Zögernd und besorgt, er könnte seinen fanatisch gehegten Plan nicht überzeugend genug darlegen, erzählte Walker von dem Akronym, das er ersonnen hatte und auf das er so stolz war. »Wir werden uns als FEAR einen Namen machen – als die Freiheitliche und Einheitliche Armee der Revolution.«

Charles ließ ein höhnisches Lachen hören.

Unbeirrt sprach Walker weiter: »Ich rede von einer ganzen Serie von Terroranschlägen, die ständig eskalieren. Ich rede von Gewaltakten, die die Straßen unserer Städte heimsuchen, bis das ganze Land gelähmt ist vor Angst; bis FEAR mehr Schrecken verbreitet, als jede vergleichbare Terrororganisation der Geschichte.« Es schien Walker, als zeige Charles allmählich Interesse. »Ich rede von einer Serie von Widerstandsaktionen, die unserem Volk den Mut wieder zurückgibt, die aus den ehemaligen Sklaven gefürchtete Krieger macht, die sich gegen die Sklaventreiber erheben. Ich rede von Gewaltakten, die eine allgemeine Rebellion und den bewaffneten Kampf in den Straßen provozieren.«

»Was du da erzählst, ist Blödsinn«, sagte Charles leise.

»Das ist kein Blödsinn, das ist Guerillakrieg in den Städten.«

Eine Stunde verging. Unbeachtet flimmerte Bild um Bild über den TV am Fußboden. Wie ein Priester, der seinen wichtigsten Adepten einweiht, sprach Everett Walker eindringlich auf Charles ein. Alle Revolutionen begännen mit Gewaltakten, erklärte er. Alle unterdrückten Völker verspürten ein unartikuliertes Bedürfnis, ihre Unterdrücker zu töten. Dieses immense Gewaltpotential könnte freigesetzt und gelenkt werden. Und hier läge die Aufgabe von Walker und seiner Organisation: die Gewalt zu lenken. Wenn diese Gewalt nicht gelenkt werde, wirkte sie selbstzerstörerisch, und die Unterdrückten fielen übereinander her; ihre Militanz richte sich nach innen – aus Furcht vor der bewaffneten Macht der Unterdrücker. Doch FEAR werden den Brüdern demonstrieren, daß durch militante Gegenwehr die Freiheit zu gewinnen sei. FEAR werde die Männer lehren, sich zu erheben und ihren Unterdrückern die Köpfe abzuschlagen. FEAR werde mit spektakulären Raubüberfällen beginnen und dann zu gleichermaßen spektakulären Terrorakten gegen die Polizeiknechte übergehen, denn die Bullenschweine und die Banken seien die natürlichen Feinde der unterdrückten Massen. Diesen Institutionen gegenüber sei der Haß am stärksten, und Terroranschläge gegen sie könnten den Haß der Massen in eine unbezwingbare Feuersbrunst verwandeln. Walker, der versuchte Charles zu begeistern, verfiel auch selbst der Wirkung seiner Worte. Spontane Gewaltausbrüche würden sich überall im Lande ereignen, und die Sklaven würden sich vom Joch ihrer Unterdrücker befreien. Dies sei dann der Beginn der wirklichen Revolution.

Charles, der schon beinahe überzeugt schien, fragte: »Und woher willst du wissen, daß auch alles so kommen wird?«

»Weil meine Theorie historisch belegt ist.«

»Ich traue diesen großen Sprüchen nicht«, brummte Charles mißtrauisch.

»Und was glaubst du, hat sich 1917 in Rußland ereignet, 1954 in Algerien, 1958 in Kuba? In China und in Lateinamerika? Ich spreche hier über Revolutionsgeschichte.«

Und jetzt sei Amerika an der Reihe, sagte Walker. FEAR werde ein ungerechtes und repressives Gesellschaftssystem zerschlagen. FEAR werde eine Revolution entfachen, die durch nichts aufzuhalten sei. Amerika werde nicht länger ein Schmelztiegel sein, sondern zum brüllenden Hochofen werden.

Charles' Gesicht verzog sich zu einem breiten Grinsen. »Das gefällt mir, Mann! Das gefällt mir!«

»Es gibt keine Industrienation auf der Welt«, erklärte Walker, »die sich gegen eine Handvoll zu allem entschlossener Stadtguerillas behaupten kann!«

»Das klingt einleuchtend«, stimmte Charles zu. »Denn sie können nicht wissen, wo wir den nächsten Schlag führen werden. Sie strotzen vor Waffen, aber sie sind wehrlos.«

Das Geräusch eines Schlüssels war an der Wohnungstür zu hören, und Walker sprang auf.

»Mark D.?« fragte er.

»Wahrscheinlich Paula. Sie ist die einzige, die hier 'nen Schlüssel benutzt.«

Sie konnten hören, wie Paula ihren Mantel in der Diele auszog.

Als sie ins Zimmer trat und Charles sah, blieb sie wie erstarrt stehen. Ihr Blick huschte von Charles zu Walker. »Was macht ihr hier in meiner Wohnung?!«

Charles grinste breit.

»Wer ist das, Charles? Wieso bist du überhaupt noch hier, Charles? Ich dachte, du hättest dich aus dem Staub gemacht. Ich hab gehofft, du wärst endlich weg.«

»Das ist Mr. James King, Paula«, sagte Charles. »Du solltest dich mit ihm vertragen, denn er wird jetzt öfters hier sein.«

Paulas Wohnung lag im Erdgeschoß einer vierstöckigen Mietskaserne in der Südbronx, Koch Street 831. Die oberen drei Stockwerke waren unbewohnt, denn die Stadtverwaltung hatte das Haus als baufällig erklärt und abgeschlossen.

Butch und Ida waren die ersten gewesen, die bei ihr eingezogen. Und Mark D., ihr Freund, hatte ebenfalls bei ihr Unterschlupf gefunden. Dann waren Frank und dessen Frau Marie, eine ›Genossin‹, aufgetaucht. Sie schleppten Matratzen von einem Müllcontainer an – und einige in Decken gehüllte Gewehre. Zwei Nächte später waren Charles und dessen Freundin Cookie in einem funkelnagelneuen Buick Riviera aufgekreuzt. Schlafsäcke und Koffer waren in ihre Wohnung gebracht worden. Dann hatte Cookie den Buick Riviera weggefahren, und zwei Stunden später war sie wieder vor der Tür gestanden. Den Buick Riviera hatte Paula seither nie mehr gesehen.

Everett Walker zog nicht sofort ein. Er tauchte nur jeden Abend auf – in seinem schnieken Anzug von Brook Brother – um zu kontrollieren, ob seine Anweisungen ausgeführt wurden und um neue zu geben. Er ließ Lebensmittelvorräte anlegen, zusätzliche Decken, ganze Kartons von Kerzen und zwei Kerosinöfen beschaffen. In den drei Fenstern zur Straße wurden Beobachtungsposten eingerichtet, und neben jedem Fenster hing ein geladenes Gewehr. Wenigstens einer der Beobachtungsposten mußte ständig besetzt sein, und wenn die Bewohner des Hauses daran dachten, geschah dies auch.

Walker befahl, daß sie in einem der Klos die Decke zum ersten Stock durchbrachen, und mit Hilfe einer Leiter konnte man jetzt schnell nach oben gelangen. Im ersten Stock ließ er in einem der Zimmer die Hohlblocksteine herausbrechen, mit welchem die Hinterfenster zugemauert waren. Davor lag ein dickes, mehrmals geknotetes Seil, und der Fluchtweg für den Ernstfall war gewährleistet.

In einem der Zimmer richtete Walker eine Sanitätsstation ein: er ordnete an, daß ein gebrauchter Operationstisch aufgestellt, und medizinische Instrumente, sowie Medikamente besorgt wurden. Er verlangte von den Frauen, daß sie Handbücher der U.S. Armee studierten, die er besorgte, um Schuß- und Schrapnellwunden fachgerecht behandeln zu können. Sie seien jetzt Krankenschwestern im Dienste der Revolution, erklärte er ihnen, denn die Phase der Revolution, die Gewalt- und Terrormaßnahmen erfordere, sei nun nicht mehr fern. »Der bewaffnete Kampf wird Opfer fordern«, fügte er hinzu.

Mit ernsten Gesichtern hingen sie an seinen Lippen. Sie folgten ihm mit der Ergebenheit von Nonnen. Selbst Paula, die sich zunächst gegen all diese Eindringlinge zur Wehr gesetzt hatte, war Walker verfallen. Sie empfand sich inzwischen als ein Teil einer Bewegung, die größer und wichtiger war als sie selbst. Walker entging dies keineswegs und er war zufrieden.

Schließlich zog auch Walker selbst in die Wohnung; gemeinsam mit Ulysses Brown, dem Vietnam-Deserteur. Er nahm sich eines der Zimmer im ersten Stock, in der Nähe des Fluchtwegs. Bis auf seinen Schlafsack, ein Kopfkissen, seine Bücher, eine Schreibmaschine, die auf einem niedrigen Tischchen stand, und eine Kerze war das Zimmer leer. Führerschaft erfordere Distanz, erklärte er ihnen.

Jeden Abend fand in Walkers Zimmer bei Kerzenlicht ein Meeting statt. Oft brannte in seinen Augen ein faszinierendes Feuer, und seine Worte rissen die Zuhörer mit.

»Betrachtet man die großen Revolutionen der Weltgeschichte«, dozierte er, »begreift man, daß kein Wunder unmöglich ist. Natürlich können wir den Feind nicht auf seinem eigenen Terrain, das heißt, mit bloßer Waffengewalt besiegen. Unsere Stärke ist unsere Entschlossenheit und Überzeugung.«

Walker saß mit gekreuzten Beinen auf seinem zusammengerollten Schlafsack. Die anderen hockten im Halbkreis um ihn; vier Frauen und fünf bis an die Zähne bewaffnete Männer. Mit Charles, Butch, Mark D., Frank und Ulysses Brown hatte er bereits mehr Kämpfer um sich geschart, als er ursprünglich gewollt hatte. Sie alle wurden von der Polizei gesucht und waren deshalb absolut vertrauenswürdig. Das gleiche traf auf Floyd Fields und Leon Epps zu, die Mark D. an diesem Abend mitgebracht hatte, und die darauf brannten, dabei zu sein.

Die Kerze, die auf dem niedrigen Tischchen brannte, warf ein goldenes Licht auf das Pamphlet des Vorsitzenden Mao, aus dem Walker vorlas. Seine Adepten lauschten gebannt der Botschaft. Nur Charles, der seine Maschinenpistole im Arm hielt, schien irgendwie nicht ganz bei der Sache zu sein.

Unvermittelt legte Walker das Büchlein beiseite und breitete Grundrißskizzen einer Bank auf dem Boden aus. »Heute in einer Woche, um neun Uhr ist es so weit«, sagte er.

Mit einemmal erwachte auch Charles aus seiner Gleichgültigkeit. Er beugte sich über die Zeichnungen und strahlte wie ein Kronleuchter im Foyer der Oper.

Spontan entschloß sich Walker, den Eifer Leons und Floyds, sowie dessen Freundin, einem großgewachsenen, pummeligen Mädchen, das Sugar genannt wurde, zu honorieren, und die drei in seinen Plan mit einzubauen. Dies würde die Zahl seiner Gefolgschaft auf zwölf erhöhen, und eventuelle Verluste würden leichter zu verkraften sein. Außerdem schien ihm die Zahl zwölf von nicht unbeträchtlicher symbolischer Bedeutung.

In der folgenden Woche bereitete Walker die Gruppe durch ein verschärftes Training auf den Überfall vor und verteilte die Aufgaben, die den Einzelnen zufielen. Der Überfall an sich sollte von fünf Mann durchgeführt werden; Charles, Mark D., Butch, Frank und Ulysses Brown waren dafür vorgesehen. Der seiner Meinung nach labilste der fünf, Ulysses Brown, würde den Fluchtwagen steuern. Den beiden neuen Mitgliedern der Gruppe fiel die Aufgabe zu, zwei Autos zu stehlen: den Fluchtwagen und einen zweiten, in den sie, einige Blocks vom Ort des Überfalls entfernt, umsteigen würden.

Walker stellten sich zwei ernsthafte Probleme. Er löste sie beide.

Das erste Problem war Charles. Er hatte Charles noch nicht fest im Griff und er traute ihm nicht ganz. Walker war überzeugt, daß er mit der Zeit auch über Charles' Gedanken und über seinen Haß Macht gewinnen würde; doch nicht innerhalb einer Woche. Nicht auszudenken, was passieren würde, wenn Charles mit seiner MP in der Bank loslegte.

Es würde ein Blutbad geben, und die gesamte Polizei von New York würde auf sie Jagd machen. Walkers Organisation war noch nicht gefestigt genug, eine dararartige Menschenjagd zu überleben, oder auch nur psychisch durchzustehen. Die Leute würden desertiereen; sie würden bis nach Florida rennen und sich als Orangenpflücker verdingen, wie es Mark D. und Frank im Frühling nach dem Attentat auf die beiden Streifencops bereits getan hatten. Das wäre das Ende von Walkers Revolution, und er müßte wieder ganz von vorne beginnen.

Er hatte eine relativ kleine Bankfiliale ausgesucht, die nicht sehr stark bewacht war. Es war von großer Bedeutung, daß das erste Unternehmen erfolgreich verlief. Mit einem schnellen und leichten Erfolg würde er die Entschlossenheit und das Selbstvertrauen der Gruppe entscheidend stärken.

Das Problem war, Charles aus der Bank draußen zu halten, oder ihn zu überreden, seine MP zu Hause zu lassen; doch letzteres war unmöglich.

Walker löste das Problem, indem er Charles zum Führer des Überfallkommandos ernannte und ihm die Verantwortung für den Rückzug aus der Bank auferlegte. Seine MP war die geeignete Waffe für diesen Job.

Charles grinste und nickte zustimmend. »Der Plan gefällt mir, Mann.« Liebevoll schaukelte er seine MP im Arm.

Walker gestattete sich einen Seufzer der Erleichterung und fügte vorsichtig hinzu: »Aber geschossen wird nur im äußersten Notfall.« Er wartete ab, wie Charles auf seine Mahnung reagierte, dann sagte er: »Sonst bleibt die MP zu Hause. Wir werden in Zukunft noch größere Coups durchziehen müssen. Es ist wichtig, daß wir unsere Aktionen erst allmählich eskalieren. Der Zweck dieses Überfalls ist lediglich, die Kohle für unsere nächsten Aktivitäten zu beschaffen. Wir dürfen noch nicht zu viel Aufmerksamkeit auf uns ziehen.«

Charles nickte. »Das seh ich ein – ja.«

»Schön.«

Für einen kurzen Augenblick wünschte sich Walker, er hätte Albert Hoyt, Stanley und noch einige aus der alten Garde in seiner Crew – anstatt dieser Bande von hirnlosen Großstadtkriminellen. Einen jungen Stanley, schränkte er ein, und einen jungen Albert Hoyt.

Doch andere Führer von Revolutionen mußten mit noch schlechterem Material arbeiten, überlegte er und schöpfte wieder Hoffnung. Sogar Jesus mußte sich mit einer Handvoll beschränkter Fischer begnügen. Er, Everett Walker, würde diesen gestaltlosen Lehm zu echten Kämpfern formen und im Feuer der Revolution härten.

Sogar Jesus ... Er war bereits damit beschäftigt, seine eigene Legende zu schreiben – und er glaubte daran.

Walkers zweites Problem waren die Frauen.

Alle revolutionären Denker der Moderne predigten, daß aus Gründen der Sicherheit neue Kämpfer nur in Gefängnissen rekrutiert werden sollten. Sicherheit, überlegte Walker, ist die Gewißheit, daß der Feind keine Spitzel oder Agenten in die Organisation eingeschleust hat. Nun – soweit es seine Männer betraf, war die Sicherheit gewährleistet. Sie alle hatten in den Gefängnissen der Unterdrücker gesessen.

Aber dies traf auf keine der Frauen zu.

Das Problem waren die Frauen und das bourgeoise Bewußtsein, von dem sie zweifellos nicht frei waren.

Walker fand auch für dieses Problem eine Lösung.

Alle ausgebeuteten und unterdrückten Menschen sind empfänglich für Ideologien, überlegte er. Besonders die Ungebildeten neigen dazu, an die absolute Wahrheit des gedruckten Wortes zu glauben. Hinzu kam, das fühlte er genau, daß er eine sehr starke physische Ausstrahlungskraft auf die Frauen der Gruppe hatte.

Er kam also zu dem Entschluß, am Abend, wenn die Männer von der ideologischen Schulung entlassen waren – obwohl manchmal auch einige von ihnen länger blieben – mit den Frauen noch in seinem Zimmer sitzen zu bleiben, und ihnen bei Kerzenlicht aus einem abgegriffenen Traktat seiner kleinen Handbibliothek vorzulesen. Es hieß ›Das kleine Handbuch der Stadtguerilla‹ und stammte von Carlos Marighela, einem brasilianischen Revolutionär, der im November 1969 in São Paolo von der Polizei in einen Hinterhalt gelockt und erschossen worden war. Hin und wieder hielt er inne, um ihnen den Text zu zeigen, den er vorlas.

»Attentaten und Terroranschlägen haften nicht länger die diskriminierenden Bedeutungsgehalte an, wie dies einmal der Fall war«, las Walker und betonte sorgfältig jedes Wort. »Sie erscheinen heute in einem neuen und ganz anderen Licht. Sie sind nichts Unehrenhaftes. Ein Attentäter und

Terrorist zu sein, ist unter den gegebenen Umständen eine Charaktereigenschaft, die jeden aufrechten Menschen auszeichnet; es ist ein Attribut, auf das jeder Revolutionär stolz sein kann, der sich dem bewaffneten Kampf gegen die schamlose Diktatur und deren Auswüchse verschrieben hat. Der Stadtguerillero zeichnet sich durch seine Tapferkeit und seine Entschlossenheit aus. Außerdem muß er ein guter Taktiker und ein guter Schütze sein. Der Stadtguerillero muß scharfsinnig und gewitzt sein, um seine Unterlegenheit in Bezug auf Bewaffnung, Munition und Ausrüstung ausgleichen zu können. Die Aufgabe des Stadtguerilleros ist letztlich die Enteignung der kapitalistisch-imperialistischen Güter.«

Im flackernden Kerzenschein lauschten die Frauen gebannt seinen Worten.

Sie hingen an Walkers Lippen und verfielen dem Bann seiner sonoren Stimme.

»Der bewaffnete Kampf der Stadtguerilla folgt zwei grundsätzlichen Zielen: die Polizei und die übrigen repressiven Institutionen zu vernichten, sowie den Besitz der Kapitalisten und Imperialisten zu enteignen. Gleichermaßen darf sich der Stadtguerillero keinesfalls zu kriminellen Methoden, das heißt unnötiger Gewaltanwendung und egoistischer Aneignung von Eigentum, das dem Volk gehört, herablassen. Er muß seine Aktionen unverzüglich propagandistisch und agitatorisch auswerte, um der Öffentlichkeit seine Ziele und Prinzipien zugänglich zu machen.«

Später stand dann Walker alleine mit Paula in der Küche. Es war eine seiner Gewohnheiten, vor dem Zubettgehen noch ein Glas heiße Milch zu trinken, denn das beruhigte seinen nervösen Magen und er konnte leichter einschlafen. Schon bald würden dreißigtausend Polizisten hinter ihm her sein, und er würde in dieser Küche sitzen und seine heiße Milch schlürfen.

Paula, die ihm die Milch heiß machte, rückte zögernd und stockend mit der Sprache heraus, und versuchte zu formulieren, was sie belastete: »Ich…, nun ja, ich dachte immer, wenn man den Leuten und den Banken das Geld und die Sachen wegnimmt, ist das nicht richtig... Ist es auch nicht, finde ich«, fügte sie widerborstig hinzu. Sie hatte selbst etwas Geld auf der Bank.

Sie war richtig wütend auf ihn. Sie und die anderen Frauen gingen arbeiten und verdienten ihr eigenes Geld. Die Männer faselten immer nur von der Revolution, und sie und die anderen Mädchen kauften das Essen.

Walker versuchte, eine für ihren kindlichen Verstand plausible Erklärung zu finden: »Wenn ein Sklave entlaufen war, war dies ebenfalls ein Verbrechen«, sagte er. »Und sogar wenn man einem entlaufenen Sklaven half, machte man sich eines Verbrechens schuldig. Ist das vielleicht richtig? Oder wenn man 1940 im Ghetto von Warschau gegen die Nazis kämpfte, verstieß man ebenfalls gegen das Gesetz.«

»Ich versteh schon, daß das keine wirklichen Verbrechen waren«, erwiderte Paula. »Aber...« Es gelang ihr nicht, ihre Gedanken in Worte zu fassen. ›Aber wie ist es mit Mord?‹ wollte sie fragen. ›Denn darauf läuft das Ganze doch hinaus.‹

»Die Männer, die das Militär, die Industrie und die Banken kontrollieren, stehen über dem Gesetz«, sagte Walker. »Sie bestimmen das Gesetz. Sie bestimmen, was Recht und was Unrecht ist, um ihr Geld und ihren Besitz zu schützen, den sie den Arbeitern und dem Volk gestohlen haben. Sie behaupten, es ist ein Verbrechen, wenn man das zurückholt, was sie gestohlen haben. Aber das ist kein Verbrechen! Und das Gesetz, das dies behauptet, ist nicht gerecht und muß aus den Gesetzbüchern gestrichen werden.«

Paula zuckte resigniert die Schultern und dachte: ›Es hat einfach keinen Sinn, mit diesem Typen zu reden. Aber er sieht gut aus.‹

Walker glaubte Bewunderung in dem Gesicht zu erkennen, das zu ihm aufsah. »Dein Ohr ist ja durchstochen«, flüsterte Paula und berührte Walkers Ohr. »Das ist mir noch gar nicht aufgefallen.«

»Verstehst du jetzt die wahre Definition von Verbrechen?« fragte Walker.

›Ich interessiere ihn nicht‹, dachte Paula traurig.

Die Milch kochte fast über, und Paula sprang zum Herd. Sie nickte, als sie die Milch in ein Glas goß. »Ich werde darüber nachdenken«, sagte sie.

›So wie sie, sind sie alle meine Leute‹, dachte Walker, während er an seiner Milch nippte. Paulas Unwissenheit war symptomatisch für die Unwissenheit seines ganzen Volkes. Sie verkörperte all das, was er an ihnen liebte und haßte.

Aber zumindest in den Ghettos, aus denen er stammte, sollte seine Botschaft auf Verständnis stoßen und übernommen werden. Walker gab sich keinen Illusionen hin, was man in anderen sozialen Umfeldern von seinen Ideen hielt. Das Gesetz und die entmündigte Masse würden ihn in einen Topf mit den übrigen großen Bankräubern der amerikanischen Geschichte werfen; mit Jesse James, Dillinger und Willie Sutton.

Doch es war bemerkenswert, wie sich die Personen und der Stil der Überfälle über Jahre hinweg verändert hatten.

8

Etwa zwanzig Zivilbeamte waren ausschließlich dem Büro des Commissioners zugeteilt. Ihre Aufgabe bestand in erster Linie darin, die Lawinen von Postsendungen zu bewältigen, die täglich über das Büro hereinbrachen. Tag für Tag trafen ganze Säcke von Briefen ein; doch nur wenige erreichen den PC. In der Regel landeten nur solche Briefe, die den Hinweis ›persönlich‹ oder ›vertraulich‹ trugen, ungeöffnet auf seinem Schreibtisch. Die übrigen, selbst wenn sie als Absender relativ bekannte und wichtige Personen oder Firmen angaben, kamen nicht weiter, als bis zu den vier persönlichen Sekretären des PC: einem Inspektor, zwei Lieutenants und einem Sergeant. Diese vier Männer lasen die Briefe dieser Kategorie und entschieden von Fall zu Fall, ob es nötig war, daß der Commissioner den Brief selbst las, oder ob er zur Bearbeitung an irgendeine andere Abteilung weitergeleitet werden konnte.

Der Brief, der sich später als eine Botschaft von den Mördern der beiden Streifenpolizisten erweisen sollte, war einer aus einem prall gefüllten Postsack, den sich Detective McCarthy am Morgen vorgenommen hatte. McCarty hatte an diesem Tag bereits fünfzig oder mehr Briefe durchgelesen. Er schlitzte den Brief auf, nahm den Bogen Papier heraus, entfaltete ihn und heftete ihn mit einem knallenden und schnellen Schlag auf den Klammerhefter an den dazu gehörenden Umschlag. Auch die Briefumschläge wurden aufbewahrt, denn oft waren sie wichtiges Beweismaterial. Dann erst las McCarthy den Brief.

Es war kein wirklicher Brief. Es war ein Ausschnitt aus der gestrigen Ausgabe der ›Dailiy News‹, ein Bericht auf Seite drei von einem Banküberfall, über den hinweg jemand mit rotem Filzstift ein paar Zeilen geschrieben hatte:

> Die Revolution beginnt jetzt.
> Wir schlagen die kapitalistischen Ausbeuter dort,
> wo sie am verletzlichsten sind.
> Dies ist der Beginn unserer Herbstoffensive!

Die Botschaft war mit einem Akronym, in großen Druckbuchstaben unterzeichnet: F.E.A.R.

Unter dem Akronym las Detective McCathy: »Die Freiheitliche und Einheitliche Armee der Revolution«.

McCarthy entschied, daß dieser Brief keiner von der lustigen Sorte war und las ihn nicht laut vor. Akronyme waren für die Polizei alles andere als ein Scherz, denn nur zuviele dieser irrwitzigen Organisationen existierten tatsächlich, raubten Banken aus und brachten Menschen um.

McCarthy nahm den Briefbogen mitsamt dem Umschlag und strebte auf das Büro des Commissioners zu. Er wartete, bis Inspector Ryan, der Chefsekretär des PC, den Telefonhörer auflegte.

»Was halten Sie davon, Inspector?«

Im selben Augenblick wurde die Tür zum Privatbüro des PC geöffnet, und der Commissioner steckte den Kopf in das Vorzimmer. Sein Blick fiel auf das Blatt Papier mit der Botschaft in roter Schrift. Er kam ins Zimmer und beugte sich interessiert über Inspector Ryans Schulter. »Was haben wir denn hier?« fragte er. Ryan gab ihm den Brief.

Nachdem der PC die Botschaft gelesen hatte, sah er verständnislos von einem zum anderen.

»Glauben Sie, wir sollten etwas unternehmen, Commissioner?« fragte Detective McCarthy.

Der PC hatte keine Ahnung, wieviele solcher Briefe pro Tag eingingen, und ob dieser hier irgendwie wichtig war. Er war noch relativ neu in seinem Amt und hatte deshalb Angst, sich vor seinen Männern lächerlich zu machen.

Deshalb zog er sich aus der Affäre und sagte: »Ich denke, wir sollten ihn Chief Eischied zeigen, oder was meinen Sie?«

Mit einem Male hatte der Brief enormes Gewicht. »Bringen Sie ihn persönlich zum Chief!« befahl Inspector Ryan.

In Eischieds Büro übernahm Lieutenant Fitzgerald den Brief, und reichte ihn an Captain Finnerty weiter. Eischied, der zufällig in der Tür seines Büros stand, beobachtete alles, ohne eine Miene zu verziehen. Als ihm Captain Finnerty den Brief brachte, nahm ihn Eischied, las ihn und knurrte: »Wieviel von euch Hornochsen haben ihn bisher in den Fingern gehabt?«

Mißmutig blickte er von einem zum anderen, doch keiner antwortete ihm. »Habt ihr schon mal was davon gehört, daß man bei der Polizei Fingerabdrücke von Beweisstücken zu nehmen pflegt?« Er hielt das Blatt Papier zwischen Zeigefinger und Daumen, als könnte es jeden Augenblick Feuer fangen.

Finnerty, der sich unauffällig zurückgezogen hatte, um aus der direkten Schußlinie zu kommen, griff nach dem Telefon, das zu schrillen begann. Bemüht, das Thema zu wechseln, rief er lauter, als es nötig gewesen wäre: »Anruf für Sie, Chief. Ist schon wieder dieser Klopfman.«

Eischied winkte Detective McCarthy, daß er gehen könne, und zu Lieutenant Fitzgerald gewandt, sagte er: »Besorgen Sie mir eine durchsichtige Plastikhülle, in die dieses Ding hier paßt.« Dann sagte er zu Finnerty: »Legen Sie mir das Gespräch rüber.«

Den Brief noch immer zwischen Daumen und Zeigefinger, zog sich Eischied zu seinem Schreibtisch zurück. Dort studierte er die mit rotem Filzstift geschriebenen Zeilen genauer und diesmal las er auch den Artikel über den Bankraub, auf den sich die Botschaft bezog.

Der Anruf von Klopfman leuchtete auf ›Warten‹, und Eischied hob nicht ab, bis der Lieutenant mit einer Plastikhülle erschien.

Endlich lag der Brief unter der Klarsichthülle. Eischied tippte mit dem Zeigefinger darauf und sagte zu Fitzgerald: »Beschaffen Sie den Bericht über diesen Bankraub und bringen Sie ihn mir.«

Fitzgerald, rothaarig, sommersprossig und etwa fünfunddreißig, erkundigte sich beflissen: »Ist diese FEAR-Organisation etwas, worüber ich Bescheid wissen sollte, Chief?«

»Ich weiß nicht mal, ob ich darüber Bescheid wissen sollte. Beschaffen Sie mir den Bericht und fragen Sie nicht so viel!«

Er wartete, bis Fitzgerald draußen war, dann drückte er einen der Knöpfe an seinem Telefonapparat und bellte in den Hörer: »Chief Eischied.«

Am anderen Ende war ein überraschtes Stottern zu hören, dann sagte Klopfman: »Ah, endlich, Chief. Ich versuche Sie schon seit Tagen zu erreichen.«

Klopfman schien sich in der Defensive zu fühlen, und Eischied entschied, es dabei zu belassen. »Wer ist dran?« knurrte er unfreundlich.

»Klopfman am Apparat, Mr. Eischied. Ich habe die ganze Woche vergeblich versucht, Sie zu erreichen. Ich dachte, Sie würden etwas für mich tun. Ich hätte Ihre Hilfe dringend gebraucht, Chief.«

Inzwischen klang Klopfmans Stimme schon wieder etwas bestimmter und selbstsicherer. Eischied entging das nicht. »Ich hatte alle Hände voll zu tun. In dieser Stadt jagt ein Verbrechen das andere – falls Sie das nicht wissen sollten.«

Eischied hörte, wie Klopfman tief Luft holte. »Die Verhandlung gegen meinen Sohn ist bereits morgen«, sagte Klopfman verzweifelt. »Ich wollte fragen, ob Sie was in unserem Sinne unternommen haben.«

Eischied war noch immer unentschlossen, wie er Klopfman am besten behandeln sollte. Einerseits war er der Vater eines Langfingers; andererseits war er ein reicher Mann mit beträchtlichem Einfluß.

»Sie haben mir neulich erzählt, Ihr Sohn sei nicht vorbestraft. Ich habe mich daraufhin bemüht, etwas für ihn zu tun. Dabei mußte ich feststellen, daß sein Vorstrafenregister so lang wie mein Arm ist.«

»Vergessen Sie das einen Augenblick. Wir haben nicht mehr viel Zeit. Was können Sie für ihn tun?«

Allmählich wurde Eischied wütend, doch seine Aufmerksamkeit wurde abgelenkt. Lieutenant Fitzgerald kam in Eischieds Büro und legte den Polizeibericht von dem Bankraub auf den Schreibtisch. Eischied hätte den Bericht gerne sofort gelesen und außerdem wollte er Fitzgerald, der sich vor seinem Schreibtisch herumdrückte, aus dem Büro haben, ehe er das Gespräch mit Klopfman fortsetzte.

»Einen Augenblick«, bellte er in den Hörer und legte das Gespräch auf ›Warten‹. Zu Fitzgerald gewandt knurrte er: »Was wollen Sie noch, Mann? Oder glauben Sie, es ist interessant, Sie hier mit dem Finger im Arsch rumstehen zu sehen?!«

»'Tschuldigung, Chief«, sagte Fitzgerald und hastete aus dem Büro.

Eischied drückte wieder den Knopf an seinem Apparat. »Okay –« schnappte er in den Hörer.

Klopfman war inzwischen weichgekocht. Vom knallharten Geschäftsmann war nicht mehr viel übrig und an seine Stelle war der zerknirschte und gebrochene Vater getreten.

»Aber Sie haben mir doch versprochen, etwas für meinen Jungen zu tun«, jammerte er.

»Ich habe Ihnen nichts versprochen«, korrigierte Eischied barsch.

»Sie sind in mein Kaufhaus gekommen und haben zwei Anzüge mitgenommen.«

»Sie können von Glück reden, daß ich nicht in der Schmuckabteilung war.«

Klopfman verschlug es für einen Augenblick die Sprache.

»Sie lassen mich also im Stich? So ist es doch?!« sagte Klopfman leise.

»Nicht ich lasse Sie im Stich – Ihr Sohn hat Sie im Stich gelassen. Reden Sie mit dem Staatsanwalt, der den Fall bearbeitet. Versuchen Sie ihn zu überreden, daß er Ihrem Sohn Bewährung gibt. Ich kann nichts für Sie tun.«

Nach einem langen und zähen Schweigen zischte Klopfman: »Dafür werden Sie mir büßen!« und er knallte den Hörer auf.

Eischied legte den eigenen Hörer auf die Gabel. Seine Handflächen schwitzten. Er holte sein Taschentuch hervor und wischte sie trocken. Nachdem er sich bedächtig eine Zigarre angezündet und die ersten Rauchschwaden gegen die Decke gepafft hatte, griff er nach dem Bericht über den Bankraub. Drei Männer mit Skimasken und Handschuhen hatten eine Filiale der Kings Lafayette Bank in der 4. Straße in Brooklyn überfallen. Der Fluchtwagen hatte mit laufendem Motor vor der Bank gewartet. Auch der Fahrer trug eine Skimaske und Handschuhe. Sie hatten den Wachmann gefesselt und ihm seinen Revolver abgenommen. Die Gangster entkamen mit annähernd 2300 Dollar. Der FBI hatte die Filme aus den Kameras im Schalterraum ins Labor zum Entwickeln geschickt, doch wegen der Masken erwartete man sich davon keine besonderen Aufschlüsse. Die unten angeführten Polizeioffiziere waren am Tatort gewesen. Der Bericht war von Lieutenant Schultz, dem Leiter des Raubdezernats, unterzeichnet.

Eischied hielt den Polizeibericht in der einen und die Klarsichtfolie mit der Botschaft von FEAR in der anderen Hand. Es gab Tage, an denen in New York drei oder vier solcher kleinerer Bankfilialen ausgeraubt wurden. Sie waren nur unzulänglich bewacht, und eine dieser Filialen zu überfallen war fast genau so einfach, wie den Obstladen an der Ecke auszunehmen. Und es kam vor, daß an manchen Tagen drei oder vier Briefe wie dieser hier von irgendwelchen Wirrköpfen eintrafen. Möglicherweise war dies einer jener Briefe, doch höchstwahrscheinlich steckte absolut nichts dahinter. Wieso hatte der PC diesen Brief überhaupt rübergeschickt?«

Wahrscheinlich war es nicht einmal der Mühe wert, diesen Wisch ins Labor zur Spurensicherung zu schicken.

Eischied rief Captain Finnerty und beauftragte ihn, eine Akte von der Botschaft und dem Bericht über den Raubüberfall anzulegen. »Und dann legen Sie ihn irgendwo ab, wo wir ihn auch wieder finden – falls nötig.«

»Unter was soll ich ihn ablegen, Chief?«

»Woher zum Teufel soll ich das wissen? Sie sind der Ablageexperte hier, nicht ich. Von mir aus legen Sie ihn unter...« Eischied griff erneut nach der Botschaft und überflog sie noch einmal, »...unter FEAR ab.«

Als Finnerty gegangen war, fühlte sich Eischied seiner Sache plötzlich nicht mehr so sicher; doch was sonst hätte er mit dem Wisch tun sollen? Der Presse übergeben?! Wenn dieser Haufen Irrer Publicity wollte, dann sollten sie doch ihre Botschaft selbst an die Zeitungen schicken. Und wenn sie wirklich die großen Schlagzeilen suchten, dann mußten sie schon eine größere Bank ausrauben. Die gestrige Überschrift lautete recht allgemein und alltäglich: »DREI BANKEN AUSGERAUBT«, und der Überfall, auf den sich die Botschaft in rotem Filzstift bezog, war nur an zweiter Stelle, in der Mitte des Artikels erwähnt.

War der PC tatsächlich an diesem Fall interessiert? Vielleicht hätte Eischied besser daran getan, den Brief doch ins Labor der Spurensicherung zu schicken, um ihn nach Fingerabdrücken untersuchen zu lassen. Und wenn es nur deshalb gewesen wäre, um den PC zufriedenzustellen...

Andererseits hätte man dort wahrscheinlich so und so nichts entdeckt – außer die Prints von acht beschränkten Cops aus dem Präsidium. Ganz bestimmt hätte man keine zehn Prints von einem der Bankräuber identifiziert; und zehn Fingerabdrücke brauchte man, wenn man sich berechtigte Hoffnungen machen wollte, aus einer Kartei von mehreren hunderttausend gespeicherten Fingerabdrücken die des Täters herauszufinden.

Eischied ging ans Fenster und starrte auf die Straße hinab. Versunken kaute er auf einer Zigarrre herum. Er versuchte seine Gedanken zu ordnen, doch immer wieder kamen ihm Klopfman oder der Commissioner in den Sinn. In etwa einer halben Stunde würden die sieben Distriktsleiter eintreffen; seine unmittelbaren Untergebenen, die sämtliche Detectives der Kriminalpolizei befehligten. Obwohl New York nur aus fünf Großdistrikten bestand, hatte man bei der Polizei Manhattan und Brooklyn, die beiden Distrikte mit der höchsten Verbrechensquote, noch einmal unterteilt. Die Distriktsleiter von Manhattan Nord und Brooklyn Nord waren Zwei-Sterne-Chiefs, die der übrigen Ein-Sterne-Chiefs. Nur Staten Island, das noch immer relativ isoliert und fast ländlich war, machte eine Ausnahme: für den Job dort genügte ein Inspektor.

Das Thema der Konferenz war: ›Die Leistungsbewertung des Kriminalbeamten und das Beförderungssystem‹. Eischied war der Meinung, es sollte eine Möglichkeit gefunden werden, qualifizierten Streifenbeamten in Uniform den Aufstieg in den Detective-Rang, und Detectives den Aufstieg in den Offiziersrang zu ermöglichen. Dafür mußte allerdings ein neues Bewertungssystem ausgearbeitet werden, das in der Lage war, die Leistung eines jeden einzelnen objektiv und gerecht zu beurteilen. Das gegenwärig praktizierte System war dafür ebenso ungeeignet wie alle bisherigen, und der Zynismus unter den Kriminalbeamten von heute unterschied sich in nichts von dem der Detectives vor einer Generation. Nicht die Leistung, die man brachte, zählte – wichtig war, welche Beziehungen man hatte. Die Unzufriedenheit unter den New Yorker Polizeibeamten war also berechtigt, und Eischied gedachte, etwas dagegen zu unternehmen.

Während Eischied aus dem Fenster starrte, versuchte er, seine Gedanken auf dieses Problem zu konzentrieren, welches auch schon sämtlichen seiner Vorgänger Kopfschmerzen bereitet hatte: Wie kann man die Arbeit eines Kriminalbeamten objektiv und gerecht beurteilen? Die klassische Bewertung, wie sie bis heute praktiziert wurde, ließ sich auf eine einzige Frage reduzieren: Wieviele Verhaftungen hat er auf seinem Konto?

In der Bronx oben hatten sie einen Detective, der es in fünfzehn Jahren auf fast fünftausend Verhaftungen gebracht hatte. Er betrachtete sein Revier im Ghetto als sein persönliches Jagdrevier, provozierte die jungen Burschen – wozu er nicht befugt war, und hielt ohne Begründung Leute auf der Straße auf und ließ sie ihre Taschen ausleeren – was natürlich ebenfalls illegal war. Wahrscheinlich hatte er inzwischen aus der Mehrzahl der Familien seines Reviers Bullenhasser gemacht. Er war ein Ein-Mann-Ku-Klux-Klan. Aber seine Methoden funktionierten. Er klärte seine Fälle tatsächlich, und er hatte auch immer die nötigen Beweismittel. Er hatte eine ganze Reihe bedeutender Fälle gelöst, und einer der größten Schläge gegen die Rauschgiftmafia in der Geschichte der New Yorker Polizei war zum größten Teil sein Verdienst gewesen.

Doch wie sollte man die Arbeit eines solchen Typen bewerten? Mit einer Verdienstmedaille, oder mit dem Rausschmiß?

Nach welchem System ist es möglich, ihn mit einem Detective im gerichtsmedizinischen Labor zu vergleichen, der ebenfalls ein As auf seinem Gebiet ist; oder mit einer schwarzen Zivilbeamtin, die es zum Beispiel hervorragend versteht, das Vertrauen schwarzer Frauen zu gewinnen und sie überredet, als Zeuginnen gegen ihre Zuhälter aufzutreten? Und welchen Maßstab soll man bei einem Detective anlegen, der eine verbarrikadierte Wohnung stürmt und einen ausgeflippten Revolverhelden entwaffnet? Wer von ihnen bekommt die Beförderung, wenn nur eine Beförderung zu vergeben ist?

Im Grunde genommen war Eischied nicht minder desillusioniert als seine Männer, und die Antwort, die ihm durch den Kopf schoß, bewies dies: Keiner von ihnen. Befördert würde ein Detective im Stab der Staatsanwaltschaft, wenn sich sein Distriktsstaatsanwalt dafür einsetzte. Jedem der fünf Distriktsstaatsanwälte von New York waren zwischen siebzig und hundert Detectives zugeteilt Sie erledigten die Laufarbeit bei der Vorbereitung von Prozessen, oder wurden zum Schutz von wichtigen Zeugen abkommandiert. Sie alle kannten ihren Distriktsstaatsanwalt persönlich. Daß es im Stab der Distriktsstaatsanwälte eine überproportional große Zahl von Detectives ersten Grades gab, war eine unbestrittene Tatsache; obwohl jeder wußte, daß ihr Dienst in der Regel nicht so hart war, wie der der anderen Zivilcops. Aber welcher Chief of Detectives schlug einem Distriktsstaatsanwalt schon eine Bitte ab? De jure standen die Staatsanwälte in der Hierarchie keineswegs über dem Chief of Detectives, de facto jedoch sehr wohl, denn sie besaßen politischen Einfluß. Eischied gab sich keinen Illusionen hin, was seine eigene Person anging: auch er würde den Mann des Staatsanwalts befördern, wenn dieser ihm eine solche Entscheidung nahelegen würde.

Trotzdem – oder gerade deshalb – mußte das Bewertungssystem verändert werden. Es mußte strikter konstruiert und straffer organisiert werden, so daß kein Staatsanwalt oder sonst irgendjemand Schindluder damit treiben konnte. Gelänge es, die Männer von der Gerechtigkeit dieses Systems zu überzeugen, dann würde auch nach und nach ihr Zynismus verschwinden, und mit der Moral und dem Arbeitseifer würde es automatisch bergauf gehen. Moral und Leistung standen in einem direkten Zusammenhang.

›Ein zufriedener Detective reißt sich für dich den Arsch auf‹, sinnierte Eischied prosaisch. ›Ein unzufriedener scheißt auf dich.‹

Eischied überlegte, wie er die sieben Distriktsleiter für seinen Plan gewinnen könnte. Sie alle gingen auf die sechzig zu oder waren bereits darüber. Alle verdankten sie dem gegenwärtigen System ihren Aufstieg. Im Prinzip hatten sie also nichts gegen das praktizierte Bewertungssystem einzuwenden. Für sie gab es wahrscheinlich nicht den geringsten Grund, irgend etwas zu ändern. Sie würden sich höchstens wundern, weshalb Eischied dies wollte, und irgendwelche verdeckten Motive vermuten. Weshalb sonst sollte er sich so weit vorwagen? Warum ließ man nicht alles beim alten? Da brauchte man wenigstens nicht zu fürchten, daß einem ein Bein gestellt wurde.

Natürlich hatte Eischied ein Motiv: Der gegenwärtige Commissioner war kein Mann, der wie die anderen Kollegen, seinen Job dem Aufstieg durch die Polizeihierarchie verdankte. Er war dem praktizierten System und seinen Methoden in keiner Weise verbunden. Eischied ahnte, daß sein Stuhl wankte, und er hatte die Absicht, seine Position zu festigen. Sein Gefühl sagte ihm, daß ein Mann wie der Commissioner durch administrative Reformen wesentlich stärker zu beeindrucken war, als durch eine hohe Aufklärungsquote von Verbrechen. Dieses war der Weg, den er einschlagen mußte, wenn er klug war. In dieser Richtung lag das rettende Ufer.

In Gedanken entwarf Eischied ein kompliziertes Bewertungssystem. Vielleicht war ein Punktesystem das Richtige? Ein Detective würde als Anerkennung für eine gefahrvolle und risikoreiche Verhaftung sagen wir fünf Punkte bekommen – vorausgesetzt natürlich, die Verhaftung führte zu einer Verurteilung. Und für jeden DD-5 Bericht gab es einen Punkt. DD-5 hießen die Formulare, auf welchen die Zivilbeamten ihre Tagesberichte verfaßten, und da bei größeren Fällen ein einzelner Detective nur für ein Steinchen im großen Puzzle der gesamten

Untersuchung verantwortlich war, erschien dies Eischied eine gerechte Bewertung.

Eischied stellte noch immer komplizierte Additionen an, als Captain Finnerty den Kopf durch die Tür steckte: »Chief Kincaid von Manhattan Süd ist da, Chief.«

Mittlerweile hatte Eischied die mit ›FEAR‹ unterzeichnete Botschaft völlig vergessen. Er ahnte auch nicht, daß sie mit dem Attentat auf die beiden Streifenbeamten im Zusammenhang stand. Zu viele Probleme gingen ihm durch den Kopf, als daß er sich mit irgendwelchen obskuren Wirrköpfen befassen konnte.

Klopfman hatte er noch nicht ganz aus seinen Gedanken verbannt. Aber was konnte ihm dieser Typ schon anhaben?

»Schicken Sie Kincaid rein. Und wenn die anderen eintreffen, sollen sie auch gleich reinkommen.«

Eischied kam hinter seinem Schreibtisch hervor und schüttelte Chief Kincaid die Hand. Kincaid war etwa einsneunzig, hatte weißes Haar und eine rosige Gesichtsfarbe. Eischied beschloß, die Resonanz auf sein neues Bewertungssystem zunächst bei Kincaid zu testen. Er war bereit, den ganzen Plan fallen zu lassen, falls Kincaid nicht zu überzeugen war. Man konnte bei der New Yorker Polizei keine Neuerungen einführen, wenn die unmittelbaren Untergebenen nicht hinter einem standen. Theoretisch war es zwar möglich, eine Reform ohne deren Einverständnis durchzuboxen, aber sie würden sie sabotieren, und man hätte sich eine Menge neuer Feinde gemacht. In einer Bürokratie wie dieser war es unter Umständen fatal, zu viele Feinde zu haben; besonders galt dies für die hohen und höchsten Positionen der Hierarchie. Nur allzu leicht waren im Polizeipräsidium die Sessel der Mächtigen umzustoßen. Während seiner ganzen Laufbahn war es Eischieds Ehrgeiz gewesen, Chief of Detectives zu werden. Unter dem letzten Commissioner hatte Eischied dieses Ziel erreicht und er war entschlossen, diese Position zu halten – so lange er dazu in der Lage war.

»Ich hab' da eine Idee«, begann Eischied. »Und mich würde interessieren, was Sie davon halten.«

In den höheren Gefilden der Polizeihierarchie mußte man auch mit seinen Untergebenen äußerst behutsam umgehen.

9

Das Telefon schrillte. Es war die direkte Leitung zum Commissioner. Eischied griff nach dem Hörer.

»Würden Sie bitte zu mir rüberkommen, Earl?«

Im Vorzimmer des PC bat Inspector Ryan Eischied, zu warten. »Der PC hat ein dringendes Gespräch in der Leitung, Chief.«

Eine Leuchttafel mit verschiedenfarbigen Signallichtern war an der Wand, oberhalb Inspector Ryans Kopf, angebracht. Ein rotes Licht brannte; das Licht für die Telefonleitung. Das blaue und das grüne Signal hatte eine andere Bedeutung. Inspector Ryan stürzte sich wieder in seinen Papierkram, und Eischied starrte auf das rote Licht, während er überlegte, aus welchem Grund er wohl hierher zitiert worden war. Endlich ging das rote Licht aus.

»Ich glaube, er ist fertig«, sagte Eischied.

Ryan warf einen Blick auf die Leuchttafel. »Sie können jetzt reingehen, Chief«, sagte er.

Der Police Commissioner trug eine bequeme Wollweste. Er war hager und großgewachsen, etwa sechzig. Seine Haut hatte eine ungesunde, graue Färbung. Er war lange Distriktsstaatsanwalt in Queens gewesen. Später hatte er als Vorsitzender eines Ausschusses gegen die Korruption im Polizeiapparat gearbeitet. Und nun war er Police Commissioner.

»Soeben habe ich wieder eine Botschaft von dieser FEAR-Organisation erhalten, Earl.«

Mit zusammengezogenen Brauen betrachtete er ein Stück Papier, das auf seinem Schreibtisch lag. Er schob es Eischied zu.

Der PC hängte seine Wollweste an den Kleiderständer

und schlüpfte mit einem Arm in seine Anzugsjacke. Offenbar war er im Begriff, zum Lunch zu gehen. »Ein Telegramm«, erklärte er.

Eischied sah selbst, daß es ein Telegramm war. Es war namentlich an den PC adressiert und bestand lediglich aus vier Worten und der Unterschrift: »Chase Manhattan, Lower Broodway.« Darunter stand: »FEAR.«

»Was halten Sie davon, Earl?«

Eischied hielt gar nichts davon. Bisher war er von keinem Banküberfall am Lower Broadway informiert worden; dies bedeutete allerdings keineswegs, daß dort kein Bankraub stattgefunden hatte.

»Ich werde mich darum kümmern, Commissioner.«

Eischied faltete das Telegramm zusammen und schob es in seine Brusttasche. Er wandte sich zum Gehen.

Das Büro des Commissioners hatte eine Seitentür, die zu einem privaten Aufzug führte. Mit einer Hand bereits auf dem Türknopf, sagte der PC: »Das ist jetzt doch die zweite Botschaft von FEAR – es sei denn, es gibt noch weitere, von denen ich nichts weiß.«

»Nein, nur die beiden – soweit ich weiß.«

»Was haben Ihre Leute in Bezug auf die erste herausgefunden?«

Doch die erste Nachricht von FEAR war in einem Ordner abgelegt und verstaubte in irgend einem Aktenschrank des Präsidiums.

»Nichts besonderes, Commissioner.«

»Keine Fingerabdrücke?«

Der Commissioner hatte zwar in einer Menge von Fällen die Anklage vertreten, doch er schien noch immer der irrigen Meinung des Mannes von der Straße anzuhängen, daß Fingerabdrücke ohne Schwierigkeiten auf jedem Beweisstück zu finden und ebenso leicht zu identifizieren seien.

»Es ist schwierig, auf einem Stück Zeitungspapier Fingerabdrücke sichtbar zu machen, Commissioner«, sagte Eischied.

Der PC nickte, doch anscheinend fiel es ihm schwer, sich

von diesem Thema zu trennen. »Keinen Verdacht, wer hinter dieser Organisation stehen könnte?« fragte er nach einer Weile.

»Vielleicht können wir mit diesem Telegramm ihre Spur aufnehmen«, erwiderte Eischied vorsichtig.

Er beobachtete den PC genau, und für einen Mann mit seiner Erfahrung sprach das Verhalten des PC eine beredte Sprache. Der PC betrachtete sich offenbar selbst als den Initiator dieser Untersuchungen und war persönlich an einem Erfolg interessiert. Sollte FEAR tatsächlich überführt werden, dann würde der Commissioner eine Pressekonferenz einberufen und den Erfolg für sich in Anspruch nehmen.

»Na schön«, brummte der PC. »Halten Sie mich auf dem laufenden, ja?«

»Das werde ich tun«, entgegnete Eischied und folgte mit seinem Blick dem PC, wie er in Richtung seines Privataufzugs verschwand.

»Rufen Sie mich am Nachmittag nochmals an und halten Sie mich auf dem laufenden!« erinnerte der Commissioner nochmals unter der Tür.

Eischied konnte sich für einen Chief of Detectives nichts Unangenehmeres vorstellen als einen Police Commissioner, der persönlich an einem Fall interessiert war. Denn schließlich wurde die Mehrzahl aller Fälle nie gelöst...

»Es ist aber möglich, daß ich noch nichts Konkretes habe, wenn Sie hier Schluß machen«, sagte Eischied.

»Na, dann rufen Sie mich am Abend zu Hause an. Sie haben ja meine Nummer.«

»Ich störe Sie nur ungern wegen einer solch unwichtigen Geschichte.«

Der PC spürte Eischieds Widerstreben und sagte: »Aber nicht doch. Ich bin wirklich gespannt. Rufen Sie mich gegen neun an.« Und ehe er die Tür hinter sich zuschlug, fügte er noch hinzu: »Es sei denn, Sie hätten bereits früher etwas.«

Eischied stand allein im Büro des Commissioners. Die roten Samtvorhänge waren halb geschlossen, doch durch den Spalt dazwischen fiel Sonnenlicht auf den Teppich vor Eischieds Füßen. Der Raum, in dessen vier Wänden so viel Macht zu Hause war, war ein Raum wie jeder andere, wenn der Machthaber gegangen war. Macht hatte keinen bestimmten Geruch. Sie hatte keine bestimmte Farbe und keinen bestimmten Klang. Doch der PC war der eigentliche Chef von Eischieds dreitausend Detectives – von den achtundzwanzigtausend uniformierten Cops ganz zu schweigen. Und nun hatte sich der PC unglückseligerweise in den Kopf gesetzt, selbst Detektiv zu spielen. Offenbar sah er sich bereits als den ungekrönten König aller Kriminalisten, der eine gefährliche Politorganisation und ruchlose Bande von Bankräubern zur Strecke brachte. Und wenn es eine solche Bande nicht gab, oder wenn sie nicht dingfest gemacht werden konnte, dann würde der PC todunglücklich sein. Eischied schien es ratsam, ein paar Fakten in der Hand zu haben, die er ihm am Nachmittag vorsetzen konnte.

Plötzlich ging die Seitentür wieder auf, und der PC steckte seinen Kopf erneut ins Büro. »Glauben Sie, daß die Presse schon etwas von dieser FEAR-Organisation weiß?«

»Wenn die was wüßten, Commissioner, hätten wir inzwischen längst davon gelesen.«

Der Kopf des PC nickte. »Wir können damit rechnen, die Presse am Hals zu haben, sobald sie davon Wind bekommt. Es wäre ratsam, bis dahin etwas in der Hand zu haben.«

»Ja, Sir«, erwiderte Eischied.

Diesesmal verließ Eischied das Büro sofort, und der leere Raum hallte wider von dem Geräusch zweier Türen, die gleichzeitig ins Schloß fielen.

Eischied kehrte in sein eigenes Büro zurück und zitierte Captain Finnerty zu sich. »Und bringen Sie Lieutenant Fitzgerald gleich mit.«

Die beiden Detectives kamen sofort.

»Hatten wir heute morgen einen Bankraub am unteren Broadway?«

»Das kann man wohl sagen«, sagte Captain Finnerty, »Sie sind mit einer Beute von...«

Eischied, der begonnen hatte, wie ein Tiger in seinem Käfig auf und ab zu gehen, schnarrte mißmutig: »Und warum hat man mich nicht benachrichtigt?«

»Aber, Chief«, wagte Finnerty einzuwenden, »Sie haben mit keinem Wort erwähnt, daß Sie von jedem Bankraub in der Stadt benachrichtigt werden wollen.«

»Von jetzt an will ich es, okay?«

»Von jedem Bankraub?« fragte Finnerty ungläubig.

»Von jedem einzelnen, verdammt nochmal!«

»In Ordnung, Chief.« Eifrig machte Finnerty eine Notiz in seinem Block.

»Und jeden, den er übersieht, melde ich Ihnen, Chief«, versuchte Red Fitzgerald einen Scherz.

Eischied bedachte ihn mit einem mißbilligenden Blick.

»Tschuldigung, Chief.«

»Bringen Sie mir den Ordner, in dem wir neulich ›FEAR‹ abgelegt haben.«

Lieutenant Fitzgerald ging zu den Aktenschränken, die eine Wand in Eischieds Büro einnahmen, und zog sofort den richtigen Ordner heraus. Er gab ihn Eischied. Der Chief of Detectives nahm die Klarsichthülle heraus. Der Zeitungsartikel und die blutrote Schrift darüber waren gut zu lesen. Eischied betrachtete die Nachricht bereits als Beweisstück vor Gericht: Beweisstück im Sinne der Anklage Nummer... Was für eine Nummer? Sollte eine Jury dieses Stück Papier je zu Gesicht bekommen, würde es ganz bestimmt nicht mehr so unversehrt aussehen wie jetzt. Schon am Nachmittag, wenn es von der Spurensicherung zurück war, würde es bereits ganz anders aussehen, und Eischied versuchte, sich ein Bild davon in seinem Gedächtnis einzuprägen.

Zu Fitzgerald gewandt, sagte er: »Stecken Sie das Ding hier in einen Schutzumschlag, damit nicht jeder sieht, was Sie da rumschleppen. Ist das klar, Red? Dann bringen Sie's eigenhändig ins Fotolabor. Farbaufnahmen von beiden Seiten. Haben Sie das so weit verstanden? Oder bin ich zu schnell für Sie?«

Während er sprach, kaute er heftig auf seiner Zigarre. »Dann bringen Sie es eigenhändig – ich sagte eigenhändig

– zur Spurensicherung und lassen es auf beiden Seiten nach Fingerabdrücken untersuchen. Wahrscheinlich wird man eine ganze Menge Abdrücke feststellen, einschließlich Ihrer eigenen, Lieutenant Fitzgerald. Das bedeutet, daß Sie nach der Untersuchung dieses Papiers einen Spezialisten für Fingerabdrücke mit hier rüber bringen, der von jedem im Präsidium, der es in den Fingern hatte, einen Abdruck macht. Einschließlich des PC, übrigens.«

Plötzlich fand Lieutenant Fitzgerald die ganze Angelegenheit nicht mehr lustig, und das Grinsen, das sich auf seinem Gesicht breit gemacht hatte, verschwand abrupt. »Heißt das, ich soll zum PC rübergehen, und ihn höflich bitten, ob ich nicht mal kurz seine Finger ins Tintenkissen drücken darf?«

»Genau das heißt es, Lieutenant«, griente Eischied. »Für einen Mann von Ihrer Intelligenz und Ihrem Charme und Witz müßte eine solche Aufgabe doch wohl das reinste Vergnügen sein.«

»Stimmt, Chief, so ist es.«

Fitzgerald stand noch immer wie angewurzelt vor dem Schreibtisch und wartete offensichtlich auf eine Erklärung dieser verrückten Angelegenheit. Das Beste der ganzen Geschichte kam sicherlich noch. Doch Eischied sagte: »Das wär's, Lieutenant Fitzgerald.«

Als Fitzgerald gegangen war, angelte Eischied das Telefon aus seiner Tasche und reichte es Captain Finnerty. »Bringen Sie in Erfahrung, wo und um wieviel Uhr dieses Telegramm aufgegeben wurde. Stellen Sie fest, welchen Fantasienamen der Absender angegeben hat. Wahrscheinlich hat er es von einer öffentlichen Telefonzelle aus aufgegeben. So leicht ist es, die Western Union zu bescheißen: man gibt ihnen die Nummer von dem öffentlichen Apparat, den man benutzt, eine falsche Adresse, und schon kann man völlig umsonst Telegramme in alle Länder schicken. Rufen Sie unseren Mann bei der Telefongesellschaft an. Für ihn ist es nicht schwer, den Standort der Telefonzelle herauszufinden. Sagen Sie ihm, es sei dringend. Um zwei Uhr will ich das Ergebnis?«

»Sonst noch was, Chief?«

»Treiben Sie mir Lieutenant Schultz vom Raubdezernat auf, und bestellen Sie ihn her. Und jetzt verbinden Sie mich mit Deputy Greenberg.«

Greenberg war der Leiter des Rauschgiftdezernats und Eischieds direkter Untergebener. »Paul, ich möchte, daß Sie mir heute nachmittag einen Gefallen tun. Um drei Uhr ist die monatliche Planungskonferenz beim PC, und ich habe dringend ein paar andere Dinge zu erledigen. Ich wäre Ihnen sehr verbunden, wenn Sie sich da für mich reinsetzen würden.«

»Aber ich hab' keine Ahnung, um was es da geht«, entgegnete Greenberg.

»Das ist nicht so wichtig. Sie brauchen nicht mal den Mund aufzumachen. Er wird mit diesen Zivilisten, die er immer anschleppt, den ganzen Nachmittag die neuesten Management-Methoden diskutieren. Sie brauchen nur anwesend zu sein und möglichst den Eindruck erwecken, als wüßten Sie, worum es geht.« Eischied legte auf.

Zehn Minuten später hielt der Dienstwagen des Chief of Detectives vor der Filiale der Chase Manhattan Bank am Lower Broadway. Das erste, das Eischied auffiel, war das Schußloch im Glas der Eingangstür, etwa eineinhalb Meter über dem Bürgersteig.

Eischied ging direkt in den Schalterraum und sah sich um. Es sah gar nicht wie in einer richtigen Bank aus. In einem anderen Viertel der Stadt, oder vor ein, zwei Generationen, wäre in diesem Raum eine Kneipe gewesen. Zumindest hatte der Bankschalter genau die Länge einer gemütlichen Theke. Hinter den drei vergitterten Schaltern saßen drei weibliche Bankangestellte, und über ihren Köpfen starrten Kameras auf die wenigen Kunden, die vor den Schaltern warteten. Weiter hinten standen einige Schreibtische für die übrigen Bankangestellten. Neben einem dieser Schreibtische saß ein Mann und sprach mit einem der Angestellten. Vor ihm, auf der Kante des Schreibtischs, lag sein aufgeschlagenes Notizbuch.

Ein FBI-Agent, vermutete Eischied. Bankraub war ein Verbrechen, das sowohl die Agenten der Bundesbehörde, als auch die Detective der Stadtpolizei auf den Plan rief. Zwei voneinander unabhängige Untersuchungen wurden eingeleitet, und nur selten kam es dabei zu einer fruchtbaren Kooperation.

Eischied war gekommen, um vielleicht einen Hinweis zu finden, weshalb sich die Bankräuber ausgerechnet diese Bank ausgesucht hatten. Als er sich umsah, fiel sein Blick wieder auf das Schußloch in der Glastür. Es war das einzige Anzeichen, daß hier am Vormittag ein Überfall stattgefunden hatte.

Offensichtlich hatte die Bank bereits wieder geöffnet. Die Angestellten saßen hinter ihren Gittern, als sei nichts geschehen, und die Kunden brachten fleißig ihr Geld in die Tresore.

Wieder draußen auf dem Bürgersteig, schweifte Eischieds Blick über das Grün des City Hall Parks hinweg und blieb an den gotischen Steinbögen der Brooklyn Bridge, jenseits des Parks hängen. Sehr wahrscheinlich war dies ihr Fluchtweg gewesen. Eischied versuchte den Bankraub zu rekonstruieren. In all den Jahren hatte er eine ganze Menge Banken gesehen, die ausgeraubt worden waren, und er verstand mehr von Banküberfällen, als die meisten Gangster New Yorks.

Vor der Bank war eine Bushaltestelle, auf der nun sein Dienstwagen parkte. Detective Malfitano döste hinter dem Lenkrad. Möglicherweise hatte am Morgen genau an dieser Stelle der Fluchtwagen der Bankräuber gestanden. Vielleicht hatten sie sich nur wegen der Bushaltestelle für diese Bank entschieden? Auch Bankräuber hatten Parkprobleme. Und diese hier hatten das Problem elegant gelöst. So müßte es gewesen sein: der Fluchtwagen hatte genau hier gestanden, mit laufendem Motor, und dem nervösen Fahrer hinter dem Steuer – viel nervöser wahrscheinlich als die Typen, die in die Bank reingingen.

Seit fast an jeder Straßenecke Filialen der großen Bankhäuser eröffnet wurden, war Bankraub ein weitverbreitetes Verbrechen geworden. Was also war Besonderes an diesem hier?

›Nichts‹, dachte Eischied sarkastisch, ›außer, daß sich der PC dafür interessiert. Und daß der Kopf der Bande seine Überfälle genau und bis ins Detail plant.‹

Eischied stieg wieder in seinen Dienstwagen und ließ sich ins Präsidium zurückfahren. Zweifellos wartete Lieutenant Schultz vom Raubdezernat bereits auf ihn.

Für Lieutenants gehörte es nicht unbedingt zu ihren alltäglichen Gewohnheiten, mit dem Chief of Detectives zu tun zu haben. Schultz war keine Ausnahme: alles andere als entspannt saß er vor dem mächtigen Schreibtisch des Chiefs. Er rätselte noch immer, worum es ging. Aus dem Befehl, sich hier einzufinden, war nichts zu entnehmen gewesen. Nervös drehte er einen Bleistift zwischen den Fingern.

Eischied, der Schultzs Nervosität genau registrierte, dachte nicht daran, seinem Gegenüber die Situation zu erleichtern. Wieso sollte er auch? Wieso sollte Shultz glimpflicher davonkommen als alle anderen? Eischied selbst war jedesmal nervös, wenn er zum PC oder zum Chief Inspector gerufen wurde. Jeder hatte zehnmal am Tag mit seinen Nerven zu kämpfen. Das war der Preis, den die Menschen zu zahlen hatten. Deshalb starben sie auch so früh.

Bedächtig zündete sich Eischied eine Zigarre an. Als sie endlich zu seiner Zufriedenheit brannte, sagte er: »Berichten Sie mir von dem Bankraub heute morgen.«

Schultz schien erleichtert und stieß hörbar die Luft aus den Lungen. Darum ging es also nur.

Schultz beschrieb einen ziemlich alltäglichen Überfall. Wie Eischied bereits vermutet hatte, hatten sie den Fluchtwagen an der Bushaltestelle geparkt. Der Fahrer war hinter dem Steuer geblieben, drei Männer waren in die Bank gegangen. Einer hatte einen langnasigen Revolver, die anderen beiden automatische Pistolen – wahrscheinlich zwei 9mm Brownings. Zur Zeit des Überfalls saßen drei Mädchen hinter den Schaltern, darüber hinaus waren zwei Bankangestellte männlichen Geschlechts, und vier Kunden in der Bank gewesen. Der Wachmann hatte auf dem Klo gesessen. Als er wieder rauskam, war der Überfall bereits vorbei.

Eischied sagte nichts.

Wie Schultz weiter berichtete, war einer der Männer neben der Tür, mit dem Rücken zur Wand stehen geblieben, während der Zweite mit der Waffe in der Hand die Kunden in eine Ecke des Raums getrieben hatte. Der Dritte war von Schalter zu Schalter gegangen und hatte den Mädchen befohlen, das Geld in die bereit gehaltene Tasche zu leeren.

Der Tresor befand sich im hinteren Bereich des Schalterraums, und die Tresortür hatte offen gestanden. Auf dem Boden waren vom Schalterraum aus deutlich einige Geldsäcke zu sehen gewesen. Ein Mann, der auch die Schalterkassen geleert hatte, hatte sich zwei dieser Säcke geschnappt – mehr konnte er nicht tragen – und die Bankräuber waren zu ihrem Fluchtwagen gerannt.

›Und während der ganzen Zeit hat sich der Wachmann gründlich ausgeschissen‹, dachte Eischied angewidert.

»Und wer hat den Schuß durch die Tür abgefeuert? Der Wachmann?«

»Einer der Kunden, Chief«, antwortete Schultz. »Laut Aussage der Zeugen waren die Bankräuber längst verschwunden, und ihr Wagen mindestens schon einen Block entfernt, da zog einer der Kunden ein Schießeisen hervor und ballerte durch die Tür – genau in Richtung Rathaus. Wir können von Glück reden, daß er nicht den Bürgermeister erwischt hat.«

»Illegaler Waffenbesitz?« erkundigte sich Eischied. Da illegaler Waffenbesitz als schweres Verbrechen geahndet wurde, wäre für die Kriminalpolizei mit einer Verhaftung am Tatort wenigstens ein Erfolgserlebnis zu verbuchen gewesen. Das hätte zwar nichts mit dem Bankraub zu tun gehabt, doch dadurch – vorausgesetzt, die Öffentlichkeit erfuhr nichts davon – würde die Polizei in einem besseren Licht erscheinen.

»Nein, Chief«, erwiderte Schultz. »Der Mann hat 'nen Waffenschein; ein pensionierter Streifencop, der seine Dienstwaffe behalten hat.«

Fast jeder ehemalige Polizist von New York besaß noch immer seine Waffe. Den wenigen von ihnen, die zufällig Zeuge eines Verbrechens wurden, gelang es in der Regel, ihren Mut zusammenzuraffen und einzugreifen. Manche erwischte es dabei; die meisten jedoch ballerten nur wild in der Gegend herum, nachdem alles vorbei war.

»Ein Ex-Cop, der das Rathaus unter Beschuß nimmt!« knurrte Eischied indigniert. »Tun Sie mir einen Gefallen und erzählen Sie das nicht weiter.«

»Das FBI war ebenfalls da«, sagte Schultz. »Sie haben den Film und entwickeln ihn wahrscheinlich gerade.«

»Und wenn sie damit fertig sind, lassen sie ihn uns wahrscheinlich nicht mal sehen«, überlegte Eischied mißmutig.

»Ich weiß, Chief. Aber vielleicht können Sie mit ihnen reden?«

Eischied hatte es längst aufgegeben, mit dem FBI zu reden.

»Was für ein Fluchtauto hatten sie?«

»Einen roten Chrysler, das neueste Modell.«

»Von wem stammt diese Beschreibung? Von dem Ex-Cop?«

»Nein. Vom Wachmann. Nachdem der Schuß gefallen war, kam er aus der Toilette gestürzt. Die Kanone hatte er in der einen Hand und mit der anderen hielt er seine Hose fest. Er rannte auf die Straße und schoß dreimal in die Luft. Ein Bild für die Götter! Der Broadway voller Leute, die zur Arbeit hasten, und dieser Clown mitten drin, der wie wild in die Luft ballert und mit der anderen Hand seine Hose festhält.«

Eischied mußte lachen; in der Tat eine komische Szene.

Unvermittelt brach er sein Lachen ab. »Haben Sie den Fluchtwagen schon gefunden?« fragte er nüchtern.

»Noch nicht, Chief.«

»Dann haben Sie sich wohl nicht gerade ein Bein ausgerissen. Haben Sie auch auf der anderen Seite der Brooklyn Bridge gesucht?«

»Wie kommen Sie darauf, daß es dort sein könnte?«

Eischied seufzte. Die meisten Kriminalbeamten dachten einfach nicht an das Naheliegendste. »Nehmen wir mal an, Sie hätten die Bank ausgeraubt«, sagte er zu Schultz. »In welche Richtung wären Sie geflohen?«

Schultz brauchte nicht lange darüber nachzudenken. »Über die Brooklyn Bridge natürlich«, erwiderte er. »Ich würde über die Brooklyn Bridge abhauen; ganz sicher sogar.«

Eischied lehnte sich in seinem Drehstuhl zurück und nickte dem Lieutenant aufmunternd zu.

»Sie haben recht, Chief. Ich werde meine Leute sofort dort einsetzen.«

»Ist diesem Ex-Cop irgend etwas aufgefallen, das uns weiterbringen könnte?« fragte Eischied. Immerhin bestand die Möglichkeit, daß ein ehemaliger Polizist auch etwas Vernünftiges zustande bringen konnte und nicht nur verantwortungslos in der Gegend rumballerte.

»Der hat gar nichts gesehen, Chief. Wahrscheinlich hat er die ganze Zeit krampfhaft überlegt, wie er am schnellsten seine Kanone ziehen könnte und was er tun würde, wenn er sie einmal draußen hatte.«

Eischied konnte sich die Szene nur zu gut vorstellen. Wahrscheinlich war der Überfall dem Ex-Cop als seine letzte große Chance erschienen, doch noch ein Held zu werden. Aber alleine gegen drei Männer; das war nun doch zu viel für ihn gewesen. Als er sich endlich zu einem Entschluß durchgerungen hatte, war bereits alles vorbei. In seiner Verwirrung, in seiner Enttäuschung – oder was immer er gefühlt haben mochte – jagte er wenigstens noch einen Schuß hinterher.

»Hat eigentlich die Alarmanlage funktioniert?«

Sie hatte funktioniert. Um 9 Uhr 07. Eischied notierte sich den Zeitpunkt. Der erste Streifenwagen war um 9 Uhr 12 vor der Bank eingetroffen; doch die Bankräuber waren bereits über alle Berge. Trotzdem – keine schlechte Zeit für die Polizei; so früh am Morgen, wenn die Straßen der City verstopft waren, und überall in der Stadt tagtäglich Alarmanlagen von Banken losheulten. Um diese Tageszeit wurde ein Bankalarm nicht allzu ernst genommen, denn die Mehrzahl von ihnen wurde von verpennten Bankangestellten ausgelöst. Die Funkstreife, die sich darum kümmerte, rechnete in der Regel gar nicht mit einem Überfall.

Der Streifenwagen war also zu spät gekommen. Gott sei Dank, konnte man schon beinahe sagen, denn sonst wäre unter Umständen vielleicht ein allzu argloser Polizist erschossen worden.

»Na schön«, brummte Eischied. »Was wissen wir also über die Täter? Waren es Weiße oder Schwarze?«

»Unmöglich zu sagen, Chief. Sie trugen Skimasken und Handschuhe.«

Eischied nickte anerkennend. Der Kopf der Bande war wirklich ein umsichtiger Mann.

Eischied griff nach der Akte, die unter dem Stichwort »FEAR« angelegt worden war. Er nahm den Polizeibericht von dem ersten Banküberfall heraus und schob ihn Schultz zu.

»Was glauben Sie? Ist das dieselbe Gang?« fragte er.

»Durchaus möglich, Chief«, sagte Schultz. »Die Täter trugen beide Male Skimasken und Handschuhe. Und der Modus operandi war bei beiden Überfällen mehr oder weniger derselbe.«

»Haben Sie eigentlich den Fluchtwagen des ersten Überfalls je gefunden?«

»Nein.«

»Nehmen wir also an, Sie hätten diese Bank heute morgen überfallen und wären dann über die Brooklyn Bridge entkommen«, sagte Eischied. »Was würden Sie als nächstes tun?«

Nach kurzem Nachdenken antwortete Schultz: »Ich würde den Wagen in einer der engen Gäßchen unter der Brücke stehen lassen, in einen anderen Wagen umsteigen und mich aus dem Staub machen.«

Kriminalbeamte waren doch nicht so fantasielos, wie man ihnen immer nachsagte, stellte Eischied fest. Sie hatten durchaus Köpfchen. Die meisten hätten dasselbe geantwortet wie Schultz. Das Problem lag vielmehr darin, daß das System andere Eigenschaften bevorzugte, und Fantasie und eigenständiges Denken nicht gefragt waren. Methodisches Arbeiten und Verfahrenstechniken mußten berücksichtigt werden, und ein Detective wie Schultz war von dem Augenblick an, an dem er am Tatort eintraf, nur mehr damit beschäftigt, den vorgeschriebenen Gang der Untersuchung zu befolgen. Sämtliche Zeugen mußten vernommen werden. Die Spurensicherung mußte benachrichtigt werden. Das Büro des Chief of Detectives mußte verständigt werden. Der Leiter des zuständigen Reviers mußte informiert werden. Und wenn jemand verletzt oder getötet worden war, vervielfachte sich die Schreibarbeit. Ein Kriminalbeamter wie Schultz hatte am Tatort einfach keine Zeit für eigenständiges Denken und Fantasie. Außerdem zahlte sich Fantasie nur dann aus, wenn sie direkt und spektakulär zum Erfolg führte, während andererseits ein Detective, der einen Aspekt der bewährten methodischen Vorgehensweise außer acht ließ oder übersah, in unangenehme und gefährliche Situationen geraten konnte. Fantasie war ein Luxus, den sich ein Kriminalbeamter nur in den seltensten Fällen leisten konnte. Die methodische Arbeit der Polizei und Fantasie widersprachen einander.

»Sehr gut«, sagte Eischied. »Und warum haben Sie nicht schon heute morgen daran gedacht? Warum haben Sie nicht die ganze Gegend dort drüben absuchen lassen? Sie hätten den Fluchtwagen bereits vor drei Stunden finden können.«

Er fixierte Schultz düster.

Nach einer Weile murmelte Schultz: »Ich hatte einfach zu viel um die Ohren, Chief.«

Eischied konnte nur verständnisvoll nicken. Es war das System, das unzulänglich war und geändert werden mußte. Eischied wünschte sich, er hätte die Position inne und wäre Manns genug, eine Veränderung zu wagen. Das System, nach dem der Polizeiapparat funktionierte, hatte nicht wenig Ähnlichkeit mit einem Getriebe, in das Sand geraten war, und wenn man versuchte, den Schaden zu beheben, lief man Gefahr, seine Finger zu verlieren – oder seinen Kopf.

Um einige Nuancen freundlicher faßte Eischied noch einmal seine Anweisungen für Lieutenant Schultz zusammen: »Sie fahren also persönlich nach Brooklyn rüber und reden mit dem zuständigen Revierleiter. Sie erklären ihm, daß Sie auf meinen ausdrücklichen Befehl hin handeln. Wenn seine Leute um vier die neue Schicht beginnen, ist es ihre erste und wichtigste Aufgabe – von dringlichen Ausnahmefällen natürlich abgesehen – jede Straße unter dieser gottverdammten Brücke abzusuchen, bis sie den Fluchtwagen gefunden haben. Es ist ein roter Wagen; das sollte die Angelegenheit beträchtlich vereinfachen. Jeder rote Wagen, den eine Streife entdeckt, soll sofort über Funk in den Computer, und sobald ein gestohlener auftaucht, haben wir unseren Fluchtwagen.«

Eischied war sich selbst gar nicht so sicher, daß der Fluchtwagen tatsächlich dort zu finden sein würde. Aber wenn er wollte, daß Schultz und die Streifenbeamten des zuständigen Reviers an einen Erfolg glaubten, dann mußte er zumindest den Eindruck erwecken, als glaubte er ebenfalls daran. Waren sie überzeugt, den Wagen zu finden, und war der Wagen tatsächlich irgendwo dort drüben, dann fanden sie ihn auch. Glaubten sie allerdings selbst nicht an ihren Erfolg, dann bestand die Möglichkeit, daß sie den Wagen übersahen.

Etwa eine halbe Stunde später meldete sich Captain Finnerty zurück. Er hatte Neuigkeiten bezüglich des Telegramms zu berichten. Die Western Union hatte die Rechnung für das Telegramm auf eine bestimmte Telefonnummer gebucht. Finnerty las die Nummer vor, die er in sein Notizbuch geschrieben hatte. »Dann rief ich unseren Mann bei der Telefongesellschaft an«, berichtete Finnerty weiter, »und bat ihn, die Adresse herauszufinden, die zu der Nummer gehört. Er hat vor zehn Minuten zurückgerufen. Es ist eine Telefonzelle im Bahnhof der Hochbahn, an der Jerome Avenue Ecke Fordham Road.«

Am anderen Ende der Stadt.

»Haben Sie auch die genaue Zeit, wann das Telegramm aufgegeben wurde?« fragte Eischied.

In seiner umständlichen, betulichen Art las Captain Finnerty aus seinem Notizblock: »Neun Uhr zweiundvierzig, Chief.«

Die Bankräuber konnten unmöglich so schnell bis zur Jerome Avenue rausgefahren sein. Dies konnte nur bedeuten, daß ein Komplize das Telegram aufgegeben hatte. Eischied rechnete nach: Fünfunddreißig Minuten nach dem Beginn des Überfalls. Die Täter brauchten fünf Minuten, um den Fluchtwagen abzustellen. Weitere fünf Minuten später riefen sie ihren Komplizen in der Bronx an, um ihm die Erfolgsmeldung durchzugeben. Natürlich konnte der nicht sofort das Telegramm durchgeben, da es zu riskant gewesen wäre, sein eigenes Telefon zu benutzen. Er brauchte also etwa zwanzig Minuten, um seine Wohnung zu verlassen, in die U-Bahn zu steigen und dann – als er sich weit genug von seiner Wohnung entfernt wähnte – das Telegramm aufzugeben. Man konnte also um die Hochbahnstation einen Kreis in einer Entfernung ziehen, die in etwa fünfzehn Minuten zurückzulegen ist. Dieser Kreis reichte nirgendwo über die Bronx hinaus. Irgendwo innerhalb dieses Kreises lebte die Bande. Sie bestand aus mindestens fünf Leuten, und ihr Kopf war ein äußerst umsichtiger Bursche. Die Person, die das Telegramm aufgegeben hatte, konnte auch eine Frau gewesen sein. Zum Teufel – sogar einer der Bankräuber konnte eine Frau gewesen sein.

Wie dem auch sein mochte, die Bande war relativ groß und hatte aus irgend einem Grund die Marotte, sich nach dem Überfall zu dem Verbrechen zu bekennen.

Es dauerte nicht lange, und Lieutenant Schultz rief aus Brooklyn an. Er klang ziemlich aufgeregt: »Wir haben den Wagen gefunden, Chief!«

Eischied konnte sich ein selbstzufriedenes Grinsen nicht verkneifen. »Erzählen Sie«, sagte er aufgeräumt.

Schultz berichtete, daß er auch in Erfahrung bringen konnte, wann und wo der Wagen gestohlen worden war. »Und jetzt die Überraschung, Chief: Es war kein normaler Autodiebstahl. Ich meine, der Wagen wurde nicht einfach in einer dunklen Straße aufgebrochen. Der Dieb marschierte gestern abend gegen elf Uhr in eine Parkgarage, zog eine Kanone, suchte sich einen Wagen aus und brauste davon. Und raten Sie mal, Chief, was noch auffallend war an ihm. Er trug eine Skimaske.«

Diese Information fügte sich lückenlos zu dem, was sich Eischied bereits in Gedanken zusammengereimt hatte. Bisher sah es allerdings so aus, als sei der Kopf der Bande ein sehr vorsichtiger Theoretiker – was wahrscheinlich auch richtig war. Aber einer in seinem Haufen war ein Verrückter und ließ sich auf unnötige Risiken ein; was bedeutete, daß... Daß was? Was vielleicht nichts weiter bedeutete, als daß der Boß nicht wußte, was seine Männer hinter seinem Rücken machten – zu ihrem persönlichen Vergnügen sozusagen. Einen Wagen mit gezogener Pistole zu stehlen, war absolut idiotisch. In den Straßen von New York wurden in einem Jahr etwa 100 000 Autos gestohlen, und es gab kein simpleres Verbrechen, als einen Wagen aufzubrechen, die Zündkabel über Kreuz kurzzuschließen und davonzufahren. Aber dieser Verrückte begnügte sich nicht mit einfachem Diebstahl, er mußte einen bewaffneten Raub daraus machen. Er mußte dem Parkwächter einen gehörigen Schreck einjagen und riskierte dabei, in eine Schießerei verwickelt zu werden – nur um ein Auto zu klauen.

Eischied beendete das Gespräch mit Schultz und bellte in die Sprechanlage: »Finnerty, bringen Sie mir sämtliche Einsatzberichte von letzter Nacht. Und wenn Sie schon dabei sind: auch die von der Nacht vor dem ersten Banküberfall.«

Captain Finnerty kam mit zwei Stößen von Durchschlagspapieren herein und begann, sie fein säuberlich nebeneinander auf Eischieds Schreibtisch zu stapeln. Als er damit fertig war, trat er einen Schritt zurück und warf einen prüfenden Blick auf sein Werk. Ein hervorstehendes Blatt erregte sein Mißfallen und wurde von ihm zur Raison gebracht. Die beiden Stöße lagen nun exakt wie die Karten im Casino von Monte Carlo. Captain Finnerty war bereits zu lange im Präsidium, überlegte Eischied. Seine penible Art war schon beinahe neurotisch. Der ehemalige Prototyp eines Action-Detectives hatte die Verschrobenheiten einer alten Jungfer angenommen. So geht es allen, die in den Innendienst versetzt werden, dachte Eischied traurig.

»Sie sind zu korrekt, Finnerty.«

»Wie kommen Sie darauf, Chief?«

»Sie sind pedantisch wie 'ne alte Jungfer.«

»Was meinen Sie damit, Chief?«

Eischied griff nach dem ersten Stapel und brachte ihn in Unordnung.

Finnerty zuckte gepeinigt.

Eischied warf den zweiten Stapel um.

»Ist das alles, Chief?« erkundigte sich Finnerty steif.

»Das ist vorläufig alles, Finnerty«, erwiderte Eischied grinsend.

Eischied blätterte zunächst die Einsatzberichte der letzten Nacht durch und hatte ziemlich schnell den Bericht gefunden, den er suchte. Er war nur sechs Zeilen lang und sagte ihm nichts, was er nicht schon wußte: ein Mann in einer Skimaske hatte ein Parkhaus überfallen und einen roten Chrysler gestohlen. Er notierte sich Ort und Zeit des Überfalls: ein Parkhaus, Ecke Broadway und 97. Straße, kurz vor Mitternacht.

Eischied hielt den Atem an, als er den zweiten Stoß der Einsatzberichte durchblätterte. Sie waren bereits zehn Tage alt. Der Stoß wurde immer kleiner, und Eischieds Hoffnungen sanken. Offenbar hatte ihn seine Spürnase getäuscht. Doch da war er, der letzte im Stoß: ein Überfall auf eine Parkgarage nach derselben Manier. Das Parkhaus lag im gleichen Revier.

›Wenn wir den Kerl haben‹, dachte Eischied, ›wird sich

herausstellen, woher seine Vorliebe für das 24. Revier stammt. Wahrscheinlich hat er mal dort gewohnt, oder sowas!‹

Würde diese Serie von Banküberfällen weitergehen, konnte man damit rechnen, daß jedem Überfall ein solcher Autodiebstahl vorausging. Eischied beglückwünschte sich. Jetzt wußte er etwas, von dem die Bande keine Ahnung hatte, daß er es wußte.

Am späten Nachmittag kehrte Lieutenant Fitzgerald aus dem Labor der Spurensicherung zurück. Zwischen zwei schwarzen Aktendeckeln aus Pappkarton trug er vorsichtig den Zeitungsausschnitt mit der ersten Botschaft von FEAR. Stundenlang war sie von allen Seiten mit Chemikalien behandelt worden. Fitzgerald strahlte.

»Sehen Sie sich das an, Chief!«

Fitzgerald klappte die beiden Aktendeckel auseinander. Der Zeitungsausschnitt war inzwischen ganz steif und braun geworden. Er sah aus, als wäre er in einen Toaster geraten. Vier Fingerabdrücke waren klar zu unterscheiden.

»Ich hab mir angesehen, wie die das machen, Chief. Sie sprühen alles mit diesem chemischen Zeugs ein. Es heißt Ninhydrin, oder so ähnlich. Und plötzlich werden die Prints sichtbar. Wenn das Papier mal mit Spray behandelt ist, darf man es nicht dem Licht aussetzen; es wird sonst immer dunkler und schließlich völlig schwarz – etwa so wie Fotopapier. Ich kann es Ihnen also nur ganz kurz zeigen, dann muß ich es in dem schwarzen Pappkarton hier wieder ins Labor bringen.«

Eischied betrachtete die vier Abdrücke. Drei lagen ganz dicht zusammen, und der vierte war mitten in einem Absatz des Zeitungsartikels.

Fitzgerald deutete mit einem Bleistift auf die drei eng zusammenliegenden Prints. »Die hier sind von Detective McCarthy, Chief. Auf der Rückseite ist noch einer von ihm. Ich weiß, Sie dachten, daß auch meine Abdrücke da drauf sind, Chief. Aber dem ist nicht so.«

»Ich wußte gar nicht, daß Sie so geschickte Finger haben,

Fitzgerald. Sie sollten auf Taschendieb umsatteln, oder auf Fassadenkletterer.«

»Sie sind ein Witzbold, Chief«, entgegnete Fitzgerald geschmeichelt. »Und der hier« – er deutete mit dem Bleistift auf den vierten Abdruck – »gehört keinem von unseren Leuten.«

Eischied nickte. Diese dünnen Wirbel und Linien waren so gut wie die Unterschrift eines Menschen. Besser noch: vor Gericht waren sie mehr wert, als jede Unterschrift, als jedes Foto oder Geständnis. Eischied konnte fast die Gegenwart des Mannes, dem dieser Abdruck gehörte, in seinem Büro spüren.

Eischied überlegte, ob er den FBI zu dem Fall hinzuziehen sollte. Doch er wollte mit dem FBI nichts zu tun haben. Allerdings waren deren Spezialisten für Fingerabdrücke besser als die der New Yorker Stadtpolizei. Vielleicht würden die noch mehr aus diesem Stück Zeitungspapier herausholen können? Zum Beispiel hier diese Schmierer an den Rändern. Vielleicht würde das FBI auch hier einen brauchbaren Print zeigen können?

»Gratuliere«, grinste Eischied Fitzgerald an. »Und jetzt können Sie ihn in meinen Safe legen.«

»Das Labor will ihn aber wieder haben, Chief.«

»In meinen Safe, Lieutenant Fitzgerald!«

Eischied griff nach dem Telefon. »Rufen Sie den PC an, Finnerty. Fragen Sie ihn, ob er Zeit für mich hat.«

Eischied hatte vor, dem PC von dem zum Teil sichtbaren Fingerabdruck und dem gefundenen Fluchtwagen zu berichten. Doch das nach seinem Dafürhalten wichtigste Ergebnis seiner Recherchen des Nachmittags war der Umstand, daß die Bande Parkhäuser überfiel, wenn sie einen Fluchtwagen für einen Bankraub brauchte. Das war ihr schwacher Punkt, an dem die Polizei den Durchbruch schaffen würde. Wenn überhaupt, dann dort. Es war besser, überlegte Eischied, dem PC von den Überfällen auf die Parkhäuser nichts zu erzählen. Eine wichtige Information wie diese für sich zu behalten, vermittelte ihm ein vages Gefühl der Sicherheit. Eischied konnte sich nicht erklären, weshalb dies so war – er fühlte es nur. Er brauchte etwas, das ihm Sicherheit gab, obwohl er nicht hätte sagen können, aus welchem Grund. Es war einfach nur – ein beruhigendes Gefühl.

10

Das Telefon mit der direkten Leitung zum PC auf Eischieds Schreibtisch klingelte. »Kommen Sie doch bitte mal rüber, Earl«, sagte der PC.

Diesmal war Eischied gelassen. ›Mein Gott, schon wieder ein Bankraub‹, dachte er. ›FEAR hat erneut zugeschlagen!‹

Er klingelte nach Captain Finnerty. »Es ist doch hoffentlich inzwischen nicht schon wieder ein Banküberfall gewesen, Finnerty. Wenn Sie das übersehen haben, können Sie morgen in den Vororten von Queens Streife fahren, Mann!«

»Was für ein Banküberfall, Chief? Es gab keinen Banküberfall.« Finnerty war verwirrt. »Ich kann ja nochmal nachsehen, aber ich bin ziemlich sicher ...«

Eischied ging den Korridor zum Büro des Commissioners hinab. Inspector Ryan empfing ihn mit einem zuvorkommenden Lächeln, das die Selbstsicherheit des Chief of Detectives noch steigerte.

»Sie können gleich reingehen, Chief.«

Die Vorhänge waren zugezogen, und die Atmosphäre im Büro des PC wirkte beklemmend wie in einer Kirche. Das war der erste Eindruck, den Eischied registrierte, doch da er völlig unvorbereitet und arglos war, dauerte es ziemlich lange, bis er bemerkte, daß etwas nicht stimmte.

Der PC trug einen grauen Nadelstreifenanzug. Er war nicht alleine. Der First Deputy trug ein marineblaues Hemd mit gestärktem Kragen. Chief Inspector Emerson war natürlich in Uniform. Die vier Sterne auf seiner Schulterklappe funkelten im Licht des Kronleuchters.

Dann fiel Eischied auf, daß die drei Männer auf der anderen Seite des Schreibtischs des Commissioners saßen und ihn erwartungsvoll ansahen. ›Drei gegen einen‹, zuckte es Eischied durch den Kopf. ›Was soll das?!‹

Der PC forderte ihn auf, vor dem Schreibtisch Platz zu nehmen, was Eischied als ziemlich beunruhigend empfand. Ein Teil von Eischieds Gehirn schlug Alarm, und seine Gedanken rasten wie wild durcheinander; ein anderer Teil war gelähmt vor Schreck; und der dritte Teil seines Gehirns – der, der die Oberhand behielt und Eischieds unmittelbare Reaktion steuerte – zauberte ein Grinsen in sein Gesicht und befahl seiner Stimme, beinahe leichthin und gelassen zu fragen: »Was soll denn das? Die spanische Inquisition etwa?«

Der PC hantierte mit irgendwelchen Papieren herum, während die beiden anderen Männer Eischied unverwandt beobachteten. Eischied benutzte sein Lächeln wie einen Tennisball und setzte einen placierten Lob über dem Schreibtisch, den er von einem zum anderen springen ließ. Keiner der drei brachte einen Return zustande.

Der First Duputy ergriff das Wort: »Der Commissioner hat eine Anzeige gegen Sie erhalten, wegen Bestechlichkeit im Amt.«

Der PC, der sich offenbar unwohl in seiner Haut fühlte, berichtigte: »Keine offizielle Anzeige, wenn man es genau nimmt. Eine Anzeige bedeutet eigentlich ...«

Hinter dem Schreibtisch entbrannte eine Diskussion über die genaue Bedeutung des Wortes ›Anzeige‹.

Eischied war in eine Art Schockzustand verfallen. Schweiß begann sich bereits an seinem Haaransatz zu bilden. Er preßte die Hände in den Schoß und gab acht, daß sie auch dort blieben, denn sie zitterten. Auch seine Stimme zitterte, obwohl er mit aller Macht versuchte, sie unter Kontrolle zu halten. »Was für eine Anzeige?« fragte er dumpf.

Der PC schob ihm die Xerox-Kopie einer Rechnung von der Herrenkonfektionsabteilung des Klopfmanschen Kaufhauses zu. Es war eine Rechnung für zwei Herrenanzüge und belief sich inklusive Steuern auf 326 Dollar und 25 Cents. Eischieds Name war quer über die Rechnung geschrieben; allerdings nicht in seiner eigenen Handschrift, wie er zu seiner Erleichterung feststellte. Er hatte noch immer die Möglichkeit, die ganze Sache abzustreiten. Eischied hob die Rechnung und starrte auf den Brief, an den sie geheftet war. Er war von einem gewissen Claude Muldaver unterschrieben, dem Verkäufer in der Herrenabteilung für Oberbekleidung. Aus Muldavers Stellungnahme ging hervor, daß Chief of Detective Eischied in Begleitung seines Sohnes am fraglichen Tage zwei Anzüge mitgenommen hatte, für die er weder in bar, noch mit Scheck bezahlt hat. Offenbar handelte es sich dabei um eine Entlohnung für eine Leistung irgendwelcher Art. Der Unterzeichnete habe den Eindruck gewonnen, als habe der Chief of Detective die Kleidungsstücke als Gegenleistung für eine nicht bekannte, doch – wie es den Anschein hatte – illegale Gefälligkeit erpreßt.

Der Brief verschwamm vor Eischieds Augen, wurde wieder klarer und verschwamm abermals. Eischied zwang sich, ihn ein zweitesmal zu lesen und kämpfte verzweifelt gegen das in ihm aufsteigende Gefühl der Übelkeit. Er wußte, daß alle Farbe aus seinem Gesicht gewichen war, und ihm war klar, daß ihn die Männer hinter dem Schreibtisch allein aufgrund seiner physischen Reaktion für schuldig halten mußten. Er wußte nicht, was er dagegen tun sollte. Es gibt Situationen, in denen man seine physischen Reaktionen nicht vollständig unter Kontrolle halten kann. Dies mußte Eischied nun am eigenen Leibe erfahren – so sehr er sich auch bemühte, sich zu beherrschen.

Er war Kriminalbeamter, und er kannte sich aus in dem Spiel von Vermutungen und ihrer Hinterfragung. Sein Gehirn begann wieder zu funktionieren. Er bezweifelte, daß sich Muldaver diesen Brief selbst aus den Fingern gesogen hatte. Klopfman steckte dahinter. Vermutlich hatte er seinen Angestellten eingeschüchtert oder sogar dafür bezahlt, und wahrscheinlich saß dieser nun irgendwo, starr vor Angst und wartete darauf, daß der Chief of Detective den Zorn des gesamten Polizeiapparats gegen ihn richtete; ihn verhören, verhaften, prügeln, foltern, und vielleicht sogar umbringen würde. So stellten sich die Leute das vor, doch das genaue Gegenteil war der Fall. Eischied war völlig machtlos und durch die Ereignisse zum Stillhalten verurteilt. Muldaver war absolut sicher vor Belästigungen durch die Polizei. Wenn Eischied auch nur einen Finger gegen Muldaver rührte, war sein Schicksal besiegelt.

Wahrscheinlich war sein Schicksal so und so besiegelt.

Eischied war wie gelähmt und er war nicht in der Lage, die Augen von dem Todesurteil in seinen Händen zu heben. Mit dem Daumen schob er die Rechnung vom Brief zurück, ließ sie wieder fallen und schob sie erneut hoch; als würde er beides nacheinander lesen. Doch dazu war er gar nicht fähig, denn die Worte und Zahlen verschwammen noch immer vor seinen Augen. Undeutlich drang die Stimme des PC an sein Ohr: »Chief Inspector Emerson, Sie sollten Mr. Eischied jetzt die Miranda-Akte vorlesen.«

Mister Eischied?!

Eischieds Blick klammerte sich an Emerson, der irgend etwas in die Richtung sagte, daß er die Miranda-Akte nicht bei sich habe. Eischied hörte, wie die drei Inquisitoren darüber diskutierten, ob sie nicht einen Sekretär nach einer Miranda-Akte schicken sollten. Jeder Streifencop trug eine bei sich. Können Sie uns nicht mal kurz Ihre Miranda-Akte leihen? Aber mit welcher Erklärung sollte dies geschehen? Noch waren sie gezwungen, das schreckliche Geheimnis innerhalb der vier Wände dieses Büros zu bewahren. Noch reichten die Beweise nicht aus.

Eischied hatte begonnen, sich die Punkte, die für ihn sprachen, zu vergegenwärtigen, und dies war, wenn nicht alle Zeichen trugen, einer davon: Sie waren sich nicht ganz sicher, ob sie ihn am Boden hatten; und falls doch, wußten sie nicht, was sie als nächstes mit ihm anfangen sollten.

»Ich kenne die Miranda-Akte auswendig«, hörte sich Eischied sagen. »Sie besagt unter anderem, daß ich ein Recht darauf habe, die Aussage zu verweigern, und einen Rechtsanwalt heranzuziehen. Aber ich warne Sie: wenn Sie versuchen, mir dieses Ding vorzulesen, stehe ich auf und gehe!«

Endlich begann er, sich zu wehren; obwohl noch immer ratlos, wie und mit welchen Argumenten.

Er war sich nicht sicher, wie er sich am geschicktesten verhalten sollte. Wie verhielt sich ein Unschuldiger? Sollte er über die ganze Angelegenheit lachen, oder in Wut geraten? Oder war es besser, den Gekränkten zu mimen?

Lachen kam nicht in Frage, denn dazu hatte er seine Nerven nicht sicher genug unter Kontrolle. Was man ihm vorwarf, war Erpressung; ein ziemlich gravierender Straftatbestand, der mit Gefängnis bis zu fünfzehn Jahren geahndet werden konnte. Im günstigsten Falle konnte es als passive Bestechung interpretiert werden; ein Vergehen, bei dem er mit einem Jahr Gefängnis davonkäme. Doch egal wie – seine Karriere war ruiniert, seine Pension verloren, sein Leben verpfuscht.

Seine wirren Gedanken suchten verzweifelt nach einem Ausweg, nach der rettenden Idee, doch der einzige, für ihn tröstliche Lichtblick, den er wahrzunehmen imstande war, war der Umstand, daß sich die drei Männer ebenso unbehaglich fühlten wie er selbst. Sie wußten genauso wenig, was nun geschehen sollte.

Eischied mußte jetzt etwas sagen. Und während er sprach, gewann er allmählich die Kontrolle über seine Stimmbänder zurück: »Nehmen wir einmal an, hinter diesem Fetzen Papier steckt tatsächlich genügend Substanz, um ihn als eine Anzeige ernst zu nehmen. Nehmen wir weiter an, es stimmt, was hier drin steht, dann ist dies eine schwerwiegende Anschuldigung, denn Erpressung ist kein Kavaliersdelikt. Ich gehe dafür fünfzehn Jahre in den Bau, und morgen ist das *die* Schlagzeile in allen New Yorker Zeitungen. Ein Skandal, der nicht nur mich betrifft, sondern die gesamte Polizei, und jeden einzelnen von Ihnen.« Er machte eine Pause, und sein Gehirn begann allmählich wie gewohnt zu funktionieren. »Oder lassen Sie uns annehmen, ich hätte mich der passiven Bestechung schuldig gemacht: Das ist lediglich ein Vergehen. Ein Jahr Gefängnis für mich. Die selben Schlagzeilen. Großer Skandal für uns alle.«

Er machte erneut eine Pause, um seine Atmung zu beruhigen, und um einigen Abstand von diesen schrecklichen Alternativen zu gewinnen.

»Und es gibt eine dritte Möglichkeit, die Sie nicht außer acht lassen sollten, meine Herren; daß ich nämlich unschuldig bin! Daß man versucht, mich fertig zu machen – um jeden Preis!«

Diesesmal gelang es ihm, jedem der drei Männer fest in die Augen zu sehen. Er versuchte, Zweifel aufkeimen zu lassen. Am längsten verweilte sein Blick bei Chief Inspector Emerson, denn Emerson war genau so lange im Polizeidienst wie Eischied selbst. Mit seinem Blick versuchte Eischied zu sagen: Was immer ich mir habe zuschulden kommen lassen, irgendwann einmal haben Sie das auch getan. Wir alle sind nicht frei von Schuld.

Doch im Blick des Chief Inspectors konnte Eischied nicht die leiseste Spur von Solidarität entdecken.

Das Rad drehte sich längst und es war nicht mehr zu stoppen. Und Eischieds Zukunft war auf eine einzige Nummer gesetzt. Wenn er mit dieser Nummer gewinnen wollte, mußte er sich eine verdammt gute Geschichte einfallen lassen. Das war seine einzige Chance. Und im Augenblick war diese Chance verschwindend klein.

Er fuhr sich mit der Zunge über die Lippen.

»Die erste Frage ist die: habe ich an dem fraglichen Tag zwei Anzüge dort gekauft. Ob es genau an diesem Tag war, weiß ich allerdings nicht mehr.«

Diese Lüge klang plausibel genug in seinen Ohren. Er schöpfte wieder Zuversicht. Doch plötzlich zuckte eine Erinnerung durch Eischieds Kopf, die ihn fast jeder Hoffnung beraubte: Er sah sich als frischgebackener Rekrut in der Aula der Polizeiakademie in der Reihe seiner Kollegen stehen. Und er hörte wieder die Stimme des Ausbilders: »Und laßt euch eines gesagt sein, Männer: noch nie wart ihr dem Gefängnis näher als jetzt!« Alle hatten sie ernst genickt, denn ab nun galt für sie eine ganze Reihe von Gesetzen, die für den normalen Bürger nicht galten. Sie schwebten permanent in der Gefahr, sich der Bestechung, der Erpressung, der Pflichtvergessenheit im Dienst und einer Unzahl von Delikten schuldig zu machen, die er nicht alle im Kopf behalten konnte. Ab nun würde jedes Gericht, vor das sie als Angeklagte zitiert würden, besonders streng und unnachgiebig mit ihnen verfahren.

»Ich glaube sogar, daß ich für die beiden Anzüge bezahlt habe«, log Eischied. »Aber im Moment kann ich das nicht definitiv sagen; ich hab mein Scheckbuch nicht bei mir. Oder ich habe sie auf Rechnung schreiben lassen. Ich kenne Klopfman privat. Sein Sohn ist ständig in irgendwelchen Schwierigkeiten. Möglicherweise ist das Ganze nur ein billiger Versuch von ihm, sich an mir zu rächen, weil ich mich geweigert habe, ihm, beziehungsweise seinem Sohn, aus der Patsche zu helfen. Ich mache Ihnen einen Vorschlag: Sie besprechen, was Sie weiter zu tun gedenken, und ich gehe in mein Büro und suche mein Scheckbuch.«

Er wollte nichts sehnlicher, als aus diesem Büro herauszukommen.

Sie waren verwirrt und warfen sich ratlose Blicke zu. Ehe ihn jemand aufhalten konnte, war Eischied im Vorzimmer. Inspector Ryan machte irgend eine Bemerkung über das Wetter. Ryans belangloser Smalltalk war für Eischied ein Zeichen, daß noch nicht alles verloren war. Offenbar hatte Inspector Ryan, die rechte Hand des PC, keine Ahnung von dem belastenden Schreiben, das sein Chef in den Händen hielt. Irgendwie mußte der Brief direkt auf seinen Schreibtisch gekommen sein. Ein finsterer Ryan wäre ein schlimmes Omen gewesen; doch dieser Idiot grinste verbindlich.

»Angeblich wird es diesen Winter eine Menge Schnee geben, Chief.«

»Und ne Menge Verbrechen.«

Wenn Ryan nichts wußte, dann wußte noch niemand etwas. Drei Männer zu täuschen – das war möglich; aber das ganze Präsidium – das war unmöglich. Eischied hätte sich zu gerne den Angstschweiß von der Stirn gewischt, doch in Gegenwart von Ryan wagte er es nicht.

Als Eischied endlich sein eigenes Büro erreicht hatte, blockierte er sämtliche Telefonleitungen, verschloß die Tür und wusch sich das Gesicht im Waschbecken seiner Privattoilette. Er spielte mit dem Gedanken, einen Brief an Klopfman zu schreiben und ihn einen Monat zurückzudatieren. Er könnte sich in dem Brief erkundigen, warum ihm Klopfman noch keine Rechnung für die beiden Anzüge geschickt hatte. Er könnte das Durchschlagspapier irgendwo zwischen seinen Unterlagen verstecken und dann als Beweis für seine Unschuld hervorzaubern. Wenn Klopfman keine Rechnung geschickt hatte, war das sein eigener Fehler. Hier, bitte schön: keine Spur von passiver Bestechung.

Doch dieser Plan erschien ihm zu riskant. Einen solchen Brief diktierte man seinem Sekretär oder seiner Sekretärin, und Eischied würde die betreffende Person als Zeugin aufbieten müssen. In seiner Position war es nicht ratsam, eine junge Dame um diesen Gefallen zu bitten (oder sie dafür zu bezahlen), wie das jeder beliebige Geschäftsmann ohne weiteres konnte, und zweifellos auch praktizierte. Und Eischieds Sekretäre waren ausnahmslos Kriminalbeamte, die sich – anstatt sich an den nicht existierenden Brief zu erinnern – an ihren fünf Fingern abzählen konnten, in welchen Schwierigkeiten er steckte. Außerdem waren sie alle Polizisten, die den selben Eid wie er geschworen hatten, und ebenso schnell wie er im Knast landen konnten.

Vielleicht sollte er das Vorstrafenregister von Klopfmans Sohn anfordern und vorlegen. Daraus ging eindeutig hervor, daß er sich geweigert hatte, dem Bengel zu helfen, und daß Klopfman aus diesem Grunde ein Motiv hatte, sich an ihm zu rächen. Doch es würde auffallen, daß das Datum der Verhaftung von Klopfmans Sohn und das Datum auf der Rechnung für die Anzüge identisch waren, und für die drei Männer im Büro des PC war ein solcher ›Zufall‹ im höchsten

Maße verdächtig, wenn nicht sogar ein Beweis für seine Schuld.

Doch diese Daten waren nicht mehr zu ändern, und jede Untersuchung würde sie ohnehin ans Tageslicht bringen. Eischied war gut geraten, wenn er sie selbst offenbarte. Er rief Finnerty an und beauftragte ihn, das Führungszeugnis von Klopfmans Sohn zu besorgen. Als er es in den Händen hatte, machte er sich wieder auf den Weg zum Büro des PC. Alles in ihm wehrte sich dagegen, den Ort seiner Schmach erneut zu betreten, doch ihm blieb nichts anderes übrig, wenn er überleben wollte.

Die Vorhänge waren noch immer zugezogen. Es schien Eischied, als hätte er sich in ein Begräbnisinstitut verirrt, und die Männer, die in dem düsteren Zwielicht saßen, erweckten den Eindruck, als warteten sie auf das Eintreffen der Leiche. Ein vierter war inzwischen hinzu gekommen: Chief Palmer von der Inspektionsabteilung.

First Deputy O'Connor brach das Schweigen: »Haben Sie die Bestätigung gefunden, daß Sie die Anzüge bezahlt haben, Earl? Eine Scheckquittung oder die Abbuchung von Ihrem Konto zum Beispiel?«

Eischied erfaßte die Stimmung in dem Raum sofort. O'Connor war sich seiner Sache sicher, während die anderen noch schwankten und lieber handfeste Beweise sehen wollten.

»Ich konnte keine Scheckquittung finden«, erwiderte Eischied. »Keine Angst, ich werde Ihnen jetzt nicht erzählen, ich hätte in bar bezahlt. Ich zahle nie in bar. Ich muß die Anzüge auf Rechnung gekauft haben.« Er schob Kenneth Klopfmans Vorstrafenregister über den Schreibtisch. »Anscheinend hat mich diese Geschichte jetzt doch eingeholt. Ich war mit meinem Jungen bei Klopfman, weil ich ihm einen Anzug zum Geburtstag kaufen wollte, und weil ich schon mal da war, habe ich mir auch gleich selbst einen ausgesucht. Als ich zahlen wollte, stellte sich heraus, daß ich meine Kreditkarte nicht bei mir hatte, und das Scheckbuch ebenfalls nicht. Ich rief also Klopfman in seinem Büro an und fragte, ob es okay sei, wenn ich die Sachen auf Rechnung mitnehmen würde. Ich ging davon aus, er würde mir dann die Rechnung zuschicken, doch anscheinend hat er das nie getan. Wenn Sie sich das Vorstrafenregister von Klopfmans Sohn ansehen, werden Sie feststellen, daß er genau an diesem Tag verhaftet wurde. Noch während ich mit Klopfman wegen der Zahlungsweise redete, fragte er mich, ob ich nicht etwas für seinen Sohn tun könnte. Plötzlich hatte ich 'nen verzweifelten Vater am Hals. Was hätte ich tun sollen? Ihn deshalb anzeigen? Ich redete mich heraus und tat, was Sie alle getan hätten: ich sagte, ich würde sehen, was ich für ihn tun könnte. Dann ging ich und habe die ganze Sache vergessen. Sie können das alles nachprüfen, und Sie werden feststellen, daß das Verfahren gegen Klopfman junior völlig korrekt verlief. Der Junge wurde verurteilt. Ich habe absolut nichts für oder gegen Kenneth Klopfman unternommen.«

O'Connor schnaubte spöttisch, doch der Police Commissioner, der als politisch denkender Mensch einen Skandal im Führungsstab der Polizei unbedingt vermeiden wollte, sah von Klopfmans Führungszeugnis, das er eingehend studiert hatte, auf und sagte: »Ich wünschte, ich könnte Ihnen glauben, Earl!«

»Ehrlich gesagt, finde ich Ihre Geschichte etwas weit hergeholt«, knurrte O'Connor hämisch.

Eischied antwortete mit einem Achselzucken.

»Zeigen Sie uns doch mal Ihre Kreditkarte«, hakte O'Connor nach.

Eischied besaß keine Kreditkarte für das Klopfmansche Kaufhaus, und erneut überfiel ihn physische Panik. Er fühlte, wie ihm der Schweiß auf die Stirn trat, und schneller als es ratsam gewesen wäre, platzte er heraus: »Ich selbst habe bei Klopfman keine Kreditkarte. Wenn ich dort etwas brauche, nehme ich die meiner Frau.« Er hatte keine Zeit gehabt, genau zu überlegen, was er sagte, und als er seine eigenen Worte hörte, wußte er, daß er sich damit noch tiefer in die Schwierigkeiten manövriert hatte.

»Ich dachte, Sie seien geschieden«, konterte O'Connor.

»Wir sehen uns trotzdem – hin und wieder«, murmelte Eischied schließlich. Ihm war es inzwischen völlig egal, ob er irgendwelche privaten Angelegenheiten preisgab oder nicht. Das einzige, woran er dachte war, nur nicht ins Gefängnis gehen zu müssen. Hatte seine geschiedene Frau überhaupt eine Kreditkarte für das Kaufhaus von Klopfman? Er betete zu Gott, daß sie eine hatte.

Sie schickten Eischied nach draußen und ließen ihn vor der Hintertür zum Büro des PC, in dem winzigen Korridor zwischen dem Waschraum des PC und seinem privaten Aufzug warten.

Als sie ihn wieder ins Büro riefen, waren die Vorhänge aufgezogen, und der First Deputy und der Chief Inspector waren gegangen. Chief Palmer war ebenfalls nicht mehr da. Sonnenlicht überflutete den Teppich. Der PC teilte ihm mit, daß eine Untersuchung anberaumt worden sei, die von Chief Palmer persönlich geleitet werde.

»Sie sind frei, zu tun und zu lassen, was Sie wollen«, fügte der PC schroff und taktlos hinzu.

Frei?

Eischied taumelte mehr als er ging nach draußen; vorbei an Inspector Ryan, der erneut befand, daß das Wetter recht ungewöhnlich sei für diese Jahreszeit. Eischied nickte nur, denn aus Angst, seine Stimme könnte ihm versagen, wagte er nicht, zu antworten.

In seinem eigenen Büro angekommen, ging er direkt zur Toilette, wo sich seine Eingeweide konvulsivisch entleerten, und abwechselnd kalte und heiße Schauder seinen Körper überfielen.

Frei?

Er war selbst überrascht, wie stark seine Sehnsucht nach Freiheit war. Frei – für wie lange? Frei – um was zu tun?

Er hörte seine eigene Stimme, wie sie zu Klopfman sagte: »Sie können von Glück reden, daß ich nicht in der Schmuckabteilung war.«

Was ist, wenn Klopfman dieses Gespräch auf Tonband hat?

Oder wenn seine Frau gar keine Kreditkarte hat?

Was ist, wenn Muldaver bestochen wurde, sich an eine belastende Bemerkung von Eischied zu »erinnern«?

Als er wieder an seinem Schreibtisch stand, summte die Sprechanlage, und Captain Finnerty kündigte den Besuch von Chief Palmer an.

Palmer, der vor Selbstgefälligkeit geradezu strahlte, kam um den Schreibtisch herum und ließ sich in Eischieds Drehstuhl sinken. „Wenn Sie nichts dagegen haben, Earl, werde ich Ihr Scheckbuch mitnehmen.«

Palmer lehnte sich zurück, damit Eischied seine Schreibtischschublade aufziehen konnte. Seine Dienstwaffe lag zwischen all dem Bürokram; daneben seine Zigarren und auch das Scheckbuch. Eischied reichte es Palmer.

»Irgendwelche anderen Beweismittel haben wir doch nicht übersehen, oder? Vielleicht würde uns das allen eine Menge Ärger ersparen. Überlegen Sie, Earl!«

Eischied erwiderte kühl Palmers Blick.

»Eine Zigarre?« fragte er.

»Nein, danke.«

Eischied zündete sich selbst eine an und fragte beiläufig: »Wie lange, glauben Sie, wird diese Untersuchung dauern?«

»Nur ein paar Tage, Earl. Ja, ein paar Tage, schätze ich.«

Eischied stieß eine Rauchwolke in Richtung der Decke. »Ich bitte Sie nur um eines: ziehen Sie die ganze Angelegenheit nicht länger hin, als es nötig ist.«

Es war eine Bitte aus tiefster Seele gesprochen, eine Bitte von Cop zu Cop, und er wollte damit sagen: wenn die Sache schlecht für mich ausgeht, dann lassen Sie mich nicht länger als unbedingt nötig im Ungewissen...

Das Lächeln verschwand aus Palmers Gesicht. Er erhob sich und klopfte Eischied kollegial auf die Schulter.

»Was werden Sie zuerst unternehmen?« fragte Eischied.

»Ich werde Klopfman einen Besuch abstatten. Und bitte versuchen Sie nicht, mit ihm zu sprechen, ehe ich bei ihm war, Earl.«

»Aber daß ich mit meiner Ex-Frau spreche, dagegen haben Sie doch nichts, oder?«

»An Ihrer Stelle würde ich das nicht tun, Earl.«

»Ich hab tausend andere Dinge mit ihr zu besprechen.«

»Na schön, ich kann Sie nicht daran hindern.«

»Nein – sicher nicht.«

Sie verließen das Präsidium gemeinsam, dann trennten sich ihre Wege, und jeder stieg in seinen eigenen Dienstwagen.

Eischied ließ sich direkt nach Washington Heights fahren, wo seine Frau im vierten Stock eines Aparmenthauses, ganz in der Nähe des Riverside Drives wohnte. Er hatte sie vorher nicht angerufen. Wenn sie nicht zu Hause war, würde er warten.

»Ach, du bist es«, begrüßte sie ihn unsicher.

Er hatte sie überrascht. Ihr Haar war ungepflegt, und sie versuchte vergeblich, es mit einer verlegenen Gebärde zu ordnen. Sie trug eine karierte Hose und einen smaragdgrünen Pullover.

»Du hättest wenigstens vorher anrufen können.«

Man sah ihr an, daß sie über vierzig war.

»Darf ich reinkommen?« Wieso war er nur immer so distanziert, wenn er sie sah? Schließlich waren sie einmal miteinander verheiratet gewesen. Er haßte es, sie zu besuchen, und in ihrer Wohnung fühlte er sich unbehaglicher als in der Wohnung eines völlig Fremden.

»Gibt es einen bestimmten Grund, warum du mich besuchst? Wenn du deinen Sohn sehen willst – der ist nicht zu Hause.«

Eischied erwiderte nichts.

»Willst du auf ihn warten? Soll ich dir einen Kaffee machen?«

Ihre Augen wichen seinem Blick aus, und sie floh vor ihm in die Küche. »Ja. Eine Tasse Kaffee wär nicht schlecht«, sagte Eischied.

Er setzte sich an den Küchentisch, und sie brachte ihm eine Tasse. Er hatte nicht einmal seinen Mantel ausgezogen. Ihr Pullover war ziemlich eng, doch im übrigen machte sie einen sehr ungepflegten Eindruck. Während sie das Wasser für den Kaffee heiß machte, hatte sie mehrere Versuche unternommen, ihr Haar zu richten. Inzwischen hatte sie es aufgegeben.

Sie setzte sich ihm gegenüber und goß sich ebenfalls eine Tasse Kaffee auf.

Eischied erkundigte sich, wie es ihrem Sohn ging, und er war bemüht, den Eindruck zu erwecken, als würde ihn dieses Thema wirklich beschäftigen. Ihm entging keineswegs, daß ihre Skepsis ständig wuchs.

»Du steckst doch in irgendwelchen Schwierigkeiten«, unterbrach sie ihn schließlich.

Mit einem Ruck setzte er die Tasse ab. »Möglich«, brummte er. »Ich weiß es nicht.«

»Was ist passiert?«

»Ein Kollege von mir – er heißt Palmer – wird dir möglicherweise ein paar Fragen stellen.« Er verstummte.

»Ed Palmer?« fragte sie, und ihre Stimme klang um eine Spur versöhnlicher.

Ihm fiel es schwer, sie um den Gefallen zu bitten, den er so dringend von ihr brauchte. Sie hatte absolut keinen Grund, ihm diesen Gefallen zu erweisen – oder irgendeinen anderen. Wahrscheinlich haßte sie ihn.

»Erinnerst du dich, daß ich unserem Sohn neulich diesen Anzug gekauft habe? Ja? Sollte dich Palmer danach fragen, möchte ich, daß du ihm sagst, das mit dem Anzug sei deine Idee gewesen, und daß du mich mit deiner Kreditkarte zu Klopfman geschickt hast. Du hast doch eine Kreditkarte für das Kaufhaus Klopfman, oder?«

Anstatt ihm zu antworten, betrachtete sie ihn aus zusammengekniffenen Augen.

Ihre Handtasche lag auf dem Buffet. Er griff danach und leerte den Inhalt heraus und begann, sie systematisch durchzusehen. Sie war wütend und zunächst hatte sie versucht, ihm die Brieftasche zu entreißen, doch er hatte ihre Hand beiseite geschoben. Nun saß sie bewegungslos und beobachtete ihn kalt.

Eischied fand keine Kreditkarte für das Kaufhaus von Klopfman.

»Aber du hattest doch immer eine«, zischte er.

Sie hörte die Panik in seiner Stimme und wahrscheinlich genoß sie seine Angst. »Den Laden hab ich noch nie leiden können.«

Eischied biß sich auf die Unterlippe, und nach einer Weile des Nachdenkens sagte er: »Aber wenn dich Palmer fragt, sagst du, du hast mich zu Klopfman geschickt, weil du in der Zeitung eine günstige Anzeige gelesen hast.«

Sie sah ihn traurig an.

Sie war lange genug die Frau eines Polizisten gewesen, um zu wissen, worum es ging. Ehe man sich versah, konnte man in eine sehr heikle Situation geraten, und manchmal genügte es schon, zu Weihnachten von jemandem ein Geschenk zu bekommen, von dem man besser keines bekommen hätte. Ein Reporter dagegen konnte als Gegenleistung für einen Artikel ohne weiteres in die Karibik eingeladen werden, ohne daß sich irgend jemand etwas dabei dachte.

Er überlegte, daß sie ihn schon vor Jahren hätte ruinieren können, wenn sie es gewollt hätte, und er kam zu dem Schluß, daß er ihr vertrauen konnte.

»Vielleicht hilft es dir, wenn du mir erzählst, in welchen Schwierigkeiten du steckst«, sagte sie gekränkt.

Eischied schwieg bedrückt.

Sie hob die Kaffetasse und fragte: »Noch etwas Kaffee?«

»Nein.«

Eischied stand auf und ging zur Tür. Seine ehemalige Frau folgte ihm.

Die Hand bereits auf dem Türknopf, sagte er: »Es wäre nett, wenn du mich anrufen würdest. Wenn er da war, meine ich...«

Er wartete, doch sie sagte nichts.

Dann ging er. Er hörte, wie sie hinter ihm die Riegel und Schlösser zuschob.

Er ließ sich schwer in den Beifahrersitz seines Dienstwagens fallen. Es war noch früh am Nachmittag. Die Leselampe am Armaturenbrett war ihm im Weg und er bog sie gereizt an ihrem beweglichen Metallfuß beiseite.

»Fahren wir!« knurrte er Detective Malfitano an.

Er saß aus alter Gewohnheit vorne, und weil dort der Funk und die Mikrophone waren. Nur Staatsmänner saßen hinten.

»Wohin jetzt, Chief?« erkundigte sich Detective Malfitano.

»Nach Hause, Louie.«

Falls Louie überrascht war, ließ er sich nichts anmerken. Er bemühte sich, ein Gespräch in Gang zu bringen, doch Eischied starrte nur gedankenverloren aus dem Fenster. Louie war eigentlich gar kein Detective; er war früher Verkehrsstreife gefahren. Den Job als Detective verdankte er allein der Tatsache, daß er in der selben Gegend wie Eischied wohnte. Als Eischied Chief of Detective wurde, fiel ihm zugleich das Recht zu, rund um die Uhr zwei Fahrer zu seiner Verfügung zu haben. Für diesen Job waren zwei Planstellen im Detective-Rang vorgesehen. Da der Dienstwagen des Chief of Detective Tag und Nacht einsatzbereit sein mußte, war die wesentliche Voraussetzung, den Job zu bekommen, daß die beiden Fahrer im selben Revier wie der Chief wohnten.

Er entschied sich also für Louie, der sich über Nacht plötzlich zum Detective befördert sah; der Traum seines Lebens, und unter normalen Umständen unerreichbar für ihn. Louie war gerade clever genug, einen Wagen zu fahren oder Parkzettel zu verteilen. Er war kein Detective, obwohl er das höhere Gehalt, den Rang und die Goldplakette hatte. Diese Goldplakette war der Traum eines jeden Streifenpolizisten, und es gab sicher zwanzigtausend davon, die befähigter gewesen wären als Louie. Aber Louie hatte eine, und sie nicht. Und überhaupt, das Leben ist ungerecht – oder vielleicht nicht? Eischied fragte sich das immer wieder. Dieselbe Frage – dieselbe Antwort. Zum hunderttausendsten Male.

Eischied starrte dumpf aus dem Fenster und ertappte sich dabei, wie er den Kopf schüttelte.

»Haben Sie was gesagt, Chief?«

»Nein.«

Eischied lebte in einem sogenannten Studioappartment, nur einen halben Block vom Central Park entfernt. Als er aus dem Wagen stieg, warf er einen düsteren Blick auf das Haus, in dem er zu Hause war. Was hoffte er dort drinnen zu finden? Nichts konnte bedrückender sein, als vier Wände. Falsch. Das Gefängnis war bedrückender: drei Wände und eine Gitterfront.

Kurz entschlossen steuerte er seine Schritte in Richtung auf den Park und ließ Louie, vor einem Feuerhydranten geparkt, zurück. Er hatte Louie nicht gesagt, wohin er ging, oder wann er wiederkam. Warum sollte er auch? Ein Chief of Detectives war nicht verpflichtet, seinem Fahrer zu erklären, was er tat.

Er stapfte durch den Park und ließ seinen Gedanken freien Lauf. So war es nun mal: die Schwarzen waren zur Zeit *das* kriminelle Element der Stadt. Das waren die Tatsachen. Tatsachen, denen die Weltverbesserer und Liberalen nicht gerne ins Auge sahen. Auch der Bürgermeister weigerte sich, sie zu akzeptieren. »Nicht die Schwarzen sind es, die die meisten Verbrechen begehen«, pflegte er zu sagen, »es sind die Armen.«

›Na schön‹, dachte Eischied, ›aber heutzutage sind die meisten Schwarzen auch arm.‹ Das war eine Tatsache, und ein Kriminalbeamter hatte sich mit Tatsachen auseinanderzusetzen.

Doch Eischieds Gedanken weigerten sich, bei Tatsachen zu bleiben. Immer wieder kehrten sie zu ihm selbst zurück; zu seinem eigenen Leben, zu seinem persönlichen Kummer. Er wußte nicht, was Klopfman Chief Palmer erzählen würde. Und er wußte nicht, was seine Ex-Frau Chief Palmer erzählen würde. Er wünschte, er könnte sich mit Palmer zusammensetzen und mit ihm reden – von Cop zu Cop. ›Seit dreißig Jahren sind wir jetzt zusammen in diesem Job‹, würde er sagen. ›Gib mir eine Chance. Du hast es in der Hand, mich zu ruinieren, oder mich zu retten; es hängt nur davon ab, wie du Klopfman und seinen Verkäufer, und wie du meine Ex-Frau verhörst. Du könntest den Leuten zum Beispiel Angst einjagen. Die Leute haben Angst vor Polizisten, und jedem Detective ist es ein Leichtes, Leute unter Druck zu setzen und in die Enge zu treiben, bis sie unsicher werden und ihre Aussage brüchtig wird. Es hängt vom Ergebnis deiner Untersuchung ab, was aus meinem Leben wird.‹

Eischied blieb stehen und starrte über den Park hin nach Süden, wo die schroffen Zacken der Skyline Manhattans in den Himmel ragten, wilder und schöner als jede Felsformation in irgendeinem Nationalpark. Das war seine Stadt, die Stadt, die er immer geliebt hatte, und ihr Anblick konnte selbst jetzt sein Herz erwärmen – wenn auch nicht für lange.

Er ging weiter, überquerte die Rasenanlagen, wo die Jungs hinter schwarz-weiß gemusterten Fußbällen herjagten. In Eischieds Jugend hatte es in New York keinen europäischen Fußball gegeben. Vielleicht spielten irgendwo ein paar verweichlichte Muttersöhnchen Fußball; ein richtiger Junge aber ganz bestimmt nicht. Ein richtiger Junge spielte American Football auf der Straße. Mit Tennis, einem anderen heute sehr populären Sport, war es genauso. Nur Schwule spielten damals Tennis. Wenn man einen Jungen mit einem Tennisschläger sah, hieß das, er war schwul – es sei denn, er hatte ihn geklaut.

Diese Stadt veränderte sich ständig; und jeder, der in ihr lebte, veränderte sich ebenfalls. Menschen aus anderen Städten kamen hierher und übernahmen die Führungspositionen der großen Firmen; sie herrschten über ganze Industrie-Imperien. Und für die Menschen, die hier geboren waren, blieben die schlechteren Jobs übrig. Eischied war New Yorker und er war stolz darauf. Er war in seinem Beruf und in seiner Stadt bis an die Spitze der Hierarchie aufgestiegen, und war einer der höchsten Beamten der Exekutive, die hier geboren und aufgewachsen waren. Natürlich existierte bei der Polizei nicht die Konkurrenz der Fremden und Zugezogenen. Die Cops von New York waren samt und sonders

New Yorker, die über die Stadt wachten, in deren Straßen sie gespielt hatten. Die Stadt selbst war ein wichtiger Aspekt der Solidarität, die sie füreinander empfanden. Wenn die Verbundenheit zu New York auch mit ein Beweggrund war für die Geringschätzung, die die New Yorker Coops allen Fremden, Außenseitern, Opportunisten und Minoritäten entgegenbrachten, dann war dies nicht zu ändern. Zumindest fielen in der Regel die Cops von New York nicht übereinander her. Leider geschah es manchmal doch; vor allem in den höheren Etagen der Hierarchie.

Sobald es sich herumgesprochen haben würde, daß Eischied out war, würde keiner seiner Offizierskollegen auch nur einen Finger für ihn rühren.

Eine Welle von Selbstmitleid, klebrig wie Schweiß, überflutete Eischied. ›Die Welt, in der wir leben, hat keine Moral‹, dachte er. Wieso erwartete man sie ausgerechnet von ihm? Er fühlte sich wie ein Mann, den man an den Pfahl gebunden hatte. Die Augenbinde hatte man ihm bereits angelegt. Hinter den Gewehren standen seine »Freunde«, und er wartete nur mehr darauf, daß die Kugeln seinen Leib durchbohrten.

Man war dabei, sein Leben zu zerstören. Und wem hatte er das alles zu verdanken? Sich selbst hatte er das zu verdanken; sich selbst ganz alleine.

Er setzte seinen Weg fort und trottete mit niedergeschlagenen Augen unter den Bäumen des Parks dahin. Trotzdem entging ihm nichts, denn schließlich war er Kriminalbeamter. Auch das Mädchen, das ihren Hund spazieren führte, entging seiner Aufmerksamkeit nicht. Der Hund sprang freudig erregt um sie herum. Sie hatte ein hübsches Gesicht, lebhafte Augen und lange Haare. Und einen schönen Busen. Einen Hund im Park spazieren zu führen, war eine der einfachsten Arten, ein Mädchen aufzureißen. Es war leicht, ein Gespräch über Hunde anzufangen. Man brauchte nicht einmal einen Hund – eine Leine genügte. Eischied erinnerte sich an den Typen, der vor Jahren hier im Park mehrere Frauen vergewaltigt hatte. Er näherte sich ihnen mit dem

Trick, sein Hund sei ihm entlaufen. Sie wollten ihm helfen, den Hund zu finden, und einigen kostete das ihr Leben. Leichtgläubige, romantische Närrinen. Eischied und zwei Kollegen hatten damals den Mörder mit Schrotflinten hier im Park gestellt.

Vielleicht war Eischied zu früh in seinem Leben mit den Ausschweifungen der menschlichen Gesellschaft in Berührung gekommen. Und einigen davon – wie zum Beispiel irgendwelche heiße Frauen aufzutun – war auch er erlegen. Nun war er ein geschiedener Mann. Obwohl er unter den zweiunddreißigtausend Cops der Stadt eine privilegierte und von allen beneidete Position einnahm und eine Menge interessanter, im Licht der Öffentlichkeit stehender Menschen kannte; obwohl er ein begehrter Fang für jede Gastgeberin war, war er im Grunde genommen einsam. Es gab niemanden, der ihn wirklich liebte, davon war er überzeugt; wahrscheinlich nicht einmal jemanden, der ihn ganz gut leiden mochte, und ganz gewiß keinen, der seinen Sturz bedauert hätte.

Er war allcine und kämpfte ums Überleben.

Er verließ den Park auf der gegenüberliegenden Seite, überquerte die 70. Straße und lief weiter nach Osten. Zu seiner Linken lag das Frick-Museum, das eine der schönsten und wertvollsten Kunstsammlungen der Welt beherbergte, die sich früher einmal im Privatbesitz eines einzigen Mannes, eines gewissen Henry Clay Frick, Stahlmagnat seines Zeichens, befunden hatte.

Eischied betrachtete die Bürgerhäuser, an denen er vorbeilief; massiv und protzig gebaut, aus Sandstein oder aus Backstein. Viele der Fassaden und die meisten der Portale waren mit verwitterter Ornamentik verziert. Er liebte es, durch die Straßen von New York zu laufen. Er liebte diese Stadt, denn sie war ein Teil von ihm, und er ein Teil von ihr.

Diese Gegend der Stadt hatte einen ganz anderen Charakter, als die, in der Eischied wohnte. Drüben, in der Nähe des Lincoln Centers, wo er lebte, war immer etwas los. Hier, auf der anderen Seite des Central Parks waren die Straßen von Bäumen gesäumt und ruhig. Es roch nach Geld. Schmiedeeiserne Zäune umgaben die Häuser, und kunstvoll gearbeitete Türklopfer waren gang und gäbe. Die Gehsteige waren von Hundedreck übersät; ein sicheres Anzeichen für eine reiche Wohngegend. Die Reichen hatten Hunde gern.

Ein Stück die Straße hinab parkte eine schwarze Cadillac-Limousine in zweiter Reihe. Es war der Wagen des Distriktsstaatsanwalts, wie an dem Nummernschild ›DS – 10‹ unschwer zu erkennen war. Was suchte der Staatsanwalt um diese Zeit in dieser Gegend? überlegte Eischied. Eigentlich wohnte er weiter oben, am Riverside Drive; dort, wo die beiden Cops erschossen worden waren. Eischied schüttelte über sich selbst den Kopf. Konnte dieses, zum kriminalistischen Denken geschulte Gehirn, denn nie abschalten? Schließlich ging ihm der Distriktsstaatsanwalt gar nichts an.

Genau in diesem Augenblick wurde die nächste Haustür vor Eischied geöffnet, und der Staatsanwalt trat auf den Gehsteig. Es gab keine Möglichkeit, ihm aus dem Weg zu gehen.

»Hallo Earl, wie geht es Ihnen?«

Eischied ergriff die ausgestreckte Hand und ein Gedanke zuckte durch sein Gehirn: ›Das ist die Hand des Mannes, der das Strafverfahren gegen mich eröffnen wird!‹

Der Distriktsstaatsanwalt machte eine freundliche Bemerkung, und Eischied tat es ihm gleich.

»Die Pflicht ruft«, sagte der Staatsanwalt und stieg in seinen Cadillac. Eischied sah ihm nach. 40 000 Dollar hatte der Mann im Jahr – plus Dienstcadillac mit Chauffeur und den Genuß all der Macht. Leute, die glaubten, Staatsbeamte seien unterbezahlt, irrten sich. Er selbst verdiente weniger und konnte nicht behaupten, unterbezahlt zu sein.

An der Madison Avenue blieb Eischied stehen. Er hatte keine Lust mehr, weiterzugehen; zurück wollte er allerdings auch nicht. Unentschlossen stand er an der Bordsteinkante. In der Ferne hörte er eine Polizeisirene heulen, und sein Herz schlug höher. Irgendwo erklang ein ungeduldiges

Hupkonzert – ein weiteres Problem, für das die Polizei zuständig war. Eine junge Frau eilte an ihm vorüber. Sie trug einen großen Strauß Blumen, der in grünes Seidenpapier eingewickelt war.

Eischied machte auf dem Absatz kehrt und schlenderte nach Hause zurück. Louie stand neben dem Wagen und berichtete aufgeregt: »Der PC hat versucht, Sie zu erreichen, Chief! Ein neuer Banküberfall durch FEAR!«

Eischied erwiderte nichts.

›Soll der PC den Fall doch alleine lösen‹, dachte er schadenfroh.

Ohne ein weiteres Wort zu verlieren betrat er das Haus. In seiner Wohnung rauchte er eine Zigarre nach der anderen. Unruhig lief er auf und ab. Alle paar Minuten klingelte das Telefon, doch er hob nicht ab.

Es gab eine Frau in seinem Leben, die er des öfteren traf; mit ihr hatte er sich für diesen Abend zum Essen verabredet. Er spielte mit dem Gedanken, alles abzusagen, doch dann führte er sie doch in ein Restaurant in Midtown. Er war absolut nicht in der Stimmung, charmant zu sein, doch andererseits wollte er den Abend auch nicht alleine verbringen.

Der Besitzer des Restaurants kannte ihn und stolperte schier über die eigenen Füße, als sie das Restaurant betraten. Die Rechnung würde höchstens die Hälfte dessen betragen, was ein normaler Gast für das Dinner zu zahlen hatte. Auch das war gegen das Gesetz – wie Eischied sehr wohl wußte. Den gleichen Bonus gab der Besitzer an Schauspieler und Opernsänger, die bei ihm dinierten; doch für die war das völlig legal.

Seine Begleiterin war zehn Jahre jünger als Eischied und ebenfalls geschieden. Sie hieß Florence Kowski und war sehr stolz auf ihre üppigen Formen. Seit mehr als einem Jahr war er mit keiner anderen Frau zusammen gewesen, und er hegte den Verdacht, daß Florence nicht abgeneigt wäre, erneut zu heiraten. Doch Eischied war ein gebranntes Kind und war nicht besonders darauf versessen, ein zweitesmal das Wagnis einer Ehe einzugehen.

Florence war eine angenehme Person, intelligent und gut im Bett, doch an diesem Abend hatte Eischied ihr nicht viel zu sagen, und sie bemerkte sehr bald, daß er ziemlich niedergeschlagen war.

Als sie aus dem Restaurant kamen, wartete Detective Malfitano mit dem Wagen vor dem Eingang. Stumpfsinnig wie ein angepflockter Gaul hatte er zweieinhalb Stunden ausgeharrt.

»Ich nehme den Wagen«, brummte Eischied.

Er fuhr mit Florence davon, und Detective Malfitano sah ihnen ergeben nach.

»Du warst nicht gerade nett zu ihm«, bemerkte Florence.

»Er ist mein Fahrer. Weshalb sollte ich nett zu ihm sein?«

»Übrigens bist du auch zu mir nicht gerade nett gewesen.«

»Ich hab den Kopf voller Probleme.«

»Das ist kein Grund, so bärbeißig und grob zu sein.«

Als er den Wagen vor ihrem Haus eingeparkt hatte, drehte er sich halb zu ihr und sagte: »Ich komm noch mit rauf, ja?«

Auf der Konsole zwischen ihnen krächzte der Polizeifunk. Die leidenschaftslose Stimme aus der Zentrale schnarrte: »Bewußtloser Mann. Fifth Avenue Ecke 42. Straße. Notruf 12 – wahrscheinlich Herzanfall...«

Nicht weit von ihnen lag ein Mann im Sterben, doch Eischied hatte anderes im Sinn. Er sah Florence erwartungsvoll an. »Und wenn ich mich nicht danach fühle?« erwiderte sie gereizt.

»Bitte, laß diese Spielchen heute abend.«

»Du glaubst anscheinend, du könntest über mein Leben verfügen, wie es dir gefällt. Wenn du es genau wissen willst: ich habe davon allmählich die Nase voll!«

Eischied war nicht unbedingt an Sex interessiert heute abend; was er suchte, war Trost und Geborgenheit – obwohl das eine ja nicht unbedingt das andere ausschließen mußte. Er hatte Angst, alleine in seine trostlose Wohnung zurückzukehren.

Der Polizeifunk krächzte erneut los; diesesmal war es nicht die teilnahmslose Stimme aus der Zentrale, sondern die vor Angst schrille Stimme eines Cops, der am anderen Ende der Stadt in sein Mikrophon schrie: »Die Täter rennen die Charlton Street hinab! Hallo Zentrale! Schickt Verstärkung! Hallo Zentrale!«

Eischied hätte zwar brennend interessiert, was dort oben vorgefallen war, und wie die Sache ausgehen würde, doch er beugte sich vor und stellte den Funk leiser. »Normalerweise ist es eigentlich viel ruhiger um diese Zeit«, sagte er und versuchte, seiner Stimme einen versöhnlichen Klang zu geben.

»Es ist mir ein Rätsel, wie du mit dieser ständigen Gewalt und dem Unglück anderer Menschen leben kannst«, sagte Forence kopfschüttelnd.

Eischied versuchte mit halbem Ohr zu verstehen, was aus dem Hilferuf des Cops geworden war, doch der Funk war zu leise. »Ich brauche dich, heute Nacht, Florence«, sagte er gepreßt. Und da er bereits den ersten Schritt getan hatte, seine Schwäche einzugestehen, fügte er hinzu: »Mir geht es verdammt beschissen...«

»Wenn sich ein Mann ausweinen will, dann sollte er eigentlich zu seiner Frau gehen – und nicht zu seiner Freundin«, sagte Florence spitz.

»Florence, ich...«

Eischied, der ihre Hände ergriffen hatte, ließ sie wieder los und wandte sich ab.

Die Innenbeleuchtung ging an. Florence, die die Tür bereits halb geöffnet hatte, zögerte. Doch Eischied starrte geradeaus auf das Heckfenster des vor ihm parkenden Wagens.

Florence stieg aus. »Ruf mich an, wenn es dir besser geht.« Ihre Stimme klang kühl, doch Eischied erkannte in ihr ihre Unzufriedenheit, und die Bitterkeit der ganzen Welt. »Wir gehen dann zusammen aus und machen uns einen schönen Abend.«

Die Tür fiel zu, und Eischied war mit seinen Ängsten und Hoffnungen alleine. Er war depremiert. Er sah ihr nach. Unter ihrem kurzen Jäckchen wiegten ihre Hüften einladend, als sie in der Haustür verschwand. Er wollte hinter ihr herlaufen, sie bitten, doch er blieb sitzen und schloß die Augen.

Ein schier endloser Abend lag vor ihm – und danach eine endlose Nacht. Er drehte den Polizeifunk wieder an, doch alles war still. Der Notruf war erledigt – mit welchem Ausgang auch immer.

Er überlegte, ob er noch in eine Bar gehen sollte, um vielleicht ein Mädchen aufzugabeln, doch dann verwarf er diesen Gedanken wieder. Der Aufwand erschien ihm einfach zu groß.

Es gab keinen Freund, zu dem er gehen konnte. Niemanden, mit dem er über die schreckliche Situation, in der er steckte, reden konnte.

Wenn es tatsächlich menschliche Nähe war, die er brauchte, dann konnte er sie ebensogut in irgendeinem Polizeirevier der Stadt finden. Er würde dort mit den Cops quatschen... Dieser Gedanke richtete ihn wieder etwas auf, und er fuhr hoch ins 32. Revier in Harlem. Das 32ste war in einem verkommenen, abbruchreifen Kasten untergebracht und lag in einer schäbigen Gegend. Nach Mitternacht war dort immer am meisten los. Er setzte sich in den Dienstraum im ersten Stock und sah zu, wie die Festgenommenen hereingebracht und vernommen wurden. Ausnahmslos Schwarze natürlich. Junkies, Nutten, Autodiebe, ein Einbrecher, zwei Typen, die bei einem Raubüberfall erwischt worden waren.

Die Ganoven waren austauschbar; ebenso die Kriminalbeamten. Er sah zu, wie Detectives in Hemdsärmeln mechanisch und ungerührt die Fingerabdrücke ihrer Gefangenen nahmen, wie scheinbar unzählige Finger über das Tintenkissen gerollt und dann auf das Papier gedrückt wurden. Er beobachtete die Festgenommenen, die wie Bewerber für einen Job vor den Schreibtischen saßen und Fragen beantworteten, während die Beamten mit zwei Fingern die Aussagen ins Protokoll tippten. Bis Mitternacht saßen bereits acht Gefangene in dem Käfig, der an den Dienstraum angrenzte. Einer von ihnen, ein Junkie, hockte mit angezogenen Beinen auf dem Boden und döste gegen die Wand gelehnt vor sich hin. Die anderen standen am Gitter und starrten Eischied aus ihren dunklen Augen vorwurfsvoll an, als würden sie ihn persönlich wegen irgend etwas anklagen...

Nach einer Stunde etwa begann Eischied mißtrauisch in Richtung der Zelle zu schnuppern. Der unverkennbare Geruch nach menschlichen Exkrementen verpestete die ohnehin dicke Luft. Der Junkie döste inzwischen ganz allein in seiner Ecke. Die anderen Gefangenen waren, so weit es die Zelle erlaubte, von ihm abgerückt.

Einer der Detectives sah von seiner Schreibmaschine auf, schnupperte angeekelt und bellte: »Wer hat hier in den Käfig geschissen, verdammt?«

Keiner der Detectives war bereit, den Junkie aus seiner Scheiße zu holen, und sie riefen den Streifencop, der ihn verhaftet hatte. Schließlich war es sein Gefangener, und er sollte ihn gefälligst selbst in die Toilette schaffen und sauber machen.

Der Cop kam mit offenem Uniformhemd in den Dienstraum gestapft. Darunter trug er ein rotblau kariertes Hemd. Mißtrauisch spähte er in den Käfig, und sein Mund verzog sich vor Ekel.

Eischied brach in ein irres und völlig unvermitteltes Lachen aus.

Gegen zwei Uhr morgens fühlte er sich etwas besser, fuhr nach Hause und legte sich schlafen. Er hatte einen Alptraum, in dem Chief Palmer erbarmungslos jeden Fehltritt seines Lebens ans Licht zerrte, weil seine Ex-Frau ihm alles erzählt hatte.

11

Sie hatte ihn erwartet. Chief Palmer fiel auf, daß sie sich sorgfältig zurecht gemacht hatte. Es war erst früher Nachmittag, doch sie sah aus, als wollte sie in einen Nachtclub gehen. Sogar beim Friseur war sie gewesen. Palmer war klar, daß sie auf seine Fragen vorbereitet war.

Früher oder später in ihrer Laufbahn lernten alle Cops behördeninterne Affären zu fürchten. Auch ihre Frauen lernten dies.

Palmer versuchte sein entwaffnendstes Lächeln. »Hallo, Betty«, sagte er und strahlte sie an. »Lange nicht gesehen.«

Er überlegte, ob er sie zur Begrüßung küssen sollte, doch sie erwiderte sein Lächeln nicht, und er ließ es bleiben.

Palmer hatte schon vor langem die Erfahrung gemacht, daß Polizisten eine ungeliebte und von ihren Mitmenschen mit Ablehnung behandelte soziale Gruppe waren. Nur in Familien anderer Cops war man willkommen. Doch wer polizeiinterne Angelegenheiten zu untersuchen hatte, dem wurde selbst dieser Trost verweigert.

Sie bat ihn hereinzukommen, und im Wohnzimmer fragte sie ihn, ob er etwas trinken wolle.

Sie war äußerst reserviert, und in ihrem Gesicht war nicht zu erkennen, was sie empfand. Ihre ostentativ zur Schau getragene Verschlossenheit und der Anlaß seines Besuches vermittelten Palmer ein bedrückendes Gefühl des Unbehagens.

»Danke, gerne«, sagte er aufgeräumt. »Es ist ja schon recht spät am Tag, und wir können so tun, als wäre ich nicht mehr im Dienst.« Doch es war nicht spät, und beide wußten, daß er im Dienst war.

»Was darf ich anbieten?«

»Scotch mit etwas Eis, Betty. Wie früher – Scotch mit wenig Eis.«

Sie machte sich an der Hausbar zu schaffen, doch sie ließ ihn keinen Moment lang aus den Augen.

»Sie sehen gut aus, Betty. Wie geht's dem Jungen? Wie lange ist das nun eigentlich schon her, daß wir uns das letztemal gesehen haben?«

»Es muß zehn Jahre her sein«, erwiderte Betty Eischied und reichte ihm seinen Drink.

»Ja, das muß in der Zeit gewesen sein, als Earl und ich zusammen im Raubdezernat drüben in Queens waren – wenn ich mich recht erinnere.«

Sie erwiderte nichts.

»Auf Sie, Betty«, sagte Palmer und nahm einen kräftigen Schluck.

Sie nahm keinen Moment den Blick von ihm.

»Ja, ja. Die Zeit vergeht«, sagte Palmer hilflos. Ihr Verhalten machte ihn nervös. Er hatte gehofft, sie würde ihn wie einen alten Freund begrüßen. Statt dessen saß sie ihm steif und mißtrauisch gegenüber. Sie hatte beide Arme über der Brust verschränkt und beobachtete ihn, als sei er eine gefährliche Schlange.

In der Polizeiakademie hatte er gelernt, daß man eine Untersuchung wie diese am geschicktesten mit einer belanglosen Unterhaltung beginnt.

Nach einem kräftigen Schluck sagte Palmer: »Earl sagte mir, er würde Sie besuchen.« War Earl bereits hier gewesen? Was hatte er ihr gesagt? Es war wichtig, diesen Umstand zunächst zu klären. »Er war bereits hier, und ist gleich wieder gegangen. Hab' ich recht?«

»Möchten Sie noch etwas Eis in den Scotch?« erkundigte sich Betty Eischied, doch sie machte keinerlei Anstalten, Eis zu holen. Statt dessen sah sie ihn weiter unverwandt an.

Palmer nahm einen neuen Anlauf: »Hat Earl Ihnen erklärt, worum es geht?«

Das war fast dieselbe Frage. »Warum erklären Sie es mir nicht?« entgegnete Betty Eischied.

»Sie sind noch immer die typische Frau eines Polizisten«, lachte Palmer gezwungen.

Auch auf diese Bemerkung ging sie nicht ein, und Palmer war sich nicht einmal mehr sicher, ob sie tatsächlich auf seinen Besuch vorbereitet worden war, und wie weit eine Absprache stattgefunden hatte. Er sah sein Konzept vereitelt und zog sein Notizbuch für die offizielle Vernehmung hervor.

Palmer kam auf den in Frage kommenden Tag im letzten Sommer zu sprechen. »Es ist wichtig, Betty, daß Sie sich genau erinnern. Es war der Tag nach dem Mord an den beiden Streifenbeamten. Ist an diesem Tag etwas Ungewöhnliches vorgefallen?«

Sie parierte seine Frage geschickt. »Was verstehen Sie unter ungewöhnlich?« fragte sie.

»Haben Sie an dem Tag zum Beipiel Earl gesehen?« Zu wissen, welche Art von Beziehung noch immer zwischen ihr und Earl existierte, würde ihm auf jeden Fall weiterhelfen.

»Ob ich ihn sehe oder nicht, ist in keinem Fall etwas Ungewöhnliches.«

Palmer nickte und nippte an seinem Glas. »Haben Sie ihn also an jenem Tag gesehen? Oder mit ihm gesprochen?« fügte er hinzu.

»Warum sagen Sie mir nicht klipp und klar, was das alles soll?« entgegnete Betty Eischied.

Palmer griff erneut nach seinem Glas und dachte nach. Sie war die Ex-Frau eines Polizisten, und wenn er überhaupt etwas erfahren wollte, mußte er ihr zumindest zum Teil reinen Wein einschenken. Die Frage war nur, wieviel er ihr sagen durfte.

»Gegen Earl ist Anzeige erstattet worden«, sagte Palmer und ergänzte hastig: »Nichts Ernsthaftes... eine belanglose Sache. Nichts, worüber Sie sich den Kopf zerbrechen müßten.«

»Es gibt keine belanglosen Anzeigen.«

»Doch, doch das ist durchaus denkbar...« verteidigte sich Palmer.

»Nicht gegen einen Polizisten.«

Palmer würde ihr mehr erzählen müssen. Und ob sie ihm dann sagte, was er von ihr zu erfahren hoffte, hing ganz allein davon ab, was sie noch immer für Earl empfand.

Er erklärte ihr in groben Zügen, was geschehen war. Sie gab keinen Kommentar sondern beobachtete ihn nur starr. Leider sei es nun seine Aufgabe, sagte Palmer entschuldigend, herauszufinden, was es mit diesen beiden Anzügen auf sich habe.

»Sie meinen, ob Earl von jemandem diese zwei Anzüge angenommen hat?«

»Ich frage Sie also: hat Ihres Wissens Earl damals Ihrem Sohn einen Anzug gekauft, oder nicht?«

Die offizielle Vernehmung hatte längst begonnen. Palmer stellte seine Fragen, und sie beantwortete sie mit so wenig Worten wie möglich. Er konnte nicht behaupten, daß ihre Antworten unbedingt feindselig gewesen wären, doch sie sagte keine Silbe mehr, als unbedingt nötig. Es war kein leichter Job für Palmer, aber sie ging wenigstens auf seine Fragen ein: emotionslos und mit unbewegter Miene.

Palmer hatte Betty Eischied stets gern gemocht, und er hatte sich sogar gefreut, sie wiederzusehen, doch diese Vernehmung entwickelte sich äußerst unbefriedigend. Palmer wurde allmählich ärgerlich und er beschloß, etwas mehr Druck auszuüben. Die Vergangenheit schien ihm ein geeigneter Ansatzpunkt dafür.

»Ich könnte mir vorstellen, daß es für Sie absolut keinen Grund gibt, besonders gut auf Earl zu sprechen zu sein. Soweit ich es damals mitbekommen habe, war Ihre Scheidung alles andere als eine erfreuliche Angelegenheit?«

Betty Eischied erwiderte nichts darauf.

»Welche Art von Beziehung haben Sie eigentlich inzwischen zu ihm? Würden Sie sie als freundschaftlich bezeichnen?«

Wieder gab Betty Eischied keine Antwort.

»Earl ist doch eigentlich ein netter Kerl, oder nicht?«

»Nicht, wenn man mit ihm verheiratet ist«, erwiderte sie.

Das klang schon besser. Palmer überlegte sich seine nächste Frage genau.

»Sollte es irgend etwas geben, das Sie mir in Bezug auf Earl sagen möchten, auch wenn es schon lange zurückliegt, dann sollten Sie es jetzt tun. Ich versichere Ihnen, daß ich jede Information mit größter Vertraulichkeit behandeln werde.«

»Ob er mal zehn Dollar von einem Verkehrssünder genommen hat, als er noch bei der Verkehrsstreife war, meinen Sie?«

Palmer lachte gezwungen. »So lange zurück habe ich auch wieder nicht gemeint. Ich meinte etwas, das weniger trivial ist und in die Zeit nach seinen Beförderungen fällt.«

»Sie sprechen von den Anzügen?«

»Von den Anzügen oder irgend etwas in der Art.« Er glättete eine neue Seite in seinem Notizbuch. »Davon zum Beispiel, woher er das Geld hatte, sich die Wohnung zu kaufen, in der er jetzt lebt.«

Betty Eischied sah ihn nur groß an und schwieg.

»Sie sind ihm weiß Gott nicht zu Dank verpflichtet, Betty; nach alldem, was er Ihnen angetan hat.«

»Nein, ganz bestimmt nicht«, erwiderte sie.

Das Sonnenlicht, das in goldenen Streifen durch die Jalousien fiel, hatte inzwischen die blank geputzten, schwarzen Halbschuhe Palmers erreicht. Polizistenschuhe, dachte er, als sein Blick darauf fiel. Sonnenlicht so sanft wie eine Katze, und beharrlich und hartnäckig wie ein Verhör. Und während der Mann mit den Polizistenschuhen die Befragung der geschiedenen Frau eines Kollegen fortsetzte, empfand er so etwas wie Scham, denn es war ein schmutziger Job, den er hier zu erledigen hatte; allerdings auch nicht schmutziger, als die meisten Jobs, die Polizisten sonst zu tun hatten.

Später dann brachte ihn Betty Eischied an die Tür – befangen und verwirrt wie ein Teenager. Mit einem jovialen Lächeln versuchte er, den Rest seiner Selbstachtung zu retten, und das, was von ihrer ehemaligen Vertrautheit und früheren Freundschaft übrig geblieben war. »Sie hätten Earl nie heiraten sollen, Betty«, sagte er, bemüht, galant zu sein. »Sie hätten lieber mich heiraten sollen.«

Palmer beugte sich vor, um sie auf die Wange zu küssen, doch sie wich ihm aus. Er ging. Er hatte sechs Seiten seines Notizbuchs gefüllt. Als die Tür hinter ihm ins Schloß gefallen war, zählte er die Seiten noch einmal. Er hörte, wie sie die Schlösser und Riegel vorschob, und dieses Geräusch ließ in ihm erneut die Scham aufsteigen. Aber ein bestechlicher Cop bringt uns alle in Mißkredit, beruhigte er sein Gewissen. Bereits ein einziger korrupter Polizist kann unter Umständen die Fundamente unserer gesamten Zivilisation erschüttern.

12

Eischied sah hohlwangig und übernächtigt aus. Er hatte schlecht geschlafen und zu allem Überfluß hatte er sich beim Rasieren auch noch geschnitten. Als er in das Licht der kraftlosen Herbstsonne trat, sahen die Schnittwunden auf seiner Wange aus, als hätte ihm jemand das Gesicht zerkratzt. Harold Stern, sein zweiter Fahrer, wartete bereits auf ihn; mit verschränkten Armen stand er gegen die Motorhaube gelehnt. Offensichtlich bemerkte er weder die Kratzwunden, noch Eischieds rotgerändete Augen. ›Auch so ein Super-Detective!‹ dachte Eischied mißmutig.

»n' Morgen, Chief.«

Harold hielt Eischied die Wagentür auf. Dann eilte er um den Wagen herum und setzte sich hinter das Steuer.

Harold war vom athletisch-wortkargen Typ, der nie ein Wort sagte, wenn er nicht gefragt wurde. Eischied war das nur recht – besonders heute. Schweigend steuerte Harold den Wagen über die Transversale der 65. Straße durch den Central Park und durchquerte die East Side von Manhattan. Ziemlich bald waren sie auf dem F.D.Roosevelt-Drive, der direkt zum Präsidium führte. Harold war wie jener sprichwörtliche, gute, alte Gaul, der seinen Weg in den Stall ganz alleine findet. Ohne sich mit unnötigen Fragen aufzuhalten, steuerte er geradewegs und unbeirrbar das Präsidium an. Doch das Präsidium war ein Ort, den es Eischied heute graute zu betreten.

Spontan entschloß er sich, nicht dorthin zu gehen. Schließlich erstreckte sich sein Zuständigkeitsbereich über die gesamte Stadt. Er würde heute woanders seinen Dienst tun.

Die ›Daily News‹ lag zusammengefaltet neben ihm auf dem Sitz. Eischied griff danach und schlug sie auf. Die Schlagzeilen galten einem Bankraub, der gestern in der Jewel Avenue in Queens stattgefunden hatte. Ein Bankwachmann war verwundet worden und eine der Angestellten hatte sich bei einem Sturz einen Arm gebrochen – wahrscheinlich hatten ihr vor Angst die Beine den Dienst versagt. Die Täter waren mit Schnellfeuergewehren und Handfeuerwaffen in die Bank eingedrungen und hatten die Vitrinen und die gesamte Einrichtung der Bank in Fetzen geschossen. Auf den Fotos sah das Glas auf dem Fußboden aus wie Sägespäne. Sie waren mit einer Beute von 50 000 Dollar entkommen. Bereits eine Stunde später waren bei der ›New York Times‹ und der ›Daily News‹ Botschaften eingetroffen, in denen sich die Täter zu dem Überfall bekannten. Es waren die bislang handfestesten und rhetorisch schärfsten Botschaften, stellte Eischied fest. Von Herbstoffensive war die Rede, von kapitalistischer Unterdrückung, von Eskalation der Gewalt und Guerillakrieg in den Städten. Die Stadt werde eine totale Kataplexie durchleben. Unterschrift: FEAR.

Weder der PC, noch Chief of Detectives Eischied seien für eine Stellungnahme erreichbar gewesen, kommentierte der Verfasser des Artikels.

Eischied faltete die Zeitung zusammen und warf sie auf den Rücksitz.

Die Presse würde den ganzen Tag versuchen, eine Stellungnahme der Polizei zu erhalten.

›Soll sich doch der PC damit herumschlagen‹, dachte Eischied. Der Commissioner würde die Nerven verlieren und fieberhaft nach seinem Chief of Detectives suchen. Doch er würde ihn nicht finden. Was konnte ihm der PC schon anhaben? Einen Mann, der bereits verurteilt ist, kann man nicht mehr bestrafen.

»Wir fahren heute nicht ins Präsidium, Harold.«

»Wohin dann, Chief?«

Eischied dirigierte Harold über die Brooklyn Bridge, denn dort draußen waren seine eigentlichen Kollegen, die wirklichen Cops – nicht im Präsidium. Und Eischied brauchte noch immer Verständnis und Trost. Er würde den Tag im Außendienst verbringen, wie man so schön sagt. Er würde in den verrauchten Diensträumen mit seinen Detectives herumstehen und reden – wie es die Pflicht eines jeden guten Chefs ist. Er würde die Stimmung unter seinen Leuten direkt mitbekommen und sie bei der Arbeit beobachten. Er hatte dies schon seit einiger Zeit vorgehabt, aber die Arbeit im Präsidium hatte ihm keine Zeit dafür gelassen. Heute hatte er Zeit. Heute konnte das Präsidium zur Hölle fahren, wenn es nach ihm ginge. Sollte alles gut ausgehen, würde er heute eine längst überfällige und ehrenhafte Aufgabe erledigen. Und wenn nicht, dann hatte er noch einmal die Gelegenheit, einige der Orte zu sehen, die ihm einmal sehr viel bedeutet hatten, und er könnte von ihnen auf diese Weise Abschied nehmen.

Eine Stunde später befand sich Eischied in einer Wohnung in Brooklyn und starrte auf den zerschmetterten Hinterkopf der schwarzen Frau, die zu seinen Füßen am Boden lag. Am Tatort, neben der Leiche, waren die Beamten von der Spurensicherung emsig damit beschäftigt, die Hinweise auf den Tathergang auszuwerten, während im Zimmer nebenan zwei Detectives geduldig den arbeitslosen Lebensgefährten der Toten vernahmen, der nur immer wieder hysterisch schluchzte, daß er das nicht gewollt habe. Das Opfer war etwa zweiundzwanzig, dreiundzwanzig Jahre, schätzte Eischied, kaffeebraun und recht hübsch. Noch vor ein paar Minuten war ihr Kopf nicht nur hübsch und unversehrt gewesen, sondern ganz sicher auch voller Hoffnungen und Träume.

Wie stets, wenn Eischied vor den Opfern von Gewaltverbrechen stand, redete er sich auch diesmal vergebens ein, nicht betroffen zu sein. Doch die Zigarre in seinem Mund wanderte unruhig hin und her, und seine Gedanken versuchten vage, das kosmische Rätsel des menschlichen Schicksals zu erfassen und gleichzeitig waren sie mit dem konkreten, kriminalistischen Rätsel dieser alltäglichen Tragödie beschäftigt. Teile dieses Puzzles waren meist sichtbar. Sie lagen auf dem Fußboden neben der Leiche, und die Kriminalpolizei mußte sie nur zusammenfügen – die Hinweise auf den Tathergang, nicht die zersplitterten Schädelknochen der Toten.

Ein uniformierter Cop saß auf dem Sofa, seine schwarzen Schuhe von sich gestreckt; keine zwanzig Zentimeter von der wächsernen Hand der Toten. Das Sofa war alt und verschlissen und hatte ganz sicher mehr menschliche Tragödien erlebt als die Tote, überlegte Eischied.

Der Cop schrieb etwas in sein Notizbuch. »Hübsches Ding«, sagte Eischied.

Er sagte dies einfach so dahin, und es hatte nichts mit dem zu tun, was er eigentlich empfand.

Der Cop sah von seinen Notizen auf und brummte: »Wenn man auf diese Schattierung steht.«

Eischied warf ihm ein schmutziges Grinsen zu. »Wer tut das nicht? Wie lange sind Sie schon in diesem Revier? Haben Sie noch keine von diesen schwarzen Mädchen vernascht?«

Zwei Stunden später stand Eischied mit Beamten des Bereitschaftsdienstes in einem der oberen Stockwerke eines Hochhauses in Queens, die versuchten, einen Selbstmörder von einem schmalen Sims herunter zu holen.

Es dauerte eine Stunde und fünfunddreißig Minuten, bis sie ihn überredet hatten. Eischied hatte auf die Uhr gesehen. Eine Stunde und fünfunddreißig Minuten hingen die Polizisten, so weit sie es wagten, aus dem Fenster und sprachen unentwegt auf den Lebensmüden ein:

»Eigentlich wollen Sie doch nicht springen. Warum kommen Sie nicht hier rein, und wir reden über alles?«

Keine Antwort. Springer antworten selten. Sie scheinen zu spüren, daß Schweigen ein Teil ihrer Macht ist. Und die meisten von ihnen hatten sich bisher noch nie so mächtig und im Mittelpunkt des Interesses gefühlt.

»Möchten Sie, daß wir irgend jemanden für Sie anrufen? Sind Sie verheiratet?«

Der Sims war etwa zwanzig Zentimeter breit und neun Stockwerke über dem Gehsteig, doch der Mann schien wie berauscht von seinem Mut und zeigte absolut keine Anzeichen von Angst.

»Wollen Sie, daß wir einen Priester rufen?«

Eischied, der schon mehr als einen Springer erlebt hatte, war überzeugt, daß der Mann nicht die Absicht hatte, den Schritt ins Leere zu tun; doch die Möglichkeit, daß er das Gleichgewicht verlor und abstürzte, war immer gegeben. Die einzigen, die wirklich um ihr Leben zitterten, waren die Cops, die diesen Burschen zurückholten.

Unten auf der Straße waren eine Menge Leute zusammengelaufen und starrten gebannt nach oben. Streifenwagen und ein Wagen der Feuerwehr mit halb ausgefahrener Leiter standen auf dem Trottoir.

»Was für eine Religion haben Sie? Möchten Sie mit einem Pfarrer sprechen? Oder mit einem Rabbi?«

Es klang wie die stereotypen Lügen aus einem drittklassigen Boulevardstück. Jeder Satz war vorhersehbar; genau wie das Ende der ganzen Angelegenheit. Einer der Cops stieg schließlich nach draußen und kroch auf den Sims. Der Springer zog sich vorsichtig zurück. Ein zweiter Cop hielt seinen Kollegen an den Schuhen fest; wahrscheinlich alles, was von ihm übrig bliebe, wenn er das Gleichgewicht verlor. Doch es gelang ihm schließlich, eine Hand des Springers zu fassen, und die beiden krochen langsam in das Apartment zurück. Die Beamten, die mit Seilen auf dem Dach gestanden hatten, packten ein. Der Wagen der Feuerwehr rückte wieder ab.

In der Wohnung saß der Cop, der sich auf den Sims hinausgewagt hatte, im Unterhemd und rauchte mit zitternden Händen eine Zigarette. »Der hatte nie vor, zu springen«, grinste er mühsam.

»Vielleicht doch – wenn ihr nicht gekommen wärt«, erwiderte Eischied.

Nach dem Lunch fuhr Eischied mit zwei Detectives in eine Wohnung, die ausgeraubt worden war. Die beiden Detectives verstanden ihren Job. Sie stellten die richtigen Fragen und erhielten auch die genaue Liste der gestohlenen Sachen. Sie waren geduldig und sie beruhigten das Opfer, eine etwa fünfzigjährige Witwe. Sie sagten ihr nicht, daß die Aufklärungsquote für Einbrüche in New York bei 18 Prozent lag, und die Aussichten ihr Eigentum zurückzuerhalten, noch wesentlich geringer waren. Die Frau würde ihr Tafelsilber und ihre paar Ringe und Ohrringe nie wieder sehen. Ihre Wertgegenstände und überhaupt ihr ganzer Fall würden zwar vom Computer erfaßt und registriert werden, um dann im nächsten Jahr als Teil der Verbrechensstatistiken des FBI für Großstädte zum letztenmal aufzutauchen. In den meisten solcher Fälle blieb dies das einzige Ergebnis der ganzen Übung. Doch als sie gingen, war die Frau in einer wesentlich besseren Verfassung, als bei ihrem Eintreffen. Sie hatte nun die Illusion, daß sich jemand um ihre Belange kümmerte, daß der Staat sich bemühte, das Unrecht, das ihr widerfahren war, ungeschehen zu machen – doch wie gesagt: dies war reine Illusion.

Gegen drei Uhr kauerte Eischied zusammen mit zwei Detectives in einem sehr engen Pappkarton, der direkt an der Kante eines Flachdachs, irgendwo in der Süd-Bronx, stand. Durch ein paar Löcher, die man in den Pappkarton gebohrt hatte, wurde seit zehn Tagen ein Lagerhaus auf der anderen Straßenseite überwacht. Das Lagerhaus, so glaubte man, sei ein Umschlagplatz für gestohlene Autos. Sie waren mit Ferngläsern und Walkie-Talkies ausgerüstet. Die beiden Detectives berichteten Eischied, daß sie versucht hatten, eine 16 mm Kamera bewilligt zu bekommen, um die Autos, die in das Lagerhaus fuhren, und die Lastwägen, die mit den auseinander montierten Teilen dieser Autos beladen wieder herauskamen, zu filmen. Doch man hatte ihnen gesagt, eine Filmkamera könnte nicht bewilligt werden. Dies konnte unter Umständen den Fall vor Gericht entscheidend beeinflussen, doch die beiden glaubten, inzwischen genügend Beweismaterial zu besitzen, um einen Durchsuchungsbefehl für das Lagerhaus zu erhalten.

»Gott sei Dank hat es in den letzten zehn Tagen nur ein Mal geregnet«, erzählte einer der beiden. »Der Regen an sich wäre ja nicht so wild gewesen, aber unser Pappkarton sackte über uns zusammen. Am nächsten Tag mußten wir die Pappmaché wegschaffen und einen neuen Karton aufstellen.«

Als junger Detective hatte Eischied oft auf ähnlichen Beobachtungsposten gesessen; in Attrappen wie dieser, in geparkten Autos, oder in unbewohnten Apartments. Man wartete Stunde um Stunde, und nichts geschah. Mitunter dauerte es Tage und Wochen, bis die Falle zuschnappte.

Eischied war über die Hintergründe dieses Falls informiert. Die Diebe arbeiteten auf Bestellung für Ersatzteillager und Reparaturwerkstätten. Sie lieferten für bestimmte Modelle Kotflügel, Kofferraum-, Motorhauben, und ähnliches. Sie zogen los und stahlen das Modell eines Wagens, das sie gerade brauchten. Dann montierten sie in dem Lagerhaus den Wagen auseinander und lieferten die bestellten Teile. Den Rest hielten sie auf Lager. Sobald sie sich der Teile, die Seriennummern trugen, entledigt hatten, waren sie vor der Polizei sicher.

»Gute Arbeit«, lobte Eischied die beiden Detectives.

Sie strahlten. Für sie war Eischieds sparsamer Kommentar ein großes Lob, und sie waren nun bereit, in diesem Pappkarton so lange auszuharren, wie es nötig war. Denn nun wußten sie, daß ihre Arbeit im Präsidium nicht unbeachtet blieb und geschätzt wurde.

Wie jedermann, brauchten auch Cops Anerkennung. Doch die meisten Leute haßten sie, und Lob bekamen sie nur äußerst selten zu hören; in der Regel auch nicht von ihren Vorgesetzten.

Später am Nachmittag drang Eischied in Begleitung zweier Detectives in eine Wohnung in Harlem ein, in der ein alter Mann gestorben war. Bereits unten im Treppenhaus stank es bestialisch und je höher sie stiegen, desto penetranter wurde der Geruch.

»O Gott!« stöhnte Eischied und versuchte, flach durch den Mund zu atmen.

»Der ist überreif«, brummte einer der Detectives.

In der Wohnung war der Gestank unerträglich, und Eischied gab seinen ersten Befehl an diesem Tag: »Mach doch mal einer die Fenster auf, verdammt!«

Wahrscheinlich hatte sich ein Nachbar wegen des Gestanks beschwert. Zwei Streifenwagen waren gekommen und hatten die Tür aufgebrochen. Binnen Minuten hatte der Verwesungsgeruch das gesamte Haus durchdrungen.

Einer der uniformierten Streifencops stand mit zurückgeschobener Dienstmütze im Treppenhaus. Der andere hatte sich in den Küchenausguß erbrochen und wischte sich gerade mit dem Taschentuch das Gesicht trocken.

Die Leiche, aufgedunsen und bläulich angelaufen, lag im Pyjama auf dem Fußboden des Schlafzimmers. An mehreren Stellen hatte das aufgequollene Fleisch den Pyjama zerrissen.

»Keine Anzeichen für ein Gewaltverbrechen, soweit ich sehe«, sagte einer der Detectives durch die Nase. »Oder, Chief?«

Er wollte raus hier, und Eischied konnte ihm daraus keinen Vorwurf machen. Wenn der Chief nicht dabei gewesen wäre, hätten die beiden wahrscheinlich längst das Weite gesucht.

Eischied schien das lustig zu finden und grinste: »Meinen Sie nicht, Sie sollten die Leiche zuerst mal untersuchen, ehe Sie zu diesem Ergebnis kommen?«

›Man müßte hier Ammoniak versprühen‹, dachte Eischied und kramte in dem Wandschrank herum. Er brachte einen Ventilator zum Vorschein und reichte ihn einem der Detectives. »Stecken Sie das in die Steckdose und lassen Sie ihn in Richtung des Fensters blasen. Vielleicht können wir den Gestank in den Hof blasen. Die Nachbarn sollen ruhig wissen, was hier passiert ist.«

Der Detective trat einen Schritt von der Leiche zurück. Durch das Taschentuch, das er sich vor Mund und Nase hielt, klang seine Stimme erstickt: »Keine Anzeichen von Gewalteinwirkung, soweit ich das feststellen kann, Chief.«

Zu den beiden Streifenbeamten gewandt, sagte Eischied: »Sie warten hier, bis der Leichenbeschauer eintrifft. Aber ich sehe keinen Grund, warum Sie nicht solange draußen im Treppenhaus bleiben können.«

Erleichtert sahen sich die beiden an, und die fünf Polizisten verließen die Wohnung.

Wieder draußen auf der Straße, lud Eischied die beiden Detectives zum Essen ein. Erfreut nahmen die beiden an, und Eischied bestellte in einer schäbigen Imbißstube Sandwiches und Kaffee für drei. Sie saßen mehr als eine Stunde zusammen, und Eischied hoffte, daß die beiden seine Gesellschaft ebenso genossen, wie er die ihre.

13

Der Police Commissioner saß in Hemdsärmeln hinter seinem Schreibtisch. Die drei anderen Männer in seinem Büro – Chief Inspector Emerson in Uniform, Chief Palmer und First Deputy O'Connor in Zivil – saßen ihm im Halbkreis gegenüber. Palmer hatte seinen Notizblock auf den Knien liegen, und die übrigen Anwesenden warteten gespannt auf seinen Bericht. Er blätterte in seinen Aufzeichnungen, als hätte er vergessen, worum es ging.

Er räusperte sich. »Bericht bezüglich der Anzeige gegen Chief of Detectives Eischied«, begann er.

Er warf einen kurzen Blick über den Rand seiner Brille auf den PC und fuhr fort: »Zunächst habe ich den Verkäufer in der Herrenabteilung des Kaufhauses Klopfman vernommen. Einen gewissen...« – Palmer zog seine Aufzeichnungen zu Rate – »...einen gewissen Muldaver. Muldaver ist männlichen Geschlechts, weiß, fünfundvierzig Jahre alt. Er ist verheiratet und hat drei Töchter.«

Palmer schielte erneut über den Rand seiner Brille und sah die anderen bedeutungsvoll an.

»Die Befragung fand in Klopfmans Büro statt«, fuhr er fort. »Ich hatte darum gebeten, Muldaver alleine zu sprechen, doch Klopfman bestand darauf, dabei zu sein. Er war die ganze Zeit über anwesend. Zunächst wiederholte Muldaver lediglich die Anschuldigungen, die er bereits in dem Brief an den PC formuliert hat.«

Palmer zog den besagten Brief unter seinem Notizblock hervor und hielt ihn hoch. »In diesem Brief hier. Nennen wir es Beweisstück Nummer eins. Während er die Anschuldigungen wiederholte, suchte Muldaver wiederholt Klopfmans Blick, der ihm aufmunternd zunickte. Mir fiel auf, daß Muldaver während der gesamten Vernehmung heftig schwitzte. Mehrere Male ermunterte ihn Klopfman, weiterzusprechen. Und einmal sagte er sogar ungeduldig: ›Nur zu, Claude, das ist keine Gerichtsverhandlung. Sie stehen hier nicht unter Eid. Chief Palmer will ja nur wissen, was Sie bereits in dem Brief geschrieben haben.‹ Muldaver erklärte erneut, daß Eischied in Begleitung seines Sohnes in der Herrenabteilung des Kaufhauses erschienen war und zwei Anzüge für sich und für seinen Sohn, haben wollte. Er erklärte Muldaver, daß er nicht dafür bezahlen werde, und daß Klopfman damit einverstanden sei. Dann verließ Eischied das Kaufhaus.«

Palmer warf einen Blick in die Runde und sagte: »Das sieht gar nicht nach Earl aus, wenn Sie mich fragen, meine Herren.«

Keiner erwiderte etwas darauf. Die Miene des PC blieb unbewegt, und O'Connor begann unruhig auf und ab zu gehen.

Palmer wandte sich wieder seinen Notizen zu. »Es erschien mir merkwürdig, daß ein Verkäufer einen Kunden so einfach gehen ließ, ohne Klopfman um sein Einverständnis zu fragen. Dies sagte ich auch. Doch Klopfman versteifte sich darauf, das es so und nicht anders gewesen sei.«

Chief Palmer blätterte die erste Seite seiner Aufzeichnungen um. »Nachdem ich mit Muldaver gesprochen hatte und er gegangen war, wollte ich Klopfman selbst vernehmen. Ich erklärte ihm, daß es sich um sehr ernsthafte Anschuldigungen handele, die – sollte nachgewiesen werden, daß sich Eischied tatsächlich bestechen ließ – unweigerlich zur Erhebung der Anklage, zu einer Gerichtsverhandlung und zu seiner Verurteilung zu einem Jahr Gefängnis führen würden. Ich fügte hinzu, daß nicht nur die Bestechlichkeit, sondern auch die aktive Bestechung eines Staatsbeamten vom Gesetzgeber unter Strafe gestellt sei.«

Palmer schielte erneut über den Rand seiner Brille, als erwarte er von den Anwesenden Applaus, doch keiner der drei sagte etwas. »Ich hatte den Eindruck, daß dies Klopfman nicht behagte.«

»Scheiße«, sagte O'Connor.

»Dann versuchte ich, Klopfman zu der Sache selbst zu hören, doch er erklärte, er würde ohne die Anwesenheit seines Rechtsanwalts keine Frage beantworten und ließ mich von seiner Sekretärin zur Tür bringen. Das war alles.«

»Und hiermit ist die Anklage gegen Eischied den Bach hinunter«, knurrte der First Deputy verdrossen.

Palmer konnte sich den Anflug eines Grinsens nicht verkneifen. »Als nächstes ging ich zu Betty Eischied. Wie Sie wissen, hat sie nicht wieder geheiratet. Welcher Art ihre Gefühle für Earl inzwischen sind, kann ich nicht sagen, und sie hat auch jede Stellungnahme zu diesem Thema verweigert. Auf meine explizite Frage hin gab sie an, daß sie Earl an dem besagten Tag gebeten habe – aufgrund einer günstigen Anzeige, die sie in einer Zeitung gefunden hatte – mit ihrem Sohn in das Klopfmansche Kaufhaus zu fahren, um ihm einen Anzug zu kaufen. Sie besitzt allerdings keine Kreditkarte mehr für dieses Kaufhaus. Früher jedoch, als die beiden noch verheiratet waren, hatte Betty Eischied eine Kreditkarte für Klopfman, und es ist durchaus möglich, daß Earl davon ausging, sie besäße sie noch immer. Wir können meiner Meinung nach die Möglichkeit nicht ausschließen, daß er die beiden Anzüge mit einer Kreditkarte bezahlen wollte, von der er nicht wußte, daß sie nicht mehr existiert.«

»Was sonst noch?« schnappte O'Connor ungehalten. Der PC bedachte seinen Stellvertreter mit einem nachdenklichen Blick, sagte jedoch nichts.

»Ich bestellte Detective Smallwood, der damals Klopfmans Sohn wegen Ladendiebstahl festgenommen hat, zum Rapport in mein Büro. Er hatte zunächst 'ne Heidenangst, denn er nahm natürlich an, die Untersuchung gelte ihm. Es dauerte zwanzig Minuten, bis er einigermaßen zusammenhängende Sätze von sich gab. Es stellte sich heraus, daß der Fall Kenneth Klopfman eine wirklich banale Angelegenheit war. Smallwood war bei Macy's, um nach einem Geschenk für seine Frau zu suchen. Dabei beobachtete er, wie dieser Junge wahllos irgendwelche Sachen in seinen Taschen verschwinden ließ, und er verhaftete ihn an Ort und Stelle. Laut Smallwood ein belangloser Routinefall. Niemand hat ihn je in irgendeiner Form daraufhin angesprochen; weder Earl, noch sonst irgendjemand.«

Palmer schielte wieder über seine Brille, um die Wirkung seines Berichts festzustellen. O'Connor stand am Fenster und wandte ihm den Rücken zu. Der Chief Inspector betrachtete fasziniert seine Fingernägel. Nur der PC sah Palmer an.

»Smallwood fragte mich natürlich, worum es bei der ganzen Angelegenheit überhaupt ginge, und ich mußte ihm sagen, daß es sich um eine Untersuchung wegen versuchter Bestechung handelt – ohne natürlich Namen zu nennen. Da er nicht unbedingt auf den Kopf gefallen ist, kann er sich wahrscheinlich an den zehn Fingern abzählen, worum es geht.« Palmer räusperte sich umständlich und hielt den Blick auf seine Aufzeichnungen gesenkt. »Wenn man eine Untersuchung wie diese in die Wege leitet, lassen sich gewisse Risiken nicht ganz ausschalten«, murmelte er. Er überblätterte zwei Seiten in seinem Notizblock und fuhr fort:

»Dann ließ ich mir einen Gesprächstermin bei dem Staatsanwalt geben, der im Fall Klopfman die Anklage vertrat. Ein gewisser Gotbaum, relativ jung und noch neu im Amt. Es war einer seiner ersten Fälle überhaupt. Er berichtete, daß der Fall völlig normal über die Bühne gegangen sei, und daß Smallwood bei sämtlichen Hearings vor der Verhandlung, es waren sechs an der Zahl, anwesend war; was bei der Überbelastung unserer Detectives recht selten vorkommt, soweit ich informiert bin. In der Regel versäumen sie mindestens eines, oft sogar alle der Hearings. Vielleicht sollten wir Smallwood für den Orden ›vorbildliche Dienstauffassung‹ vorschlagen, oder ihn befördern?«

Palmer wartete vergebens, daß auch nur einer der Anwesenden über seinen Scherz lachte. Sie alle schienen seinem Blick auszuweichen.

»Auch die Verhandlung gegen Kenneth Klopfman verlief normal. Es war das dritte Mal, daß er wegen Ladendiebstahl angeklagt war. Er selbst bekannte sich schuldig, und wurde zu sechs Monaten mit Bewährung verurteilt. Detective Smallwood verbrachte acht Tage im Gerichtssaal. Der Fall ist inzwischen zu den Akten gelegt.«

Palmer klappte sein Notizbuch zu und nahm seine Brille ab. »Das ist alles was ich habe, Gentlemen.«

Der First Deputy warf ihm einen mißbilligenden Blick zu. »Ich dachte, Sie würden uns Beweise liefern!« knurrte er gereizt. »Die Tonbandaufzeichnung eines desavouierenden Telefongesprächs, oder zumindest die Mitschrift von belastenden Äußerungen. Hatte Klopfman nichts dergleichen?«

»Wenn er etwas dieser Art in Händen hätte, hätte er zweifellos nicht damit hinter dem Berg gehalten«, erwiderte Palmer.

Der PC trommelte ungeduldig mit den Fingern auf seiner Schreibtischplatte.

Palmer blätterte erneut in seinen Aufzeichnungen herum. »Auf keinen Fall reichen die Ermittlungen aus, um Anklage zu erheben. Muldaver würde vor Gericht garantiert umfallen; bereits die erste Frage des Verteidigers, nämlich womit ihn Klopfman gezwungen hat, diesen Brief zu schreiben, würde dafür ausreichen. Nein, Gentlemen. Die Anzeige ist nicht aufrecht zu erhalten.«

»Trotzdem hat es Eischied getan!« fuhr O'Connor auf. »Da bin ich mir ganz sicher. Wir können es ihm nur nicht beweisen.«

Keiner der Anwesenden schien etwas zu dieser Beschuldigung zu sagen zu haben. Palmer blätterte in seinen Aufzeichnungen, der Chief Inspector war noch immer von seinen Fingernägeln hingerissen, und der PC wickelte umständlich einen Kaugummi aus.

»Haben Sie tatsächlich sämtliche Möglichkeiten ausgeschöpft?« knurrte O'Connor Palmer an.

»Ja.«

»Zumindest hat die Presse nichts davon erfahren«, ließ sich der PC hinter seinem Schreibtisch vernehmen. »Das ist immerhin etwas Positives.«

First Deputy O'Connor ließ sich das Heft nicht aus der Hand nehmen. »Na schön«, sagte er. »Betrachten wir die Ermittlungen als vorläufig eingestellt.«

Palmer sah verblüfft auf. Der Chief Inspector zeigte keinerlei Regung. O'Connor komplimentierte die beiden aus dem Büro.

Als er mit dem PC alleine war, schüttelte er mißmutig den Kopf. »Wir könnten ihn trotzdem zwingen, seine Kündigung einzureichen.«

»Und wenn er sich weigert?«

»Dann setzen Sie ihn als Chief of Detectives ab.«

Dem PC schien dieser Gedanke nicht so recht zu behagen. »Dann kommt auch diese ganze Klopfman-Geschichte ans Licht«, wandte er ein. »Die Presse wird fragen, warum er nicht verurteilt wurde. Keiner wird Palmers Untersuchungen Glauben schenken, und man wird annehmen, wir wollen Eischied reinwaschen. Es gäbe einen fürchterlichen Wirbel, einen Skandal, den wir uns nicht leisten können.« Der PC dachte vor allem auch an sich selbst, und was von einem Skandal wie diesem an ihm haften bliebe; möglicherweise wäre auch er gezwungen, zurückzutreten.

Ruhig und emotionslos diskutierten sie, was zu tun sei, kamen jedoch zu keinem Ergebnis. Vorläufig waren ihnen die Hände gebunden, und sie würden alles so belassen, wie es im Augenblick war. Palmers Untersuchung hatte keinen Staub aufgewirbelt. Er hatte Klopfman und Muldaver einen gehörigen Schrecken eingejagt, und die beiden würden sich aller Wahrscheinlichkeit nach still verhalten. Und die Möglichkeit, daß Staatsanwalt Gotbaum Eischieds Namen mit Palmers Fragen in Zusammenhang brachte, bestand kaum. Blieb also nur Detective Smallwood, der unter Umständen einen Verdacht hegte, worum es ging; im Grunde genommen jedoch nichts wußte.

»Irgendwann wird sich schon noch eine Gelegenheit bieten, Eischied loszuwerden«, tröstete sich der PC.

»Er ist auch nicht anders, als alle diese Karriere-Cops«, fügte O'Connor hinzu. »Bestechlich und käuflich!«

»Sachte, sachte«, mahnte der PC. »So kraß sollten sie es auch wieder nicht sehen.«

»Die stecken doch alle unter einer Decke«, knurrte O'Connor. »Und eine Krähe hackt der anderen kein Auge aus.«

»Das ist schließlich der Grund, weshalb Sie und ich hier sind. Früher oder später wird sich das alles ändern.«

»Na schön«, sagte O'Connor versöhnlich. »Ich würde vorschlagen, wir versuchen in einem Monat noch einmal, ihn auszubooten.«

»Und was werden wir ihm inzwischen erzählen?« fragte der PC. »So wie es aussieht, können wir ihm im Moment nichts am Zeug flicken. Wahrscheinlich hat er die letzten Nächte nicht besonders gut geschlafen. Wollen wir ihn erlösen?«

»Nein«, knurrte O'Connor. »Sagen Sie ihm gar nichts. Der Hundesohn soll ruhig Blut schwitzen!«

Eischied zwang sich drei weitere Tage zur Geduld, dann hielt er es nicht mehr aus und rief Palmer an.

»Ich dürfte Ihnen eigentlich gar nichts sagen, Earl.«

»Was zum Teufel soll das nun wieder bedeuten?«

»Nach First Deputy O'Connor sind die Ermittlungen noch nicht abgeschlossen und nur vorläufig eingestellt.«

Diese vorsichtige Antwort genügte Eischied, um auf das Ergebnis der Ermittlungen schließen zu können: sie waren so verlaufen, wie er gehofft hatte. Das Belastungsmaterial reichte nicht aus, um ihn zu Fall zu bringen.

Doch er wollte ganz sicher gehen: »Warum sagen Sie mir nicht klipp und klar, was los ist?«

»Das kann ich nicht, Earl.«

Eischied fühlte den Zorn in sich aufsteigen. »Was haben Sie gegen mich? Können Sie sich überhaupt vorstellen, was ich in den letzten Tagen durchgemacht habe?! Sagen Sie mir nur eines: sind zur Zeit noch irgendwelche konkreten Ermittlungen gegen mich im Gange?«

»Zur Zeit nicht. Nein.«

»Danke.«

»Gern geschehen, Earl. Und noch etwas: Seien Sie auf der Hut! Die können Sie nicht besonders gut leiden.«

Im Hochgefühl der guten Nachrichten drang diese Warnung gar nicht bis in Eischieds Bewußtsein vor. Mit einem tiefen Seufzer der Erleichterung legte er den Hörer auf.

Als Lieutenant Fitzgerald mit einigen Papieren zur Unterzeichnung in Eischieds Büro kam, hatte Eischied die Beine auf den Schreibtisch gelegt und zündete sich soeben eine Zigarre an. Genüßlich paffte er den Rauch gegen die Decke.

»Was halten Sie davon, Red: könnten Sie Ihre kriminalistischen Fähigkeiten bis zur Genialität hochkitzeln und mir 'nen Scotch mit Soda machen?«

Fitzgerald machte sich am Kühlschrank in der Ecke des Büros zu schaffen. Über die Schulter hinweg bemerkte er trocken: »Jetzt, wo das Betriebsklima offenbar wieder besser wird, fällt es viel leichter, meine kriminalistischen Fähigkeiten voll zu entfalten, Chief.«

»Und was tut sich draußen in der Stadt?«

»Nichts Besonderes, Chief. Die Stadt ist ruhig«, antwortete Fitzgerald und reichte Eischied seinen Drink.

»Das ist gut zu hören.« Eischied hatte Fitzgeralds Papiere

unterzeichnet. Fitzgerald nahm sie und ging. Eischied lehnte sich zurück und widmete sich seiner Zigarre. Hin und wieder nippte er an seinem Scotch. Die tiefstehende Nachmittagssonne fiel in einer breiten Bahn durch das Fenster. Sie war angenehm auf der Haut. Wenn alles ruhig war in der Stadt, konnte er durchaus etwas früher gehen. Vielleicht sollte er Florence besuchen und mit ihr zum Essen gehen? Tief sog er die Luft in seine Lungen. Wie schön es doch war, wieder befreit durchatmen zu können.

Es war ein friedlicher Abend; dieser Abend vor dem bisher blutigsten Bankraub, den die selbsternannte ›Freiheitliche und Einheitliche Armee der Revolution‹ begehen sollte.

14

Solange er sich zurückerinnern konnte, hatte sich Willis Hapgood, der dreiundzwanzigjährige Bankwachmann, für Waffen begeistert; ganz besonders für Revolver und Colts. Seit frühester Jugend war es sein Traum gewesen, einen Colt zu tragen, sein Gewicht und seine Kraft am eigenen Körper zu spüren, zu fühlen, wie er heiß und schwer gegen den Oberschenkel baumelte. Möglicherweise hatte Willis schon damals den geheimen Wunsch verspürt, seinen Colt eines Tages in den Dienst der Menschheit oder zumindest in den Dienst einer wichtigen und großen Sache zu stellen, doch in erster Linie wollte er ganz einfach einen Colt besitzen.

Als Teenager hatte Willis alle einschlägigen Waffenzeitschriften abonniert und sämtliche Western, in denen Revolverkämpfe vorkamen, so oft gesehen, bis er sie auswendig kannte. Seine besondere Aufmerksamkeit galt der Technik, mit der die Hauptdarsteller und Helden ihre Waffe zogen. Der schnellste Mann mit dem Colt, den er je gesehen hatte, war nach Willis Meinung Montgomery Clift.

Sobald er die Altersgrenze erreicht hatte, ging er zur Armee. Seine Sergeants in der Ausbildungskompanie waren begeistert von ihm. Willis rannte, bis ihm die Zunge heraushing. Er machte mehr Liegestützen als jeder andere Rekrut und beim Exerzieren konnte ihm keiner das Wasser reichen. Als die Rekruten ihre Waffen ausgehändigt bekamen, fiel den Vorgesetzten auf, mit welcher Hochachtung, ja mit welcher Leidenschaft Willis sie behandelte. Willis war der beste und schneidigste Rekrut, den die Ausbilder je in den Fingern gehabt hatten, und sie waren überzeugt, einen perfekten Killer heranzubilden. Doch Willis dachte nicht an Kampf oder an das Töten. Was ihn interessierte, war die Waffe an sich, die Technik und das Können, sie mit absoluter Präzision zu beherrschen. In seiner Fantasie sah er sich nie als den Helden, der in der Schlacht die Feinde tötet; er sah immer nur sich ganz alleine, wie er mit markerschütterndem Gebrüll aus der Deckung sprang und mit einer Hand seinen Colt abfeuerte. Nie schoß jemand zurück, denn für Willis war der Kampf mit der Waffe stets nur eine Szene aus einem Film.

Er kam zu spät nach Vietnam. Der Krieg war bereits zu Ende – zumindest für die Amerikaner. Als Willis begriff, daß er nie zum Einsatz kommen würde, war er den Tränen nahe. Das einzige Feld der Ehre, das ihm blieb, waren die Bars und Spelunken in Saigon, und als sich Willis die Gelegenheit bot, zur Militärpolizei versetzt zu werden, ergriff er sie, wie ein Ertrinkender den sprichwörtlichen Strohhalm. Die folgenden Monate waren die schönsten in Willis Leben, denn zum erstenmal trug er ganz offiziell einen Colt an der Hüfte, und das Gefühl, das dieser ihm vermittelte, war genau so, wie er es sich vorgestellt hatte. Er, Willis Hapgood, war das Gesetz für die amerikanischen Truppen in Saigon, und die Waffe an seiner Seite war seine Befehlsgewalt.

Er hat keinen einzigen Schuß aus seinem 45er abgefeuert. Es war nie nötig gewesen. Auch seinen Schlagstock hat er nie benutzt. Einige der anderen Militärpolizisten schwangen mit Begeisterung ihren Knüppel, doch Willis hatte herausgefunden, daß es völlig genügte, die Hand auf den Griff seines 45ers fallen zu lassen. Er kannte die Dienstvorschriften und Bestimmungen ganz genau und wußte, wo die Grenzen des gewaltsamen Einschreitens lagen. Er wußte, wie schnell er seinen Job lossein und vor einem Kriegsgericht stehen konnte. Er überschritt diese Grenze kein einziges Mal. Es genügte ja auch, die Hand auf den Griff seines Colts zu legen, den Finger noch nicht ganz am Abzug – und die GIs gehorchten ihm aufs Wort.

Als Willis aus der Armee entlassen wurde, brach für ihn erneut eine Welt zusammen, und sofort begannen wieder die Pickeln und Pusteln in seinem Gesicht zu sprießen.

Zusammen mit zehntausend anderen meldete sich Willis zur Aufnahmeprüfung in den Polizeidienst. Doch er versagte. Man erklärte ihm, er würde in ein, zwei Jahren von ihnen hören – wenn überhaupt. In seiner Verzweiflung nahm er einen Job als unbewaffneter Bankwachmann bei der First National City Bank am Southern Boulevard an.

Man steckte ihn in eine schlechtsitzende Uniform mit einer schäbigen Koppel, an der noch nie eine Waffe gehangen hatte. Willis ließ sich die Uniform so lange ändern und umschneidern, bis sie genau so perfekt saß, wie seine MP-Uniform. Er wußte, wie man in altes Leder neuen Glanz bringen konnte und er widmete sich dieser Aufgabe, bis sich in Koppel und Schulterstücken die Deckenbeleuchtung des Schalterraums spiegelte.

Sein Auftreten in der Bank war einwandfrei, und er bemühte sich, sein Bestes zu geben. Er betrachtete sich selbst als ein Symbol von Autorität und Kompetenz. Wurde er von Kunden irgend etwas gefragt, dann war seine Auskunft präzise, korrekt und unaufdringlich. Seine Akne wurde besser, und er war zufrieden und relativ glücklich – obwohl er, um der Wahrheit die Ehre zu geben, mindestens zwanzigmal am Tag neidische Blicke auf den prächtigen Lederhalfter warf, in welchem sein Kollege und Vorgesetzter, ein pensionierter Polizist, seinen Revolver trug.

Eines Tages rief einer der höheren Bankangestellten Willis zu sich und bat ihn, einige Papiere zu unterschreiben. Die

Bank bemühte sich um einen Waffenschein für ihn. Der Oberwachmann der Bank ging Ende des Monats in den Ruhestand, und Willis sollte zumindest vorübergehend seinen Job übernehmen.

Willis war überglücklich.

Seit genau einer Woche hatte Willis nun seine neue Funktion inne. Ein funkelnagelneuer Revolver baumelte an seiner Hüfte, und Willis fuhr täglich in freudiger Erregung zur Arbeit, wo er sich unauffällig im Hintergrund des Schalterraums postierte. Innerhalb von drei Tagen war seine Akne völlig verschwunden; nur noch ein schmales Kreuz eitriger Pusteln im Nacken hielt sich hartnäckig. Willis überklebte sie mit einem Streifen weißen Heftpflasters, über den er sorgfältig seine Nackenhaare kämmte.

Mit wahrer Begeisterung las Willis Zeitungsberichte von Banküberfällen. Erst vor ein paar Tagen hatte er, als er die Fotos in der ›Daily News‹ von dem Überfall in Queens studierte, seinem neuen Kollegen, einem Mann mittleren Alters, der den Job ohne Revolver im Vordergrund des Schalterraums übernommen hatte, erklärt: »Diese Hurensöhne sollen sich nur mal in meine Bank trauen!« Dabei hatte er einen bedeutungsvollen Blick auf den Revolver an seiner Hüfte geworfen. Sein neuer Kollege hatte diese Bemerkung mit einem seltsamen Seitenblick quittiert.

In seiner Fantasie sah sich Willis, wie er hinter seiner Deckung hervorsprang und in Sekundenbruchteilen die Bankräuber mit rauchendem Colt niederstreckte. Er hatte bereits eine neue Filmszene entworfen, und wie in allen Filmszenen war der Held gegen Kugeln gefeit.

Als der erste der Bankräuber durch die Tür stürmte, stand Willis auf seinem Posten im Hintergrund der Schalterhalle. Der Tresor war soeben erst geöffnet worden, und Willis beobachtete, wie die beiden Kassierer die Geldsäcke aus dem Tresor brachten. Im selben Augenblick rannten zwei weitere Bankräuber in die Bank. Alle drei trugen Skimasken und Revolver. Willis sah sie nicht, denn er blickte in Richtung des Tresorraums.

Was er allerdings sofort bemerkte, war der plötzlich veränderte Gesichtsausdruck der beiden Kassierer. Er fühlte sofort, was hier geschah – noch ehe er die schrille Stimme von der Eingangstür hörte: »Keine Bewegung, oder es knallt!«

›Überfall!‹ durchzuckte es Willis, der ganz dicht vor einer der viereckigen Säulen stand. Blitzschnell trat er einen Schritt zurück und im selben Augenblick hatte er den Revolver in der Hand. Von dort, wo er stand, konnte er keinen der Bankräuber sehen; sie ihn natürlich genausowenig.

Zwei der Maskierten standen mit dem Rücken zur Wand, beiderseits des Eingangs. Der dritte kam direkt auf die beiden Kassierer zu.

Willis genügte der Bruchteil einer Sekunde, um zu wissen, was er zu tun hatte. Jede Phase seiner Bewegungen war ihm längst in Fleisch und Blut übergegangen. Er wußte genau, wie er sich in dieser Situation zu verhalten hatte. Er fühlte eine Welle von nahezu ekstasischem Glücksgefühl in sich aufsteigen. Hatte er sich nicht sein ganzes Leben auf diesen Augenblick vorbereitet? Obwohl er nicht einmal wußte, wieviele Männer in die Bank eingedrungen waren und wo sie sich postiert hatten, trat Willis in Aktion.

Mit schrillem und ohrenbetäubendem Gebrüll sprang er hinter der Säule hervor. Sein Schrei gellte durch die Schalterhalle durchdringend und ungestüm wie das Signalhorn einer Kavallerieattacke. Er verkündete eine Tat, die man entweder als heldenhaft, oder als wahnsinnig bezeichnen konnte – je nach dem, von welchem Blickpunkt aus man sie beurteilte.

Der dritte Bankräuber war keine drei Meter von Willis entfernt. Willis schoß ihn nieder. Er sackte in sich zusammen. Willis sprang über ihn hinweg, und die unverständlichen Laute, die er ausstieß, gipfelten in dem Befehl: »Laßt die Waffen fallen und langt zum Himmel!« Dieser Spruch hätte von John Wayne stammen können.

Willis wußte nicht, was in den beiden anderen Bankräubern vorging. Sie regten sich nicht, und ihre Gesichter waren durch die Skimasken verdeckt. Willis Revolver zuckte wie der Kopf einer zustoßenden Schlange von dem einen zum anderen.

Einen Augenblick lang geschah gar nichts. Mit rauchendem Revolver stand Willis geduckt in der Mitte der Schalterhalle. Die beiden Bankräuber schienen zu Salzsäulen erstarrt. Auch der Bankbeamte hinter Schalter eins war bewegungsunfähig; genau wie die übrigen Schalterbeamten, die beiden Kassierer und die zwei Kunden. Alle waren sie gelähmt vor Schreck – alle, bis auf Willis, der eine solch immense Freude in sich fühlte, wie sie nur ein König im Augenblick seiner Krönung empfinden kann.

Dann schwang die Eingangstür auf, und ein vierter Maskierter sprang in die Halle. Er hatte eine Maschinenpistole. Sein Auftauchen war so plötzlich und unvermutet, daß Willis einen Sekundenbruchteil völlig verwirrt war. Die Maschinenpistole und Willis feuerten im selben Augenblick. Willis erste Kugel traf den Mann hinter Schalter eins direkt in den Kopf. Die zweite zersplitterte das Fenster zur Straße, jaulte zwischen zwei vorbeifahrenden Autos hindurch und traf auf dem gegenüberliegenden Gehsteig eine Frau, die sich soeben von einem Schaufenster abwandte. Sie zerschmetterte ihren Unterkiefer und durchtrennte die Halsschlagader.

Die Kugeln aus der Maschinenpistole rissen Willis Hapgood im wahrsten Sinne des Wortes in Stücke. Von Hüfte zu Hüfte durchsiebten ihn etwa zehn Geschoße. Die letzte Kugel traf ihn, als er bereits fiel, in den Mund und trat am Nacken wieder aus, wobei sie das Heftpflaster, mit dem Willis seine letzten Pusteln bedeckt hatte, losriß und gegen die Wand des Tresorraums, etwa zehn Meter weiter hinten, nagelte.

15

Streifenpolizist Martin Delehanty, Dienstnummer 33214, hatte ein Problem. Und während er an jenem Morgen in seinem Streifenwagen auf dem Southern Boulevard nach Süden rollte, versuchte er, dieses Problem in den Griff zu bekommen. Marty war auf dem besten Wege, sich in den neuen Partner, mit dem er Streife fuhr, zu verlieben. Vielleicht war es auch nur sexuelle Begierde, die er empfand. Er konnte einfach keinen klaren Gedanken mehr fassen, was dieses Thema anging. Er war sich ziemlich sicher, daß Agnes bestimmt nicht die Wirkung auf ihn gehabt hätte, wenn er sie irgendwo anders als in einem Streifenwagen kennengelernt hätte.

Marty Delehanty, der in wenigen Minuten in den Bankraub verwickelt werden sollte, war neunundzwanzig, verheiratet und Vater von drei Kindern. Das jüngste war gerade erst zehn Monate geworden. Er war seit acht Jahren bei der Polizei und genauso lange – seit er damals die Polizeiakademie abgeschlossen hatte – tat er nun im 48. Revier in der Bronx seinen Dienst. Die meiste Zeit davon hatte er in demselben Wagen, in dem er jetzt saß, mit demselben Partner, mit Sal Digilio, der stets irgendwelche lose Reden schwang und im gleichen Alter war wie Marty, Streife gefahren – bis vor einigen Wochen. Sal war sein bester Freund. Marty und seine Familie waren sogar von Brooklyn nach Queens umgezogen, um näher bei den Digilios zu wohnen. Marty und Sal gingen jeden Sommer und Herbst zum Jagen und Fischen in die Adirondacks, und den ganzen Winter über spielten sie zusammen Bowling. Auch ihre Frauen waren die besten Freundinnen geworden. Natürlich waren Marty und Sal auch Mitglieder des Wohltätigkeitsvereins der Streifenpolizisten. Beide waren sie bei der Holy-Name-Gesellschaft der Polizei. Der einzige Unterschied zwischen ihnen war, daß Marty, wie alle anderen irischstämmigen Cops, bei der Emerald Society war, während Sal, wie alle ›Dago‹-Cops mit mediterranen Vorfahren, bei der Columbia Society war. Sal machte es nichts aus, wenn Marty ihn einen Dago nannte. Sal nahm alles ziemlich locker und war schon fast ein wenig phlegmatisch. Beim Appell war er stets der letzte und oft hatte er seine Knöpfe noch nicht einmal alle zugeknöpft. Mitunter kam es auch vor, daß Marty ihn durch die Tür des Reviers schieben mußte und ihn einen lahmen Dago-Arsch nannte.

Bei der Polizei hatte Marty die Sicherheit gefunden, die nichts mit dem monatlichen Scheck oder seiner Pensionsberechtigung zu tun hatte. Wenn er darüber nachdachte, dann war die Ursache für dieses Gefühl die Tatsache, daß sich bei der Polizei im Grunde eigentlich nie etwas Wesentliches änderte. Es war eine Männerwelt, die schon vor hundert Jahren die gleiche war und die es auch in hundert Jahren noch sein würde. Sicher, die Vorgesetzten wechselten, nicht aber die Cops im Revier, und auch nicht die Partner, mit denen man seine Streife fuhr. Zwar waren es jeden Tag andere Funksprüche, die sie auf Trab hielten, doch im Prinzip ging es stets um die selben Geschichten. Auch die Freundschaften, die man bei der Polizei schloß, waren dauerhaft, denn wenn es eines gab, worauf man sich verlassen können mußte, dann war das der Partner, mit dem man auf Streife fuhr. Streifenpolizist Delehanty war also gänzlich darauf eingestellt, daß bei der Polizei alles beim alten blieb – zumindest in den zwanzig Jahren, die er noch Dienst tun würde. In der wechselhaften und unsicheren Welt von heute war dies ein sicherer Rückhalt, auf dem es sich lohnte, sein Leben zu bauen.

Doch die modernen Zeiten, die heimlich und fast unmerklich die gesamte Welt in ihren Griff bekommen hatten, machten auch vor der Polizei nicht halt. Daß Frauen auf anderen Gebieten gleiche Rechte beanspruchten, war zwar auch den Polizisten von New York nicht entgangen, daß sie aber selbst vom Polizeidienst nicht zurückscheuten, war eine Katastrophe größeren Ausmaßes. Die Forderung der Frauen nach Gleichberechtigung traf die Polizei wie ein Schlag ins Gesicht. Offenbar schreckten die Frauen nicht einmal davor zurück, auch das Recht, in Streifenwagen Patrouille zu fahren, für sich in Anspruch zu nehmen, ebenso wie das Recht, von ihren Mitmenschen beschimpft, getreten, angespuckt und verprügelt – und unter Umständen sogar getötet – zu werden.

Natürlich hatten bereits lange bevor Marty Delehanty das Licht der Welt erblickte, Frauen im Dienst der Polizei gestanden, und als er seinen Diensteid leistete, war dies nicht anders gewesen; nur nannte man die »Matronen« der neunziger Jahre des letzten Jahrhunderts inzwischen Polizeibeamtinnen. In Martys Abschlußklasse an der Polizeiakademie waren unter fast eintausend Absolventen vier dieser Polizeibeamtinnen gewesen.

Marty teilte die bei den Kollegen gängige Meinung über Frauen im Polizeidienst voll und ganz. Natürlich waren weibliche Cops heutzutage für manche Dinge ganz gut zu gebrauchen. Zum Beispiel waren sie nicht schlecht, wenn es darum ging, Frauen, die vergewaltigt wurden, zu vernehmen. Sie leisteten hervorragende Arbeit in der Telefon- und Funkzentrale und blieben auch bei größtem Streß relativ gelassen. Die hübschesten rissen sich allerdings immer die hohen Tiere vom Präsidium als Sekretärinnen unter den Nagel. Insofern war auch die Polizeikarriere von Agnes Cusack, Martys neuer Kollegin, bisher durchaus typisch verlaufen. Agnes war dreißig und in den sechs Jahren, die sie nun bei der Polizei war, hatte sie als Sekretärin des Stellvertretenden Commissioners der Rechtsabteilung und als Chefsekretärin in der Verwaltung gearbeitet. Außerdem war sie lange im Sozialreferat gewesen, in der Abteilung für vermißte und ausgesetzte Kinder.

Zunächst wurden dem 48. Revier nur zwei Polizeibeamtinnen zugeteilt, und Agnes war eine von ihnen. Der Befehl lautete, sie auf Streife zu schicken; doch es war klar, daß man die beiden nicht zusammen losschicken konnte – das wäre viel zu gefährlich gewesen. Sie sollten je mit einem erfahrenen Streifenbeamten zusammenarbeiten. Der Boß fragte nach Freiwilligen, aber keiner meldete sich. Kurzerhand schnappte er sich Marty und Sal und trennte das Team, das seit acht Jahren zusammen fuhr. Marty bekam Agnes zugeteilt.

Es schien Haß auf den ersten Blick. Als sich Agnes an jenem ersten Morgen in den Beifahrersitz sinken ließ, hatte sie Marty einen seltsamen Blick zugeworfen. Er selbst hatte sie keines Blickes gewürdigt. Er war einfach wütend. Er ließ die Kupplung zu schnell los, so daß die Reifen quietschten, und Agnes gegen das Armaturenbrett knallte.

»Laß uns einen Waffenstillstand schließen«, sagte Agnes nach einer Weile.

Marty schwieg verbissen, doch er sah sie sich zum ersten Mal aus den Augenwinkeln genauer an. Sie trug kein Make-up. Ihr Haar war pechschwarz und länger, als es eigentlich erlaubt war. Sie hatte es zu einem Zopf geflochten und zu einem Knoten am Hinterkopf zusammengesteckt. In der Uniform sah sie ziemlich unförmig aus, denn um die Hüften trug sie eine Menge Zeug: Dienstpistole, Handschellen, Notizblock, Trillerpfeife und Patronentasche. Sie hatte einen großen Busen.

Sie wohnte in Staten Island, erzählte sie. Ihr Mann war Anstreicher, und sie hatten keine Kinder.

»Weshalb nicht?«

»Wie wär's, wenn wir unser Gespräch auf rein berufliche Dinge beschränken würden?«

Da die Streifenwagen rund um die Uhr gefahren wurden und nur die Teams der Cops von Schicht zu Schicht wechselten, nahmen sie mit der Zeit unweigerlich den Geruch von Schweiß und kaltem Zigarettenrauch an. Alle, in denen Marty bisher gesessen hatte, rochen gleich und hatten immer gleich gerochen, doch plötzlich gewahrte Martys empfindliche Nase einen Hauch von Parfüm in seinem Wagen.

»Fahr doch bitte mal da vorne bei dem Abfallkorb ran. Ich will nur den Aschenbecher schnell mal ausleeren. Ich verstehe nicht, wie ihr Typen diesen Gestank in den Wägen aushalten könnt.«

›Jetzt wird sie gleich noch 'ne Flasche Kölnisch Wasser aufmachen‹, dachte Marty düster.

Doch sie stellte keine dummen Fragen; nicht an diesem ersten Tag und auch später nicht. Sie ging korrekt mit dem Funk um und hatte, als sie selbst am Steuer saß, den Wagen völlig im Griff. Als es Zeit zum Essen war, nahm er sie in das kleine Restaurant mit, in dem sie immer aßen, und machte danach Anstalten, für sie mit zu bezahlen. Sie bedachte ihn mit einem kühlen Blick, knallte ihr Geld auf die Theke und ging wortlos zum Streifenwagen zurück. Für Marty stand fest, daß sie eine knallharte Braut war – nicht weiter verwunderlich bei einem weiblichen Cop. Er mochte lieber sanfte und anschmiegsame Frauen; wie zum Beispiel seine Frau Kathleen.

»Was hält eigentlich dein Mann davon, daß du den ganzen Tag mit einem anderen im Auto durch die Gegend fährst?« fragte Marty, als er den Wagen wieder in den Verkehr einreihte.

»Ich wüßte nicht, worüber er sich Sorgen machen sollte«, erwiderte Agnes kühl.

»Den Frauen gefällt das weniger«, sagte Marty.

»Ich bin eine Frau«, gab Agnes spitz zurück. »Und mir gefällt es.«

Nach der ersten Schicht klagten sich Marty und Sal im Umkleideraum gegenseitig ihr Leid.

»Mal wieder typisch für unser Glück, daß man uns die beiden Weiber aufgehalst hat«, brummte Marty.

Sal legte bedächtig seine Dienstmütze ins obere Fach seines Garderobenschranks. »Meine ist potthäßlich«, knurrte er.

»Meine sieht nicht mal schlecht aus«, erwiderte Marty. »Du solltest ihre Titten sehen! Jedes Mal wenn sie einsteigt, hab ich Angst, sie könnte sie in die Tür klemmen.«

Die beiden brachen in wieherndes Gelächter aus, doch Marty wurde sogleich wieder ernst.

»Aber happig wird's erst, wenn's mal hart auf hart geht«, gab Marty zu bedenken.

»Genau«, stimmte Sal zu. »Keine von den Bräuten ist in 'ner Schlägerei oder bei einer Schießerei zu gebrauchen. Da kommt noch einiges auf uns zu.«

»In einer gefährlichen Situation müssen wir nicht nur auf uns, sondern auch noch auf die achtgeben.«

»Ich bin schon gespannt, wie sie reagiert, wenn sie das erstemal 'nen Abfalleimer aus dem fünften Stock über den Kopf gekippt kriegt...«

Mit der Zeit stellte Marty fest, daß Agnes bei Familienauseinandersetzungen sehr geschickt war. Sie war offenbar in der Lage, die Spannungen irgendwie aus der Situation zu nehmen. Einer ihrer ersten Einsätze war ein solcher Familienkrach. Die Frau stand mit blutender Nase in der Küche, und der Mann brüllte, daß er sie umbringen würde, diese Scheißfotze. Agnes brachte es fertig, beide zu beruhigen. »Offenbar waren die beiden überrascht, eine Frau in der Uniform eines Cops zu sehen«, versuchte Marty Sal die Situation später zu schildern, »die auch noch ruhig mit ihnen sprach, ohne gleich handgreiflich zu werden.«

Dieser Erfolg Agnes' war keine Eintagsfliege, und wie es schien, brauchte sie bei Familienauseinandersetzungen Martys Hilfe überhaupt nicht. Dies ärgerte ihn, doch sicherlich würde sich ihr Erfolg abnutzen, sobald sich die Leute im Revier an eine Frau in Uniform gewöhnt hatten.

Wenn er zurückdachte, dann konnte er nicht mit Sicherheit sagen, wann es begonnen hatte, daß er sich in sie verliebte, oder sich vielleicht auch nur danach sehnte, mit ihr zu schlafen – oder was zum Teufel das sonst sein mochte, was er für sie empfand. Seine Frau hatte einen kleinen Busen und Agnes hatte riesige Titten. Marty ertappte sich des öfteren dabei, daß er darauf starrte und sich vorstellte, wie schön es wäre, sein Gesicht zwischen Agnes' nackten Brüsten zu vergraben.

Früher hatte er seine beste Uniform immer nur getragen, wenn er vor Gericht mußte, doch nun fuhr er damit auf Streife. Er rauchte weniger und gab acht, daß er nicht zu lose Reden führte.

Eines Tages gestand er Agnes, daß er vor der Polizeiakademie zwei Jahre auf's College gegangen war. Agnes schien überrascht und fragte, warum er keinen Abschluß gemacht hatte.

Die Frage machte Marty verlegen. »Ich hab' vor, mich im nächsten Semester im John Jay College einzuschreiben«, log er. »Um im Kriminalrecht einen Abschluß zu haben.«

Agnes schien davon so angetan, daß sich Marty tatsächlich in dem College einschrieb und sich nach zehn Jahren wieder auf die Schulbank wagte. Er sprach davon, seinen Sergeant zu machen.

Er sah Sal noch immer recht häufig, und sie machten weiterhin Witze über ihre neuen Partner.

»Sie sind zwar keine richtigen Cops«, griente Sal. »Aber ich muß zugeben, daß sich dadurch völlig neue Aspekte für das ›Batteriesparen‹ auftun.«

›Batteriesparen‹ bedeutete im Polizeijargon, daß man den Streifenwagen während der Schicht von Mitternacht bis acht Uhr für ein, zwei Stunden an einem dunklen Plätzchen parkte, um sich kurz auf's Ohr zu hauen.

»Ich hätte gar nichts dagegen, mit Agnes mal ein bißchen Batterie zu sparen«, grinste Sal.

Marty mußte sich eingestehen, daß es ihm genauso ging und er beantwortete Sals Scherz mit einem verunglückten Grinsen.

»Naja«, meinte er verlegen. »Früher oder später werden wir uns schon noch an sie gewöhnen.«

»Erinner dich mal«, sagte Sal. »Vor ein paar Jahren wollte auch keiner mit 'nem Schwarzen zusammen fahren. Und jetzt sind sie voll akzeptiert.«

»Ja«, brummte Marty, obwohl ihm die Logik dieses Vergleichs nicht ganz klar war.

»Trotzdem ist es komisch«, schüttelte Sal den Kopf. »Wer hätte schon gedacht, daß wir mal mit irgendwelchen Bräuten auf Streife fahren.«

Marty hörte es nicht gern, wenn Sal von Agnes als ›irgendeine Braut‹ sprach. Sal hätte von Martys Frau nie in dieser Weise gesprochen, denn die ehelichen Beziehungen waren in ihrem alten Team immer tabu gewesen. Und Sal sollte eigentlich verstehen, daß auch die Beziehung zum Partner im Streifenwagen nicht verächtlich gemacht werden sollte. Marty war acht Stunden am Tag mit Agnes zusammen; und das fünf Tage in der Woche. Er verbrachte mehr Zeit mit ihr, als mit seiner Frau. Und in mancher Beziehung war er ihr genauso nahe wie Kathleen. Er und Agnes waren Partner geworden.

»Naja«, sagte Sal versöhnlich. »Wir werden einiges mehr wissen, wenn eine dieser Bräute in ihre erste Schießerei verwickelt wird.«

»Ja«, sagte Marty.

Eine Schießerei war für Cops noch immer das gefährlichste Ereignis, an dem sie ihre Unerschrockenheit beweisen mußten; doch Schießereien waren für Streifencops, Gott sei Dank, selten. Marty hatte noch nie eine erlebt. Und Sal ebensowenig.

Die Spannung zwischen Marty und Agnes war nicht zu verleugnen, wenn sie ihre Runden durchs Revier drehten. Beide waren sie sich darüber bewußt. Sie berührten einander öfters, als es zuvor geschehen war und unbedingt notwendig gewesen wäre. Marty ertappte sich einige Male, daß er ihr die Tür aufhielt. Und wenn eine Situation gefährlich zu werden drohte, bestand er darauf, daß Agnes hinter ihm blieb.

Eines Abends übernahmen sie einen Funkspruch wegen eines Verdächtigen auf dem Dach eines Apartmenthauses – möglicherweise ein bewaffneter Einbrecher. Der Hausmeister kauerte unter der Dachluke und erwartete sie bereits. Marty schob sich vor Agnes und bedeutete ihr, die Waffe zu ziehen.

Mit dem Revolver in der Hand stieß er die niedrige Tür zum Dach auf. Sie knallte gegen die Wand und fiel wieder zu. Nichts rührte sich.

Die meisten solcher Anrufe waren blinder Alarm, und Marty benutzte die Gelegenheit, sich vor Agnes ein bißchen aufzuspielen. Er stieß die Tür erneut auf und sprang auf das Dach. Geduckt sah er sich um. Das Dach war leer – wie nicht anders erwartet. Er vergewisserte sich noch einmal, erst dann ließ er zu, daß Agnes nachkam.

»Unten auf der Straße sollte man nicht so schnell die Kanone ziehen«, erklärte er ihr und rammte seinen Revolver in den Halfter zurück. »Es bringt die Leute nur in Panik, wenn sie einen Polizisten mit gezogener Waffe sehen.«

Agnes nickte ernst; ihren Revolver in der einen Hand, den Sprechfunk in der anderen. Marty nahm das Sprechfunkgerät und rief die Zentrale: »Hallo Zentrale – dieser mutmaßliche Einbruch ist zehn-neunzig... Hallo Zentrale: zehn-neunzig, blinder Alarm.« Zu Agnes gewandt, sagte er spöttisch: »Du kannst deine Kanone jetzt ruhig wegstekken.«

»Das weiß ich selbst«, zischte sie wütend.

»Das war das erstemal, daß du die Waffe gezogen hattest, nicht?« fragte Marty, als sie wieder im Wagen saßen.

Agnes nickte selbstvergessen. Sie war nachdenklich geworden, denn wenn man seine Waffe einmal in der Hand hatte, bedeutete dies, daß man sie auch gebrauchen würde.

»Du gewöhnst dich schon noch daran«, erklärte Marty großspurig.

Dann kam der Tag des Banküberfalls. Der Alarm kam um 9 Uhr 03, und Marty und Agnes, die an diesem Tag die acht bis vier Uhr Schicht fuhren, waren bereits seit einer Stunde auf der Achse.

Während der ersten halben Stunde waren sie ziellos durch ihren Sektor des Reviers gekreuzt und hatten wie üblich Seitengäßchen, Kneipeneingänge und auffällige Passanten im Auge behalten. Gegen halb neun hielten sie an, um Kaffee zu holen. Während Agnes in eine Imbißstube lief, wartete Marty mit laufendem Motor und eingeschaltetem Funk draußen. Sie kam mit zwei Pappbechern und einem Stück Apfelkuchen für Marty zurück. Sie selbst aß nie etwas zum Kaffee – und Süßigkeiten schon gar nicht.

Die nächste halbe Stunde waren sie vor einer Schule beschäftigt. Agnes spielte gerne den Schutzmann, der den Verkehr stoppte, um ganze Meuten von Schulkindern über die Straße zu dirigieren. Marty war davon nicht allzusehr begeistert, denn er fand, dies sei Aufgabe der Schülerlotsen, und eines Polizisten nicht würdig.

Um 9 Uhr 03 saßen sie wieder in ihrem Wagen, und Marty verständigte die Zentrale, daß sie wieder einsatzbereit waren. Dreißig Sekunden später krächzte der Funk, und die emotionslose Stimme aus der Zentrale ertönte: »Meldung eines zehn-elf. Banküberfall. Filiale der First National City Bank an der Ecke Southern Boulevard und...«

Agnes, die am Steuer saß, war soeben auf den Southern Boulevard eingebogen. Marty nahm das Mikro und sagte: »Achtundvierzig Charlie an Zentrale. K.«

Mit derselben monotonen Stimme erwiderte die Zentrale: »Achtundvierzig Charlie. K.«

»Wir übernehmen das. Wir sind direkt am Tatort.«

Die Bank lag etwa drei Blocks hinter ihnen. Agnes wendete den Wagen in die Gegenrichtung.

»Gehst du rein, oder soll ich?« fragte sie Marty.

»Wir gehen beide«, sagte Marty. Er hatte eher Agnes im Kopf als die Bank. Irgendwie nahm er die Tatsache, daß ein Banküberfall durchgegeben worden war, nicht wirklich ernst, und als sie anhielten, realisierte er den grünen Wagen, der ohne Fahrer in zweiter Reihe vor der Bank stand, nur am Rande. Der Motor lief, denn aus dem Auspuff kräuselten dünne, weiße Rauchwolken. Auf der gegenüberliegenden Straßenseite war irgendetwas los, doch das registrierte er nur aus den Augenwinkeln. Eine Frau schien hingefallen zu sein, und jemand beugte sich über sie. Doch das mußte warten – zunächst kam die Bank.

Sie stiegen beide aus dem Wagen und überquerten die Straße.

Weder Marty, noch Agnes hatten an ihr Sprechfunkgerät gedacht. Und nur um einen Bankalarm zu überprüfen, den ein tölpelhafter und verpennter Bankangestellter ausgelöst hatte, brauchten sie auch keines. Das war ein Fehler, denn genau in diesem Augenblick tönte die Stimme aus der Zentrale in ihrem leeren Streifenwagen: »Achtung, Achtung!

Banküberfall am Southern Boulevard. Schüsse in der Bank!« Und dann verlor die Stimme aus der Zentrale ihre sonst so typische Teilnahmslosigkeit: »Achtung! In der Bank wird geschossen! Äußerste Vorsicht!«

Doch diese Schüsse waren bereits vor neunzig Sekunden gefallen, und weder Marty noch Agnes hatten sie gehört.

Marty war in erster Linie mit Agnes' Arm beschäftigt – und mit ihrer Haut, die er durch den Stoff fühlte. Die Art, wie er sie durch den dichten Verkehr führte, erinnerte eher an ein junges Liebespaar, als an zwei Streifenpolizisten im Einsatz. Sie hatten den gelben Mittelstreifen erreicht und warteten auf eine Gelegenheit, zwischen den vorbeibrausenden Autos zur anderen Straßenseite zu kommen. In diesem Augenblick wurde die Eingangstür der Bank aufgestoßen, und drei bewaffnete Männer stürmten auf die Straße.

Marty registrierte die Skimasken und war einen Augenblick lang völlig verwirrt. Dann sah er die Geldsäcke und schließlich auch die Maschinenpistole. Sie spuckte Feuer und zuckte heftig in der Armbeuge des Mannes. Sie war auf Agnes und ihn gerichtet. Sie saßen in der Falle, inmitten der Fahrbahn. Die Kugeln jaulten über sie hinweg, während die beiden Maskierten mit den Geldsäcken zu dem grünen Wagen sprinteten.

Marty hatte sich instinktiv auf ein Knie sinken lassen. Er zerrte umständlich an seinem Revolverhalfter. Doch selbst als er die Waffe endlich gezogen hatte, war die Situation zu hektisch und konfus, als daß er seiner Verwirrung Herr geworden wäre. Das Rattern der MP hatte ihm einen tiefen Schock versetzt, und zugleich hatte er Angst um Agnes, und Angst, von einem Auto überfahren zu werden. Er hatte keine blasse Ahnung, wohin seine Kugeln flogen. Die beiden Bankräuber hatten den grünen Wagen erreicht, und der eine von ihnen ließ die Geldsäcke fallen, um die Wagentür aufzukriegen. Er sprang in den Fluchtwagen und ließ die Säcke stehen. Marty sah, wie er hinter das Steuer rutschte.

Mit heulenden Sirenen näherten sich bereits andere Streifenwagen dem Tatort. Marty hörte aus beiden Richtungen ihr durchdringendes Jaulen, das nur von dem scharfen Bellen der Schüsse übertönt wurde. Wenn die Kollegen endlich eintrafen, würde es zu spät sein. Sie würden ein paar Geldsäcke auf dem Bürgersteig finden, schwarze Reifenspuren auf der Fahrbahn und einige Tote im Umkreis der Bank.

Marty hatte drei Schüsse in Richtung des Fahrers gejagt. ›Wenn ich ihn stoppe, stoppe ich alle!‹ Doch der grüne Wagen machte einen Satz nach vorne; mit quietschenden Reifen und halboffener Beifahrertür. Der Mann mit der Maschinenpistole hing halb aus dem Wagen und versuchte die Tür zu zukriegen. Der dritte Mann war im Fond des Wagens verschwunden. Marty feuerte methodisch und jagte Schuß um Schuß in den Wagen. Direkt neben ihm bellte ein zweiter Revolver. Agnes.

Martys Magazin war leer. »Los, komm!« schrie er Agnes zu, und sie rannten zum Wagen zurück.

Sie sprangen in den Wagen, doch sie verloren kostbare Zeit, denn Marty mußte aussteigen, um den Verkehr zu stoppen, während Agnes mit quietschenden Reifen auf die Gegenfahrbahn kurvte.

Mit heulenden Sirenen begannen sie die Verfolgung. Marty versuchte, über Funk die Zentrale zu erreichen und gleichzeitig seine Waffe zu laden. Agnes warf ihm ihren Revolver in den Schoß: »Lade meine auch gleich.«

Sein Mund war trocken, und seine Finger wollten ihm nicht gehorchen. Er hatte zwei Revolver, zwölf Patronen und das Mikro in der Hand. Während er versuchte, damit zurechtzukommen, stemmte er sich mit aller Kraft gegen die Rücklehne, um das Gleichgewicht nicht zu verlieren.

Der dichte Verkehr behinderte Agnes, doch der Fluchtwagen hatte das gleiche Problem. Ab und zu sah Marty ihn bei riskanten Überholmanövern auf der Gegenfahrbahn auftauchen. Agnes fuhr so schnell es möglich war, mußte jedoch immer wieder abrupt abbremsen. Wenn es die Situation erlaubte, jagte sie auf der Gegenfahrbahn an den zu langsamen Autos vorbei und riß den Wagen erst im letzten Augenblick auf ihre Spur zurück. Marty hatte die beiden Revolver geladen und hielt nun das Mikro des Sprechfunks in der Linken, während er sich mit der Rechten am Armaturenbrett festklammerte.

Der Fluchtwagen steuerte den Cross Bronx Expressway an, hätte um ein Haar die Auffahrt verpaßt und tauchte in dem Strom von Lastwägen und Personenwägen unter.

Agnes nahm die Auffahrt in halsbrecherischer Fahrt. Sie trat das Gaspedal bis auf den Boden durch und holte allmählich auf. Marty gab die neue Situation an die Zentrale durch. Er mußte alles zweimal wiederholen, da das Heulen ihrer Sirene seine Worte übertönte.

Der Verkehr vor ihnen wurde dichter, und sie blieben stecken – trotz Blaulicht und Sirene, denn im Sonnenlicht war das Blaulicht kaum zu sehen, und die Rockmusik der New Yorker Radiostationen machte die Verkehrsteilnehmer unempfänglich für Geräusche von außen. Endlich löste sich der Stau auf, und sie rasten durch. Offenbar war der Wagen der Bankräuber ebenfalls steckengeblieben, denn er tauchte keine hundert Meter vor ihnen ganz plötzlich wieder auf. In den Seitenfenstern erschienen Köpfe und Arme, und winzige Feuerbälle tanzten wie Kerzenflammen im Wind. Plötzlich war ihre Windschutzscheibe von einem milchigen Weiß überzogen.

»Ich sehe nichts mehr!« schrie Agnes.

Marty hämmerte mit dem Griff des Revolvers ein Loch durch die Scheibe. Glassplitter bissen auf seiner Hand und in seinem Gesicht. Als er zu Agnes hinübersah, entdeckte er das Blut in ihrem Gesicht.

»Halt an!« schrie er. »Laß sie. Du blutest!«

Agnes wischte sich das Blut aus den Augen und duckte sich tief hinter das Steuer, um durch das Loch in der Windschutzscheibe die Straße zu sehen. Sie ließ den Fuß auf dem Gaspedal.

Der Wagen der Bankräuber jagte eine Ausfahrtrampe empor. Agnes riß das Steuer herum und folgte. Kugeln schlugen in die Karosserie ihres Autos. Einer der Vorderreifen platzte, und Marty wurde gegen die Tür geschleudert. Nur mit Mühe gelang es Agnes, den Wagen daran zu hindern, über die Leitplanken hinauszubrechen. Sie schlitterten mitten in den dichten Verkehr der White Plains Road. Bremsen kreischten und Reifen quietschten. Wie durch ein Wunder stießen sie mit keinem Wagen zusammen. Agnes gewann die Kontrolle über das Fahrzeug zurück und trat das Gaspedal erneut durch. Schwarze Gummistreifen lösten sich vom Reifen, schlugen gegen die Kotflügel und flogen davon. Sie streiften einen geparkten Wagen und wurden auf die Fahrbahn zurückgeschleudert. Der Streifenwagen drehte sich zweimal um die eigene Achse und kam mitten auf einer Kreuzung zum Stehen. Der Motor gab keuchend seinen Geist auf. Reglos saßen sie da und starrten wie betäubt durch die dichten Dampfwolken, die aus der Motorhaube drangen. Die Sirene jaulte klagend. Nach einer Weile tastete Marty nach dem Schalter und stellte sie ab.

Steifbeinig stieg er aus dem Wagen. Seine Knie waren so weich, daß er befürchtete, sie könnten unter ihm einknicken. Als er ein paarmal tief durchgeatmet hatte, ging er um den Streifenwagen herum und zählte die Einschußlöcher. Es waren so viele, daß ihm erneut die Knie zitterten. Ihm wurde übel, und er kämpfte gegen den Brechreiz, der in ihm aufstieg. Seine Hand umklammerte noch immer den Revolver und hing schlaff an seiner Seite herab, doch er war sich dessen nicht bewußt.

Siedendheiß fiel ihm Agnes ein. Er rammte den Revolver in den Halfter und riß die Wagentür auf. Er hob sie vorsichtig aus dem Wagen und hielt sie in seinen Armen. Er fühlte, wie sie zitterte. Mit seinem Taschentuch wischte er ihr vorsichtig und zärtlich das Blut aus dem Gesicht.

»Mein Gesicht«, sagte sie.

»Es ist oberhalb des Haaransatzes«, sagte Marty. »Es ist nicht das Gesicht. Dein Gesicht ist in Ordnung.«

Sie zitterte wie Espenlaub und klammerte sich an ihn.

Marty hielt sie so fest er konnte und sagte: »Du bist die tapferste Frau, die ich je kennengelernt habe.«

Sie blickte zu ihm auf, und er sah, wie ein fast schüchternes aber zufriedenes Lächeln in ihrem Gesicht erschien. »Wir hätten sie beinahe erwischt«, grinste er mühsam.

Sie hatte ihre Mütze verloren. Wahrscheinlich lag sie auf der Straße vor der Bank. Irgendein anderer Cop würde sie finden. Inzwischen mußten dort mindestens zehn Streifenwagen eingetroffen sein. Marty beugte sich in den Wagen und suchte nach Agnes' Revolver. Er reichte ihn ihr, und nahm dann das Mikro, um die Zentrale über ihren Standort und den Fluchtweg der Bankräuber zu informieren.

»Sind Sie verletzt? K.«

»Negativ. Aber wir sitzen fest. Wir brauchen den Abschleppwagen.«

Er hängte das Mikro zurück und lehnte sich neben Agnes gegen den Kotflügel.

»Bist du sicher, daß du okay bist?«

Sie versuchte ein Lächeln. »Ja. Und du?«

»Ja.«

Ihre Hüften berührten sich, und Marty fühlte ein schier unwiderstehliches Bedürfnis, ihr noch näher zu sein; in ihre Uniform, in ihren Körper hineinzuschlüpfen.

Agnes, der es nicht viel anders ging, hauchte: »Ich hatte so schreckliche Angst.«

»Die hast du aber verdammt gut versteckt.«

Nun, nachdem sie Seite an Seite diese lebensbedrohliche Situation durchgestanden hatten, durchlebten sie einen emotionalen Schock von großer Intensität – vergleichbar mit den Empfindungen von Soldaten füreinander, wenn die Schlacht vorbei ist – und ihre Zuneigung füreinander schlug in ein unwiderstehliches körperliches Verlangen um.

»Wie oft hast du eigentlich geschossen?«

»Dreimal. Und du?«

»Ich hab sie alle sechs rausgejagt.«

»Gott sei Dank hast du nicht während der Fahrt geschossen. So wie ich gefahren bin, hättest du leicht einen völlig Unbeteiligten treffen können.«

»Dieser Typ schießt mit einer MP auf dich, und du läßt dich einfach nicht abschütteln!«

Agnes strahlte vor Freude.

Marty, der bisher noch nie in eine Schießerei verwickelt gewesen war, empfand eine solch tiefe Zärtlichkeit für Agnes, daß er dieses Gefühl als Liebe mißdeutete. Agnes durchlebte die gleichen Emotionen und benannte sie mit demselben Namen.

»Wahrscheinlich bist du die erste Polizeibeamtin, die in eine Schießerei verwickelt war«, sagte Marty.

»Ja. Wahrscheinlich.«

Sie erzählten einander, welche Heldentaten sie soeben vollbracht hatten, berauscht von dem Gefühl, knapp dem Tod entronnen zu sein.

»Stell dir vor!« schwärmte Marty. »Wir haben neun Kugeln in den Wagen gejagt. Ich wette, daß sie neun Einschüsse entdecken, wenn der Fluchtwagen gefunden wird.«

»Peinlich wäre es nur, wenn's keine neun sind.«

»Vielleicht haben wir auch einen der Bankräuber erwischt?«

Agnes' Gehirn weigerte sich, diese Möglichkeit in Betracht zu ziehen.

Eine Menschenmenge sammelte sich um sie, und Marty legte den Arm um Agnes. Er hatte das absurde Gefühl, sie auch vor diesen Leuten beschützen zu müssen.

16

In der Bank wimmelte es bereits von Kriminalbeamten und Leuten des FBI. Eischied traf etwa fünfunddreißig Minuten nach dem Überfall ein und ließ sich von einem anwesenden Captain, dem Leiter des Morddezernats der Bronx, erklären, was geschehen war. Der Captain sprach mit leiser Stimme, und Eischied hörte ihm aufmerksam zu. Ab und zu nickte er. Eischied wollte alles genau wissen: wieviele Bankräuber es gewesen waren, wer wann geschossen hatte, und wieviele Tote es gegeben hatte.

Auf der anderen Straßenseite lag eine Frau unter einer Gummiplane. Eischied war bereits dort gewesen und hatte sie sich angesehen. Ihre Füße ragten unter der Plane hervor. Ein Schuh fehlte. Im Augenblick stand ein Streifenbeamter bei ihr und wartete, bis der Polizeiarzt eintraf. Die Verkehrsstreifen des zuständigen Reviers hatten den Verkehr oberhalb und unterhalb der Bank umgeleitet und den gesamten Block für Fußgänger gesperrt. Nur aus den Fenstern hingen die Neugierigen und die Angestellten der umliegenden Geschäfte reckten sensationslüstern die Hälse; doch das war nicht zu verhindern.

In der Bank lagen die drei anderen Toten. Man hatte sie mit Zeitungspapier zugedeckt.

»Welcher ist der Bankwachmann?« fragte Eischied.

»Der dort drüben, Chief.«

Mit der Spitze seines Schuhs hob Eischied die Morgenausgabe der ›New York Times‹ von Willis' Gesicht. Seine Augen waren weit aufgerissen. Auch sein Mund stand offen. Ein Ausdruck grenzenloser Verwunderung lag auf seinem Gesicht. Eischied schob mit dem Fuß die Zeitung zurück. Zum Captain der Mordkommission gewandt, brummte er: »Das ist vielleicht 'n Wachmann. Drei Schüsse – drei Tote.«

Nicht weit von Willis lag der tote Bankräuber. Seine Hände lugten unter der Zeitung hervor. Die Fingerspitzen waren schwarz von der Tinte der Spurensicherung. In spätestens einer Stunde würde man zumindest seinen Namen wissen. Seine Füße steckten in schäbigen Tennisschuhen. Die Socken waren gelb, die hellbraunen Jeans ausgefranst. Eischied schob erneut mit der Fußspitze die Zeitung beiseite. Er beugte sich nieder und zog die Skimaske bis zur Stirn hoch.

Das Gesicht war ihm nicht bekannt. ›Wenigstens wissen wir jetzt, welche Hautfarbe sie haben‹, dachte er. Er war keineswegs überrascht, denn er hatte es so erwartet.

Die pechschwarzen Augen des Toten starrten Eischied

an. Er war sehr jung, und seine Haut war glatt. Nur am Kinn hatte er ein paar Mitesser und einige spärliche Stoppeln eines erst schüchtern sprießenden Barts. Der Junge war noch nicht einmal alt genug gewesen, sich zu rasieren. Aber alt genug, Banken zu überfallen.

Eischied schob mit der Fußspitze die Zeitung zurück.

Er hatte genug gesehen, und es gab noch zwei weitere Schauplätze, die er sich ansehen mußte. Eischied winkte Louie zum Wagen. Unterwegs rief er per Funk Captain Finnerty: »Ist schon 'ne Botschaft von FEAR eingetroffen?« erkundigte er sich.

»Keine Silbe, Chief.«

Der zu Schrott gefahrene Streifenwagen stand noch immer mitten auf der Kreuzung. Zwei Streifenpolizisten und eine handvoll Schaulustiger sahen zu, wie der Abschleppwagen der Polizei rückwärts auf das Wrack zufuhr. Man sagte Eischied, daß die Streifenbeamten Delehanty und Cusack bereits weg seien. Eischied zählte die Einschußlöcher im Wagen und stellte fest, daß die beiden ein Riesenglück gehabt hatten.

Er fand sie am Schauplatz Nummer zwei, einem Betonpfeiler unter der Hochbahn an der White Plains Road, gegen den der Fluchtwagen der Bankräuber gerast war. Uniformierte Polizisten des zuständigen Reviers hatten einen Kordon gebildet, um die Neugierigen zurückzuhalten. Es wimmelte von Detectives und Presseleuten, sogar einige Fernsehteams waren da. Eischied bahnte sich einen Weg zum Fluchtwagen. Jede Menge Einschüsse. Im Innern des Wagens lagen überall leere Geschoßhülsen verstreut. Blut konnte er nirgends entdecken. Unter dem Vordersitz lugte ein Bündel Geldscheine hervor. Einer der Detectives erklärte ihm, daß bisher nichts angerührt worden sei. Die Spurensicherung mußte jeden Augenblick eintreffen.

»Die drei Täter entkamen in einem Taxi, Chief. Laut Augenzeugenberichten sprangen sie, nachdem sie gegen den Pfeiler geknallt waren, aus dem Wagen – Geldsäcke und Maschinenpistole unterm Arm – und stoppten ein Taxi. Und weg waren sie.«

»Einfach so?«

»Einfach so, Chief.«

Er würde von seinen Leuten sämtliche Taxiunternehmen abchecken lassen. Vielleicht hatten sie Glück und machten den Fahrer ausfindig. Doch die Chancen waren gering, denn offenbar hatte der Fahrer eine Schwäche für Bankräuber.

»Kann ich sonst noch was für Sie tun, Chief?« fragte der Detective.

»Wo sind die beiden Cops, die sie verfolgt haben?«

Man brachte Agnes und Marty zu ihm. Eischied war nicht nur überrascht, eine Polizeibeamtin zu sehen, er war verärgert. ›Als wenn vier Tote in den Schlagzeilen von morgen für die Polizei nicht bereits vollauf genügt hätten‹, dachte er mißmutig.

Marty und Agnes beantworteten seine Fragen. Er sprach nur kurz mit ihnen, den es gab nicht viel, was er nicht bereits gewußt hätte. Eischied sah sofort, daß die beiden unter Schock standen. Sie befanden sich in einem Zustand überspannter Exaltiertheit, der beinahe an Hysterie grenzte. Immer wieder berührten sie einander, schienen sich dessen jedoch nicht bewußt zu sein. Von allen Seiten surrten die Kameras. Es konnte nicht mehr lange dauern, und sie hielten Händchen. Eischied überlegte, ob er sie trennen sollte, doch er kam zu dem Schluß, daß dies nicht sein Problem war und sagte nichts. Er war von Anfang an dagegen gewesen, Frauen im Streifendienst einzusetzen; unter anderem, weil früher oder später unangenehme Scheidungsprozesse dem Image der Polizei schaden würden. Das hier sah ganz danach aus. Doch dies war ausschließlich deren Problem...

Auf jeden Fall würde man der Braut einen Orden geben müssen.

Louie stieg aus dem Dienstwagen und zog Eischied beiseite: »Sie waren es, Chief. Wieder diese FEAR-Bande! Sie haben eine Nachricht an ›Daily News‹ geschickt.«

Eischied seufzte ergeben. Vier Tote, eine Polizistin als Heldin des Tages und nun auch noch das!

Einige Reporter schrien bereits nach einer Stellungnahme, und vor seinem inneren Augen sah er schon die Schlagzeilen der Morgenzeitungen und die reißerisch aufgemachten Berichte in den Nachrichten der Fernsehstationen. Bisher hatte er das Medium Presse zwar stets ignoriert, doch er erkannte sofort, wie günstig es für ihn im Augenblick wäre, die Presse als Verbündeten zu haben. Er brauchte nur auf dieser Welle von Banküberfällen mitzuschwimmen. Er könnte vor versammelter Presse der Öffentlichkeit mitteilen, daß er ganz persönlich die Untersuchungen leiten würde, daß er im Besitz noch nicht veröffentlichter und vielversprechender Spuren sei und binnen absehbarer Zeit diesen Fall abschließen werde.

»Können Sie uns etwas zu diesem Fall mitteilen, Chief?«

»Nur ein paar Worte, Chief!«

Er könnte sich damit eine Atempause von etwa einem Monat verschaffen. Wenn er es verstand, das Interesse der Öffentlichkeit auf sich und seine Ermittlungen zu lenken, dann würden es der PC und O'Connor nicht wagen, ihn zu Fall zu bringen. Sein Job wäre ihm zumindest für einige Zeit nicht streitbar zu machen, und er hätte Gelegenheit, im Präsidium eine Hausmacht um sich zu scharen oder sich nach einer anderen interessanten Tätigkeit umzusehen. Diese Banküberfälle waren zwar eine furchtbare Sache, aber wenn er sie geschickt zu seinen Gunsten ausschlachtete, waren sie für ihn Gold wert.

Er stellte sich also vor der konzentrierten Front der Kameras und Mikrophone in Pose; die Streifenpolizisten Delehanty und Cusack links und rechts von ihm und das Wrack des Fluchtwagens im Hintergrund. Die Fragen, die seinen Zwecken dienlich waren, beantwortete er; die übrigen ignorierte er. Nachdem er seine Schlagzeilen hatte, gestattete er, daß auch Marty und Agnes interviewt wurden. Geschichten wie die der beiden konnten für sein Ansehen und sein Image nur von Nutzen sein. Vorsichtshalber zog er sich während ihres Interviews jedoch aus dem Bild zurück, denn mit dem Schwachsinn, den die beiden unter Umständen von sich gaben, wollte er nicht unbedingt in Verbindung gebracht werden.

Im Augenblick stand Streifenpolizist Martin Delehanty im Mittelpunkt des Interesses sämtlicher Kameras. Einen Arm um Streifenpolizistin Agnes Cusack gelegt, erzählte er begeistert: »Und sie fuhr mitten rein in den Kugelhagel. Ohne mit der Wimper zu zucken fuhr sie mitten rein! Sie ist einer der verdammt besten Polizisten, die ich je gesehen habe.«

Dieser Lobgesang ließ Agnes bis an die Haarwurzeln erröten, und sie gewann damit die Herzen sämtlicher Frauen des Landes.

Dann war Agnes an der Reihe und sie beschrieb, wie sie versucht hatte, den Wagen unter Kontrolle zu halten, als die Kugeln aus der MP den Reifen zerfetzt hatten. Sie hatte noch immer getrocknete Blutspuren im Gesicht. Sie warf Marty einen Blick zu, ehe sie fortfuhr, und zehn Millionen Bürger vor den Fernsehapparaten würden in diesem Blick Bewunderung oder gar Liebe erkennen. »Es tut mir nur leid«, erzählte Agnes weiter, »daß es den Tätern trotzdem gelungen ist, zu entkommen.« Die typische Ausdrucksweise eines Polizisten. Sie klang tatsächlich wie ein Vollblutcop, und Eischied konnte nicht umhin, sie gleich sympathischer zu finden. »Aber wir kriegen sie trotzdem. Chief Eischied wird sie kriegen.«

Ein Lächeln stahl sich in Eischieds Züge. ›Danke, Streifenpolizistin Cusack‹, dachte er.

17

Eischied ließ sich zur Bank zurückfahren. In einem winzigen Büro – einer Art Beratungszimmer für Kunden, zwischen dem letzten Schalter und dem Tresorraum – richtete er seine Kommandozentrale ein. Das Büro hatte kein Fenster, und die Luft stand in dem winzigen Raum. Eischied arbeitete in Hemdsärmeln, und ohne eine Mittagspause zu machen. Zweimal schickte er nach Kaffee. Er saß am Schreibtisch und machte sich Notizen von den Aussagen der Zeugen, die ihm der Reihe nach vorgeführt wurden. Die meisten waren bereits von der Stadtpolizei, sowie vom FBI vernommen worden. Draußen im Schalterraum waren die parallel verlaufenden Ermittlungen bereits in vollem Gang. Eischied befragte jeden einzelnen der Zeugen ein drittes Mal und er nahm seine Sache sehr genau. Er fragte nach den scheinbar bedeutungslosen Kleinigkeiten, nach dem Hauch einer Spur, die ihn zu der Bande führen konnte. Er arbeitete hart und schenkte sich nichts. Die Zigarre in seinem Mund wanderte unaufhörlich hin und her. Stoisch saß er hinter dem Tisch und stellte inmer wieder die gleichen Fragen.

»Haben die Täter miteinander gesprochen?»«

»Ich war ganz taub von dem Rattern der Maschinenpistole, Sir. Sie können sich nicht vorstellen, wie laut das war.«

»Das glaube ich Ihnen. Was können Sie mir über den Mann, der geschossen hat, erzählen?«

»Er bewegte sich wie eine Katze. Sie glauben es nicht, wie schnell er war.«

»Ich glaube es Ihnen ja. Was sonst noch?«

Aus der Bank war inzwischen fast so etwas wie ein gläsernes Gefängnis geworden: niemand durfte sie verlassen und keinem war erlaubt, sie zu betreten. Zwischen den Vernehmungen vertrat sich Eischied kurz die Beine und blieb in der Tür seines behelfsmäßig eingerichteten Büros stehen. Kriminalpolizei und FBI arbeiteten im Schalterraum auf Hochtouren. Durch die Glastür konnte Eischied ein Stück der Straße sehen. Irgend etwas war merkwürdig – fast unheimlich. Dann wußte er, was es war: es fehlte das Leben, die Bewegung. Es schien, als hätte außerhalb der Bank alles Leben aufgehört zu existieren.

»Was ist Ihnen an dem Mann mit der Maschinenpistole aufgefallen?«

»Er war eiskalt, Sir. Eiskalt – und er bewegte sich wie eine Katze.«

»Was an ihm war so katzenhaft?«

»Das kann ich nicht so genau sagen.«

Eischied seufzte. »Ist Ihnen gar nichts Besonderes aufgefallen? Seine Hände, seine Ohren?«

»Er trug eine Skimaske, Sir.«

»Haben Sie seine Augen gesehen? Oder seine Zähne? Hat er was gesagt?«

»Ja. Seine Stimme war eiskalt.«

»Ich verstehe.«

Trotz der äußerst spärlichen Informationen war Eischied in der Lage, sich ein Bild von dem Mann zu machen: er war etwa einsfünfundsiebzig groß, siebzig bis fünfundsiebzig Kilo schwer und genauso gekleidet, wie der tote Bankräuber draußen im Schalterraum. Allerdings war er fünf oder sechs Jahre älter. Er war ziemlich muskulös, zu allem entschlossen und ein absoluter Könner mit der MP. Und er war völlig skrupellos.

Aber weshalb war er dann bisher immer nur der Fahrer gewesen?

Weil er wahrscheinlich ebenfalls nur Befehlen gehorchte, überlegte Eischied. Der Anführer der Bande mußte jemand anders sein.

»Hatten Sie den Eindruck, daß einer der beiden anderen der Boß war?«

Lange Pause. »Ich verstehe nicht, was Sie meinen, Sir.«

Draußen im Schalterraum hatte Lieutenant Schultz vom Raubdezernat das Kommando über die acht Detectives übernommen. Zehn FBI-Agenten arbeiteten unter dem Befehl eines gewissen Jim Kane. Als Kane mitbekam, daß Eischied seine eigenen Ermittlungen anstellte, rief er im Präsidium des FBI in der 69. Straße an, und binnen dreißig Minuten tauchten zwei ranghöhere FBI-Agenten in der Bank auf. Sie wollten Eischied sprechen. Er sagte ihnen, er hätte keine Zeit; sie könnten ihn um vier Uhr im Präsidium sprechen, wenn sie wollten. Dann warf er Ihnen vor der Nase die Tür zu.

In den Rundfunknachrichten sendeten sie bereits Eischieds Stellungnahme. Die Schlagzeile der Nachmittagsausgabe auf der Titelseite der ›Post‹ war in Fünf-Zentimeter-Lettern gesetzt:

EISCHIED
VERSPRICHT AUFKLÄRUNG
DER BANKÜBERFÄLLE

War es diese Art von Publicity, die den Favoriten des Commissioners, Deputy Inspector Cornfield, ehemals Captain Cornfield, auf den Plan rief? Auf jeden Fall tauchte er in der Bank auf und fragte, ob er helfen könne.

Eischied musterte ihn kalt, bis sich Cornfield sichtlich unwohl zu fühlen begann.

»Ich dachte, dieser Fall würde automatisch in das Ressort des Sonderdezernats fallen«, versuchte er zu erklären.

»Ich kann mich nicht entsinnen, daß ich nach Ihnen geschickt hätte, oder?« knurrte Eischied frostig.

»Nein, das haben Sie nicht, Chief«, erwiderte Cornfield, offenbar unsicher geworden, wieviel Protektion er vom PC erwarten konnte.

Eischied schickte ihn ziemlich rüde aus dem Büro.

Nach einer Weile kamen ihm jedoch Bedenken, denn eigentlich konnte er es sich nicht leisten, den PC so offenkundig vor den Kopf zu stoßen.

Er ging zur Tür und rief einen der Detectives: »Rufen Sie doch bitte für mich Cornfield an und sagen Sie ihm, daß er um vier Uhr in mein Büro zu einer Besprechung mit dem FBI kommen soll.« Für Eischied fielen das FBI und Cornfield in die gleiche Kategorie: sogenannte Kollegen, denen man nicht trauen konnte.

Es klopfte an der Tür. Eischied öffnete und ließ Captain Rolfe, den Leiter der ballistischen Abteilung eintreten. Er hatte ihm eingeschärft, so viele Geschosse wie möglich sicherzustellen. Natürlich würde der FBI versuchen, alle für sich zu beanspruchen, doch Captain Rolfe besaß genügend Autorität und Leute, um zumindest einige dieser Beweisstücke für die Stadtpolizei zu ergattern. Es wäre natürlich vortrefflich, wenn es ihm gelungen wäre, ein kaum beschädigtes Geschoß aus der MP zu sichern.

Rolfe berichtete, daß er lediglich diejenigen Kugeln sicherstellen konnte, die auf die beiden Streifenbeamten Delehanty und Cusack abgefeuert worden waren. Vier davon hatte er gefunden. Drei waren in die Hauswand auf der gegenüberliegenden Straßenseite eingedrungen und waren total deformiert. Die vierte war durch einen offenen Hauseingang geflogen und im Holz der Treppe zum ersten Stock steckengeblieben. Rolfe hatte sie persönlich herausgeschnitten. Er öffnete seine Faust. Eischied betrachtete das Geschoß; es sah aus wie ein kleiner, metallener Pilz.

»Hier«, sagte Rolfe und deutete auf den Stiel des Pilzes, »der hintere Teil ist völlig unbeschädigt.«

Eischied nickte zufrieden. Das genügte für einen zuverlässigen ballistischen Vergleich mit anderen Projektilen aus der gleichen Maschinenpistole.

»Sicherlich waren es mehr Schüsse, die auf die beiden Cops abgegeben wurden, aber mehr konnten wir nicht finden.«

»Und was ist mit den Kugeln, die den Streifenwagen durchsiebt haben?«

»Wir sind gerade dabei, den Wagen zu zerlegen. Aber offen gesagt, habe ich keine großen Hoffnungen. Die meisten schlugen vorne ein und traten hinten wieder aus. Die beiden hatten ein Riesenglück.«

»Kann man wohl sagen – ja«, stimmte Eischied zu. Aber was war das eigentlich: Glück? Gab es überhaupt so etwas wie Glück? Die beiden Cops hatten Glück gehabt – na schön. Aber die vier Toten sicher nicht. Der Bankwachmann und der Bankräuber waren selbst daran schuld – wenn man so wollte. Aber wie war das mit dem Schalterbeamten und der Frau auf der anderen Straßenseite? Glück ließ sich einfach nicht erklären – es ergab keinen Sinn. Aber wenn man genau hinsah, ergab nichts einen Sinn.

In dem stickigen, engen Büro war inzwischen mehr Zigarrenrauch als Sauerstoff, und Rolfe wurde von einem Hustenanfall geschüttelt. »Mein Gott, Chief«, krächzte er. »Sie sollten hier mal ein bißchen Luft reinlassen.«

Eischied grinste nur amüsiert. Er war zufrieden mit Rolfes Arbeit. »Und was ist mit den Kugeln in der Bank?«

»Wie es aussieht, hat sie samt und sonders der Bankwachmann eingefangen.«

»Ein Meisterschütze, eh?« Eischied blickte überrascht auf.

»Er wurde richtiggehend durchsiebt«, berichtete Rolfe. »Er wurde fünfmal getroffen. Einer meiner Leute fand alle fünf Projektilhülsen, doch das FBI beschlagnahmte sie, ehe ich eintraf. Außerdem hat das FBI natürlich alle fünf Projektile. Sie durchbohrten das Opfer und schlugen in die Wand des Tresorraums. Die Leute des FBI mußten sie nur vom Fußboden aufsammeln. Inwieweit sie für den Ballistiker brauchbar sind, kann ich nicht sagen. Oft sind sie bereits zu stark deformiert, wenn sie durch einen menschlichen Körper dringen. Und diese prallten auch noch gegen eine Stahlwand. Vielleicht drang auch eine in den Holztisch, der an der Wand steht. Jemand hat sich dort mit einem Messer zu schaffen gemacht. Ich hab' es mir allerdings ganz genau angesehen und ich glaube fast, die Kugel hat auch noch das Holz durchgeschlagen und fiel dann, genau wie die anderen, einfach zu Boden.«

»Mit anderen Worten: dieser Hundesohn hat fünf Schüsse in der Bank und mindestens vier auf der Straße abgefeuert; wovon allerdings nur ein Projektil ballistisch auszuwerten ist. Und das haben wir?«

»Genau.«

Eischied grinste von einem Ohr zum anderen. »Sie sind ein Genie, Rolfe. Ist Ihnen das klar?«

Rolfe strahlte.

Eischied betrachtete das Geschoß auf dem Tisch noch einmal genauer. »In letzter Zeit habe ich von dieser Sorte mehr gesehen, als mir lieb sein kann«, brummte er.

Rolfe nickte. »Ich weiß, Chief.«

Eischied schob Rolfe das Projektil über den Tisch. »Sie bringen das ins Labor und vergleichen es mit den Projektilen aus der MP, mit der im Sommer die beiden Streifenpolizisten erschossen wurden. Und ich möchte, daß Sie das persönlich erledigen. Wenn Sie eine Übereinstimmung feststellen, dann kommen Sie in mein Büro. Ich werde ab drei Uhr dreißig dort sein. Niemand außer mir erfährt, woran Sie arbeiten – vor allem nicht das FBI. Haben Sie verstanden?«

Rolfe nickte. Eischied verabschiedete ihn an der Tür mit einem Schulterklopfen und bellte in den Schalterraum: »Wer ist der nächste, verdammt nochmal?«

Als sich Eischied einige Stunden später anschickte, die Bank zu verlassen, stellte er fest, daß man das Streifenwagenteam Delehanty und Cusack noch immer nicht nach Hause geschickt hatte. Sie saßen auf unbequemen Stühlen im Hintergrund des Schalterraums und waren in ein angeregtes Gespräch vertieft. Eischied ging zu ihnen hinüber.

»Wie fühlen Sie sich inzwischen?« fragte er.

»Okay, Chief«, erwiderte Agnes. Allmählich gewöhnte sich Eischied an dieses Frauengesicht über der blauen Uniformbluse. ›Sie sieht nicht einmal schlecht aus‹, dachte er.

»Dieser FBI-Agent hat uns gebeten, noch zu bleiben«, erklärte Marty.

»Na schön«, brummte Eischied. »Kann ich etwas für Sie tun?«

»Nein danke, Chief – alles bestens«, lächelte Agnes.

»Sie hatten wahnsinniges Glück heute, das ist Ihnen doch klar?«

»Ich weiß«, sagte Agnes.

Die beiden schienen tatsächlich wunschlos glücklich, und Eischied verabschiedete sich. Er verließ die Bank und ließ sich zum Präsidium fahren.

Noch im Vorzimmer zog er bereits den Mantel aus. »Finnerty, Fitzgerald, kommen Sie in mein Büro!«

Eischied hängte den Mantel auf und zündete sich eine Zigarre an. Erwartungsvoll standen Captain Finnerty und Lieutenant Fitzgerald vor seinem Schreibtisch. Eischied ließ sich in seinen Drehstuhl fallen und legte die Füße auf den Schreibtisch.

»Notieren Sie«, sagte er und blies eine dicke Rauchwolke gegen die Decke.

Beflissen klappte Captain Finnerty seinen Stenoblock auf.

»Erstens: Jemand soll mir ein Thunfischsandwich und 'ne Tasse Kaffee bringen. Zweitens: Ich brauche die Akte von dem erschossenen Bankräuber.« Er zog an seiner Zigarre. »Das machen Sie, Fitzgerald.«

Als Fitzgerald bereits unter der Tür war, rief ihm Eischied nach: »Und besorgen Sie das Original der Botschaft, die FEAR heute morgen an die ›Daily News‹ geschickt hat.«

Er wandte sich Captain Finnerty zu. »Drittens: Ich brauche zwei Exemplare der letzten Ausgabe der ›Post‹. Wieso eigentlich liegt das alles nicht schon längst auf meinem Schreibtisch, zum Teufel?!«

»Sorry, Chief.«

»Viertens: Von diesem Augenblick an sind Sie, Captain Finnerty, der Leiter des Raubdezernats. Rufen Sie Lieutenant Schultz, den Sergeant und sämtliche Detectives des Dezernats, die heute im Dienst sind, zusammen und machen Sie sich an die Ermittlungen über diesen erschossenen Bankräuber. Ich will die Namen sämtlicher Männer, die je ein Ding mit ihm gedreht haben. Ich will wissen, in welchen Gefängnissen er gesessen hat und wann. Und ich will wissen, mit wem er zusammen in einer Zelle war. Und egal was Sie herausfinden, ich will kein Wort davon in irgendeiner Zeitung lesen. Ist das klar?«

Captain Finnerty sah von seinem Stenoblock auf. »Es war noch nie meine Art, geheime Informationen an die Presse weiterzugeben, Chief«, sagte er beleidigt.

»Manchmal glaube ich, Sie sind einfach zu empfindlich, um bei der Kripo zu sein, Finnerty«, erwiderte Eischied amüsiert. Finnerty zog es vor, auf diese Bemerkung nicht einzugehen und kritzelte in seinem Stenoblock herum.

»Wenn die Männer vom Raubdezernat hier auftauchen, dann bringen Sie sie in ein Büro, wo Sie nicht gestört werden. Ich will unbedingt vermeiden, daß jemand mitbekommt, welchen Auftrag Sie ihnen erteilen; das gilt vor allem für das FBI. Und niemand erfährt das Ergebnis der Recherchen!«

»Fünftens: Wenn Sie alle Namen beisammen haben, dann machen Sie sich daran, sie auszusieben. Die, die noch immer sitzen, können sie streichen. Aber von allen, die im Augenblick möglicherweise seine Komplizen sein könnten, will ich die Fingerabdrücke aus der Kartei haben. Außerdem brauche ich unseren besten Spezialisten für Prints. Man wird Ihnen von allen Seiten 'ne Menge Fragen stellen, Finnerty. Beantworten Sie keine einzige davon! Die Ermittlungen laufen ausschließlich über dieses Büro hier, und wenn jemand partout auf einer Antwort besteht, soll er sich an mich wenden.

»Sechstens: Ich will Abhörgenehmigungen, so viele, wie Sie kriegen können. Sie kümmern sich um alles, was damit zusammenhängt. Sie erledigen das im Sekretariat des Staatsanwalts, dann arrangieren Sie alles mit der Telefongesellschaft und sehen zu, daß die Abhörschaltungen so schnell wie möglich installiert werden. Und schärfen Sie Ihren Leuten ein, kein Wort über diese Geschichte zu verlieren. Ist das klar?«

»Siebtens: Rufen Sie Ihre Frau an und erklären Sie ihr, daß sie nicht viel von Ihnen haben wird, bis wir diesen Fall abgeschlossen haben.«

»Achtens: Captain Rolfe von der ballistischen Abteilung muß jeden Augenblick hier aufkreuzen. Schicken Sie ihn gleich rein. Ich will ihn sofort sehen.«

»Neuntens: Um vier habe ich eine Besprechung mit dem FBI und Captain, äh, Deputy Inspector Cornfield. Sagen Sie mir Bescheid, wenn sie auftauchen. Ich rufe dann zurück, wenn Sie sie reinlassen können.«

»Zehntens: Sagen Sie sämtliche Verabredungen ab, die ich für den Rest der Woche im Terminkalender habe.«

Lieutenant Fitzgerald kam mit der Kopie der Akte des erschossenen Bankräubers und einer Abschrift der Botschaft von FEAR an die ›Daily News‹ zurück. Das Original war bereits unterwegs.

Eischied griff nach den Papieren.

»Die Nachricht ging um 9 Uhr 52 bei der ›Daily News‹ ein, Chief«, erklärte Fitzgerald. »Das sind ungefähr vierundvierzig Minuten nach dem Überfall.«

»Ich kann selbst ganz gut rechnen«, knurrte Eischied.

Laut Polizeiakte hieß der tote Bankräuber Floyd Fields. Obwohl er erst zwanzig Jahre alt gewesen war, war er bereits siebenmal vorbestraft. Im Knast war er kein Unbekannter: The Tombs, Attica, Greenhaven. Finnerty würde eine Menge zu tun haben, all seine Knastbekanntschaften durchzuchecken. Die Vorstrafen reichten von Erregung öffentlichen Ärgernisses bis zum bewaffneten Raub.

»Ein feines Früchtchen war das«, brummte Eischied.

Bei jeder Verhaftung war der Name des Beamten angegeben, der die Verhaftung vorgenommen hatte. Zu Finnerty gewandt sagte Eischied: »Vielleicht sollten Sie mit all diesen Kollegen Kontakt aufnehmen. Ein Gespräch mit ihnen könnte uns möglicherweise weiterbringen.« Er grinste schief und fügte augenzwinkernd hinzu: »Ich sage das nur, weil ich nicht weiß, ob Sie selbst darauf gekommen wären.«

»Ich habe selbst schon daran gedacht, Chief. Schließlich bin ich Kriminalbeamter«, erwiderte Finnerty gekränkt.

Eischied grinste nur anzüglich. Als Finnerty aus dem Büro gehastet war, wandte sich Eischied an Fitzgerald: »Und Sie bringen mir jetzt die Polizeiberichte der letzten Nacht.«

Als er alleine war, legte Eischied die Füße auf den Schreibtisch und kaute heftig auf seiner Zigarre herum. Er versuchte seine Gedanken auf die bevorstehende Besprechung zu konzentrieren, doch irgendwie wollte ihm dies nicht gelingen; wahrscheinlich war es seine Waffe, die ihn am Denken hinderte. Es war stets dasselbe, und ein Psychologe hätte zweifellos einiges dazu sagen können. Eischied zog die Dienstwaffe hinter dem Gürtel hervor und verstaute sie in der Schreibtischschublade. Die Denkblockade drückte nun nicht mehr in seinen Magen, und vielleicht würde ihm nun die Erleuchtung kommen...

Doch Lieutenant Fitzgerald kam früher als erwartet mit

den Polizeiberichten der letzten Nacht und unterbrach seine strategischen Überlegungen erneut.

»Legen Sie sie dahin, Red, und dann lassen Sie mich alleine. Ich versuche zu denken und wenn ich Sie sehe, muß ich immer nur denken, warum ich verdammt nochmal kein Installateur geworden bin.«

»Mit diesem Spruch könnten Sie im Kabarett auftreten, Chief.«

Eischied hob drohend einen Aschenbecher, um ihn nach Fitzgerald zu werfen, doch dieser zog bereits grinsend die Tür hinter sich zu.

Eischied fand sofort, wonach er suchte: im 26. Revier war während der Nacht von einem Mann mit gezogener Waffe ein Wagen aus einem Parkhaus geraubt worden. Das 26. Revier grenzte nördlich an das, in dem die vorherigen Autodiebstähle stattgefunden hatten. Bei dem gestohlenen Wagen handelte es sich allerdings nicht um den Fluchtwagen. Dieser war laut Polizeibericht in Queens direkt von der Straße weg geknackt worden.

›Sie gehen stets nach der gleichen Methode vor‹, überlegte Eischied. ›Der Kopf der Bande schickt in der Nacht vor dem Überfall zwei Männer los, um die Autos zu besorgen. Und einer dieser Idioten spielt sich dabei als Django auf – wovon der Boß der Bande sicherlich keine Ahnung hat. Aber genau das ist ihr schwacher Punkt, denn früher oder später wird dieser Typ dabei Probleme kriegen – mit dem Parkhauswächter, oder sonst irgendwie. Und dann werden wir klarer sehen.‹

Doch weder Eischied, noch die Stadt konnte sich den Luxus erlauben, zu warten, bis dies geschah.

Die letzte Nachricht von FEAR – in der Handschrift von Finnerty, der sie sich telefonisch von einem Redakteur der ›News‹ hatte durchgeben lassen – machte dies deutlich. Eischied las sie erneut.

Heute morgen wurde unser Genosse Floyd Fields von den Knechten der kapitalistischen Unterdrücker auf brutalste Weise ermordet. Er starb im Dienst der Sache des Volkes, als er unter Einsatz seines Lebens die Mittel enteignete, die die Armee des Volkes benötigt, um das Joch der Unterdrücker abzuwerfen. Floyd ist der erste Märtyrer der Herbstoffensive. Sein Tod wird nicht ungesühnt bleiben. Die Revolution fordert als Sühne den Tod zweier faschistischer Bullenschweine! Lang lebe die Revolution!

Allmählich begriff Eischied, daß hinter dieser Serie von Überfällen ein intelligenter Kopf steckte. Sämtliche Stellungnahmen von FEAR stammten unverkennbar aus der selben Feder.

Jeder der Überfälle hatte in einem anderen Bezirk stattgefunden; und alle, bis auf einen, zu einer Zeit, in der die Effektivität des Alarmsystems der Banken wegen der häufigen, aus Versehen ausgelösten Alarme stark reduziert war. Offenbar wußte das der Kopf der Bande. Von Mal zu Mal waren die Banken und damit auch die Beute größer geworden – von dem Überfall heute abgesehen, als die Täter mehr als 100 000 Dollar auf dem Gehsteig stehen ließen. Es steckte eindeutig ein Konzept hinter dieser Eskalation. Ganz sicher hatte der Kopf von FEAR keine Ahnung von den riskanten Autodiebstählen, denn sonst hätte er sie sicherlich unterbunden.

Eischied spielte mit dem Gedanken, ob er nicht in jeder Parkgarage der beiden vom Dieb bevorzugten Reviere einen Streifenwagen postieren sollte.

Doch andererseits war er sich nicht sicher, inwieweit er sich auf die Verschwiegenheit der Streifenbeamten verlassen konnte.

Er verwarf diesen Gedanken. Außerdem würden die Streifenwagen den Dieb verschrecken.

Und wenn er Detectives in den Parkhäusern postierte?

Er klingelte nach Finnerty.

Doch Finnerty befand sich bereits in der Besprechung mit den Beamten des Raubdezernats im Konferenzraum des 4. Stocks. Statt dessen kam Fitzgerald in Eischieds Büro.

»Ich hab 'nen Job für Sie Lieutenant, der Ihre intellektuellen Fähigkeiten hoffentlich nicht übersteigt: Besorgen Sie mir eine vollständige Liste aller Parkhäuser im 20., 24. und 26. Revier.«

»Tragen Sie sich mit dem Gedanken, den Job zu wechseln, Chief?«

Eischied ignorierte Fitzgeralds Bemerkung. Er hatte keine Ahnung, ob Fitzgerald mit einer Liste von zehn oder von hundert Parkgaragen zurückkommen würde, doch es erschien ihm der Mühe wert, für jede einen Detective abzukommandieren. Denn es war seine heißeste Spur – genaugenommen seine einzige – und er hatte keine Zeit zu verlieren. Die Drohung in der letzten Verlautbarung von FEAR war eindeutig gewesen: sie hatten die Absicht, zwei Polizeibeamte umzubringen.

›Und das ist nicht allzu schwer‹, dachte Eischied bitter. Sie sind ganz leicht an ihrer Uniform zu erkennen, und diese Uniform schützt keineswegs vor Kugeln. Man brauchte ihnen nur in einer dunklen Ecke auflauern und peng... Oft genug war das schon geschehen.

Eischied holte das Dossier über die terroristischen Organisationen der letzten Jahre hervor. Die meisten dieser Gruppen war zwischen 1967 und 1972 aktiv gewesen und hatten etliche Polizisten getötet. Sie alle hatten sich selbst als Revolutionäre bezeichnet, doch Eischied, der Geschichte studiert hatte, betrachtete sie samt und sonders als Anarchisten, denn außer Destruktion hatten sie kein Programm zu bieten gehabt. Sie unterschieden sich durch nichts von den Bombenwerfern der frühen dreißiger Jahre in Spanien, von den Anarchisten in Rußland vor 1917 und von den Attentätern, die vor mehr als siebzig Jahren in den USA Präsident McKinley erschossen hatten. Die Wurzeln der anarchistischen Bewegung reichten zurück bis ins Römische Imperium, bis ins klassische Griechenland. Die schwarze Fahne der Zerstörung.

›Und nun‹, dachte Eischied, ›sind sie wieder mitten unter uns, schwer bewaffnet und stark genug, vier Banken zu überfallen und öffentlich die Erschießung von Polizisten anzukündigen!‹

Die Black Panther waren bereits in den Jahren, als Eischied noch Captain war, zu der Schwarzen Befreiungsarmee zusammengeschrumpft. Allein in New York hatte diese terroristische Vereinigung ein Dutzend Polizisten verwundet und vier getötet. In anderen Städten lagen die Zahlen damals ähnlich hoch. Sie war die gefährlichste Bande gewesen, an die sich Eischied persönlich erinnern konnte. Die meisten ihrer Mitglieder waren erschossen worden oder saßen im Gefängnis. Einige waren ins Ausland geflohen. Der tote Bankräuber hätte ganz gut in diese Organisation gepaßt. Er war damals noch zu jung gewesen, doch der Kopf der Bande konnte durchaus aus dieser Zeit stammen. Eischied hegte den Verdacht, daß er die Namen von einem oder zwei der maßgeblichen Leute von FEAR in dem Dossier auf seinem Schreibtisch wiederfinden würde.

Er ging zu seinem Safe und entnahm ihm die Akte, in der die Klarsichthülle mit der verkohlten ersten Nachricht von FEAR steckte. Er starrte auf den leicht verwischten Fingerabdruck. ›Wer immer du sein magst‹, dachte er grimmig, ›in irgendeiner Kartei haben wir deine anderen neun Prints ganz sicher!‹

In seiner Vorstellung versuchte Eischied, ein Bild des Anführers von FEAR zu entwerfen: ein Mann von dominanter physischer Erscheinung, mit eindringlicher Stimme und Augen von fast hypnotischer Kraft.

Der Name Everett Walker kam Eischied nicht in den Sinn, denn Walker war in New York nie aktiv gewesen und außerdem lebte er laut Dossier im Exil in Nordafrika.

Der Kopf der Terroristen mußte ein Mann sein, der mit Hilfe von Mystizismus, quasi-religiösen Versprechungen und einer sonoren Rhetorik die Jugendlichen aus dem Ghetto nach seinem Willen formte; weniger eine charismatische Erlösergestalt wie Christus, vielmehr ein Eroberer, eine Art moderner Cortez, der die Absicht hat, mit einer Handvoll zu allem entschlossener Männer die Hauptstadt des Feindes im

Handstreich zu nehmen. Für keine politische Philosophie waren die Ghetto-Jugendlichen empfänglicher als für die Anarchie. Der Gewalt haftete etwas Anziehendes, etwas Ästhetisches an. Zerstörung war ein Genuß. Und Mord gipfelte möglicherweise in einem sexuellen Lustgefühl. Die primitivsten und zugleich stärksten Empfindungen des Menschen wurden dabei angesprochen: Wut, Haß, Schmerz, Angst, Gier, Lust, Machtstreben und Verzweiflung. Und vielleicht empfanden diese jungen Männer, die sich zu einem verzweifelten und aussichtslosen Kampf zusammengeschlossen hatten, sogar Liebe füreinander.

Doch kein Polizist in der Stadt konnte seines Lebens mehr sicher sein, solange sie nicht gefaßt waren.

Lieutenant Fitzgerald rief an und meldete Captain Rolfe.

»Sie hatten recht, Chief«, begann Rolfe, kaum daß er die Tür hinter sich geschlossen hatte. »Die Projektile stammen aus der gleichen Maschinenpistole.«

Eischied erwiderte nichts. Er schluckte nur mehrere Male und überflog erneut die letzte Verlautbarung von FEAR. Daß sie in Finnertys Handschrift abgefaßt war, machte sie nicht weniger beängstigend. Laut las Eischied:

»... Die Revolution fordert als Sühne den Tod zweier faschistischer Bullenschweine!«

»Sie haben bereits zwei Kollegen auf dem Gewissen«, murmelte Eischied. »Sie sind also ernst zu nehmen. Aber das Problem ist, daß ich nicht weiß, wie wir sie daran hindern können.«

»Wir könnten über Funk alle paar Stunden Warnungen an die Streifenwagen durchgeben«, schlug Rolfe vor.

Rolfe war ein kluger und umsichtiger Mann; mehr Wissenschaftler als Polizist. Sein Reich war das Labor, und er hielt sich in erster Linie an die meßbaren Fakten seiner Untersuchungen. Vor Gericht war er eine anerkannte Kapazität, deren Urteil von keiner Jury angezweifelt wurde. Machtkämpfe innerhalb des Präsidiums schienen ihn nicht zu interessieren, und Ehrgeiz nach einem höheren Rang schien ihm fremd.

Er war einer der wenigen Männer im Präsidium, denen Eischied bedingungslos vertraute.

»Sind Sie sich darüber im Klaren, welche Unruhe, vielleicht sogar Panik solche Durchsagen bei den Kollegen auf der Straße hervorrufen würden?« gab Eischied zu denken.

»Bei den Bürgern der Stadt natürlich ebenfalls; doch vor allem aber unter den Kollegen. Sie würden mit einem Auge ständig über die Schulter schielen. Sie würden keine Funksprüche mehr entgegennehmen. Und am Ende der Woche hätten wir etliche harmlose Bürger zu beerdigen, weil einige nervöse und überreizte Cops eine verdächtige Bewegung falsch verstanden haben.«

»Nein«, entschied Eischied. »Wir dürfen ein solches Risiko nicht eingehen.«

»Aber wir können andererseits die Kollegen auch nicht so einfach in ihr Verderben rennen lassen«, wandte Rolfe ein. »Denn darauf läuft es doch hinaus, Chief!«

Eischied verfiel in brütendes Schweigen, und als er nach einer Weile antwortete, klang seine Stimme leise und bedrückt: »Beantworten Sie mir eine Frage, Pete. Betrachten Sie das Ganze vom Standpunkt des durchschnittlichen Bürgers aus. Wovon fühlt er sich mehr bedroht: von einer handvoll Terroristen, die Banken ausraubt, oder von zweiunddreißigtausend verängstigten Polizisten, die auf jeden Schatten schießen, der sie erschreckt?«

Rolfe schüttelte den Kopf. »Ich bin nur ein Captain, Chief. Gott sei Dank brauche ich mich mit solchen Problemen nicht herumschlagen. Ich beneide Sie nicht darum, das können Sie mir glauben.«

»Ich könnte damit natürlich auch zum Commissioner gehen, und die Entscheidung einfach ihm überlassen«, sagte Eischied. »Das Problem ist nur: er kann Cops nicht ausstehen. Er glaubt, wir sind alle korrupt und bestechlich.« Und nach einer Weile fügte er leise hinzu: »Ich habe kein großes Vertrauen in seine Entscheidungen – ehrlich gesagt.«

Eischied führte Rolfe zu seinem Safe und zeigte ihm den Fingerabdruck. »Das ist unser Mann, denke ich. Natürlich könnte es auch ein Abdruck vom Zeitungsverkäufer sein, aber eigentlich glaube ich nicht daran. Irgendwie ein verrückter Fall, das Ganze. Einerseits haben wir eine ganze Menge Ansatzpunkte, und andererseits wissen wir überhaupt nichts Konkretes.«

Die Sprechanlage summte, und Lieutenant Fitzgerald meldete das Eintreffen von Deputy Inspector Cornfield und zweier FBI-Offizieller.

»Ich möchte, daß Sie bei der Besprechung dabei sind«, sagte Eischied zu Rolfe. »Aber bitte geben Sie keinerlei konkrete Informationen über unseren Kenntnisstand.«

Die fünf Männer nahmen an Eischieds Konferenztisch Platz. Eischied ergriff das Wort: »Der Zweck dieses Treffens ist der Austausch von Informationen. Sowohl für das FBI, als auch für uns kann es nur von Vorteil sein, wenn wir uns gegenseitig über den Stand der Ermittlungen auf dem laufenden halten; wenn Sie uns berichten, was uns entgangen oder nicht zugänglich ist, und umgekehrt natürlich.«

Er versuchte ein entwaffnendes Lächeln.

Keiner der beiden FBI-Agenten lächelte zurück.

»Nehmen wir einmal an, diese ›Freiheitliche und Einheitliche Armee der Revolution‹ existiert tatsächlich«, fuhr Eischied unbeirrt fort. »Observation von terroristischen Vereinigungen und eventuelle Infiltration fallen in das Ressort des FBI. Ist Ihnen diese Organisation bekannt?«

Sie verneinten dies, und Eischied nickte. Das stimmte wahrscheinlich sogar. FEAR war erst im Laufe des letzten Monats in Erscheinung getreten, und die Infiltration einer terroristischen Vereinigung war in solch kurzer Zeit unmöglich.

Einer der beiden FBI-Agenten brachte das Vorstrafenregister von Floyd Fields aus dem Archiv der Bundespolizei zum Vorschein. Er reichte es Eischied, als sei es ein Weihnachtsgeschenk. »Vielleicht bringt Sie das weiter, Chief.«

Ein überaus großzügiges Angebot, das Eischied keinen Schritt weiterbrachte. Sicherlich wollte das FBI nun das Projektil dafür, das Rolfe sichergestellt hatte. Wortlos und ohne einen Blick darauf zu verschwenden, legte Eischied das Papier zur Seite.

»Meine Männer sagten mir, Sie hätten auf der anderen Straßenseite einige Kugeln aus der MP sichergestellt«, sagte einer der beiden FBI-Offiziere. Er hieß Morgan, war etwa einsneunzig groß und auffallend hager. Fast kahlgeschorener Schädel. Hochgeschlossenes Hemd mit dunkelblauer Krawatte. Anzug von Brooks Brothers. »Ich würde sie gern haben, wenn Ihnen das recht ist.« Lächelnd fügte er hinzu: »Bankraub fällt schließlich unter das Bundesrecht.«

»Und Mord fällt in unseren Zuständigkeitsbereich«, entgegnete Eischied ärgerlich. »Zumindest war das so, als ich das letztemal damit zu tun hatte.«

»Dieser wurde aber während eines Bankraubs begangen und ist deshalb ein Fall für die Bundesbehörden.«

Morgan und Eischied starrten einander an.

Der zweite FBI-Mann – er hieß Taylor – war fast ebenso groß und hager wie sein Kollege und trug den gleichen Haarschnitt, die gleiche Krawatte und den gleichen Anzug. Taylor räusperte sich. »Haben Sie eigentlich etwas gefunden, was uns weiterbringen könnte?« fragte er.

Captain Rolfe setzte zu einer Antwort an, doch Eischied brachte ihn mit einem Blick zum Schweigen.

»Wir sind noch dabei, die Geschosse zu untersuchen«, sagte er mit unbewegter Miene. »Sobald wir die Ergebnisse haben, werden Sie von uns hören.«

»Sollten Sie die Projektile nicht uns überlassen?« schlug Morgan vor. »Schließlich verfolgen wir doch alle das gleiche Ziel: daß dieser Fall so bald wie möglich abgeschlossen wird. Und unser Labor kann vielleicht mehr damit anfangen.« Mit einem Seitenblick auf Rolfe fügte er hastig hinzu: »Nicht daß ich damit die Qualität Ihrer Arbeit in Zweifel ziehen möchte, Captain, aber wir haben ganz einfach bessere technische Möglichkeiten als die Stadtpolizei.«

Das entsprach leider den Tatsachen. Doch Eischied dachte nicht daran, das einzige ballistisch auswertbare Projektil aus den Händen zu geben, oder es auch nur mit einem Wort zu erwähnen.

Deputy Inspector Cornfield, der Eischied gegenüber saß, machte eifrig Notizen. Bisher hatte er noch kein Wort gesagt.

Eischied erkundigte sich, ob das FBI irgendwelche brauchbaren Hinweise von Informanten erhalten habe. »Negativ«, erwiderte Morgan. »Und Sie?«

»Ebenfalls«, sagte Eischied.

Wenn man mit dem FBI zu tun hatte, dann war das stets eine Einbahnstraße; man gab, und sie nahmen. Eischied hatte von diesem ganzen Verein die Nase gestrichen voll. Von denen trug keiner Uniform und keiner brauchte Angst zu haben, in den Rücken geschossen zu werden.

Das Meeting endete mit beiderseitigen Versprechungen, sich auf dem laufenden zu halten.

»Ich gebe Ihnen meine Privatnummer«, sagte Morgan und reichte Eischied seine Karte. »Für den Fall, daß sich was Neues ergibt.« Eigentlich war es selbst unter Kollegen nicht üblich, seine Privatnummer weiterzugeben, und Morgan signalisierte mit dieser Geste seine Bereitschaft, ein kleines Zugeständnis zu machen – offenbar in der Hoffnung, als Gegenleistung dafür ein größeres zu erhalten. »Warum geben Sie mir nicht gleich auch Ihre Nummer?«

»Mein Büro ist die ganze Nacht über besetzt«, entgegnete Eischied ungerührt. »Falls Sie mich brauchen, sagen Sie ganz einfach meinem diensthabenden Sergeant Bescheid. Er wird wissen, wo ich zu erreichen bin.«

Als die Tür hinter den beiden FBI-Agenten ins Schloß gefallen war, standen die drei Kriminalbeamten alleine in Eischieds geräumigem Büro. »Diese Burschen vom FBI sagen kein Wort zuviel«, brummte Cornfield.

»Darauf können Sie Gift nehmen«, stimmte Eischied zu.

»Das war wieder einmal ein typisches Beispiel für die gedeihliche Zusammenarbeit zwischen FBI und Stadtpolizei«, faßte Captain Rolfe das Ergebnis der Besprechung zusammen.

Cornfield bot erneut seine Unterstützung an und schlug vor, das Sonderdezernat hinzuziehen. Diesesmal war er bemüht, entgegenkommender und verbindlicher zu wirken, als am Morgen in der Bank.

›Alle sind sie an der Lösung dieses Falls interessiert‹, dachte Eischied. ›Cornfield, der PC und das FBI. Alle suchen sie den Ruhm und die Anerkennung der Öffentlichkeit.‹

›Und ich selbst bin keine Ausnahme‹, überlegte Eischied düster weiter. ›Mit einem Unterschied: ich muß diesen Fall lösen, wenn ich weiter Chief of Detectives bleiben will!‹

Eischied wollte um jeden Preis vermeiden, daß sich der PC in seine Ermittlungen einschaltete und von seiner Arbeit profitierte. Er wählte also seine Worte mit Bedacht und erklärte Cornfield, daß es für den Augenblick das Beste sei, die Ermittlungen beim Raubdezernat zu lassen. Cornfields Sonderdezernat solle seine bemerkenswert erfolgreiche Arbeit fortsetzen und vor allem den Schlag gegen die Mafia, der kurz vor dem krönenden Abschluß stand, zu Ende führen.

»Sobald wir Konkreteres bezüglich der Banküberfälle in den Händen habe, werde ich Ihre Hilfe in Anspruch nehmen.«

Als Cornfield gegangen war, wandte sich Eischied an Rolfe:

»Es gibt also nicht den geringsten Zweifel, daß das Projektil, das wir heute sichergestellt haben, aus der gleichen MP stammt, mit der die beiden Streifenbeamten im Sommer erschossen wurden?«

»Nicht die Spur eines Zweifels«, erwiderte Rolfe.

Etwa eine Stunde später wurde Eischied in das Büro des PC gerufen. Der PC thronte in Hemdsärmeln hinter seinem mächtigen Schreibtisch und forderte großspurig jede Einzelheit der bisherigen Ermittlungen.

Auf dem Schreibtisch hatte der PC die Nachmittagsausgabe der ›Post‹, mit Eischieds Namen in riesigen Lettern in der Schlagzeile, so plaziert, daß dieser sie unmöglich übersehen konnte. Eischied hatte sich bereits entschieden, noch ehe er das Büro des PC betreten hatte. Das Verhalten des Commissioners bestärkte ihn nur in seiner Entscheidung: er würde ihm gar nichts erzählen.

Er beschränkte sich also darauf, eine lang und breit angelegte Beschreibung des Überfalls zu geben. Dabei stellte er besonders den Mut der beiden Streifenpolizisten Delehanty und Cusack in den Vordergrund. »Vielleicht sollten Sie diese Cusack tatsächlich für einen Orden in Betracht ziehen, Commissioner. Sie könnten ihn ihr selbst an ihre prächtige Galerie hängen. Das würde Ihnen politisch ganz sicher von Nutzen sein.«

Eischieds Gesicht war völlig ausdruckslos und ließ keinerlei Schlüsse zu, ob er diese Bemerkung sarkastisch gemeint hatte. Der PC reagierte ungehalten.

»Alles was Sie mir bisher erzählt haben, habe ich bereits in der Zeitung gelesen!«

Er nahm die Zeitung, wedelte damit in der Luft herum und warf sie mit einem lauten Klatschen auf den Schreibtisch zurück. Wütend klopfte er mit weißem Knöchel auf Eischieds Namen in der Schlagzeile.

»Ich will Konkretes von Ihnen hören! Ich möchte wissen, was Sie in der Hand haben!«

Eischied blieb vage und versicherte dem PC, er würde ihn davon in Kenntnis setzen, sobald sich konkrete Hinweise auf die Täter ergäben.

»Aber Sie müssen doch etwas haben, Mann!« knurrte der PC zornig. »Sonst würden Sie nicht in aller Öffentlichkeit verkünden, daß Sie die Überfälle binnen kürzester Zeit aufklären!« Grimmig schlug er mit der flachen Hand auf die Schlagzeile.

Eischied gab ihm keine Antwort.

Die beiden Männer fixierten einander kalt. Nun befand sich Eischied in der stärkeren Position – und er wußte dies. Mit einemmal war der Chief of Detectives eine Macht, mit der sich selbst der Police Commissioner nicht anzulegen wagte.

Unvermittelt änderte der PC seine Strategie: »Ich nehme an, Sie machen sich Sorgen wegen dieser Geschichte?«

Eischied zuckte mit keiner Wimper. Klopfman. Zwei Anzüge. Es schien, als wartete er darauf, daß der PC erklärte, was er unter ›dieser anderen Geschichte‹ verstand.

»Die vorläufigen Ermittlungen haben Ihre Aussage erhärtet«, sagte der PC. »Im Augenblick ist diese Geschichte überhaupt nicht aktuell.«

»Das ist nett«, erwiderte Eischied trocken. Mit einemmal waren also zwei Anzüge gar nicht mehr so wichtig.

Offensichtlich glaubte der PC, Eischied würde nun die Ergebnisse seiner Ermittlungen beflissen auf den Tisch legen. Doch Eischied dachte nicht im Traum daran und schwieg hartnäckig. Er war lediglich gespannt, wie sich der PC verhalten würde. Würde er ihn bitten, ihm ins Gewissen zu reden, den Befehlston herauskehren, oder vielleicht sogar zu schreien anfangen?

Doch der PC kam offenbar zu dem Schluß, daß jede Art von Reaktion unter seiner Würde sei. Mit kalter Stimme schnarrte er: »Halten Sie mich auf dem laufenden. Das wäre für den Augenblick alles.«

Eischied nickte und verließ das Büro.

Kaum war die Tür hinter ihm ins Schloß gefallen, trat First Deputy O'Connor durch die Hintertür. Der PC kochte vor Wut. »Er hat sich tatsächlich erdreistet, mir die kalte Schulter zu zeigen! Er hat sich einfach geweigert, mit der Sprache herauszurücken!«

»Er muß etwas in der Hand haben«, überlegte O'Connor. »Sonst hätte er garantiert den Schwanz eingezogen. Ich habe beinahe den Verdacht, er hat diese Bande bereits im Sack und wartet nur, bis die Presse den Fall noch mehr aufbläst. Erst dann schlägt er zu, und von heute auf morgen ist er der große Held. Dann ist er unangreifbar. Wenn Sie meinen Rat hören wollen: Schaffen wir ihn uns jetzt vom Hals.«

Doch der PC schüttelte den Kopf. Er vertraute seinem eigenen politischen Spürsinn mehr, als der Cleverness seines Stellvertreters. Er wußte, wann ein Mann nur bluffte und wann er wirklich gute Karten hatte. Und im Augenblick schien ihm Eischied unbezwingbar.

»Sollten die Aktionen von FEAR tatsächlich weiter eskalieren, und er macht diese Bande unschädlich«, überlegte O'Connor, »dann jubeln sie ihn zum neuen Police Commissioner hoch – wenn nicht gar zum Bürgermeister.«

18

Es war bereits am späten Nachmittag, als sich einer der FBI-Agenten an Agnes und Marty erinnerte, die noch immer im Schalterraum der Bank warteten.

»Ich denke, ihr zwei braucht hier nicht länger rumzuhängen«, sagte er.

Die Detectives vom Raubdezernat waren längst gegangen, und die Straße vor der Bank lag schon lange im Schatten.

»Wir danken euch nochmals für eure Hilfe.«

Zunächst hatte sich Marty wie der große Held gefühlt und es hatte ihm nicht das Geringste ausgemacht, gemeinsam mit Agnes hier rumzusitzen. Doch inzwischen waren mehr als zwei Stunden vergangen, und kein Mensch hatte sich mehr um sie gekümmert. Marty war wieder auf den Boden der Tatsachen gelandet. Er fühlte sich wieder wie ein ganz normaler, kleiner Streifencop. An Streifencops konnte sich jeder seine dreckigen Füße abwischen.

»Vielen Dank«, sagte Marty sarkastisch, doch – obwohl ihm danach zumute war – wagte er einem FBI-Agenten gegenüber nicht, seinem Herzen Luft zu machen. »Komm Agnes, gehen wir.«

Als er neben Agnes auf die Straße trat, fühlte sich Marty, als wäre er soeben aus dem Gefängnis entlassen worden.

Sie fuhren zusammen ins Revier zurück, um sich offiziell von der Schicht abzumelden. Der Bereitschaftsraum war nahezu leer. Den ganzen Tag über hatte sich Marty vorgestellt, wie es sein würde, wenn er und Agnes um vier Uhr ihren großen Auftritt haben würden. Eine Menge Kollegen würden da sein zum Schichtwechsel, und sie würden sich alle um sie scharen und jede Einzelheit der Schießerei hören wollen.

Aber jetzt war es bereits zwanzig nach fünf, und kein bekanntes Gesicht war zu sehen. Niemand richtete das Wort an sie. Die Schießerei war bisher das größte Abenteuer in Martys Leben gewesen, doch keiner der anwesenden Kollegen schien etwas davon zu wissen oder sich einen Deut darum zu scheren. Agnes und er gingen nach oben, um sich umzuziehen.

Marty erwartete Agnes vor dem Revier. Es wurde allmählich kühl, und Marty fröstelte. Agnes trug bequeme, dunkle Hosen und einen dicken Pullover. Sie hatte ihr Haar geöffnet. ›Wie lang ihr Haar ist!‹ dachte Marty. Ihm entging auch nicht, daß sie Lippenstift aufgetragen hatte. Marty hatte sie schon des öfteren nach dem Dienst in Zivil gesehen, doch noch nie mit offenem Haar und geschminkten Lippen. ›Ist das alles für mich?‹ fragte er sich.

Sein Herz begann schneller zu schlagen. Es klopfte beinahe so heftig, wie während der Schießerei. »Du siehst hübsch aus«, sagte er.

Agnes, die dreißigjährige Polizistin, errötete wie ein Teenager.

»Was machst du jetzt?« fragte Marty verlegen.

»Naja«, erwiderte Agnes. »Ich gehe wohl heim zu meinem Mann.«

Nach einer Weile sagte Marty: »Ich hab' absolut keine Lust, nach Hause zu gehen.«

»Ich eigentlich auch nicht.«

»Wollen wir nicht zusammen was essen gehen?«

»Ich weiß nicht«, sagte Agnes und sah an sich hinab. »Eigentlich bin ich gar nicht dafür angezogen.«

»Du siehst blendend aus. Ich bin derjenige, der nicht passend angezogen ist.« Marty trug ein offenes Hemd, und am Hals lugte sein Unterhemd hervor. Auf dem Rücken seiner Windjacke stand in schwungvollen Lettern: »Elmhurst Keglers«.

»Du könntest ja deinen Mann anrufen und ihm sagen, daß wir wegen der Schießerei noch länger im Revier bleiben müssen.«

»Dasselbe könntest du deiner Frau erzählen.«

Sie lächelten einander verschwörerisch zu.

Sie gingen ins Revier zurück und standen dicht beieinander, während sie zu Hause anriefen.

In Martys Wagen fuhren sie zum Times Square. Hand in Hand schlenderten sie durch die Straßen und sahen sich die Schaufenster der Souvernirläden an.

»Ich fühle mich wie ein Tourist«, lachte Marty. »Dabei bin ich keine fünf Blocks von hier geboren.«

»Ich habe so etwas noch nie gemacht«, sagte Agnes.

Was noch nicht gemacht? Er spürte den Druck ihrer Hand und er erschien ihm wie ein Versprechen. Ihre Beziehung zueinander war anders geworden, und sie beide waren unsicher und gehemmt.

Sie betraten einen Laden für Herrenkonfektion, und Marty kaufte sich für einen Dollar eine Krawatte. Er band sie sich um.

»Laß sie mir dir richten«, sagte Agnes.

»Es ist sechs Uhr«, stellte Marty fest, während Agnes noch mit seiner Krawatte beschäftigt war. Wieder begann sein Herz wie wild zu schlagen. »Wahrscheinlich sind wir die große Attraktion in den Sechs-Uhr-Nachrichten«, sagte Marty und versuchte, die Erregung in seiner Stimme zu unterdrücken. »Wir sollten uns ein Hotelzimmer nehmen und uns im Fernseher bewundern.«

Er glaubte zu spüren, wie sie erstarrte. Ihre Finger zogen den Knoten der Krawatte fest. »So«, sagte sie und zog den Reißverschluß seiner Jacke hoch.

Endlich hatte er den Gedanken ausgesprochen, der ihn seit Tagen beschäftigte. Als sie wieder auf der Straße waren, sagte Marty: »Jetzt bin ich korrekt gekleidet und kann es wagen, dich zum Essen einzuladen.« Sie würde Zeit haben, über seinen Vorschlag nachzudenken.

Sie gingen ins Schrafft's am Broadway und wählten beide

Lammschmorbraten, das Menü des Tages. Dazu tranken sie einen süßen Rosé aus Portugal.

»Huh, ist der stark«, stellte Agnes nach dem zweiten Glas fest und unterdrückte ein Kichern. »Aber gut...«

»Was hast du eigentlich gedacht, als du geschossen hast, Agnes?«

»Ich hatte Angst, daß sie dich treffen könnten.«

»Ich hatte auch schreckliche Angst um dich«, sagte Marty. Das war eine Lüge, denn er konnte sich absolut nicht mehr daran erinnern, was er gedacht hatte. Er hatte nur ein Ziel vor Augen gehabt: die Bankräuber zu stoppen, oder zumindest einem von ihnen eine Kugel zu verpassen.

»Es hätte unser Tod sein können«, hauchte Agnes und biß sich auf die Lippen.

»Ja, ich weiß.« Ein Gefühl grenzenloser Zärtlichkeit für sie überkam ihn. Er legte seine Hand auf die ihre und erwiderte ihr scheues Lächeln.

Sie verließen das Restaurant und schlenderten durch die Straßen des Viertels. Der Times Square und die 42. Straße waren von Lichtern überflutet.

»Hast du jemals die Gelegenheit gehabt, hier unten zu arbeiten, Agnes?«

»Nein, noch nie.«

»Als ich noch ein Grünschnabel im Polizeidienst war, hab ich hier mal für ein paar Wochen einen Kollegen vertreten. Du glaubst gar nicht, was für irre Vögel hier in der Gegend rumhängen. Hier hab ich so manchen Verrückten eingelocht.«

Unter der Markise eines Pornokinos blieben sie stehen und lasen sich gegenseitig die Titel vor. Agnes begann zu kichern. Sie überlegten sogar, ob sie reingehen sollten.

Unentschlossen standen sie vor dem Kino. Der Film hieß ›Hungrige Lippen‹.

»Da bleibt wahrscheinlich nicht mehr viel Raum für die Fantasie übrig«, lachte Agnes.

»Wahrscheinlich.«

»Der ist bestimmt knallhart«, überlegte Agnes. Marty beobachtete sie aus den Augenwinkeln. Vielleicht wollte sie, daß er zwei Karten kaufte, aber das würde er nicht tun.

»Wahrscheinlich, ja.«

»Glaubst du mir, wenn ich dir sage, daß ich noch nie in einem Pornofilm war?«

»Das glaube ich dir«, sagte Marty. Es könnte durchaus wahr sein. Weibliche Polizeibeamte waren bei weitem nicht so gebildet und weltoffen wie ihre männlichen Kollegen; das hatte Marty schon des öfteren festgestellt. Marty bezweifelte, daß sie ihren Mann jemals betrogen hatte. Dies war ein ernst zu nehmender Hinweis, der Marty Kopfzerbrechen bereitete.

»Hast du schon mal welche gesehen, Marty?«

»Nur einen«, log er. »Mit Sal und den anderen – aus reiner Neugierde...«

Einmal hatte er auch Kathleen dazu überredet, weil er gehofft hatte, sie würde dadurch scharf werden. Das hatte damals fünf Dollar pro Kopf gekostet – genau wie der hier. Nach zwanzig Minuten war Kathleen aufgestanden und angewidert aus dem Kino gerannt. Den ganzen Weg nach Hause hatte sie kein Wort mit ihm gesprochen, und als sie dann zu Hause waren, hatte sie ihn nicht an sich rangelassen. Den gleichen Fehler würde er kein zweitesmal machen.

»Komm«, sagte Marty mürrisch. »Gehen wir.«

Sie schlenderten zum Wagen zurück. Direkt neben der Parkgarage war das Howard Johnson's Motel. Sie blieben stehen und starrten auf die Neonreklame an der Außenfront des fünften Stocks.

Marty hatte den ganzen Rückweg kein Wort gesagt. Die Zeit wurde allmählich knapp. Bei einem normalen Mädchen wäre das alles viel einfacher gewesen. Doch Agnes war seine Partnerin.

»Du kannst noch rechtzeitig zu den Zehn-Uhr-Nachrichten auf Kanal 5 zu Hause sein«, murmelte er.

»Ja.«

»Oder wir sehen sie uns zusammen dort oben an.«

Agnes hielt den Blick gesenkt.

»Ich möchte mir dir schlafen«, sagte Marty trotzig und ergriff ihre Hände.

Natürlich war es für sie schmeichelhaft und schön, das zu hören, doch Agnes wußte nicht, was sie darauf antworten sollte und sie sagte nichts.

Auch Marty verfiel in Schweigen.

Nach einer Weile flüsterte er: »Komm!« Seine Stimme klang rauh.

Während Marty die Formalitäten erledigte, stand Agnes wie betäubt neben ihm. Ihre Knie zitterten. Oben im Zimmer knöpfte er ihre Bluse auf und vergrub sein Gesicht zwischen ihren Brüsten.

Sie blieben mehrere Stunden in dem Hotel. Und nur während der Zehn-Uhr-Nachrichten und dann wieder während der Elf-Uhr-Nachrichten ließen sie voneinander ab, um sich selbst auf dem Bildschirm zu bewundern.

19

Mark D. stand in der Küche der Koch Street und starrte auf seine Hand. Sie war mit einem schmutzigen, blutdurchtränkten Taschentuch notdürftig bandagiert, und das Blut tropfte auf den Küchenboden. Leise stöhnte er vor sich hin.

Auf dem Tisch der Küche standen zwei Taschen. Die eine war randvoll mit Dollarnoten, die andere war leer – in ihr war Charles' MP gewesen. Er hielt sie nun mit beiden Händen gegen die Brust gepreßt. Sein Gesicht war vor Wut verzerrt.

»Sie haben den kleinen Floyd erschossen!« stöhnte Mark D. »O verflucht – meine Hand!«

Aus dem Radio, das auf dem Regal neben dem Herd stand, leierte der Diskjockey Werbesprüche, die immer wieder von Mark D.'s Stöhnen übertönt wurden.

Walker versuchte von den Überresten seines einst so stolzen Überfallkommandos in Erfahrung zu bringen, was eigentlich geschehen war: »Verdammt nochmal! Jetzt redet doch endlich mal klar und deutlich!«

Anstatt auf Walkers Fragen einzugehen, ließ sich Charles am Küchentisch nieder und begann seine Maschinenpistole auseinanderzunehmen. Aus dem Radio fetzte laute Rockmusik.

Mit hysterisch verzerrter Stimme berichtete Leon Epps: »Plötzlich sprang dieser Typ hinter dem Pfeiler hervor und schoß auf Floyd. Floyd hatte keine Chance. Ihn hat es böse erwischt – ganz sicher. Wir mußten ihn einfach liegen lassen.«

»Es blutet immer noch«, jammerte Mark D. Er hatte das Taschentuch abgewickelt und starrte auf das Blut an seiner Hand. Walker sah sofort, daß die Kugel nur die Hautfalte zwischen zwei Fingern zerrissen hatte. »Ich verliere zu viel Blut!« stöhnte Mark D. »Ich fühle nichts mehr! Ich kann die Hand nicht mehr bewegen!«

Mit einem Ohr lauschte Walker dem Radio, denn während der letzten halben Stunde war das Programm mehrmals von aktuellen Nachrichten unterbrochen worden. Von Massaker und Blutbad war die Rede gewesen. Offenbar hatten die Sprecher ihre helle Freude an solchen Nachrichten. Durch sie wurden sie sich ihrer eigenen Wichtigkeit bewußt.

»Und wer hat all die anderen Leute umgelegt?« fragte Walker Leon Epps.

»Der Bankwachmann! Er ballerte wie wahnsinnig in der Gegend rum.«

»Und wer hat den Bankwachmann erschossen?«

Epps warf einen vielsagenden Blick auf die Maschinenpistole. Sie lag in ihre Teile zerlegt auf dem Tisch. Walker griff nach dem Ladestreifen. Er war leer.

»Soll das heißen, du hast mit dem Ding in der Bank losgelegt?« fragte Walker ungläubig.

Charles schwarze Augen saugten sich an Walkers Gesicht fest.

»Hab ich dir nicht gesagt, du sollst das verdammte Ding nicht in einer Bank abdrücken!« fluchte Walker.

Charles hob den abgeschraubten Lauf und spähte hindurch. Walker drehte das Radio aus.

»Ich habe dir eindeutige Befehle gegeben!« schrie Walker wütend.

»Du befiehlst mir überhaupt nichts mehr. Weder du, noch sonst jemand«, sagte Charles gelassen. »Es ist meine Rechnung, die ich mit den Bullenschweinen zu begleichen habe und ich mache das so, wie es mir paßt.«

»Warum hast du nicht gleich deinen Namen und deine Adresse dagelassen?« zischte Walker. »Oder ein Bild von dir? Hast du schon mal was von Ballistik gehört, Mann? Sie werden die Kugeln von heute mit denen vergleichen, die sie im Sommer aus den beiden Bullen geholt haben, die du umgelegt hast. Und in kürzester Zeit sind sämtliche Bullen der Stadt hinter dir her.«

»Das waren sie bisher auch«, brummte Charles, der mit einem öldurchtränkten Lappen den Lauf der MP bearbeitete. »Mir persönlich ist das scheißegal.«

»Aber jetzt sind sie hinter uns allen her!«

»Ich brauche einen Arzt!« schluchzte Mark D. »Ich bin verwundet!« Mit dem Handrücken wischte er sich die Tränen vom Gesicht.

»Du hast leichtfertig die Revolution in Gefahr gebracht!« schrie Walker Charles an. Er war außer sich vor Wut, und es schien, als würde er plötzlich das Ende vor Augen haben – sein eigenes Ende. Und das war mehr, als er ertragen konnte.

»Ich glaube schon lange nicht mehr an deine Ideologie«, sagte Charles. »Das einzige, woran ich noch glaube, ist das hier!« Er hielt Walker den Lauf der MP unter die Nase.

Die kalte Vernunft riet Walker, seine Sachen zu packen, solange noch Zeit dazu war; seine Bücher, sein neues Manuskript und den Anzug von Brook Brothers.

Doch sein Image, das er aufgebaut hatte, war inzwischen zu einem Teil seiner Persönlichkeit geworden. Angst war unter seiner Würde. Ein großer Führer der Revolution lief nicht so einfach davon.

»Ich bin verwundet«, stöhnte Mark D.

Bleich vor Wut und Entschlossenheit stieß Walker mit einer Hand den Lauf der MP beiseite, und mit der anderen schlug er Mark D. ins Gesicht. Dieser starrte nur wie gebannt auf seine blutende Hand und begann noch lauter zu schluchzen.

Charles sprang auf, als wollte er sich auf Walker stürzen. Leon Epps' Hand fuhr zu dem Revolver, der hinter seinem Gürtel steckte. Er wich zwei Schritte zurück und krachte gegen den Herd.

Walker sah, daß alle drei kurz vor einem hysterischen Anfall standen, und er bot all seine Willenskraft auf, nicht die Kontrolle über seine Nerven zu verlieren.

Schweigen fiel über die Küche – ein Schweigen, das so kalt war wie die Angst.

Langsam entspannte sich Leon Epps. Er ließ seine Hand wieder sinken. Charles senkte seine halb zusammengebaute MP. Mark D. hörte auf zu schluchzen.

Die nächsten Stunden verbrachte die »Freiheitliche und Einheitliche Armee der Revolution« gebannt vor Paulas TV. In den Nachrichten – Walker schaltete immer wieder auf andere Kanäle um, damit sie keine der Nachrichten-Shows versäumten – brachten sie Bilder vom Tatort: Jede Menge Polizeiwagen und ein dichtes Gewimmel von blauen Uniformen auf der Straße vor der Bank. Aufnahmen durch die Fenster der Bank ließen hin und her hastende Kriminalbeamte bei der Arbeit erkennen. Mit einem starken Teleobjektiv brachten sie die mit Zeitungspapier zugedeckten Leichen ins Bild.

»Das is' Floyd«, rief Mark D.

Sie erkannten Floyd an seinen Tennisschuhen.

»Floyd ist auf allen Kanälen«, sagte Paula ehrfurchtsvoll.

»Jetzt ist er endlich berühmt«, stellte Leon Epps nüchtern fest. »Er wäre glücklich, wenn er das wüßte. Er wollte schon immer mal berühmt werden.«

›Ruhm!‹ dachte Walker. ›Was wißt ihr schon, was Ruhm bedeutet!‹

Mit düsteren Mienen verfolgten die Männer, wie Floyds Leiche aus der Bank getragen wurde. Sugar, Floyds Freundin, schluchzte leise.

Dann kam ein Interview mit Chief of Detectives Eischied, und anschließend verlasen sie die Nachricht, die Cookie und Frank bei der Zeitung eingeworfen hatten: »... Floyd ist der erste Märtyrer der Herbstoffensive. Sein Tod wird nicht ungesühnt bleiben. Die Revolution fordert als Sühne den Tod zweier faschistischer Bullenschweine!...«

»Zwei?« fragte Mark D. Seine Hand war inzwischen verbunden, und er hatte seine Fassung wiedererlangt. »Welche zwei?«

»Irgendwelche«, erwiderte Charles. »Das macht keinen Unterschied. Schweine sind sie alle.«

»Wer uns gerade vor die Kanone läuft?« fragte Mark D.

»Falsch!« sagte Walker. Die Köpfe fuhren zu ihm herum. Er überlegte alles genau. Über den Bildschirm flimmerten in Großaufnahme die Gesichter der beiden Streifencops. Wange an Wange prahlten Delehanty und diese Cusack mit ihren Heldentaten.

Walker wandte keinen Blick von ihnen.

»Was meinst du mit ›falsch‹« fragte Charles.

»Die Zeit der willkürlichen und wahllosen Exekution von Bullen ist vorüber«, erklärte Walker. »Die Revolution fordert, daß wir ein ganz besonderes Ziel für unseren Vergeltungsschlag auswählen. Zwei ganz besondere Ziele.«

»Welche zwei?« fragte Charles interessiert.

Auf dem Bildschirm schienen sich die beiden Cops jeden Augenblick in die Arme sinken zu wollen.

Everett Walker nickte in Richtung des Fernsehers: »Diese beiden.«

Charles fing an zu kichern. »Mein Schätzchen und ich werden das erledigen. Nicht wahr, Schätzchen?« Er streichelte liebevoll den Lauf seiner Maschinenpistole.

»Falsch«, schnappte Walker.

Walker hatte alles genau durchdacht. Die Strategie der Revolution erforderte, daß die Personen, gegen die der Vergeltungsschlag geführt werden sollte, mit besonderer Berücksichtigung der psychologischen Wirkung der Tat ausgewählt wurden. Die Exekution durfte kein willkürlicher und persönlicher Racheakt sein, denn das würde sowohl seinen Führungsanspruch innerhalb der Organisation, als auch die Solidarität der Gruppe schwächen.

Daraus ergab sich die Notwendigkeit, daß die Exekution nicht von einem Mann ausgeführt werden durfte. Die Verantwortung mußte von der gesamten Gruppe getragen werden.

»Wir bestimmen durch Los, wer die Exekution durchführt«, sagte Walker.

Ein aufgeregtes Murmeln war die Antwort. Zwei vorher ausgewählte Polizisten zu erschießen, war eine sehr gefährliche Angelegenheit; noch nie war so etwas bisher versucht worden. Es war viel einfacher und weitaus ungefährlicher, irgendwelche x-beliebigen Bullen umzulegen.

Auf dem Bildschirm himmelten sich die beiden Streifencops inzwischen an wie Teenager, und die Kommentare der Männer wurden immer zotiger. »Ich wette, daß diese Bullenfotze noch heute die Uniformhose für ihn runterläßt«, griente Leon Epps.

»Wahrscheinlich treiben sie's gerade in diesem Augenblick miteinander«, meinte Butch.

»So ist es nun mal«, brummte Charles. »Wenn ein Mann am Tag seine Kugelspritze leergeschossen hat, dann muß er am Abend was anderes leerschießen.«

Zufrieden registrierte Walker, daß seine Entscheidung akzeptiert worden war. Die Trauerzeremonie für Floyd Fields fand in Walkers Zimmer statt. Mit überkreuzten Beinen saßen die Mitglieder von FEAR im Halbkreis auf dem Fußboden. Walker stand vor dem einzigen Tisch des Zimmers, den er zuvor gegen die Wand geschoben hatte. Zwei brennende Kerzen standen links und rechts auf dem Tisch und warfen ihr mattes Licht auf die Stapel von Banknoten, die dazwischen aufgetürmt waren. Vor den angehäuften Schätzen der Revolution lagen mit überkreuzten Läufen zwei geladene Revolver. Walker hatte an sie alle Tausende von Dollars verteilt, und Charles trug einen blütenweißen Anzug, den er sich von dem Geld zugelegt hatte. Doch der Großteil des Geldes, so hatte Walker erklärt, gehörte keinem von ihnen; es war Eigentum der revolutionären Front.

Walker baute sich genau zwischen den beiden Kerzen des Altars auf und begann seine Rede: »Überall, wo Menschen für den Sieg der Revolution kämpfen, gibt es Opfer. Der Tod ist der ständige Begleiter aller Revolutionäre. Doch wir sind uns der Anteilnahme und der Solidarität des Volkes bewußt, und wenn wir für die Revolution sterben, dann ist dies ein ehrenvoller Tod.«

Sugar schluchzte erstickt und bald weinten auch Paula und Mary. »Zahllose Märtyrer der Revolution haben bereits vor Floyd ihr Leben für ihr Volk hingegeben. Und wenn wir ihrer gedenken, fließen unsere Herzen über vor Zorn gegen die Unterdrücker und vor Liebe für unsere toten Brüder. Wie können wir uns – angesichts ihrer Vorbilder – an unsere kleinlichen und persönlichen Interessen klammern und nicht bereit sein, sie ebenfalls den Interessen der Revolution unterzuordnen?«

Je länger Walker sprach, desto stärker war der Bann, den er über seine Anhängerschaft gewann. Der Schein der flakkernden Kerzen auf den tränenüberströmten Gesichtern der Frauen und auf den grimmigen Mienen der Männer könnte ebenso von dem nächtlichen Feuer eines Totenrituals irgendwo in den dunklen Kontinenten der Menschheitsgeschichte stammen. Einem Stamm war von einem anderen ein schweres Leid zugefügt worden, doch dem Totenritual würde das Ritual der Vergeltung folgen, das die Seele des Getöteten endgültig befreien würde...

Floyd sei der erste Märtyrer der Revolution, doch ihm würden andere folgen, verkündete Walker. Es sei die Pflicht der Frauen, Stärke zu bewahren und hinter ihren Männern zu stehen. Und wenn einer der Männer im Kampf sein Leben ließ, dann konnten sie sicher sein, daß sich einer der

Brüder ihrer annehmen würde. Sie alle ständen füreinander ein; darauf könne sich jeder verlassen.

Einige der Brüder nahmen diese Aussage Walkers zum Anlaß, Sugar interessierte Blicke zuzuwerfen. Doch Walker unterband ihre Avancen und fuhr fort: »Ich biete hiermit unserer trauernden Schwester an, für heute nacht auf meinem Lager Trost und Vergessen zu finden; und wenn sie es wünscht, auch für die Zukunft.«

Die Köpfe ruckten hoch. Das Schluchzen und Weinen verstummte. Paula schien betroffen. Sie senkte verletzt den Blick, doch sie sagte nichts. Niemand sagte etwas.

»Wir werden unseren revolutionären Kampf fortsetzen«, sprach Walker weiter. »So wie es Floyd gewünscht hätte. Morgen werden wir seiner armen Mutter unser Mitgefühl aussprechen.« Ein scheinbar zynischer Gedanke, doch Walker empfand dies wirklich so: so stark und unbändig sein Haß für die herrschende Klasse oder Rasse war, so stark war das Mitgefühl, vielleicht sogar die Liebe, die er für seine Brüder und Schwestern empfand. Zumindest hätte er selbst seine Gefühle auf diese Weise beschrieben...

»Und dann«, fuhr er fort, und seine Stimme klang plötzlich hart und unerbittlich, »werden wir die nötigen Schritte unternehmen, um die Waffen zu besorgen, die wir für die nächste Phase unseres Kampfes benötigen. Die taktischen Einzelheiten der Exekution dieser beiden Bullen besprechen wir noch.«

Walkers Blick suchte Sugar. Ihre Wangen waren noch naß von den Tränen, doch ihre Augen leuchteten.

»Floyd ist tot«, sagte Walker. »Doch er starb als ein Held der Revolution, der sein Leben im Kampf um die Freiheit seines Volkes gab. Es gibt keinen ehrenvolleren Tod für einen Mann, der sein Haupt aufrecht trägt.« Walker beugte den Kopf und verharrte in dieser Stellung einige Sekunden. Dann richtete er sich wieder auf und sagte: »Die Trauerzeremonie ist beendet.«

Schweigend erhoben sich alle und stiegen, einer nach dem anderen, über die Leiter in Paulas Wohnung hinab.

Nur Sugar und Walker blieben im Zimmer zurück. Die Luft war stickig und heiß. Der Geruch von Wachs und menschlichen Körpern hing in dem Raum.

Walker breitete die Arme aus.

Sugar hielt den Atem an und straffte sich. Ihre Hände strichen das Kleid über ihren Hüften glatt. Sie hatte große, schwere Brüste und einen prächtigen Hintern. Mit einem erstickten Seufzer warf sie sich in Walkers Arme. Mit beiden Händen griff er zu und begann, die salzigen Tränen von ihrem Gesicht zu küssen.

20

Marty und Agnes waren zu einem Probeinterview bei der »Today Show«, einer feuilletonistischen und sehr beliebten Nachrichtensendung des Fernsehens eingeladen. Ein Sergeant aus dem Büro des Deputy Commissioners für Öffentlichkeitsarbeit begleitete sie. Weder Marty noch Agnes war klar, daß sie erst dieses Probeinterview überstehen mußten, wollten sie tatsächlich in der Show auftreten. Sie glaubten beide, sie seien bereits unter den Erwählten, und der Reporter, der das Interview durchführte, ließ ihnen diese Illusion.

»In der Sendung werden Sie von Joe interviewt«, erklärte er ihnen.

Agnes war entzückt. »Joe ist süß«, schwärmte sie. »Mir ist er viel lieber als Wilma.«

Noch vor wenigen Stunden hatte sie nicht im Traum daran gedacht, jemals im Fernsehen aufzutreten, doch inzwischen hatte sie in Gedanken bereits eine lange Liste ihrer Freunde und Bekannten zusammengestellt, die sie anrufen mußte, damit sie die Sendung nicht versäumten.

Der Reporter, der sie interviewte, war etwa fünfundzwanzig. Zunächst fragte er Marty, dann Agnes, wo sie aufgewachsen waren und wann sie in den Polizeidienst eingetreten waren. Er wollte wissen, seit wann sie als Partner fuhren, und bat sie, einen typischen Tag der Streifencops in der Bronx zu beschreiben. Er machte umfangreiche Notizen. Agnes fand ihn sympathisch; Marty allerdings weniger. Seine Antworten waren knapp und zurückhaltend. Er beobachtete diesen alerten Reporter mit wachsendem Unbehagen.

»Was ist Joe für ein Mensch?« fragte Agnes.

»Sie werden ihn sicher noch vor der Sendung kennenlernen.«

Die nächsten Fragen galten Agnes' Meinung zur Emanzipation der Frau. Betrachtete sie sich selbst als eine Art Aushängeschild für die progressive Einstellung des Polizeipräsidiums, als Versuchskaninchen, oder als echte Polizistin?

Marty wurde klar, daß der Star der Show Agnes sein würde. Dies war zwar wunderbar für sie; aber wo blieb er dann? Wie würden die Kollegen im Revier reagieren? Und überhaupt, was war das für ein schwuler Vogel, der sie hier interviewte?

»Und wann ist unsere Sendung?« erkundigte er sich mißtrauisch.

»Das ist noch nicht entschieden«, erwiderte der glatte Jüngling mit einem verbindlichen Lächeln. Marty registrierte, daß er nach Parfüm stank. »Wir werden Sie auf jeden Fall rechtzeitig benachrichtigen.«

Als das Interview zu Ende war, standen Agnes und Marty noch eine Weile auf der Straße vor dem Sender beisammen. Marty schien bedrückt.

»Diese Leute legen uns aufs Kreuz«, brummte er. »Ich hab so ein komisches Gefühl.«

»Ach komm, Marty! Du übertreibst mal wieder!«

»Du wirst schon sehen«, erwiderte er düster und fuhr nach Hause. Agnes begab sich auf dem schnellsten Weg zu ihrem Friseur und ließ sich eine Dauerwelle legen.

In der Redaktionskonferenz, die am Nachmittag des selben Tages stattfand, wurde das Für und Wider der verschiedenen Kandidaten für die Show diskutiert. Etwa fünf Minuten wurden Marty und Agnes gewidmet.

»Nun ja«, meinte der Produktionsassistent, »sie hatten 'ne Menge Publicity in den letzten Tagen.«

»Aber die alten Kamellen über den Streifendienst unserer Polizei locken keinen müden Hund mehr hinter dem Ofen hervor«, wandte der Produktionsleiter ein.

Der junge Reporter, der das Probeinterview gemacht hatte, sah von seinen Notizen auf. »Die Ansichten dieser Cusack zur Emanzipation der Frau finde ich recht vielversprechend«, sagte er. »Sie kann einiges zu diesem Thema sagen.«

»Schon möglich – wenn sie nicht plötzlich einen Kloß im Hals hat, sobald sie das rote Licht aufleuchten sieht.«

Der Produktionsleiter überflog die Zeitungsartikel über Marty und Agnes aus dem Archiv des Senders. »Okay«, sagte er nach einer Weile. »Aber Wilma soll das machen – nicht Joe. Vielleicht kann sie was in Richtung Emanzipation aus der Frau herausholen. Ist das klar?«

Marty und Agnes wurden verständigt, sich am frühen Morgen des nächsten Tages im Studio einzufinden – in Uniform. Um 5 Uhr 45 sollten sie sich mit dem Sergeant aus der Abteilung für Öffentlichkeitsarbeit vor dem NBC-Gebäude treffen.

Im Laufe des Abends mußte Martys Frau dreimal seine beste Uniform bügeln, bis er endlich zufrieden war. In Staten Island stand Agnes zur selben Zeit vor dem Spiegel und prüfte den Sitz ihrer Uniform. Ohne den ganzen Kram am Gürtel sah sie wesentlich besser aus, stellte sie fest.

Der Sergeant hatte die Anweisung erhalten, Marty und Agnes ohne ihre Waffen vor die Kamera treten zu lassen, doch am nächsten Morgen, kurz vor 6 Uhr, bestand der Produktionsleiter nicht nur darauf, daß sie ihre Waffen trugen, sondern daß die Waffen und der übrige Kram am Gürtel deutlich sichtbar im Bild sein würden.

Man legte ihnen Erklärungen zur Unterschrift vor, die die NBC von jedweder rechtlichen Verantwortung entbanden, die aus ihrem Fernsehauftritt entstehen konnten. In ihrer langjährigen Dienstzeit hatten Marty und Agnes zwangsläufig eine Menge Erfahrung in bezug auf juristische Erklärungen sammeln können – vor allem Marty hatte sich mehr als ihm lieb war mit Juristen und deren Formulierungskünsten herumgeschlagen. Nachdem er das Schriftstück kurz überflogen hatte, verkündete er entschlossen: »Das unterschreibe ich nicht.«

Der Produktionsleiter lächelte jovial und erklärte Marty, daß er nicht vor die Kamera könne, solange er nicht unterschrieben habe.

Im Studio nebenan hatte die Sendung bereits begonnen. »Ihnen bleibt also gar nichts anderes übrig, als zu unterschreiben«, lächelte der Produktionsleiter sonnig.

»Das werde ich nicht«, erwiderte Marty entschieden.

Der Produktionsleiter, der offensichtlich so etwas schon öfters erlebt hatte und wußte, wie er mit widerspenstigen Gästen um 6 Uhr morgens umzugehen hatte, raffte die Erklärungen zusammen und sagte: »Nun, dann tut es mir leid, daß Sie das so sehen. Aber in diesem Fall können wir Sie leider nicht gebrauchen. Es tut mir leid, daß wir Sie so früh am Morgen umsonst hierher bemüht haben.«

Er produzierte ein falsches Lächeln und wartete auf das vorhersehbare Ergebnis seiner Taktik.

Marty sah zu Agnes hinüber. Sie war betroffen. ›Sie möchte es so gerne‹, dachte er. ›Anscheinend bedeutet es ihr sehr viel.‹ Wenn es nur um ihn alleine gegangen wäre, wäre es ihm egal gewesen, aber Agnes hatte ihre sämtlichen Bekannten mobilisiert, die nun zu Hause vor den Fernsehern saßen.

Hilfesuchend wandte sich Marty an den Sergeant aus dem Büro für Öffentlichkeitsarbeit: »Was halten Sie davon, Sarge?«

Doch Sergeants waren Experten, wenn es darum ging, sich vor der Verantwortung zu drücken – dies wußte Marty. Dieser hier erhob sich umständlich und brummte: »Ich glaube, ich kann 'nen Kaffee vertragen. Soll ich Ihnen auch 'ne Tasse mitbringen, Agnes? Sicher, oder?« Und draußen war er...

Marty las die Erklärung noch einmal. Es stand noch immer dasselbe drin: er würde die alleinige rechtliche Verantwortung für seinen Part der Sendung übernehmen.

Unschlüssig fragte er Agnes: »Was denkst du?«

»Es macht mir nichts aus, das zu unterschreiben – wenn du auch unterschreibst«, erwiderte sie kaum hörbar.

Kurz entschlossen zog er den Kugelschreiber aus seinem Gürtel und unterschrieb die Erklärung. Agnes seufzte erleichtert und unterschrieb ebenfalls.

Sie wurden in den Schminkraum gebracht. Nebeneinander plazierte man sie in Frieseurstühle, und zwei duftende Gigolos nahmen sich ihrer an. Die Finger des Mannes auf seinem Gesicht waren Marty unangenehm.

Ein Produktionsassistent brachte sie ins Studio und ermahnte sie wiederholt, nicht über die Kabel zu stolpern. Offensichtlich hielt er sie für Idioten. Wie durch einen Nebel registrierte Marty die starken Scheinwerfer, ein paar Stühle und den Tontechniker, der die Mikrofone an ihren Krawatten befestigte, sobald sie Platz genommen hatten. Der Stuhl zwischen ihnen blieb leer. Sie warteten. Das Make-up wurde korrigiert. Die Hände des Mannes waren kühl, und diesmal empfand Marty seine Berührungen nicht unbedingt als unangenehm. Ihn beschlichen Schuldgefühle und leise Zweifel an seiner Männlichkeit. Er fühlte sich wie eine heimliche Schwuchtel. Die Scheinwerfer knallten heiß gegen seine Stirn, und Marty spürte, wie ihm der Schweiß aus den Poren trat. Es fühlte sich an als würde ihm Blut über die Stirn laufen.

Marty war gänzlich mit sich selbst beschäftigt.

Zwei Stühle weiter erging es Agnes nicht anders. Immer wieder tasteten ihre Hände nach ihrer Frisur. Sie fummelte an ihrer Bluse herum und zog sie über ihrem Busen glatt. Hätte sie vielleicht mehr Lippenstift auflegen sollen? Oder weniger? Sie hatte sich bereits zu Hause ziemlich stark geschminkt, und der Maskenbildner hatte sie kaum angerührt. Sie fühlte, wie der Schweiß ihr Make-up aufzulösen begann. Zwischen ihren Brüsten sammelte er sich zu einem kleinen und unangenehmen Rinnsal. Wenn sie nur endlich anfingen!

Zwei riesige Kameras bewegten sich lautlos auf sie zu. Eine davon blieb kaum einen Meter vor ihren Gesichtern stehen.

Marty und Agnes starrten sie gebannt an. Agnes fühlte, wie die Erregung in ihr wuchs, und Marty versuchte verzweifelt, seiner Angst Herr zu werden.

In der gegenüberliegenden Ecke des Studios wurde mit allseitig verbindlichem Lächeln eine Diskussion beendet. Ein Werbespot flimmerte über die Bildschirme. Doch Marty und Agnes bemerkten kaum etwas davon, denn ihre Aufmerksamkeit war ganz auf die Kamera konzentriert. Marty fuhr sich ständig mit der Zunge über die Lippen. Agnes drückte an ihrer Frisur herum.

Wie aus dem Nichts tauchte der Moderator auf und ließ sich in den Stuhl zwischen Marty und Agnes sinken. Es war nicht Joe, sondern Wilma – wie Agnes frustriert feststellte. Wilma lächelte verbindlich und reichte ihnen beiden die Hand.

»Sie sind doch nicht nervös?« fragte sie.

»Überhaupt nicht«, lächelte Agnes zurück. Doch als ihr Blick an Wilma vorbei auf Marty fiel, bemerkte sie, daß ihm das Lampenfieber die Kehle zuschnürte. Er sah gar nicht gut aus. Sie mußte ihm irgendwie helfen, denn schließlich war er ihr Partner. Doch wie? Hektisch suchten ihre Gedanken nach einer Möglichkeit.

Wilma kümmerte sich nicht weiter um sie und wartete auf ihr Zeichen. Plötzlich leuchtete auf der Kamera ein rotes Licht auf. Marty sah das Zeichen und versuchte verzweifelt, den Kloß aus seinem Hals zu bekommen. Agnes hatte das Licht nicht bemerkt und beugte sich an Wilma vorbei zu Marty. Sie legte ihre Hand auf sein Knie und flüsterte: »Ganz ruhig, Marty. Kein Grund, nervös zu werden.«

Wilma, die von Agnes völlig aus dem Bild gedrängt wurde, versuchte über Agnes' Rücken hinweg in die Kamera zu lächeln und ihre einleitenden Sätze zu formulieren.

Als Agnes Wilmas Stimme hörte, richtete sie sich hastig wieder auf, und mit einem lauten Krachen stießen ihre Köpfe zusammen. Für einen Augenblick sahen beide nur Sterne. Das Kachen der zusammenstoßenden Köpfe hallte durch die Küchen und Frühstückscafés des ganzen Landes. Den Zuschauern war Martys Lampenfieber nicht entgangen und sie hatten auch Agnes' Flüstern verstanden. Nun beobachteten sie gebannt, wie Wilma angestrengt blinzelte, um wieder klar zu sehen. Viele empfanden Schadenfreude – ein seltenes Vergnügen, so früh am Morgen. Lachen klang an Hunderttausenden von Frühstückstischen auf, und der Kaffee schwappte über die Tassen.

Obwohl noch immer benommen, begann Wilma, Marty zu interviewen. Seine Antworten waren mehr als einsilbig, und seine Stimme zitterte. Wilma wandte sich Agnes zu und stellte die erstbeste Frage, die ihr in den Sinn kam: »Warum sind Sie eigentlich Polizistin geworden?«

»Ich wollte etwas Positives mit meinem Leben anfangen«, antwortete Agnes. Sie war kein bißchen aufgeregt. »Ich wollte mein Leben in den Dienst der Allgemeinheit stellen. Beinahe so, wie wenn sich jemand entschließt, Nonne zu werden, könnte man fast sagen.«

Agnes Gelassenheit bot Wilma die Gelegenheit, sich wieder zu fassen. »Aber Nonnen tragen keine Pistolen«, kommentierte sie und versuchte ihr erstes professionelles Lächeln.

»Ich bin nie davon ausgegangen, daß ich sie benützen würde«, entgegnete Agnes. »Und bis auf dieses eine Mal habe ich sie auch nie gebraucht.«

Wilma wandte sich wieder an Marty und gab ihm eine zweite Chance: »Erzählen Sie uns doch, wie Sie das alles erlebt haben«, lächelte sie.

Marty räusperte sich umständlich. »Alles was ich dazu sagen kann«, platzte er heraus, »ist, daß ich nicht in der Haut von dem Typen stecken möchte, mit dem sich Agnes in die Wolle kriegt.«

In einem Wohnzimmer hätte eine Bemerkung wie diese

verlegenes Schweigen ausgelöst. Verlegenes Schweigen war im Fernsehen jedoch nicht erlaubt.

Wilma zauberte erneut ein Lächeln in ihr Gesicht und wandte sich Agnes zu: »Gibt es in einem Streifenwagen so etwas wie erotische Spannung?«

Agnes überdachte die Frage mit der Objektivität eines Wissenschaftlers. Es war nicht ihr Streifenwagen, nach dem Wilma gefragt hatte. Die Frage hatte nicht das Geringste mit ihr und Marty zu tun. Sie war nicht persönlich gemeint.

»Es wäre eigentlich überraschend, wenn es dies nicht gäbe«, erwiderte sie neutral.

Wilma nickte verständnisinnig – und schickte ein zweideutiges Lächeln in Richtung der Kamera. Keinem der Zuschauer entging dieses Lächeln – auch Agnes Mann und Martys Frau nicht...

»Was dachten Sie, als Sie auf den Fluchtwagen feuerten?« fragte Wilma weiter.

»Ich versuchte zunächst nur, die Täter an der Flucht zu hindern«, begann Agnes, »und...«

»Und was?«

»Es ist ziemlich kompliziert«, erwiderte Agnes. »Aber irgendwie empfand ich es so, als stünde ich an Stelle aller Frauen, die versuchen einen Platz in dieser Männerwelt zu finden. Für mich ist die Polizei ein typisches Produkt dieser Männerwelt, und ich versuchte in diesen Augenblicken, meine Aufgabe genau so gut wie irgendein Mann zu erfüllen.«

»Hatten Sie Angst?«

»Ich hatte Angst, ich könnte versagen und...«

»Und was?«

»Und daß...« Ihre großen Augen suchten Martys Blick. Doch Marty war in seinen eigenen Gedanken gefangen. Düster starrte er vor sich hin und brütete darüber nach, welch Versager er vor der Kamera war. Er haßte sich selbst für seine Unbeholfenheit; er haßte jeden, der mit diesem Programm zu tun hatte – sogar Agnes, die sich so glänzend aus der Affäre zog.

»Erzählen Sie weiter«, ermutigte Wilma Agnes.

»... Und daß Marty was passieren könnte. Ich hatte mehr Angst um ihn, als um mich.«

Die Kamera fuhr eine Großaufnahme von Wilmas Gesicht. Ihr professionelles Lächeln füllte den Bildschirm, und sie schnurrte in Richtung der Zuschauer: »Im Namen unserer Zuschauer bedanke ich mich bei den beiden New Yorker Streifenpolizisten Agnes Cusack und Martin...« – sie stockte und warf einen Blick auf ihre Aufzeichnungen – »... Delehanty, die sich vorgestern hier in unserer Stadt so heldenhaft und bravourös einer Bande schwerbewaffneter Bankräuber in den Weg gestellt haben.«

Das rote Licht auf der Kamera erlosch, und Wilma war so plötzlich verschwunden, wie sie aufgetaucht war. Marty und Agnes saßen in betretenem Schweigen und starrten auf den leeren Stuhl zwischen ihnen.

Schließlich brummte Marty vorwurfsvoll: »Konntest du nicht vorsichtiger sein mit dem was du gesagt hast?«

Agnes waren inzwischen selbst Bedenken gekommen. Nur allzu deutlich klangen ihr ihre eigenen Worte im Ohr. Doch das vorrangige Problem schien Marty; er brauchte jetzt ihren Zuspruch. »Du warst großartig, Marty«, sagte sie mit gespielter Begeisterung. »Richtig großartig. Ich war so stolz auf dich.«

»Von wegen«, brummte Marty deprimiert. »Am liebsten würde ich dieser verdammt aalglatten Wilma Handschellen anlegen und sie aus dem Verkehr ziehen.«

Zehn Minuten später standen Agnes und Marty wieder auf der Straße. Der Sergeant vom Büro für Öffentlichkeitsarbeit war spurlos verschwunden.

»Was hältst du davon, zusammen zu frühstücken?« schlug Agnes vor.

»Nichts«, brummte Marty. »Ich geh nach Hause.« Agnes sah ihm nach, wie er in der U-Bahn verschwand.

Sie stieg in ihren Wagen und fuhr nach Staten Island zurück. Als sie die Wohnungstür aufschloß, war es kurz nach neun, und Agnes war überrascht, ihren Mann noch zu Hause anzutreffen.

»Großartig warst du!« empfing er sie wutentbrannt. »Mein Gott, warst du großartig!« Drohend baute er sich vor ihr auf. »Du hast was mit diesem Scheißcop! Gib's doch zu!«

»Was... was meinst du damit?« Agnes fühlte, wie sie rot wurde.

»Komm mir nicht so!« schrie er. »Ich hab es in deinem Gesicht gesehen. Jeder verdammte Idiot, der vor dem Fernseher saß, hat es gesehen!«

»Aber, Darling...«

Er schlug ihr ins Gesicht. Schützend hob sie die Arme über den Kopf. Der Schmerz trieb ihr die Tränen in die Augen. Als sie die Arme wieder sinken ließ, schlug er erneut zu. Und noch einmal. Immer wieder.

Sie überlegte, was sie tun sollte. Irgendwie stand sie neben sich selbst und betrachtete die ganze Szene wie von außerhalb: ein klassischer Familienkrach, von der Art, wie sie ihn auf Streife täglich erlebte. ›Verrückt!‹ dachte sie. ›Wäre ich über Funk gerufen worden, wüßte ich genau, was zu tun ist.‹ Sie dachte an die Eskalation der Gewalt bei Familienstreitigkeiten, und Panik ergriff sie. Sie wußte, wie schnell ein Unglück vor Wut, Angst oder Verzweiflung geschehen konnte. Sie fühlte all diese Regungen in sich aufsteigen – und darüber hinaus fühlte sie sich schuldig. Die Schläge taten weh, und für einen Augenblick dachte sie daran, die Waffe zu ziehen.

Im Dienst hatte sie bei einem Familienkrach noch nie die Waffe gezogen und sie würde es auch jetzt nicht tun. Mit den Armen versuchte sie, ihr Gesicht zu schützen. Die Schläge hagelten auf ihren Kopf und Rücken. Sie hörte sich selbst schluchzen.

»Gib's doch zu, du Miststück!«

Er hatte sie ein Stück den Korridor hinabgeprügelt, und das Schuldgefühl in ihr war so stark, daß sie seine Schläge über sich ergehen ließ. Plötzlich drehte sie sich um und rannte auf die Tür des Badezimmers zu.

Keuchend warf sie die Tür hinter sich ins Schloß und drehte den Schlüssel um. Seine Fäuste hämmerten gegen die Tür.

»Du dreckige Nutte!« schrie er. »Du gottverdammte Nutte!«

Zitternd lehnte sie sich gegen die Tür, und kalter Zorn stieg in ihr auf. »Er ist doppelt so gut wie du! Zehnmal so gut wie du!«

In dem Augenblick, in dem die Worte gesagt waren, tat es ihr leid. Durch die Tür war kein Laut zu hören. Dann klangen seine schweren Schritte durch den Korridor, und die Wohnungstür fiel ins Schloß. Sie zog den Vorhang zur Seite und sah zu, wie er in seinen Lastwagen stieg und wegfuhr. Jetzt erst brachen die Tränen hervor, und sie begriff, daß sie ihren Mann liebte, daß sie Marty liebte, und daß sie ihre Arbeit liebte. Plötzlich erschienen ihr die Probleme, die aus all dem entstanden waren, unüberwindbar, und Officer Cusack setzte sich auf den Rand der Badewanne und weinte hemmungslos.

21

Vincente Cuomo war Waffenhändler. Über seinem dunkelblauen Zweireiher trug er einen cremefarbenen Kaschmirmantel. Auch sein breitkrempiger Filzhut war cremefarben. Er hatte ihn schräg in die Stirn gedrückt. Die Krempe war auf der einen Seite nach unten geknickt. Behutsam hängte er seinen Mantel an den Kleiderständer und schlüpfte dann, ohne den Hut abzunehmen, hinter den Tisch. Er setzte sich so, daß er die Eingangstür der Bar im Auge behalten konnte und zog den schwarzen Aktenkoffer auf seine Knie.

»Stell dein verdammtes Köfferchen auf den Sitz, Mann!« knurrte Charles, der bereits am Tisch saß.

»Was darf's sein?« erkundigte sich der Ober.

Er beugte sich über den Tisch und wischte mit einem nassen Tuch die Platte sauber.

»Vorher war's besser«, maulte Cuomo und zupfte aus dem Ständer auf dem Tisch ein paar Servietten, mit denen er die Platte trockenrieb. »Du solltest deinen Lappen mal auswringen, Mann.«

Der Ober würdigte ihn keiner Antwort und wartete gelassen auf ihre Bestellung.

»Ich will meinen Zweihundert-Dollar-Anzug nicht drekkig machen bei euch!«

Charles nippte schweigend an seinem Bier.

»Bring mir 'n Americano, Mann. Aber mit italienischem Wein – ja?!« sagte Cuomo.

Er ließ seinen Blick mißtrauisch durch die Bar wandern. An der Theke lümmelten ein paar harte Burschen herum. Charles ließ Cuomo keine Sekunde aus den Augen.

»Na schön«, sagte Cuomo aufgeräumt und wandte sich wieder Charles zu. »Wie läuft's so, Mann? Wie geht's der Frau Gemahlin und den lieben Kleinen?«

»Hast du was für mich?« fragte Charles.

»Ich brauch 'nen Urlaub«, stöhnte Cuomo. »Diese Stadt geht vor die Hunde. Diese Sanierungsprogramme machen aus unserer Stadt eine Brutstätte der Kriminalität, zum Teufel!«

»Ich hab dich gefragt, ob du was für mich hast!«

»Was möchtest du denn gerne? Würde dich der Grand Canyon interessieren? Der Grand Canyon ist wunderschön zu dieser Jahreszeit.«

»Du weißt, woran ich interessiert bin.«

»Ich hab 'n paar Bilderchen dabei. In meinem verdammten Köfferchen hier.«

Er öffnete den Aktenkoffer und griff hinein. Charles erstarrte, und seine Faust unter dem Tisch schloß sich fester um das kühle Metall. »Ganz langsam, Mistkerl! Ganz vorsichtig!«

Der Ober stellte Cuomo seinen Drink vor die Nase. Als er wieder weg war, legte Cuomo vorsichtig einige Broschüren auf den Tisch.

»Sieh sie dir an.«

Es waren Reisebroschüren. Cuomo schob sie Charles hin. »Wie wär's mit 'ner Kreuzfahrt in der Karibik? Sehr begehrt im Augenblick. Genau das richtige für die Frau Gemahlin und die lieben Kleinen.«

Charles, der unter dem Umschlag Bilder von Maschinenpistolen und Revolvern erwartet hatte, fand nur Strände und Strandhotels. Er fegte die Broschüren vom Tisch. Seine Stimme war genauso kalt wie seine Augen. »Ich hab dich gefragt, ob du was zu verkaufen hast!«

»Ich hab 'n Reisebüro, Mann«, sagte Cuomo. »Du läßt mir ausrichten, daß du mich treffen willst; da muß ich natürlich davon ausgehen, daß du 'ne Reise buchen willst. Was hältst du von 'ner Woche Ägypten?«

»Du hast also nichts«, stellte Charles fest. Er erhob sich und zog unter dem Tisch eine Aktentasche hervor. Cuomo fand, daß sie ziemlich schwer aussah.

Er griff nach Charles Arm. »Rede, Mann. Vielleicht kann ich besorgen, was du brauchst.«

Charles starrte ihm in die Augen. Nach einer Weile setzte er sich wieder.

Cuomo war zufrieden mit sich; wie ein Gebrauchtwagenhändler, der erneut den Erfolg seiner Verkaufstaktik unter Beweis gestellt hat. Der erste Schritt war, auszuloten, wie brennend der Typ die Ware brauchte. Der zweite, herauszufinden, wieviel Kohle er hatte und der dritte, ihm die Ware unterzujubeln, die ihm im Augenblick am meisten auf den Nägeln brannte.

»Du bist 'n schlaues Bürschchen, was?« grinste Charles anerkennend.

Cuomo nahm das Kompliment gelassen hin. »An was hast du denn gedacht?«

»Kannst du Handgranaten beschaffen?« Charles malte sich aus, wie es wäre, diese Eierchen vom Kirchendach zu werfen, wenn sie unten den Sarg vorbeitrugen.

»Zwei Riesen, die Kiste.«

»Hast du auch schwerere Sachen?«

»Was möchtest du? 'ne Panzerfaust, oder Raketen, oder was?«

»Ja, vielleicht. So was in der Art.« Charles stellte sich die Panik der Bullen vor, wenn sie während der Beerdigung mit Raketen beschossen würden.

»Was hast du vor, Mann? Willst du 'nen verdammten Krieg anzetteln?«

Charles Augen wurden schmal. »Und du stellst zu viele verdammte Fragen!«

Cuomo rechnete zwei und zwei zusammen. ›Das ist der Typ!‹ dachte er.

Gelassen erwiderte er: »Wie ich in der Zeitung gelesen habe, hast du die MP, die ich dir verkauft habe, recht fleißig gebraucht.«

Charles angelte die Aktentasche vom Boden und ließ sie auf den Tisch krachen. »Ich hab' sie dabei und ich überlege mir gerade, ob ich sie jetzt mal kurz gebrauchen sollte.«

Cuomo wurde bleich. Er spähte zur Bar hinüber. Die Typen hingen immer noch dort herum.

Schweiß glänzte auf Cuomos Stirn. »Du mußt verrückt sein, dieses verdammte Ding mit dir rumzuschleppen, Mann!« ächzte er. Mit einem sorgfältig gebügelten Taschentuch wischte er sich über die Augen.

»Wenn man das Ding bei dir findet, während ich hier bin, geht's mir genauso an den Kragen!« sagte Cuomo. »Sowas mag ich nicht besonders. Und die Leute, für die ich arbeite, auch nicht.«

Charles fixierte Cuomo kalt.

»Was hast du noch?«

Cuomo setzte den Haken etwas tiefer: »Sieh' dir das mal an.«

Aus seinem Aktenkoffer zog er das Foto einer Maschinenpistole hervor.

Charles warf einen kurzen Blick darauf und reichte es zurück. »Ich hab schon eine«, brummte er und tätschelte seine Aktentasche.

»Aber nicht so eine, Mann! Das hier ist eine ganz besondere Kanone. Wieviel Schuß hat deine alte MP? Zwanzig? Diese Trommel hier, die du da oben drauf siehst...« – Cuomo deutete mit einem Bleistift darauf – »... enthält einhundertsiebenundsechzig Schuß. Diese MP steigt nicht beim Schießen. Fünfundzwanzig Schuß pro Sekunde! Hier – das Zielfernrohr. Und siehst du das Ding hier unterhalb des Laufs? Es hat ungefähr die Größe einer Zigarettenschachtel.«

»Ja – ich seh's«, brummte Charles abweisend, doch seine Augen studierten die Wunderwaffe begehrlich.

»Das is 'n Laserstrahl«, erklärte Cuomo. »Weißt du, was 'n Laserstrahl ist? Man benutzt ihn bei Augenoperationen; so genau läßt sich damit umgehen. Bei dieser MP hier wird er als Zielvorrichtung benutzt. Du bringst den Laserstrahl ins Ziel; das sieht dann aus wie ein kleiner roter Punkt. Du heftest dem Burschen, den du aufs Korn nimmst, den roten Punkt ans Hemd, drückst eine Sekunde lang ab, und jagst ihm fünfundzwanzig Schuß in den roten Punkt! In weniger als sieben Sekunden hast du die gesamte Trommel, 167 Schuß, genau im roten Punkt!«

Schweigend betrachtete Charles das Foto.

»Sie wird von der ›American International‹ gebaut«, erklärte Cuomo. »Nur das FBI hat diese Waffe. Bisher wurde sie nur ein einzigesmal eingesetzt: bei einer Gefängnisrevolte in Utah. Der Anführer der Gefangenen steht im Hof und verliest die Forderungen an die Gefängnisleitung. Zufällig, oder was, schaut er auf sein Hemd und sieht diesen roten Punkt auf seinem Brustbein.«

»›Was zum Teufel ist das?‹ schreit er. Und das FBI antwortet mit einer Flüstertüte: ›Das ist genau der Punkt, an dem Sie innerhalb von einer Sekunde fünfundzwanzig Kugeln treffen, wenn Sie sich nicht ergeben!‹ Natürlich hat er sich ergeben, dieser Matschkopf – was sonst hätte er tun sollen?«

Charles stellte sich vor, 167 Kugeln pro Sekunde in eine Abteilung blauer Uniformen zu jagen.

»Wieviel willst du dafür?«

»Drei Riesen.«

»Besorg' sie mir«, entschied Charles.

»Woher will ich wissen, daß du genug Kohle hast?« grinste Cuomo.

Charles zog den Reißverschluß seiner Aktentasche auf und brachte eine Papiertüte zum Vorschein, die er auf den Tisch warf. Sie sah aus, als enthielte sie ein dickbelegtes Schinkensandwich. Cuomo öffnete die Tüte einen Spalt und spähte hinein. Geld. Seine Finger krochen tiefer und blätterten in den Bündeln von Dollarnoten.

»Entschuldige mal 'n Augenblick«, sagte er und erhob sich.

Er verschwand auf der Toilette.

Als er zurückkam, warf er die Tüte auf den Tisch. »Zweitausend«, sagte er. »Soll ich das als Anzahlung betrachten?«

»Wann kannst du liefern?«

»Übermorgen abend.«

»Und wo?«

»Am gleichen Platz wie letztesmal.«

Am Yankee Stadion also. Charles würde um Mitternacht in seinem Wagen warten, bis Cuomo seinen Wagen hinter ihm parkte. Cuomo würde ihm einen Koffer mit der Ware ins Auto stellen und er würde ihm eine Tasche mit Geld geben. Dann würde die Ware geprüft und das Geld gezählt werden. Cuomo würde nicht alleine sein. Charles ebenfalls nicht.

»Wieviele Handgranaten sind in einer Kiste?« fragte Charles.

»Zwölf oder vierundzwanzig – je nachdem. Du brauchst jemanden, der dir tragen hilft.«

»Vierundzwanzig«, sagte Charles.

Cuomo nickte. »Sechs Riesen. Du kannst dich darauf verlassen, daß alles bestens läuft – 1a Qualität. Aber ich brauch 'nen Vorschuß.«

Charles schob ihm die Papiertüte über den Tisch. »Also bis dann«, knurrte er. »Und wenn du nicht kommst, werde ich dich finden.«

Cuomos Miene verfinsterte sich. ›Dreckiger Hundesohn‹, dachte er. ›Nimm' den Mund nicht so voll, oder...‹. Doch Cuomo zwang sich zur Gelassenheit. Er hatte wertvolle, doch schwer absetzbare Ware zu verkaufen. Seit zwei Jahren saß er auf den verdammten Dingern. Sie stammten von einem Überfall auf einen Armeetruck und verstaubten seither in einem Lagerhaus. Sein Boß würde hocherfreut sein, und für ihn selbst schaute 'ne hübsche Stange Geld raus.

»Ich gehe zuerst«, sagte Cuomo.

»Nein. Du wartest, bis ich weg bin«, stellte Charles klar.

»Alter vor Schönheit«, griente Cuomo anzüglich und zuckte die Achseln.

22

Eischied goß Scotch über das Eis in seinem Glas. In Gedanken versunken stapfte er durch sein Büro. Im Moment war der PC genauso verunsichert und aus dem Gleichgewicht gebracht, wie die gesamte Stadt, und vorläufig war Eischieds Position unangreifbar. Solange er mit einem spektakulären Fall wie diesem beschäftigt war, würde der PC nicht wagen, ihn auf die Straße zu setzen.

Eischied hielt sich für einen überdurchschnittlich guten Kriminalisten, doch seine eigentlichen Talente waren immer erst beim Spiel mit gezinkten Karten mit den jeweiligen politischen Kräften der Stadt richtig zur Geltung gekommen. Nicht umsonst war es ihm gelungen, sich all die Jahre im Sattel zu halten. Einer Menge anderer, ehrlicher und überzeugter Cops war dies nicht gelungen. Auch den letzten, und diesmal sehr massiven Versuch, ihn über die Klinge springen zu lassen, hatte er pariert. Zumindest hatte er Zeit gewonnen; und auf der Woge dieses Triumphs wuchs sein Selbstvertrauen beträchtlich. Sie würden ihn nie in die Knie zwingen können...

Er brauchte nur diesen Fall zu lösen.

Genüßlich nippte er an seinem Whiskey.

Was wußte er bisher über diese Bande von Bankräubern?

Nun – bei den drei Männern, die in die Bank eingedrungen waren, handelte es sich eindeutig um Amateure; Ghettoratten, wie es sie zu Tausenden in New York gab. Einer war mit offenen Augen in die Kugel des Bankwachmanns gerannt, obwohl dieser ebenfalls ein blutiger Laie war. Und die anderen beiden – obwohl bis an die Zähne bewaffnet – waren zu Salzsäulen erstarrt, als der Wachmann mit seinem Colt aufgetaucht war.

Solche Typen hingen an jeder Straßenecke herum und sie machten der Polizei 'ne Menge Arbeit, doch ganz sicher nicht in einem Maß, das den Pulsschlag der gesamten Stadt aus dem Rhytmus gebracht hätte.

Eischied nippte nachdenklich an seinem Glas.

Der Bursche mit der MP war allerdings von einem ganz anderen Kaliber. Bereits im Sommer hatte er zwei Polizisten erschossen und in der Bank hatte er erneut bewiesen, mit welch tödlicher Präzision er seine MP beherrschte. Was wußte Eischied über ihn?

Daß er eiskalt und skrupellos war.

Daß er in der Lage war, schnelle Entscheidungen zu treffen. Ohne zu zögern und ohne die geringsten Anzeichen von Panik hatte er die Situation in der Bank erfaßt und aus dem Feuer gerissen.

Doch es existierten durchaus noch andere Fakten, denen Eischied eigentlich mehr Bedeutung zumaß:

Erstens: Obwohl dieser Killer mit an Sicherheit grenzender Wahrscheinlichkeit im vergangenen Sommer auch die beiden Streifencops erschossen hatte, hatte er damals weder an die Polizei, noch an die Presse eine Botschaft geschickt. Diese Botschaften, in welchen sich eine terroristische Vereinigung zu den Banküberfällen bekannte, waren erst vor kurzem aufgetaucht. Weshalb?

Zweitens: Bei dem Banküberfall am Morgen war er nur der Fahrer gewesen. Was hatte das zu bedeuten?

Eischied fand nur eine Erklärung dafür: daß der Mann mit der MP die Befehle eines anderen ausführte. Daß der Kopf der Bande, auf deren Konto diese Serie von Banküberfällen ging, ein anderer war.

War es tatsächlich ein anderer, dann war es ganz sicher jemand mit einschlägiger Erfahrung für sogenannte revolutionäre Aktionen.

Eischied kam zu dem Schluß, daß er es hier mit zwei verschiedenen Gegnern zu tun hatte: mit dem Gehirn und mit dem bewaffneten Arm. Der Arm wußte sehr wohl, wie er mit einer MP umzugehen hatte; wahrscheinlich krümmte er den Finger nur zu gerne – viel zu gerne. Und das Gehirn befahl ihm: nein, du bist der Fahrer! Das Gehirn hat den Arm offenbar unter Kontrolle. Doch der Arm hat innerhalb der Organisation unbestreitbar eine Schlüsselfunktion inne. Was folgte daraus für die Bedeutung des Gehirns?

Die Antwort auf diese Frage war Eischied klar: der Kopf, der hinter FEAR steckte, war gefährlicher, als er zunächst vermutet hatte.

Eischied öffnete die schwere Tür seines Safes und hob den schwarzen Karton ein Stück an. Nachdenklich starrte er auf den Fingerabdruck.

›Jede Wette, der stammt von ihm‹, dachte er.

Von Mal zu Mal schien das Papier und der Abdruck dunkler zu werden. Zwar konnten auch die Fotos, die man im Labor gemacht hatte, für die Fahndung benutzt werden, doch das wirkliche Beweismittel war dieses angeschwärzte Stück Zeitungspapier. Dieses Stück Papier war von zentraler Bedeutung, sollte eines Tages vor Gericht das Verfahren gegen FEAR eröffnet werden.

Eischied ließ den schwarzen Karton zurückfallen und verschloß den Tresor wieder.

›Vielleicht sollte ich diesen Print tatsächlich an das FBI weitergeben‹, dachte er. ›Sie haben bessere Labors als wir. Vielleicht würden sie herausfinden können, von wem der Abdruck stammt.‹

Doch würden sie es herausfinden, dann würden sie es der Stadtpolizei garantiert verschweigen.

Eischied wollte das Beweisstück dort haben, wo er es jederzeit sehen und anfassen konnte. Es war für ihn zu einem gehüteten Schatz geworden, auf den er nicht mehr verzichten konnte – wie das Foto von einem geliebten Menschen. Er bezog Stärke daraus und die Sicherheit, nicht so ohne weiteres aus dem Sattel gehoben werden zu können. Er mußte es stets in seiner Nähe haben.

Seine Gedanken kehrten zu dem Mann zurück, von dem der Abdruck höchstwahrscheinlich stammte, und Eischied wußte plötzlich, daß es sich mit Sicherheit um einen Mann von beachtlichem Format handelte.

In der Wohnung in der Koch Street verging kein Abend, an dem nicht sämtliche Nachrichtensendungen über den Bildschirm flimmerten. Bei Boone's Apfelwein drängten sich die Bewohner vollzählig vor dem Fernsehapparat. Sie balgten sich vergnügt um die besten Plätze und kicherten ausgelassen, wenn von ihren Aktionen die Rede war. Sie bekamen eine Menge von Officer Cusack und Officer Delehanty zu sehen, die von den Medien zu Helden emporstilisiert wurden. Dagegen war nichts einzuwenden, denn dadurch wurden auch sie zu Helden. Sie rissen ihre Witze und überboten sich gegenseitig mit obszönen Bemerkungen, die ihnen besonders dann leicht von der Zunge gingen, wenn Streifenpolizistin Agnes Cusack auf dem Bildschirm zu sehen war. Großsprecherisch verkündeten sie, welche Teile ihrer Anatomie sie aufs Korn nehmen würden.

Everett Walker ließ sich keine noch so unwichtig erscheinende Information entgehen und notierte jede Kleinigkeit, die über das Alltagsleben der beiden Streifencops berichtet wurde. Besonders interessierte ihn jeder Hinweis, der auf den Wohnort der beiden schließen ließ. Phase II (die Ermordung des Streifenteams Cusack und Delehanty) konnte nicht in die Wege geleitet werden, ehe nicht absolute Klarheit über Phase III bestand. Phase III war die Beerdigung. Es war sinnlos, die beiden zu erschießen, solange er nicht wußte, in welchen Kirchen die Trauerzeremonien stattfinden würden. Der Tag, an dem Walker neben die beiden Namen die Adressen und die zuständigen Kirchsprengel schrieb, war der Tag, an dem er ihre Todesurteile unterzeichnete.

Mit dem gleichen, fast religiösen Eifer studierte er die Zeitungen. Er war wie ein Novize, der sich auf seine Priesterweihe vorbereitete; wie ein Bischof, der sich innerlich darauf einstellte, den Segen zu erteilen.

Er war wie ein Jäger, der sich an das Lager seiner Beute heranpirschte.

Officer Delehanty hatte in einem der Interviews den Namen des Bowling-Centers in Queens erwähnt, wo er in der Regel spielte – für Walker ein möglicher Ort, an dem das Ritual der Exekution inszeniert werden konnte. Ein Foto in der ›Daily News‹ zeigte ihn beim Basketballspiel auf einem Schulhof in Queens, ganz in der Nähe seiner Wohnung. Er wohnte also in Queens! Aber wo genau? Das Haus, in dem er lebte, lag in einer der Einflugschneisen zum La Guardia Flughafen. Genaugenommen war es ein Polizistenghetto, in dem die Delehantys wohnten – nur wenig besser als das, in dem Walker aufgewachsen war. Doch davon hatte Walker keine Ahnung. Das Haus lag unweit der Tennisplätze von Forest Hills; ein Ort der Reichen, und Delehanty genauso fremd wie Walker.

Im Fall von Officer Delehanty war die Lokalisierung bereits ziemlich weit gediehen.

Von Officer Agnes Cusack wußte Walker, daß sie in Staten Island wohnte, daß ihr Mann ein Anstreicher war, und daß sie von ihrem Schlafzimmerfenster aus die Verrazano Bridge sehen konnte. Der Anstreicher arbeitete mit einem Bauunternehmer draußen in Stapleton zusammen, doch Agnes Adresse und Privatnummer war genausowenig im Telefonbuch zu finden, wie die Delehantys. Telefonnummern von Bullen sind geheim, stellte Walker fest. Offenbar hatten sie bereits vor Walkers Eintritt in die Geschichte allen Grund, um ihre heile Haut zu fürchten.

Walker heftete mit Stecknadeln sämtliche Zeitungsberichte über die beiden Streifencops, deren er habhaft werden konnte, an die Wände von Paulas Wohnzimmer. Das größte Foto der beiden – es war als Centerfold in der ›Daily News‹ erschienen – übermalte Walker mit Fadenkreuzen, deren Zentren genau über den Herzen lagen. Damit war für jedermann klar: der Hohepriester hatte das Zeremonialopfer eindeutig bestimmt. Sie mußten nur noch zum Altar gelockt werden, auf dem sie ihr Leben aushauchen würden.

Interviews mit Chief of Detectives Earl Eischied schnitt Walker ebenfalls aus, studierte sie jedoch unabhängig von den anderen. Dies war eine rein persönliche Angelegenheit. Mit keinem Wort erwähnte Eischied in den Interviews die Kugeln aus der MP, die die Kripo in der Bank und auf der Straße davor sichergestellt hatte. Ebensowenig verlor er ein Wort über ballistische Vergleiche mit den Kugeln, die im Sommer die beiden Streifenbeamten getötet hatten. Vielleicht war die Polizei gar nicht auf diese Idee gekommen – doch das nahm Walker Eischied nicht ab. Er war überzeugt, Eischied wußte Bescheid und behielt sein Wissen für sich. Weshalb? Was wußte Eischied sonst noch, das er verschwieg? Walker betrachtete Eischied inzwischen als seinen persönlichen Gegenspieler, als den Mann, den es zu überlisten galt, wollte er sich weiter seiner Freiheit erfreuen. Diese Sichtweise schmeichelte Walker, denn Eischied war schließlich ein hoher Drei-Sterne-Polizeioffizier, und er selbst war von den Medien und der Polizei immer als ein dahergelaufener Slum-Revoluzzer betrachtet worden.

Walker entging auch nicht, daß Eischied mit Erfolg versuchte, die Öffentlichkeit zu beruhigen. Immer wieder gab er zu verstehen, daß er genau wußte, wo und auf wen sich die Fahndung zu konzentrieren hatte. Es schien, als könne die Stadt sehr bald mit Verhaftungen rechnen.

Walker zerbrach sich den Kopf, was dahinter stecken mochte. War es nicht verdammt riskant für einen Chief of Detectives Versprechungen zu machen, die er nicht einhalten konnte?

Oder wußte Eischied tatsächlich so viel? Und wenn –

wieviel Zeit blieb Walker? Wie dicht war ihnen die Polizei bereits auf den Fersen?

Nicht dicht genug – entschied Walker, denn er war überzeugt, daß ihn das Schicksal auserwählt hatte. Niemand konnte ihn aufhalten. Die Zukunft war unvermeidbar. In der Nacht vor dem großen Massaker würde er seinen Leuten den Befehl geben, die Revolution in alle Welt zu tragen. Vielleicht würden sie noch ein letztesmal zusammen speisen – Kuskus und Okra und...

Was würde aus ihm selbst werden?

Manchmal sah er sich von Polizeikugeln durchsiebt auf dem Asphalt von New York City sterben – ein Opfertod, der einer Kreuzigung gleichkam. Sein Tod würde die Revolution über die Gegenwart hinaus tragen; in die Herzen aller geknechteten Menschen – wo immer und wann immer sie auch lebten. Doch niemand ist in der Lage, seinen eigenen Tod wirklich hinzunehmen und daran zu glauben. Wie jeder Mensch, sah Walker seinen Tod wie eine Szene in einem Film: Wenn alles vorbei war, sprang man auf und wischte sich das Make-up weg.

Natürlich würde er versuchen, zu entkommen. Und wenn es ihm gelang, dann... Was dann?

Oft stellte er sich vor, daß er wieder ins Exil ginge und die Revolution seinen Genossen überließe – Charles und den anderen Überlebenden. Er malte sich aus, wie es wäre, als Held der Revolution in Nordafrika oder in Kuba empfangen zu werden. Würdenträger aus aller Welt würden ihm wieder ihre Referenz erweisen. Er würde seine Memoiren schreiben.

Doch dies waren nur Träume. Das Massaker und die Hinrichtung der beiden Bullen waren die Wirklichkeit. Sie waren so real wie die Wand vor seinen Augen; was jenseits davon lag, konnte er nicht erkennen.

Schließlich gelang es Walker, die Adresse von Agnes Cusack ausfindig zu machen.

Im Unterhaltungsteil der ›New York Times‹ erschien ein Fotobericht über das Privatleben von Officer Agnes Cusack.

Auf einem der Fotos posierte sie in Kleid und Küchenschürze in ihrer Nullachtfünfzehn-Einbauküche. Eines der Fotos zeigte auch die Außenansicht ihres kleinen Einfamilienhauses. Aus dem Artikel, der die genaue Adresse natürlich verschwieg, ging hervor, daß Polizeibeamtin Cusacks Ehemann das Haus in seiner Freizeit lavendelfarben gestrichen hatte, und daß es das einzig lavendelfarbene Haus in dieser Gegend von Staten Island war.

Walker riß die Seite aus der Zeitung.

»Ich hab die Zeitung noch nicht mal gelesen«, beklagte sich Mark D.

»Wir beide machen heute 'nen Ausflug nach Staten Island.«

Das Haus war leicht zu finden. Es stand in der Tomkins Avenue, nur zwei Blocks vom Meer und acht Blocks von der Brücke entfernt. Der Lastwagen des Anstreichers parkte in der Auffahrt.

Mark D. nahm den Fuß vom Gas, damit Walker das Haus genauer in Augenschein nehmen konnte. »Fahr langsam weiter«, brummte Walker. »Bis ich dir sage, wann du halten sollst.«

Er hatte das Adressenverzeichnis der Katholischen Kirche von New York aufgeschlagen auf den Knien liegen und suchte nun die nächstgelegene Gemeindekirche. »Bieg da vorne nach rechts ab«, befahl er. »Und jetzt halt an.«

Die Kirche hieß St. Robert Bellarmine. Von der gegenüberliegenden Straßenseite sah sie sich Walker genau an. Agnes Beerdigung würde drei bis fünftausend Polizisten auf den Plan rufen; plus die üblichen Vertreter der politischen Fraktionen. In seiner Vorstellung füllte Walker die Straße in beiden Richtungen mit Tausenden von uniformierten Opfern. Der Leichenwagen würde dort drüben stehenbleiben, direkt vor den Steintreppen der Kirche. In dem Augenblick, in dem die Sargträger Agnes Sarg auf die Schultern hoben, würden die Granaten und die Salven aus der Maschinenpistole Tod und Vernichtung vom Dach der Kirche in die Masse speien.

Nein – nicht von diesem Dach. Walker sah, daß es zu steil war; ein Giebeldach, das keinerlei Deckung und keinen Fluchtweg bot. Doch die Dächer der Apartmenthäuser gegenüber könnten sich eventuell als geeignet erweisen.

Das würde allerdings zwei ernst zu nehmende Probleme aufwerfen: zum einen den unbemerkten Zutritt zum Dach, und zum anderen den Fluchtweg.

Walker ließ Mark D. im Wagen zurück und betrat die Kirche. Er wollte einen Eindruck von den Räumlichkeiten bekommen. Wie würde es sich drinnen anhören, wenn draußen die Granaten zerbarsten? Was würde Gott tun?

Es war eine helle und freundliche Kirche. Durch die bunten Glasfenster strömte das Sommerlicht in breiten Bahnen über den Steinfußboden. Die Bänke waren aus heller Eiche, und die Knieleisten mit Schaumstoffkissen überzogen. Von den Darstellungen der Stationen des Kreuzwegs abgesehen, waren die Wände weiß gehalten. Nur ein paar Leute knieten in den Bänken, und eine Frau in Schwarz zündete vor dem Altar eine Kerze an.

Walker verließ die Kirche und betrat das Apartmenthaus auf der gegenüberliegenden Straßenseite. Die Eingangstür war nicht verschlossen, und es gab nicht einmal einen Wachmann. Staten Island war praktisch bereits ein Vorort von New York, und die Verbrechensrate war hier relativ gering. Die Leute hier hatten keine Angst. Ohne einer Menschenseele zu begegnen, fuhr er mit dem Aufzug in den obersten Stock und stieg dann die Treppe, die zum Dach führte, empor. Die Tür zum Dach war ebenfalls unverschlossen.

Walker trat in den Sonnenschein hinaus. Bettücher blähten sich im Wind. Er schlüpfte unter ihnen hindurch und spähte auf die Straße hinab, die fünf Stockwerke unter ihm lag.

›Ausgezeichnet!‹ dachte er.

Früh am Morgen des Tages, an dem Agnes Cusack beerdigt werden würde, würde eine Handvoll schwerbewaffneter Terroristen auf dieses Dach hier steigen und darauf warten, bis die Trauergemeinde vollzählig versammelt war.

Es war nur schade, daß der Schlag gegen die Knechte der Kapitalisten nicht vom Dach der Kirche aus geführt werden konnte. Nur allzugern hätte Walker die symbolische Bedeutung für seine Zwecke ausgenutzt. Für abergläubische Geister würde der Eindruck entstehen, als hätte Gott seine schützende Hand über Walkers Massaker gehalten. Die Revolution würde viele neue Anhänger gewinnen.

Er schlüpfte wieder unter den Wäscheleinen hindurch und trat an den hinteren Rand des Dachs. Von allen sieben Apartmenthäusern, die in einer Reihe nebeneinander standen, schlängelten sich Feuerleitern in die Hinterhöfe hinab. Man konnte sogar auf die Dächer der benachbarten Häuser springen – so eng standen die sieben Mietskasernen beieinander. ›Ausgezeichnet!‹ dachte Walker.

Ehe die Masse der paar tausend Polizisten unten auf der Straße reagieren konnten, würden bereits 'ne Menge von ihnen tot sein. Die Soldaten der Revolution würden in dem Durcheinander über die Feuerleitern in die Parallelstraße fliehen und in dem bereitstehenden Fluchtwagen entkommen.

Und dann?

Eine halbe Stunde lang checkte Walker den Fluchtweg aus. Die Bedingungen waren besser, als er gehofft hatte.

Keine fünfhundert Meter von der Kirche entfernt entdeckte Walker eine Auffahrt zur Staten Island Stadtautobahn. Sie brauchten nur rechts auf den Hylan Boulevard abzubiegen, der führte sie direkt zur Stadtautobahn. An irgendeiner Ausfahrt der Autobahn würde ein zweiter Wagen stehen, in dem sie umsteigen konnten.

›Ausgezeichnet‹, dachte Walker.

»Ich möchte bloß wissen, was du andauernd zu grinsen hast«, maulte Mark D., als Walker wieder zu ihm in den Wagen stieg. »Was hast du eigentlich hier draußen gesucht?«

»Und jetzt fahr mich zurück in die Koch Street«, sagte Walker anstatt einer Antwort.

»Nie sagst du, worum es geht«, murrte Mark D.

»Dann wüßte inzwischen wahrscheinlich jeder Penner in

dem Billard Salon, in dem du immer rumhängst, über uns Bescheid.«

Allmählich nahm sein Plan konkrete Gestalt an.

Mit hundert Stundenkilometern jagte der Wagen über die New York Bay hinweg. Walker starrte auf die reglose, schiefergraue Wasseroberfläche tief unter ihnen. Innerlich triumphierte er bereits, und die Freiheitsstatue, die am Horizont zu erkennen war, schien ihm mit ihrer Fackel zuzuwinken.

23

Cuomo hatte seine Ware an Charles verkauft und er sah absolut keinen Grund, warum er dieselbe Ware nicht ein zweitesmal an den Mann bringen sollte. Der zweite Kunde war das FBI.

FBI-Agent Pat McGovern war dreißig und begann allmählich, seinen Job zu hassen. McGovern hatte den M.A. des Fordham Colleges, und eine abgeschlossene Berufsausbildung als Rechnungsprüfer. Sein Studium hatte er sich als Assistent in der Public-Relation-Abteilung eines Sportmagazins verdient. Er war bereits Vater von zwei Kindern, als er sich in einem Anfall von Abenteuerlust entschlossen hatte, zum FBI zu gehen. In letzter Zeit allerdings konnte er sich des Eindrucks nicht erwehren, daß er sich dadurch in eine Sackgasse manövriert hatte, doch es gab niemanden, an den er sich mit diesem Problem hätte wenden können. Er versuchte, seine Unruhe in Arbeit zu ersticken, und seine Frau beklagte sich bereits bitter, weil sie ihn so selten zu sehen bekam. Doch die kriminalistische Arbeit war anders, als er sie sich vorgestellt hatte. Beim FBI, das hatte er inzwischen erfahren müssen, wurden selbst vor den eigenen Leuten Informationen geheimgehalten. Nur selten wußten die einzelnen Agenten, in welchem größeren Zusammenhang ihre Untersuchungen standen. Als Folge davon fiel es McGovern oft nicht leicht, den richtigen Ton und die richtigen Fragen zu finden.

Erregende und gefährliche Erlebnisse oder gar Abenteuer waren so dünn gesät, daß sie praktisch nie vorkamen – zumindest was McGoverns Arbeit beim FBI betraf. Und wenn ihm schon 'mal eine interessante Sache über den Weg lief, dann traf sie ihn meist unvorbereitet, sodaß er mittlerweile eine Abneigung gegen alles Unvorhergesehene entwickelt hatte. Er war inzwischen zu der Überzeugung gelangt, daß er im Grunde seines Wesens eher zum Rechnungsprüfer geeignet war, als für diesen Job beim FBI.

Die meisten FBI-Agenten, die McGovern kannte, waren etwa in seinem Alter. Dem New Yorker Büro waren etwa tausend Agenten zugeteilt, die zum größten Teil – wie McGovern selbst – aus katholischen Familien stammten. Genau wie bei der Stadtpolizei, waren auch beim New Yorker FBI auffallend viele irische Namen zu finden. Der durchschnittliche Detective und der durchschnittliche FBI-Agent unterschieden sich kaum voneinander – so schien es McGovern – außer, daß der FBI-Agent in der Regel eine bessere Ausbildung hatte, und daß er gezwungen war, im Dienst Krawatte und Jackett zu tragen. Im großen und ganzen betrachtete McGovern die Arbeit bei der Bundespolizei als mühsame Plackerei: ständig war man hinter irgendwelchen Kriminellen her und verfolgte irgendwelche Spuren, die einen doch nirgendwohin brachten. Manchmal dachte McGovern, daß er sich für diese Art von Arbeit zu schade war. Warum überließ man diesen Job nicht den Detectives der Stadtpolizei, deren Ausbildung dafür ebenfalls ausreichen würde?

FBI-Agenten waren angehalten, Verbindungen mit sogenannten Informanten zu pflegen. Einer von McGoverns V-Leuten war Vincente Cuomo. Cuomo war vor drei Monaten als Hehler einer Fälscherbande, die sich auf Flugtickets spezialisiert hatte, vor einem Bundesgericht angeklagt worden. McGovern war beim Betrugsdezernat des FBI und er erhielt von seinem Inspector den Auftrag, Cuomo als Informant aufzubauen. Er hatte Cuomo klarzumachen, daß im Falle einer ›Kooperation‹ das FBI durchaus imstande wäre, eine geringere Strafe – möglicherweise auf Bewährung – herauszuholen.

Das erste Treffen fand in einer exklusiven Bar in Midtown statt. Cuomo, der nicht mehr richtig geschlafen hatte, seit die Anklage gegen ihn erhoben worden war, fing an zu schreien: »Sind Sie verrückt? Wollen Sie, daß man mich umlegt?«

McGovern beruhigte ihn. Er hatte seinen Vorschlag unterbreitet. Er steckte Cuomo seine Privatnummer zu und ging.

In der Folgezeit traf McGovern Cuomo mindestens einmal pro Woche. Er lernte sämtliche Kneipen kennen, in denen Cuomo verkehrte, und sie tranken so manches Bier an den schäbigsten Theken Manhattans.

Die Geschichte schien im Sand zu verlaufen. Doch nun hatte Cuomo angerufen und eine große Sache angedeutet. Sie verabredeten sich in der letzten Reihe eines Kinos in der 42. Straße.

Als McGovern vor dem Kino ankam, stellte er fest, daß es ein Pornokino für Homosexuelle war. ›O Gott!‹ dachte er und blieb unentschlossen stehen. Doch Cuomo saß wahrscheinlich schon drin und wartete auf ihn. Verstohlen sah sich McGovern um, schob das Geld durch die Öffnung im Glasfenster und schlüpfte durch den schmalen Einlaß.

Im Dunkeln des Vorführraums tastete McGovern nach der letzten Reihe und ließ sich in den Sitz neben Cuomo sinken. Sie begrüßten einander nicht und es schien, als würden sie interessiert den Film ansehen. McGovern wartete darauf, daß Cuomo zu sprechen anfing, und realisierte zunächst gar nicht, was er sah.

»Ich glaube, ich hab etwas über den Typen, auf dessen Konto die Banküberfälle gehen«, flüsterte Cuomo.

»Welche Banküberfälle?« brummte McGovern.

»Der Typ mit der Maschinenpistole.«

McGovern zuckte zusammen. Er versuchte sein Interesse zu verbergen und wandte sich wieder der Leinwand zu. Ein Akteur knöpfte einem anderen gerade die Hose auf. »Was für eine Maschinenpistole?« flüsterte McGovern aus dem

Mundwinkel. Er hatte sofort begriffen, und sein Herz hämmerte wie wild. Der zur Zeit größte Fall der Stadt! Sollte das *die* heiße Spur sein, die ihm hier in den Schoß fiel?!

Auf der Leinwand massierte einer der beiden Typen mit Begeisterung den Penis des anderen.

In Gedanken sah sich McGovern bereits als den großen Helden. Er würde den Fall lösen und dann seinen Abschied einreichen. Was für ein Abgang! Er sah seinen Namen bereits in den Schlagzeieln.

Einer der Akteure, inzwischen nackt, lag über irgendeinem Möbelstück. Der andere, ebenfalls nackt, schob ihm von hinten sein Gerät zwischen die Beine.

McGovern träumte davon, der berühmteste Rechnungsprüfer der Stadt zu sein. Cuomo würde natürlich Geld sehen wollen, und das FBI würde zahlen – vorausgesetzt, es war nicht zu viel. McGovern mußte den Preis drücken; sonst bestand die Gefahr, daß sich das FBI querlegte, und die ganze Sache in die Hose ging.

Der eine Akteur bumste den anderen. Er bumste ihn wirklich! Ein dritter Typ tauchte auf und machte sich daran, das Organ des ersten von unten zu bearbeiten.

Plötzlich realisierte McGovern, was auf der Leinwand geschah. Er fühlte, wie ein Brechreiz in ihm aufstieg. Ihm war speiübel, und gleichzeitig packte ihn die kalte Wut. McGovern hatte sogar Cuomo völlig vergessen. McGovern wollte unbedingt jemanden verhaften. Er überlegte, wie er am besten die Angestellten und sämtliche Gäste des Kinos dingfest machen und ins nächste Revier schaffen konnte. Gleichzeitig war ihm klar, daß dies absolut sinnlos wäre, denn in einer Stunde wären sie alle wieder auf freiem Fuß.

»Er versucht, Waffen und Munition zu kaufen«, flüsterte Cuomo.

»Munition?«

Auf der Leinwand schoß einer der Männer seine Ladung in das Gesicht des anderen.

McGovern fiel es schwer, an Munition zu denken. Er kämpfte gegen das Verlangen, seine Kanone zu ziehen und auf die Leinwand zu feuern. Er hätte am liebsten jeden Perversling der Stadt persönlich verhaftet.

»Laß uns hier rausgehen, Mann!« zischte er. »Sonst kotz ich gleich.«

Cuomo lehnte es ab, sich mit einem Bullen auf der Straße zu zeigen, und steuerte die Männertoilette an. Als die Tür hinter ihnen zugefallen war, standen sie einem älteren Herrn gegenüber, der seine Hose bis zu den Knöcheln herabgelassen hatte. In der Hand hielt er einen Zwanzig-Dollar-Schein. Vor ihm kniete ein junger Bursche und lutschte dem Alten einen ab.

McGovern erstarrte. Nur mit größter Anstrengung gelang es ihm, die Beherrschung zu bewahren. Er durfte jetzt nicht die Nerven verlieren, denn das würde alles verderben. Er kämpfte gegen das Gefühl der Übelkeit, und mit einemmal wurde ihm klar, daß er die Arbeit bei der Polizei haßte. Er haßte sie, weil sie im Grunde nur aus einer endlosen Reihe von demütigenden und erniedrigenden Erlebnissen bestand. Tag für Tag wühlte er im Abschaum der Gesellschaft.

McGovern packte Cuomo am Arm und zog ihn hinaus in das winzige Foyer des Kinos.

»Er hat mir sogar die MP gezeigt«, flüsterte Cuomo. »Und er hat zugegeben, daß er die Bank überfallen hat.«

»Und wer hat ihm die MP verkauft, wenn ich fragen darf?«

»Schauen Sie mich nicht so an«, entgegnete Cuomo. »Ich hab ein Reisebüro, sonst nichts!«

»Natürlich. Und was für Waffen will er kaufen?«

»Handgranaten. 'Ne Panzerfaust. Schnellfeuergewehre. Raketen, wenn möglich...«

»Mein Gott! Und weshalb ist er zu Ihnen gekommen?«

»Woher zum Teufel soll ich das wissen?«

McGovern betrachtete ihn kühl. Er zückte seinen Notizblock.

»Wann ist die Übergabe? Und wo?«

Cuomo schwieg und warf McGovern einen listigen Blick zu.

»Wie heißt der Mann?« fragte McGovern.

»Mit fünf Riesen sind Sie dabei«, entgegnete Cuomo grinsend.

McGovern wollte wütend auffahren, doch er beherrschte sich. Das Feilschen konnte beginnen. Er versuchte Cuomo zu überzeugen, daß es besser wäre, die Informationen umsonst preiszugeben, denn dann würde er bei seiner Verhandlung ganz sicher mit der Hilfe des FBI rechnen können. Cuomo versteifte sich darauf, daß ein Strafbonus von Anfang an ein Teil der Abmachung gewesen sei, und daß er die fünftausend brauchte, um seinen Anwalt zu zahlen.

»Wie soll ich das Geld sonst auftreiben? Oder wollen Sie, daß ich in meiner Freizeit Drugstores überfalle?!«

»Ich dachte, die Organisation, für die Sie arbeiten, hat einen Fond, aus dem sie die Anwälte zahlt?« erwiderte McGovern.

»Was für 'ne Organisation?«

McGovern versprach, er würde mit seinen Vorgesetzten reden.

Cuomo wollte 2500 Dollar sofort, und den Rest bei der Verhaftung des Bankräubers. McGovern fragte, wie und wo die Ware übergeben werden sollte. Cuomo erklärte ihm lang und breit, wie die Übergabe stattfinden sollte – nicht aber, wann und wo.

McGovern fuhr zurück ins Präsidium des FBI in der 69. Straße. Der Leiter des New Yorker Büros berief umgehend eine Konferenz ein, in der man übereinkam, auf Cuomos Forderungen einzugehen. Als Vorschuß sollte er allerdings nur 1000 Dollar bekommen; den Rest nach der Verhaftung des Killers. Das FBI würde auch ein paar Schnellfeuergewehre auftreiben, die Cuomo als Ware brauchte.

An eine moralische Rechtfertigung, daß man einem Mann wie Cuomo Geld bezahlte, dachte niemand. Das Wort ›Moral‹ wurde überhaupt nicht erwähnt. McGovern war angewidert.

»Wir sollten dieser Ratte nicht auch noch Gewehre geben«, versuchte er einzuwenden. »Soll er doch seine eigenen nehmen. Wir wissen doch ganz genau, daß er auch Waffen verschiebt.«

Der Leiter des New Yorker FBI-Büros bedachte McGovern mit einem ungeduldigen Blick; die einzige Reaktion aus der Runde auf McGoverns Vorschlag. Cuomo würde in seinem eigenen Wagen zum Treffpunkt fahren; begleitet nur von einem FBI-Mann, voraussichtlich McGovern selbst, der die Rolle des zweiten Mannes übernehmen würde. Das gesamte Gebiet sollte von FBI-Agenten unauffällig abgeriegelt werden.

Sie entwarfen auch einen Plan, wie McGoverns Sicherheit zu gewährleisten sei, ohne ihn nach seiner Meinung dazu zu fragen, und ohne zu wissen, wo und unter welchen Umständen die Übergabe stattfinden würde.

»Dieser Schwachkopf von Eischied hat die ganze Woche über in der Presse eine große Lippe riskiert«, griente der Leiter des New Yorker Büros und rieb sich erwartungsvoll die Hände. »Ich möchte sein Gesicht sehen, wenn wir den Fall lösen.«

»Und was machen wir, wenn Cuomo nicht auf unsere Bedingungen eingeht? Wenn er sich weigert, bei der Verhaftung dabei zu sein?«

»Das ist Ihr Problem, mein Freund«, entgegnete der Boß gelassen. »Überzeugen Sie ihn; schließlich werden Sie dafür bezahlt.«

McGovern brauchte fast den ganzen nächsten Tag, Cuomo zu überzeugen. Außerdem mußte er Cuomo noch dazu bringen, die Quittung für den Vorschuß zu unterschreiben. Er rechnete mit Schwierigkeiten, doch alles ging glatt; nachdem Cuomo das Geld gezählt hatte, schob er es in die Innentasche seines Jacketts und unterschrieb wortlos das Papier.

McGovern wedelte damit vor Cuomos Augen herum. »Wenn das die Leute in die Finger kriegen, für die Sie arbeiten, Cuomo, dann können Sie den Löffel abgeben – für immer.«

»Wohl kaum«, grinste Cuomo höhnisch. »Wir haben genauso wenig Interesse daran wie ihr, daß diese gottverdammten Hohlköpfe Banken ausrauben und irgendwelche Leute umlegen. Ist schlecht für das Geschäft. Und es bringt uns alle in Mißkredit.«

McGovern ließ ein trockenes Lachen hören.

Auf geheimnisvolle Weise arbeiteten Verbrecher und Polizei einander in die Hand. Verbrechen und der Kampf gegen das Verbrechen folgten irgendwo dem selben Muster. Sie waren so stark miteinander verquickt, daß sie ein System enger und wechselseitiger Abhängigkeit geschaffen hatten. ›Kein Wunder‹, dachte McGovern, ›daß alles langsam aber sicher den Bach hinabgeht!‹

Er überlegte, wie es Cuomo wohl angestellt hatte, von beiden Seiten Gewinn herauszuschlagen. Wie skrupellos die Methoden auch gewesen sein mochten – er, McGovern, konnte dagegen gar nichts tun. Wie es aussah, war im Augenblick das gesamte FBI von einem schmierigen und eingebildeten Schmalspurganoven abhängig.

24

Die Stunden vergingen, und Leon Epps, der losgeschickt worden war, ein Auto zu klauen, war immer noch nicht zurück. Unruhig marschierte Walker auf und ab. Er drückte die Zigarette aus. Er rauchte zu viel. Seine Finger waren schon ganz gelb. Er hatte Monate an diesem Plan gearbeitet. Seit Monaten wartete er auf die Belohnung. Das Warten war ihm zu einer Qual geworden. Nun wartete er auf Leon Epps und den Wagen. Und später würde er auf Charles warten, der heute nacht Cuomo treffen würde. Ohne die Waffen waren Phase II und Phase III nicht zu realisieren.

»Irgendwas ist schiefgelaufen«, sagte Walker und blieb vor Charles stehen.

»Er hat wahrscheinlich 'ne Braut getroffen«, brummte

Charles. »Entweder nehm ich Hoyts Wagen, oder wir blasen den ganzen Deal ab.«

Walker hatte sich in den vergangenen Tagen hin und wieder Hoyts Wagen ausgeliehen; so auch an diesem Abend. »Und wenn es eine Falle ist?« sagte Walker.

»Ich hab mit dem Typen schon öfters zu tun gehabt. Die Bullen sind genauso scharf auf ihn, wie auf mich. Außerdem hat er einen Ruf zu verlieren – schließlich beliefert er die halbe Stadt mit Waffen.«

»Aber Hoyts Wagen kann sie zu Hoyt und von ihm zu uns führen«, wandte Walker ein.

Charles klopfte beruhigend auf seine Aktentasche. »Hoyts Wagen wird sie nirgendwohin führen.«

Charles zog die Wagenschlüssel aus seiner Hosentasche und klimperte damit vor Walkers Nase herum. Dann stieg er in Paulas Wohnung hinab. Kurze Zeit später verließ er in Begleitung von Mark D. das Haus. Peinlichst auf die Einhaltung der Verkehrsregeln bedacht, durchquerten sie die südliche Bronx.

Das Yankee Stadion ragte vor ihnen in den nächtlichen Himmel; eine riesige Geburtstagstorte, die jemand zwischen den weitläufigen Parkplatzanlagen abgestellt hatte.

Charles fuhr einmal um das Stadion herum. Cuomos Wagen war nicht unter den Autos, die im Schatten der hoch aufragenden Mauern parkten. Jedes einzelne nahm er sorgfältig in Augenschein; sie waren alle leer. Die Maschinenpistole war in der Tasche zwischen seinen Füßen. Ab und zu tastete er nach dem kühlen Metall. Es beruhigte ihn.

Charles war bereit.

Am Ruppert Place bog er nach rechts ab, und dann wieder in die 161. Straße. Langsam umkreiste er die Geburtstagstorte. Das Autoradio spielte leise. WLIB brachte Songs von James Brown. Charles hatte die Fenster herab gekurbelt und lauschte nach verdächtigen Geräuschen in die Nacht hinaus. Ein Taxi überholte ihn und beschleunigte dann. Charles ließ es nicht aus den Augen. Auf dem Rücksitz umarmte sich ein Pärchen. ›Besorg's ihr, Mann‹, dachte er, doch er beobachtete das Taxi weiter. Es fuhr die Gerard Avenue hinab und überquerte die 153. Straße. Es reduzierte seine Geschwindigkeit nicht und hielt auch nicht an. Erst als er die Rücklichter nicht mehr sehen konnte, entspannte sich Charles wieder.

Mark D. drehte am Autoradio. Charles schlug seine Hand zur Seite. »Laß es, wo es ist«, brummte er.

Charles bog in die Walton Avenue ein. Vor einer Imbißstube stand ein Streifenwagen. Er war leer.

Als Charles zum drittenmal den Treffpunkt passierte, stand Cuomos Wagen im Schatten des Betonovals. Kein anderer Wagen war in der Nähe zu sehen. Auch sonst konnte Charles nichts Verdächtiges feststellen.

Er parkte ein Stück hinter Cuomos Wagen. Die Räder streiften den Bordstein. Charles ließ den Motor laufen und zog den Reißverschluß der Aktentasche zwischen seinen Füßen ganz auf. Seine Hand griff nach dem kühlen Metall. Sein Zeigefinger schob sich vor den Abzug. Vorsichtig zog er die MP ein Stück aus der Tasche.

»Steig aus und rede mit ihm«, befahl er Mark D.

Cuomo kam Mark D. entgegen. Sie blieben stehen und sprachen miteinander.

Mark D. kam zu Charles zurück und beugte sich an das Fenster. »Er will mit dir reden.«

»Steig ein«, knurrte Charles. Irgend etwas war faul – das fühlte er.

Mark D. blinzelte überrascht, doch er ging um den Wagen herum und stieg wieder ein.

Charles überlegte krampfhaft, was zu tun war. Cuomo kam auf ihn zugeschlendert. Charles ließ den zweiten Mann, der in Cuomos Wagen saß, nicht aus den Augen. Durch das Heckfenster konnte Charles erkennen, daß sich der Typ halb zu ihm umgewandt hatte und ihn musterte. Wahrscheinlich hatte er in jeder Hand eine Kanone.

»Ganz ruhig, Mann«, sagte Cuomo. »Du bist unter Freunden.«

»Wo ist das Zeug, Mann?«

»Hast du die Kohle?«

»Zeig sie ihm«, brummte Charles zu Mark D. gewandt.

Cuomo beugte sich in den Wagen und nahm Mark D. die Papiertüte mit dem Geld aus der Hand. Er schlenderte zu seinem Wagen zurück. Die Innenbeleuchtung ging an. Cuomo ließ sich viel Zeit beim Zählen des Geldes.

Schließlich stieg er umständlich wieder aus und öffnete den Kofferraum.

»Hol die Ware«, knurrte Charles. Seine Stimme klang heiser, doch seine Nervosität hatte sich etwas gelegt. Seine Hand streichelte das kühle Metall. Er brauchte nur den Finger zu krümmen, und...

Mark D. stolperte an ihm vorbei. Er schleppte eine Kiste mit Handgranaten. Schien schwer zu sein. Der Wagen ging in die Knie, als Mark D. die Kiste in den Kofferraum stellte.

Mark D. schleppte eine zweite Kiste an ihm vorbei, und dann etwas, das wie ein zusammengerollter Teppich aussah.

Cuomo lehnte lässig an Charles Fenster und erklärte in lockerem Plauderton: »Das waren eine Kiste mit vierundzwanzig Handgranaten, eine Panzerfaust und die dazugehörigenden Raketen.«

»Und was ist mit den Schnellfeuergewehren?« fuhr Charles auf.

»Wenn du sie haben willst, mußt du morgen zur selben Zeit nochmals hier aufkreuzen. Tut mir leid, aber das ging nicht anders...«

Charles riß die MP aus der Tasche und richtete sie auf Cuomos Brust. Cuomo blieb gelassen. »Du brauchst es nur zu versuchen, und meine Leute machen ein Sieb aus dir. Du glaubst, du bist besonders schlau, aber wir sind hier nicht alleine, Mann. Wir sind lange genug in diesem Geschäft und lassen uns auf kein Risiko ein – wenn du verstehst, was ich meine...«

Charles wurde unsicher. Möglicherweise wurden sie tatsächlich beobachtet.

»Keine Angst, Mann«, sagte Cuomo. »Wir wollen dich

nicht linken. Ich konnte sie nur nicht rechtzeitig beschaffen. Tut mir leid. Morgen nacht hab ich den Rest. Fünf M-14 Gewehre und die MP, die ich dir gezeigt habe.«

»Ich zahle nur bei Lieferung«, knurrte Charles böse. Das Problem war lediglich, daß Cuomo das Geld bereits hatte. Wenn er das Geld zurückhaben wollte, mußte es Charles auf eine Schießerei mit den beiden ankommen lassen.

»Tut mir leid, Mann, aber der Preis bleibt gleich – ob du morgen kommst oder nicht. Mir persönlich ist das scheißegal. Ich an deiner Stelle würde allerdings kommen. Fünf M-14 und die heißeste Kanone, die ich je die Ehre hatte zu verkaufen. Denk an den Laser-Strahl und an den roten Punkt. Denk an die Trommel mit hundertsiebenundsechzig Schuß. Denk an die fünfundzwanzig Schuß pro Sekunde. Diese Kanone ist eine Sensation, Mann! Ich würde sie mir nicht entgehen lassen.«

Lässig hob Cuomo die Hand und ging zu seinem Wagen zurück. Er ließ sich hinter das Steuer sinken und fuhr ohne Hast davon.

Der Kofferraumdeckel fiel zu, und Mark D. ließ sich in den Beifahrersitz fallen. Charles knallte den ersten Gang ins Getriebe, und mit quietschenden Reifen jagte der Wagen los.

»Dieser Dago ist 'n gerissener Hund, was?« sagte Mark D. bewundernd. »Ich dachte schon, du machst ihm 'n Loch ins Hemd.«

Leise fluchte Charles vor sich hin.

Zunächst schafften Charles und Mark D. die Handgranaten in die Wohnung. Dann holten sie die Raketen aus dem Wagen. Die Koch Street war menschenleer; nichts rührte sich im fahlen Licht der Straßenlaternen.

Als letztes brachte Mark D. die in den alten Teppich gerollte Panzerfaust ins Haus.

Im Kerzenlicht in Walkers Zimmer schob Charles einen Schraubenzieher unter den Deckel der Kiste mit den Handgranaten. Er drückte den Schraubenzieher nach unten.

Splitternd gab das Holz nach. Charles riß den Deckel beiseite und starrte auf die ovalen Metalleier, die in Holzwolle gebettet in der Kiste lagen.

Walkers Zähne blitzten.

Die Männer drängten sich um die Kiste und tasteten nach dem gerippten Metall. Die Granaten wurden von Hand zu Hand gereicht; selbst die Frauen befühlten die schwarzschimmernden Metalleier.

Everett Walker stemmte den Deckel der Kiste mit den Raketen auf. Schlank und glatt lagen sie nebeneinander. Auch sie gingen von Hand zu Hand.

»Rollt den Teppich auf«, befahl Walker.

Mark D. griff nach einem Ende des Teppichs und ruckte ihn an. Er rollte über den Boden und polternd gab er die Panzerfaust frei. Mehrere Hände griffen danach, doch Charles war schneller. »Das Baby gehört mir!« zischte er. Er wich bis an die Wand zurück und ließ eines seiner seltenen Lächeln aufblitzen.

»Und wo sind die Schnellfeuergewehre?« fragte Walker.

»Die kommen morgen«, erwiderte Charles tonlos.

Walker sah verdutzt auf.

»Ist dieser Arsch von Leon schon zurück?« fragte Charles schnell.

»Nein«, brummte Everett Walker.

25

Eischied und Florence waren ins Theather gegangen, doch der Chief of Detectives konnte während der ganzen zweieinhalb Stunden seine Gedanken nicht auf das Stück konzentrieren. Er hatte seinen Piepser im Gürtel stecken. Immer wieder griff er danach, weil er damit rechnete, er könnte losgehen. Er hatte Louie befohlen, unten im Wagen am Funk sitzen zu bleiben und ihn zu holen, falls es nötig sein sollte. Eischied hatte das unbestimmte Gefühl, in dieser Nacht würde etwas passieren – obwohl er nicht sagen konnte was es war, das ihn beunruhigte...

Als sie aus dem Theater kamen, stand Louie vor dem Wagen und erwartete sie.

»Irgendetwas Wichtiges?« fragte Eischied.

»Nichts, Chief.«

Eischied entließ ihn und fuhr Florence nach Hause. Sie war glücklich und recht gesprächig, doch Eischied beschäftigte sich vorwiegend mit dem Funkgerät. Immer wieder schraubte er daran herum, weil er befürchtete, es könnte kaputt sein, wenn es mal nicht quakte. Doch die meiste Zeit sang es sein chaotisches Lied von der nächtlichen Unrast der großen Stadt: Schlägerei in dieser oder jener Straße. Überfall auf eine Tankstelle, Herzinfarkt in einem Restaurant...

In Florences Wohnung mixte er Drinks für sie beide. Sie saßen auf der Couch und schmusten wie Teenager. Sie hatten sich seit zwei Wochen nicht mehr gesehen, und sie war sehr nett zu ihm. Ob er sie allerdings dazu bringen würde, mit ihm ins Bett zu gehen, war eine andere Geschichte. Eine falsche Bewegung von ihm, und sie war imstande, sich zu verschließen und ihn nach Hause zu schicken. Er war nicht mehr so entspannt und locker wie früher, wenn er bei ihr war. Wahrscheinlich war sie noch immer scharf aufs Heiraten, vermutete er. Er war finster entschlossen, sie zu verführen, obwohl er gar nicht so recht wußte weshalb, denn immer wieder schweiften seine Gedanken ab. Sein Piepser steckte noch immer hinter dem Gürtel und drückte in seinen Bauch – schlimmer als seine Pistole. Mit halbem Ohr lauschte er nach dem Funkgerät, das er gar nicht hören konnte, denn sein Wagen stand viel zu weit weg.

Er rief in der Zentrale an. »Irgendwas Besonderes?« erkundigte er sich.

»Nichts Außergewöhnliches, Chief.«

»Über Funk bin ich übrigens nicht zu erreichen. Ich hab meinen Piepser bei mir.«

»Wollen Sie mir die Telefonnummer geben, unter der Sie zu erreichen sind?«

»Nein.«

Wieso nur konnte er sich des Gefühls nicht erwehren, daß heute nacht etwas passieren würde?

Er begann Florence zu entkleiden. Sie wehrte sich nicht.

Für eine Weile vergaß er alles. Er vergaß, daß er sich nur mit Hilfe von mehr oder weniger leeren Versprechungen in der Boulevardpresse im Sattel halten konnte. Er vergaß das beunruhigende und nagende Gefühl, etwas Entscheidendes würde heute nacht passieren; und er vergaß, daß Florence nur darauf aus war, ihn zu heiraten.

Trotzdem konnte er es nicht optimal genießen. Er fühlte, daß ihre Leidenschaft ebenso unecht war wie seine. Sie reichte aus für ein Spiel, nicht aber für völliges Vergessen. Einerseits war dies gar nicht schlecht, denn er konnte sich lange genug darauf konzentrieren, sie zu einem Orgasmus zu bringen. Erst dann drang er in sie ein und überließ sich zur Abwechslung ihren Manipulationen.

Danach zündete er für sie beide Zigaretten an und ging – nackt wie er war – ins Wohnzimmer. Einen Augenblick lang war er versucht, im Präsidium anzurufen, doch dann machte er für sie beide noch einen Drink.

Sie saßen in Florences Bett, nippten an ihren Gläsern, rauchten und unterhielten sich, aber Eischied ertappte sich dabei, wie seine Gedanken immer wieder abschweiften.

Er konnte nicht länger widerstehen und rief den Sergeant im Dienst an. »Alles ruhig Chief«, berichtete der Sergeant.

»Ach ja«, fügte er hinzu. »Vor 'ner Stunde ungefähr hat einer unserer Leute einen bewaffneten Mann erschossen. In 'ner Parkgarage. Aber das dürfte Sie wohl kaum interessieren. Das Morddezernat vom 4. Bezirk hat den Fall übernommen. Der bewaffnete Räuber versuchte offenbar, ein Auto zu stehlen.«

Eischied stand nackt neben dem Telefon und notierte sich die Adresse. »Wecken Sie Louie«, befahl er dem Sergeant. »Und sagen Sie ihm, er soll mich dort treffen.«

Florence saß gegen den Kopfteil ihres Bettes gelehnt; ihre schweren Brüste lächelten ihn an.

»Tut mir leid«, sagte er. »Aber ich muß gehen.«

Sie schmollte, während er sich anzog. Als er in seinen Mantel geschlüpft war, küßte er ihre Stirn und beide Brustwarzen, doch mit den Gedanken war er bereits weit weg. »Ich ruf dich an«, sagte er. »Okay?«

Zehn Minuten später stand er vor der Leiche Leon Epps – dessen Name ihm zu diesem Zeitpunkt natürlich noch unbekannt war. Der Junge sah aus wie siebzehn. Er war schmal, fast zierlich; sehr jung und sehr tot. Er erinnerte Eischied an den Toten in der Bank.

In dem kleinen Büro neben der Auffahrtsrampe beantwortete der Detective, der den Jungen erschossen hatte, die Fragen seiner Vorgesetzten und des diensthabenden Staatsanwalts. Eischieds Blick wanderte von dem erleuchteten Fenster wieder zurück zu dem toten Jungen. Er trug Tennisschuhe, eine verwaschene Jeans und eine Windjacke. Seine Waffe lag noch immer auf dem Betonboden neben ihm. Eischied hob sie auf. Es war eine chromverzierte Operetten-Pistole, deren Lauf nach einem Schuß bereits so heiß wurde, daß der zweite schon in der Kammer losging.

Der Junge hatte einen Schuß abgefeuert; der Detective fünf.

›Dummer Junge!‹ dachte Eischied. Doch Leon war kein Junge mehr; er war tot und insofern unterschied er sich durch nichts von anderen Toten: Hoffnungen und Träume, die sich binnen Sekundenbruchteilen in nichts aufgelöst hatten und nur erkaltetes und totes Fleisch zurückließen.

Eischied grübelte darüber nach, wie merkwürdig es doch war, daß er immer nur mit der einen Seite des Lebens konfrontiert war. Mit der Kehrseite der Medaille. Mit dem Tod. Immer wieder. Doch wahrscheinlich ging es allen Menschen so: jeder sah die Welt durch seine eigene Brille. Für die Primaballerina war die ganze Welt eine Bühne, und für die Huren war immer Nacht. Jedem das Seine, sagte sich Eischied und drängte diese Gedanken aus seinem Gehirn.

Ein Stück abseits standen einige Detectives, die Eischied

schweigend beobachteten. »Seine Fingerabdrücke haben wir genommen?« wandte sich Eischied an sie.

»Die sind vor 'ner Stunde ins Labor gegangen, Chief. Wir müßten eigentlich bald das Ergebnis haben.«

»Seinen Namen wissen wir nicht?«

»Er hatte keinerlei Papiere bei sich.«

Eischied rief den Lieutenant des Morddezernats zu sich. »Lassen Sie ein Foto von dem Jungen machen«, befahl er, »und gehen Sie damit zu sämtlichen Parkgaragen des Reviers, die in letzter Zeit überfallen worden sind. Vielleicht erkennen sie den Mann wieder.«

»Jetzt gleich, Chief?«

»Jetzt gleich.«

»Aber es ist jetzt zwei Uhr morgens, Chief.«

»Dann wecken Sie eben die Leute, wenn es nötig ist.« Der Lieutenant wartete auf eine Erklärung, doch Eischied hatte nichts hinzuzufügen.

Am Morgen würde er noch einige Aufgaben mehr zu verteilen haben, überlegte Eischied. Er berührte den Toten mit der Spitze seines Schuhs, als versuchte er, ihn aufzuwekken. Der Bursche war älter als er auf den ersten Blick aussah. Sicher war er bereits des öfteren im Knast gewesen. Eischied mußte wissen, in welchen Gefängnissen er war und mit wem er die Zelle geteilt hatte. Seine Zellengenossen mit denen des erschossenen Bankräubers zu vergleichen, schien Eischied ein vielversprechender Ansatz.

»Hat er überhaupt etwas bei sich gehabt?«

»Nur das hier«, erwiderte der Lieutenant.

Er reichte Eischied den Kassenbon eines Selbstbedienungsrestaurants in der Südbronx. ›Ich wußte es‹, dachte Eischied. ›Sie stecken irgendwo in der Bronx.‹

»Darum kümmere ich mich selbst«, erklärte er dem Lieutenant und schob den Kassenzettel in sein Jackett.

Morgen würde er einige Beamte in dieses Restaurant schicken; mit Fotos von dem Toten. Vielleicht wußte jemand, wo er wohnte. Vielleicht brachte ihn dieser Kassenbon weiter? Vielleicht aber auch nicht...

Eischied kratzte sich nachdenklich am Kopf. Er hatte gewußt, daß an diesem Abend etwas passieren würde. Und er hatte recht behalten. War es das hier gewesen, was er geahnt hatte? Einen Wagen zu stehlen, war für die Bande immer nur Vorbereitung von einer größeren Sache gewesen – zumindest bisher.

Vorbereitung von was?

Immer wenn dieser Junge mit gezogener Waffe einen Wagen gestohlen hatte, hatte FEAR am nächsten Morgen eine Bank überfallen. Welche war diesmal dran? Oder planten sie bereits die angekündigte Erschießung von zwei Polizeibeamten?

Die Tür des kleinen Büros ging auf, und ein Detective rief zu Eischied herüber: »Chief! Da ist ein Sergeant von der Presseabteilung am Telefon. Er will wissen, was wir an die Presse geben können.«

Eischied ging in das Büro und griff nach dem Hörer. »Sie geben nichts an die Presse. Hier ist absolut nichts gewesen! Haben Sie verstanden?!« Er legte auf.

Was immer die Bande vorhaben mochte, im Augenblick wartete sie sicherlich darauf, daß der Junge mit dem Wagen zurückkam. Sie würden lange warten müssen. Und sie würden nervös werden.

Morgen würden sie die Zeitungen lesen und nichts über ihren Komplizen finden. Das würde sie noch nervöser machen. Genau das war es, was Eischied wollte.

Er wollte, daß sie die Nerven verloren und einen Fehler machten – einen schweren Fehler. Sie sollten ruhig glauben, der Junge sei eingefahren und könne jeden Augenblick zu singen anfangen.

Vielleicht würden sie sich einfach einen anderen Wagen besorgen und ihr Vorhaben ohne den Jungen in die Tat umsetzen. Vielleicht würden sie aber auch vorläufig alles abblasen.

In dem engen Glaskäfig des winzigen Büros wimmelte es von Kriminalbeamten, und Eischied hatte kaum Platz, sein Adreßbuch aus der Innentasche zu ziehen. Er suchte die Privatnummer von Dan Cuncan, dem Chief der Streifenbeamten. Eischied konnte ihn auf den Tod nicht ausstehen. Duncan war Eischied im Rang gleichgestellt, war jedoch wesentlich jünger. Als einer aus der Gefolgschaft des PC war er innerhalb kürzester Zeit über die Köpfe altgedienter und erfahrener Männer bis an die Spitze der Polizeihierarchie aufgestiegen. Er war Feuer und Flamme für jede Idee, die vom PC kam – auch wenn sie noch so idiotisch war.

Duncan würde mit keiner Wimper zucken, wenn es darum ging, den Chief of Detectives abzusägen, das war Eischied klar. Doch nun sah Eischied eine Möglichkeit, Duncan für seine Zwecke einzuspannen.

Duncan hatte bereits geschlafen. »Ja?« brummte er undeutlich in den Hörer.

»Wir brauchen Sie hier, Dan«, sagte Eischied. »Kommen Sie doch gleich hier vorbei – ja?«

Duncan grunzte schlaftrunken, und Eischied konnte beinahe hören, wie er überlegte, was hinter dem Anruf stecken mochte, und wie er reagieren sollte.

»Können Sie mir kurz schildern, worum es geht, Earl?«

»Nein, am Telefon kann ich das nicht.«

Duncan zögerte. »Geben Sie mir wenigstens einen Hinweis.«

»Tut mir leid. Wann können Sie hier sein?«

Im Polizeipräsidium war Geheimniskrämerei fast gleichbedeutend mit einer Position der Stärke. Man konnte nie wissen, welche Karten der andere wirklich in der Hand hatte. Eischieds schroffe Art verunsicherte Duncan. »Okay, ich komme so schnell es geht«, brummte er verdrossen.

Eine halbe Stunde später stieg Duncan über das Seil, das den Tatort absperrte und sah sich in der Garage um. Sein Blick fiel auf die Leiche.

»Worum geht's, Earl?« fragte er und trat näher.

Die beiden Männer starrten auf den toten Leon Epps hinab.

Ohne den Blick zu heben, sagte Eischied: »Ich möchte, daß Sie mir einen Gefallen tun, Dan. Ich möchte, daß Sie sich mit allen Polizeirevieren der Stadt in Verbindung setzen. Erklären Sie Ihren leitenden Offizieren, sie sollen den

Streifenteams der Acht-bis-Vier-Schicht einschärfen, während der ersten Vormittagsstunden so viel Banken wie nur irgend möglich im Auge zu behalten – oder zu überwachen, wenn es nur geht.«

Das klang verdächtig nach einem Befehl, und der Chief of Detectives hatte dem Chief der Streifenbeamten gar nichts zu befehlen. Duncans Miene verfinsterte sich noch mehr.

»Und was soll ich meinen Leuten sagen, was der Grund für das Ganze ist?«

»Sagen Sie ihnen nichts. Und schicken Sie den Befehl nicht offiziell raus, denn sonst bekommt möglicherweise die Presse Wind davon. An Ihrer Stelle würde ich meine sieben Distriktskommandanten anrufen – und zwar gleich. Die sollen dann jeden ihrer Revierleiter persönlich verständigen. Auf diese Weise hat niemand außer Ihnen eine Ahnung, daß sich die Aktion über die ganze Stadt erstreckt.«

Duncan schwieg und dachte angestrengt nach.

»Gleichzeitig möchte ich, daß Sie Ihren Streifenteams einschärfen lassen, hinsichtlich möglicher Angriffe auf Polizeibeamte die Augen offen zu halten.«

»Glauben Sie nicht«, entgegnete Duncan, »daß ich dafür ein paar mehr Informationen brauche, worum es hier eigentlich geht?«

»Das brauchen Sie nicht«, sagte Eischied schroff.

»Hat das was mit diesem Typen hier zu tun?« fragte Duncan und deutete mit der Schuhspitze auf Leon Epps.

»Nein«, knurrte Eischied. »Ich bin hier nur zum Spaß.«

Bisher war Eischied noch auf keine von Duncans Fragen eingegangen, und der Chief der Streifenbeamten kochte inzwischen innerlich vor Wut. Er versuchte, sich seinen Ärger nicht anmerken zu lassen. »Hören Sie, Earl. Sie könnten mir wenigstens sagen, was Sie befürchten.«

»Sie wollen also wissen, was ich glaube, daß morgen passieren könnte?«

»Richtig.«

Eischied nickte. Einem Freund hätte er es gesagt. Duncan war nicht sein Freund. »Wenn Sie tun, was ich Ihnen sage, bin ich ziemlich sicher, daß nichts passieren wird. Tun Sie es aber nicht«, Eischied zuckte mit den Schultern, »dann sind Sie ganz alleine dafür verantwortlich, was passiert.«

Duncan starrte Eischied kalt an. Nach einer Weile seufzte er leise und nickte.

»Okay«, brummte er.

Ohne den Triumph zu zeigen, den er empfand, sagte Eischied: »Besonders die Beamten der Reviere von Staten Island sollten vorsichtig sein. In diesem Distrikt haben sie bisher noch nicht zugeschlagen.«

»Das sind 'ne Menge Anrufe«, sagte Duncan. »Ich fange am besten gleich damit an.«

Eischied ließ sich nach Hause fahren und legte sich zufrieden ins Bett. Er hatte die Machtprobe mit dem Chief der Streifenbeamten gewonnen; einem erklärten Schützling des PC's. Ihm war klar, daß Duncan dem PC punkt neun Uhr Bericht erstatten würde. Der Commissioner würde vor Wut schäumen, doch die Arroganz und die Entschlossenheit, mit der Eischied sich durchgesetzt hatte, würde ihn verunsichern, und Eischied gewann wieder ein paar Tage...

Während er langsam in den Schlaf hinüberglitt, kreisten Eischieds Gedanken um FEAR und darum, ob sie für morgen einen weiteren Bankraub geplant hatten, oder vielleicht doch etwas ganz anderes.

Kurz bevor er einschlief, dachte Eischied daran, daß in Zukunft keiner mehr Autos mit gezogener Waffe aus Parkgaragen stehlen würde, und ihm wurde plötzlich bewußt, daß er nun auch nicht mehr vorgewarnt sein würde, wenn FEAR zuschlug.

26

Als Marty beim Appell vor der Acht-bis-Vier-Schicht aus den Augenwinkeln die Reihe seiner Kollegen entlangspähte, stellte er fest, daß er sich noch immer nicht an den Anblick von weiblichen Rundungen in der Reihe der blauen Uniformjacken gewöhnt hatte.

Meistens gaben die Sergeants ihren Leuten noch etwas auf den Weg mit, ehe sie sie auf Streife losschickten – ein paar salbungsvolle Worte, Nummern von gestohlenen Autos und ähnliches. Für heute hatte der diensthabende Sergeant etwas Neues auf Lager: er las ihnen Adressen von Banken vor und teilte jedem Streifenteam eine dieser Banken zu. Marty und Agnes bekamen die Zweigstelle der First National City Bank am Southern Boulevard.

»Ich hoffe, ihr wißt wo das ist«, grinste der Sarge und blinzelte ihnen über den Rand seiner Brille zu.

»Jawohl, Sarge«, grinste Marty zurück.

»Und Sie, Officer Cusack?«

»Jawohl, Sarge.«

Zweiundzwanzig Cops polterten aus dem Dienstraum und stiegen in ihre Wagen. Eine Stunde verging.

Marty hatte den Wagen neben dem Feuerhydranten seitlich des Bankeingangs geparkt. Er und Agnes unterhielten sich über den Tagesbefehl. Marty vermutete, daß im Präsidium eine Warnung eingegangen war:

»Irgend jemand muß da einen heißen Tip bekommen haben«, erklärte er Agnes. »Wahrscheinlich rechnen sie mit 'nem Banküberfall. Vielleicht ist es sogar die gleiche Bande.«

»Ich kann mir nicht vorstellen, daß sie zweimal hintereinander dieselbe Bank überfallen«, sagte Agnes.

»Das würden sie nicht wagen«, grinste Marty. »Schließlich müssen sie damit rechnen, daß du irgendwo in dieser Gegend hier rumschwirrst. Und sich noch einmal mit der gefährlichsten Braut der gesamten New Yorker Polizei anzulegen, wäre wahrscheinlich sogar für FEAR zuviel.«

Agnes zog ein Gesicht. Sie mochte es nicht, wenn sie als »Braut« bezeichnet wurde.

Marty bemerkte sehr wohl, daß Agnes auf ihn wütend war, doch er fand, sie könnte ruhig ein bißchen mehr Humor an den Tag legen.«

»Ich hab eine lustige Geschichte gehört«, erzählte er. »Eine wahre Geschichte, die tatsächlich passiert ist. Im 73. Revier, drüben in Brooklyn.«

Vielleicht hatte sich diese Geschichte auch jemand aus den Fingern gesogen, aber Sal hatte sie am Morgen zum Besten gegeben und geschworen, er hätte sie aus erster Hand – von einem guten Freund im 73. Revier. Marty fand die Geschichte gar nicht einmal so unglaubwürdig.

»Also«, begann er. »Da ist diese Polizistin drüben im 73., und neulich kommt sie außerhalb ihrer Dienstzeit ins Revier und will unbedingt mit dem Captain reden – unter vier Augen. Sie besteht darauf, die Tür seines Büros zu schließen, und der Captain wird allmählich nervös.

Allem Anschein nach ist die Polizistin völlig verzweifelt. Sie ist kurz davor, in Tränen auszubrechen. Der Captain versucht also, sie zu beruhigen. Sie gesteht ihm, daß sie ein Problem bedrückt, doch auf die Frage des Captains, welches Problem das sei, erklärt sie ihm, daß sie darüber nicht sprechen könne. Der Captain ist wirklich besorgt. ›Na kommen Sie‹, sagt er. ›So schlimm wird's schon nicht sein.‹ ›Doch!‹ schluchzt sie. Der Captain fürchtet das Schlimmste und beruhigt sie: ›Wenn Sie schwanger sind, ist das nicht so wild. Sie bekommen Mutterschaftsurlaub, wenn Sie wollen.‹

›Ich bin zwar schwanger‹, gibt sie zu, ›aber das ist nicht das Problem!‹

Der Captain versucht, sie zu trösten: ›Wenn Sie nicht verheiratet sind, ist das auch nicht so schlimm. Sie kriegen trotzdem Mutterschaftsurlaub.‹

›Ich bin zwar nicht verheiratet‹, erwidert die Polizistin, ›aber das ist auch nicht das Problem.‹

Der Captain kriegt schmale Augen. ›Ist der Vater ein Cop aus diesem Revier?‹ fragte er.

›Ja‹, nickt sie, ›aber das ist nicht das Problem.‹

›Wer ist der Vater?‹ donnert der Captain.

›Ich weiß es nicht‹, schluchzt sie. ›Das ist ja das Problem!‹«

Marty brach in wieherndes Gelächter aus, doch Agnes verzog keine Miene.

»Hast *du* diese lustige Geschichte erfunden?« fragte sie gefährlich leise.

»Die hat niemand erfunden«, verteidigte sich Marty. »Sie ist wahr!«

»Lächerlich!« zischte Agnes wütend. »Sowas kommt weder im 73., noch in irgendeinem anderen Revier vor.«

Marty schwieg. »Nur ein Schwachkopf wie Sal kann sich sowas ausdenken«, sagte Agnes. »Aber genau so denkt ihr Scheißtypen doch alle: daß Polizeibeamtinnen samt und sonders läufige Schlampen sind, daß Frauen nicht in den Polizeidienst gehören!« Sie war bleich geworden vor Zorn, und Marty erschrak.

»Ich wollte dich nicht verletzen, Agnes«, stotterte er.

»Und du bist auch nicht besser als die anderen!« fauchte sie.

Marty schluckte. »Es tut mir leid.«

»Wenn du diese Geschichte irgend jemandem weitererzählst, Marty, dann rede ich mit dir kein Wort mehr.«

Sie drehte ihm stumm den Rücken zu, und über eine Stunde lang versuchte Marty vergebens, sie in ein Gespräch zu verwickeln.

Zur selben Zeit saß Eischied an seinem Schreibtisch und studierte das Material, das während der frühen Morgenstunden hereingekommen war: die Fotos von dem toten Leon Epps, seine Polizeiakte, sowie eine Adresse im 24. Revier.

»Was ist das für 'ne Adresse?« fragte Eischied.

»Die Adresse seiner Mutter«, erwiderte Captain Finnerty, der neben Eischied stand. »Sie arbeitet als Putzfrau, unten in der Wall Street.«

»Wurde sie schon verständigt?«

»Noch nicht.«

»Gut. Sie erfährt nichts, ist das klar!? Niemand erfährt etwas!«

»Aber sie ist schließlich seine Mutter, Chief«, wandte Finnerty ein. »Sollten wir nicht ... äh ... Ich meine ...«

»Sie schauen sich zu viel Mist aus Hollywood an, Mann«,

unterbrach ihn Eischied. »Wenn wir jemanden zu ihr schikken, dann höchstens, um ihr Telefon anzuzapfen.«

Eischied betrachtete das alte Fahndungsfoto aus Leon Epps Akte. »Lassen Sie davon fünfzig Abzüge machen«, sagte er und reichte es Finnerty. Aus seiner Tasche angelte er den Kassenbon, den man bei dem Toten gefunden hatte.

»Und schicken Sie zwei Männer, denen man nicht auf den ersten Blick ansieht, daß sie Detectives sind, zu diesem Schnellrestaurant in der Bronx. Und die übrigen neunundvierzig Abzüge verteilen Sie an die Drogenfahnder in dieser Gegend. Sie sollen ihre Informanten und Spitzel aufsuchen; vielleicht kennt ihn einer.«

Eischied hatte den Kassenschein noch immer in der Hand. Ein Bon über sechsunddreißig Cents. Für einen Kaffee und ein Stück Kuchen vielleicht? Das letzte, das der Junge gegessen hatte? ›Schließlich sterben wir alle mit unverdautem Essen im Magen‹, sagte sich Eischied. ›Für jeden kommt einmal die letzte Mahlzeit.‹

Wieso, zum Teufel, hatte Epps diese Quittung überhaupt aufgehoben?

Eischied gab Finnerty den Kassenbon und fuhr fort: »Ich brauche 'ne Abhörgenehmigung für den Telefonanschluß seiner Mutter. Sie gehen persönlich zur Staatsanwaltschaft und besorgen sie. Ich werde den Staatsanwalt anrufen, und Sie nehmen sich gleich zwei Leute mit, um die Abhörschaltung sofort einzubauen.«

Eischied griff nach einem der Fotos von dem toten Jungen. »Er ist gestern nacht nicht zurückgekommen, und seine Freunde machen sich sicherlich Sorgen, daß ihm was passiert sein könnte. Vielleicht rufen sie seine Mutter an, ob sie ihn gesehen hat. Ich muß wissen, was da gesprochen wird. Vielleicht ruft sogar die Mutter bei all seinen Freunden an. Ich will wissen, wen sie anruft, und wie diese Leute reagieren.«

Finnerty notierte alles in seinem schlauen Büchlein.

Eischied hatte Epps' Akte aufgeschlagen und verglich sie mit der von Floyd Fields. Die beiden waren nie zusammen im Knast gewesen. Die Zeiten stimmten nicht überein. »Nehmen Sie sich so viele Detectives, wie Sie für nötig halten, um festzustellen, mit wem Epps in einer Zelle gesessen hatte. Außerdem will ich die Namen von den Knackies, mit denen er sich besonders gut verstanden hat. Davon machen Sie 'ne Liste. Diese Liste vergleichen Sie mit der, die wir von Floyd Fields haben. Irgendein Name muß auf beiden Listen auftauchen. Und den Mann will ich haben.«

»Sonst noch was, Chief?«

»Ja. Schicken Sie 'nen Mann los, der mir 'nen Kaffee und 'ne Gewürzsemmel mit Butter bringt.«

Nachdem Finnerty gegangen war, rief Eischied den Bezirksstaatsanwalt an. Der Mann war fünfundsechzig und bereits seit zwanzig Jahren im Amt. Früher war er ein von der Unterwelt gefürchteter Verfechter von Law and Order gewesen, doch seit in der Stadt die liberalen Strömungen immer stärker wurden, war auch der Bezirksstaatsanwalt ganz allmählich umgeschwenkt und hatte sein Fähnchen nach dem Wind gedreht. ›Wahrscheinlich war das für ihn die einzige Möglichkeit, sich im Sattel zu halten‹, dachte Eischied. Doch was sollte man von dem Mann sonst erwarten?

»Als damals dieser Bankräuber erschossen wurde, habe ich Sie bereits um eine Abhörgenehmigung gebeten«, sagte Eischied. »Sie waren damals nicht sehr kooperativ.«

Geduldig erklärte der Staatsanwalt, daß es gesetzliche Vorschriften gäbe, nach welchen sich sein Büro zu halten habe. Die Staatsanwaltschaft erteile jederzeit eine Abhörgenehmigung, wenn es vor dem Gesetz zu rechtfertigen ist.

»Einer meiner Leute hat gestern abend einen bewaffneten Mann in einer Parkgarage erschossen«, berichtete Eischied. »Ich habe Grund anzunehmen, daß dieser Mann zur gleichen Bande gehörte, wie der erschossene Bankräuber. Wie Sie wissen, hat die Bande angekündigt, zwei Polizisten zu ermorden. Und nun bitte ich Sie erneut um eine Abhörgenehmigung; es handelt sich um den Telefonanschluß der Mutter des Toten.«

Der Staatsanwalt sagte nichts, und Eischied erwog, ihm seine Vermutung zu erklären, daß möglicherweise die anderen Mitglieder der Bande bei der Mutter anriefen. Doch der Staatsanwalt war seit zwanzig Jahren im Amt, und es war nicht nötig, ihm groß und breit irgendwelche Geschichten zu erzählen. Er könnte dies sogar als Beleidigung auffassen, und dann konnte sich Eischied die Abhörgehmigung abschminken.

»Glauben Sie, daß die Mutter etwas mit dieser kriminellen Vereinigung zu tun hat, Chief?«

Eischied erwiderte nichts darauf. Er wußte, jetzt kam die juristische Litanei.

»Wenn Sie konkrete Anhaltspunkte haben, daß sie bei ihnen lebt, oder Waffen in ihrem Auftrag kauft, oder den Fluchtwagen steuert, ist es kein Problem, eine Abhörgenehmigung auszustellen. Ist sie jedoch lediglich die Mutter eines erschossenen Verbrechers, ist das juristisch gesehen keine ausreichende Rechtfertigung für eine Überwachung ihres Telefons.«

Eischied ahnte bereits, wie dieses Gespräch enden würde. Er führte sämtliche Argumente, die er auf seiner Seite hatte, ins Feld, doch der Staatsanwalt ging keinen Millimeter von seinen gesetzlichen Richtlinien ab.

»Tut mir leid, Earl, aber so wie es aussieht, könnten sowohl Sie, als auch ich Unannehmlichkeiten bekommen, wenn man dahinterkommt, daß die Abhörgenehmigung keine stabile rechtliche Basis hat. Ich glaube auch nicht, daß wir einen Richter finden, der uns die Genehmigung erteilen würde.«

Sachlich und mit beherrschter Stimme bat Eischied den Bezirksstaatsanwalt, die Angelegenheit noch einmal zu überdenken, und legte auf. Leise fluchte er vor sich hin.

Er konnte natürlich einen seiner Leute beauftragen, den Apparat klammheimlich anzuzapfen. Für die alten Hasen unter seinen Detectives war es kein Problem, ein Telefon abzuhören. Sie hatten das oft genug gemacht, wenn sie überzeugt waren, nicht dabei ertappt zu werden – auch nachdem die neuen und verschärften Abhörgesetze bereits in Kraft getreten waren.

Doch das Abhören von Telefonen ohne richterliche Genehmigung war illegal und verdammt riskant. Der Detective, der sich dabei erwischen ließ, wanderte unweigerlich ins Gefängnis.

Genau wie derjenige, der ihm den Befehl dazu gegeben hatte.

So wichtig für Eischied die Überwachung dieses Telefonanschlusses auch sein mochte, im Augenblick wagte er es nicht, den Befehl dazu zu geben.

Von den Telefonanschlüssen, für die Eischied eine Abhörgenehmigung erhalten hatte, schien bisher nur ein einziger etwas zu bringen: der Apparat einer chemischen Reinigung am Broadway. Der Besitzer war ein Ex-Sträfling und in irgendwelche dunklen Machenschaften verwickelt. So wie es aussah, hatte er jedoch nichts mit FEAR zu tun. Er selbst rief so gut wie nie an, aber er erhielt eine Menge Anrufe von einschlägig bekannten Einbrechern und von Leuten, die Decknamen benutzten wie ›Mark D.‹ ›Big Man‹, oder ›Charles‹. Eischied hatte die Abhörgenehmigung aufgrund der polizeibekannten Aktivitäten des Wäschereibesitzers als Hehler erhalten; seine früheren Verbindungen zu terroristischen Vereinigungen hatte Eischied verschwiegen.

Eischied überlegte, wer dieser Mark D. wohl sein könnte – oder der Big Man, oder Charles. Seines Wissens waren diese Namen bisher weder im Zusammenhang mit Bankraub, noch in der terroristischen Szene bekannt gewesen.

Vielleicht verschwendeten die Detectives, die mit der Überwachung des Telefons beschäftigt waren, nur ihre Zeit und Steuergelder; denn bisher hatten sie noch nicht einmal ausreichende Beweise in der Hand, die eine Verhaftung wegen Hehlerei rechtfertigen würden – von einer Mittäterschaft bei den Banküberfällen und der sogenannten Herbstoffensive von FEAR ganz zu schweigen. In ein paar Tagen verfiel die Abhörgenehmigung, und beim augenblicklichen

Stand der Dinge würde sie der Staatsanwalt wohl kaum verlängern.

In Kriminalfilmen und in den Polizeiserien im Fernsehen ließ sich die Zahl der Verdächtigen stets auf zwei oder drei reduzieren; im wirklichen Leben jedoch war der Täter nicht einer der Hauptdarsteller, sondern einer unter acht Millionen Einwohnern von New York. Er trug kein Zeichen auf der Stirn, und er sah aus wie jeder x-beliebige Bürger.

Eischied fand es immer wieder erstaunlich, daß es der Polizei unter diesen Umständen trotzdem gelang, Fälle aufzuklären.

Die Stimmen von Mark D. und den übrigen Anrufern hatte Eischied zwar auf Band, doch möglicherweise waren das alles unbescholtene Bürger. Aber vielleicht würde eine dieser Stimmen bei Leon Epps' Mutter anrufen, und das würde den Besitzer der chemischen Reinigung in einem ganz anderen Licht erscheinen lassen. Eischied würde ihn rund um die Uhr überwachen lassen und könnte auf diese Weise der Lösung des Falls einen Schritt näherkommen.

Doch ohne diese verdammte Abhörgehmigung war ihm diese Möglichkeit verbaut.

Eischied blieb vor seinem Safe stehen. Er konnte nicht widerstehen und öffnete ihn. Vorsichtig hob er den schwarzen Pappkarton und starrte auf die schwarzen Wirbel und Linien des unvollständigen Fingerabdrucks. ›Er muß es sein!‹ dachte Eischied. ›Er ist das Gehirn von FEAR!‹

Dieser Fall machte ihn noch verrückt. Eischied ließ den schwarzen Pappkarton fallen und schloß den Safe wieder. Vielleicht sollte er sich zur Abwechslung mal mit einem anderen Fall befassen? Es gab da einen relativ vielversprechenden Fall, der kurz vor der Aufklärung stand. Eischied öffnete die Tür zum Vorzimmer. »Rufen Sie Lieutenant Maher vom Raubdezernat an, Fitzgerald, und bestellen Sie ihn zu mir.«

In letzter Zeit hatte es eine Serie von Raubüberfällen auf Hotels in der Gegend des südlichen Central Parks gegeben. Die Täter trugen stets Halloween-Masken und hatten ihre

Fingerspitzen mit Heftpflaster überklebt. In den frühen Morgenstunden waren sie in die Luxushotels eingedrungen, hatten die Angestellten mit Handschellen gefesselt und die Schließfächer aufgebrochen. Der Bande waren einige aufsehenerregende und äußerst lukrative Fischzüge gelungen. Doch eines ihrer Mitglieder war bei einer Drogenrazzia verhaftet worden, und er hatte angeboten, die Hotel-Bande auffliegen zu lassen, wenn er straffrei ausgehen würde.

Lieutenant Maher versicherte, die Verhaftungen könnten jederzeit vorgenommen werden. »Wir brauchen nur den Zeitpunkt dafür festzusetzen«, erklärte Maher, der in respektvollem Abstand von Eischieds Schreibtisch Platz genommen hatte.

Eischied legte die Füße auf den Schreibtisch und blies Rauchwolken in Richtung der Decke. Hier war eine neue Schlagzeile für ihn drin. Er sah sich bereits, wie er vor der versammelten Presse verkündete, daß er die gefährliche Hotel-Bande zerschlagen hatte.

Leider war das Interesse der Öffentlichkeit im Augenblick zu sehr auf die Banküberfälle konzentriert. Wollte er die Verhaftung der Hotel-Bande gebührend ausschlachten, mußte er FEAR für ein, zwei Tage auf Sparflamme kochen lassen.

»Unternehmen Sie vorläufig nichts«, entschied er sich und entließ Lieutenant Maher.

Marty und Agnes kamen eben vom Mittagessen zurück, als das Funkgerät losquakte: Tumult in einem Hausflur ganz im Süden des Reviers. Die Straße, zu der sie unterwegs waren, war praktisch die Grenze zum 41. Revier und bestand aus einer trostlosen Reihe von schäbigen, grauen Mietskasernen. Sie lag außerhalb von Martys und Agnes Sektor, aber das zuständige Streifenteam war noch beim Essen.

Den ganzen Morgen über war Agnes mehr als einsilbig gewesen, und während Marty den Streifenwagen auf dem Gehsteig vor der Haustür parkte, kam er zum hundertsten Male zu dem selben Ergebnis, was Agnes' Reaktion auf die

Geschichte dieser Polizistin mit ihrem ›Problem‹ betraf: Frauen hatten keinen Sinn für Humor – besonders wenn es sie selbst betraf. Sie waren alle gleich. Wegen einer harmlosen Geschichte wie dieser, war Agnes nun schon den ganzen Tag sauer. Er hatte es mit Schmeicheleien, mit vernünftigen Argumenten und mit Witzeleien über sich selbst versucht, aber Agnes war nicht umzustimmen. Allmählich wurde auch er sauer.

Marty stieß die Haustür auf, und sie traten in den düsteren, säuerlich riechenden Hausflur. Agnes war etwa zwei Schritte hinter ihm. Sie hatte den Funk.

Direkt vor ihm, auf der halben Höhe der engen Treppe stand er. Der Psycho. Er war ein Schwarzer und verdammt groß. Seine wild rollenden Augen hefteten sich auf die beiden Eindringlinge. Sie flackerten irr.

Der Mann hatte eine Waffe. Der Revolver war genau auf Martys Brust gerichtet.

»Haut ab, ihr Scheißkerle!« schrie er. »Der Herr hat mich geschickt, um dieses Sündenbabel auszufegen!«

Marty starrte wie gebannt auf den Revolver. Der Lauf zitterte keinen Millimeter. Martys Herz begann zu jagen. »Hinter mich!« zischte er Agnes zu.

»Gebt mir meine Freiheit, oder gebt mir den Tod!« schrie der Mann auf der Treppe.

»Legen Sie die Waffe weg!« befahl Marty.

»Ich werde Sie jetzt erschießen, guter Mann«, lachte der Psycho.

Martys Knie wurden weich. Seine Zunge fühlte sich an wie Sandpapier.

Abrupt hörte der Psyho auf zu lachen und brüllte: »Ich werde Sidney umlegen!«

Verzweifelt versuchte Marty einen klaren Gedanken zu fassen. Dies war nicht sein erster Psycho, und es gab gewisse Tricks, die manchmal sogar funktionierten. »Sie können Sidney gar nicht umlegen«, sagte er beiläufig. »Ich hab Sidney schon längst umgelegt.«

Plötzlich machte der Psycho kehrt und rannte die Treppe

hoch. Sie hörten, wie er auf dem Treppenabsatz im ersten Stock stehen blieb. »Holt mich doch!« schrie er. »Ich warte nur darauf, und den ersten Kopf, der auftaucht, blas ich weg!«

Marty zog seine Pistole und begann, vorsichtig die Treppe hinauf zu steigen. Agnes war wie erstarrt gewesen. Nun hörte Marty, wie sie plötzlich erschreckt die Luft einsog. »Nicht, Marty!« rief sie. »Er wird dich erschießen!«

Marty war im Dienst schon des öfteren die Angst in die Knochen gefahren; doch noch nie so heftig wie in diesem düsteren Treppenhaus. Er zwang sich, Stufe um Stufe zu erklimmen.

Irgendwo auf dem Treppenabsatz kicherte und brabbelte der Psyhco unverständliches Zeug. Langsam stieg Marty weiter. Schweiß brach ihm aus, und seine Dienstpistole zitterte. Doch er mußte weitergehen; oder er würde vor Agnes als Feigling dastehen.

»Noch einen Schritt!« keuchte der Psycho. »Und ich blas dir die Birne weg!«

Marty ging weiter.

Plötzlich polterten auf dem Treppenabsatz die schweren Schritte des Psycho und entfernten sich in dem Hausflur. Eine Tür krachte. Das irre Gelächter war nur mehr gedämpft zu hören.

Marty rannte die restlichen Stufen hoch. Der Hausflur war leer. Marty schlich an die Tür, hinter der das Kichern des Psycho zu hören war.

»Was hast du vor?!« Agnes hatte ihn eingeholt und zerrte an seinem Arm.

»Ich geh rein und hol ihn.«

»Warte, Marty! Bitte!« Sie versuchte über den Funk die Zentrale zu erreichen. Vergebens. »Wir rufen das Sonderkommando«, schlug Anges vor. »Die haben kugelsichere Westen. Sollen die ihn doch rausholen. Ich ruf die Zentrale vom Wagen aus. Warte bitte solange, bitte!«

»Nein«, sagte Marty.

Er trat mit dem Absatz gegen die Tür. Splitternd gab sie

nach. Mit dem zweiten Tritt sprang sie auf und knallte gegen die Wand. Mit einem Satz war Marty im Zimmer. Geduckt, die Waffe in beiden Fäusten blieb er stehen.

Der Psycho saß auf dem Boden und kicherte vor sich hin. Seine Hände waren rot von Blut. Der Revolver lag auf dem Tisch.

Der Psycho hatte sich beide Pulsadern aufgeschnitten. »Schau her! Du bist schuld!« wimmerte er und hielt Marty seine blutüberströmten Arme hin. »Schau, was du gemacht hast!« Er brach in kreischendes Gelächter aus.

Marty schob die Pistole in den Halfter. Seine Knie waren noch immer weich.

Agnes nahm die Waffe vom Tisch und hielt sie Marty hin. »Eine Spielzeugpistole!« ächzte Marty.

Sie starrten einander entgeistert an. Dann streichelte Agnes Marty über die Wange.

Obwohl der PC und Chief Duncan zweifellos den ganzen Tag über auf Kohlen saßen und auf Hiobsbotschaften aus den Revieren warteten, blieb die Stadt ruhig. Keine Banküberfälle. Keine Anschläge auf Polizeibeamte. Es konnte nicht mehr lange dauern, und der PC würde sich sicher genug fühlen, Eischied zu einer Erklärung seines eigenmächtigen Verhaltens in sein Büro zu zitieren. Doch Eischied würde nicht zu erreichen sein. Eischied schrie nach seinem Dienstwagen und ließ sich nach Rodman's Neck im Nordosten der Bronx fahren. Dort lag die Freiluftschießanlage der New Yorker Polizei; ein sicherer Ort, unterzutauchen. Der PC würde eine Stunde brauchen, ihn hier zu finden. Wie alle Polizisten, vom kleinsten Streifencop bis hinauf zum Chief, mußte sich auch Eischied einmal im Jahr einem Probeschießen unterziehen. Er würde dies heute hinter sich bringen – während der PC in seinem eigenen Saft schmorte.

Für einen Polizisten seines Ranges betrachtete Eischied die ganze Angelegenheit als Munitionsverschwendung – von der Zeit gar nicht zu reden. Im Durchschnitt mußten in

New York pro Jahr etwa fünfundsiebzig Polizeibeamte Gebrauch von ihrer Waffe machen. Davon waren einer oder zwei Sergeants. Der Rest waren Detectives oder Streifencops. Eischied konnte sich nicht erinnern, wann ein Beamter seines Dienstgrads das letztemal seine Waffe im Dienst abgefeuert hatte. Die meisten Cops drückten während ihrer gesamten Dienstzeit ihre Waffe nicht ein einziges Mal ab.

Der Tag war warm und sonnig. Der leitende Offizier der Schießanlage mußte wohl vom wachhabenden Sergeant am Tor vorgewarnt worden sein, denn er stand bereits unter der Tür, als Eischieds Wagen auf den Parkplatz bog. Er riß die Wagentür auf und führte Eischied direkt zur Schießanlage.

Ein einfacher Cop verbrachte den ganzen Tag in Rodman's Neck, denn vor dem eigentlichen Schießen hatte er Vorlesungen, Theorie und endlose Schießübungen mit der ungeladenen Waffe über sich ergehen zu lassen.

Doch Chiefs waren kleine Könige. Sie brauchten ihre Zeit nicht mit solchem Unsinn zu vergeuden.

Eischied schoß den etwa hundert Kollegen, die sich auf der Schießanlage befanden, etwas vor und unter anerkennendem Murmeln verließ er den Schießplatz.

Bei Louie dauerte es etwas länger, und Eischied mußte eine geraume Zeit warten, bis sein Fahrer das Programm absolviert hatte.

Gemächlich fuhren sie ins Präsidium zurück. Wie erwartet, hatte der PC bereits ein paarmal nach Eischied gefragt.

Es war inzwischen später Nachmittag, und als Eischied das Büro des PC betrat, hatte dieser bereits die schweren roten Vorhänge zugezogen. Auf dem Schreibtisch brannte eine Lampe. Der PC war in Hemdsärmeln. In einem der Sessel in der Ecke des Büros saß der First Deputy. »Nun, Earl«, begrüßte der PC Eischied. »Die Stadt ist ruhig.«

Eischied war klar, daß er nun einige seiner Trümpfe ausspielen mußte; doch er würde den PC darum bitten lassen. »Scheint so, Commissioner – ja.«

»Sie haben heute morgen den Chief der Streifenbeamten

veranlaßt, seine Männer zu erhöhter Wachsamkeit aufzufordern«, begann der PC.

»Das ist richtig, Commissioner«, erwiderte Eischied und schenkte sich eine Erklärung, die der PC offenbar erwartete.

Nach einer Weile des Schweigens räusperte sich der PC und fragte: »Aus welchem Grund?«

»Wir hatten ernstzunehmende Hinweise, Commissioner«, sagte Eischied und dachte: ›Von wegen ernstzunehmende Hinweise! Vielleicht wollten sie mit dem Wagen nur nach Florida in den Urlaub fahren?‹

Aus dem Halbdunkel in der Ecke des Büros ließ sich der First Deputy vernehmen: »Welche Hinweise waren das, die Sie hatten, Earl?«

»Wir wollen die ganze Geschichte hören, Earl«, forderte der PC.

Nach einer rethorischen Pause erklärte Eischied, wie er auf die Idee gekommen war, in die Parkgaragen der beiden Reviere Detectives abzukommandieren, und daß gestern abend, bei einem Überfall auf eine dieser Garagen, ein Mann erschossen worden war.

»Und Sie sind sich sicher, daß dieser Leon Epps zu der Bande gehörte?«

»Absolut sicher, Commissioner.«

»Dann sind Sie näher an ihnen dran, als ich dachte, Earl.«

Der PC schien beeindruckt. »Glauben Sie, die Bande hat mitbekommen, daß unsere Streifenwagen in erhöhter Alarmbereitschaft sind und hat deshalb heute keinen Raubüberfall riskiert?«

»Das weiß ich genausowenig, wie Sie, Commissioner.«

Der PC warf dem First Deputy einen kurzen Blick zu. »Was haben Sie sonst noch gegen FEAR in der Hand, Earl?« erkundigte er sich beiläufig.

Eischied fand, daß er genug gesagt hatte. »Hie und da ein paar Anhaltspunkte; aber nichts Konkretes – nichts, was uns weiterbringen würde.«

Freundlich lächelnd erwiderte er den Blick des PC. Der

Commissioner sah sich genötigt, weiterzubohren: »Und was werden Sie jetzt unternehmen?« fragte er.

Eischied dachte nicht daran, diese Frage zu beantworten. Statt dessen wich er aus: »Ich hatte die Absicht, einige Telefonanschlüsse abhören zu lassen, doch wie es aussieht, wird mir der Bezirksstaatsanwalt die Genehmigung verweigern.«

Der PC wurde merklich freundlicher. Sollte Eischied diesen Fall tatsächlich lösen, würde etwas von dem Glanz auch auf ihn fallen.

»Kann ich Ihnen irgendwie behilflich sein, Earl?«

Eischied überlegte schnell und präzise. »Ja, Commissioner – beim FBI. Sie sind einfach nicht zur Kooperation bereit. Ich hatte 'ne ganze Delegation zu Besuch hier, aber aus denen ist nichts rauszuholen. Der einzige, der dem FBI Dampf machen kann, ist der Bundesstaatsanwalt. Sie kennen den Mann. Vielleicht könnten Sie ihn anrufen und ihn bitten, das FBI zur Zusammenarbeit zu zwingen.«

»Ich werde sehen, was ich tun kann«, erwiderte der PC gönnerhaft.

Der PC erhob sich und kam zu Eischied herum, der die ganze Zeit vor dem Schreibtisch gestanden hatte. »Diese andere Geschichte können Sie ruhig vergessen, Earl«, sagte er und klopfte Eischied besänftigend auf die Schulter.

Eischied traute diesem Mann nicht; seinen Worten Glauben zu schenken, wäre töricht gewesen. Er empfand auch keineswegs Erleichterung; was er empfand, war das Gefühl von Macht. ›Er bildet sich tatsächlich ein, ich werde diesen Fall für ihn lösen‹, dachte er spöttisch.

Trotzdem sagte er: »Danke, Commissioner.«

»Sie müssen verstehen, Earl«, lächelte der PC verbindlich. »Ich bekomme 'ne Menge Druck von da unten...« Er deutete mit dem Daumen in die ungefähre Richtung, in der das Rathaus lag. »Der Bürgermeister ruft ständig an und fragt, wann wir endlich Ergebnisse vorweisen können. Er glaubt anscheinend, man braucht nur mit dem Finger zu schnippen, und die Gangster von New York stehen am Präsidium Schlange.«

Eischied grinste verständnisinnig.

»Vielleicht haben Sie einen anderen, relativ interessanten Fall an der Hand, der kurz vor der Aufklärung steht? Ich dachte, wir könnten eventuell in einem solchen Fall zuschlagen und damit an die Öffentlichkeit gehen. Große Pressekonferenz und so... Das würde den Bürgermeister für einige Zeit besänftigen.«

Er grinste Eischied verschwörerisch zu; von Kollege zu Kollege und in aller Freundschaft sozusagen.

Eischied war auf der Hut. In der Polizeihierarchie gab es keine Freundschaft. Keiner war hier sein Freund. Schon gar nicht dieser Mann.

Doch nach kurzem Nachdenken begriff er, daß der PC ungefährlicher war, wenn er ihm ein Erfolgserlebnis vermittelte. Er würde ihm die Hotel-Bande überlassen. Den PC bei Stimmung zu halten, war im Augenblick durchaus ratsam, und für sein eigenes Image in der Öffentlichkeit konnte Eischied jederzeit einen anderen lohnenden Fall finden.

»Kein Problem, Commissioner. Meine Leute warten nur auf mein Zeichen, diese Hotel-Bande hochgehen zu lassen, von der Sie sicherlich gelesen haben.« Eischied beschrieb den Fall kurz. »Ich glaube, daß man in der Presse aus diesem Fall einiges machen kann.«

Der PC dachte kurz nach. »Okay, Earl. Wenn Sie meinen, daß das die beste Lösung ist, schließe ich mich Ihnen an.«

Der PC brachte Eischied zur Tür und wurde nicht müde, ihm auf die Schulter zu klopfen.

Eischied war kaum in sein Büro zurückgekehrt, als sich Captain Finnerty anmeldete. Er strahlte über das ganze Gesicht. Er trug eine randlose Brille und erinnerte noch mehr als sonst an einen Schullehrer. Er reichte Eischied zwei Listen mit Namen.

»Die Namen der Zellengenossen und Freunde von Leon Epps und Floyd Fields«, sagte Finnerty gewichtig.

Etwa zwanzig Namen standen auf jeder Liste.

»Und?« brummte Eischied.

Finnerty erlaubte sich ein selbstzufriedenes Lächeln. »Ist

Ihnen aufgefallen, Chief, daß ein Name auf beiden Listen steht?«

»Nein. Wo?«

Finnerty kam um den Schreibtisch herum und deutete mit dem Bleistift auf einen der Namen. »Der hier. Mr. Jonah Daniel Bell.«

»Schön«, sagte Eischied, »und wer ist Mr. Jonah Daniel Bell?«

»Ich hab seine Akte hier«, erwiderte Finnerty stolz auf seine Eigeninitiative.

Eischied überflog Bells Akte. Er war bisher erst dreimal verhaftet worden. Bewaffneter Raub, Widerstand gegen die Staatsgewalt und wieder bewaffneter Raub. Hunderte von Großstadtganoven hatten eindrucksvollere Vorstrafen vorzuweisen.

»Beachten Sie seine Decknamen, Chief.«

Eischied las sie. Jonah Daniel Bell alias Jonah Daniels, alias Jonah Danielson, alias Daniel Bell, alias Mark Daniels, alias Mark D. Bell.

»Mark D.... Mark D.«, brummte Eischied. »Ist das nicht einer der Namen, die wir auf dem Tape vom Telefon dieser chemischen Reinigung am Broadway haben?!«

»So ist es, Chief«, stellte Finnerty zufrieden fest.

Eischied grinste breit. »Donnerwetter! Finnerty! Was ist in Sie gefahren? Sie entwickeln sich ja langsam zu einem echten Meisterdetektiv, verdammt nochmal!«

»Ich dachte mir, daß Sie zufrieden sind«, strahlte Finnerty.

»Haben wir seine Adresse?« fragte Eischied.

»Leider nicht. Er ist auf Bewährung draußen, und sein Bewährungshelfer hat seit Monaten nichts mehr von ihm gehört.« Finnerty zog ein Foto aus der Akte Bells. »Das ist er, Chief.«

Eischied betrachtete das Bild. »Ein übler Bursche!« brummte er.

Er stand auf und begann, im Büro auf und ab zu marschieren. Aus seiner Hemdtasche angelte er eine Zigarre hervor und biß die Spitze ab.

»Haben Sie mal Feuer, Finnerty?«

Finnerty eilte hinzu und gab Eischied Feuer. Dann wartete er geduldig auf Anweisungen. »Die Abhörgenehmigung für diese chemische Reinigung läuft ab«, begann Eischied. »Das hier dürfte genügen, eine Verlängerung zu bekommen. Darum kümmern Sie sich als erstes. Okay?«

Finnertys Bleistift flog über eine frische Seite in seinem Notizbuch.

»Dann soll sich einer unserer Leute die Tapes von dem abgehörten Telefon nochmal genau abhören. Red ist der richtige Mann dafür. Vielleicht haben wir was überhört – eine Adresse zum Beispiel, oder sowas.«

Eischied paffte heftig an seiner Zigarre.

»Der Besitzer der Reinigung wird rund um die Uhr überwacht. Er darf nicht aus den Augen gelassen werden. Ich überlasse es Ihnen, die geeigneten Leute dafür zu finden. Ich will über jeden Schritt des Mannes informiert werden. Fotos von jedem, mit dem er spricht. Falls dieser Mark D. auftaucht, wird er unauffällig verfolgt. Versucht er abzuhauen, schnappt ihn euch!«

»Mit welcher Begründung können wir ihn verhaften?« fragte Finnerty.

»Was ist los mit Ihnen, Finnerty? Seit wann sind Sie so zimperlich? Schnappt ihn euch einfach. Über die Begründung zerbrechen wir uns später den Kopf.«

»Ist das alles, Chief?« fragte Finnerty pikiert.

»Stellen Sie mir von Mark D. und von dem Besitzer der Wäscherei ähnliche Listen, wie die beiden, die Sie bereits gemacht haben, zusammen. Morgen früh will ich sie sehen – und zwar mit Fotos.«

Finnerty würde sich dafür die ganze Nacht um die Ohren schlagen müssen, doch alles, was er dazu sagte, war: »Okay, Chief.« Dann wandte er sich zum Gehen.

Finnerty war bereits unter der Tür, als Eischied ihn zurückrief: »Noch etwas Finnerty!«

»Ja, Chief?«

Eischied blies eine dicke Wolke Rauch in Richtung seines Captains: »Sie haben bisher gute Arbeit geleistet, Finnerty. Sehr gute sogar!«

Finnerty strahlte.

27

Mitternacht. Der Wagen parkte direkt am Eingang des Yankee Stadions.

FBI-Agent McGovern trug eine Lederjacke, einen breitkrempigen Hut, den er tief in die Stirn gezogen hatte, und einen zwei Tage alten Stoppelbart. Er hoffte, er sah einigermaßen nach Unterwelt aus. Neben ihm saß Cuomo, der eindeutig zur Unterwelt gehörte; er trug einen cremefarbenen Kaschmirmantel und war gekleidet, als wollte er zum Tanzen gehen.

Cuomo hatte beide Hände aufs Steuer gelegt und starrte geradeaus. McGoverns Funkgerät lag zwischen seinen Füßen auf dem Boden, und er konnte hören, daß die Kollegen ihre Positionen bezogen hatten.

Das Yankee Stadion leuchtete weiß im Licht des Mondes. McGovern beobachtete die elektronische Anzeigentafel hoch über dem Eingang. Abwechselnd leuchteten Uhrzeit und Temperatur und die Ankündigung des nächsten Heimspiels der ›Giants‹ auf: am Samstag spielten sie gegen die ›Eagles‹. Als Kind war McGovern stets umsonst ins Stadion gekommen. Sein Vater war Sergeant bei der Polizei gewesen; er hatte nur seine Marke gezückt und war, ohne zu zahlen, mit dem Jungen an der Hand eingelassen worden.

McGovern war nervös. Er versuchte, sich zu beruhigen und dachte an die Kollegen, die überall in der Nähe des Stadions in ihren Wagen saßen und ihm zu Hilfe kommen würden – vorausgesetzt, sie waren schnell genug.

»Dieser Wahnsinnige hat 'ne gottverdammte Maschinenpistole!« brummte Cuomo.

»Woher wissen Sie das eigentlich?«

Cuomo war ebenfalls nervös und hätte um ein Haar geantwortet: ›Weil ich sie ihm verkauft habe.‹ Doch er sagte: »Er hat sie mir gezeigt. Er schleppt sie in 'ner Aktentasche mit sich rum.«

»Woher wollen Sie wissen, daß das der Typ ist, auf dessen Konto die Raubüberfälle gehen?«

»Ich weiß es nicht sicher. Aber wieviele Typen mit Maschinenpistole kennen Sie in New York?«

Auf der Stadionuhr kroch die Zeit langsam aber stetig weiter.

»Ich möchte bloß wissen, wieso ich so idiotisch war, mich auf diese ganze Geschichte einzulassen.« Cuomo schüttelte den Kopf. »Wenn es zu einer Schießerei kommt, sitze ich mitten drin, ich verdammter Narr.«

»Wahrscheinlich weil Sie Ihr Vaterland so lieben«, grinste McGovern anzüglich.

Cuomo fand diese Bemerkung keiner Antwort wert, und ein nervöses Schweigen machte sich im Wagen breit.

»Er kommt nicht«, sagte Cuomo nach einer Weile. Er hatte am Nachmittag den Vorschuß, den er vom FBI bekommen hatte, auf die Bank gebracht. Zumindest das Geld war sicher.

»Ist es bei ihm üblich, daß er zu spät kommt?« fragte McGovern.

Auf der Stadionuhr war es 0 Uhr 15.

»Woher soll ich das wissen?« brummte Cuomo. »Glauben Sie etwa, ich hätte mit ihm schon öfters 'nen Deal gemacht?«

»Woher hat er sonst die MP?«

»Ihr Bullen müßt doch immer das Schlimmste annehmen«, erwiderte Cuomo. Allmählich war es ihm fast lieber, wenn Charles nicht kam. Dann würde ihm zwar die restliche Kohle durch die Lappen gehen, aber es gab wenigstens keine Schießerei.

McGovern ließ sich den Plan noch einmal durch den Kopf gehen. In dem Augenblick, in dem die Ware von einem Kofferraum in den anderen geschafft wurde, würden sechs Wagen des FBI angebraust kommen und sie umstellen. Zwölf Kollegen mit Schrotflinten mußten genügen, zwei Gangster in Schach zu halten. McGovern konnte sich nicht vorstellen, daß es zu einer Schießerei kommen würde; selbst dieser Typ mit der MP konnte nicht so verrückt sein, gegen zwölf Mann das Feuer zu eröffnen.

»Ich glaube, der Vogel kommt nicht mehr«, sagte Cuomo und sah McGovern an.

»Wir warten trotzdem noch 'n bißchen«, stellte McGovern klar.

Sie warteten bis zwei Uhr. Cuomo hatte seinen Hut über die Augen geschoben und war eingeschlafen. Er schnarchte leise. Auch McGovern hatte Mühe, die Augen offen zu halten. Ein paarmal schreckte er hoch, weil er glaubte, den Lauf einer MP an der Schläfe zu spüren.

McGovern spähte zu Cuomo hinüber. Es war schon merkwürdig; als Kind hatte man ihm beigebracht, daß nur die Guten mutig seien, und die Bösen feige. Cuomo müßte danach eigentlich eine hinterhältige, vor Angst schlotternde Ratte sein, doch McGovern wurde allmählich klar, daß Cuomo weniger Angst hatte, als er selbst.

McGovern versuchte, die Bewegung des phosphoreszierenden Zeigers der Uhr am Armaturenbrett des Wagens zu verfolgen. War sie stehengeblieben? Er sah zu der Stadionuhr hoch, doch auf der war es zwei Minuten später. Vielleicht waren die Uhren der Bankräuber stehengeblieben?

Cuomo hörte auf zu schnarchen.

»Sind Sie wach, Cuomo?«

»Glauben Sie, ich könnte in einer solchen Situation schlafen?! Mann Gottes!« Cuomo schüttelte verständnislos den Kopf.

»Ich glaube, er kommt nicht mehr«, sagte McGovern und griff nach dem Funkgerät.

»Das hätte ich Ihnen vor zwei Stunden auch schon sagen können«, maulte Cuomo.

McGovern rief den Inspektor, der die Aktion leitete. »Was machen wir jetzt?« fragte er in das Funkgerät.

»Was schlägt Ihr Informant vor?« fragte der Inspektor zurück.

»Sie sind gemeint, Cuomo. Was schlagen Sie vor?«

»Woher soll ich das wissen, Mann?« schnaufte Cuomo.

»Er glaubt, der Typ kommt nicht mehr«, erklärte McGovern.

»Dann blasen wir die Sache wieder ab«, entschied der Inspektor. »Bringen Sie diesen Cuomo mit ins Präsidium.«

McGovern beendete das Gespräch.

»Was soll das heißen? Ich will nicht in euer Scheißpräsidium!« protestierte Cuomo.

»Sieht aus, als bekämen Sie Schwierigkeiten, Cuomo.«

»Ich geh jetzt nach Hause.«

»Erst wenn Sie uns ein bißchen Gesellschaft geleistet haben, Cuomo.«

Im Präsidium des FBI wurde Cuomo anständig in die Mangel genommen. Im Vernehmungsraum war 'ne Menge los. Sogar der Leiter des New Yorker Büros ließ es sich nicht nehmen, dabei zu sein. Er machte sich Sorgen um die tausend Dollar. Cuomo schwieg beharrlich.

»Für was für Schwachköpfe halten Sie uns, Mann!«

»Sie schulden uns eintausend Dollar, Cuomo. Sie rücken sie besser raus, oder sie kommen vom Regen in die Traufe!«

»Wenn Sie glauben, mit uns ein komisches Spielchen treiben zu können, sind Sie schief gewickelt, Cuomo. Wenn Sie nicht bald den Mund aufmachen, schmoren Sie im Knast, bis Sie schwarz sind!«

McGovern beteiligte sich nicht an dem Verhör. Cuomo war sein V-Mann, und nach den beim FBI üblichen Regeln war er für das Verhalten seines Informanten verantwortlich. Cuomo hatte versagt. Folglich hatte McGovern ebenfalls versagt. Er würde als nächster an der Reihe sein.

»Der Käufer muß Verdacht geschöpft haben. Weshalb, Cuomo?«

»Woher soll ich das wissen?«

»Wir wissen ganz genau, daß Sie mit Waffen handeln, Cuomo. Und jetzt erzählen Sie uns, was Sie diesem Burschen bisher verkauft haben – jedes einzelne Stück!«

»Ich hab ihm noch nie was verkauft; nicht mal eine Pauschalreise.«

»Sie haben ihm die Maschinenpistole verkauft!«

»Ich hab 'n Reisebüro und sonst nichts!«

»Erzählen Sie uns alles, was Sie von diesem Typen wissen. Jede Einzelheit! Wann sind Sie ihm das erstemal begegnet? Wie sieht er aus?«

»Ich hab ihn ein paarmal gesehen. Und immer hatte er diese verdammte MP bei sich. Mitten in irgendwelchen Kneipen zieht er sie hervor und hält sie einem unter die Nase. Ich krieg Gänsehaut, wenn ich den Typ sehe!«

»Wie heißt er?«

»Charles.«

»Und weiter?«

»Woher zum Teufel soll ich das wissen?«

Widerstrebend rückte Cuomo mit einer ungefähren Beschreibung Charles' heraus. Er erwähnte auch Charles' Wagen.

»Die Nummer des Wagens haben Sie nicht zufällig erkennen können?«

Cuomo hatte allmählich die Schnauze voll, wie ein Idiot behandelt zu werden. »Vielleicht fällt sie mir wieder ein – für 'nen Tausender zum Beispiel...«

Die Männer des FBI sahen sich verblüfft an. Cuomos Kaltschnäuzigkeit verschlug sogar ihnen die Sprache.

Der Inspektor fing sich als erster wieder: »Kann ich kurz unter vier Augen mit Ihnen reden, Chef?« wandte er sich an den Leiter des Büros.

Als die beiden Männer zurück kamen, baute sich der Inspektor vor Cuomo auf. »Wenn Sie sich an die Nummer erinnern, und wir kriegen den Burschen, können Sie die tausend Dollar vergessen, die Sie uns schulden, Cuomo.«

»Mein Gedächtnis ist gar nicht so schlecht, wie ich dachte. Ich glaube, sie fällt mir wieder ein.«

Cuomo schrieb die Nummer des Wagens auf ein Stück Papier. Wie sich herausstellen sollte, war der Wagen auf einen gewissen Albert Hoyt, Besitzer einer chemischen Reinigung, zugelassen. Der Inspektor reichte McGovern das Papier mit der Nummer und dem Namen. »Jagen Sie das durch den Computer.«

Um vier Uhr morgens hielt McGovern Hoyts Vorstrafenregister mit einem alten Fahndungsfoto und einer Adresse, unter der Hoyt wahrscheinlich nicht mehr zu finden war, in der Hand.

»Ist das der Mann, Cuomo?«

»Nein. Das ist nicht Charles.«

»Wer ist es dann?«

»Woher soll ich das wissen.«

»Reichlich wenig, was Sie uns für tausend Dollar erzählen, Cuomo!«

Cuomo wurden Fotos aus der Kartei vorgelegt; zunächst die der einschlägig bekannten Bankräuber, dann die der politischen Extremisten. Er erkannte kein einziges der Gesichter. »Was kann ich dafür«, murrte er. »Wenn Ihr einen Typen wie den nicht in der Kartei habt, dann liegt's an der Kartei und nicht an mir.«

Der Inspektor lachte sarkastisch. »Gehen Sie nach Hause, Cuomo!« knurrte er. »Ich will Sie nicht mehr sehen, Mann. Hauen Sie ab!«

»Was haben Sie denn?« erkundigte sich Cuomo beleidigt. »Ist es meine Schuld, wenn Sie sein Foto nicht haben?«

Als Cuomo gegangen war, seufzte der Inspektor müde: »Wir sollten alle nach Hause gehen und uns etwas auf's Ohr hauen.«

Morgen würden sie sich diesen Albert Hoyt vornehmen. Cuomo hatte versprochen, anzurufen, falls Charles sich bei ihm melden würde.

»Wir sind nicht gerade sanft mit ihm umgesprungen«, meinte McGovern. »Glauben Sie, er wird sich nochmals mit uns einlassen?«

»Das müssen Sie wissen«, erwiderte der Inspector. »Schließlich ist er Ihr Informant.«

»Der meldet sich schon wieder«, sagte einer der anwesenden Agenten. »Nachdem er weiß, welche Farbe unser Geld hat...«

McGovern kratzte sich nachdenklich am Kinn. »Wir suchen also einen Mann, der die Absicht hat, Waffen zu kaufen, und der möglicherweise mehrere Banken überfallen und dabei einen Wachmann erschossen hat. Wir wissen weder, weshalb er die Waffen kaufen will, noch ob er tatsächlich der gesuchte Bankräuber ist...«

»Und ob dieser geheimnisvolle Unbekannte überhaupt existiert«, unterbrach ihn der Inspektor. »Vielleicht ist er nur ein Produkt von Cuomos Fantasie?«

»...außerdem suchen wir einen Wagen«, fuhr McGovern fort, »der auf einen Wäschereibesitzer zugelassen ist, der aber von diesem Unbekannten angeblich gefahren wurde – falls dieser überhaupt existiert.« McGovern schüttelte zweifelnd den Kopf. »Was wir in der Hand haben, ist ein winziges Steinchen aus dem ganzen Puzzle. Vielleicht wissen die Cops der Stadtpolizei mehr. Vielleicht kennen sie diesen Hoyt? Oder Charles? Vielleicht sollten wir sie mit Cuomo zusammenbringen? Vielleicht ist das erste Foto, das sie ihm unter die Nase halten, bereits dieser Charles?«

»Scheiß auf die Cops!« knurrte der Inspektor. »Würden die uns vielleicht Informationen geben? Ganz sicher nicht. Von uns bekommen die gar nichts!«

»Na schön«, sagte McGovern. »Scheiß auf die Cops. Is' mir eh egal. Ich hau mich jetzt erst mal auf's Ohr.«

28

Drei Männer saßen auf dem Vordersitz: Charles, Mark D. und Frank, der den Wagen lenkte. Auf dem Rücksitz – allein, wie jeder Potentat – saß Everett Walker.

Seit mehr als einer Stunde kreuzten sie bereits durch das 48. Revier; auf der Suche nach Marty und Agnes.

»Vielleicht haben sie heute abend gar keinen Dienst?« sagte Mark D. nervös. »Und wir vergeuden nur unsere

Zeit.« Mark D. war nervös, weil er derjenige war, der die höchste Karte gezogen hatte.

Nach dem Abendessen hatte Everett Walker ein Päckchen Spielkarten auf den Tisch gelegt. »Derjenige, der die höchste Karte zieht, hat die Ehre, die Exekution der beiden Volksfeinde durchzuführen.«

Betont beiläufig, über das noch nicht abgeräumte Geschirr hinweg, zog jeder eine Karte aus dem Päckchen. Die Frauen sahen mit großen Augen zu.

Frank zog die Kreuz-Drei. »Scheiße!« brummte er, doch man sah ihm an, daß ihm ein Stein vom Herzen fiel.

Als nächstes war Mark D. an der Reihe. Er zog den Karo-König.

Seine Zunge leckte nervös über die Lippen, während er beobachtete, wie die anderen zogen. Butch zog den Karo-Jungen, Charles die Herz-Acht und Walker die Pik-Zehn.

Mark D. also.

Alle hatten sich um ihn gedrängt und ihm auf die Schultern geklopft. Und er hatte Begeisterung zur Schau getragen. Doch je näher der Wagen dem 48. Revier kam, und je länger sie dann in den Straßen rund um den Southern Boulevard kreuzten, desto weniger konnten seine Prahlereien den hysterischen Unterton in seiner Stimme überdecken. Mark D. wurde immer schweigsamer, und seit einigen Minuten war er gänzlich in brütendes Schweigen versunken.

Schweigend schwammen sie durch das 48. Revier; ein chromblitzender Hai auf der Suche nach seinem Opfer. Bisher waren sie acht verschiedenen Streifenwagen begegnet; manchen von ihnen sogar zweimal. Auf den Knien hatte Walker einen Notizblock liegen, in dem er die Nummern der Streifenwagen notierte.

»Dort ist 'n neuer«, rief Charles.

Der Streifenwagen stand in zweiter Reihe. Er war leer. Langsam rollten sie daran vorbei, und Walker schrieb die Nummer auf. »Den hatten wir tatsächlich noch nicht«, stellte er fest. »Fahr langsam weiter. Gut. Hier kannst du parken.«

Der Streifenwagen stand etwa fünfzig Meter hinter ihnen. Sie beobachteten ihn durch den Rückspiegel. Sie warteten beinahe zwanzig Minuten, dann kamen zwei Cops aus einem der Häuser. Die beiden blieben auf dem Trottoir stehen und unterhielten sich; der eine war groß, der andere klein. Die Straße war ziemlich dunkel, und die Gesichter der beiden Cops waren nicht zu erkennen. »Geht doch 'n bißchen ins Licht, verdammt!« knurrte Walker. »Das könnten sie sein«, sagte er.

Die beiden stiegen in den Streifenwagen. Die Innenbeleuchtung ging an, und der Cop auf dem Beifahrersitz schien etwas aufzuschreiben.

»Sie ist es!« rief Walker.

Agnes hatte ihre Dienstmütze abgenommen. Auch Marty warf die Mütze auf den Rücksitz. Dann erlosch das Licht im Wagen.

»Jetzt kommen sie. Vorsicht!« zischte Walker.

Der Streifenwagen rollte an ihnen vorbei, und Agnes hatte nur einen kurzen Augenblick für sie übrig, denn sie war mit dem Funk beschäftigt.

»Langsam hinter ihnen her, Frank!« befahl Walker.

Der Streifenwagen bog auf den hell erleuchteten Southern Boulevard.

»Und was jetzt?« fragte Frank über die Schulter.

»Bleib dran, bis ich dir was anderes sage.« Walkers Stimme war kalt und völlig emotionslos.

Nach zwei Blocks auf dem Southern Boulevard bog der Streifenwagen in eine Bushaltestelle. Die beiden Cops stiegen gerade aus, als der Wagen der Verfolger an ihnen vorbeirollte.

»Fahr weiter!« befahl Walker. »Einmal um den Block – aber Tempo!«

Die Seitenstraßen waren dunkel wie das Kanalsystem der Stadt. Doch dann tauchten sie ein zweitesmal auf dem Southern Boulevard auf.

Der Streifenwagen parkte noch immer auf der Bushaltestelle. Von den beiden Cops war nichts zu sehen.

»Wahrscheinlich sind sie dort drüben beim Essen«, sagte Walker. »Fahr rechts ran!«

Vom Wagen aus konnten sie in das Schnellrestaurant sehen, doch an dem langen Tresen saßen nur ein paar einsame Kunden. Uniformen waren nicht zu sehen.

»Vielleicht sitzen sie an einem der Tische, weiter hinten. Fahr rückwärts auf die Bushaltestelle.«

Frank fuhr so dicht auf, daß er mit der Stoßstange den Streifenwagen berührte.

»Kannst du was sehen?«

»Ja. Ich sehe seine Mütze am Kleiderständer«, sagte Walker. Er beugte sich nach vorn und drückte Mark D.'s Schulter.

»Jetzt bist du dran, Mann!«

»Right on, Mark«, sagte Charles.

Mark D. hatte die Hand auf den Türgriff gelegt, doch er schien unfähig, die Tür zu öffnen. Mit offenem Mund starrte er vor sich hin.

»Mach Platz«, knurrte Charles. »Ich erledige das.«

»Nein, nein«, stieß Mark D. hervor. »Ich geh ja schon. Ich muß nur noch die verdammte Kanone checken.«

Er zog eine 9mm-Browing Automatic aus dem Gürtel und ließ das Magazin herausfallen. Mit dem Finger prüfte er die Feder, die die Kugeln in die Kammer transportierte. Dann schob er mit der flachen Hand das Magazin zurück. Mit einem lauten Klicken schnappte es ins Schloß.

»Mark...« begann Walker.

Doch Mark D. stieß die Tür auf, stieg aus dem Wagen und verschwand in dem Restaurant.

»Laß den Motor laufen«, befahl Charles; er war auf Mark D.'s Platz gerutscht. Die Wagentür stand noch immer offen, und Charles zog den Reißverschluß seiner Aktentasche auf.

»Fahr 'n Stückchen vor, damit wir durch die Fenster sehen können«, flüsterte Walker.

Frank ließ den Wagen ein Stück rollen.

Sie beobachteten, wie Mark D. am Tresen Platz nahm. Er

warf einen kurzen Blick in den hinteren Teil des Restaurants, dann starrte er wieder geradeaus gegen die Wand.

Er bestellte Kaffee und rührte geistesabwesend in der Tasse herum.

Frank lachte nervös auf. »Was hat er vor? Will er sich jetzt 'n Abendessen reinschlichten, oder was?«

»Ich seh mal nach«, knurrte Charles.

»Nur langsam!« beruhigte sie Walker. Gebannt beobachteten sie Mark D.

Mark D. stemmte sich von der Theke weg. Er legte Geld auf den Tresen. Als er sich von der Theke abwandte, griff er unter seine Jacke. Die Browning schimmerte in seiner Faust.

Everett Walker stieß einen Seufzer der Erleichterung aus. »Jetzt!« zischte er.

29

Das Restaurant, in dem Marty und Agnes eine Kleinigkeit zu Abend aßen, lag nur etwa zwei Blocks von der Filiale der First National City Bank entfernt, vor der sie sich damals den Bankräubern entgegengestellt hatten. Für Marty und Agnes war dieses Abenteuer natürlich noch immer das zentrale Erlebnis ihrer Beziehung; doch für den Rest der Stadt war es längst Schnee von gestern. Marty und Agnes lebten in der Vorstellung, nun bis ans Ende ihrer Tage als Helden gefeiert zu werden; doch für den Geschmack ihrer Kollegen waren sie beide eine Spur zu arrogant geworden. Marty und Agnes begriffen nicht, daß in einer Stadt wie New York nichts, absolut gar nichts von Dauer war.

Es war kurz nach zehn Uhr. Ihre Tour war um Mitternacht zu Ende, und da es an diesem Abend relativ lange gedauert hatte, bis sie mit der Essenspause an der Reihe waren, hatten sie beide einen Wolfshunger. Ihre Teller, mit je zwei großen, dampfenden Cheeseburgern, waren eben gekommen, und Agnes, die bereits einen kräftigen Bissen genommen hatte, sah zu, wie Marty nach der Ketchupflasche griff.

Sie hatten in einer mit Holz abgeteilten Nische im hinteren Teil des Restaurants Platz genommen. Marty saß mit dem Gesicht in Richtung des Tresens, sodaß er den Eingang und die Fenster zur Straße sehen konnte. Agnes saß ihm gegenüber und preßte unter dem Tisch ihre Knie gegen Martys.

»Du hast sexy Knie, Marty.«

Er warf ihr ein zerstreutes Lächeln zu und klatschte mit der flachen Hand auf die Unterseite der Ketchupflasche.

Agnes kaute zufrieden und beobachtete amüsiert, wie Marty mit Begeisterung seine Cheeseburger würzte. Es war beinahe wie ein Ritual, so methodisch streute Marty zunächst Salz, dann Pfeffer auf den Käse und klopfte schließlich zur Krönung des Genusses einen genau bemessenen Klacks Ketchup auf das Ganze; wobei er stets peinlich genau die gleiche Reihenfolge einhielt.

Martys Gesicht schien zu zerplatzen und plötzlich war es nur mehr eine klebrige rote Masse. Zunächst dachte Agnes, die Ketchupflasche sei in seiner Hand explodiert, doch dann hörte sie das Krachen der Schüsse. Martys vom Blut entstelltes Gesicht kippte nach vorn und fiel auf den Tisch zu. Blut sammelte sich in seinem Teller und durchtränkte den Cheeseburger.

Agnes sah den Mörder nicht einmal; sie sah nur seine Hand und die Waffe, die neben dem Pfosten der Nische auftauchte und Martys Leben auslöschte. Sie war benommen von dem Krachen der Schüsse direkt neben ihrem Ohr.

Kurz bevor es geschah, hatte Marty den Blick gehoben und sie hatte Erstaunen, Schreck und Panik über sein Gesicht huschen sehen, dann fielen die Schüsse aus kürzester Entfernung.

Agnes war aufgesprungen und starrte entsetzt auf das, was von Martys Gesicht übriggeblieben war. Ihr erster zusammenhängender Gedanke war: ›Ich habe versagt – ich habe meinen Partner verraten! Ich habe ihn verraten, denn er ist tot, und ich lebe!‹

Sie wirbelte herum und rannte durch das Lokal. Sie zerrte ihren Revolver aus dem Halfter. Tränen stiegen in ihre Augen. »Warte auf mich, Marty! Ich komme!« rief sie – oder dachte sie es nur?

Sie stürzte durch die Tür in die kühle Nacht und sah den Mörder in das anfahrende Auto springen. Sie feuerte zwei Schüsse ab, die ihr Ziel wahrscheinlich verfehlten, denn sie sah alles nur mehr verschwommen, wie durch einen Schleier. Der Motor des Wagens heulte auf, und als der Wagen mit quietschenden Reifen davonschlingerte, erinnerte sich Agnes an das, was man ihr beigebracht hatte: sie ließ sich auf ein Knie sinken und faßte den Revolver mit beiden Händen. Viermal feuerte sie auf den Mörder, die zuschlagende Wagentür, auf die davonjagenden Rücklichter. Die Mörder schossen zurück. Sie erkannte es an den aufblitzenden Mündungsfeuern. Sie suchte den Tod. Sie wollte, daß die Kugeln sie trafen, denn das wäre für sie die Erlösung gewesen. Doch Agnes schien gegen die Kugeln immun zu sein. Sie erhob sich, um ein besseres Ziel abzugeben, doch sie war dazu verdammt, am Leben zu bleiben.

Verloren stand sie auf dem Gehsteig. Die Hand mit dem leeren Revolver hing schlaff an ihrer Seite herab. Tränen rannen ihr über das Gesicht, und in ihrer Kehle stieg ein verzweifeltes Schluchzen auf. Ihr Leben, ihre Liebe, ihre Träume – alles was ihr etwas bedeutete, lag dort drinnen und sickerte in einen Cheeseburger. Der Wagen war nun bereits zwanzig, fünfzig, hundert Meter entfernt. Die Mündungsfeuer waren erloschen. Sie würde nicht sterben, heute nacht. Sie war dazu verdammt, ihren Anklägern ins Gesicht zu sehen, verdammt, zu erklären, verdammt, weiterzuleben.

»Warum bringt ihr mich nicht auch um?!« schrie sie. »Erschießt mich!« schluchzte sie. »Oh, Marty! Oh, Marty!«

30

Eischied brüllte in den Hörer: »Kann ich jetzt meine Abhörgenehmigung haben, Herr Staatsanwalt?! Begreifen Sie jetzt endlich, warum es wichtig ist?!«

Der Staatsanwalt blieb gelassen. »Beruhigen Sie sich, Earl«, sagte er. »Was gestern nacht passiert ist, finde ich schrecklich – genau wie Sie. Das ändert jedoch nichts daran, daß wir keine legale Grundlage besitzen, diesen Telefonanschluß abhören zu lassen. Damit komme ich beim Richter einfach nicht durch.«

»Können Sie nicht wenigstens einmal eine Ausnahme machen?« beschwor ihn Eischied. »Ich habe Sie bisher noch nie um etwas gebeten. Nun bitte ich Sie, mir diesen Gefallen zu tun.«

»Außerdem ist es höchstwahrscheinlich längst zu spät. Sollte tatsächlich jemand daran gedacht haben, bei der Mutter nach Leon Epps zu fragen, dann hat er das längst getan.«

»Vielleicht«, brummte Eischied.

»Und was den Mord von gestern nacht anbelangt, haben Sie nicht den geringsten Beweis in Händen, daß dieses scheußliche Verbrechen in irgendeinem Zusammenhang mit den Banküberfällen steht – oder mit diesem Toten in der Parkgarage.«

»Verstehen Sie denn nicht? Ich bitte Sie darum.«

»Es tut mir leid, Earl, das kann ich nicht machen. Ich müßte mit massiver Kritik rechnen; und wer kann sich das schon leisten?«

Eischied knallte den Hörer auf die Gabel.

Lieutenant Fitzgerald rief durch einen Spalt der Tür: »Der Chefredakteur der ›Daily News‹ ist am Telefon. Ich glaube, er hat wieder eine Nachricht bekommen.«

Eischied griff nach dem Hörer: »Chief Eischied.«

Die Nachricht war im Foyer des Verlagsgebäudes abgegeben worden. Der Portier hatte einem Touristen eine Auskunft gegeben und als er sich wieder umwandte, lag das Briefkuvert auf seinem Tisch. Der Chefredakteur hatte das Kuvert eben erst geöffnet.

»Ich möchte mit Ihnen ein Abkommen treffen, Chief«, erklärte der Chefredakteur. »Ich brauch 'ne Stunde, bis ich die Nachricht kopieren kann. Wir sind 'ne Morgenzeitung, und unser Fotolabor ist im Augenblick nicht besetzt. Auf jeden Fall möchte ich vermeiden, daß das hier bekannt wird, bevor die Nachmittagsausgabe der ›Post‹ draußen ist. Wenn Sie mir nach dem Mittagessen einen Ihrer Leute rüberschikken, kann er die Nachricht gleich mitnehmen.«

Eischied, der die ganze Nacht kein Auge zugemacht hatte, knurrte gefährlich leise: »Und wo ist die Nachricht jetzt?«

»Sie liegt direkt vor mir, auf meinem Schreibtisch.«

»Lesen Sie sie mir vor.«

Der Chefredakteur las die Nachricht. Eischied lauschte den üblichen rhethorischen Phrasen und der Ankündigung eskalierender Gewalttaten, die die bisherigen Aktionen der Herbstoffensive noch in den Schatten stellen würden.

»In zehn Minuten ist ein Detective bei Ihnen, der den Brief abholen wird«, sagte Eischied.

»Sie haben mich nicht verstanden, Chief. Ich habe Ihnen doch gerade erklärt, daß ich die Nachricht bis Mittag nicht aus den Händen geben kann.«

»Haben Sie schon mal was davon gehört, daß das Zurückhalten von Beweismitteln strafbar ist?«

Am anderen Ende der Leitung machte sich betroffenes Schweigen breit.

»Und achten Sie darauf, daß keiner den Brief anfaßt, bis mein Mann bei Ihnen ist!« schickte Eischied hinterher und legte auf.

Über die Sprechanlage schrie Eischied nach Lieutenant Fitzgerald.

Selbst Fitzgeralds sonst so sonnige Miene war düster an diesem Tag.

»Der Chefredakteur der ›Daily News‹ hat die neueste Botschaft dieser Hundesöhne erhalten«, erklärte ihm Eischied. »Fahren Sie hin und holen Sie sie. Und wenn Sie schon mal dort sind, jagen Sie diesem Schreiberling eine gehörige Angst in die Knochen. Nehmen Sie meinen Wagen.«

Eischied malte sich in Gedanken die Szene aus. Wie mit jedem Detective-Lieutenant der Stadt, war mit Red Fitzgerald nicht gut Kirschen essen – wenn man nicht gerade sein Vorgesetzter war. Es würde genügen, wenn Fitzgerald sein grimmiges Gesicht aufsetzte, und der Chefredakteur würde friedlich wie ein Lämmchen sein.

Eischied beauftragte Fitzgerald, die Nachricht direkt zu Captain Rolfe ins Labor der Polizeiakademie zu bringen und dort zu warten, bis Rolfe die Untersuchung des Kuverts und der Nachricht abgeschlossen hatte. Dann sollten beide mit dem Ergebnis in Eischieds Büro kommen.

»Sonst noch was, Chief?«

»Ja.«

Eischied zündete sich eine Zigarre an. Das Problem mit der Abhörgenehmigung brannte ihm noch immer auf den Nägeln. Ein Telefon anzuzapfen war keine große Kunst – ob legal oder illegal.

»Rufen Sie Detective McCluskey an. Sagen Sie ihm, er soll unverzüglich hier aufkreuzen.«

Im Augenblick konnte Eischied in dieser Sache nicht mehr tun. Er versuchte, das Bild des toten Officer Marty Delehanty aus seinem Kopf zu bannen und stürzte sich in den Routinepapierkram, der sich auf seinem Schreibtisch angesammelt hatte.

Nach etwa einer Stunde summte die Sprechanlage. »Detective McCluskey ist da, Chief.«

Eischied lehnte sich im Stuhl zurück und legte die Beine auf seinen Schreibtisch. Detective McCluskey ließ sich auf den angebotenen Stuhl sinken, während Eischied Rauchringe gegen die Decke blies und überlegte, wie er am geschicktesten vorgehen sollte.

McCluskey war ein großgewachsener und ziemlich schwergewichtiger Mann. Er hatte bereits graues Haar, und er erweckte stets den Eindruck, als habe er sich nicht rasiert. Seinen Regenmantel hatte er anbehalten – nicht einmal aufgeknöpft hatte er ihn. In den Händen hielt er einen schmalkrempigen Filzhut, der auf seinem massigen Schädel ziemlich lächerlich aussehen mußte.

»Wo verdienen Sie sich zur Zeit Ihre Sporen, Mac?« erkundigte sich Eischied jovial.

»Raubdezernat – im vierten, Chief.«

»Sie haben gute Arbeit geleistet in letzter Zeit, Mac«, sagte Eischied. »Sie sollten sich ruhig etwas erholen. Ich möchte, daß Sie sich die kommende Woche freinehmen.«

Er musterte McCluskey durch den Rauch seiner Zigarre.

»Danke, Chief«, erwiderte McCluskey, doch seine Miene verriet keinerlei Regung; nur seine Augen wurden um eine Nuance schmaler.

»Wie lange kennen wir uns jetzt eigentlich schon, Mac?« grinste Eischied verbindlich.

»Haben wir nicht damals zusammen am Wiley-Hoffa-Mord gearbeitet, Chief?«

»Nein. Mit dem Fall hatte ich nie etwas zu tun.«

»Aber in irgendeinem Fall haben wir zusammen gearbeitet, Chief. Ich erinnere mich ganz gut. Sie waren Lieutenant – damals.«

Eischied schwieg.

»Vielleicht war's auch der Anastasia-Fall? Erinnern Sie sich? Ihn hat's damals bei seinem Friseur erwischt.«

»Nein«, brummte Eischied. »Damit hatte ich ebenfalls nichts zu tun.«

Doch das Gespräch entwickelte sich nicht schlecht, fand Eischied. Einen besseren Ansatzpunkt würde er kaum finden. »Im Anastasia-Fall haben wir doch mindestens fünfzig Telefone angezapft – wenn ich mich recht erinnere. Damals gab's noch nicht diese Schwierigkeiten, eine Genehmigung zu kriegen.«

McCluskey richtete sich auf. Mißtrauisch lehnte er sich zurück.

»Und damals ging's nur um die Mafia und nicht etwa um den Mord an Kollegen.«

Eischied beschäftigte sich eingehend mit seiner Zigarre. »Heute morgen habe ich den Antrag auf eine Abhörgenehmigung gestellt; im Fall des erschossenen Kollegen Delehanty. Wir kriegen die Genehmigung ziemlich sicher – aber bis es so weit ist, könnte es schon zu spät sein, fürchte ich.«

McCluskey musterte Eischied stumm. Dann fragte er gelassen: »Und wo soll das Ganze stattfinden, Chief?«

Eischied schrieb Name, Adresse und Telefonnummer von Leon Epps' Mutter auf einen Zettel und schob ihn McCluskey über den Schreibtisch. Während sich McCluskey die Angaben auf dem Zettel einprägte, erklärte ihm Eischied, worum es ging.

McCluskey bedachte Eischied mit einem langen Blick. Dann sagte er: »So wie es aussieht, hat die Mutter mit dem Verbrechen direkt nichts zu tun. Sie ist auch kein Mitglied der Bande. Ich wäre an Ihrer Stelle nicht so sicher, daß Sie die Abhörgenehmigung kriegen, Chief.«

»Um ehrlich zu sein«, erwiderte Eischied, »ich bin mir da auch nicht so sicher. Aber ich sehe keine andere Möglichkeit, den Mördern der Kollegen auf die Spur zu kommen.«

McCluskey griff nach dem Zettel, doch Eischied war schneller. Die beiden Männer sahen sich an. Dann griff McCluskey in die Innentasche seines Mantels und holte seinen Notizblock hervor. Er schrieb etwas hinein. Als McCluskey den Block zuklappte, hielt Eischied den Zettel über seinen Aschenbecher und zündete ihn an. Schweigend sahen sie zu, wie das Papier verbrannte.

»Wie ich schon sagte«, grinste Eischied, »Sie haben in letzter Zeit zuviel um die Ohren gehabt, McCluskey. Nehmen Sie sich 'ne Woche frei und Sie werden sich besser fühlen. Wenn nicht, kann ich Ihnen auch noch 'ne zweite Woche draufgeben.«

»Danke, Chief«, erwiderte McCluskey, ohne eine Miene zu verziehen.

Eischied erhob sich und brachte McCluskey zur Tür. Die Hand bereits auf der Klinke, sagte er: »Wir müssen diese Burschen kriegen, verstehen Sie!« McCluskey nickte und ging.

Eischied hatte sich aus dem Archiv die Karte mit den Fingerabdrücken von Jonah Daniel Bell, alias Mark D. Bell, bringen lassen. Nun stand er vor seinem Safe und verglich jedes der zehn Felder auf der Karte mit dem Abdruck auf dem geschwärzten Zeitungsartikel. Er konnte keine Übereinstimmung feststellen – soweit er es beurteilen konnte. Eischied war zwar kein Experte für Prints, doch selbst er sah, daß eine Identität der Abdrücke so gut wie auszuschließen war. Er ließ den schwarzen Karton wieder über das Bweisstück fallen und verschloß den Safe. Dann begann er, ruhelos in seinem Büro auf und ab zu marschieren.

Eigentlich hatte er gar nicht erwartet, daß die Prints übereinstimmen würden. Mark D. war etwas über zwanzig und – nach seinem Vorstrafenregister und dem Foto zu urteilen – ein gewöhnlicher, doch leider nicht seltener Großstadtganove. Der Verfasser der Bekennerbriefe hatte mehr im Kopf als Raub. Der Print konnte nicht von Mark D. stammen. Vielleicht war Mark D. der Typ mit der Maschinenpistole?

Am Telefon des Wäschereibesitzers war auch ein anderer Name gefallen: Big Man. Eischied war überzeugt, daß dies der Mann war, von dem der Print in seinem Safe stammte. Dieser Big Man war der Kopf von FEAR; darauf hätte Eischied schwören können. Aber wer war dieser Big Man?

Eischied setzte sich an den Schreibtisch und begann damit, auf ein Blatt Papier sämtliche Namen zu schreiben, die ihm im Zusammenhang mit terroristischen Gruppen einfielen, die während des Vietnamkrieges in New York aktiv waren. Dann blätterte er in dem Dossier über terroristische Vereinigungen, das in der Schublade seines Schreibtischs lag, und schrieb noch einige Namen auf das Papier. Er erinnerte sich, vor einigen Monaten in irgendeiner Zeitung eine Story über Everett Walker gelesen zu haben. Die Araber hatten ihn entweder eingesperrt oder rausgeworfen. Angenommen, sie hatten ihn irgendwie nach Amerika zurückverfrachtet, und er war das Gehirn von FEAR? So unmöglich war das gar nicht! Er schrieb Walkers Namen zu den anderen. Inzwischen standen mehr als fünfzig Namen auf dem Blatt.

Er legte die Beine auf den Tisch, zündete sich eine Zigarre an und versuchte, sich zu konzentrieren. Was wußte er bisher? Er wußte die Namen von vier Bandenmitgliedern: Leon Epps und Floyd Fields, die beide nicht mehr am Leben waren, Albert Hoyt, dem Wäschereibesitzer vom Broadway und Mark D., der eigentlich Jonah Daniel Bell hieß. Er wußte, daß die Gang ihren Unterschlupf in der südlichen Bronx haben mußte, aber er wußte nicht, in welcher Straße. Er hatte Detectives mit Fotos von Epps in diese Gegend geschickt, aber bisher hatte noch niemand den Jungen erkannt. Und dann hatte er noch McCluskey, der das Telefon von Leon Epps Mutter anzapfte...

Für das Telefon des Wäschereibesitzers war die Abhörgenehmigung zwar verlängert worden, doch dort hatte seit Tagen niemand mehr angerufen. Außerdem ließ er Hoyt rund um die Uhr überwachen. Hoyt war der einzige der Gang, der nicht im Untergrund lebte. Offenbar hatte er einen anderen Status als die übrigen Bandenmitglieder. Ihn aus den Augen zu verlieren, konnte sich Eischied nicht erlauben; andererseits durfte er ihm aber auch nicht zu nahe auf den Pelz rücken. Hoyt brauchte Bewegungsfreiheit – genügend Bewegungsfreiheit, Eischieds Leute in die Südbronx zu führen.

Was hatte er noch in der Hand?

Er wußte, daß zwischen FEAR und den Morden an den beiden Streifenbeamten im Sommer eine Verbindung bestand; das hatten die ballistischen Untersuchungen bewiesen. Doch war dies gar nicht so wichtig, denn wenn es ihm gelang, FEAR zu zerschlagen, hatte er automatisch die Mörder vom letzten Sommer.

Ihm fielen vor Müdigkeit die Augen zu, und er rieb sie vorsichtig. Sechs Gäste und zwei der Angestellten waren Zeugen des Mordes an Officer Delehanty gewesen. Eischied hatte sie selbst die ganze Nacht über vernommen. Es war bereits vier Uhr gewesen, als er endlich aus dem Restaurant kam, und Marty lag längst auf einer Metallbahre im Leichenschauhaus.

Mit Gewalt zwang sich Eischied, die Augen zu öffnen. Er konzentrierte sich auf den Stapel Fahnungsfotos von Mark D., der auf seinem Schreibtisch lag. Fotos, die seine Leute in der Bronx herumzeigen würden. Dies mußte sein, obwohl Eischied Bedenken hatte: zu viele Detecitves würden damit zu tun haben, zu viele Fotos in der Gegend rumfliegen. Früher oder später würde die Presse davon Wind bekommen, und sobald Mark D. sein Gesicht in der Zeitung sah, war er über alle Berge – und die anderen wahrscheinlich ebenfalls. ›Wenn das passiert, können wir einpacken‹, dachte Eischied düster.

Seine Position war ohnehin durch die Ereignisse der letzten Nacht ziemlich erschüttert. Vor dem 48. Revier drängte sich die Presse. Sie würden ihm den ganzen Tag keine Ruhe lassen. Hinzu kam noch der Druck von Seiten des Bürgermeisters und des PC. Er würde sich eine Strategie zurechtlegen müssen, wie er diesen Herausforderungen am besten begegnete, doch im Augenblick war er dafür zu müde und zu deprimiert. Eines war klar: das Gefühl der Sicherheit und die Ruhe, die er für ein paar Tage der Stadt vermittelt hatte, war unwiederbringlich dahin. Er, Eischied, hatte groß und breit versprochen, der Schreckensherrschaft von FEAR ein Ende zu bereiten, doch er hatte versagt. Und damit war seine eigene Position in einem Maße erschüttert und unsicher, wie bisher noch nie. Würde er heute als Chief of Detectives abgesetzt, kein Aas würde für ihn auch nur einen Finger rühren.

Von den wenigen, noch verbliebenen Trümpfen abgesehen, hatte Eischied plötzlich gar kein so gutes Blatt mehr in der Hand. Die Schlagzeilen der Tageszeitungen waren für ihn eine einzige Katastrophe. Laut Presse war das Opfer kein gewöhnlicher Polizist gewesen, sondern der mutigste und beste Cop der ganzen Stadt. Die vergessenen Helden von gestern waren nie vergessen gewesen und würden es nie sein – noch so eine dieser Zeitungslügen. Es hätte nicht schlimmer kommen können für Eischied – außer, wenn Officer Cusack ebenfalls erschossen worden wäre. Dies war zweifellos beabsichtigt gewesen, doch sie hatte das zweite Mal innerhalb von Wochen den Kugelhagel aus der MP unverletzt überstanden. Die Ballistiker hatten in den parkenden Autos hinter ihr mehr als zwanzig Einschüsse gezählt. Diese Braut hatte einen Schutzengel, überlegte Eischied. Vielleicht war sie zur Polizei gegangen, um dies herauszufinden? Im Augenblick lag sie allerdings im Krankenhaus – vollgepumpt mit Beruhigungsmitteln. Es war unmöglich gewesen, aus ihr ein vernünftiges Wort herauszubekommen. Ihr psychischer Zustand war bedenklich, und die Ärzte befürchteten, daß sie sich unter Umständen nie mehr ganz erholen würde.

Hatte er etwas übersehen? fragte sich Eischied.

Vielleicht tauchte der Fluchtwagen auf – vorausgesetzt, er war durch die Einschüsse identifizierbar. Möglicherweise hatte Agnes Cusack, in der Verfassung, in der sie war, den Wagen überhaupt nicht getroffen. Die Aussagen der Augenzeugen waren nicht verwertbar: vermutlich ein dunkelgrüner LTD – vielleicht war er aber auch schwarz. Das Nummernschild hatte natürlich niemand erkannt.

Was noch?

Eischied überlegte, ob er später vor dem 48. Revier eine Pressekonferenz geben sollte, und wie er sich dabei am besten aus der Affäre zog.

In diesem Augenblick meldete Finnerty Captain Rolfe an, der in Begleitung von Lieutenant Fitzgerald eintrat. Den Bekennerbrief von FEAR hatte er in einer Klarsichthülle unterm Arm. Er warf sie auf Eischieds Schreibtisch. »Keine Prints. Nichts.«

Die Nachricht war in schwarzen Druckbuchstaben auf liniertem Papier geschrieben. »Scheiße!« brummte Eischied.

»Genau das hab ich auch gesagt, als ich es hörte, Chief«, erklärte Lieutenant Fitzgerald leutselig. »›Scheiße!‹ hab ich gesagt.«

Eischied unterdrückte ein Lächeln und bellte Fitzgerald an: »Wenn ich 'nen Komiker brauche, gehe ich ins Cabarett, verdammt.«

»Es gibt immer auch eine Sonnenseite, Chief. Ein kurzes und befreiendes Lachen hat noch keinem geschadet.«

Eischied bedachte Fitzgerald mit einem genervten Blick und wandte sich dann an Captain Rolfe. »Ich hab schon wieder einen Job für Sie, Captain. Streng vertraulich, wie bisher.« Er führte Rolfe zu seinem Safe und zeigte ihm den verfärbten Zeitungsartikel und den Teil des Fingerabdrucks. »Ich habe eine Liste von sogenannten politischen Aktivisten angefertigt, die in der überwiegenden Mehrzahl in den letzten Jahren von der Bildfläche verschwunden sind. Ich möchte, daß Sie ihre Prints mit diesem hier vergleichen.«

Er reichte Rolfe die Liste.

Rolfe zuckte zusammen. »Oh, verdammt. Das sind mindestens fünfzig Namen. Das heißt fünfhundert Finger. Dabei werde ich ja blind!«

»Fangen Sie an mit...« Eischied unterbrach sich, als er bemerkte, wie Fitzgerald interessiert den Hals reckte.

Ein Geheimnis, das ein Geheimnis bleiben soll, teilt man mit so wenigen Menschen wie möglich. Selbst Fitzgerald konnte man nicht völlig trauen.

»Das ist alles, Red.«

»Alles?« fragte Fitzgerald verständnislos. »O... ich verstehe.«

»Gratuliere!«

»Sie wollen, daß ich gehe. Das ist es doch, was Sie mir zu verstehen geben wollen, oder?«

»Ich möchte etwas mit Captain Rolfe besprechen, das nur ihn und mich etwas angeht.«

»Ich wollte so und so gerade gehen, Chief. Im Vertrauen: mich drückt schon die ganze Zeit etwas.«

Eischied mußte grinsen – ob er wollte oder nicht. Fitzgerald konnte zuweilen so richtig herzerfrischend sein.

Nachdem Fitzgerald die Tür hinter sich zugezogen hatte,

deutete Eischied auf einen Namen in der Liste: »Fangen Sie mit dem an. Everett Walker.«

Eine weitere Erklärung schenkte sich Eischied. Statt dessen sagte er: »Ich möchte, daß kein Mensch erfährt, was Sie tun und warum.« Doch dies einem Mann wie Rolfe zu sagen, war nicht nötig.

Noch immer niedergeschlagen, ließ sich Eischied zum 48. Revier fahren – dem Revier Officer Delehantys. Es war in einem heruntergekommenen, alten Kasten untergebracht und besaß noch eine dieser vorsintflutlichen Telefonzentralen. Umfangreiche Ermittlungen, wie bei diesem Fall nötig, von hier aus zu leiten, war fast nicht möglich. Andererseits trug die Anwesenheit von fünfzig geschäftig durcheinander eilender Detectives ganz wesentlich zur Stärkung der Moral der geschockten Streifenbeamten des Reviers bei. Und das war wichtig.

Ein kleiner Raum im ersten Stock, der vom Dienstraum abgetrennt war, diente als Kommandozentrale. Die Szenerie war Eischied nur zu bekannt: hohe Offiziere der Kriminalpolizei saßen in ihren Mänteln um einen Tisch und warteten; ein Detective in Hemdsärmeln saß unter einem Kopfhörer und nahm Hinweise aus der Bevölkerung entgegen. Ein Umschlag mit den Fotos aus dem Leichenschauhaus lag auf dem Tisch. Eischied nahm die Fotos heraus und breitete sie auf dem Tisch aus. Jemand hatte Delehantys Gesicht wieder einigermaßen in seine ursprüngliche Form gebracht. Er hatte gute Arbeit geleistet. Der Mund war geschlossen; nur die Oberlippe sah aus, als wäre sie aufgeplatzt – wie von einem Faustschlag zum Beispiel. Von dem zerschmetterten Kiefer und den fehlenden Zähnen war nichts mehr zu erkennen. Dies war der tödliche Schuß gewesen, und von den beiden Einschußlöchern in der rechten Schulter abgesehen war Delehantys Leiche unversehrt; zumindest war sie nicht von den scheußlichen Operationsnähten verunstaltet, die in der Regel auf solchen Fotos zu sehen waren. Delehanty war sofort tot gewesen.

Wortlos schob Eischied die Fotos wieder in den Umschlag. »Haben wir etwas, das uns weiterbringt?« fragte er.

»Kaum, Chief«, antwortete Deputy Inspector Cornfield, der Leiter des Sonderdezernats.

Eischied nickte, als hätte er nichts anderes erwartet. Einen Moment lang spielte er mit dem Gedanken, den Männnern alles zu erzählen, was er wußte; doch dieser Augenblick der Schwäche verging. Noch war es nicht an der Zeit, seine Trümpfe auszuspielen.

»Sind die Zeugen herbestellt worden?« fragte Eischied.

»Die Zeugen aus dem Restaurant warten bereits seit 'ner Stunde«, erwiderte der leitende Captain des Reviers.

»Schön«, brummte Eischied. »Fangen wir also an; vielleicht erkennt einer von ihnen den Täter auf einem der Fotos wieder.«

Wenn die positive Identifizierung eines Verbrechens mit Hilfe einer Fotografie vor Gericht Bestand haben sollte, mußte sie nach gewissen vorgeschriebenen Regeln ablaufen. Es genügte nicht, dem Zeugen einfach ein Foto unter die Nase zu halten. Aus der Innentasche seiner Jacke brachte Eischied ein kleines Fotoalbum mit Klarsichthüllen zum Vorschein. Es enthielt zwanzig Fotos – Format acht mal zehn – von Mark D. und von sämtlichen seiner früheren Zellengenossen.

»Der Mann, der ihm den Kaffee serviert hat, dürfte unser bester Zeuge sein«, sagte Eischied. »Bringen Sie ihn als ersten rein.«

Der Mann war etwa fünfzig. Ehe Eischied das Album aufschlug, versuchte er ihn in ein zwangloses Gespräch zu verwickeln, doch der Mann war starr vor Angst und brachte kein Wort über die Lippen.

Er erkannte keines der Gesichter.

»Sind Sie sicher? Wollen Sie sie sich noch einmal ansehen?«

»Ich glaube nicht.«

Trotzdem ließ Eischied mit dem Daumen ein zweitesmal die Klarsichthüllen mit den Fotos vor den Augen des verschreckten Zeugen vorbeiblättern. Der Mann sah kaum in das Album, sondern versuchte in Eischieds Gesicht zu erkennen, welches der Fotos der Chief of Detectives identifiziert haben wollte.

»Was ist mit dem hier?« fragte Eischied und stoppte bei Mark D.

»Möglich, daß er es ist. Ich bin mir nicht sicher. Kann ich jetzt heimgehen?«

Eischied klappte das Album zu. »Na schön. Sie können nach Hause gehen.« Er zog die Tür einen Spalt auf und rief: »Schicken Sie den Ober rein.«

Der Ober identifizierte zögernd, jedoch ohne sich festzulegen, Mark D. als den Schützen. Auch der nächste Zeuge, ein fünfundzwanzigjähriger Taxifahrer, glaubte Mark D. wiederzuerkennen.

»Er saß direkt neben mir. Das könnte er sein. Haben Sie vielleicht ein besseres Foto von ihm?«

Eischied zog aus seiner Brieftasche einige andere Aufnahmen von Mark D.

»Das ist er.«

»Sind Sie sicher?«

»Absolut sicher.«

Eischied wandte sich an Cornfield: »Insepector Cornfield, würden Sie mit diesem Gentleman rübergehen und ihn seine Aussage unterschreiben lassen? Sie können mir auch gleich den nächsten Zeugen reinschicken.«

Eischied grinste zufrieden. Die Gesichter der Kollegen hellten sich auf; und selbst die Tatsache, daß keiner der übrigen Augenzeugen eines der Gesichter auf den Photos erkannte, konnte daran nichts ändern.

Das Telefon schrillte. Captain Rolfe wollte den Chief of Detectives sprechen. Cornfield reichte Eischied den Hörer.

»Sind Sie auf 'ner sicheren Leitung, Chief?«

Eischied sah sich in dem engen Büro um. »Nein.«

»Dann rufen Sie mich besser zurück.«

Eischied ging in das Büro des leitenden Captains, schloß die Tür hinter sich und wählte Rolfes Nummer.

»Chief – es geht um den Gentleman, den Sie vorhin erwähnt haben. Der Abdruck könnte von ihm stammen.«

Eischied sog scharf die Luft ein. »Was heißt das, er könnte von ihm stammen?« knurrte Eischied. »Entweder er stammt von ihm, oder er stammt nicht von ihm.«

»Der Print, den Sie mir gegeben haben, ist leider nur teilweise verwendbar, wie Sie wissen. Beim Vergleich mit dem Abdruck des linken Daumens unseres Freundes stimmten drei Bifurkationen überein; keine einzige Linie, die nicht identisch ist...«

»Dann ist er es!«

»Aber vor Gericht reicht das nicht aus, Chief. Für eine Verurteilung braucht man acht identische Wirbel oder Bifurkationen.«

Eischied verstummte. Er war Kriminalbeamter und kein Anwalt. Für ihn waren drei identische Bifurkationen Beweis genug.

»Was nun, Chief?« fragte Rolfe.

»Wenn ich das wüßte«, erwiderte Eischied, »würde ich es Ihnen sagen. Ihnen zuallererst. Ich muß darüber nachdenken... Ich lasse wieder von mir hören.«

Wie stets, wenn er unter Druck stand, angelte Eischied nach einer Zigarre. Er ließ sich in den Stuhl des Captains fallen und legte die Füße auf dessen Schreibtisch. Zehn Minuten lang paffte er still vor sich hin. Mit einemmal schienen sich ihm eine ganze Anzahl von Möglichkeiten zu eröffnen. Der Attentäter von gestern nacht war einwandfrei identifiziert worden. Sollte er davon die Presse oder den PC in Kenntnis setzen? Oder war es besser, alles für sich zu behalten? Außerdem war er endlich dahintergekommen, wer der Kopf der Organisation war. Dieselben Fragen...

Eischied wog die Vor- und Nachteile der verschiedenen Möglichkeiten ab. Wie sollte er taktisch am geschicktesten vorgehen? Wenn er Mark D.'s Name und/oder Foto an die Presse gab, tauchte der Typ garantiert unter. Immerhin war das eine Möglichkeit, den Killer zu neutralisieren. Gut für die Stadt, aber schlecht für Eischied; denn eine Verhaftung war dann so gut wie unmöglich.

Trotzdem – Mark D. war im Vergleich mit Everett Walker das kleinere Problem.

Eischied griff nach dem Telefon und wählte die direkte Nummer des PC.

»Geben Sie mir den PC«, knurrte er, als Deputy Inspector Ryan abnahm. »Egal, wie beschäftigt er ist! Es ist dringend!«

Die Stimme des PC war kühl und distanziert, doch sie wurde um einige Nuancen freundlicher, als Eischied mit den Neuigkeiten herausrückte.

»Die Presse wartet draußen, Commissioner. Möglicherweise wissen die bereits, daß der Attentäter identifiziert ist. Ich schlage vor, wir bestätigen dies, behalten aber Name und Foto für uns. Vielleicht erreichen wir damit, daß der Attentäter annimmt, wir bluffen nur, und wir verhindern somit, daß er auf Nimmerwiedersehen verschwindet. Gleichzeitig beruhigen wir die Öffentlichkeit, und der Bürgermeister dürfte vorläufig auch zufrieden gestellt sein.«

Der PC sagte nichts; offenbar überlegte er angestrengt. Er würde natürlich umgehend den Bürgermeister verständigen – ›Gute Nachricht, Herr Bürgermeister!‹ – aber bei der Pressekonferenz würde Eischied punkten, nicht er. Und die morgigen Schlagzeilen würden Eischied gehören, nicht ihm. Das war unangenehm, doch nicht zu vermeiden. Aber der Fall war noch lange nicht gelöst, und möglicherweise – nein, ganz sicher – war es besser für sein Prestige, für seine Position als Police Commissioner, nicht zu eng mit diesem Fall in Verbindung gebracht zu werden.

»Okay, Earl«, sagte der PC, »machen Sie es, wie Sie es für richtig befinden. Halten Sie mich auf dem laufenden.«

Der PC legte auf.

Er hatte nicht eine einzige Frage gestellt; weder nach Mark D.'s Namen, noch nach den Hintergründen oder Zusammenhängen. Der PC war an dem Fall selbst, an der kriminalistischen Arbeit nicht die Bohne interessiert. Was ihn interessierte, war allein das Ergebnis...

Hätte Eischied Everett Walker erwähnt; wie hätte der PC dann reagiert? Wahrscheinlich wäre er damit direkt zum Bürgermeister gerannt. Einen kleinen Killer wie Mark D. überließ er großzügig dem Chief of Detectives, aber bei Walker lagen die Dinge anders. Walker war ein großer Fisch. Was mit Walker geschehen sollte, würden die Politiker entscheiden – dessen war sich Eischied sicher. Sie würden die Entscheidung an sich reißen und lang und breit die Konsequenzen diskutieren: die möglicherweise daraus resultierende Gefahr von Ghettounruhen, den Aufschrei des Protests von seiten sämtlicher Bürgerrechtsorganisationen, die Walker stets als Bürgerrechtskämpfer und nicht als Mörder betrachtet hatten, und für die nicht Walker, sondern die Polizei die repressive Gefahr Nummer Eins in der Gesellschaft darstellte. Drei übereinstimmende Bifurkationen waren schließlich noch lange kein ausreichendes Beweismaterial für eine Verurteilung.

Die Gedanken in Eischieds Kopf entglitten allmählich seiner Kontrolle. Es wollte ihm nicht gelingen, sie zu einem klaren Konzept zusammenzufassen. Das Problem war zu komplex. Es gab zu viele Möglichkeiten, und er hatte zu wenig Schlaf gehabt...

Eischied erhob sich und öffnete die Tür zum Bereitschaftsraum.

»Gestern nacht haben wir doch gesehen, daß es nicht möglich ist«, sagte gerade einer der Streifenbeamten zu einem Kollegen.

Sie sprachen über Officer Agnes Cusack, registrierte Eischied, ihre Kollegin, die noch immer im Krankenhaus lag. Soweit sich Eischied erinnern konnte, war es bisher noch nie vorgekommen, daß ein Cop wegen des Todes seines Partners einen Nervenzusammenbruch erlitten hatte und nur mit Tranquilizern vom völligen Kollaps bewahrt werden konnte. Eischied war klar, daß sich die meisten der männlichen Polizeibeamten der Stadt durch Agnes' Zusammenbruch in ihren Vorurteilen bestätigt sahen: Frauen waren für den Streifendienst nicht geeignet.

»Wenn man die Sache ungeschminkt betrachtet«, erwiderte der zweite Cop, »dann sind Frauen keine Männer. Sie haben keinen Mumm – im Endeffekt. Ich sag dir eins: mich kriegen die nicht mit 'ner Braut auf Streife! Eher geb ich meine Marke und die Kanone zurück.«

›Armes Mädchen‹ dachte Eischied. Diese Cusack hatte ihn beeindruckt und er wünschte, er könnte irgendwas für sie tun; im Augenblick jedoch war er ganz damit beschäftigt, nicht selbst unterzugehen.

Er würde vorläufig keinem ein Sterbenswörtchen von Walker erzählen, beschloß Eischied. Wer hinter FEAR stand, mußte fürs erste ein Geheimnis zwischen Rolfe und ihm bleiben. Beim augenblicklichen Stand der Dinge konnte er niemanden gebrauchen, der sich einmischte – schon gar nicht irgendwelche Politiker. Er allein wußte, nach wem er zu suchen hatte. Die Jagd konnte beginnen, und Eischieds größter Trumpf dabei war, daß das Opfer keine Ahnung hatte.

Er ging an den Schreibtisch des Captains zurück und rief Captain Rolfe an. »Ich möchte, daß Sie so viele Fotos wie möglich von diesem Typen auftreiben. Bringen Sie sie mir in etwa einer Stunde in mein Büro. Und bringen Sie gleich Ihren Zeichner mit.«

Eischied legte auf und überlegte, was für ihn hier, im 48. Revier, noch zu tun blieb.

Er übertrug Deputy Inspector Cornfield die vorläufige Leitung der Ermittlungen und schickte die übrigen Polizeioffiziere an ihren Schreibtisch zurück.

Er schärfte Cornfield ein, nichts zu unternehmen. Lediglich den eingehenden Hinweisen aus der Bevölkerung sollte wie üblich nachgegangen werden; für die Fahndung nach Mark D. sei morgen noch Zeit.

»Mark D. ist ohnehin nicht unser Problem. Unser Problem ist der Kopf, der dahinter steckt.«

»Genau, Chief.«

Auf der Treppe vor dem Revier stellte sich Eischied der Presse.

»Richtig. Wir haben den Täter einwandfrei identifiziert. Tut mir leid, den Namen kann ich Ihnen nicht geben. Oder möchten Sie, daß er sich der Verhaftung entzieht?«

Die Reporter glaubten ihm. Eine Presseerklärung war schließlich eine Presseerklärung; und ein Mann in Eischieds Position würde wohl kaum wagen, die Presse mit einer fadenscheinigen Lüge abzuspeisen.

Eischied hoffte inständig, Mark D., Everett Walker und dieser geheimnisvolle MP-Künstler würden annehmen, der Chief of Detectives versuche, mit einem Bluff Zeit zu gewinnen. Wenn sie allerdings nervös wurden und untertauchten, dann konnte Eischied den Fall vergessen – und seinen Job ebenfalls.

»Ich kann Ihnen nur versichern«, fuhr Eischied fort, »daß die Polizei die zahlreichen Hinweise aus der Bevölkerung ernst nimmt. Nein, meine Herren: was den Aufenthaltsort der Bande angeht, tappen wir leider noch im Dunkeln.«

Eischied bahnte sich seinen Weg durch die Menge und stieg in seinen Wagen.

Rolfe war es gelungen, fünf Fotos von Everett Walker aufzutreiben. Eischied breitete sie auf seinem Schreibtisch aus und studierte sie eingehend. Die einzige Aufnahme, auf der Walker keinen Bart hatte, zeigte ihn als fünfzehnjährigen Straftäter. Auf allen übrigen Fotos trug er bereits den dichten Bart, der zu seinem Markenzeichen geworden war. Eischied wandte sich an den Zeichner, den Rolfe aus der Forensischen Abteilung mitgebracht hatte: »Ich brauche ein Bild von diesem Mann, ohne den Bart. Berücksichtigen Sie, daß er sich inzwischen verändert hat. Er ist einsneunzig, mittlerweile etwa fünfunddreißig, und sicherlich bringt er mehr als zweihundert Pfund auf die Waage. Fangen Sie an.«

»Hier, Chief?«

»Hier – ja.«

Der Zeichner machte sich an die Arbeit. Rolfe und Eischied beobachteten über seine Schulter, wie das Phantombild allmählich Gestalt annahm.

Das zweite Portrait war gar nicht schlecht, fand Eischied,

doch er ließ den Zeichner noch drei weitere Versuche machen.

»Ich würde sagen: das zweite«, schlug Rolfe vor.

»Ganz meiner Meinung«, bestätigte Eischied und zu dem Zeichner gewandt, fragte er: »Sie sind doch Zivilbeamter, nicht wahr? Mögen Sie Ihren Job?«

»Ja, Chief.«

»Sollte etwas von dem, was Sie hier heute nachmittag gemacht haben, bekannt werden, dann befinden Sie sich so blitzschnell wieder auf Streife, daß Sie vorher nicht mal Zeit zum Pinkeln haben!«

Als der Zeichner draußen war, zerriß Eischied die übrigen vier Phantombilder und warf die Papierfetzen in seine Toilette. Er spülte, bis sie verschwunden waren.

Dann schickte er Rolfe mit der Zeichnung ins Fotolabor. Er sollte davon ein Foto machen lassen und davon dann zweihundert Abzüge, die Eischied umgehend auf seinem Schreibtisch haben wollte.

Es war noch keine Stunde vergangen, als Captain Finnerty mit dem Stoß Fotos in Eischieds Büro trat. Sorgfältig plazierte er den Stapel auf Eischieds Schreibtisch. Eischied war zu müde, um sich über Finnertys Akribie zu mokieren.

»Ist das alles, Chief?«

»Das ist alles, ja. Sie können nach Hause gehen, Finnerty.«

»Schön... Also dann gute Nacht, Chief.«

Eischied spielte mit dem Gedanken, Everett Walkers Phantombild und eine allgemeine Personenbeschreibung an die Presse zu geben; den Namen allerdings würde er verschweigen. Vielleicht würde dies Walker in Panik versetzen, ohne ihn gleich zur wilden Flucht zu zwingen. Vielleicht würde Walker einen Fehler begehen und sich – im Bestreben, seine Terrororganisation zusammenzuhalten – zu einem unüberlegten Schritt hinreißen lassen. Eine andere Möglichkeit, Walker zu provozieren war, mit dem Phantombild auch seinen Namen bekanntzugeben, und dann auf die Schlagzeilen von morgen zu warten. Es würden fette

Schlagzeilen sein. Unter Umständen könnte das dazu führen, daß sich nicht nur die gesamte Polizei von New York, sondern acht Millionen Bürger an der Jagd nach Everett Walker beteiligten.

Doch war dies überhaupt wünschenswert oder erfolgversprechend? Wurde Walker dadurch nicht zur Flucht gezwungen, oder bestenfalls zu noch größerer Vorsicht? Oder er verlegte, sozusagen als Antwort auf diese Herausforderung, seinen nächsten geplanten Terroranschlag einfach vor? Eischied würde wertvolle Zeit verlieren, und die Bekanntgabe von Walkers Identität würde ein Blutbad provozieren, anstatt es zu verhindern.

Außerdem hatte Walker ganz bestimmt sein Aussehen verändert. Vielleicht hatte er sein Haar wachsen lassen und sah aus wie ein Rastafari, oder er hatte sich kahlrasiert? Den Bart trug er sicher nicht mehr, und die fünf Jahre, die er von der Bildfläche verschwunden war, waren bestimmt nicht spurlos an ihm vorübergegangen.

Eischied wußte nicht, was er tun sollte, und die Versuchung, den PC zu informieren und die Entscheidung ihm und dem Bürgermeister zu überlassen, war groß. Doch wenn er nicht wußte, was zu tun war, wie sollten es dann diese beiden wissen, die nach Eischieds Überzeugung einen Fingerabdruck nicht vom New Yorker Stadtplan unterscheiden konnten?

Was sollte er tun?

Das Phantomfoto ohne den Namen an die Presse geben?...

Oder das Foto plus den vollen Namen?...

Oder die Entscheidung dem PC und dem Bürgermeister überlassen?...

Oder sollte er einfach abwarten, bis er eventuell weitere Informationen in den Händen hatte?

Dies waren die Alternativen, die Eischied in den Sinn kamen. Vielleicht sah er morgen klarer? Im Augenblick war er einfach zu verwirrt, zu unschlüssig und viel, viel zu müde, um die richtige Entscheidung zu treffen. Ein anderer Gedanke des Zweifels nagte an ihm: war es ein Fehler gewesen, den Fingerabdruck nicht umgehend ins Archiv zu schicken? Allerdings war Eischied überzeugt, daß dort niemand auf die Idee gekommen wäre, ihn ausgerechnet mit Walkers Fingerabdrücken zu vergleichen. Doch völlig ausschließen konnte er diese Möglichkeit nicht. Auch ein blindes Huhn findet ab und zu ein Korn...

Hatte er möglicherweise bereits ganz zu Beginn der Untersuchungen einen gravierenden und unverzeihlichen Fehler begangen; einen Fehler, der ihm den Kopf kosten würde, wenn die Presse oder der PC Wind davon bekamen?

Als Eischied ging, waren sein Vorzimmer und die Diensträume bereits leer; nur der Sergeant von der Nachtschicht und der geduldige Louie waren da. Eischied stieg in den Wagen, und Louie fuhr ihn durch die leeren Straßen der Stadt nach Hause. Er hatte einen weiteren Tag als Chief of Detectives überlebt.

32

Der folgende Tag sollte sich für Eischied als einer der bisher schlimmsten erweisen, obwohl er eigentlich recht vielversprechend begann.

Als er sein Büro betrat, wartete im Vorzimmer Lieutenant Maher bereits auf ihn. Der Mann war völlig aus dem Häuschen. »Wir haben sie in den frühen Morgenstunden alle, ohne Ausnahme, hinter Schloß und Riegel gebracht, Chief!« berichtete Maher begeistert.

Eischied hatte völlig vergessen, daß er Maher vor zwei Tagen grünes Licht für die Verhaftung der Hotel-Bande gegeben hatte.

Er hoffte, an dieser guten Neuigkeit würde auch der PC Gefallen finden, und er bat den Lieutenant in sein Büro und schickte nach Kaffee und etwas Gebäck. Er erkundigte sich nach Einzelheiten des Falls, die er dem PC für dessen Pressekonferenz in den Schoß legen konnte.

Der Lieutenant ließ seinen Aktenkoffer aufschnappen und legte mehrere Fotografien von äußerst erlesenem Schmuck auf Eischieds Schreibtisch. Eischied betrachtete interessiert einen Ring, in den ein Diamant von der Größe seines Daumennagels gefaßt war; Perlenkolliers und Goldketten, dicker als ein Abschleppseil; Smaragde, so groß wie Pflaumenkerne. Dies alles hatte lediglich einem der Opfer der Hotel-Bande gehört.

»Sie sollten diese Braut mal sehen, Chief!« schwärmte Maher. »Man nennt sie ›Die Herzogin‹. Sie bewohnt ein fantastisches Penthouse auf dem Dach des Hotels, und in manchen Kreisen ist es ein offenes Geheimnis, daß sämtliche ihrer verflossenen ›ständigen Begleiter‹ äußerst vermögend und äußerst einflußreiche Männer waren; nebenbei bemerkt, Männer, die samt und sonders steinalt und ziemlich gebrechlich sind.«

»Erzählen Sie mehr davon«, sagte Eischied amüsiert.

»Einige der edlen Spender dieser Preziosen hier sind bereits so betagt, daß ich einfach nicht glauben wollte, daß bei denen überhaupt noch was läuft. Aber dann hab ich die Braut mit eigenen Augen gesehen. Ein Klasseweib, Chief!«

Der Lieutenant zügelte seine Begeisterung. »Genau besehen, ist sie die teuerste Edelnutte von ganz New York«, erklärte er. »Und sie schart diese alten Knacker, die sie mit Schmuck überhäufen, um sich – manchmal mehrere zur gleichen Zeit. Sie ist das, was manche Leute als Süßholzrasplerin bezeichnen: angeblich besitzt sie die Begabung, mit ihren Vaginalmuskeln gewisse Techniken und Finessen auszuführen, die selbst diesen alten Knackern so lange 'ne Erektion bescheren, bis ihnen einer abgeht.«

»Ich bezweifle fast, daß der PC in seiner Presseerklärung so weit ins Detail gehen wird«, grinste Eischied anzüglich.

»Wir haben das aus verschiedenen Quellen, Chief. Die, die es wissen müssen, behaupten, es sei phänomenal und frappant, was sie mit ihren Vaginalmuskeln alles zustande bringt.« Lieutenant Maher erging sich in detaillierten Beschreibungen, die Eischied weniger auf seine Lüsternheit als auf seinen berufsbedingten Hang zum Detail zurückführte.

Trotzdem war Eischied neugierig geworden. »Haben Sie 'n Foto von dieser Braut dabei?«

Maher hatte. Sie trug ein langes Abendkleid und dazu ein Diadem. An Hals und Armen hing noch 'ne Menge mehr Schmuck. Sie war gebaut wie eine Statue; ihr Gesicht war außergewöhnlich schön und auffallend kalt.

»Wie haben Sie sie genannt?« grinste Eischied und sah auf. »Eine Süßholzrasplerin?«

»Genau, Chief. Und zwar wegen ihrer außergewöhnlichen Begabung...«

Doch Eischieds Gedanken waren bereits wieder woanders. Er war im Augenblick nicht an Hoteldieben und Edelnutten interessiert – obwohl er hoffte, der PC würde es sein.

Doch es sollte sich herausstellen, daß auch der PC nicht interessiert war: »Politisches Fingerspitzengefühl ist nicht gerade Ihre starke Seite, Earl – oder?«

Eischied stand vor dem mächtigen Schreibtisch des PC.

»Wie würde das wohl in den Augen unserer Männer aussehen, frage ich Sie: Ich stelle mich da oben hin und prahle damit, daß wir irgend so 'ner reichen Schachtel ihre Juwelen zurückgegeben haben, während der Kollege noch nicht einmal begraben ist?!«

»Wahrscheinlich haben Sie recht, Commissioner«, lenkte Eischied hastig ein.

»Und was würde der Mann von der Straße dazu sagen? Heute ist kein Mensch an Hoteldieben interessiert. Sie wollen nur eines wissen: was wir unternehmen, diese FEAR-Bande zur Strecke zu bringen.« Er fixierte Eischied kalt. »Das ist übrigens genau das, was auch ich wissen möchte.«

»In ein paar Stunden kann ich Ihnen darüber Genaueres berichten, Commissioner«, versprach Eischied und zog sich in Richtung der Tür zurück.

»Und was diese Hotel-Bande betrifft, veranlassen Sie die Presseabteilung, die Medien zu informieren«, rief der PC hinter ihm her, ehe Eischied die Tür hinter sich zuziehen konnte.

Niederlage Nummer Eins an diesem Tag.

Niederlage Nummer Zwei ließ nicht lange auf sich warten. Cornfield rief an. »Unsere Leute haben den Wäschereibesitzer verloren, Chief«, berichtete er. »Er hat sie abgeschüttelt!«

»O nein – verdammt nochmal!«

»Doch, Chief – leider. Wie sich herausstellte, hat er einen Wagen, auf den die Beschreibung des Fluchtwagens paßt.«

Dies bedeutete nichts anderes, als daß Eischied die Telefonüberwachung vergessen konnte, denn dieser Hoyt würde garantiert nicht so schnell wieder zu Hause auftauchen. Woher sollte er nun neue Informationen erhalten? Von Detektive McCluskey, der in einem Heizungskeller hockte und vor sich hin schwitzte? Eischied bezweifelte dies.

Er vergrub sein Gesicht in den Händen und massierte vorsichtig seine Augenhöhlen.

Eine Stunde später war er unterwegs zur Polizeiakademie, um an einer Beförderungsfeier teilzunehmen, die zur Niederlage Nummer Drei geraten würde.

Alles, was bei der New Yorker Polizei Rang und Namen hatte, war vom PC herzitiert worden, und Eischied blieb nichts anderes übrig, als die Verteidigung von siebenundsechzig frischgebackenen Sergeants über sich ergehen zu lassen – und die Ernennung von fünf neuen Deputy Inspectors, die der PC persönlich protegiert und bestimmt hatte. Kein einziger von ihnen war Kriminalbeamter – nicht einer! Eine derart unverblümte öffentliche Geringschätzung der Kriminalpolizei war bisher noch nie vorgekommen. Eischied hatte davon erst kurz vor Beginn des Festakts erfahren und stand noch immer unter der Wirkung dieses Schocks, als die fünf ehemaligen Captains aufgerufen wurden und vortraten. Es gab nur eine Möglichkeit der Interpretation: der PC hatte beschlossen, seinen Chief of Detectives öffentlich und für jedermann erkennbar zu demütigen.

In seiner Rede verkündete der PC, daß die Mörder der

Kollegen ohne Pardon zur Strecke gebracht würden, und daß das Präsidium dafür alle zur Verfügung stehenden Mittel einsetzen würde. Mit keinem Wort erwähnte er Eischied oder die Kriminalpolizei. Der PC erntete eine Menge Applaus und verschwand, um mit dem Bürgermeister zu parlieren – oder was er sonst vorhaben mochte.

Eischied saß an seinem Schreibtisch und brütete düster vor sich hin. Unentschlossen betrachtete er die Zigarre in seinen Händen, doch er war einfach zu deprimiert, sie zwischen die Lippen zu stecken und anzuzünden. Sein Blick fiel auf das Foto der Süßholzrasplerin. Es lag halb unter irgendwelchen Papieren versteckt. Er zog es hervor. So also sah eine Vaginalartistin aus...

Nach einer Weile griff Eischied nach seinem Privattelefon und wählte die Nummer des Hotels, in dem sie wohnte. Als er sie am Apparat hatte, stellte er sich vor und erklärte ihr, weshalb er anrief. Sie hatte eine angenehm tiefklingende Stimme. Er verkündete ihr die gute Nachricht – ihren Schmuck betreffend – und lauschte dann ihren mädchenhaften Entzückungsschreien. Sie mußte an die Vierzig sein, schätzte Eischied. Er erklärte ihr, daß ihr Schmuck zwar vollzählig sichergestellt sei, ihr allerdings erst nach der Verhandlung ausgehändigt werden könne. Er schlug ihr vor, sich später am Abend zu treffen, dann würde er in der Lage sein, ihr weitere Einzelheiten zu schildern. Sie schien entzückt, und Eischied beendete das Gespräch. Er fühlte sich gleich weniger verzagt und mutlos als zuvor; sogar Neugier, was der Tag wohl noch bringen würde, regte sich in ihm. Vielleicht würde er versuchen, hinter das Geheimnis dieser Süßholzrasplerin zu kommen, überlegte er, ohne wirklich ernsthaft daran zu glauben.

Zumindest würde er den Abend nicht alleine überstehen müssen.

Sein Glück schien sich beinahe umgehend zu wenden. Der nächste Anruf kam von Detective McCluskey. »Ist Ihnen die Koch Street ein Begriff, Chief?« erkundigte sich McCluskey.

»Koch Street? Ja..., in der Südbronx drüben. Weshalb?« Doch Eischied wußte weshalb, und sein Herz machte ein paar unkontrollierte Sprünge.

»Irgend so 'n Mädchen hat angerufen. Sagte, ihr Name sei Cookie. Sagte, Leon Epps sei ziemlich oft bei ihr drüben in der Koch Street gewesen und seit Tagen nicht mehr aufgetaucht.«

McCluskey legte eine dramaturgische Pause ein und ohne Zweifel genoß er seinen Triumph, während er gelassen wartete, daß Eischied ihn um weitere Einzelheiten bat.

Menschen benutzen das Wissen, das sie den anderen voraus haben, wie Schlagstöcke; Eischied mehr als jeder andere, dessen war er sich durchaus bewußt. Er hatte kein Recht, deshalb auf McCluskey sauer zu sein. Er registrierte es nur und versuchte, gegen diese tiefe und endlose Müdigkeit in sich anzukämpfen.

»Rücken Sie schon raus mit der Sprache, McCluskey«, sagte er.

»Das war alles, Chief.«

»Keine Hausnummer?«

»Nein, Chief. Die Mutter sagte, sie hätte von ihrem Sohn seit Monaten nichts gehört oder gesehen, und daß er nichts tauge. Ihr sei es inzwischen egal, wo der Junge sich rumtreibe. Das Mädchen schien irgendwie verwirrt und legte auf.«

»Das ist der Anruf, auf den ich gewartet habe. Sie haben Ihre Sache gut gemacht, Mac. Warum gehen Sie nicht nach Hause, ehe Sie jemand da unten aufstöbert.«

»Ich bleibe gern, wenn Sie glauben, daß es uns was bringt, Chief.«

»Nein. Packen Sie Ihre Sachen zusammen und machen Sie die Fliege. Nehmen Sie sich 'ne Woche frei und danach lassen Sie sich wieder mal bei mir sehen. Und Mac...«

»Ja, Chief?«

»Sie haben gute Arbeit geleistet, Mac.«

Eischied eilte zum Fahrstuhl und fuhr in die Parkgarage des Präsidiums hinab.

»48. Revier«, befahl er seinem Fahrer und schlug die Wagentür zu.

Paula arbeitete als Telefonistin in der Aufnahme einer Arztpraxis. Sie hatte ihrem Chef gesagt, sie fühle sich krank und war heute früher nach Hause gegangen. Nun stand sie in ihrem Wohnzimmer, starrte das Telefon an, das zu ihren Füßen stand, und versuchte den Mut aufzubringen, die Polizei anzurufen.

Sie fühlte sich tatsächlich krank: Seit Tagen kämpfte sie mit dem Gefühl der Übelkeit in ihrem Magen und der Beklommenheit in ihrem Herzen. Nach dem Attentat auf diesen Delehanty hatten sie sich alle gemeinsam die Nachrichten angesehen; die Männer hatten dabei großkotzige Sprüche geklopft, doch die Frauen waren konsterniert und befangen dabeigesessen. In der Sendung brachten sie ein Interview mit Delehantys schluchzender Witwe und dem ältesten seiner Kinder; der Junge war gerade erst sieben. Diese Bilder rührten Paula zu Tränen, und Butch stieß Charles in die Seite und fragte boshaft: »Mein Gott, Paula! Ist dir 'ne Fliege ins Auge gekommen?« Daraufhin hatte sie der Big Man aus dem Zimmer geschickt.

In dieser Nacht vergrub Paula ihr Gesicht in den Kissen und weinte leise vor sich hin; aus Mitleid mit diesen armen Kindern und aus Mitleid mit sich selbst. Sie fühlte sich alleine und verlassen, unter all diesen Leuten, die sich in ihrer Wohnung breitgemacht hatten.

Am Tag darauf sendeten sie Interviews mit Chief of Detectives Eischied und anderen Polizeioffizieren, und alle sprachen sie davon, daß die Täter nicht entkommen würden. Dies hatte Paula Angst eingejagt und in ihrer Vorstellung sah sie bereits, wie die Polizei in ihre Wohnung eindrang und alles niederbrannte.

Früher war Paula auf den Strich gegangen. Obwohl sie erst vierundzwanzig war, hatte sie bereits drei kleine Kinder – jedes von einem anderen Mann. Die Kinder lebten bei ihrer Großmutter in South Carolina, und Paula fuhr sie besuchen, so oft es ihr möglich war und brachte ihnen Geschenke mit. Eine Zeitlang war sie in psychiatrischer Behandlung gewesen und fast ein Jahr hatte sie dann einmal pro Woche die ambulante Sprechstunde einer Walk-in-Klinik besucht. Paula war ein zierliches, phlegmatisch wirkendes Mädchen, das nicht sehr viel und ziemlich langsam sprach. Laut ihres psychiatrischen Befunds lag ihr Intelligenzquotient deutlich unter dem Durchschnitt, doch dafür besaß sie einen ausgeprägten Gerechtigkeitssinn, den sie nur allzulange ignoriert hatte. Sie wollte, daß diese Typen aus ihrer Wohnung verschwanden, weil sie gemein waren, und weil sie in ihrem eigenen TV das anschauen wollte, was ihr gefiel. Sie wollte auch wieder in ihrem eigenen Bett schlafen und nicht in dem Schlafsaal oben mit all den anderen Frauen. Paula interessierte sich nicht für Revolutionen; sie interessierte sich für den neuen Verkäufer des Supermarkts, in dem sie ihre Einkäufe machte. Sie konnte ihn nicht mit nach Hause bringen, weil hier all diese Leute rumhingen.

Panik erfaßte sie, wenn sie nur daran dachte, was geschehen würde, wenn die Polizei hier auftauchte. Sie wußte, die Männer würden sich nicht kampflos ergeben – egal wie groß die Übermacht der Polizei sein würde.

Sie hatte keine Ahnung, was ihre Untermieter als nächstes vorhatten, denn die Frauen wurden nicht in die Pläne eingeweiht. Doch Paula war klar, daß es etwas Schreckliches sein mußte. Man brauchte sich nur die Waffen anzusehen. Es würde so schrecklich und furchtbar sein, daß die Männer sie vielleicht sogar umbrachten, damit sie nichts der Polizei verraten konnte.

In den Zeitungen stand eine Sondertelefonnummer. Paula hatte sämtliche Artikel gelesen, und alle gaben sie diese Nummer an. Wer etwas über den Mord an Officer Delehanty weiß, soll diese Nummer anrufen, schrieben die Zeitungen. Heute morgen, auf der Arbeit, war ihr immer wieder diese Nummer in den Sinn gekommen, und inzwischen konnte sie sie schon auswendig.

Sie bückte sich und griff nach dem Hörer, doch sie überlegte es sich anders und ließ ihn wieder fallen, als habe sie sich an ihm die Finger verbrannt.

Was, wenn Charles nach Hause kam, während sie gerade

die Polizei anrief?! Oder Big Man, oder Mark D., ihr früherer Lover, der schon seit einiger Zeit nichts mehr von ihr wissen wollte?

Paula brach in Tränen aus, weil sie fühlte, daß sie nicht den Mut aufbringen würde, anzurufen. Einer der Männer würde sie ganz bestimmt dabei ertappen!

Den ganzen Nachmittag über war sie alleine in der Wohnung gewesen. Wenn sie jetzt anrief, dauerte das höchstens eine Minute, und sie konnte noch immer auflegen, falls sie jemanden an der Wohnungstür hörte. Keiner würde auf die Idee kommen, daß sie bei der Polizei angerufen hatte.

Sie schniefte heftig und wischte sich mit dem Handrücken die Tränen vom Gesicht. Kurzentschlossen griff sie nach dem Hörer und wählte mechanisch die Nummer. Ihr war der Gedanke gekommen, daß sie ihre Adresse ja überhaupt nicht anzugeben brauchte. Sie würde einfach die Adresse der Praxis nennen, und dort konnte sie auch in Ruhe mit der Polizei reden. Vor allem würde sie auf diese Weise der Schießerei entgehen, wenn die Polizei in die Koch Street kam, um Charles und die anderen zu schnappen.

Am anderen Ende der Leitung meldete sich ein Detective Soundso. Paula schniefte verhalten, während sie die Adresse der Arztpraxis durchgab: »Wenn Sie wissen wollen, wer es getan hat, dann wenden Sie sich an diese Adresse. Fragen Sie nach Paula.«

Der Detective versuchte, sie am Telefon hinzuhalten, doch Paula hatte Angst, Charles könnte jeden Augenblick durch die Tür kommen.

Sie knallte den Hörer auf und rannte in panischer Angst aus der Wohnung. Auf der Straße stoppte sie ein Taxi und nannte die Straße, in der die Praxis lag. Sie würde dort warten. Sicherlich würde die Polizei sofort kommen, oder vielleicht sogar schon auf sie warten – davon war Paula überzeugt – denn schließlich konnte sie ihnen all das sagen, was sie wissen wollten.

Etwa zur gleichen Zeit spielte ein junger Mann, der als Frank bekannt war, auf einem Schulhof Basketball. Er spielte alleine gegen zwei Burschen, die ebenfalls so um die neunzehn oder zwanzig waren. Franks Gesicht und Arme glänzten vor Schweiß, und sein T-Shirt war klatschnaß. Er schlug sie, wie sie es brauchten. Sie hatten keine Chance gegen ihn. Heute ging alles rein, was Frank in Richtung des Korbs warf. Die beiden bedrängten ihn von links und rechts, doch mit ein paar kurzen Körpertäuschungen schüttelte er sie ab, spielte dem einen den Ball durch die Beine und versenkte ihn im Netz. Frank spielte mit einem permanenten Grinsen im Gesicht. Er war davon überzeugt, ein hervorragender Spieler zu sein. Hätte er die Chance gehabt, aufs College zu gehen, würden sich jetzt die Proficlubs um ihn reißen. Unglücklicherweise hatte er die meisten seiner wenigen Schuljahre in Erziehungsheimen verbracht, wohin sich die Talentsucher von Collegeclubs niemals verirrten. Seine Ausbildung hatte auf der Straße stattgefunden; zunächst als Handtaschendieb, wobei ihm seine Sprinterqualitäten zugute gekommen waren, und später dann bei Raubüberfällen in dunklen Gassen oder auf Drugstores. In Attica hatte er sich Charles angeschlossen. Charles war stets eine Autorität für ihn gewesen. Wo Charles hinging, da würde auch er hingehen. In der Zeit zwischen den Coups lungerte Frank auf Schulhöfen herum und suchte nach Jungs, die einen Basketball besaßen und bereit waren, gegen ihn zu spielen. Und manchmal, wenn Frank mit dem Ball an der Hand seine unwiderstehlichen Dribblings auf den Asphalt der Schulhöfe zauberte, dann versanken die grauen und trostlosen Silhouetten der New Yorker Slums um ihn herum, und er spielte im Madision Square Garden; sogar die begeisterten Anfeuerungsrufe der Menge klangen ihm im Ohr.

Er war in Bombenform heute. Wusch! Der Ball bewegte kaum das Netz, so präzise war der Wurf. Der Schweiß rann Frank in Strömen über das Gesicht. Er schien den Ball magisch anzuziehen. Er fühlte die feine Körnung des Leders in den Fingerspitzen, und es schien, als sei der Ball ein Teil seines Arms, über den er willkürlich verfügen konnte. Frank stieg unter dem Korb hoch – und wusch... Frank kicherte.

Er war glücklich. Später würde er dann nach Hause gehen zum Essen.

Mark D. rieb sorgfältig die Spitze seines Queues mit Kreide ein. Seit vier Stunden spielte er nun bereits in einem der Poolcenter an der Boston Road gegen einen nach dem anderen der Jungs, die hier rumhingen. Die meisten von ihnen kannte er seit seiner Kindheit und trotzdem war er stets vorsichtig darauf bedacht gewesen, nicht zu viel über seine Privatangelegenheiten auszuplaudern. Dies trug nur zu seinem Image bei und erhöhte sein Ansehen, das er in der Clique genoß. Geduldig warteten die Jungs, bis sie an der Reihe waren, mit Mark D. zu spielen, denn er bezahlte immer.

Mark D. hatte den Eindruck, als begegneten ihm die Typen in letzter Zeit mit neuem Respekt. Sein Selbstbewußtsein wuchs und gedieh, und er hatte sich angewöhnt, in der Öffentlichkeit mit einer gewissen lässigen Großspurigkeit aufzutreten.

Er lauschte dem Klicken der Kugeln, die sein Gegenspieler, eine nach der anderen, in den Löchern des Pooltisches verschwinden ließ. Leo Stewart, so hieß der Typ, war stolz auf seine Leistung: »Sechs in einer Serie! Nun komm schon, Mr. Mark D. Das mußt du erst mal schlagen.«

Mit der Spitze seines Queues streifte Steward sechs Holzperlen ans Ende des Drahts.

Mark D. beugte sich konzentriert über den Tisch und brachte hintereinander die restlichen neun Kugeln ins Loch.

Stewart wollte Revanche, aber Mark D. wehrte ab: »Ich muß los, Mann. Hab was Wichtiges zu erledigen.«

»Was hast du denn so Wichtiges zu erledigen, Mark D.?« fragte Stewart.

Mark D. konnte sich ein selbstgefälliges Grinsen nicht verkneifen, doch er gab Stewart keine Antwort. Er strich die Jacke seines hellgrünen Nadelstreifenanzugs glatt. Die neuen Wildlederschuhe paßten farblich einwandfrei zu seiner neuen Schale.

Stewart wußte natürlich, daß Mark D. im Gefängnis gewesen war. »Bist du wieder in deiner alten Branche?« fragte er.

»Das war mal«, entgegnete Mark D. »Man entwickelt sich schließlich, Mann.«

»Banken?« erkundigte sich Stewart.

»Banken hab ich doch längst hinter mir, Amigo«, prahlte Mark D.

»Ich kann mir nichts Heißeres vorstellen, als in 'ne Bank zu marschieren«, erwiderte Stewart. »Es sei denn...« – er stieß ein trockenes Lachen aus – »... es sei denn 'ne Bullenjagd.«

Mark D. grinste herablassend. »Ne Bullenjagd ist kein Kinderspiel, Mann«, grinste er gewichtig und hob lässig die Hand, ehe er ging.

Stewarts Blick folgte Mark D., der betont locker aus dem Poolcenter trat.

Stewart war pleite, und niemand kam in Sicht, der ihn eventuell zu einem Spiel einladen würde. Eine Stunde lang lungerte er bei den Tischen herum, beobachtete die Spiele, oder hing brütend seinen Gedanken nach. Stewart hatte eine Anklage wegen einer kleinen Menge Marihuana am Hals, und in der Tasche hatte er die Telefonnummer des Bullen, der ihn verhaftet hatte, und der ihn ständig bekniete, für ihn als Spitzel zu arbeiten. Stewart verließ unauffällig das Poolcenter und – nachdem er sich mehrmals vergewissert hatte, daß ihm keiner folgte – verschwand er im nächsten Drugstore, ließ einen Dime in den Schlitz fallen und wählte die Nummer des Bullen.

33

Everett Walker und Charles saßen in Hoyts Wagen, der vor der kleinen Kirche in Queens parkte, in der laut Zeitungsberichten am nächsten Morgen die Totenfeier für Officer Delehanty stattfinden würde.

Walker war begeistert. Anders als bei der Kirche in Staten Island, sah dieses Dach vielversprechend aus.

Seit dreißig Minuten hatte niemand mehr die Kirche betreten. Nichts deutete darauf hin, daß sich die Bullen für die Kirche interessierten.

»Okay«, sagte Walker. »Checken wir es aus.«

Als sie die Kirche betraten, empfing sie ein dämmriges Halbdunkel, das nur von Kerzen, die vor dem Altar brannten, erhellt wurde.

Sie gingen durch den Mittelgang langsam nach vorne. Charles hochhackige Plateaustiefel knallten laut über den Steinfußboden. »Kannst du nicht 'n bißchen leiser auftreten, Mann?« zischte Walker nervös.

An der Holzbalustrade vor dem Altar knieten sie nieder.

Unterhalb der Kanzel stand eine Tür offen, die wahrscheinlich in die Sakristei führte. So weit er konnte, beugte sich Walker über die Balustrade, um einen Blick durch die Tür zu werfen. Niemand. Kein Laut war zu hören. Anscheinend war kein Mensch in der Kirche.

Sie gingen den Gang wieder zurück und stiegen, so leise sie konnten, die Treppe zur Empore der Kirche hinauf. Walker war darauf vorbereitet, sich als Beamter der Kriminalpolizei auszugeben, sollte ihnen ein Priester begegnen. Aber was würde passieren, wenn sie jemandem von der Kripo in die Arme liefen?

Doch die Empore war ebenso leer wie das Kirchenschiff. In einem kleinen Nebenraum entdeckten er und Charles eine Eisenleiter, die zu einer Falltür in der Decke führte. Die Falltür war mit einem Vorhängeschloß verriegelt. Charles kramte in seiner Aktentasche und brachte einen handlichen Seitenschneider zum Vorschein. Ohne Schwierigkeiten durchschnitt er damit den Metallbügel. Das Schloß fiel polternd zu Boden.

Sie lauschten bewegungslos, doch nichts war zu hören. Schließlich stiegen sie durch das Loch nach oben und standen im Innern des Kirchturms. Durch eine niedrige Eisentür traten sie auf das Dach der Kirche hinaus. Es war nicht viel größer als ein Tennisplatz und hatte gerade genug Gefälle, das Regenwasser abfließen zu lassen. Rund herum verlief eine Steinmauer. Sie war nicht hoch, doch hoch genug: Ein Mann in gebückter Haltung war von der Straße aus nicht zu sehen. Und von den gegenüberliegenden Hausdächern drohte ebenfalls keine Gefahr, denn in einer Straße wie dieser, mit Ein- oder Zweifamilienhäusern, gab es keine Hausdächer, von denen aus man sie hätte beobachten können.

›Perfekt, einfach perfekt‹, dachte Walker. Es war genauso, wie er es sich immer erträumt hatte. Selbst sein Zorn auf Mark D. verflog, der die angekündigte Doppelexekution verbockt hatte. Das hier war wesentlich besser als Staten Island.

In der Mitte des rechteckigen Dachs erhob sich eine riesige, runde Glaskuppel, die Walker an die pralle Brust einer Frau erinnerte; sogar die Brustwarze war vorhanden, wenn sie auch die Form eines abweisenden, modernistischen Kreuzes hatte.

Walker ging vorsichtig um die Glaskuppel herum, wobei er achtgab, nicht zu nahe an die Steinmauer zu treten. Von der anderen Seite des Daches konnte er das Shea-Stadion sehen, das sich hoch über das karge Ödland der Parkplätze ringsum erhob. Ganz drüben im Nordosten und kaum mehr zu erkennen im Smog, der über der Stadt hing, schimmerten die Pfeiler der Whitestone Bridge.

»Sieh dir das mal an«, rief Walker leise.

Er hatte einen Blick auf die Straße hinter der Kirche riskiert. »Siehst du, was ich sehe?«

Charles spähte ebenfalls hinab. Die gegenüberliegende Seite der Straße hinter der Kirche war über einige hundert Meter hinweg nicht bebaut und mit einem Maschendrahtzaun abgesperrt. Der Zaun trennte die Straße von dem nach Osten rollenden Verkehr auf dem Grand Central Parkway.

Charles deutete mit der Hand in Richtung der Stadtautobahn.

»Und das ist unser Fluchtweg, wenn alles vorbei ist.«

»Würde es dir vielleicht was ausmachen, etwas von der Mauer wegzugehen?«

»Wir werfen ein Seil über die Mauer und lassen uns daran hinab«, überlegte Charles.

»Dann schlüpfen wir durch ein Loch im Drahtzaun und steigen gemütlich in ein Auto, das auf dem Parkway wartet.«

»Und die Bullen fahren 'ne Menge Autos zu Schrott, wenn sie versuchen, durch den Zaun zu kommen.«

Vom Dach der Kirche bis zur Straße waren es höchstens drei Stockwerke.

Wollten die Cops, die das Massaker auf der Straße vor der Kirche überlebten, die Rückseite der Kirche erreichen, würden sie um den ganzen Block laufen müssen, denn auf der einen Seite war die Kirche mit einer Schule und auf der anderen mit dem Gemeindehaus und der Pfarrei zusammengebaut. Wie lange etwa würden sie dazu brauchen? Eine Minute? Zwei Minuten? Auf jeden Fall lange genug für Walker und Charles, an dem Seil herabzuklettern, über die Straße zu laufen und durch das Loch im Zaun den Fluchtwagen zu erreichen.

Im Schutze des Kirchturms riskierte Walker einen Blick auf die von Bäumen gesäumte Straße vor der Kirche. Sie lag bereits im Schatten der Dämmerung. Morgen würden dort unten im hellen Licht der Sonne fünftausend Pinguine ein Ehrenspalier bilden und hervorragende Zielscheiben abgeben. In dem Augenblick, in dem die Träger den Sarg auf die Schultern hoben, würden die ersten Handgranaten explodieren, gefolgt von Raketen und Salven aus den Schnellfeuergewehren. Binnen Sekunden würden dreißig oder vierzig der höchsten Polizeioffiziere der Stadt zur Hölle fahren. Und er und Charles würden zu dem Seil an der Rückseite des Dachs sprinten und sich aus dem Staub machen.

Nach Walkers Dafürhalten konnte es keinen geeigneteren Platz für das Attentat geben. Wenn Tod und Verderbnis vom Dach einer Kirche über die Befehlshaber der New Yorker Polizei hereinbrachen, dann hatte das einen ganz anderen psychologischen Stellenwert, als wenn dies vom Dach eines gewöhnlichen Wohnhauses aus geschah. Für das Auslöschen so vieler Leben war ein ritueller Rahmen unerläßlich. Das Töten in dieser Größenordnung kam einer sakralen Handlung gleich.

Walker war ein Mystiker. In einer anderen Zeit und in einem anderen Land hätte er seine Kraft vielleicht für die Gründung einer religiösen Sekte eingesetzt.

»Der Tag der Vergeltung steht vor der Tür«, murmelte Walker.

»Amen, Bruder. Amen«, fügte Charles hinzu.

Walker erhob die Arme und breitete sie aus, als wolle er eine unsichtbare Schar von Gläubigen segnen. »Aus dem Krieg erwächst Frieden«, verkündete er. »Und aus dem Tod Leben.«

Hintereinander stiegen sie die Leiter hinab, und Walker, der als zweiter ging, zog die Falltür zu. Das aufgebrochene Schloß, das noch immer auf dem Boden lag, steckte er in seine Tasche.

Ohne von jemandem bemerkt zu werden, verließen sie die Kirche und stiegen in ihren Wagen.

Eine Stunde kurvten sie durch die Straßen des Viertels und warteten, bis es völlig dunkel war. Dann bogen sie in die Straße hinter der Kirche ein. Im Schatten der Kirche lenkte Charles den Wagen mit zwei Rädern auf den Grünstreifen parallel zum Zaun. Er stellte den Motor ab und machte das Licht aus.

Charles öffnete die Wagentür, bis sie den Maschendraht berührte. Aus seiner Aktentasche kramte er den Seitenschneider, und ohne den Wagen zu verlassen, machte er sich an die Arbeit. Die Drahtmaschen ließen sich zerschneiden wie Butter.

Es war eine sehr ruhige Straße, und nur hin und wieder fuhr ein Auto an ihnen vorbei. Sobald das Licht der Scheinwerfer über den geparkten Wagen hinweggehuscht war, nahm Charles die Arbeit wieder auf. Er durchtrennte die Maschen entlang der Grasnarbe und dann senkrecht nach oben, bis in eine Höhe von etwa eineinhalb Metern. Ohne die geringste Anstrengung ließ sich nun ein Stück des Zauns nach außen klappen.

Es war relativ unwahrscheinlich, daß bis morgen früh jemand den Riß im Zaun entdecken würde; und selbst wenn, würde er nicht so schnell repariert werden.

»Ein erfolgreicher Tag«, stellte Walker fest. Er war in Hochstimmung, doch er versuchte, sich dies nicht anmerken zu lassen. Charles war sein Komplice, aber nicht sein Bruder. Charles war ein Werkzeug. Er leistete zwar Widerstand, aber aus den falschen Beweggründen. Charles lebte nicht für die Zukunft – und ganz sicher nicht für die Zukunft von anderen...

Walker dachte an seine eigene Zukunft. Vor ihm lagen lange Jahre der Flucht. Sie würden ihn gnadenlos jagen, doch sein Einfluß würde stetig wachsen, und eines schönen Tages...

Oder er würde den morgigen Tag nicht überleben. Auch das war möglich. Doch selbst wenn er sterben sollte, würde ihn seine Tat überleben. Sein Volk würde sich an seinem Vorbild aufrichten und neuen Mut schöpfen. Sie würden sich erheben – alle, ohne Ausnahme – und für ihr Recht kämpfen; zum erstenmal vereint durch das leuchtende Beispiel, das er ihnen gegeben hatte.

Charles reichte Walker den Seitenschneider und warf die Wagentür zu. Er startete den Motor. Sehr langsam, um keine Reifenspuren auf dem Grünstreifen zu hinterlassen, ließ er den Wagen auf die Straße zurückrollen. »Und wohin jetzt?« fragte er zu Walker gewandt.

»Koch Street.«

34

»Koch Street«, sagte Eischied und tippte mit dem Finger auf den Stadtplan der Südbronx, der an der Wand des engen Büros hing. »Sie beginnt hier und endet... hier.« Eischieds

Finger fuhr über den Stadtplan. »Leider ist es eine ziemlich lange Straße. Aber irgendwo in dieser Straße stecken sie.«

Die anwesenden Polizeioffiziere drängten sich um Eischied und betrachteten den Stadtplan.

In diesem Augenblick klingelte das Telefon. Die Köpfe fuhren zu dem Detective mit den Kopfhörern herum. »Stadtpolizei – Revier 48«, meldete er sich.

Die Spulen des Tonbandgeräts begannen sich zu drehen, und der Detective notierte etwas auf seinem Block. »Haben Sie auch einen Nachnamen, Paula? Augenblick bitte... Wie sagten Sie, ist die Adresse?« Doch offenbar hatte der Anrufer bereits aufgelegt, denn der Detective drückte einen Knopf, und die Spulen des Tonands blieben stehen.

»Was war das?« fragte Eischied.

»'Ne Frau, die nur ihren Vornamen und eine Adresse angab. Und dann sagte sie noch: ›Wenn Sie wissen wollen, wer es getan hat, dann wenden Sie sich an diese Adresse. Fragen Sie nach Paula.‹ Klang ziemlich verwirrt, wenn Sie mich fragen...«

»Was für eine Adresse hat sie genannt?«

»Keine in der Koch Street, Chief. Leider.«

Der Detective riß den Zettel von seinem Block, knüllte ihn zusammen und warf ihn in den Papierkorb, der bereits überquoll von Hinweisen aus der Bevölkerung, die vielleicht gut gemeint waren, aber mit dem Fall nichts zu tun hatten.

Die Polizeioffiziere zogen sich an den Tisch zurück und diskutierten mit gedämpften Stimmen den Stand der Ermittlungen. Jedesmal, wenn das Telefon klingelte, verstummten sie und spitzten die Ohren.

»Ein Gespräch für Sie, Chief«, sagte der Detective nach etwa einem Dutzend Anrufen, die nichts gebracht hatten.

Eischied nahm den Hörer entgegen und lauschte dem Bericht eines Detectives vom Rauschgiftdezernat der Bronx. Er war von einem seiner Informanten kontaktiert worden, der angeblich gehört hatte, wie sich in einem Poolcenter in der Boston Road ein Bursche damit brüstete, einen Cop erschossen zu haben. Der Detective entschuldigte sich, daß er den Chief of Detective möglicherweise grundlos behelligte, da er nicht für die Verläßlichkeit seines Informanten garantieren könne.

»Nein, nein«, sagte Eischied. »Sie haben richtig gehandelt. Aber sie blockieren die Leitung für eventuelle Hinweise aus der Bevölkerung. Geben Sie mir Ihre Nummer, und ich rufe Sie zurück.«

Auf dem anderen Apparat sprach Eischied etwa zehn Minuten mit dem Kollegen vom Rauschgiftdezernat. Hin und wieder machte er Notizen. »Schön«, sagte er schließlich. »Bringen Sie den Informanten hierher – wenn er dazu bereit ist. Wenn nicht, verabreden Sie sich mit ihm an einem geeigneten Platz für später, und Sie kommen alleine her.«

Eischied legte auf. »Es geht um Jonah Daniel Bell, alias Mark D.«, erklärte Eischied den Kollegen. »Er selbst hat meinen Verdacht bestätigt, denn offenbar hat er sich in einem Poolcenter damit gebrüstet, einen Polizisten erschossen zu haben.«

Ein aufgeregtes Stimmengewirr schwirrte durch das winzige Büro.

Nun war Eischied überzeugt, daß es nur mehr eine Frage der Zeit sein würde, bis dieser Fall abgeschlossen war. Die Kollegen teilten offensichtlich seine Ansicht, denn in ihren Gesichtern spiegelte sich Erleichterung, und einige von ihnen grinsten bereits siegessicher.

Ob er wollte oder nicht, Eischied ließ sich von der Begeisterung seiner Kollegen anstecken und gestattete sich ein zufriedenes Grinsen. So war es oft: Wochenlang kam man nicht weiter, und mit einemmal fügte sich ein Steinchen zum anderen. Eischied öffnete seinen Aktenkoffer und entnahm ihm zwei, mit Gummibändern zusammengehaltene Stapel Fotografien. Er ließ eines der Päckchen auf den Tisch fallen.

»Hier haben Sie Mark D.«, sagte Eischied. »Fünfzig Abzüge. Heute abend werden fünfzig unserer Leute in die Koch

Street gehen und versuchen, den Burschen an Land zu ziehen.«

Eischied legte den zweiten Stapel neben den ersten. »Und dieses Fantombild hier zeigt den Boß und das Gehirn dieser Mörderbande. Es gibt ein paar Dinge, die ich Ihnen bisher verschwiegen habe. Eines davon ist der Name dieses Mannes.« Eischied sah vom Tisch auf und ließ sich Zeit. Dann fragte er: »Sagt Ihnen der Name Everett Walker etwas?«

Deputy Inspector Cornfield stieß einen leisen Pfiff aus. Den anderen schien es die Sprache verschlagen zu haben.

»Wir haben einen teilweise identifizierbaren Fingerabdruck von ihm auf einem der Bekennerbriefe in den Händen«, erklärte Eischied, doch irgendwie fühlte er sich plötzlich unbehaglich.

Von allen Seiten stürmten Fragen auf ihn ein, doch Eischied beobachtete Cornfields Reaktion.

»Weiß der PC davon?« fragte Cornfield.

»Ich habe es selbst eben erst erfahren«, log Eischied. »Ich hatte bisher einfach noch keine Gelegenheit, mit dem PC zu reden.«

»Er sollte es aber schnellstens erfahren«, forderte Cornfield. »Wenn es sich um einen solch dicken Fisch wie Everett Walker handelt, sollte der Police Commissioner darüber Bescheid wissen.«

»Sie haben recht«, erwiderte Eischied und hielt Cornfields Blick stand.

»Hier ist noch etwas, das ich für Sie habe«, sagte Eischied, nachdem sich das Stimmengewirr gelegt hatte. »Kurz bevor ich hierher kam, hat mir Captain Rolfe das Ergebnis seiner ballistischen Untersuchungen mitgeteilt: die MP-Geschoße, die bei dem Banküberfall am Southern Boulevard sichergestellt wurden, stammen aus derselben Waffe, mit der im Sommer die beiden Streifenbeamten erschossen wurden.«

Erneut klang erregtes Stimmengewirr auf.

»Die Männer, die heute Abend in die Koch Street gehen, müssen vorher erfahren, was die Ballistiker herausgefunden haben, damit jeder weiß, wie verdammt gefährlich diese

Hundesöhne sind. Und was diesen Walker betrifft: niemand erfährt diesen Namen! Außer dem PC natürlich«, fügte Eischied hastig hinzu und warf einen kurzen Blick auf Cornfield. »Jeder der Detectives des Einsatzkommandos Koch Street bekommt eines dieser Fantombilder – aber ohne Namen. Ist das klar?! Jeder, der so aussieht wie dieser Bursche, wird verhaftet. Dafür brauchen sie seinen Namen nicht zu wissen.«

»Vielleicht wäre es besser, die Sache ganz anders aufzuziehen«, warf Cornfield ein. »Vielleicht wäre es besser, seinen Namen und das Fantombild der Presse zu geben. Mit der Hilfe von acht Millionen ehrlichen Bürgern würden wir ihn möglicherweise eher fassen.«

Eischied hatte mit diesem Einwand gerechnet. »Erstens ist das genau das, was er will. Er will, daß wir ihn zum Helden hochstilisieren. Und zweitens verläßt er wahrscheinlich sofort die Stadt, wenn er seinen Namen in der Zeitung liest. Außerdem sollten wir – zumindest theoretisch – die Möglichkeit in Betracht ziehen, daß sein Einfluß größer ist, als wir glauben. Dann könnte es uns nämlich passieren, daß sämtliche Ghettoratten aus ihren Löchern kommen und sich ihm anschließen, sobald sie erfahren, daß Walker in der Stadt ist.« Eischied räusperte sich. Allmählich kehrte auch seine Gelassenheit wieder zurück. Er hatte es nicht nötig, sich vor Cornfield zu rechtfertigen. »Nach meinem Dafürhalten haben wir die meisten Chancen, die Bande auszuheben, wenn die Presse vorher nichts erfährt und unsere Leute so wenig Einzelheiten wie möglich wissen.«

Eischied begann damit, den Kollegen seinen Plan für die Razzia in der Koch Street zu schildern. Die Koch Street sollte von Kriminalbeamten nur so wimmeln. »Auf keinen Fall aber darf der Überblick verloren gehen. Ich will, daß pro Detective ein Sergeant dabei ist! Und in den Seitenstraßen parken unauffällig Zivilstreifen. Wir haben keine Hausdurchsuchungsbefehle – und die kriegen wir auch nicht. Uns bleibt also nichts anderes übrig, als an den Wohnungen zu klingeln, die Fotos der beiden zu zeigen und Fragen zu stellen. Vielleicht ist jemandem der Anwohner eine Gruppe von jungen Männern aufgefallen, die zusammenwohnen und keiner Arbeit nachgehen.«

Jemand mußte das Einsatzkommando leiten, und obwohl Eischied dies am liebsten selbst übernommen hätte, entschied er sich spontan, Inspector Cornfield damit zu betrauen. Eischied hatte dabei vor allem die Sicherheit seiner eigenen Position im Auge, denn vielleicht konnte er damit verhindern, daß ihm Cornfield irgendwann einmal in den Rükken fiel. Außerdem konnte ihm bei dieser Lösung der PC nicht vorwerfen, Eischied würde versuchen, ihn zu übergehen, um den Ruhm für sich alleine zu beanspruchen...

Es bestand sogar die Möglichkeit, daß aufgrund Cornfields relativ geringem Rang die Presse gar nichts von dem entscheidenden Schlag gegen FEAR mitbekam. Die Presse und die Fernsehteams konnte Eischied heute abend nicht gebrauchen; sie würden Walker und die anderen nur aufschrecken und in die Flucht jagen.

»Von Inspector Cornfield abgesehen, sollten wir uns jetzt alle wieder um unsere übrigen Aufgaben kümmern«, sagte Eischied.

Um zu demonstrieren, daß dies für alle galt, erhob sich Eischied. »Wenn Sie mich sprechen wollen, Cornfield, können Sie mich über Funk erreichen. Falls ich nicht im Büro oder in meinem Wagen bin, habe ich den Piepser dabei.«

Er bahnte sich seinen Weg durch die Reporter zu seinem Wagen und ließ den einzigen Ort in der Stadt hinter sich, an dem er heute Nacht wirklich sein wollte. Jede Faser seines Instinkts wehrte sich dagegen, doch Eischied brummte: »Zurück zum Präsidium, Louie.«

Wie Eischied erfuhr, war der PC unterwegs, um irgendwo eine Rede zu halten; erst am Abend würde er wieder in die Stadt zurückkommen. Um sich abzusichern, rief Eischied First Deputy O'Connor an, und informierte ihn kurz über den Stand der Ermittlungen und die geplante Razzia.

»Halten Sie mich weiter auf dem laufenden«, schnarrte O'Connor und legte auf.

Ohne daß Eischied, oder irgendein anderer Polizist in ganz New York davon wußte, hatte das FBI den Wäschereibesitzer in Gewahrsam genommen. Man hatte ihn ins Präsidium des FBI in die 69. Straße gebracht und ließ ihn alleine in einem Zimmer schmoren, während sich McGovern auf die Socken machte, Vincente Cuomo aufzutreiben. Hoyt würde niemanden mehr in die Koch Street führen können; man würde ihn nicht einmal nach der Koch Street fragen, oder seine Taschen nach einer entsprechenden Adresse durchsuchen, denn das FBI hatte keine Ahnung von der Koch Street und davon, daß die Stadtpolizei dort eine Razzia gestartet hatte.

Es war gar nicht so einfach für McGovern, Cuomo zu finden, und es war bereits kurz vor Mitternacht, als Cuomo durch den Einwegspiegel in den Raum spähte, in dem Hoyt saß.

»Weshalb haben Sie mich eigentlich hierher geschleppt?« maulte Cuomo. »Diesen Mann hab ich noch nie in meinem Leben gesehen.«

»Sind Sie sicher?«

»Natürlich bin ich sicher! Ich hab Ihnen doch gesagt, daß er ziemlich klein ist, oder? Er hat auffallend stechende, schwarze Augen. Außerdem ist er viel jünger; Anfang zwanzig oder so. Ich geh jetzt nach Hause.«

McGovern und der Inspektor seufzten frustriert.

»Warum bleiben Sie nicht noch'n Weilchen hier, Cuomo?«

»Ich?«

»Ja, Sie.«

»Wozu das?«

»Es könnte sein, daß wir Sie nochmal brauchen, Cuomo.«

Sie brachten Cuomo in ein kleines Büro, um ihn dort für ein paar Stunden schwitzen zu lassen. McGovern kehrte zurück und begann mit der Vernehmung des Wäschereibesitzers.

»Wie geht's, mein Freund?«

»Um gleich eines klarzustellen«, erwiderte Hoyt, »ich habe Ihnen gar nichts zu sagen.«

McGovern war sich nicht sicher, wie er mit Hoyt umzugehen hatte. In den Akten des FBI wurde er als politischer Extremist geführt, der in den 60er Jahren aktiv gewesen war; doch seither gab es keine Eintragungen. Offenbar war Hoyt sauber geblieben. Vielleicht hatte die Stadtpolizei etwas über die letzten Jahre dieses Exsträflings, überlegte McGovern. Wir sollten uns mit ihnen in Verbindung setzen...

»Wie ich sehe, haben Sie nach dem Knast ein neues Leben angefangen«, sagte McGovern und sah von Hoyts Akte auf.

Keine Antwort.

»Das sind jetzt beinahe fünf Jahre. Gratuliere.«

Noch immer keine Antwort.

›Ein Bursche wie der hier mischt ganz sicher noch irgendwo mit‹, dachte McGovern. ›Die Cops wußten vielleicht mehr darüber?‹

»Haben Sie keinen Hunger?« fragte McGovern.

»Ich möchte wissen, was Sie von mir wollen!«

»Wir wollen Ihnen nur ein paar ganz allgemeine Fragen stellen – das ist alles.«

»Ich kenne meine Rechte, Mann. Ich denke gar nicht daran, irgendwelche Fragen zu beantworten. Ist das klar?! Von mir erfahren Sie nicht mal, wie ich heiße...«

›Wir sollten die Cops informieren, daß in der Stadt ein paar Wahnsinnige unterwegs sind und Handgranaten kaufen wollen‹, dachte McGovern. ›Schließlich ist es ihre Stadt und ihre Verantwortung...‹

»Wir wissen sehr wohl, wie Sie heißen«, erklärte McGovern. »Das brauchen Sie uns nicht erst zu erzählen.«

»Ich habe das Recht auf einen Anwalt. Ich will einen Anwalt haben!«

McGovern wurde allmählich klar, daß es wieder einmal eine lange Nacht werden würde.

»Warum wollen Sie es sich unbedingt schwer machen? Sie brauchen uns nur ein paar Fragen zu beantworten, und wir lassen Sie nach Hause gehen. Mir persönlich ist es egal, wie lange es dauert, bis Sie reden; ich werde dafür bezahlt.«

»Also, Mr. Hoyt. Wem haben Sie in letzter Zeit Ihren Wagen geliehen?«

Keine Antwort.

McGovern seufzte. »Na schön. Wenn Sie's nicht anders wollen...«

35

Als Louie in die Auffahrt des Hotels bog, griff Eischied nach einem der drei Mikrofone, die vom Armaturenbrett hingen. »Wagen Vier an Zentrale. K.«

Nach einer Weile meldete sich die Zentrale: »Wagen Vier. K.«

»Hier Wagen Vier«, sprach Eischied ins Mikrofon. Er hatte seinen Piepser aus dem Handschuhfach gekramt. »Würden Sie bitte mal meinen Piepser checken?«

Es dauerte keine fünf Sekunden, und das kleine, schwarze Instrument, das Eischied in der Hand hielt, gab einen langgezogenen, unangenehm pfeifenden Ton von sich.

»Danke, Zentrale. Alles okay. Ich verlasse jetzt meinen Wagen. Sie können mich jederzeit über den Piepser erreichen.«

Zu Louie gewandt, sagte Eischied: »Ich gehe in das Hotel.« Einem Chauffeur schuldete man keine weiteren Erklärungen.

Louie erwartete auch gar nichts dergleichen. Er würde auf einer Bushaltestelle oder vor einem Feuerhydranten parken, seine Mütze über die Augen ziehen und 'ne Runde schlafen. Die Runde würde fünf Minuten dauern, oder fünf Stunden – wer konnte das schon im voraus wissen?

Eischied stieg in den Aufzug, der ihn in atemberaubender Geschwindigkeit, doch absolut geräuschlos, ins oberste Stockwerk des Hotels brachte. Er versuchte, die Razzia in der Koch Street aus seinen Gedanken zu bannen. Er konzentrierte sich ausschließlich auf die Süßholzrasplerin –

oder hatte dies zumindest vor. Was war das für eine Frau, die es in einem Gewerbe, in dem andere Frauen mit weniger als nichts endeten, zu einem solch unglaublichen Reichtum gebracht hatte? Beherrschte sie tatsächlich besondere Tricks? Und wenn – wie würden sich diese Tricks wohl anfühlen?

Es war mehr Neugierde als Erregung, die Eischied empfand. Wenn er schon nicht in der Bronx bei seinen Männern sein konnte, wollte er wenigstens versuchen, ganz hier zu sein. Er klingelte.

Sie öffnete selbst. Sie war eine auffallend große Frau; fast so groß wie Eischied. Dunkelrot schimmerndes, dichtes Haar, das beinahe bis zu ihrem Po reichte. Sie bat ihn, einzutreten. Ihr langes Abendkleid war mit irgendwelchen funkelnden Steinen besetzt und paßte ihr wie eine zweite Haut. Sie hatte einen gewaltigen Busen.

Als sie sich zu ihm umwandte, streifte sie ihn damit. »O Verzeihung«, murmelte er verwirrt und trat einen Schritt zurück.

Schulterloses Kleid. Perfekte Rundungen und ein makellos weißes Dekolleté. Ringe an beiden Händen. Ein Kollier mit Diamanten und Rubinen besetzt. Leuchtend roter Lippenstift. Falsche Wimpern, die ihn anklimperten.

Eischied versuchte sein gewinnendstes Lächeln und ließ seinen Blick von ihrem Gesicht über die ganze Pracht ihres Körpers hinabwandern. Was für ein anatomisches Geheimnis mochte sich wohl unter diesem Kleid verbergen? Was für raffinierte Manipulationen konnte sie damit vollbringen? Vielleicht konnte man sie dazu bringen, dem Chief of Detectives eine Kostprobe ihrer Künste zu geben?

Während sie die üblichen Artigkeiten plapperte und erklärte, wie erleichtert und froh sie sei, daß sie ihren Schmuck wieder habe, bewunderte Eischied das Interieur. Antike französische Möbel. Alles in Damast. Eischied schätzte die Miete des Penthouses auf 75 000 Dollar im Jahr, die diese Braut ganz sicher nicht selbst bezahlte.

»Ich fühle mich richtig geschmeichelt«, gurrte sie mit ihrer dunklen und sexy klingenden Stimme, »daß mir der Chief of Detectives persönlich diese gute Nachricht bringt.«

Ohne ihr Gezwitscher zu unterbrechen, mixte sie zwei Drinks und reichte Eischied ein Glas.

»Was halten Sie davon, wenn Sie und ich heute abend zusammen essen?« schlug Eischied vor.

Er hatte die Erfahrung gemacht, daß es am besten war, eine Einladung unerwartet schnell und überraschend auszusprechen. Die Frauen waren dann nicht darauf gefaßt und hatten keine Ausrede parat.

Der Süßholzrasplerin erging es nicht anders, und ihr Zögern gab Eischied die Gelegenheit zu sagen: »Also abgemacht? Ich weiß auch schon, wo wir hingehen.«

Der Besitzer würde Eischied wie den König von Frankreich empfangen, und eine Rechnung würde es auch nicht geben...

Mit gespielter Furchtsamkeit hauchte sie: »Glauben Sie, ich kann meinen Schmuck Ihrem Schutz anvertrauen? Haben Sie einen Revolver, um mich zu beschützen?«

Statt einer Antwort setzte Eischied das Grinsen auf, das sie von ihm erwartete. Mit der flachen Hand klopfte er vielsagend auf die Wölbung unter seinem Gürtel.

»Oh!« rief sie. »Lassen Sie mich ihn fühlen!« Ihre Hand glitt über seine Rippen zur Hüfte, bis sie sein Schießeisen gefunden hatte. Sie befühlte es, und es war die sinnlichste und laszivste Berührung, die ein Revolver je erlebt hatte. Eischied spürte, wie sich seine Nackenhaare aufstellten.

»Darf ich ihn sehen?« schnurrte sie heiser. »Darf ich ihn anfassen?« Sie klang wie eine Jungfrau nach dem Schulball auf dem Rücksitz im Auto ihres Freundes.

Eischied zog den Revolver aus dem Gürtel, klappte den Zylinder auf und ließ die fünf Patronen in seine Hand gleiten. Er klickte den Zylinder wieder zu und reichte ihr die Waffe.

»Haben Sie damit schon jemanden erschossen?« hauchte sie.

»Dieses Jahr noch nicht«, grinste Eischied.

»Sie müssen sehr mutig sein«, strahlte sie und gab Eischied die Waffe zurück.

Was konnte er anderes von einer Frau wie dieser erwarten? Eine philosophische Diskussion etwa? Eischied lud den Revolver und schob ihn wieder hinter den Gürtel.

»Und was ist das für eine Wölbung auf der anderen Seite?«

Eischied hob sein Jackett an und zeigte ihr den Piepser.

»Mein Gott!« schnurrte sie. »Wieviele Wölbungen haben Sie denn noch?«

Eischied fixierte ihren Busen und grinste: »Bestimmt keine, die mit Ihren Wölbungen konkurrieren könnte.«

Sie ergriff seinen Arm und drückte ihn an ihre Rundungen. »Sie sind ein interessanter Mann – und so witzig.«

Die Dinge entwickelten sich großartig, fand Eischied. Sie war offensichtlich beeindruckt von seinem Rang, von der Tatsache, daß sie ihren Schmuck zurückbekam und vielleicht sogar von seiner Person. Die erotische Spannung zwischen ihnen war nicht zu verleugnen, und Eischied überlegte, ob er seinen Zug jetzt machen sollte, oder damit besser bis nach dem Essen wartete.

Eng nebeneinander saßen sie auf einem Sofa, das gut und gerne seine 10 000 Dollar wert war, und nippten an ihrem zweiten Drink. Möglicherweise war es auch schon der dritte. Auf dem Tisch vor ihnen lagen die Fotos des sichergestellten Schmucks. Eischied berichtete ausführlich, wie die Hotel-Bande ins Netz gegangen und hinter Schloß und Riegel gebracht worden war. Sie wollte es noch genauer wissen, und angesichts ihres fast hautnahen Interesses war es durchaus möglich, daß Eischied ein bißchen dick auftrug, und der Eindruck entstand, als hätte er die Bande ganz alleine und unter Einsatz von Leib und Leben zur Strecke gebracht.

Sie preßte erneut seinen Arm gegen ihre Seite und legte den Kopf an seine Schulter. Er brauchte nicht einmal den Kopf zu wenden, um zwischen ihren enormen Brüsten die Haut ihres Bauchs schimmern zu sehen.

»Wenn alle Polizisten von New York so mutig wären wie Sie, gäbe es bestimmt kein Verbrechen mehr in der Stadt«, sagte sie.

»Solange es Frauen wie Sie gibt, die jeden Mann um den Verstand bringen, wird es auch garantiert Sittenstrolche geben.«

Sie kicherte geschmeichelt.

Alles lief bestens bisher, und Eischied schlug vor, zum Essen zu gehen. Unter keinen Umständen wollte er den Fehler begehen, sie durch ein vorschnelles und zu ungestümes Vorgehen zu verschrecken.

Sie trug einen schweren, bis an die Knöchel reichenden Nerz. Arm in Arm gingen sie zu Eischieds Wagen. Louie sprang aus dem Wagen und riß die Tür auf. Eischied und die Süßholzrasplerin – sie hieß Doris, wie sich Eischied immer wieder einprägte, um einen peinlichen Faux-pas zu vermeiden – nahmen auf dem Rücksitz Platz. Sofort fühlte sich Eischied unbehaglich. Die Mikros waren alle vorne, und das war der Platz, wo auch er hingehörte.

Nachdem er Louie die Adresse des Restaurants genannt hatte, fragte er: »Irgendwelche Anrufe für mich?«

»Nein, Chief. Alles ruhig.«

Das war alles, was Louie von sich gab. Kein anzügliches Grinsen, kein neugieriger Blick in den Rückspiegel; ausdruckslos starrte er geradeaus und steuerte den Wagen nach Süden – fast genau in die entgegengesetzte Richtung, in der die Koch Street lag.

Es dämmerte bereits, als Mark D. in seinem hellgrünen Nadelstreifenanzug und den dazu passenden Wildlederschuhen in die Koch Street einbog. Sie wimmelte von Bullen! Unauffällige Zivilwagen in zweiter Reihe geparkt, und jede Menge Typen in Lederjacken und bequemen Schuhen. Mark D. roch einen Bullen fünfzig Meter gegen den Wind, wenn es darauf ankam.

Er erstarrte.

Keine zwanzig Meter vor ihm standen gleich acht von ihnen ratlos in der Gegend herum. Offenbar warteten sie darauf, daß endlich jemand kam und ihnen sagte, was sie zu tun hatten. Tatsächlich hatten die Detectives noch keinen genauen Einsatzplan erhalten – geschweige denn ein Bild von Mark D. gesehen; doch das konnte Mark D. nicht wissen...

Seine Hand stahl sich zu der Pistole hinter seinem Gürtel. Er war bereit, sie herauszureißen und abzufeuern – diese ganzen Wichser umzunieten. Schweiß trat ihm auf die Stirn.

Überall sahen Leute aus den Fenstern, oder drängten sich auf den Eingangsstufen der Häuser zusammen. Ein paar Bengel in zerschlissenen Tennisschuhen wagten sich bis in die Mitte der Straße vor und rannten dann schnell wieder zurück. Für sie war das alles ein Riesenspaß, doch die Erwachsenen wußten es besser.

Auch die Detectives drängten sich in Gruppen zusammen, als suchten sie Schutz. Sie empfanden die Feindseligkeit der Bewohner ganz deutlich. Sie fühlten sich wie Soldaten, die eine fremde Stadt besetzt hatten: keiner wollte sie hier haben. Unbehaglich sahen sie sich um und warfen nervöse Blicke die Straße hinab. Ein zufälliger Blick in Mark D.'s Richtung hätte womöglich genügt, eine wilde Schießerei auszulösen, doch kein solcher Blick fiel. Die Detectives suchten hier niemanden; sie hielten lediglich nach einem Sergeant oder einem Lieutenant Ausschau, der ihnen endlich sagen würde, worum es hier überhaupt ging.

Mark D. schob sich unbemerkt auf einen Hauseingang zu und tastete nach dem Treppengeländer. Sein anfänglicher Mut war verflogen, und er wünschte, er könnte sich unsichtbar machen, oder zumindest die Kanone unauffällig verschwinden lassen. Er stand wie angewurzelt; unfähig, einen Entschluß zu fassen.

Eine Viertelstunde verging.

Plötzlich schoß aus der Seitenstraße, aus der auch Mark D. gekommen war, ein schwarzer Buick und hielt mit quietschenden Reifen direkt vor Mark D. Mehrere Männer sprangen auf die Straße. Einer riß den Kofferraum auf. Panik ergriff Mark D., denn der gutgekleidete Typ war sicher ein Lieutenant und die anderen waren natürlich Cops. Jetzt hatten sie ihn!

Doch Mark D. hatte sich geirrt: als der Kofferraumdeckel zuschlug, sah er die tragbare Kamera, die der Typ aus dem Kofferraum geholt hatte. Es war nicht die erste TV-Crew, die Mark D. zu Gesicht bekam, und langsam entspannte er sich wieder.

Handscheinwerfer gossen ihr weißes Licht über die Straße, und der Kameramann begann, die Gruppe der Detectives zu filmen. Überrascht blinzelten sie in das grelle Licht.

»Machen Sie das Ding aus!« befahl einer der Detectives barsch. Er hielt seinen Hut schützend vors Gesicht – wie ein Ganove, der keine Aufnahmen von seiner Verhaftung wünscht.

Die Scheinwerfer erloschen. Die TV-Crew zog sich zurück und schien abwarten zu wollen, was der Abend noch brachte.

Mark D.'s Beine gehorchten ihm wieder. Er schlenderte zu dem Kamerateam hinüber und wandte sich an einen der drei: »Heh, Kumpel, kannst du mir vielleicht sagen, was hier eigentlich los ist?«

Die Detectives wären überfragt gewesen, doch der Toningenieur von ABC wußte mehr: »Wir haben 'nen Tip gekriegt, daß hier irgendwo die Typen stecken, die diesen Polizisten erschossen haben«, erklärte er. »Fünfzig Mann von der Kripo warten nur auf den Befehl und sie räuchern die Bande aus.«

Diese Nachricht wirkte auf Mark D. wie ein Guß eiskaltes Wasser. Ohne eine Antwort zu geben, schlenderte er weiter und tauchte in der Dunkelheit unter.

Der Besitzer des Restaurants empfing sie mit seinem strahlendsten Lächeln. »Welche Ehre, Sie bei uns zu sehen, Chief – Madam.«

Der Oberkellner kam ebenfalls herbeigeeilt, und gemeinsam eskortierten sie Eischied und die Süßholzrasplerin an ihren Tisch.

Als sie Platz genommen hatten, flüsterte Doris: »Mit Ihnen fühlt man sich, als ginge man mit einem Filmstar zum Essen. Sie müssen sehr berühmt sein.«

»Ich hatte mal die Gelegenheit, dem Besitzer einen Gefallen zu tun«, erwiderte Eischied geistesabwesend.

Er überlegte, was er zu trinken bestellen sollte. Er entschied sich für Champagner, da er annahm, Doris würde verletzt sein, wenn er nicht das Teuerste bestellte. Ihm persönlich war der Preis völlig egal; in diesem Laden kostete der Champagner auch nicht mehr als ein Cola mit Schuß – nämlich nichts.

»Ich liebe Champagner!« flötete Doris.

Sie tranken das Zeug aus geschliffenem Kristall. Nach der zweiten Flasche schien das rosige Strahlen auf dem Gesicht des Besitzers etwas zu verblassen, doch das hinderte Eischied nicht, nach einer vierten Flasche zu rufen. Doris aß sehr kultiviert, doch mit einem ausgesprochen gesunden Appetit. Auch Eischied ließ es sich schmecken. Zum Nachtisch gab es Käsestrudel, und Eischied bestellte noch zwei Espresso hinterher.

Beflissen beugte sich der Besitzer über ihren Tisch und erkundigte sich, ob es ihnen geschmeckt habe. Sein Lächeln erschien allerdings etwas aufgesetzt. »Wie wäre es mit einem dieser Spezialdrinks, die Sie hier servieren?« erkundigte sich Eischied.

Der Besitzer wäre beinahe an seinem Lächeln erstickt. »Selbstverständlich, Chief«, beeilte er sich zu versichern.

Als sie zu gehen bereit waren, rief Eischied den Besitzer. »Die Rechnung, bitte!«

»Aber Chief!«

»Doch, doch. Die Rechnung.«

Strahlend brachte der Besitzer die Rechnung. Eischied blätterte einige Scheine von einem Bündel auf den Tisch.

Glücklich brachte sie der Besitzer zur Tür. Louie sprang aus dem Wagen und riß die Tür auf.

»Irgendwas Wichtiges, Louie?« fragte Eischied.

»Nichts, Chief.«

Eischied überdachte sein Problem: Das Essen hatte sich etwas zu lange hingezogen, und die knisternde erotische Spannung, die vorher fraglos zwischen ihnen existiert hatte, war irgendwo zwischen Vorspeise und Dessert auf der Strecke geblieben. Er wollte versuchen, diese Spannung wieder anzufachen. Er erklärte Doris, daß er – wegen eines Falls, der kurz vor der Aufklärung stand – auf einen Sprung in einem Revier vorbeisehen müsse; sie sei eingeladen, ihn zu begleiten, wenn es sie interessiere...

Doris war begeistert.

Eischieds Gedanken waren in der Bronx, doch dorthin konnte er nicht. Statt dessen befahl er Louie, zum 19. Revier in der 6. Straße zu fahren. Das 19. Revier war eines der ältesten und schäbigsten Reviere der ganzen Stadt, dessen Mauern so viele menschliche Tragödien und Gemeinheiten erlebt hatten, daß sie sie förmlich wieder auszuschwitzen schienen. Vielleicht würde sie die Atmosphäre dort erregen – wie die Show in einem anrüchigen Nachtclub.

Als er mit Doris an seiner Seite in den Dienstraum stapfte, erkannte ihn der Cop, der am Schreibtisch direkt neben der hölzernen, hüfthohen Schwingtür saß. »Ach - tung!« brüllte er.

Die anwesenden Polizisten – Eischied zählte sieben – sprangen auf ihre Füße und bauten sich in Habachtstellung auf.

»Rühren, Männer – rühren«, brummte Eischied und führte Doris zwischen den Schreibtischen hindurch zu der ausgetretenen Treppe, die in den ersten Stock führte.

Oben, im Dienstraum der Kriminalpolizei, saßen vier Zivilbeamte. Als sie Eischied erkannten, machten sie Anstalten, das gleiche militärische Begrüßungszeremoniell wie die Streifenbemten unten zu inszinieren, doch Eischied winkte lässig ab.

Im Käfig saßen drei Gefangene; darunter eine Frau. Eischied und Doris blieben vor den Gitterstäben stehen.

»Wie die Tiere im Zoo«, flüsterte Doris erschaudernd.

»Vergeuden Sie Ihr Mitleid nicht an die«, knurrte Eischied hartgesotten.

»Entschuldigen Sie mich einen Moment«, sagte Eischied und ging zum nächsten Schreibtisch. Er zog das Telefon zu sich heran und wählte die Nummer des 48. Reviers. Inspector Cornfield hob ab.

»Bisher noch nichts, Chief«, berichtete Cornfield. »Wir sind im Augenblick erst etwa drei Blocks von beiden Seiten der Koch Street vorgerückt. Ich hab schon auf Ihren Anruf gewartet, Chief. Die Männer sind müde. Warum blasen wir für heute die ganze Geschichte nicht ab und machen morgen früh weiter?«

»Sind Sie verrückt, Mann?« bellte Eischied. »Wenn diese Bande tatsächlich in der Koch Street steckt, und wir ziehen uns jetzt zurück, dann sind sie morgen auf Nimmerwiedersehen verschwunden.«

»Wie Sie meinen, Chief.«

Mit Gewalt riß Eischied seine Gedanken aus der Bronx und wandte sich wieder seinen unmittelbaren Plänen zu.

»Kommen Sie, Doris«, sagte er und warf ihr ein gezwungenes Lächeln zu, »lassen Sie uns aus diesem Loch hier verschwinden.«

36

Everett Walker marschierte unruhig auf und ab. »Wo stekken sie bloß alle?« brummte er ungehalten.

Charles, der auf einem der Betten saß, hatte nur Augen für seine Arbeit. Neben ihm, auf einer auseinander gefalteten Zeitung, lagen die Teile seiner Maschinenpistole. Nachdem er sie gereinigt und geölt hatte, konzentrierte er sich darauf, sie wieder zusammenzusetzen.

»Hast du gehört, Charles?!«

Charles sah kurz auf und wandte sich wieder seiner MP zu.

»Ja«, sagte Cookie. »Es ist Essenszeit, und keiner kocht.«

»Wo steckt Paula?« fragte Walker. »Und Butch? Und Mark D.?«

Cookie überlegte angestrengt. »Vielleicht sind sie nicht durchgekommen?« schlug sie vor.

»Durchgekommen? Wo durchgekommen?« fragte Walker.

»Na draußen, mein ich. Heute wimmelt es überall von Cops. Von mir wollten sie zwar nichts, aber vielleicht halten sie inzwischen die Leute auf?«

»Bullen?« Everett Walker blieb abrupt stehen. Er und Charles warfen sich einen kurzen, aber vielsagenden Blick zu. Dann widmete sich Charles wieder ganz seiner MP. Doch seine Finger bewegten sich schneller als zuvor; es war jetzt keine Zeit mehr für liebevolle Behutsamkeit.

»Wir gehen hinten raus«, sagte Walker.

Charles Finger flogen über die Waffe. »Ich bin gleich soweit«, brummte er.

»Pack deine Sachen zusammen, Frank. Wir verziehen uns!« Frank, der auf einem der Betten saß und mit einem permanenten Grinsen in den TV starrte, erwiderte aus dem Mundwinkel: »Ich bin immer sprungbereit, Mann.«

Charles verstaute die zusammengesetzte MP in der Aktentasche, die vor dem Bett stand. Walker kam mit einem Koffer und einer Einkaufstasche voller Handgranaten aus dem oberen Stock zurück. Er legte die Handgranaten vorsichtig zu der MP in Charles Tasche. Dann packten er und Charles die Raketen für die Panzerfaust in eine zweite, etwas größere Aktentasche. Frank hatte sich bereits den Teppich, in den die Panzerfaust gerollt war, auf die Schulter geladen. Mit seiner freien Hand angelte er im Vorbeigehen eine Packung Graham Crackers vom Büfett hinter der Küchentür.

»Was machen wir mit den Schnellfeuergewehren?« fragte Charles.

»Die lassen wir hier«, antwortete Walker. »Wir können sie nicht tragen.«

»Schade«, murmelte Charles.

Walker ging als Letzter. Ehe er in den Hinterhof hinabstieg, legte er seine Hände auf Sugars Schultern. »Wenn die Bullen kommen, sag ihnen nichts. Ohne Hausdurchsuchungsbefehl dürfen sie gar nicht in die Wohnung. Ich rufe morgen an, okay?« Er tätschelte sanft ihren drallen Hintern und begann, ihn ausgiebig mit beiden Händen zu kneten. Nach einer Weile begann Sugar schneller zu atmen. Sie schnurrte wie eine Katze und drängte sich an ihn.

»Du mußt verstehen«, murmelte er und schob sie von sich, »die Revolution...« Er unterbrach sich. Sie würde gar nichts verstehen... Walker drehte sich um und verschwand im Dunkeln.

Die drei Männer überquerten den Hinterhof, sprangen über eine Mauer und standen auf der nächsten Straße. Sie erreichten Hoyts Wagen, der wie immer drei Straßen von der Koch Street entfernt stand, ohne Zwischenfall. Sie verstauten die Waffen und Munition, die ausgereicht hätte, den gesamten Block in die Luft zu jagen, und stiegen dann selbst ein. Unbehelligt reihte sich der Wagen in den Verkehr nach Norden ein.

Nach einer Weile drehte sich Frank, der am Steuer saß, halb zu Walker um und fragte, mit seinem irritierenden Grinsen im Gesicht: »Hey, Mann. Wo schlafen wir heute nacht überhaupt?«

Walker überlegte, ob in der Wäscherei am Bradway möglicherweise ebenfalls schon die Bullen waren, und entschied dann: »Im Wagen.«

»Na schön«, brummte Frank und riß mit einer Hand die Schachtel Graham Crackers auf. »Abendessen«, grinste er und reichte Walker die Crackers über die Schulter.

»Huch – das war aufregend«, flüsterte Doris, als sie sich neben Eischied in den Fond des Dienstwagens sinken ließ.

›Um so besser, Baby!‹ dachte Eischied, und zu Louie gewandt befahl er: »Stellen Sie den Funk lauter!«

»CB-Kanal, Chief?«

»Ja. Und die Frequenz des 4. Bezirks ebenfalls.«

Diese Bemerkung war für Doris der Anlaß, Eischied in ein Gespräch über den Polizeifunk zu verwickeln, das immer wieder von Durchsagen oder Einsatzbefehlen der Zentrale unterbrochen wurde. Doch keine der Meldungen versprach besondere Aufregung. Die Stadt schien ruhig.

Auf Doris schien der direkte Kontakt zu sämtlichen interessanten Ereignissen, die sich im Augenblick in der Stadt zutrugen, wie eine erregende Dusche zu wirken. Sie lebte sichtlich auf. Eischied hatte bereits eine Menge in den Abend investiert und spontan beschloß er, daß es nun auch nicht mehr darauf ankam. In einem Nachtclub, in dem Eischied kein Unbekannter war, sahen sie sich die Zwei-Uhr-Show an und leerten noch zwei Flaschen Champagner – auf Kosten des Hauses. Eischied tanzte zweimal mit Doris. Ihre Brüste drückten ihn härter als sein Revolver, und Eischied wurde allmählich neugierig.

Als sie wieder rauskamen, wartete Louie noch immer vor dem Nachtclub. Eischied mußte ans Fenster klopfen, um ihn aufzuwecken.

»Wohin, Chief?«

Plötzlich quakte der Funk los: »Meldung eines Zehn-Dreißig! Achtung! Zehn-Dreißig in der...«

Dann folgte die Adresse. Eischied sah sich kurz um; sie waren ganz in der Nähe. »Drück drauf, Louie!« befahl er.

Doris spürte die Spannung in seiner Stimme.

»Was ist denn ein Zehn-Dreißig?« fragte sie hellhörig.

»Bewaffneter Raubüberfall!« schnappte Eischied knapp und schob etwas das Kinn vor.

Doris wurde bleich. Der Wagen war losgesprungen und gewann allmählich an Fahrt. Sie waren in einer Seitenstraße und jagten mit hundert oder mehr Stundenkilometern durch die Reihen der geparkten Autos.

Louie riß den Wagen nach rechts in eine andere Seitenstraße herum, und Eischied wurde gegen Doris geworfen.

»Dort ist er!« schrie Louie.

Sie sahen den Mann mit der Lederjacke etwa zweihundert

Meter vor ihnen den Gehsteig entlang rennen. Das war eine Überraschung. Eischied hatte nicht die Absicht gehabt, tatsächlich einzugreifen und womöglich in eine Schießerei verwickelt zu werden. Louie trat das Gas durch und machte jetzt auch die Sirene an. Louie wußte nicht, daß der einzige Zweck des ganzen Manövers der gewesen war, Doris zu beeindrucken; und der Mann mit der Lederjacke wußte es ebenfalls nicht.

Sie hatten ihn fast, als plötzlich aus einer Seitenstraße ein Streifenwagen einbog. Zwei Polizisten sprangen mit gezogenem Revolver heraus, und der Flüchtende rannte ihnen direkt in die Arme.

Louie brachte den Wagen mit quietschenden Reifen zum Stehen. Mit dem Revolver in der Faust sprang Eischied aus dem Wagen. Dazu bestand absolut keine Notwendigkeit mehr, denn der junge Bursche lehnte bereits mit ausgestreckten Armen gegen die Wand. Einer der beiden Polizisten tastete ihn nach Waffen ab. Hier konnte Eischied keine Heldentat mehr vollbringen. Ein bißchen enttäuscht von der Entwicklung der Dinge, schob Eischied seinen Revolver in den Gürtel zurück.

Die Handschellen klickten und der Mann in der Lederjakke wurde auf den Rücksitz des Streifenwagens gestoßen. Die Türen schlugen zu, und der Streifenwagen jagte in Richtung des nächsten Reviers davon.

Eischied stieg wieder in den Wagen. Doris kuschelte sich an ihn und preßte ihren Busen gegen seinen Arm. »Mein Held!« hauchte sie. »Ich hatte so furchtbare Angst! Haben Sie denn überhaupt keine Angst?«

»Halb so wild«, tönte Eischied großspurig. »Diese Galgenvögel sind alle gleich: wenn es ernst wird, haben sie die Hosen voll.«

Lautlos rollte der Wagen des Chief of Detectives durch die nächtlichen Straßen. Das Licht einer Straßenlaterne fiel auf Doris Gesicht. Sie unterdrückte ein Gähnen. »Es ist schon sehr spät«, murmelte sie. »Können wir nicht nach Hause fahren?«

Als der Wagen vor dem Hotel hielt, war sich Eischied plötzlich gar nicht mehr so sicher, daß sie ihn noch auf einen Drink zu sich einladen würde. Falls er jetzt alleine abziehen mußte, würde das einer Niederlage gleichkommen – einer Niederlage auch in den Augen von Louie.

Er begleitete sie zur Tür. Mit einem gekünstelten Lächeln wandte sie sich zu ihm um. ›Ich hab's doch geahnt‹, dachte Eischied und versuchte, sich die bevorstehende Enttäuschung nicht anmerken zu lassen.

»Warum kommen Sie nicht noch auf 'nen Drink mit hoch?«

Eischied bemühte sich, seinen Triumph nicht zu deutlich zu zeigen. »Ich muß nur noch kurz mit meinem Chauffeur sprechen.«

Er ging zum Wagen zurück und steckte den Kopf durchs Fenster. »Sie können heimfahren, Louie«, sagte er. »Ich brauche noch etwas frische Luft und laufe nach Hause.«

Louies Miene blieb unbewegt. »Zur üblichen Zeit, morgen früh, Chief?«

»Ja. Acht Uhr.«

Geräuschlos brachte der Aufzug Eischied und Doris zum Dachgeschoß des Hotels. Doris mixte Highballs, und Eischied beobachtete jede ihrer Bewegungen mit wachsender Erregung. Er war nervös wie ein Teenager, und als sie ihm sein Glas reichte, kippte er es wie ein Teenager fast bis zur Neige.

Er stellte das Glas auf den Tisch und zog sie in seine Arme. Dann küßte er sie. Ihre Lippen waren weich. Eischied hatte das Gefühl, ein halbes Pfund Lippenstift im Mund zu haben.

»Vielen Dank für meinen Schmuck und für einen wunderschönen Abend«, hauchte sie.

»Ich hoffe, der Abend ist noch nicht zu Ende«, erwiderte Eischied und küßte sie erneut.

Er war keineswegs überrascht von der Entwicklung der Dinge. Weshalb auch hätte er überrascht sein sollen? Er hatte ihr einen Gefallen getan – zumindest nahm sie das an –

und sie war es gewohnt, sich für einen Gefallen gefällig zu erweisen. Für sie war das ganz normal; so normal, wie der Patellarreflex.

»Du hast einen wunderschönen Körper«, flüsterte er und starrte auf ihren Busen. »Den ganzen Abend konnte ich an nichts anderes denken.«

Sie kicherte und räkelte sich gekonnt. »Schmeichler!« hauchte sie.

Eischied kippte den Rest seines Drinks hinunter.

Er griff nach ihr, doch sie entwand sich seinen Armen. »Ich mach dir noch 'nen Drink, ja?«

Als sie ihm das gefüllte Glas reichte, stelle er es zur Seite und zog sie an sich.

Ihr Körper drängte sich an ihn und preßte den Piepser schmerzhaft gegen seine Rippen. Offenbar drückte er sie ebenfalls, denn sie unterbrach den Kuß und sagte: »Dieses harte Ding da in deiner Hose drückt ja furchtbar.«

»Welches harte Ding meinst du?« grinste Eischied lüstern.

Sie kicherte geschmeichelt und er legte den Piepser auf den Tisch. Dann zog er auch den Revolver aus dem Gürtel, nahm die Kugeln heraus und stellte sie alle fünf aufrecht auf die Glasplatte neben die Waffe.

»Kann man uns eigentlich über dieses Ding hören?« fragte sie und nickte in Richtung des Piepsers.

»Natürlich nicht. Aber wenn mein Büro mich erreichen will, dann geht das Ding hier los, wie eine Sirene.«

Sie vergrub ihr Gesicht an seinem Hals und lachte verschmitzt. »Du mußt dich entscheiden: entweder ich oder dieses Ding da«, gurrte sie. Ihre Hand tastete nach dem Piepser und knipste den Schalter auf »Aus«.

Eischied sah ihr tatenlos zu, und obwohl sogleich der Gedanke an die Koch Street in seinem Gehirn aufblitzte, murmelte er: »Okay, Honey. Wie du meinst...«

Er begann die Haken am Rücken ihres Kleides zu öffnen und vergaß die Koch Street und die ganze Bronx. Als er bei ihrer Taille angekommen war, streifte er das Kleid über ihre Schultern nach unten bis zur Hüfte. Sie trug keinen BH. Sie hatte die prachtvollsten Titten, die Eischied je gesehen hatte, und er starrte sie ehrfurchtsvoll an. Sie waren groß wie Melonen, doch sie hingen kein bißchen – nicht einen Millimeter! Eischied hegte den Verdacht, daß hier kosmetische Chirurgie nachgeholfen hatte – oder Silikoninjektionen. Er war dermaßen verblüfft, daß er mit offenem Mund dastand und diese überirdischen Prachttitten selbstvergessen anstarrte.

Vielleicht war dieser unwahrscheinliche, dieser unglaublich perfekte Busen ihr eigentliches Geheimnis? Vielleicht war das der Grund, weshalb sie diese alten Knacker mit Kostbarkeiten überhäuften? Vielleicht war dieses ganze Gerede über »Süßholzraspeln« nichts als ein leeres Gerücht?

Er mußte es herausfinden. Sein Gesicht fühlte sich heiß an, und die Schleier in seinem Kopf verwischten seine Gedanken. Etwas unsicher auf den Beinen, zog er sie an sich. Er spürte ihre nackten Brüste durch sein Hemd. Wann hatte er seine Jacke ausgezogen?

Er zerrte an seiner Krawatte und fingerte an den Knöpfen seines Hemdes. Sie entzog sich seiner Umarmung und lief in ihr Schlafzimmer. Eischied tapste hinter ihr her, ohne einen Gedanken an den Piepser und den Revolver auf dem Tisch zu verschwenden.

Im Schlafzimmer entledigte er sich des Rests seiner Kleider und streifte auch ihr Abendkleid vom Körper. Nackt bis auf die hochhackigen Schuhe und die Klunker an Hals und Armen, stand sie vor ihm. Er stieß sie auf das Bett und kroch über sie. Gleich würde er die Antwort wissen. Gleich würde er zu ihrem Geheimnis vordringen. Er drang in sie ein und war darauf gefaßt, daß sich die Welt um ihn herum jeden Augenblick in einem Feuerwerk von Millionen explodierender Lichtblitze mit dem Universum vereinigen würde. Fortan würde er aus dem unermeßlichen Reichtum dieser Erfahrung schöpfen und eine Wahrheit schauen können, die nur wenigen Sterblichen vergönnt war.

Aber sie keuchte und stöhnte wie jede andere Frau bei solcher Gelegenheit, und ihre intimen Regionen fühlten sich keine Spur anders an, als bei anderen Frauen. Vage registrierte Eischied, daß er abermals mit einer Frau im Bett lag, die er weder kannte noch besonders mochte, und daß dies nichts als ein erneuter Verrat an seiner Männlichkeit, ja an seiner ganzen Natur war.

Nichts von dem, was hier geschah, war in irgendeiner Weise ungewöhnlich, und Eischied war im Begriff, eine der größten Enttäuschungen seines Lebens zu erfahren. Ihr Busen war unbestreitbar bemerkenswert und fest, wie zu prall gefüllte Wäschebeutel; aber dies war nicht der unermeßliche Reichtum, die letzte Erkenntnis, die er gesucht hatte – und wahrscheinlich waren sie nicht einmal echt.

»Hast du schon einmal was vom Süßholzraspeln gehört?« keuchte er in ihr Ohr.

Hatte sie reagiert? War sie eben erschreckt zusammengezuckt, oder hatte er sich das nur eingebildet?

Hatte er sie mit seiner Frage an den Gipfel sexueller Verzückung gebracht, oder machte sie ihm was vor?

Sie preßte ihre Lenden jetzt gegen ihn und erwiderte seine Stöße, als steuerte sie auf einen Orgasmus zu. »Ja, gib's mir! Fick mich!« keuchte sie vulgär.

Eischied tat sein Bestes, obwohl er selbst nicht wirklich bei der Sache war. Heiser murmelte er ihr ins Ohr: »Ich hab gehört, du bist die heißeste Süßholzrasplerin der Stadt. Zeig's mir! Bitte zeig's mir!«

Doch falls sie tatsächlich geheimnisvolle Fähigkeiten besaß, dann blieben sie Eischied verborgen.

Etwa eine Stunde später trottete er durch den Central Park nach Hause. Die Sonne stieg bereits hinter den Apartmenthäusern empor und warf hie und da lange Bahnen ihres goldenen Lichts über die Gehwege und Rasenflächen des Parks. Eischied hatte dröhnende Kopfschmerzen, und sein Magen fühlte sich an, als würde er sich beim nächsten Schritt nach außen stülpen. Er versuchte sich davon zu überzeugen, daß diese Geschichte mit dem Süßholzraspeln nichts als ein Gerücht war. Er selbst hatte dies hautnah erfahren. Sie besaß keine magischen Fähigkeiten, keine geheimnisvollen Vaginalmuskeln, und die Erklärung ihres außergewöhnlichen Erfolgs bei Männern war im Grunde genommen viel einfacher – oder komplexer – je nach dem, von welchem Standpunkt aus man die Sache betrachtete. Irgendwie verstand sie es offenbar, mit diesen reichen alten Knackern umzugehen und war mit der Zeit zum von allen begehrten Haupttreffer in diesen Kreisen avanciert. Und nun versuchten sich mehrere dieser alten Geldsäcke gegenseitig auszustechen und – indem sie sie mit Kostbarkeiten und Juwelen überhäuften – gleichzeitig das Monopol auf ihre Dienste an sich zu reißen. Es war im wesentlichen ein Machtspiel, und ihre Vagina hatte damit eigentlich gar nichts zu tun; nicht mehr zumindst, als bei jeder anderen Frau auch.

Oder sie reservierte ihre besonderen Künste für besondere Kunden, und er war einfach nicht in der Lage gewesen, ihr genug zu bezahlen?

Eischied fühlte sich deprimiert und war wütend auf sich selbst, wie selten zuvor in seinem Leben. Er hatte einen scheußlichen Geschmack im Mund, als hätte er die ganze Nacht an einer alten und verdreckten Tabakspfeife gesogen. Ein enormer Kater kündigte sich an und fauchte bereits drohend in Eischieds Hinterkopf. Er hatte die ganze Nacht kein Auge zugemacht, und der Morgen war bereits so weit fortgeschritten, daß Eischied kaum noch Zeit für eine Dusche und ein kurzes Frühstück blieb, wollte er nicht das Ehrenbegräbnis von Officer Delehanty versäumen.

Während Eischied Wasser in die Badewanne laufen ließ, rief er den Sergeant von der Nachtschicht an. Er hatte Glück, denn der Sergeant war bereits im Begriff, zu gehen. Während der ganzen Nacht war kein einziger Anruf aus der Bronx für ihn eingegangen.

Eischied schüttelte verständnislos den Kopf. Während er sich eilig zum Gehen bereit machte, fluchte er leise vor sich hin.

37

Während Eischied versuchte, seiner Verpflichtung – als Chief of Detectives bei dem Ehrenbegräbnis anwesend zu sein – nachzukommen, besuchten Everett Walker und Charles die Frühmesse von St. Bartholomew in Forest Hills, Queens. Die Panzerfaust hatten sie bereits eine halbe Stunde vor Beginn des Gottesdienstes in die Empore der Kirche hochgeschafft und unter einer Kirchenbank versteckt. Nun knieten sie mit gesenkten Köpfen in einer der hinteren Reihen, zu beiden Seiten des Mittelgangs, und ließen die schweren Aktentaschen, die sie neben sich stehen hatten, nicht aus den Augen. Es war mittlerweile kurz nach sieben, und der Priester zelebrierte vor der nur spärlich erschienenen Gemeinde der Gläubigen irgendeinen kirchlichen Festtag, der anscheinend mit der Heiligen Jungfrau zu tun hatte.

Als alles vorbei war, und die Besucher des Gottesdienstes nach draußen strebten, schloß sich ihnen Charles an. Unauffällig blieb er unterhalb der Treppe zur Empore stehen und blätterte interessiert in den ausliegenden Broschüren, die sich in erster Linie mit Themen wie Keuschheit und Enthaltsamkeit befaßten.

Walker blieb in seiner Bank knien. Die Ellbogen auf die Rückenlehne vor ihm gestützt, vergrub er sein Gesicht in den Händen wie ein Sünder, der durch eifriges Gebet Vergebung erfleht. Er konzentrierte sich auf die Geräusche, die durch das Kirchenschiff hallten. Er hörte, wie der Priester in der Sakristei seine Soutane ablegte und seine Gerätschaften wegräumte. Er hörte die fröhlichen Stimmen der Ministranten, die sich vom Priester verabschiedeten; dann eine zuschlagende Tür, und die Kirche war leer, völlig leer – bis auf ihn und Charles. Die Stille dröhnte in seinen Ohren. Er hörte Charles einmal husten. Das verabredete Zeichen!

Auf Zehenspitzen stiegen sie die Stufen zur Empore hinauf und huschten in den kleinen Raum, von dem aus die Leiter zum Dach hinaufführte.

Sie setzten die schweren Aktentaschen am Fuße der Leiter

ab, und Walker begann die Sprossen zu erklimmen. Sie fühlten sich kalt an. Mit einer Hand hob er, während er weiterstieg, die Falltür und lehnte sie vorsichtig gegen die Wand des Kirchturms. Walker griff in die Tasche, zog das Abzeichen eines Detectives der New Yorker Polizei hervor und steckte es sich an. Behutsam öffnete er die Eisentür zum Dach einen winzigen Spalt und spähte nach draußen. Das Dach schien leer. Er schob die Tür ganz auf und trat ins Freie. Auf Zehenspitzen huschte er zu der Glaskuppel und vergewisserte sich, daß auch dort niemand war. Um sein heftig klopfendes Herz zu beruhigen, sog er einigemale die Luft tief in seine Lungen und atmete langsam wieder aus. Erst dann schlüpfte er wieder durch die Tür in den Turm zurück. Charles reichte ihm die beiden schwarzen Aktentaschen nach oben. Walker stellte sie neben die Tür auf das Dach. Dann griff er nach dem Teppich, den Charles nach oben schob, während er selbst die Leiter hochstieg.

Im Licht des frühen Morgens war die Luft noch relativ klar, und sie konnten in allen Richtungen weit über die Stadt blicken.

Walker fühlte sich wie ein Bergsteiger, der endlich den Gipfel der Welt erreicht hatte.

Die Sonne war bereits über die Bäume gestiegen, und ihre Strahlen waren angenehm warm auf der Haut. Walker bestand darauf, daß der Teppich mit der Panzerfaust und die beiden Taschen auf die andere Seite der Glaskuppel gebracht wurden, um sie aus dem Blickfeld neugieriger Sicherheitsbeamter zu schaffen, die unter Umständen bis in den Kirchturm hochsteigen würden.

Charles amüsierte sich über diese Vorsichtsmaßnahme: »Niemand wird hier seine Nase herausstecken.«

»Wahrscheinlich hast du recht.«

»Und jeder, der es doch tut, wird weggeputzt.«

»Niemand wird weggeputzt!« zischte Walker. »Zumindest so lange nicht, bis wir den Job hier über die Bühne gebracht haben.«

Aus einer der Taschen zog Charles das mit Knoten versehene Seil und brachte es zur hinteren Mauer des Dachs. Es war dasselbe Seil, das sie für ihre Flucht aus der Koch Street benutzt hatten. Charles brauchte fast fünf Minuten, so gewissenhaft knüpfte er die Schlinge, die genau über einen Vorsprung in der Steinmauer des Daches paßte. Dann rollte er das Seil sorgfältig zusammen und ließ es an der Mauer liegen.

Walker riskierte einen Blick auf die Straße hinter der Kirche. Dort drüben, direkt auf der anderen Seite des Drahtzauns, würde der Fluchtwagen warten; auf dem Grünstreifen des Grand Central Parkway und jederzeit bereit, in den Strom des morgendlichen Berufsverkehrs einzutauchen. Frank hatte die Anweisung, alle dreißig Minuten an dieser Stelle vorbeizufahren und von 9 Uhr 25 an dort zu parken. Die Beerdigung würde um 9 Uhr 30 beginnen.

Walkers Blick folgte dem Verlauf der Stadtautobahn in Richtung des La Guardia Airports und gerade in diesem Augenblick entdeckte er auf der rechten Spur Hoyts grünen LTD. Der Wagen wurde langsamer, blinkte rechts und scherte aus der Schlange aus. Er holperte ein Stück über den leicht abschüssigen Grünstreifen und kam direkt vor dem Loch im Zaun zum Stehen. Franks Gesicht tauchte am Fenster des Beifahrersitzes auf und spähte nach oben. Er winkte begeistert. Walker antwortete mit einem kurzen Nicken. Franks in den Himmel gerichtetes Grinsen schien hinter der Scheibe festgefroren, und jeder, der zufällig an der Straße vorbeikam, mußte sich fragen, was hier vor sich ging. Walker winkte ihn wütend in den Verkehr zurück. Frank war das schwache Glied, stellte Walker fest. Mark D. wäre besser gewesen. Doch immerhin hatte Frank die richtige Stelle gefunden und würde sie hoffentlich wieder finden...

Da Frank erst in einer halben Stunde wieder auftauchen würde, und bis zum Beginn der Totenmesse noch etwa zwei Stunden Zeit waren, ließen sich Walker und Charles nebeneinander auf dem Dach nieder, mit dem Rücken gegen die Glaskuppel gelehnt, und blinzelten in die Sonne. Sie war inzwischen schon ziemlich stark, und Walker konnte fühlen, wie sein Körper die Kraft ihrer Strahlen in sich aufsog.

Er saß auf einer Ecke des Teppichs, den er zu sich herangezogen hatte, um den blauen Anzug zu schonen, in dem er lange Zeit unterwegs sein würde. Er faltete die ›New York Times‹ auf, die er an einem Kiosk besorgt und in der Aktentasche mit den Handgranaten auf das Dach gebracht hatte, und begann zu lesen.

Die großen Schlagzeilen waren erst für morgen angesagt. Die Zeitung von heute interessierte nicht. »Willst du sie lesen?« fragte er und reichte sie Charles.

Walker zog sein Notizbuch hervor. Es würde nicht bei den Schlagzeilen bleiben. Ganze Geschichtswerke würden verfaßt werden! Man würde versuchen, die Gedanken und die Gefühle nachzuvollziehen, die ihn in diesen entscheidenden Stunden bewegten. Er begann sie niederzuschreiben.

Walker war der erste Mann in der Geschichte der Menschheit, der es wagte, eine viel-tausendköpfige Polizeimacht anzugreifen. Damit würde er für die geknechteten Massen der ganzen Welt eine Vision von ihrer eigenen Befreiung entwerfen, deren Bedeutung nur als epochal bezeichnet werden konnte.

›Das ist nicht dein eigentliches Ziel!‹ mahnte ihn eine innere Stimme. ›Dein Ziel ist der Ruhm!‹

›Na schön‹, dachte Walker. ›Ich gebe es zu: ich will berühmt sein – okay! Aber nur als derjenige, der aus Unrecht Recht gemacht und einen neuen Weg in die Zukunft gewiesen hat!‹

Walker war ein ehrlicher Mann. Er schrieb auch diese Gedanken in sein Notizbuch. Die Historiker sollten sich darüber die Köpfe zerbrechen...

»Steck dein Anzeichen an«, brummte er zu Charles gewandt.

Charles angelte ein golden glänzendes Detective-Abzeichen aus der Tasche und steckte es sich ans Revers.

Fast an jeder Straßenecke im Ghetto konnte man Dienstmarken und Abzeichen der New Yorker Polizei kaufen – verloren gegangene, gestohlene, oder gefälschte. Sie waren auch nicht schwerer zu bekommen als Waffen oder Heroin.

»Von welchem Revier sind wir eigentlich?« fragte Charles und rückte das Abzeichen gerade.

»Ich bin vom 48sten. Wo du her bist, weiß ich nicht.«

Walker hielt das für eine witzige Bemerkung, und Charles verzog das Gesicht zu einem sparsamen kalten Grinsen.

Die Eisentür zum Turm lag auf der anderen Seite der Glaskuppel, und es bedurfte schon einer gründlichen Suchaktion, sie hier aufzustöbern. Und selbst dann konnte man sie für zwei Detectives der Stadtpolizei halten.

Sie würden sich durchbluffen.

Und wenn das nicht funktionierte?

Dann würden sie sich ihren Weg vom Dach der Kirche freischießen – doch nur, wenn alle anderen Mittel versagten; denn das würde die Aufgabe, die sie sich gestellt hatten, den sakralen Akt, vereiteln.

Bald würden die ersten Wagen und die ersten Abordnungen der Polizei eintreffen. Von diesem Augenblick an mußten sie sich absolut ruhig verhalten, und Walker war klar, daß ihnen die letzte Stunde wie fünf oder wie zehn Stunden vorkommen würde.

Walker wußte, daß den Menschen, außer der Fähigkeit zu Lachen, noch eine andere Eigenschaft vom Tier unterschied: der Mensch war fähig, die schlimmsten Qualen zu durchleben, wenn er darauf wartete, daß die Zeit verging.

Eischied hatte geduscht, gefrühstückt und einen frischen Anzug angezogen. Ehe er seine Wohnung verließ, rief er noch einmal in seinem Büro an.

»Rufen Sie für mich Inspector Cornfield an. Wecken Sie ihn, wenn es sein muß. Er soll mich sofort zurückrufen.«

Offensichlich war die Razzia ergebnislos verlaufen. Es gab keine andere Erklärung für Cornfields Schweigen. Eischied war nicht einmal überrascht, denn Fehlschläge hatte man bei der Kriminalpolizei wesentlich häufiger zu verkraften als Erfolgsmeldungen. Trotzdem war er enttäuscht. Nun würden sie wieder ganz von vorne beginnen müssen.

Eischied hatte keine Zeit, länger auf Cornfields Anruf zu warten; er mußte los, wollte er nicht zu spät zur Totenmesse kommen.

Die Straßen um die Kirche waren von Polizeifahrzeugen völlig verstopft, und Eischied mußte aussteigen und seinen Weg zu Fuß fortsetzen.

Vor der Kirche hatten bereits einige Tausend Zivilbeamte und Streifenpolizisten in Uniform Aufstellung genommen. Alle trugen sie weiße Handschuhe, und je weiter Eischied zur Kirche vordrang, desto höher wurden die Rangabzeichen.

Eischied nahm seinen Platz in der Reihe der Zwei- und Drei-Sterne-Chiefs ein – direkt gegenüber dem Portal der Kirche. Vor dieser Reihe standen die Deputy Commissioners und einige Politiker, die sich solche Anlässe nie entgegehen ließen. Und davor würden dann nur noch der Bürgermeister, der Chief Inspector und der Police Commissioner stehen. Hinter Eischied drängten sich zwei Reihen von Officer Delehantys Kollegen vom 48. Revier – mit Ausnahme von Officer Agnes Cusack natürlich, die sich noch immer unter ärztlicher Aufsicht befand.

Eischieds Augen brannten vor Müdigkeit, und sein Magen kämpfte mit einer akuten Gastritis, doch selbst hier gab es Arbeit zu erledigen. Eischied schüttelte Politikerhände und begrüßte die Chiefs und Deputy Commissioners, die er lange nicht mehr gesehen hatte; manche nicht mehr seit dem letzten traurigen Anlaß dieser Art.

Eischied entdeckte den PC, der sich mit dem Chief Inspector unterhielt. Offenbar warteten sie auf die Ankunft des Bürgermeisters, denn vorher konnte die Zeremonie natürlich nicht beginnen.

Eischied erkannte Deputy Inspector Cornfield, der sich durch die Reihen der Kollegen schob. Eischied winkte ihn zu sich herüber, um zu erfahren, wie die Aktion in der Koch Street verlaufen war, doch entweder sah Cornfield Eischied nicht, oder er ignorierte ihn. Cornfield steuerte direkt auf den PC und den Chief Inspector zu. Die drei steckten sofort ihre Köpfe zusammen und hatten offenbar etwas Wichtiges zu besprechen. Sie redeten sehr leise miteinander, und Eischied verstand kein Wort, obwohl er argwöhnisch die Ohren spitzte.

Es war keine normale Unterhaltung; soviel war Eischied klar. Dafür dauerte sie einfach zu lange. Je länger Eischied die drei Männer beobachtete, desto unbehaglicher fühlte er sich in seiner Haut.

Endlich schien die Unterredung beendet. Chief Inspector O'Connor grinste zufrieden. Der PC klopfte Cornfield auf die Schulter, und Cornfield wandte sich zum Gehen. Er sah recht selbstzufrieden drein.

»Cornfield!« rief Eischied. »Kommen Sie mal her. Ich muß mit Ihnen reden.« Während Eischied auf Cornfield wartete, schweifte sein Blick über den Kirchturm und die Glaskuppel auf dem Dach der Kirche, doch seine Gedanken waren zu sehr mit Cornfield beschäftigt, um an irgend etwas anderes zu denken.

»Morgen, Chief«, sagte Cornfield.

»Wie ist es gelaufen, gestern nacht, Cornfield?«

»Wir haben Mark D. verhaftet«, erklärte Cornfield. Sein Gesicht war ausdruckslos, doch seine Stimme hatte einen beinahe herablassenden Unterton.

Eischied fühlte, wie er bleich wurde. Es war, als hätte er eine Ohrfeige bekommen.

»Und warum haben Sie mich nicht informiert?« fragte er und versuchte dabei, seine Stimme im Griff zu halten.

»Ich habe versucht, Sie über Ihren Piepser zu erreichen, Chief. Als Sie nicht zurückriefen, habe ich den PC geweckt. Er meinte, ich solle Sie nicht weiter belästigen. Er sagte, Sie hätten eine ungestörte Nachtruhe verdient.«

Eischied starrte in Cornfields ausdrucksloses Gesicht. Cornfield wußte ebensogut wie Eischied, wie das gemeint gewesen war. »Sehr rücksichtsvoll von Ihnen«, sagte Eischied beherrscht. »Und vom PC natürlich ebenfalls.«

»Mark D. hatte eine 9mm Browning bei sich. Er kam gar nicht dazu, sie zu ziehen. Die Ballistiker sind gerade darüber. Der vorläufige Bericht bestätigt, daß Delehanty mit derselben Waffe erschossen wurde.«

»Und wo haben Sie ihn erwischt?« erkundigte sich Eischied.

»Ich hatte ein paar Detectives in dieses Poolcenter geschickt. Um zwei Uhr tauchte er dann dort auf und wir haben ihn uns geschnappt.«

Eischieds Schädel drohte zu zerspringen. Die Schlagzeilen der Spätausgaben. Ein Triumph für den PC.

»Der PC hat für zwölf Uhr eine Pressekonferenz angekündigt und mich gebeten, dabei zu sein«, berichtete Cornfield selbstgefällig.

›Dich hat er gebeten, und damit seinen Chief of Detectives ausgeladen‹, dachte Eischied bitter. Wenn der PC damit durchkam, dann war das der erste Schritt zu Eischieds endgültigem Abschuß.

Doch Eischied konnte nichts unternehmen, denn Cornfield hatte letzte Nacht lediglich die Anweisungen des PC befolgt. Eischied hatte keinen Trumpf mehr in der Hand, und sein Blatt war mehr als schlecht. Er konnte nur warten, bis das Beil fiel. Es würde scharf wie eine Rasierklinge sein, und Eischied würde nichts spüren.

Der Bürgermeister war eingetroffen. Gewichtig stieg er aus seinem Wagen. Er trug Handschuhe und eine russische Pelzmütze, obwohl die Sonne angenehm warm war. Er schüttelte dem PC und dem Chief Inspector die Hand, dann kamen die Politiker und Deputy Commissioners an die Reihe. Als sein Blick auf Eischied fiel, winkte er freundlich. Eischied nickte freundlich zurück.

Eischied hörte, wie irgendwo ganz in der Nähe ein Kommando gerufen wurde. Undeutlich registrierte er, wie sich die Polizisten entlang der Straße zu Reih und Glied formierten. Er sah die Straße hinab und entdeckte, etwa vier Blocks entfernt, den Leichenzug, der angeführt von zwei weißgekleideten Cops auf Motorrädern auf die Kirche zukroch. Hinter den Motorrädern, die so langsam fuhren, daß sie Mühe hatten, das Gleichgewicht zu halten, folgte bemessenen Schrittes die Ehrengarde. Dann kam der Leichenwagen. Er hatte die Scheinwerfer an. Was gab es hier noch zu beleuchten? Alles war bereits nur allzu klar.

»Brauchen Sie mich noch, Chief?« fragte Cornfield.

›Wenn ich mich gestern selbst um die Sache gekümmert hätte‹, überlegte Eischied, ›anstatt diese Braut aufzureißen, dann wäre das vielleicht alles nicht passiert.‹ Doch das stimmte nicht ganz. Sein Problem lag tiefer.

Was hatte er sonst noch falsch gemacht?

Er hatte keinen Befehl an das Sicherheitsdezernat ausgegeben, die Umgebung der Kirche zu überwachen. Doch er nahm an, daß dies sein Büro erledigt hatte. So etwas war reine Routineangelegenheit. Er warf einen Blick zum Dach der Kirche, doch der Detective, den er dort oben zu sehen erwartet hatte, war nicht dort. Der Leichenzug kam näher, und vor Eischieds inneren Augen drängten sich wieder die gräßlichen Bilder aus dem Restaurant am Southern Boulevard. ›Wieso eigentlich in einem Schnellimbiß?‹ dachte er düster. Ein zu allem entschlossener Terrorist würde seinen Schlag hier führen; hier, unter den vollzählig versammelten Mitgliedern der Polizeihierarchie der Stadt! Eine Bombe unter einer der Kirchenbänke, oder von dem Dach dort oben...

»Haben wir eigentlich einen unserer Leute auf dem Dach postiert?« fragte er Cornfield.

»Keine Ahnung, Chief«, entgegnete Cornfield. »Das ist nicht mein Resort.«

»Steigen Sie doch mal hoch und sehen Sie nach!« sagte Eischied. Dies war keine Bitte; dies war ein Befehl.

»Was kann schon passieren«, erwiderte Cornfield leichthin. »Mit fünftausend Cops auf der Straße hat keiner eine Chance davonzukommen.«

›Sie begreifen nicht‹, dachte Eischied und plötzlich verstand er Walker ganz genau – zumindest glaubte er dies. Denen kam es gar nicht darauf an, mit heiler Haut davonzukommen.

»Außerdem haben wir doch gestern nacht den Mörder verhaftet.«

»Machen Sie schon, Mann!« befahl Eischied. »Ich will Sie dort oben sehen!«

Cornfield glaubte, den Grund von Eischieds Unleidlichkeit zu verstehen, und fand, an einem Tag wie heute könne er sich eine Geste des Großmuts erlauben.

»Okay, Chief«, nickte er achselzuckend und ging in Richtung des Kirchenportals davon.

Eischied preßte die Handballen gegen seine Augenhöhlen, um den Schmerz, der dahinter pochte, zu besänftigen. Es half nichts, und gepeinigt schüttelte er den Kopf. Als er es wieder wagte, in das grelle Tageslicht zu blinzeln, sah er, daß Cornfield nicht weiter als bis zum Bürgermeister gekommen war. Dieser schüttelte ihm gerade begeistert die Hand und klopfte ihm gleichzeitig auf die Schulter; zweifellos beglückwünschte er diesen Bastard zur Verhaftung von Mark D.

Beunruhigt sah Eischied erneut zum Dach der Kirche. Cornfield dachte anscheinend nicht daran, den Befehl auszuführen; er war gänzlich von der Unterhaltung mit dem Bürgermeister beansprucht.

Eischied gab sich einen Ruck und eilte über die Straße. Er selbst würde auf das Dach steigen; nicht so sehr, weil er tatsächlich daran glaubte, daß es notwendig sei, sondern weil er es einfach nicht mehr aushielt, die ganze Zeit bewegungslos an einem Fleck zu stehen. Sein Kopf drohte zu zerplatzen, und sein Magen stieß säuerlich auf. Alles war besser, als tatenlos rumzustehen und zuzusehen, wie die Kollegen eifrig an seinem Stuhl sägten.

Er eilte die Stufen zum Portal hinauf und betrat die Kirche. Er steuerte auf einen Lieutenant vor der Polizeiakademie zu, der mit seinen Leuten im Vestibül der Kirche stand, um den Trauergästen ihre Plätze anzuweisen. Eischied kannte den Mann und auch seine Leute von zahlreichen früheren Ehrenbegräbnissen.

»Wie lange sind Sie schon hier, Lieutenant?« Eischied nahm sich die Zeit, eine Antwort abzuwarten.

»'Ne halbe Stunde etwa, Chief.«

»Haben Sie gesehen, ob irgend jemand von unseren Leuten auf das Kirchendach gestiegen ist?«

»Nein, Sir. Aber ein paar Männer vom Sicherheitsdezernat haben vor 'ner Weile das Kirchenschiff genau inspiziert.«

Eischied nickte und sah sich nach der Treppe um. Sie schien ihn zur Eile aufzufordern, und Eischied stürmte die ausgetretenen Holzstufen empor. Es gab nur eine Tür, soweit Eischied erkennen konnte, und er eilte ohne zu zögern auf sie zu. Er riß sie auf und stand vor einer schmalen Eisenleiter. Eischied griff nach den Sprossen und begann nach oben zu steigen.

Everett Walker kauerte an der rückwärtigen Mauer des Kirchendaches und sah immer wieder ungeduldig auf seine Uhr. Frank war zu spät dran; doch auch der Beginn der Totenmesse hatte sich glücklicherweise verzögert. Zum x-ten Male schweifte Walkers Blick nun schon über die Autokolonnen, die sich über den Grand Central Highway schoben. Der grüne LTD mußte jeden Augenblick auftauchen.

Charles saß noch immer mit geschlossenen Augen gegen die Glaskuppel gelehnt. Er erinnerte Walker an einen Boxer vor dem großen Kampf: er schien wie in Trance und völlig auf sich selbst konzentriert.

»Dort ist er!« zischte Walker und deutete erregt in Richtung der Stadtautobahn.

Charles öffnete die Augen, und nach einer Weile stand er auf.

Walker ließ den grünen Wagen nicht mehr aus den Augen. Er wurde bereits langsamer, und die Fahrzeuge hinter ihm scherten aus und überholten. Nun blinkte er rechts.

Der grüne LTD rollte über den Grünstreifen. Walker

schob sich näher an die Steinmauer und riskierte einen Blick auf die Straße hinter der Kirche. Sie war wie leergefegt – wie nicht anders erwartet. Das Geschehen spielte sich im Augenblick vorne ab, und dabei würde es auch bleiben; denn die Bühne für das historische Ereignis war bereitet. Der Vorhang konnte aufgehen.

»Los, fangen wir an«, sagte Charles neben ihm.

Die fünftausend Polizisten standen in Habachtstellung; die Befehlshaber der Exekutive befanden sich auf ihren Plätzen.

»Warte noch«, flüsterte Walker.

»Wir riskieren Kopf und Kragen, wenn wir länger warten!«

Walker versuchte, Charles Ungeduld zu zähmen und mahnte: »Wir dürfen auf keinen Fall runtersehen. Woher also sollen wir wissen, ob auch alle da sind? Wir müssen auf das Kommando warten, um sicherzugehen. Erst bei ›Achtung!‹ schlagen wir los – und keine Sekunde früher.«

»Du vergeudest nur Zeit mit deinem Gefasel«, maulte Charles. Er griff nach der Tasche mit den Handgranaten.

»Laß das! Es geht darum, so viele wie möglich von diesen Schweinen zu erwischen.

Doch das war es nicht wirklich, worum es Walker ging. Walker ging es darum, daß eine außergewöhnliche Tat auch außergewöhnlich perfekt ausgeführt werden mußte. Kein Makel durfte an ihr sein. Dies war das Konzept. Ein Konzept, das Charles herzlich wenig interessieren dürfte. Doch welches Konzept interessierte Charles schon?

»Und was ist mit'm Fernsehen?! Überleg doch mal!« gab Walker zu denken. »Die fangen erst an zu drehen, wenn der Trauerzug da ist. Oder ist es dir egal, ob wir im TV sind oder nicht?«

Charles zögerte.

»Wirf eines der Eierchen auf den Sarg«, schlug Walker vor. »Schick ihn ein zweitesmal über den Jordan.«

»Das zweitemal schick ich ihn über den Hudson River«, kicherte Charles.

An Charles Kichern erkannte Walker, daß nicht nur seine Nerven bis zum Zerreißen gespannt waren.

»Also, dann warte lieber, bis der Sarg da ist.«

Walker schleppte den Teppich, in den die Panzerfaust eingerollt war, an den vorderen Rand des Daches und schob ihn in den Schatten der niedrigen Mauer. Die abgestoßene Kante des Teppichs klappte auf, so daß ein kurzer Ruck genügte, die Panzerfaust herausrollen zu lassen.

Walker atmete jetzt heftiger; sein Körper zeigte allmählich Reaktion. Die üblichen Symptome der Leidenschaft, der Ekstase kündigten sich an; wie bei jemandem, der sich kurz vor dem Orgasmus befand. Die Lust war schier unerträglich. Bald war es so weit. Bald würde die Gewalt in ekstatischen Zuckungen ihren orgastischen Höhepunkt erreichen. Bald, sehr bald.

Walker waren diese Empfindungen nicht fremd. Er wußte, daß durch einen Akt der Gewalt ein euphorischer Rauschzustand erreicht werden konnte, der besser war als Alkohol oder Drogen.

Gebückt kroch Walker die niedrige Mauer entlang. Im Schutz des Kirchturms richtete er sich auf und spähte in die Richtung, aus der der Trauerzug kommen mußte. Er konnte nur einen Teil der Straße sehen, doch dort standen die Reihen der uniformierten Cops so dicht, daß der Asphalt der Straße nicht mehr zu sehen war. Auf dem Gehweg, unter den Bäumen, drängten sich die Neugierigen. Die Seitenstraßen waren von leeren Streifenwagen abgesperrt, deren Blaulichter gespenstisch blitzten.

Walker huschte zur Kuppel zurück, um die Tasche mit den Raketen zu holen.

Charles hatte bereits die andere Tasche aufgeklappt. Spielerisch warf er eine der Handgranaten in die Luft und wog sie dann prüfend in der Hand.

»Hast du schon mal so'n Ding geworfen?« fragte er.

Walker gab ihm keine Antwort.

»Elf Monate lang hab ich in Vietnam 'ne Menge davon durch die Gegend geworfen«, erklärte Charles. »Sobald wir irgendein Geräusch hörten, warfen wir die Dinger raus. Meistens erwischte es Wasserbüffel oder Kinder.« Seine Finger tasteten über die tiefen Rillen zwischen den rautenförmigen Facetten. »Sie hat vierzig solcher kleinen Vierecke, die dann durch die Gegend fliegen.«

Walker hatte die Tasche mit den Raketen für die Panzerfaust bereits neben den Teppich geschoben. »Leg die Eierchen griffbereit entlang der Mauer hin. Und deine MP kannst du auch allmählich auspacken. Wir machen es folgendermaßen: zuerst die Handgranaten, dann die Raketen und zum Schluß die MP. Und dann das Seil runter.«

Charles nickte.

Er nahm die Tasche mit den Handgranaten.

Im gleichen Augenblick ließ sie ein Geräusch im Innern des Kirchturms zusammenzucken.

»Warte!« zischte Walker. »Da kommt jemand!«

Er griff nach Charles Arm, doch Charles schüttelte seine Hand ab und ging auf die Eisentür zu.

Behutsam hob Eischied die Falltür an und stemmte sie langsam nach oben. Um sich festzuhalten, versuchte er die Falltür mit der anderen Hand zu stützen, doch sie kippte über und fiel krachend gegen die Wand.

Das Geräusch schien jemanden auf dem Dach draußen aufgeschreckt zu haben, denn eilige Schritte näherten sich dem Turm. Eischied stieß die niedrige Eisentür auf und trat blinzelnd in das Sonnenlicht hinaus. Der Mann stand keine drei Meter vor ihm. Er hatte eine schwarze Aktentasche in der Hand.

Die Schritte hatten Eischieds Argwohn erregt, doch nun sah er, daß es nur ein Detective war. Das Abzeichen glänzte golden auf dem Revers des Mannes. Eischied hatte den Detective noch nie gesehen.

Eischied stieß einen Seufzer der Erleichterung aus. »Ich wollte mich nur vergewissern, daß wir das Dach hier nicht übersehen haben«, sagte er.

Der Detective schien zu zögern, dann sagte er: »Nein,

nein... Wir sind ja hier.« Der Mann hatte auffallend stechende schwarze Augen.

Gleichzeitig registrierte Eischied, daß noch ein zweiter Detective auf dem Dach war. Er stand am hinteren Rand des Dachs und blickte in Richtung der Stadtautobahn. Eischied sah nur für einen kurzen Augenblick seine goldene Plakette blinken und das Gesicht des Mannes, dann wandte der zweite Detective seine Aufmerksamkeit wieder der Straße hinter der Kirche zu.

Der zweite Mann kam Eischied bekannt vor; entweder von einem Fall, an dem sie gemeinsam gearbeitet hatten, oder... Eischied war sich nicht sicher. Der kurze Blick hatte nicht genügt.

›Ich sehe schon Gespenster!‹ dachte Eischied besorgt.

Nun war der zweite Detective hinter der Glaskuppel verschwunden.

Eischieds Blick fiel auf die Tasche, die dicht an der niedrigen Steinmauer stand, und wanderte dann zu der Aktentasche, die der Detecitve vor ihm in der Hand hatte. Sie schien ziemlich schwer zu sein – nach der Art zu urteilen, in der sie der Detective eben zu Boden stellte.

»Was ist in den Taschen?« fragte Eischied.

»Die dort gehört ihm«, erwiderte der Detective. »Keine Ahnung, was er mit sich rumschleppt. Fühlt sich an wie Ziegelsteine.«

Er ließ Eischied keine Sekunde aus den Augen, und seine Stimme verriet nicht die Spur einer Regung. Sein Blick war kalt und ausdruckslos. Eischied konnte sich des unbestimmten Gefühls nicht erwehren, daß hier irgend etwas nicht stimmte. Normalerweise waren Detectives, die zum erstenmal ihrem obersten Chief gegenüber standen, mehr oder weniger nervös und unsicher. Aber nicht der hier.

»Und was ist in Ihrer Tasche?« fragte Eischied.

»Sachen zum Umziehen. Ich hab ein wichtiges Rendezvous heute abend.«

Eischied nickte. »Und was ist das für ein Teppich dort?«

»Keine Ahnung. Er lag schon da, als wir hier raufkamen.«

Der zweite Detective tauchte erneut in Eischieds Blickfeld auf, doch nach einem kurzen Blick in Eischieds Richtung wandte er sich wieder ab und sah auf die Straße hinter der Kirche hinab.

»Aus welchem Revier seid ihr eigentlich?« erkundigte sich Eischied und fixierte den Detective, der vor ihm stand.

»Achtundvierzigstes Revier, Chief.«

Eischied nickte. Vor kurzem waren die alten Reviere der Kriminalpolizei aufgelöst und neu eingeteilt worden. Die ehemaligen Detectives des 48. Reviers gehörten seither zum 7. Revier. Doch Polizeibeamte waren Traditionalisten, die an den Bezeichnungen festhielten, die sie gewohnt waren. Nicht dieser Umstand war es, der Eischied plötzlich einen eiskalten Schauer über den Rücken jagte. Es war etwas ganz anderes: jeder Polizist unten auf der Straße trug einen schwarzen Trauerflor um sein Polizeiabzeichen – doch diese beiden hier nicht! Schlagartig wurde sich Eischied der Gefahr bewußt, in der er schwebte. Diese Männer konnten jeden Augenblick die Waffen herausreißen und ihn niederschießen – es war ohnehin verwunderlich, daß sie es noch nicht getan hatten. Und dann würden sie die Bomben, oder was sie sonst in den beiden Taschen hatten, einfach auf die Straße hinabwerfen.

»Kannten Sie Delehanty?«

»Ja. Er war ein netter Kerl.«

Eischied hatte sich schon zuvor aus bedrohlichen Situationen herausgeblufft. Und er würde es auch diesmal schaffen; vorausgesetzt, seine Stimme gehorchte ihm – und seine Beine...

»Ich möchte, daß Sie beide auch nach der Totenmesse so lange hier oben bleiben, bis sämtliche Politiker und Polizeibeamte dort unten abgerückt sind«, befahl Eischied. »So lange, bis auf der Straße wieder alles seinen geregelten Gang geht. Ist das klar?«

»Jawohl, Sir!«

»Na gut«, sagte Eischied und machte auf dem Absatz kehrt. Gelassen – so hoffte er zumindest – strebte er auf die

Eisentür zu. Wenn er sie lebendig erreichte, hatte er eine Chance. Er zwang sich, seine Schritte zu zügeln. Noch fünf Schritte, noch vier, drei. Jeden Augenblick konnte sich das heiße Blei in seinen Rücken bohren. Würde er große Schmerzen haben, oder würde er sofort tot sein? Wieviele seiner Kollegen unten auf der Straße würden ihm in den Tod folgen?

Behutsam stahl sich seine Hand unter den Regenmantel, der gegen seine Beine schlug. Seine Finger tasteten nach dem Griff seines Revolvers. Langsam, ganz langsam zog er die Waffe aus dem Gürtel. Sein Zeigefinger fand den Abzug und krümmte sich um das glatte Metall. Er hatte keine Chance, die Waffe rechtzeitig in Anschlag zu bringen; sie würde sich in dem verdammten Regenmantel verfangen. Vielleicht würden ihn die Kugeln, die gleich in seinen Rükken schlugen, nicht auf der Stelle töten? Vielleicht konnte er noch ein oder zwei Schüsse durch den Mantel jagen, ehe er starb? Das Massaker hinauszögern, bis Hilfe kam?

Im selben Augenblick erkannte er staunend, wie klar sein Gehirn funktionierte. Er würde nicht herumwirbeln, um es mit ihnen auszuschießen. Er würde durch die Tür in den Turm gehen – falls er so weit kommen würde. Der Turm bedeutete Deckung und eine Chance, mit dem Leben davonzukommen. Noch zwei Schritte – einen, wenn er einen Satz machte – doch er zwang seine Beine, normal weiterzugehen.

Die Tür. Seine Hand griff nach der Klinke und zog die Tür auf. Die andere Hand unter dem Regenmantel krampfte sich um den Revolver. Er wartete auf den fürchterlichen Schlag in den Rücken.

Er trat durch die Tür, griff hinter sich und zog sie zu. Dunkelheit umfing ihn, und Panik schnürte ihm die Kehle zu. Er war unfähig, einen Schritt weiterzugehen.

Scheppernd fiel die Eisentür ins Schloß. Dabei schlug ihm die Klinke schmerzhaft in den Rücken. Der Schmerz befreite ihn. Er zog den Revolver aus dem Mantel und stieß die Tür wieder auf.

Verdutzt starrte ihn der ›Detective‹ an. Er hatte ebenfalls die Waffe in der Hand, und Eischied erkannte, daß es keine Polizeiwaffe war. Es war irgendeine Automatik.

»Keine Bewegung!« schrie Eischied. Der Klang seiner eigenen Stimme erschreckte ihn mehr, als alles andere bisher, denn an ihrem Klang erkannte er, daß er eigentlich gar nicht hierher gehörte. Er war ein Mann in mittleren Jahren und ein Drei-Sterne-Chief. Für Schießereien auf irgendwelchen Dächern war er längst zu alt.

Eischied sah, wie die Waffe des anderen hochzuckte, und er drückte ab. Er schoß auf einen Mann, der das Polizeiabzeichen trug. Als er den Rückschlag in der Hand fühlte, war er sich plötzlich gar nicht mehr sicher. ›O Gott‹, zuckte es ihm durch den Kopf. ›Hoffentlich ist er nicht doch ein Cop!‹

Eischied riß den Abzug erneut durch – und noch einmal. Der Detective war auf die Knie gesunken und versuchte verzweifelt, wieder auf die Beine zu kommen. Mit schier übermenschlicher Anstrengung versuchte der Mann, den Lauf seiner Waffe zu heben. Gebannt starrte Eischied auf die Mündung. Sie kroch höher und höher. Irgendwie war er auf das Dach hinausgetreten, denn hinter ihm klickte die Eisentür ins Schloß. Die Mündung zeigte genau auf seinen Kopf, und plötzlich war Eischied unfähig, sich zu bewegen oder noch einmal abzudrücken. Gelähmt starrte er in das schwarze Loch, als könnte dort jeden Augenblick die Antwort erscheinen, die sein ganzes Leben wieder in Ordnung bringen würde. Doch die Mündung kippte und zeichnete einen unsichtbaren, abwärtsgerichteten Strich über Eischieds Körper. Der Strich verlief bis auf die Teerpappe des Dachs hinab. Dort blieb der Lauf der Waffe stehen, und der Mann brach über ihr zusammen. Die Antwort, falls es eine solche gab, blieb unausgesprochen.

Unten hörte Eischied schwere Schritte über die Empore poltern; fast so laut, wie das Klopfen seines eigenen Herzens. Ihm war schwindlig, und alles Blut war aus seinem Gesicht gewichen. Die Schritte erklangen auf der Leiter. ›Gott sei Dank‹, dachte Eischied. ›Polizisten werden einen Polizisten vor Polizisten retten!‹

Wo war der zweite Detective? Eischied konnte ihn nirgends entdecken und in seiner Panik warf er sich gegen die Wand des Kirchenturms. Abwehrend stieß er die Waffe in Richtung der Glaskuppel. Die Schritte hinter ihm waren schon ganz nah. Plötzlich gellte ein verzweifelter Schrei über das Dach und Schritte klangen hinter der Kuppel auf.

Der zweite Detecitve kam direkt auf Eischied zugerannt. Die Waffe in seiner Hand fuchtelte ebenso sinnlos in der Luft herum, wie Eischieds eigene. Der Mann hatte nur Augen für die schwarze Aktentasche, die neben dem Toten stand. Zu seiner grenzenlosen Verwunderung sah Eischied, daß der Mann weinte. Er war neben der Aktentasche auf die Knie gefallen und versuchte mit zitternden Händen, die Tasche zu öffnen.

Eischied erkannte ihn jetzt, oder glaubte es zumindest: Everett Walker!

›Wie sehr habe ich nach dir gesucht!‹ dachte Eischied und ging auf ihn zu.

Hinter ihm stürzten immer mehr Polizisten auf das Dach heraus. Es waren die Männer von der Polizeiakademie, die verdutzt erstarrten, weil sie nicht begriffen, was sie da sahen: einen Toten, einen Detective, der wie von Sinnen eine Aktentasche aufriß und hineingriff, und den Chief of Detectives, der mit gezogener Waffe und wie festgewurzelt danebenstand und zusah.

Walkers Waffe lag auf der Teerpappe neben dem Toten. Seine Hände fuhren in die Taschen und tauchten mit Handgranaten wieder auf. In seinen Augen flackerte ein irres Licht. Er schluchzte. ›Nun ist niemand mehr da, gegen den er seinen Zorn schleudern kann‹, dachte Eischied. ›Der einzige, den er noch töten kann, ist er selbst.‹

Die Lähmung, die seine Kollegen erfaßt hatte, fiel von Eischied ab. »Halt!« schrie er.

Doch Walker sprang schluchzend auf und stürzte zur Mauer des Dachs.

Eischied erschoß ihn – oder dachte zumindest, daß er ihn erschoß. Alle erschossen ihn. Everett Walker lag auf der

Teerpappe, und sein Körper zuckte unter den Einschlägen der Kugeln.

Eine der Handgranaten rollte direkt vor Eischieds Füße. Nach einer Weile hob er sie auf und starrte sie fassungslos an. ›Welch winziger Schritt vom Leben zum Tod«, dachte er.

Polizisten standen über die beiden Toten gebeugt; andere sahen in die Aktentaschen. Alle liefen aufgeregt durcheinander und riefen sich ihre Entdeckungen zu.

Einer von ihnen war ein Lieutenant. »Gehen Sie nach unten und suchen Sie Deputy Inspector Cornfield«, befahl Eischied. »Hier ist ein Tatort aufzunehmen. Sagen Sie ihm, er hat Dienst und soll sofort hochkommen. Dann klemmen Sie sich an den Funk und rufen die Spurensicherung, den Staatsanwalt und den Polizeiarzt und so weiter.«

»Sonst noch was, Chief?«

Eischied dachte kurz nach.

»Ja. Unten sind 'ne Menge Reporter und Kamerateams. Sobald die Totenmesse begonnen hat, schicken Sie sie hier rauf. Aber leise, bitte – ja?« Er sah sich um. »Das hier muß alles festgehalten werden.«

»Und was ist mit dem PC, Chief?«

›Soll der PC doch in der Zeitung lesen, was passiert ist‹, dachte Eischied und sagte: »Ich werde ihn später persönlich von allem unterrichten. Das ist vorläufig alles, Lieutenant.«

»Okay, Chief.«

Eischied trat an die Steinmauer. Alle Gesichter waren zu ihm emporgewandt. Einige der Männer hatten ihre Waffen gezogen, doch als sie Eischied erkannten, verschwanden die Waffen wieder. Der Bürgermeister und der PC schienen starr vor Schreck.

Der Leichenwagen stand vor dem Portal der Kirche. Die Hintertür war bereits aufgeklappt. Die sechs Sargträger in Uniform warteten auf das Zeichen, den Sarg aus dem Wagen zu ziehen und ihn auf die Schultern zu heben. Auch sie starrten zu Eischied empor.

Er nickte nach unten. Dies war zwar nicht das Zeichen,

auf das die Sargträger gewartet hatten, doch sie akzeptierten es: sie zogen den Sarg heraus und hoben ihn auf ihre Schultern.

Vom Portal der Kirche her erklang der Befehl: »Achtung!«

Unten auf der Straße fuhren fünftausend weiße Handschuhe zum letzten Gruß für Marty Delehanty an die blauen Mützen. Auf dem Dach der Kirche trat Eischied ganz dicht an die Mauer und tat es ihnen gleich. Im gemeinsamen Schweigen sahen sie zu, wie der schwarze Sarg in die Kirche getragen wurde.